Der Durchgang ins Königreich Bayern

Stefan Steinmetz

ISBN: 1983476641

ISBN-13: 978-1983476648

Korrektorat: Doris Eichhorn-Zeller

www.stefans-geschichten.de

„So geht das!“ Marco kritzelte ein Hakenkreuz auf Martins Löschblatt.

„Du hast es seitenverkehrt gezeichnet!“ Martin griff zum Stift. „Du musst ein normales Z spiegelverkehrt zeichnen und noch eins quer dazu.“

„Stimmt!“, bestätigte Sascha, der hinter Martin stand. „Genauso sahen die Nazi-Abzeichen in dem Film gestern Abend aus.“

Jörg, der neben der Bank von Marco und Martin stand, schaltete sich ein: „Das stand aber nicht so gerade!“ Er nahm Martin den Kugelschreiber aus der Hand und zeichnete ein weiteres Hakenkreuz auf das Löschblatt. Es stand auf der Spitze eines Hakens. „So sahen die Hoheitsabzeichen auf den Leitwerken der Kampfflugzeuge aus.“

Andreas gesellte sich dazu. „Du hast recht“, meinte er fachmännisch. „Aber Martins Hakenkreuz ist auch richtig. Die Flugzeuge hatten die Kreuze auf einer Spitze stehen, aber normalerweise standen die Grundbalken des Hakenkreuzes senkrecht und nicht wie ein X. So geht das.“ Er übernahm den Kuli und ein neues Hakenkreuz landete auf Martins Löschblatt.

Mittlerweile bedeckte mehr als ein Dutzend der Nazi-Abzeichen in allen Größen das blaue Papier. Martin fing die Sache an auf die Nerven zu gehen. In der folgenden Stunde hatten sie Religion und er hatte noch schnell etwas bei Marco abschreiben wollen. Das konnte er nun vergessen. Hoffentlich kontrolliert Suhle nicht die Hausaufgaben, hoffte er.

Pater Söhnke war sehr streng. Vergessene Hausaufgaben konnte er auf den Tod nicht ausstehen. Dann gab es einen roten Strich ins Notenbuch. Bei drei roten Strichen erfolgte ein Klassenbucheintrag, welcher automatisch einen blauen Brief nach sich zog. Blaue Briefe waren gar nicht gut. Martin hatte bereits zwei rote Striche. Er blickte sich um. Die restlichen Schüler der 7b saßen an ihren Tischen. Jemand pfiff „Griechischer Wein“ von Udo Jürgens vor sich hin. Der Song war im Jahr zuvor ein Sommerhit gewesen. Jetzt, im Frühling 1975, waren andere Songs angesagt; zum Beispiel „Only you can“ von Fox the Fox.

Was Martin ziemlich egal war. Das Einzige, was zählte, war die Tatsache, dass er keine Hausaufgaben für Religion hatte. Wenn Suhle ihm auf die Schliche kam, bedeutete das Ärger. Schon in der vorausgegangenen Stunde hatte Martin Ärger gehabt, denn er war für die Mathematikstunde bei Herrn Böshaar nicht vorbereitet gewesen. Die 7b hatte erst seit zwei Wochen mittwochs Mathe; eine willkürliche Änderung des Stundenplans mitten im Schuljahr. Martin hatte es schlicht vergessen. Keine Hausaufgaben. Das gab einen roten Strich, und dann hatte Bösi ihn an der Tafel ausgequetscht und er hatte vor lauter Aufregung den Satz des Pythagoras nicht auf die Reihe gekriegt, was ihm eine Fünf mündlich eintrug. Ein toller Tag.

Martin seufzte. Er wollte den wuselnden Pulk an seinem Pult loswerden. Die dicht um ihn drängenden Mitschüler machten ihn verrückt. „Das Hakenkreuz geht so!", sagte er und malte ein besonders großes Exemplar auf sein Löschblatt. „Genauso sieht ein richtiges Hakenkreuz aus, und damit basta!"

Gerade als er sein Reliheft mit dem vollgekritzelten Löschblatt schließen wollte, schoss eine große Hand heran. Sie riss das Löschblatt hoch. Suhle stand vor Marcos und Martins Bank. Martin war verdutzt, dachte sich aber nichts dabei. Noch war Pause. Es hatte noch nicht geklingelt. Dann bemerkte er, wie sich das Gesicht Pater Söhnkes in eine Fratze eisiger Wut verwandelte. Martin erschrak.

„Du!" Suhle brachte kaum einen richtigen Ton heraus vor Wut. Er zeigte mit dem Finger auf Martin: „DU!"

Martin kapierte immer noch nicht, warum der Pater so wütend war.

Suhle wedelte mit dem Löschblatt. „Das … das ist ja … INFAM!" Die Stimme des Paters steigerte sich zu einem Kreischen. „Was hast du dir dabei gedacht?!" Suhle rollte mit den Augen. „Wie kannst du es wagen, dieses Zeichen in dein Schulheft zu malen?! Das Hakenkreuz! Das Zeichen Adolf Hitlers und der Nazis! Das Mal von Massenmördern!" Suhles Stimme wurde noch lauter: „Du missratener Taugenichts! Du Unmensch! Wie kannst du es wagen, das Hakenkreuz in dein Heft zu zeichnen?! Das ist verboten!"

„Ich … ich …", stotterte Martin erschrocken. „Das war ich nicht."

„Lüg mich nicht an!", schrie der Pater mit sich überschlagender Stimme. Sein

Gesicht war dunkelrot vor Zorn. „Du verlogener Kerl! Ich habe mit eigenen Augen gesehen, wie du das gezeichnet hast!"

Speicheltropfen flogen Martin ins Gesicht. Er verstand die irrsinnige Wut des Paters nicht. „Ich wollte doch nur sagen, dass ich es nicht …", setzte er an.

„Halt den Mund!", brüllte Pater Söhnke. „Auch noch lügen! Was fällt dir ein! Wen, denkst du, hast du vor dir, du verdorbener, verlogener Mensch!"

„Ich war es nicht allein", rief Martin. Das Herz schlug ihm bis zum Hals vor Angst, aber er dachte nicht im Traum daran, sich für etwas schuldig zu bekennen, was er nicht getan hatte. Er hatte ganz gewiss nicht Hitlers Nazistaat verherrlichen wollen. Es ging doch nur darum, wie das Hakenkreuz richtig herum gezeichnet wurde! Fast alle aus seiner Klasse hatten am Vorabend den Kriegsfilm gesehen, und dann waren sie überm Erzählen irgendwie auf die Abzeichen der Jagdflugzeuge gekommen. Die Engländer hatten kreisförmige Trikoloren in den Farben Englands und die deutschen Piloten hatten nun mal ein Hakenkreuz auf dem Leitwerk. Darüber zu reden war doch nicht verboten. Dann wäre ja auch der Film verboten gewesen. Was sollte die ungerechte Brüllerei? „Wir haben die Hakenkreuze nur gemalt, um …"

„Halt den Mund!", brüllte Pater Söhnke und holte aus. Martin duckte sich. Er bekam Angst. Er warf einen schnellen Blick nach allen Seiten. Warum sagte keiner der anderen Jungen etwas? Die schauten alle geflissentlich weg. Feige Bande. Das waren vielleicht Klassenkameraden! Feige Hunde waren das. Sie würden tatenlos zusehen, wie Martin für etwas fertiggemacht wurde, woran sie die Schuld trugen. Martin hatte nicht mit den verdammten Hakenkreuzen angefangen. *Sie* waren es gewesen. Aber seine Klassenkameraden gaben keinen Piep von sich. Sie ließen Martin eiskalt hängen. Keiner stand für ihn ein.

Suhle packte Martin am Kragen und riss ihn hoch. „Du kommst jetzt sofort mit zum Schuldirektor!", bellte er und bespuckte Martins Gesicht erneut. „Dir werde ich helfen, Hakenkreuze in deine Schulhefte zu zeichnen! Dafür fliegst du von der Schule!"

Martin spürte, wie eisige Finger nach seinem Herzen griffen. Vom Johanneum fliegen? Sein Vater würde ihn zu Tode prügeln! „Herr Söhnke! Pater Söhnke!", rief er verzweifelt.

„Halt die Klappe!“ Der Priester zerrte ihn gewaltsam aus dem Klassenraum und schleifte ihn zum Rektorat. Er stieß Martin grob ins Sekretariat. „Du wartest hier!“, blaffte er. Er klopfte bei Direktor Singhof und trat ein.

Martin stand wie ein Häufchen Elend neben der Eingangstür des Sekretariats. Er hörte, wie Suhle lautstark bei Pater Singhof Bericht erstattete.

Vielleicht würde Martin die Erlaubnis erhalten, sich beim Direktor zu verteidigen? Selbst Schwerverbrecher durften sich vor Gericht verteidigen. Er konnte alles aufklären. Pater Söhnke irrte sich. Martin hatte keine verbotenen Hakenkreuze in sein Heft gezeichnet, um den Nazistaat zu verherrlichen. Es ging bloß um einen Kriegsfilm, und dass die Klassenkameraden ausgerechnet sein Löschblatt benutzt hatten, war reiner Zufall. Er hörte die beiden Pater hinter der verschlossenen Tür palavern. Er verstand nicht, was gesprochen wurde, aber Suhles Stimme klang schon ruhiger. Ein gutes Zeichen.

Pater Singhof war bei den Schülern als strenger, aber gerechter Direktor bekannt. Das wusste Martin vom Hörensagen. Er selbst hatte keinen Unterricht bei Pater Singhof. Warum wurde er nicht ins Zimmer des Direktors gerufen? Er wollte es hinter sich bringen. Der Direktor würde ihm zuhören. Er würde Martin die Chance geben, alles zu erklären. Es war ja ein reines Missverständnis, sonst nichts.

Die Tür zum Rektorenzimmer flog auf. „Herein mit dir!“, rief Pater Söhnke mit finsterem Gesicht. Er ist wohl sauer, weil der Direx ihn zurechtgestaucht hat, dachte Martin bei sich. Pater Singhof wird ihm erklärt haben, dass er sich danebenbenommen hat mit seinem Stiergebrüll. Jetzt kann ich sagen, wie es wirklich war. Ich kann mich verteidigen und aufklären, dass alles nur ein Missverständnis war.

Doch es kam ganz anders. Pater Singhof musterte Martin wie ein widerliches Insekt. „Ich kann einfach nicht glauben, was ich gerade über dich gehört habe“, sprach er. Er wirkte sehr ernst. „Wie kannst du so etwas Niederträchtiges tun? Du, der du aus einer guten katholischen Familie kommst! Weißt du denn nicht, welche ungeheuerlichen Verbrechen die Nazis begangen haben?“

Martin glaubte sich verhört zu haben. „Ich kann es erklären", sagte er zaghaft. „Es ist alles ein Irrtum. Ich ..."

„Schweig still!", donnerte der Direktor. Hinter seiner silbergefassten Brille funkelten seine Augen vor Zorn. „Du bist ein abscheulicher Junge! Wenn du nicht bald in dich gehst, landest du in der Hölle! Auf das, was du getan hast, steht Schulverweis!"

Martin rutschte das Herz in die Hose. Er begann vor Angst zu zittern. Wenn er von der Schule flog, würde sein Vater ihn umbringen. Er würde ihn schlicht zu Tode prügeln. „Aber ich ...", begann er. Die Verzweiflung machte seine Stimme schrill wie Möwengeschrei.

„Schweig!", schrie Pater Söhnke. „Was fällt dir ein, andauernd den Direktor zu unterbrechen, du Rotzlöffel!"

„Wir müssten dich auf der Stelle von der Schule verweisen", schnarrte der Direktor. „Und ich musste es mir zweimal überlegen, bis ich zu dem Entschluss kam, dir noch eine allerletzte Chance einzuräumen, die du eigentlich überhaupt nicht verdient hast. Nur weil deine Mutter an Krebs gestorben ist und deine Familie gut katholisch ist, bin ich bereit, es noch einmal mit dir zu versuchen, obwohl das, was du getan hast, ein Verbrechen ist. Aber nur wenn du deine Tat bereust."

„Ich habe doch nichts getan!", rief Martin verzweifelt. „Ich kann alles erklär ..."

„Halt den Mund!", schrie Pater Söhnke und holte aus. Martin duckte sich erschrocken.

Dann fielen sie über ihn her. Zu zweit. Martin bekam keine Chance, sich zu verteidigen. Sobald er den Mund aufmachte, schrien sie ihn an, still zu sein. Dann beharkten ihn die Gottesmänner unbarmherzig, erklärten, welch ein gemeiner, niederträchtiger Mensch Martin war. Sie zertrampelten den Jungen regelrecht. Martin durfte nicht einen einzigen Satz zu Ende bringen und die Pater drehten ihm jedes Wort im Mund herum.

Nach einer halben Ewigkeit, die sie auf ihn einbrüllten, brach Martin zusammen. Er wollte weg - nur noch weg. Und er wollte am Johanneum bleiben. Wenn man ihn der Schule verwies, würde sein Vater ihn totprügeln. Und Prügel,

Anschreien, Niedermachen und ungerechte Strafen gab es zu Hause schon mehr als genug. Martin hatte Angst. Todesangst. „Ich bereue, was ich getan habe. Es tut mir leid“, schluchzte er.

Den Patern genügte das nicht. Wieder und wieder knüppelten sie ihn mit Worten nieder, schrien sie ihm ins Gesicht, was für ein dreckiger Mensch er sei und dass er die gewährte Gnade auf keinen Fall verdient hätte. Irgendwann ließen sie endlich von Martin ab. Pater Söhnke trieb ihn vor sich her zum Klassenraum.

In der Klasse ließ er eine lange Tirade über Martins Schlechtigkeit vom Stapel. „Mit so einem solltet ihr euch nicht abgeben“, sagte er danach zur Klasse. „Meidet ihn! Er ist schlecht und bösartig. Er ist verstockt und wollte seine Untat partout nicht zugeben. Dieser Junge ist ein Beispiel für absolute Schlechtigkeit. Er ist nichts als Dreck!“

Martin schielte auf seine Armbanduhr. Sie waren eine halbe Stunde beim Direktor gewesen. Den Rest der Stunde benutzte Pater Söhnke, um Martins Schlechtigkeit immer wieder aufs Neue vor seinen Klassenkameraden auszubreiten. Martin saß wie auf glühenden Kohlen, bis es endlich klingelte.

*

Die Schule war aus. Er räumte seine Schultasche ein, zog seine Windjacke an und folgte den anderen Jungen zur Tür hinaus. Als sie außer Hörweite waren, wandte er sich an die Jungs: „Der Direx hat mir überhaupt nicht zugehört. Die sind zu zweit über mich hergefallen. Ich durfte nicht zu meiner Verteidigung sagen, dass wir gemeinsam die Hakenkreuze auf mein Löschblatt gekritzelt haben. Das ist so ungerecht! Ihr müsst mir helfen und sagen, wie es wirklich war.“

„Bist du blöde?“, schnarrte Roth. „Das ist allein dein Problem, Depp!“

„Aber ihr habt damit angefangen!“, rief Martin entrüstet. „Du und Marco und Jörg und ...“

Sie umringten ihn, nagelten ihn mit ihren Körpern auf dem Fleck fest. Sie waren alle größer und breiter als er. Martin war schon immer der Schwächste in der Klasse gewesen.

Rheiners packte ihn am Kragen. „Wenn du ein einziges Sterbenswörtchen sagst, setzt es Klassenkeile!", zischte er. „Dann schlagen wir dich windelweich! Alle einundvierzig Schüler. Du hältst die Fresse oder du bekommst sie voll!" Er versetzte Martin einen Stoß. Martin verlor das Gleichgewicht und stürzte zu Boden. Roth und Bender traten ihm mit aller Kraft in die Rippen. Martin schrie. Sie traten noch einige Male zu. In die Rippen und in den Bauch. Dann ließen sie ihn dort im Gang liegen, wo er sich weinend vor Schmerz wand wie ein zertretener Wurm, und liefen davon. „Es war *dein* Heft, du Depp!", rief Roth.

Martin rappelte sich auf und humpelte zur Bushaltestelle.

Von den anderen hielt er sich fern. Er zitterte vor Angst und vor Wut auf sie alle. Vor allem auf Pater Söhnke und Pater Singhof. Er fühlte hilflosen Zorn in sich hochkochen. Ihr verfluchten, ungerechten Dreckskerle!, dachte er voller Verbitterung. Ihr gemeinen, hinterhältigen Mistschweine! Nicht ich bin ein Verbrecher! Ihr seid es! Jeder Mörder wird in Deutschland gerechter behandelt! Mörder dürfen sich vor Gericht verteidigen. Denen fällt man nichts ins Wort und schreit sie an.

Im Bus stellte er sich neben die hintere Tür. Seine Wut verflog bald. Zurück blieben Angst und tiefe Niedergeschlagenheit. Ich kann nicht mehr, dachte er. Ich halte das einfach nicht mehr aus! Ich will nicht mehr! Was kann ich tun, um diesem entsetzlichen Leben zu entkommen?! Was kann ich nur tun? Wie immer gab es nur eine einzige Antwort auf diese Frage. Früher hatte er sie abgeblockt, hatte sich geweigert, auch nur daran zu denken. Aber in den letzten Wochen hatte er angefangen, intensiver nachzugrübeln, und je länger er darüber nachdachte, desto tröstlicher erschien ihm dieser Ausweg. „Ich bringe mich um!" Ganz leise flüsterte er die Worte, damit niemand sie hören konnte. „Ich bringe mich um! Ich werde es tun. Dann habe ich endlich Ruhe." Nie wieder Angst, Schmerz und Erniedrigung. Nicht zu Hause und nicht in der Schule. Denn zu Hause ging es Martin keinen Deut besser, ganz im Gegenteil.

Ich kaufe mir ein dickes Heft, dachte er bei sich. Dort schreibe ich all das Grässliche hinein, das ich erleiden musste, und gebe es bei der Polizei ab. Ich stecke es bei der Polizeiwache in den Briefkasten. Wenn ich dann tot bin, liest die

Polizei alles und es kommt in die Zeitung. Dann werden alle Leute wissen, wie trostlos mein Leben war und dass meine Familie und die in der Schule mich in den Selbstmord trieben. Der Gedanke hatte etwas. Er stellte sich vor, wie die Nachbarn alles in der Zeitung lesen würden. Sie würden seinem Vater und der neuen Frau an seiner Seite mit Verachtung begegnen. Sie würden wissen, wie verlogen und gemein Martins Großeltern waren. Das würde eine gerechte Strafe sein, gerade für die Großeltern, die so viel auf die Meinung der Nachbarn gaben.

„Was sollen nur die Leute von uns denken!", war einer ihrer Lieblingssprüche. Nur das interessierte die geizigen Großeltern: was die Leute dachten. Wie es Martin ging, war ihnen egal.

Sterben. Mit einem Mal hatte der Gedanke nichts Erschreckendes mehr. Er war vielmehr tröstlich. Schluss mit all der Qual. Schluss mit der Angst. Schluss mit den Schmerzen. Endlich Ruhe. Ewige Ruhe. „Ich werde es tun", flüsterte Martin.

Der Bus fuhr in die Haltebucht vorm Hauptbahnhof von Homburg ein. Martin stieg aus. Statt das Bahnhofsgebäude zu betreten, wandte er sich nach rechts und marschierte in Richtung Stadtmitte zurück, von wo der Bus gekommen war. Heute war Mittwoch und mittwochs hatte er seine zwei „Freistunden". Zu Beginn des Schuljahres hatte er sich beim Ausfüllen des neuen Stundenplans vertan und aus Versehen die beiden Deutschstunden aufgeschrieben, gerade so, wie es im Jahr vorher gewesen war. Als er seinen Irrtum bemerkte, hing bereits eine Abschrift seines Stundenplans an der Küchenwand und Martin wagte nicht, seinen Fehler einzugestehen aus Angst vor Strafe. Stattdessen blieb er jeden Mittwoch zwei Stunden länger in Homburg und nahm einen späteren Zug.

Mit der Zeit fing er an, diese beiden Stunden zu genießen; Zeit für sich, Zeit, um ein wenig zu bummeln oder auf dem Bahnsteig auf einer Bank zu sitzen und zu lesen. Lesestoff fand er in dem Ständer beim Informationsschalter. Am liebsten las er das regelmäßig erscheinende Bundesbahnmagazin, eine kostenlose Zeitung, in der die Bahn über Neuerungen berichtete, neue Lokomotiven vorstellte und über Eisenbahnbauwerke schrieb. Es gab auch Berichte über den Eisenbahnbetrieb in früheren Zeiten und da waren immer Fotos von Dampfloks dabei. Martin liebte Dampflokomotiven.

Heute dachte er jedoch an schnelle Elektroloks. Es würde ganz leicht sein. Alles, was er tun musste, war, sich im richtigen Moment auf die Schienen zu werfen. Er konnte in einem Gebüsch lauern, bis ein Zug kam, und sich so vor ihn werfen, dass sein Hals auf den Schienen zu liegen kam. Draußen auf offener Strecke würde der Lokführer es nicht schaffen, einen Zug in voller Fahrt schnell genug abzubremsen. Der Zug würde Martin unweigerlich überfahren. Ein kurzer Moment des Schmerzes und dann Ruhe. Ewige Ruhe. Nie wieder Angst. Nie wieder Schmerzen. Der Gedanke hatte etwas Tröstliches für Martin. Seitdem er beschlossen hatte, seinem Leben ein Ende zu setzen, fühlte er sich seltsam gelöst und ruhig.

Er holte sein kleines Transistorradio aus der Schultasche und schaltete es ein. Das Gerät war ein Geschenk seiner Großeltern mütterlicherseits, die er seit dem Tod seiner Mutter kaum noch sehen durfte. Es knackte im Lautsprecher, dann sang Michael Holm „Tränen lügen nicht“. Der Empfang war schlecht. Immer wieder wischte der Ton weg. Die 9-Volt-Blockbatterie war so gut wie leer. Martin seufzte. Eine neue kostete achtzig Pfennig. Das konnte er sich nicht leisten, nicht, wenn er die neue Silbermünze kaufen wollte. Die war ihm viel wichtiger. Er schaltete das Radio aus und steckte es ein.

Martin lief zum Münzhändler Recktenwald. Vor dem Schaufenster blieb er stehen. Ja, die neue Silbermünze war noch da. Martin betrat den kleinen Laden.

„Hallo, Martin“, begrüßte ihn der Ladeninhaber.

„Guten Tag, Herr Recktenwald.“ Martin holte seinen Geldbeutel hervor: „Heute kauf ich sie.“

Recktenwald schaute ihn über seine goldumrandete Lesebrille an und grinste: „Ich wusste, dass du kommen würdest. Ich habe extra eine zusätzliche Münze besorgt, falls jemand die aus dem Schaufenster kaufen sollte.“ Er kratzte sich am Kopf, wodurch seine ohnehin struppigen Haare noch strubbeliger wurden. „Mittlerweile besitzt du ein kleines Vermögen an Silbermünzen.“ Er holte die Münze aus einer Schublade unter der Ladentheke hervor: „Bitteschön, junger Mann. Das macht sieben Mark fünfzig.“

Martin bezahlte. Innerlich seufzte er. Er hatte lange sparen müssen, bei gerade mal einer Mark Taschengeld pro Woche. Weil er das Geld für seine Münzsammlung so dringend brauchte, verrichtete er heimlich kleine Arbeiten in seiner Heimatstadt Bexbach. Er ging für ältere Leute einkaufen, führte Hunde Gassi, mähte Rasen, grub Beete um, räumte Schuppen auf, strich Treppengeländer, trug Werbeprospekte aus und half bei der Bohnenernte. Immer in der Angst, seine Leute könnten es herauskriegen und ihm das selbst verdiente Geld wegnehmen. Deshalb arbeitete Martin nie in der unmittelbaren Nachbarschaft. Und er bat seine „Kunden", nichts von seinen kleinen Dienstleistungen zu erzählen, weil seine Familie ihm dann Schwierigkeiten machen würde. Einige Leute, für die Martin arbeitete, kannten sein Elternhaus, und es gab manch mitleidigen Blick für den Jungen.

Martin nahm seine Münze in Empfang, bezahlte und ging.

„Bis zur nächsten Silberscheibe", rief Recktenwald hinter ihm her.

Bevor ich mich umbringe, kaufe ich noch weitere Münzen, nahm Martin sich vor. Dann werde ich sie wie einen echten Schatz vergraben. Der Gedanke gefiel ihm. Das hatte Stil. Es war ein merkwürdiges, ein fremdartiges Gefühl, beim Gedanken an den eigenen Tod Erleichterung zu fühlen. Andere Leute fürchteten sich vorm Tod. Die hatten aber auch etwas zu verlieren. Ich nicht, dachte Martin. Ich verliere nur Angst und Schmerz.

Er kam von links zum Bahnhof. Neben der Straße war ein kleines Stückchen Ödland, das ans Bahnhofsgelände grenzte, eine verwilderte Wiese, die mit Abfällen übersät war. „Betreten verboten", stand auf einem rostigen Schild.

Martin hörte ein leises Piepsen. Ein Vogel hockte am Boden. Martin sah genauer hin. Der linke Flügel des Vogels hing herunter.

„Hast du dich verletzt?", fragte er voller Mitleid.

Der Vogel piepste und hüpfte ungelenk auf den Zaun zu, der die verwilderte Wiese vom Bahnhofsgelände trennte. Martin folgte ihm. Es schien, als wäre der kleine Vogel flugunfähig. Vielleicht war sein Flügel gebrochen. Dann würde er bald einer Katze zum Opfer fallen. Ob ich ihn einfangen kann? Ich könnte ihn mit nach Hause nehmen, den Flügel schienen und den Vogel gesund pflegen. Er verfolgte den Vogel weiter. Der hopste über die Wiese. Martin duckte sich und wollte das Tier mit äußerster Vorsicht greifen. Da rutschte ihm seine Schultasche von der Schulter und plumpste zu Boden. Der Vogel stieß einen erschrockenen Pfiff aus und erhob sich in die Luft. Er schoss davon. Martin lächelte. Also war der kleine Piepmatz gesund. Gut. Sehr gut. Wer weiß, ob ich ihn hätte behalten können, dachte er bei sich.

„Nanu!" Er stand vor dem Zaun, hinter dem das Bahnhofsgelände lag. „Das ist aber komisch!" Alle zwei Meter stand ein massiver Zaunpfosten aus Beton in der Wiese, an dem Maschendrahtzaun festgemacht war, doch genau vor Martin standen zwei Pfosten dicht beieinander. Die Lücke dazwischen war schmal und mit Pflanzen zugewuchert. Martin lugte hindurch. Er würde durch den Spalt passen, keine Frage. Das wäre eine Abkürzung. Statt über die Wiese zurück zur Straße zu tappen und vorne rum zum Bahnhofseingang zu gehen, würde er genau auf dem Bahnsteig auf der Rückseite des Bahnhofsgebäudes herauskommen. Hinter dem Spalt lag eine Wiese, die genauso verwildert und vertrocknet war wie die, auf der er stand. Martin schaute sich verstohlen um. „Betreten verboten", stand auf dem Schild. Wenn ihn jemand erwischte, wie er durch den Zaun schlüpfte, würde es Ärger geben. Martin zuckte die Achseln. Egal. Wer nicht wagt, der nicht gewinnt. Er schob sich durch den Spalt. Mit der umgehängten Schultasche war das schwierig, vor allem, weil überall hohe Brennnesseln standen und stachelige Brombeerranken nach seinen Kleidern hakelten, als ob sie ihn festhalten wollten. Endlich war er durch.

Vor ihm lag ein weiteres Stückchen Grasland. Ein paar niedrige Büsche standen auf der Wiese. Dahinter verliefen die Gleise der Eisenbahn. Martin lief nach rechts aufs Bahnhofsgebäude zu. Ein seltsames Gefühl beschlich ihn. Er konnte es nicht recht erklären. Es war, als wenn man von zu Hause fortfuhr und die ganze Zeit dachte, man habe etwas vergessen, und wenn man dann nach Hause kam, brannte im Bad das Licht.

Zu seinen Füßen blühten Blumen im Gras. Martin blieb stehen. Blumen? Echte Wiesenblumen? Als er durch den Spalt gelugt hatte, hatte er dahinter nichts gesehen als eine verwilderte Wiese mit vertrocknetem Gras. Doch als er jetzt mitten auf dem Grasstreifen stand, erkannte er, dass die Halme sattgrün leuchteten und überall Blumen wuchsen.

„Das ist ja ..." Martins Stimme war nichts als ein Flüstern. Irgendetwas stimmte nicht. Er drehte sich um. Weit hinter sich sah er die Lücke zwischen den Zaunpfosten und die abfallübersäte Wiese dahinter. Ganz blass sah das Gras dort draußen aus. Irgendwie unwirklich. Wie in einem dieser uralten Farbfilme von früher, die im Laufe der Zeit ausgebleicht waren. Martin lief weiter. Unsicherheit beschlich ihn. Er fühlte etwas, aber er konnte es nicht packen. Es lauerte am Rande seiner Wahrnehmung und jedes Mal, wenn er mit den Gedanken danach griff, witschte es weg.

Sein Blick schweifte über die Gleise, während er auf das Bahnhofsgebäude zulief.

Plötzlich weiteten sich seine Augen. Martin keuchte. Es gab keine Stromdrähte über den Schienen! Und als er auf dem Bahnsteig ankam, bekam er erst recht Grund, sich zu wundern. „Gleis 1", stand in altdeutschen Lettern auf einem Schild. Martin stutzte. Es gab in Homburg kein Gleis 1! Wenn man aus dem Bahnhof heraustrat, traf man sofort auf Gleis 2. Ein Gleis 1 hatte es früher gegeben, wusste er, bevor der Bahnhof umgebaut worden war. Seit dem Umbau gab es kein Gleis 1 mehr. Es existierte natürlich noch, aber es reichte nicht mehr bis zum Bahnhof. Stattdessen endete es zweihundert Meter vorm Bahnhof an der Rückseite einer Konservenfabrik.

Aber auf dem Schild stand „Gleis 1". Martin lief weiter. Als er das Bahnhofsgebäude erblickte, bekam er den Mund vor Staunen nicht mehr zu. Das in den fünfziger Jahren erbaute Gebäude war verschwunden. An seiner Stelle stand ein massiver neoklassizistischer Sandsteinbau nach Mode der Kaiserzeit. Das war ganz bestimmt nicht der Bahnhof, den er aus dem Jahr 1975 kannte.

Und die Leute erst!

Martin machte einige unsichere Schritte auf dem Bahnsteig - und fühlte sich in ein anderes Jahrhundert versetzt. Herren in Frack und Zylinder standen auf dem Bahnsteig. Neben ihnen feine Damen in langen Kleidern mit ausladenden Hüten auf dem hochgesteckten Haar, Sonnenschirme in den Händen. Einige Kinder tollten herum. Martin sah zwei Jungen in Matrosenanzügen.

Wie in einem Film, dachte er verblüfft. Wie letzte Woche im Fernsehen. Das war eine Dokumentation über Deutschland zur Kaiserzeit gewesen. Um 1900 hatte das alles gespielt. Man sah alte Schwarz-Weiß-Fotos und in kleinen Spielszenen waren die Schauspieler genauso verkleidet wie die Menschen, die den Bahnhof vor seinen Augen bevölkerten. Was passiert hier?, dachte Martin. Er fühlte keine Furcht, nur unbändige Neugier. Ich bin in einer anderen Zeit gelandet, aber wie konnte das geschehen? So etwas gibt es nur in Hollywoodfilmen!

Da erblickte er das Mädchen. Sie saß auf einer hölzernen Bank und las in einem Heftchen. Sie war in seinem Alter und sie fiel ihm auf, weil sie im Vergleich zu den meisten Leuten am Gleis sehr einfach, fast ärmlich gekleidet war. Sie trug ein blaues Schürzenkleid mit weißem Muster. Ihre bloßen Füße steckten in Holzschuhen, wie er sie auf Fotos über holländische Fischerkinder aus der Zeit vorm Ersten Weltkrieg gesehen hatte. Weizenblondes Haar fiel ihr in sanften Wellen bis über die Schultern. Gerade als Martin sie genauer anschaute, blickte sie auf.

Martin glaubte, sein Herz würde stehen bleiben. Ihm stockte für einen Moment der Atem. Alle Einzelheiten nahm er gleichzeitig wahr: ihre niedliche Stupsnase mit einigen Sommersprossen darum, die zart geschwungenen Lippen, das dichte blonde Haar, das ihr als einfacher Pony in die Stirn fiel und ihr schmales Gesicht wie ein weißgoldener Wasserfall umrahmte. Und ihre Augen. Kornblumenblau leuchteten sie aus dem Gesicht. Martin schnappte nach Luft. Sein Herz setzte wieder ein und trieb heißes Blut in seine Wangen. Für einen endlosen Augenblick trafen sich ihre Blicke. Die Zeit stand still. Alle Geräusche wurden ausgeblendet. Martin spürte, wie irgendetwas mit seinem Herzen geschah. Tief drinnen schien etwas zu reißen. Ein süßer, nie gekannter Schmerz machte sich dort breit und füllte seine Brust aus, drohte sie zu zersprengen. Martin war unfähig, sich zu rühren. Er stand da und schaute in die blauen Augen des Mädchens, während dieses wunderbare, süße Gefühl in seinem Innern anwuchs, alles ausfüllte und alle anderen Gedanken verdrängte.

Da ertönte in der Ferne ein gellender Pfiff. Das Mädchen zuckte zusammen und schaute weg. Sie steckte das Heftchen, in dem sie gelesen hatte, in die Tasche, die neben ihr auf der Bank stand, und erhob sich.

Der Bann war gebrochen. Martin konnte wieder klar sehen. Als er den Blick von dem Mädchen losriss, weiteten sich seine Augen vor Staunen. Aus Richtung Landstuhl kommend, lief ein Zug ein. Es war ein Dampfzug. Gezogen wurde er von einer dunkelgrün lackierten Lokomotive mit zwei riesigen Treibrädern, die rot angestrichen waren.

Martin schüttelte den Kopf, als wolle er gegen eine Halluzination ankämpfen. „Eine bayerische S2/6!", hauchte er. „Aber ..." Es gab nur eine einzige solche Lok in Deutschland. Sie stand in München im Museum. Das wusste er aus dem Bundesbahnmagazin. Nur diese einzige Lokomotive war vor dem Ersten Weltkrieg für die Bayerischen Staatsbahnen gebaut worden, eine rassige Schnellzugmaschine mit Vierzylindertriebwerk. Grün lackiert im berühmten Länderbahnanstrich war sie die schönste Dampflokomotive, die je gebaut worden war. Wie kam die hierher nach Homburg? Dreharbeiten, schoss es Martin durch den Kopf. Die drehen hier einen Spielfilm oder eine Doku. Man hat die Lok extra für die Aufnahmen restauriert. Aber wo waren die Kameraleute? Der Regisseur? Die Toningenieure mit ihren Aufnahmegeräten und den Mikrofongalgen? Martin sah niemanden. Er warf einen Blick in die Runde. Auch auf anderen Bahnsteigen standen und saßen Menschen jeden Alters in diesen altmodischen Kostümen. Weiter hinten auf den Gleisen des Güterbahnhofs rangierte eine kleine dreiachsige Dampflokomotive schnaufend mit einigen Güterwaggons. Sie war ebenfalls dunkelgrün. Das ist keine Filmkulisse, dachte Martin. Ich bin in einer anderen Zeit gelandet.

Der Zug lief in den Bahnhof ein. Die Bremsen zischten, die Lok stieß Dampfwolken aus, als sie zum Stehen kam. Etliche braun gestrichene Personenwagen waren an sie angehängt, auch sie im Stil der Länderbahnzeit. Die Waggontüren schwangen auf. Leute stiegen aus und ein, auch das blonde Mädchen. Als es den Fuß auf das Trittbrett setzte und nach dem Handlauf griff, um einzusteigen, schaute es noch einmal zu Martin herüber. Sofort überfiel ihn wieder dieses unbeschreibliche Gefühl, füllte sich sein Brustkorb mit diesem süßen, schweren Schmerz beim Anblick ihres Gesichts mit den blauen Augen.

Dann stieg sie ein und der Zauber verflog. Ein Schaffner in Uniform lief an den

Waggons entlang und schloss die Türen. „Einsteigen!", rief er. „Der Zug nach Saarbrücken-Nassau fährt ab!" Er blies auf seiner Trillerpfeife.

Die Lokomotive pfiff und dann setzte sich der grüne Koloss mit den rot lackierten Treibrädern in Bewegung. Fasziniert schaute Martin zu, wie die Lok losstampfte. Er lauschte den Auspuffschlägen und dem Zischen der Dampfventile, sah die Treibstangen in Bewegung kommen. Die mannshohen Laufräder drehten sich immer schneller.

Als die braunen Waggons an ihm vorbeizogen, erhaschte Martin einen kurzen Blick auf ein schmales Gesicht mit blauen Augen, umrahmt von blonden Haaren. Das Mädchen blickte aus dem Fenster und sah ihn an. Es dauerte nur einige Augenblicke, doch das genügte, um Martins Herzschlag zu beschleunigen.

Wie alt ist sie? Martin würde im Juni dreizehn werden. Ganz still stand er da und schaute zu, wie der Zug in der Ferne verschwand. Erst als er den Zug aus den Augen verlor, löste Martin sich aus seiner Erstarrung. Es war wie das Aufwachen aus einem sehr realistischen Traum. Nur dass dies hier Wirklichkeit war und kein Traum. Kein Film, dachte Martin. Noch immer konnte er keine Kameraleute oder sonstige Techniker sehen. Es gibt keine. Das hier ist echt. Ich bin irgendwie in eine andere Zeit geraten.

Er schaute sich um, blickte über das Wiesenstück zum Zaun, von wo er gekommen war. Dort irgendwo hatte die unglaubliche Verwandlung der Welt begonnen. Martin lief zu der Lücke zwischen den Zaunpfosten. Er blickte sich rasch um. Hinter ihm lag der Homburger Bahnhof, wie er vor vielen Jahrzehnten ausgesehen hatte. Martin blickte nach vorne. Er konnte nichts zwischen den Zaunpfosten erkennen. Alles war mit Brennnesseln und Brombeerranken überwuchert. Beherzt drang er in die Zaunlücke vor und schob sich unter den stacheligen Ranken hindurch. Die Arme hielt er hoch, um sich nicht an den Nesseln zu verbrennen. Hinter der Zaunlücke lag die vertrocknete, abfallübersäte Ödlandwiese. Hinter dem Wiesenstück verlief die Straße. Autos fuhren darauf. Martin drehte sich um. Durch den Zaunspalt war praktisch nichts zu erkennen. Er kehrte um. Auf der anderen Seite des Zauns lag jene fremdartige Welt, die aus einem anderen Jahrhundert zu stammen schien.

Ein Durchgang durch die Zeit, dachte Martin fasziniert. Ich habe einen Weg in die Vergangenheit gefunden. Sein Forscherdrang erwachte. Zu gerne wäre er in die altertümliche Welt zurückgekehrt, um sich in aller Ruhe dort umzusehen. Aber er befürchtete, seinen Zug zu verpassen. Er hatte gut eine halbe Stunde auf der anderen Seite zugebracht.

Schweren Herzens bog er nach links ab und marschierte über die Wiese zur Straße und von dort zum Vordereingang des Bahnhofs. Die große Uhr über dem Eingang zeigte 12 Uhr 11 an. Das kann nicht sein!, dachte Martin. Ich war mindestens eine halbe Stunde fort. Es muss mindestens 1 Uhr sein, eher später! Drinnen im Bahnhofsgebäude zeigte die Uhr auch 12 Uhr 11 an. Gerade als Martin hinsah, sprang sie auf 12 Uhr 12 um. Martin hatte noch mehr als eine Stunde Zeit, bevor sein Zug nach Bexbach abfuhr.

Zeit, dachte er. Dieser Durchgang hat mich nicht nur in eine andere Zeit geleitet. Irgendwie ist dabei auf meiner eigenen Seite fast keine Minute vergangen! Soll ich noch mal? Er drehte sich um und lief den Weg, den er gekommen war, zurück. Bei der Wiese achtete er darauf, dass niemand ihn beobachtete. Er bewegte sich, so gut es ging, im Schutz einiger halb verdorrter Ginsterbüsche. Wie in meiner liebsten Fluchtfantasie, dachte Martin. Immer vor den Blicken der Menschen versteckt vorankommen, zu Fuß oder mit dem Fahrrad. Niemand darf mich sehen. Ich muss gut aufpassen. Zwei Minuten später schlüpfte er zwischen den Zaunpfählen hindurch. Und landete auf Gleis 1 in der Vergangenheit.

Martin schlenderte über den verlassenen Bahnsteig zum Hinterausgang des Bahnhofsgebäudes. Er spähte durch die verglasten Türen ins Innere. Dort sah alles ganz anders aus, als er es kannte. Zögernd trat er ein. Menschen in antiker Bekleidung standen an Fahrkartenschaltern an, hinter denen Bahnbeamte in schmucken Uniformen Fahrkarten an klobigen gusseisernen Geräten druckten. Auf halber Höhe zum gläsernen Kuppeldach war ein großes Schild angebracht: „Königlich-Bayerische-Eisenbahn".

Martin lief zum Vordereingang des Gebäudes. Er wunderte sich, dass ihn niemand beachtete. Mit seiner ausgewaschenen Jeanshose und der beigefarbenen Windjacke mit dem schmalen roten Kragen und den Mokassins an den Füßen musste er unter diesen seltsam kostümierten Leuten auffallen wie ein bunter Hund. Ein älterer Herr im steifen Gehrock mit Zylinder verließ den Bahnhof. Martin witschte schnell hinterher. Draußen blieb er stehen. Er schnappte nach Luft. Alles war anders. Wo die Haltebuchten für die Busse gewesen waren, befand sich Kopfsteinpflaster. Statt Taxis standen Pferdedroschken vorm Bahnhof. Kein einziges Auto fuhr auf der Straße, die zur Stadtmitte führte. Es gab nur Pferdefuhrwerke, Reiter und Radler. Über der Straße hingen keine elektrischen Straßenlampen und auf den Hausdächern fehlten die Fernsehantennen. Als Straßenlaternen fungierten verschnörkelte Gusseisenlampen auf hohen Lampenmasten. Es waren Gaslampen.

„Ich bin tatsächlich in einer anderen Zeit gelandet", flüsterte Martin.

Er entdeckte einen Zeitungskiosk. Neugierig lief er hin und warf einen Blick auf die ausliegenden Zeitungen. „Mittwoch, 22. April 1909" stand über der Schlagzeile, die da lautete: „Königin Elisabeth besucht Krankenhaus der Grubenarbeiter." 1909! Martin sah sich um. „Das kann nicht stimmen", dachte er. „1909 gab es schon Autos." Es waren Schnauferl mit weit ausladenden Kotflügeln, die eher an Kutschen ohne Pferde erinnerten, aber es gab sie. Und es gab Strom. So viel wusste er.

„Dieser Durchgang … ich bin nicht nur in der Vergangenheit gelandet. Dies ist auch eine andere Welt als die, aus der ich komme." Ein verführerischer Duft stieg ihm in die Nase. Neben dem Zeitungskiosk gab es eine Würstchenbude. Weiße und rote Bratwürste brutzelten auf einem Holzkohlegrill. „Einen Kreuzer die Wurst" stand auf einem Schild. „Kreuzer!" Martin seufzte. Er hatte Pfennige, aber keine Kreuzer. Und er hatte Hunger.

Der Wurstverkäufer war auf ihn aufmerksam geworden. „Eine gebratene Wurst, der junge Herr?", fragte er freundlich und lächelte einladend. „Billiger geht's nicht. In Saarbrücken-Nassau zahlt Ihr einen viertel Kreuzer mehr dafür."

Martin spürte, wie er rot wurde. „T … tut mir leid", stotterte er. „Ich habe keine Kreuzer."

„Ich kann auf einen vollen Taler herausgeben, junger Herr", sagte der Wurstverkäufer. Er zwinkerte ihm zu. „Nur her mit dem Silber. Ich mache es zu

Gold."

Martin stutzte: „Silber?"

„Ja doch, junger Herr. Silbertaler. Ihr seid wohl nicht von hier? Habt Ihr keine Silbertaler?"

Martin fummelte das Papiertütchen mit seiner neuen Silbermünze aus der Hosentasche und wickelte sie aus.

Der Wurstverkäufer bekam große Augen: „Ach herrjeh, junger Herr! Ich bedaure zutiefst, aber auf solche Menge kann ich nicht herausgeben. Das sprengt meine Kassa." Er klang bedauernd. „Vielleicht möchtet Ihr Euer Silber auf der Bank in Taler eintauschen?" Er wies auf ein Gebäude, das an der Straße Richtung Stadtmitte stand.

Eigentlich wollte Martin nicht. Er hatte so lange auf die Gedenkmünze gespart, aber wenn diese Bank seine Münze in die Landeswährung umtauschte, würde das eine Chance bedeuten, die er vielleicht nur einmal im Leben bekam: Münzen der Vergangenheit im Neuzustand zu erhalten. Was mochte so ein Bayerischer Silbertaler in seiner Heimatwelt wert sein? Und da war noch etwas: Er hatte Hunger. Das machte sein Magen ihm mit vernehmlichem Knurren klar.

„Ich bin gleich wieder da", sagte er und ging zur Bank.

„Ich warte auf Euch, junger Herr", rief der Wurstverkäufer ihm freundlich hinterher.

KÖNIGLICH BAYERISCHE LANDBANK stand in erhabenen Buchstaben über dem Portal aus gelbem Sandstein. Drinnen war der Boden mit Marmor gefliest. Martin steuerte aufs Geratewohl einen freien Schalter an und zeigte dem Bankangestellten, einem jungen Mann mit ausladendem Backenbart, seine Münze: „Man hat mir gesagt, ich könnte die bei Ihnen eintauschen."

„Aber gewiss doch, junger Herr", sagte der Mann hinterm Schalter dienstbeflissen. „Darf ich die Münze bitte abwiegen?" Er nahm das Silberstück in Empfang und legte es auf eine seltsame Vorrichtung, die aussah wie ein auf dem Kopf stehendes Mobile aus Draht und kleinen Tellerchen, auf denen er winzige Gewichte auflegte. Der Zeiger eines runden Messgerätes aus poliertem Messing bewegte sich träge.

„Das macht vier Bayerische Silbertaler und achtzehn-einviertel Kreuzer“, sagte der Mann.

„Ja, gut“, sagte Martin. „Ehm … wie viele Kreuzer ergeben einen Taler, bitte?“

Der Bankangestellte grinste freundlich: „Fünfundzwanzig Kreuzer ergeben einen Silbertaler, junger Herr.“

Martin schnappte nach Luft. Einen Kreuzer musste er für eine Bratwurst bezahlen … er konnte Bratwürste essen, bis er platzte! „Ja ... ja, gut“, stotterte er. „Ich möchte wechseln, bitte.“

Der Bankangestellte zählte ihm das Geld auf den Tresen, drei kleine Silbermünzen. Dazu ebenso kleine Goldmünzen, die Kreuzer. Martin strich seine Beute ein und verließ die Bank. Er war reich, stinkreich!

Beim Wurstverkäufer holte er sich eine rote Bratwurst. Genüsslich mampfend, begab er sich auf den Bahnsteig. Er setzte sich auf die Bank, auf der das hübsche blonde Mädchen gesessen hatte, und schaute dem Betrieb im Bahnhof zu. Reisende mit großen Lederkoffern oder ausladenden Reisetaschen liefen vorbei, Mütter mit Kindern, Arbeiter und Schüler unterschiedlichen Alters. Auf Gleis 3 stand ein Zug abfahrtbereit. Wieder waren die Waggons braun und die Lokomotive grün mit roten Rädern. Martin gefielen die Farben. Alles sah so herrlich altmodisch aus. Länderbahnfarbgebung nannte man das im Eisenbahnerjargon.

Hier möchte ich leben, dachte er, während er seine Wurst mit Behagen verspeiste. Keine Autos, keine verdreckte Luft, keine versauten Bäche und Flüsse. Es ist so richtig schön hier. Hatte er sich nicht schon oft gewünscht, in der „guten alten Zeit“ zu leben? Er seufzte. Leider war er zu jung. Mit nicht mal dreizehn durfte man nicht allein leben und woher sollte er das Geld nehmen, das er zum Leben brauchte? Deine Silbermünzen sind hierzulande ungeheuer wertvoll, sprach eine kleine Stimme in seinem Hinterkopf. Martin verzehrte den Rest der Wurst. Schön wär's, dachte er. Habe ich mich nicht oft nach früheren Zeiten gesehnt, als zwölfjährige Jungen von zu Hause ausrissen und als Schiffsjungen zur See fuhren? Stattdessen musste er in seine eigene Welt zurückkehren. Da biss die Maus keinen Faden ab.

Aber ich kann wiederkommen. Jeden Tag! Er stand auf und lief den Bahnsteig hinunter zu der Wiese mit dem Zaun. Es war seltsam. Vom Bahnhof aus sah man den Zaun überhaupt nicht. Erst wenn man am Ende des Bahnsteigs ankam, erblickte man ihn, ziemlich versteckt hinter Buschwerk. Martin lief über die Wiese. Vor der Zaunlücke drehte er sich noch einmal um. Der Zug auf Gleis 3 fuhr gerade an. Dampf zischte und die Auspuffschläge der Lokomotive hallten.

Martin drängte sich durch die Lücke im Zaun und landete in seiner eigenen schmutzigen Welt. Die Uhr am Bahnhof zeigte ihm an, dass fast keine Zeit vergangen war. Seine Armbanduhr, die er drinnen getragen hatte, ging hingegen mehr als eine Stunde vor. Martin stellte sie neu. Er fühlte eine Riesenfreude in sich aufsteigen. Dieser seltsame Durchgang beeinflusste die Zeit. Er rechnete im Kopf nach: Wenn ich eine Stunde dort verbringe, vergehen hier bei uns nicht mal fünf Minuten. Gut gelaunt lief er die Unterführung unter den Gleisen entlang zu Gleis 6, wo der Zug stand, der ihn nach Bexbach bringen würde. Eine simple Elektrolok war vor drei Silberlinge gespannt. Kein Vergleich mit den herrlichen Dampfzügen auf der „anderen Seite". Aber er würde dorthin zurückkehren. Jeden Tag! Wenn der Bus, der ihn vom Johanneum zum Bahnhof brachte, ankam, war immer noch viel Zeit, bis sein Zug abfuhr. Mehr als eine halbe Stunde. Das würde reichen, die wunderbare Welt hinter der Zaunlücke zu besuchen. Er konnte täglich zwei oder drei Stunden dort verbringen, dachte er bei sich, als er in seinen Zug einstieg.

Und er würde das blonde Mädchen mit den umwerfenden Augen wiedersehen. Sie hatte eine Schultasche bei sich gehabt. Sie musste täglich auf Gleis 1 auf ihren Zug nach Saarbrücken warten. Bei dem Gedanken an das Mädchen wurde Martin rot. Zum ersten Mal dachte er nicht mehr an Selbstmord. Sterben konnte er immer noch. Zuerst galt es, die Geheimnisse dieser seltsamen alten Zeit zu erkunden. Und das Mädchen wiederzusehen.

Er setzte sich in Fahrtrichtung ans Fenster, den Blick nach rechts zu den Gleisen des Güterverkehrs gerichtet. Dort fuhren oft dunkelrote Rangierlokomotiven. Es gab immer etwas zu sehen. Manchmal fuhr sogar eine sehr alte grüne

Elektrolokomotive vorbei, ein kantiges dunkelgrünes Ding mit „Motorhauben" vorne und hinten, ein bisschen wie das Schweizer Krokodil aussehend; wie ein Bote aus der guten alten Zeit. Martin lächelte in sich hinein. Er brauchte nicht mehr von dieser Zeit zu träumen, er konnte täglich dorthin gehen und sie live erleben.

Draußen pfiff der Schaffner auf seiner Trillerpfeife. Martin lauschte dem lauten Klacken der Zuglok. Sein Zug wurde von einem Knallfrosch gezogen, einer E 41. Bei jedem Klacken ging ein Ruck durch den Zug und er wurde schneller. Schon bald blieb der Homburger Bahnhof zurück. Der Zug passierte das Bahnbetriebswerk. Dort lagerten Schienen, Schwellen und Schotter. Eine kleine rote Rangierlok, eine KÖF, zog einen dreiachsigen Waggon in blau-türkisfarbener Lackierung auf den Nebengleisen. Martin wusste, dass Bahnarbeiter in diesem Wagen zu ihrer Einsatzstelle gefahren wurden. Die Waggons waren eingerichtet wie Baubuden auf Rädern, mit Dusche, Kaffeekocher, einem kleinen Herd und Pausen- und Ruheraum.

Als kleiner Junge hatte er einen solchen Waggon besichtigen dürfen und sich ausgemalt, ihn an seine eigene Lok zu hängen und damit auf endlosen Schienen durch die Lande zu fahren, durch Wiesen und Felder, die bis zum Horizont reichten, durch Wälder, die sich endlos ausdehnten, an kleinen Dörfern mit Gänseweihern vorbei. Ein Leben im Eisenbahnwaggon. Anhalten, wo man wollte, auf einem Nebengleis Pause machen und weiterfahren, wenn einem danach war. Der Traum eines kleinen Jungen, der das schwarze Schaf der Familie war, einer, der Prügel bekam wie andere Kinder Brot.

Das Bahnbetriebswerk verschwand aus Martins Blickfeld. Neben den Gleisen verlief ein Feldweg. Nach einer Weile führte er von der Bahnstrecke weg auf den Altstädter Wald zu. Ein Geheimweg! Jedenfalls in Martins Fantasie. Dort war er ein armer Junge, der in einem Waisenhaus lebte, das von furchtbar strengen Nonnen und brutalen Aufsehern geleitet wurde; ein echtes Kinder-KZ wie die Heime in den fünfziger Jahren. In seiner Vorstellung floh Martin aus diesem Elend, manchmal allein, manchmal mit mehreren anderen Kindern, manchmal zu Fuß, manchmal mit dem Fahrrad. Dann galt es, „Geheimwege" zu benutzen,

Feld-, Wald- und Wiesenwege abseits geschlossener Ortschaften, damit niemand auf die Flüchtlinge aufmerksam wurde und sie bei der Polizei anzeigte. Große Hauptverkehrsstraßen mussten gemieden werden und wenn man doch mal eine überqueren musste, wartete man, bis kein Auto in Sicht war. Niemand durfte einen sehen! Die Polizei suchte überall mit Streifenwagen. Aber sie befuhr keine Feldwege. Zu holprig. Mit dem Fahrrad ging es aber. Nach gelungener Flucht landete Martin in seiner Fantasie dann irgendwann in einem Wald oder Gebirge und dahinter lag ein Land, in dem es keine Polizei gab, keine rasenden, stinkenden Autos, keine überfüllten Städte und keine verschmutzten Bäche und Flüsse, ein Land, in dem er und seine Freunde frei leben konnten.

So sehr liebte Martin dieses Gedankenspiel, dass er auf seinen Radtouren ständig nach „Geheimwegen" Ausschau hielt. Der Weg neben dem Bahnbetriebswerk gehörte zu einem Geheimweg, der von Bexbach bis nach Homburg führte. Wenn Martin im Sommer mit dem Rad zum Johanneum fuhr, um das Geld für die Wochenkarte zu sparen, benutzte er fast immer die verschiedensten Wege abseits der stark befahrenen Autostraßen, auch wenn das Umwege bedeutete. Wie groß die Umwege waren, wusste Martin nicht. Sein Fahrrad hatte keinen Tacho mit Kilometerzähler, obwohl er sich einen solchen glühend wünschte, ebenso wie er von einem richtigen Fahrrad träumte, einem Herrenrad mit 26-Zoll-Laufrädern und einer Dreigangschaltung. Sinnlos. Alles, was er besaß, war das schwere orangefarbene Klapprad mit den winzigen 20-Zoll-Rädchen, die wahre Schlaglochsuchmaschinen waren. Das Rad hatte keine Schaltung und keinen Tacho. Wenigstens einen Tacho hätte Martin gerne gehabt, so einen wie Peter, sein Freund aus der Ludwigstraße. Immer wieder bat er darum - zum Geburtstag und zu Weihnachten. Er bekam keinen. „Unnötiger Scheißdreck!", sagten seine Großeltern, wenn er damit ankam. „Lern du lieber für die Schule, anstatt unnütz mit dem Rad in der Gegend herumzufahren, du Faulenzer!"

Martin schaute zum Fenster hinaus. Er presste die Lippen zusammen. Einmal hatte er einen Kilometerzähler gehabt, keinen Lenkertacho mit Geschwindigkeitsanzeige und Tageskilometern und Gesamtkilometern, der von einer beweglichen Welle angetrieben wurde, die in die Vorderradnabe führte. Nur eines dieser mickrigen Kästchen, die man direkt am Ausfallende der Gabel anschraubte, wo der Kilometerzähler von den Speichen des Vorderrads angetrieben wurde. Sechs Mark neunzig hatte der kleine Zähler gekostet, ein kleines Vermögen für einen Jungen mit einer Mark Taschengeld in der Woche. Der Zähler hatte vier Stellen. Er ging bis 9999 Kilometer.

Seine Großeltern hatten getobt, als Martin damit ankam. „Du gibst dein Geld nur für unnötigen Scheißdreck aus!", hatte seine Großmutter geschrien, als er den Kilometerzähler montierte. „Tätst du mal mehr für die Schule lernen und im Haus mithelfen, du fauler Bock! So einen Dreck zu kaufen! Wenn ich dein Vater wäre, würde ich dich windelweich prügeln!"

Martin war der Meinung, dass er mehr als genug im Haushalt half mit Geschirr spülen und abtrocknen, Staub wischen, Staubsaugen, Wäsche aufhängen, Müll runterbringen, Mülleimer rausbringen, Auto waschen und täglich mindestens einmal zum Einkaufen geschickt werden. War das nicht genug? Nein! Auch noch Rinnstein kehren, bei einem Eckgrundstück mit hundert Metern Seitenlänge ziemlich viel Arbeit. Und die Gartenarbeit! Unkraut jäten jeden Samstagnachmittag, Rasenkanten schneiden, Rasen mähen, Gras zusammenrechen, den Küchengarten umgraben und alles, was sonst noch anfiel im und ums Haus. Nein, das Radfahren durften sie ihm nicht nehmen.

Aber den Kilometerzähler! Der war keine Woche am Rad, da war er kaputt. Völlig zerbrochen lag das kleine Plastikding auf dem Boden im Kellergang.

„Stell dein dämliches Fahrrad halt nicht mitten in den Weg!", keifte die Großmutter. „Du bist selbst schuld, wenn das Dreckding abgebrochen ist!"

„Der Zähler war rechts montiert", beschwerte sich Martin, „und das Rad stand so, dass er zur Wand zeigte! Es konnte überhaupt niemand beim Vorbeigehen dran hängen bleiben!"

„Halt dein dummes, vorlautes Maul, du falasierter Hund!", schrie sein Großvater. „Natürlich ist jemand dran hängen geblieben! Wie immer: Du passt nie auf deine Sachen auf, du Arschloch! Du Idiot! Du blöder Depp!"

„Das Rad stand nicht verkehrt!", rief Martin. „Jemand hat den Zähler mit Absicht kaputt gemacht!"

„Halts Maul, du Arschloch!", schrie der Großvater und holte aus.

Martin war gerade zehn Jahre alt. Er duckte sich.

„Jedenfalls ist das unnötige Scheißding jetzt weg!", stellte die Großmutter voller Genugtuung fest.

Martin schaute der Mutter seines Vaters ins Gesicht und erkannte gehässige Freude darin. Mit einem Mal wusste er ganz genau, dass die widerliche Frau seinen Kilometerzähler mit voller Absicht zerstört hatte. Vor seinem inneren Auge sah er die Großmutter den Kellergang entlangwatscheln, eine fette Kröte voller Missgunst und Boshaftigkeit. Ein grimmiger Blick auf das Rad ihres Enkels. „Unnötiger Scheißdreck!", murmelte sie. Dann riss sie das Rad von der Wand weg und trat außen an der Gabel mit Gewalt abwärts, auf den kleinen Zähler aus Plastik, und der zersplitterte in drei Dutzend Einzelteile. Martin war klar, dass es sich genauso abgespielt hatte. Die Oma hatte seinen Kilometerzähler aus purer Gemeinheit kaputt getreten. Was noch ekelhafter war: Er las in den gehässigen Augen der Frau, dass sie auch einen neuen Kilometerzähler auf die gleiche Art und Weise zerstören würde. Aus purer Boshaftigkeit!

Für einen Moment schloss Martin die Augen, sperrte die Welt draußen vor den Fenstern des fahrenden Zuges aus. Bitterkeit, vermischt mit Hass und dem Gefühl völliger Hilflosigkeit schwappte wie eine Flutwelle über ihn hinweg. Seit er denken konnte, war er so behandelt worden.

Zuerst war es seine Mutter, die ihn in seiner Kindheit für das allerkleinste Vergehen halb tot geprügelt hatte. Dann, als sie ins Krankenhaus kam, übernahmen seine Großeltern und sein Vater ihre Rolle. Und neuerdings auch noch Moppel, die neue Frau im Haus. Mochten die Großeltern Moppel auch von ganzem Herzen hassen und die Frau hinter ihrem Rücken eine Hure nennen, die es nur auf das Haus ihres Sohnes abgesehen hatte. Wenn es darum ging, Martin fertigzumachen, hielten sie alle zusammen, Moppel, der Vater, Oma und Opa und Moppels widerlicher Sohn Walter. Und da waren noch die ungerechten Pater vom Johanneum und ER! ER, dem Martin täglich gegenübertreten musste.

Nein! Nicht an IHN denken! Hastig verdrängte Martin den Gedanken. Nicht daran denken! Nicht! Nicht ans Wäldchen denken!

Ungeschehen machte die Verdrängung nichts. Was beim Wäldchen passiert war,

war passiert, und es hatte Auswirkungen auf Martins Leben. Aber er wollte nicht daran denken. Nein, nein und nochmals nein!

Das erste Jahr am Johanneum hatte er mit Anstand hinter sich gebracht, obwohl alle seinem Vater abgeraten hatten, Martin aufs Gymnasium zu schicken, die Klassenlehrerin, der Rektor der Grundschule, weitere Lehrer. „Der Junge wird es nicht schaffen", hatte die Klassenlehrerin gesagt. „Er ist nicht dumm, aber das schafft er nicht, erst recht nicht, wo gerade seine Mutter gestorben ist. Er ist völlig neben sich, das spürt man. Und dann war er im Frühjahr so lange krank."

Es half nichts. Sein Vater bestand darauf, Martin aufs Gymnasium zu schicken, und weil er nach dem Tod seiner Frau für ein paar Wochen eine fürchterlich heilige Phase durchlief, musste es partout das von Patern geführte Johanneum sein. Nur weil er sich vor den Priestern so katholisch gab, hatten die seinen Sohn schließlich an ihrer Schule angenommen.

Allen Unkenrufen zum Trotz war Martin in der Sexta, der ersten Klasse des Gymnasiums, nicht nur gerade so mitgekommen, nein, er hatte gute Leistungen erbracht. Zwar überwogen auf dem Zeugnis die Zweier, aber Einser gab es auch und Dreier nur in Turnen und Betragen. Doch gegen Ende des ersten Schuljahrs passierte das am Wäldchen und danach gingen Martins Leistungen schlagartig in den Keller.

Sein Vater „korrigierte" dies mit brutalen Schlägen, Anschreien, Niedermachen, Hausarrest, Taschengeldentzug und weiteren Repressionen. Ohne Erfolg. In der zweiten Klassenstufe erreichte Martin den nötigen Notenstand nicht und musste die sechste Klasse wiederholen. Man riet dringend, Martin von der Schule zu nehmen, aber sein Vater wollte davon nichts wissen, auch wenn er längst nicht mehr heilig war und sich lieber äußerst unheilig mit Moppel vergnügte. Sein ältester Sohn hatte es gefälligst „zu etwas zu bringen". Basta! Da schlug man halt noch öfter und noch brutaler zu. Der würde schon wieder in der Spur gehen, der faule Kerl, und wenn man ihn dafür zum Krüppel schlagen musste.

Der Zug lief in den Bahnhof von Bexbach ein. Martin stand auf. Er wusste nur zu gut, dass er es nicht „zu etwas bringen" würde. Zwar kam er in der Schule jetzt besser mit, schließlich wiederholte er ja alles, aber er fühlte trotzdem, dass er dem Leistungsdruck nicht standhalten konnte, egal wie sehr er auch lernte und sich anstrengte. Er würde das Gymnasium nicht schaffen. Das war eine Tatsache, und davor fürchtete er sich. Sein Vater würde ihn eines Tages umbringen, das stand für Martin fest. Er würde einfach so lange und so brutal auf Martin einprügeln, dass er verreckte wie ein tolles Tier.

Der Zug hielt an und Martin stieg aus. Draußen verglich er seine Armbanduhr mit der elektrischen Bahnhofsuhr. Sie ging bereits wieder eine Minute nach, obwohl er sie in Homburg neu gestellt hatte. Lustlos stellte er die Uhr neu. Am Abend würde er es noch einmal tun, wenn im Fernsehen die Abendnachrichten kamen, und am Morgen gleich wieder am Bahnhof. Die Armbanduhr war eine Katastrophe. Wenn er nichts tat, ging sie täglich zwei bis drei Minuten nach. Seine TIMEX war in einem ganzen Monat nicht so falsch gegangen. Aber die TIMEX gehörte jetzt seinem kleinen Bruder Helmut.

Martin lief die Treppe vom Bahnhofsvorplatz zur Poststraße hinunter. Die TIMEX war sein ganzer Stolz gewesen. Zur Kommunion hatte er sie bekommen; von seinem Patenonkel. Ausgerechnet eine TIMEX, die Uhr, für die so viel Werbung im Fernsehen gemacht wurde, weil sie extrem genau ging und ein unzerbrechliches Uhrglas hatte. Im Werbespot sah man zum Schluss immer, wie eine kräftige Männerfaust eine TIMEX wie einen Schlagring trug und in Richtung Kamera boxte und dabei eine dicke Glasscheibe, die sich vor der Kamera befand, in tausend Scherben drosch. Billig war sie nicht gewesen, diese Uhr, das hatte Martin seinen Eltern damals nach der Kommunion abgelauscht. Diese hervorragende Uhr war für Martin sein Ein und Alles gewesen, bis es seinem Vater im Jahr zuvor einfiel, dass Martins kleiner Bruder nun alt genug für eine eigene Armbanduhr war. Also nahm er Martin die TIMEX weg und gab sie Helmut. Martin bekam die alte Armbanduhr seines Vaters mit dem schwarzen Zifferblatt und dem hellbraunen Lederarmband.

„Für die TIMEX bist du zu groß. Das ist eine Uhr mit Kinderarmband", sagte sein Vater lapidar.

„Aber es ist ein Geschenk zu meiner Kommunion und ich bin ein Kind!", hatte Martin ungläubig dagegengehalten. „Das ist meine Uhr!"

„Halts Maul, du Rotzkäfer!", schrie sein Vater. „Mach mal die Augen zu! Was du dann siehst, gehört dir!"

Martin schloss die Augen und sagte: „Ich sehe meine TIMEX, die Uhr, die mein Patenonkel mir zur Kommunion schenkte. Es war ein Geschenk zu meiner Kommunion."

Der Schlag seines Vaters schleuderte ihn quer durchs Zimmer. „Wag dich, noch ein einziges Wort zu sagen!", schrie sein Vater. „Du hast hier eine neue Uhr und jetzt ist Ruhe!"

„Die ist nicht neu!", ereiferte sich Martin. „Es ist deine alte, und meine TIMEX hat Leuchtziffern, die man im Dunkeln sehen kann. Die da nicht! Außerdem geht sie dauernd nach. Das sagst du ja selbst jeden Tag."

Sein Vater holte aus. „Bist du noch nicht still!?!", brüllte er. „Du hast eine Uhr und damit basta! Die andere passt dir ja gar nicht mehr!"

Das war fast wahr. Das Armband der TIMEX war Martin zu eng geworden. Damals hatte der Patenonkel extra ein Kinderarmband anbringen lassen und Martin musste mittlerweile den Verschluss ins letzte Loch des Armbandes einlegen. Trotzdem war das kein Grund, ihn eiskalt zu bestehlen! „Da muss nur ein neues Armband dran", rief er unter Tränen.

Der zweite Schlag seines Vaters schickte ihn unbarmherzig zu Boden.

„Ruhe!", schrie sein Vater. „Du hast eine Uhr! Also halt's Maul! Geh mir aus den Augen, du Arschloch!"

Weinend lief Martin aus dem Zimmer. Er war aufs Äußerste erbittert über den gemeinen Diebstahl. Er wusste nur zu gut, warum er die alte Uhr seines Vaters bekam: Der maulte schon lange darüber, dass sie ständig nach ging und er endlich eine neue brauchte. Die hatte er bereits gekauft, als er seinen Sohn bestahl: ein sündhaft teures Modell mit Automatikuhrwerk, der allerletzte Schrei. Wenn man fleißig mit dem Handgelenk wackelte und wedelte, brauchte man diese Automatikuhren angeblich nicht aufzuziehen. Martin fand, dass es etwas Idiotischeres auf der Welt nicht gab.

Doch so ging es zu in Martins Familie. Sein Bruder bekam das

Kommuniongeschenk Martins, Martins Vater bekam eine sündhaft teure Automatikuhr zum Wackeln und Wedeln und Martin bekam eins in die Schnauze, als er sich über den Diebstahl beschwerte, und er bekam eine Uhr, die falsch ging. Es war nicht das erste Mal, dass man ihn bestohlen hatte. In Martins Familie war es normal, dass der Älteste ein rechtloses Etwas war, das man nach Belieben belügen, betrügen, bestehlen und zusammenschlagen durfte. Wenn zum Beispiel Besuch kam und Martin etwas geschenkt bekam, eine Tafel Schokolade oder ein wenig Geld für die Spardose, musste Martin anschließend mit seinen beiden jüngeren Geschwistern teilen. Ließ sich der Geldbetrag nicht durch drei teilen, wurde durch zwei geteilt und Iris und Helmut bekamen was ins Sparkässchen, und Martin bekam was gehustet. Umgekehrt mussten seine kleinen Geschwister nie mit Martin teilen.

Wenigstens lebt Mutter nicht mehr, dachte Martin. Er hatte ein schlechtes Gewissen, wenn er das dachte, aber er konnte nicht anders. Früher, als seine Mutter noch lebte, war er noch schlimmer verprügelt worden. Da hatte es Zeiten gegeben, wo kein Tag ohne Prügel verging, und seine Mutter hatte stets mit aller Kraft zugeschlagen. An ihrem Grab hatte Martin trotzdem geweint. Drei Monate vor seinem zehnten Geburtstag war sie gestorben. Geweint hatte Martin und gleichzeitig eine ungeheure Erleichterung empfunden, als er dabei zusah, wie der Sarg ins Grab hinabgelassen wurde. Sie war weg. Seine schlimmste Peinigerin war fort, und sie würde nie wieder zurückkommen, um ihn halb tot zu schlagen. Er hatte schreckliche Angst gehabt, dass jemand ihm die riesige Erleichterung ansah, die er empfand. Also hatte er versucht, sich nichts anmerken zu lassen.

Eine Weile ging es einigermaßen ruhig zu. Das währte leider nicht lange. Bald nach Mutters Tod war Moppel bei ihnen eingezogen und mit Moppel kam Walter und mit den beiden kamen neue Probleme. Als hätte Martin nicht schon genug Probleme gehabt.

Wenigstens gibt es keinen blauen Brief wegen der Hakenkreuze auf meinem Löschblatt, dachte Martin auf dem Nachhauseweg. Das hatte der Direx zum Schluss gesagt: „Ich werde ausnahmsweise keinen Brief an deinen Vater schreiben. Der arme Mensch hat auch so schon genug an seinem Kreuz zu tragen."

Depp!, dachte Martin grimmig. Er wusste, dass die Pater immer noch dachten, sein Vater sei tiefgläubig und die ganze Familie gut katholisch. Wenn die wüssten! Er hat nicht mal das Trauerjahr abgewartet, bevor er mit seiner Neuen ins Bett ging! In die Kirche ging er ja nur ein paar Wochen. Nicht mal alle drei Messen, die er für Mutter bestellt hatte, hat er besucht. Nach der ersten Messe war Moppel wichtiger!

Nach dem Tod seiner Frau Anfang März 1972 war Martins Vater mit dem Gebetbuch unterm Arm herumgerannt. Er ging regelmäßig in die Kirche und war eine Weile furchtbar heilig. Das war ja der Grund, warum Martin nicht auf ein normales Gymnasium gehen durfte, sondern aufs katholische Johanneum musste, auf die Schwulenschule, wo es nur Jungen gab, die einen ständig sackten, einem zwischen die Beine fassten, auch in die Hose, und einem die Eier so zerquetschten, dass man schrie wie am Spieß, während die Pater tatenlos zuschauten. Martin hasste es. In Bexbach verspottete man die Jungen, die aufs Johanneum gingen, als Schwule, die auf die Schwulenschule gingen. Es war unerträglich.

Doch da war dieser Durchgang neben dem Homburger Bahnhof, der auf Gleis 1 führte, ein Gleis, das überhaupt nicht existierte. Eine ganze Welt hatte sich Martin aufgetan und wollte von ihm erforscht werden und erst später, als er fast zu Hause war, fiel Martin noch etwas ein: Dort hatte ihn niemand hässlich oder auch nur unfreundlich behandelt. Alle waren nett zu ihm gewesen. Das war Martin nicht gewohnt. Es machte ihn unsicher und freute ihn zugleich. Und da war dieses bezaubernde blonde Mädchen. Martin wollte sie unbedingt wiedersehen. Immer wenn er an sie dachte, breitete sich ein warmes Gefühl in seiner Brust aus. Es war das Schönste, was er je gefühlt hatte. Gleich morgen Mittag geh ich wieder hin, nahm er sich vor, als er die Treppenstufen zur Haustür hochstieg.

*

„Welter! Martin Welter!" Martin schreckte hoch. Pater Rottweil visierte ihn durch seine eckigen Brillengläser mit dem dicken Hornrand an. „Bist du mit deinen Gedanken wieder woanders, Welter?" Die Stimme des Paters war schneidend. „Komm nach vorne und dekliniere das Wort an der Tafel!"

Martin folgte dem Befehl. Es war nicht gut, Rottweil zu reizen. Seit der Sache mit dem Essen in der Mittagspause vorm Silentium hatte der Pater ihn auf dem Kieker. Rottweil hieß nicht nur wie der bullige, beißwütige Hund. Er benahm sich auch so.

Vor der Tafel holte Martin tief Luft. Dann begann er zu schreiben. Gott sei Dank konnte er es. Er kannte das Wort und das Deklinieren fiel ihm leicht. Er beeilte sich damit. Er wollte in seine Bank zurück und sich setzen. Ihm war nicht gut. Am Morgen hatte er an der Hecke am Schwarzen Weg sein Frühstück erbrochen. Schon das zweite Mal in dieser Woche. Jede Woche erwischte es Martin einmal, manchmal sogar ein zweites Mal. Allmählich machte ihm das morgendliche Kotzen Angst. Zwar verdrängte er es, so gut er konnte, aber es trieb immer wieder an die Oberfläche seines Bewusstseins: „Du erbrichst morgens. Genauso hat es bei deiner Mutter angefangen! Sie hat morgens erbrochen und sie hatte Magenschmerzen. Und dann war es Krebs! Vielleicht bekommst du dieselbe Krankheit wie deine Mutter. Weil du ein schlechtes Kind bist! Du musst ein schlechtes Kind sein, sonst wäre es nicht passiert. Das Erbrechen nicht und das am Wäldchen erst recht nicht!" So sprach die kleine Stimme in seinem Innern. An diesem Punkt scheuchte Martin die grässlichen Gedanken immer aus seinem Kopf, bevor er an IHN denken musste. Doch die Angst blieb. Dass er den gleichen Krebs hatte wie seine Mutter. Dass er Krebs bekam, weil er ein so böser Mensch war. Er war böse gewesen! Und wie! Es war doch böse und schlecht, der eigenen Mutter den Tod zu wünschen, oder? Er hatte um ihren Tod gebetet, hatte Gott im Himmel angefleht: „Bitte mach sie tot! Bitte mach, dass sie stirbt!" Dass er das aus Not und aus Todesangst getan hatte, zählte nicht. Ein Kind, das um den Tod seiner eigenen Mutter betete, war durch und durch schlecht und verderbt! Er war schlecht und verderbt, ein schmutziger Sünder! Das hatten sie ihm alle gesagt. In Niederbexbach hatten sie es ihm schon gesagt, dass er ein schlechtes Kind sei, ein Sünder vor dem Herrn, gewissenloser Abschaum, der in der Hölle landen würde in ewiger Verdammnis und der dort bei lebendigem

Leibe bis in alle Ewigkeit unter entsetzlichen Qualen verbrannt werden würde. Sein Klassenlehrer in der Schule hatte es ihm gesagt. Vor allen anderen Schülern. Martin war schlecht. Wer seiner Mutter den Tod wünschte, war schlecht! Deshalb war es dann zu der Sache am Wäldchen gekommen. Martin packte den Gedanken und feuerte ihn wie ein Geschoss aus seinem Gehirn hinaus. Weg damit! Schluss! Abschalten! Er konzentrierte sich auf den Unterricht.

Er deklinierte das Wort fehlerfrei.

Das ärgerte Rottweil sichtlich. „Vielleicht gewöhnst du dir mal eine saubere Schrift an!", blaffte er, weil er sonst nichts zu motzen fand. „Das kann ja kein Mensch lesen!"

„Ja, Pater Rottweil", sagte Martin und kehrte zu seinem Platz zurück.

Du Scheißer!, dachte er wütend. Du verdammter Kacker! Alle waren sie ungerechte Scheißer, verlogene Schweinehunde, die auch noch darüber wütend wurden, wenn man alles richtig machte! Drecksäcke, die einem die Zehn Gebote unter die Nase rieben und sie selbst missachteten! „Du sollst nicht lügen." Dabei logen sie wie gedruckt! Deswegen war der Rottweil ja so sauer auf Martin, weil er in der Sexta zu den Schülern gehört hatte, die sich darüber beschwerten, dass die Pater in der Kantine besseres Essen erhielten als die Silentium-Schüler. Und das trug ihm dieser Kacker Rottweil heute noch nach.

In seinem ersten Jahr am Johanneum war Martin über Mittag geblieben und hatte am Silentium teilgenommen, das von 14 bis 17 Uhr dauerte. Die Schüler saßen in dafür bestimmten Klassenräumen und machten unter Aufsicht eines Paters ihre Hausaufgaben. Völlige Stille musste dabei herrschen. Nicht einmal miteinander flüstern war gestattet. Silentium eben. Silentium war das lateinische Wort für Stille. Leider musste man auch still sitzen bleiben, wenn man mit seinen Hausaufgaben fertig war. Man durfte dann nicht etwa ein Heftchen lesen oder etwas malen. Oh nein! Nur Lehrbücher waren als Lektüre gestattet. Das hieß: Wer fleißig war und schnell mit seinen Hausaufgaben fertig wurde, der wurde dafür auch noch bestraft.

Wenn ein Schüler etwas nicht begriff, war das sein Problem. Zwar machten die sauberen Herren Pater massiv Werbung, dass die Teilnahme am Silentium dem

Wissensstand der Schüler sehr förderlich sei, aber sie taten nichts dafür. Den Eltern logen sie vor, wenn ein Schüler bei seinen Hausaufgaben ein Problem habe, könne er sich an den Aufsicht führenden Pater wenden. Aber wenn in Wirklichkeit ein Schüler etwas fragte, hieß es: „Das musst du selbst können. Es sind *deine* Hausaufgaben. Wenn du zu Hause wärst, wäre auch niemand da, der es dir vorsagt." Wozu dann überhaupt das blöde Silentium? Doch wohl nur, um die Pater reich zu machen, denn fürs Silentium mussten die Eltern der Schüler tief in die Tasche greifen. Die Eltern mussten Geld dafür bezahlen, dass die Schüler nachmittags in mehreren Klassenzimmern zusammengepfercht ihre Hausaufgaben machten. Das hätten sie auch zu Hause machen können, und zwar kostenlos.

Und das Mittagessen war hundsmiserabel. Es wurde von einer Firma in großen Bottichen gebracht und ausgeteilt. Alles war zerkocht und wenn es Fleisch gab, war es so fett, dass die meisten Schüler nichts davon hinunterbrachten. Martin erst recht nicht, denn er ekelte sich furchtbar vor fettem Fleisch, weil seine Mutter es ihm früher immer mit Gewalt aufgezwungen hatte. Oft blieb Martin hungrig. Er teilte sich sein Pausenbrot so ein, dass er eine Hälfte in der großen Pause aß und die andere in der Mittagspause vorm Silentium, statt in die Kantine zu gehen. Viele Schüler beschwerten sich bei ihren Eltern über das schlechte Essen. Besonders aufgebracht waren sie darüber, dass die Pater besseres Essen erhielten, obwohl sie im Gegensatz zu den Schülern nichts dafür bezahlten. Das taten die Eltern der Schüler, denn das Silentium kostete Geld. Aus dem großen Geldtopf ließen sich die Herren Pater ihr besseres Essen finanzieren.

Auf einem Elternabend gab es massive Beschwerden gegen diese Praxis. Tags darauf waren die lieben Gottesmänner äußerst wütend. Es sei eine glatte Lüge, dass sie besseres Essen bekämen, hieß es. Sie äßen das Gleiche wie die Schüler. Am lautesten blökte Pater Rottweil.

Und Martin, der kleine, schmächtige Junge von zehn Jahren, war aufgestanden, David gegen Goliath, und hatte laut gesagt, was alle dachten: „Das ist nicht wahr!"

Rottweil entgleisten augenblicklich sämtliche Gesichtszüge. „Was sagst du da?", bellte er.

„Es ist nicht wahr", wiederholte Martin, „und das wissen Sie ganz genau, Pater Rottweil!"

Das fleischige Gesicht des Gottesmannes färbte sich dunkelviolett. Er ging auf Martin los wie ein Berserker. „Du!", brüllte er und holte aus.

Martin wich nicht. „Wir haben es doch alle gesehen!", rief er. „Sie kriegen Ihr Essen aus anderen Bottichen!"

„Weil es länger warm gehalten werden muss!", schrie Rottweil. Er sah aus, als würde er jeden Augenblick vor Zorn platzen. „Schließlich müssen wir zuerst euch Schüler beim Essenempfang beaufsichtigen, bevor wir uns zum Essen hinsetzen können! Deshalb wird unser Essen in anderen Gefäßen gebracht!"

Martin, der sonst so ängstlich und verhuscht war, wuchs über sich hinaus: „Und in eben diesen Gefäßen finden tagtäglich biblische Wunder statt? Weil grad gestern war es doch wieder so, dass die Pater Schnitzel mit Pommes Frites hatten und wir Schüler hatten lauwarme Bratwurst mit pampigem Kartoffelpüree."

Rottweil war außer sich vor Wut. Er holte aus: „Dir werd ich ...!"

Martin duckte sich nicht. Er hielt stand. Einmal im Leben hielt das armselige kleine Würstchen stand. Er blickte Rottweil tief in die Augen.

Da rief es von allen Seiten: „Ist doch wahr!" „Ich habe es auch gesehen!" „Vorige Woche war es auch so!" „Jeder weiß es!" „Wir alle haben es gesehen!"

Rottweil beherrschte sich mit äußerster Willensanstrengung. „Schlagen müsste man dich!", giftete er Martin an. „Schlagen, bis du nicht mehr gehen kannst, du miserabler Mensch! Du elendes, verlogenes, hinterhältiges Etwas! Dir gebühren Schläge, dass du tagelang nicht sitzen kannst! Aber die neuen liberalen Gesetze verbieten ja die Züchtigung eines aufsässigen Schülers. Man darf Rebellen, die die ganze Herde anstecken, nicht mehr züchtigen. Was du brauchst, ist eine anständige Tracht Prügel!" Aber er traute sich nicht, Martin vor aller Augen zu schlagen, auch wenn man ihm ansah, dass er nichts lieber getan hätte.

Wegen der Beschwerden der Eltern bestellten die Pater das Mittagessen schließlich bei einer anderen Firma. Nun kam der Fraß in Aluschalen, die mit farbigen Deckeln versiegelt waren. Die Deckel der Schüler waren blau, die der Pater violett. Wieder gab es Beschwerden seitens der Schüler, dass die Pater sich auf ihre Kosten besseres Essen liefern ließen. Wieder stritten sie alles ab, allen voran Rottweil, der tobende Lügenritter vom Heiligen Mittagsfraß. Bis Martin und einige andere Schüler einen Mann der Essenfirma bei der Essenausgabe direkt ansprachen.

„Ja, sicher sind die bunten Abdeckungen Preiscodes", antwortete der. „Blau ist das Billigste. Violett ist etwas viel Besseres. Das kostet entsprechend mehr. Das ist ganz oben auf der Skala angesiedelt. Wir können nichts dafür. Die Pater bezahlen halt mehr als eure Eltern."

Beim nächsten Elternabend ging es rund. Diesmal mussten die Pater alles zugeben. Sie hatten sich auf Kosten der Schüler besseres Essen bestellt.

Tags darauf motzte Rottweil herum, es stünde ihnen ja zu; schließlich beaufsichtigten sie völlig umsonst die Schüler beim Silentium. Doch das stimmte nicht. Vom Silentiumgeld hätten die Schüler im Hotel à la Carte speisen können und es wäre noch Geld übrig geblieben. Das wurde laut gesagt. Nicht nur von Martin. Von da an war Pater Rottweil nicht gut auf Martin zu sprechen, weil er zu den Rädelsführern gehört hatte. Der liebe Gottesmann lagerte seinen Zorn auf den kleinen Jungen wie einen guten alten Wein. Aus Wut wurde Hass. Vor allem auch deshalb, weil damals etliche Eltern ihre Söhne zum Ende des Schuljahres aus dem Silentium nahmen.

„Ihr werdet schon sehen, was ihr davon habt!", tobte Rottweil, und er tobte nicht allein. „Eure Leistungen werden sich verschlechtern. Ohne Anleitung lernt ein junger Mensch nicht richtig!"

Martin fragte sich, was der gemeine Rottweil eigentlich unter *Anleitung* verstand. Etwa von Klassenraum zu Klassenraum zu schlendern und Schüler anzuraunzen, die sich flüsternd unterhielten oder die heimlich in ihr Pausenbrot bissen? Oder verstand er unter Anleitung, vorne hinterm Pult zu sitzen und in aller Gemütlichkeit ein Buch zu lesen, kein stinklangweiliges Lateinbuch, verstand sich, sondern einen spannenden Roman.

Ging vor dem großen Krach um das miserable Essen mehr als die Hälfte der unteren Jahrgänge ins Silentium, so sank die Anzahl der Teilnehmer zum neuen Schuljahr auf gerade mal ein Drittel, was den Patern eine empfindliche finanzielle Einbuße bescherte.

Als Martin zu seinem Platz zurückging, verkniff er sich ein Grinsen. Er gönnte es Rottweil und seiner elenden Bande von salbadernden, ungerechten Lügenpatern. Er hatte nicht im Mindesten ein schlechtes Gewissen, Leute wie Rottweil in Gedanken Scheißer zu nennen oder Kacker. Sie waren welche! Sie waren allesamt dreckige, ungerechte Kacker. Martin schaute von seinem Sitzplatz aus zu, wie Rottweil einen anderen Schüler zur Sau machte, der sich beim Deklinieren nicht so geschickt anstellte wie er. Rottweil war einer von den Patern, die es liebten, Schüler vor versammelter Klasse herunterzuputzen und zu mdemütigen. Das hatte der widerliche Mann zu einer wahren Kunst hochstilisiert. Darin war Rottweil ein Meister.

Martin ließ seine Gedanken schweifen, weg vom Johanneum mit seinen ungerechten Lehrern zu dem geheimnisvollen Land hinter der Zaunlücke, das er am Tag zuvor entdeckt hatte. Er war voller Neugier und Forscherdrang. Er fühlte sich wie ein Wissenschaftler, der eine neue Welt entdeckt hatte und nun erforschte. Er würde täglich auf Expedition gehen. Das seltsame Land faszinierte ihn. Und da war dieses blonde Mädchen. Wenn der Vogel nicht gewesen wäre, hätte ich den Durchgang nie entdeckt, dachte Martin. Und wenn der Essenskrach nicht gewesen wäre, wäre ich immer noch im Silentium und hätte es auch nicht entdeckt, weil ich nicht mittags mit dem Zug heimgefahren wäre.

Vielleicht gab es ja doch einen Gott. Vielleicht warf der manchmal einen Blick auf die Welt, die er erschaffen hatte, und wenn er sah, dass es einem fast dreizehnjährigen Jungen in dieser Welt sehr, sehr schlecht ging, ermöglichte er es ihm, stundenweise aus dieser Welt zu entfliehen. Das konnte doch sein, oder? Jedenfalls dachte Martin nicht mehr an Selbstmord, seit er seine Entdeckung gemacht hatte, nicht einmal, wenn Scheißer wie Singhof, Söhnke oder Rottweil ihm das Leben sauer machten. Dazu war er viel zu neugierig auf die fremde Welt hinter der Zaunlücke.

*

„Nein. Nein!“ Martin stand auf dem Wiesenstück hinter der Lücke im Zaun. Nachdem er den Bahnbus verlassen hatte, war er schnurstracks zum dem kleinen Ödländchen neben dem Bahnhof gelaufen und hatte sich durch die Zaunlücke gequetscht. „Nein! Oh nein!“ Vor ihm lagen die Gleise des Homburger Bahnhofs. Drei Züge standen dort zur Abfahrt bereit. Vor zwei Züge waren Elektroloks gespannt und vorne auf Gleis 2 stand eine kantige dunkelrote Diesellok, eine V 100, mit zwei Silberlingen am Haken, die sie gleich nach Reinheim ziehen würde, wie die automatische Anzeige verkündete. Leute in Bluejeans und ganz normalen Klamotten liefen auf den Bahnsteigen herum. Es waren die Bahnsteige des Jahres 1975.

Martin machte kehrt. Hastig drängte er sich durch die Lücke im Zaun. Vielleicht hatte er etwas verkehrt gemacht? Er versuchte es erneut. Diesmal überwand er die Hürde nicht so hastig. Langsam bewegte er sich durch die Lücke zwischen den beiden Zaunpfosten. Ohne Erfolg. Keine Dampfzüge. Keine Menschen in altmodischer Kleidung. Keine Schilder in altdeutscher Frakturschrift wie in der Bibel seiner Urgroßmutter. Die fremdartige Welt hinter der Zaunlücke war nicht vorhanden, der Zugang zu ihr verschlossen. „Nein!“ Martins Stimme war ein leises Wimmern. „Bitte, ich muss dorthin!“ Wieder und wieder versuchte er es, immer ohne Erfolg. Als es Zeit für seinen Zug wurde, schlich er mit hängendem Kopf fort.

Was war geschehen? War der Zugang zu jener fantastischen Welt am Tag zuvor nur durch einen Zufall geöffnet gewesen? Würde die wundervolle alte Zeit für immer für ihn verschlossen bleiben? Martin war den Tränen nahe. Er fühlte einen bitteren Kloß in seinem Hals aufsteigen. So war das also! Einmal, nur ein einziges Mal, hatte er einen Blick auf dieses unglaubliche Wunder werfen dürfen. Um ihn hungrig auf mehr zu machen und ihm dann die Tür vor der Nase zuzuschlagen. „Nein!“, wisperte er. Das durfte nicht sein. Nicht wie immer! Nicht wie zu Hause und in der Schule! Nicht wieder Gemeinheit und Schmerz und Erniedrigung und Ausgeschlossensein! Nicht erneut bestohlen werden! Es war mehr, als er ertragen konnte.

Mit wundem Herzen schaute er sich auf Bahnsteig 6 um, wo sein Zug wartete.

War er wirklich in jener Zeit gewesen? Oder hatte seine gepeinigte Seele ihm nur einen Streich gespielt, weil das Leben im Hier und Jetzt unerträglich für Martin war? Er hatte von solchen Sachen gelesen. Es gab Menschen, die in unterschiedlichen Welten lebten. Sie hatten sogar unterschiedliche Existenzen, waren mal Mann, mal Frau. Schizophrenie nannte man das. War er dabei, verrückt zu werden? Hastig kramte Martin seinen Geldbeutel hervor und öffnete das Kleingeldfach. Er fand ein Fünfzigpfennigstück, einen Groschen und zwei Pfennige. Und da waren die kleinen Silber- und Goldmünzen, die er am Vortag in der anderen Zeit für seine Silbermünze eingetauscht hatte. Nein, er war nicht verrückt. Er hatte das alles tatsächlich erlebt. „Aber warum kann ich heute nicht hinein?", flüsterte er. Er war völlig verzweifelt.

Als er in seinen Zug einstieg, fiel sein Blick auf die große Uhr überm Bahnsteig: 13 Uhr 40. Er hatte sechs Stunden gehabt. Gestern nur vier. Konnte es an der Tageszeit liegen? „Ich war gestern in der Stadt beim Münzhändler und bin gegen 12 Uhr beim Bahnhof angekommen." Beim zweiten Mal, als er noch mal durch die Zaunlücke geschlüpft war, war es ein wenig später gewesen, aber auf alle Fälle vor 13 Uhr. Stand das Tor in die andere Welt nur zwischen 12 und 13 Uhr offen?

„Das wäre eine Erklärung", murmelte Martin. Er fühlte große Erleichterung. Das musste es sein. Der Durchgang war nur um die Mittagsstunde geöffnet. Ab 12 Uhr mittags bis 13 Uhr. Eine Art Geisterstunde mittags am helllichten Tage von zwölf bis eins. Der Durchgang durfte nicht für immer geschlossen sein. Das würde zu sehr wehtun. Martin seufzte. Zu seiner Erleichterung gesellte sich Enttäuschung. Er hatte Montag, Donnerstag und Samstag jeweils sechs Stunden und Dienstag fünf. Nur Mittwoch und Freitag hatte er vier Stunden. Dann könnte ich nur an zwei Tagen pro Woche dorthin! Der Gedanke machte ihn traurig. Er hatte sich in seiner Fantasie jeden Tag in der fremden, wunderbaren Welt gesehen. Nun, es sollte nicht sein. „Wenigstens morgen", flüsterte Martin. „Gott sei Dank!"

*

Doch freitags war der Durchgang genauso verschlossen wie am Tag zuvor. Als

Martin durch die Zaunlücke drang, landete er auf den Gleisen des Jahres 1975. Kein Dampfzug. Keine altmodisch gekleideten Leute. Keine gute alte Zeit. Nichts! Martin rutschte das Herz in die Hose. Es ist aus!, dachte er. Niedergeschlagen lief er zu Gleis 6, wo sein Zug wartete. Es hätte eh nix genutzt. Ich hätte nur zwanzig Minuten Zeit gehabt. Ausgerechnet heute fährt der Zug so früh. Sonst muss ich jeden Tag irre lange auf die Abfahrt warten.

„Aber zwanzig Minuten hier wären drüben vier bis fünf Stunden gewesen", raunte die kleine Stimme in Martins Hinterkopf. „Viele Stunden in der Freiheit ohne gemeine, ungerechte Pater, ohne Klassenkameraden, die dich schikanieren, ohne Drecksmoppel, ohne den Flenner-Petzer Walter und ohne schlagenden, tobenden Vater. Vier Stunden Martin! Vielleicht sogar fünf!" Martin hatte nur noch eine einzige Hoffnung. Vielleicht war der Durchgang nur mittwochs geöffnet. Das wäre verdammt hart, sicher, aber besser als nichts. „Und wenn nicht?", wisperte Martin. Er ließ den Kopf hängen. „Dann ist alles wieder so wie vorher." Er starrte in die Ferne. „Dann bleibt mir nur Selbstmord." All seine Hoffnungen setzte er auf den kommenden Mittwoch. Noch konnte er hoffen. Die Hoffnung stirbt zuletzt.

Martin stieg in den Zug. Er suchte sich einen Platz in einem Nichtraucherabteil. Er wählte ein Abteil, in dem er für sich alleine war. So mochte er es am liebsten: niemanden um sich. Dann fühlte er sich wohl. Es war gut, wenn keine Menschen um ihn waren. Menschen waren oft gemein und bösartig; zumindest unfreundlich.

In Bayern nicht, dachte er. Wie nett und freundlich die Leute dort in jenem zauberischen Land gewesen waren. Martin wurde ganz anders, als er daran dachte. Hoffentlich komme ich nächste Woche durch und lande in diesem herrlichen Land. Bitte, lieber Gott!

Eine Frau mit zwei kleinen Kindern betrat das Abteil. Sie setzte sich in die Vierersitzecke genau gegenüber von Martin, obwohl auch sonst überall genug Platz war. Kaum saß sie, schnauzte sie die Kinder an: „Sitzt ruhig! Hört auf zu zappeln!"

Dem kleineren Kind fiel ein Spielzeug auf den Boden.

„Bück dich gefälligst“, rief die Frau. „Na los! Bücken.“

Bücken. In Martins Kopf kam eine Erinnerung hoch. Bücken ... „Und büüücken.“

In Niederbexbach war es und er war sieben. Jemand hatte ihm ein jämmerliches kleines Spielzeug mitgebracht, eins von den Dingern, die manchmal Kaffeedosen oder Nudelverpackungen beilagen. Es waren kleine blaue Streifchen aus weichem Plastik mit Löchern an den Enden. Durch diese Löcher konnte man gelbe Stiftchen stecken und auf diese Weise kleine Sachen mit den blauen Leisten basteln. Martin hatte so etwas wie eine Giraffe gebaut. Die hatte er auf dem Wohnzimmerteppich hin- und herlaufen lassen. Immer wieder bog er den „Hals“ der Giraffe nach unten und sagte dazu: „Und bücken!“ Das Wort „bücken“ zog er in die Länge: „Und büüücken!“ Er versank ganz und gar in seinem Spiel und schreckte verdattert hoch, als plötzlich seine Mutter neben ihm stand und ihn anschrie: „Hörst du endlich auf mit dem saudämlichen Gequatsche! Da wird man ja verrückt!“ Martin erstarrte vor Schreck. War es jetzt schon verboten zu sprechen? Demnächst würde man ihm dann wohl das Atmen verbieten, weil man da auch immer in gleicher Reihenfolge dasselbe machte: einatmen und ausatmen. „Halt bloß den Mund!“, tobte seine Mutter und dampfte ab.

Martin blieb fassungslos zurück. Er hatte doch bloß gesprochen und nicht einmal sehr laut. Was ging seiner Mutter da auf die Nerven? Aber er war viel zu ängstlich, um sich aufzulehnen. Darum spielte er weiter mit seiner „Giraffe“ aus Plastikstreifchen. Immer wieder ließ er sie sich bücken und seine Lippen formten: „Und büüücken“, ohne ein noch so leises Geräusch herauszulassen. Das konnte seiner Mutter ja wohl nicht auf die Nerven gehen.

Ging es aber! Martin war nicht darauf gefasst. Irgendwie hatte seine Mutter sich leise angeschlichen und ihn beobachtet. Plötzlich wurde er grob hochgerissen. „Was habe ich dir gesagt?“, brüllte die Mutter. „Häh? Was habe ich dir gesagt? Dass du den Rand halten sollst! Jetzt kannst du was erleben!“

„Ich habe doch gar nicht gesprochen!“, schrie Martin voller Verzweiflung. „Ich habe nur die Lippen bewegt!“

Es nutzte nichts. Seine Mutter holte die hölzerne Kleiderbürste und prügelte ihn windelweich. Martin schrie sich die Kehle heiser. Seine Mutter schlug und schlug. Sie hörte nicht auf. Martin kreischte vor Schmerz und Entsetzen. Er heulte und schrie. Schließlich ließ das Monster von ihm ab. „Noch ein Wort, und ich schlag dich kaputt!", brüllte seine Mutter. „Wag dich, noch *ein* Wort zu sagen, und es geht rund! Ins Erholungsheim werde ich dich schicken, du dämlicher Zehwehupser!" Wütend dampfte sie ab. Martin lag heulend auf dem Boden, zusammengekrümmt wie ein Igel, ein Häufchen zerstörter Mensch.

Eklige Drecksmutter!, dachte Martin und schaute aus dem Zugfenster. Hast mich immer zusammengeschlagen. So was wie du ist doch keine Mutter! Ein Monster warst du! Ich hatte kein einziges Wort gesagt! Ich habe keinen noch so leisen Ton von mir gegeben! Und doch hast du behauptet, ich nerve dich! Pah! Pure Gemeinheit war das! Du wolltest deine miese Laune an mir auslassen, sonst nichts! Und steck dir dein Erholungsheim an den Hut! Du kannst mich nicht mehr hinschicken. Du bist tot und Vater hat noch nie ein Erholungsheim erwähnt. Wahrscheinlich gibt es das gar nicht. Das hast du dir nur ausgedacht, um mir Angst zu machen.

Seine Mutter hatte ihm die gesamte Kindheit über mit dem Erholungsheim gedroht. In den schwärzesten Farben hatte sie das Heim ausgemalt. Dort wurden die Kinder geschlagen und im Keller ohne Licht eingesperrt und abends ans Bett gekettet. Es gab zu wenig zu essen und die Kinder hatten Angst und schreckliches Heimweh. Martin bekam eine Heidenangst vor dem Erholungsheim, wobei er sich dauernd fragte, wieso eine solche Einrichtung Erholungsheim genannt wurde. Von Erholung konnte doch keine Rede sein. Das war eher ein Kinder-KZ, so wie seine Mutter es immer schilderte. Vor allem wegen seines Zehwehupsens sollte er in dieses fürchterliche Erholungsheim.

Pah!, dachte Martin, während er eine rote Rangierlok dabei beobachtete, wie sie drei Güterwaggons zog. So eine warst du! Will mich wegen des Zehwehupsens bestrafen! Dabei warst du selbst dran schuld, dass ich ein Zehwehupser war! Doktor Kräuter hat es dir gesteckt! Und wie! Und der Orthopäde aus Homburg hat es dann bestätigt. Du allein bist schuld, dass ich ein Zehwehupser bin!

Zwei Gleise weiter fuhr eine dunkelgrüne Elektrolok vorbei. Martin merkte auf. Eine E 44! Toll! Es war eine der altmodischen Elektroloks aus der Vorkriegszeit, die vorne und hinten eine Art Motorhaube hatte. Martin liebte die altmodischen Lokomotiven. In Homburg sah man sie manchmal. Noch immer wurden sie vor Güterzügen eingesetzt. Besonders gefiel ihm die dunkelgrüne Farbe.

Die Loks in Bayern sahen aber schöner aus, dachte er. Viel schöner als unsere langweiligen schwarzen Dampfloks mit den roten Rädern. Das dachte er, seit er auf einer Ausstellung im Homburger Bahnhof Abbildungen der alten Länderbahnloks gesehen hatte. Dass Dampflokomotiven dunkelgrün statt schwarz waren, hatte ihm sehr gut gefallen. Martin seufzte in sich hinein. Mit ein wenig Glück würde er nächsten Mittwoch welche sehen. Wenn es doch nur wahr werden würde.

*

Sonntags war Martin nach dem Mittagessen mit dem Abwasch dran. Mit dem Abwasch war es lange Zeit nicht so gerecht zugegangen. Zwar sollten alle vier Kinder der Reihe nach den Abwasch machen, aber Moppel bevorzugte ihren Sohn Walter ganz klar. Das war vor allem sonntags offensichtlich. Sonntags mittags kochte Moppel immer „etwas Besonderes", was bedeutete, dass sie zig Töpfe und Schüsseln benutzte. Der arme Tropf, der den Abwasch nach dem Mittagsmahl an Sonntagen erwischte, hatte alle Hände voll zu tun. Seltsam war nur, dass Walter, wenn er an der Reihe war, stets sehr schnell fertig wurde. Martin fand bald heraus, warum: Er selbst kam nach Walter dran und ihm fiel auf, dass er montags immer eine erstaunlich große Geschirrmenge zu waschen und abzutrocknen hatte. Dabei kochte Moppel montags nie „etwas Besonderes". Im Gegenteil. Manchmal wärmte sie montags „Besonderes" vom Sonntag nur auf. Mehr als zwei Töpfe verbrauchte das nicht. Doch für Martin standen montags stets vier bis fünf Töpfe parat nebst ein bis zwei verkrusteten Pfannen und verkleckerten Soßen- und Salatschüsseln.

Er merkte, dass Moppel absichtlich Töpfe, Pfannen und Schüsseln von sonntags aufbewahrte und sie ihm montags unterschob, damit Walter sonntags nicht so hart schuften musste. Bei Martin und seinen Geschwistern war Moppel nicht so rücksichtsvoll. Die Welters mussten alles waschen und abtrocknen, wenn sie sonntags an der Reihe waren, auch wenn sie dazu dreimal aufs Neue heißes Wasser nehmen mussten und eine Stunde lang schrubbten. Ausnahmen gab es nur für den hochwohlgeborenen Herrn Walter Röder, Moppels eingeborenen Sohn.

Das erfüllte Martin mit wildem Grimm. Sein Leben war auch ohne diese gemeine Ungerechtigkeit schlimm genug. Was Moppel machte, war schlicht eine Sauerei. Martin bemühte sich, beim Abwaschen seine hochquellende Wut nicht sichtbar werden zu lassen. Mit steinernem Gesicht wusch er die Sachen. Moppel durfte nicht sehen, wie wütend er war, sonst würde Drecksmoppel ihn bei seinem Vater verschuften, wie Drecksmoppel es im vergangenen Jahr getan hatte, als Martin der Kragen platzte und er sich montagmittags beschwerte.

Er hatte damals ganz genau aufgepasst, wie viele Pfannen, Töpfe und Schüsseln Walter sonntags abgewaschen hatte. Wesentlich weniger als Moppel benutzt hatte! Moppel hob die versifften, verkrusteten Dinger wieder mal für Martin auf.

Montags gab es aufgewärmtes „Besonderes“ von sonntags: grüne Bohnen. Dazu kochte Moppel Salzkartoffeln. Insgesamt verbrauchte das gerade mal zwei Töpfe. Abwaschen musste Martin aber nicht nur zwei Töpfe, sondern sechs und dazu noch eine total verkrustete Pfanne und eine dreckige Soßenschüssel.

Da konnte er den Mund nicht mehr halten. Er wandte sich an Moppel: „Sag mal, kochst du in fünf Töpfen Salzkartoffeln? Oder wieso habe ich so viele Töpfe?“ Seine Stimme nahm einen schneidenden Ton an. „Und die Salzkartoffeln hast du anscheinend vor dem Kochen noch in der Pfanne gebraten und dazu auch noch Soße in eine Soßenschüssel getan, obwohl es heute Mittag überhaupt keine Soße gab. Ich musste aber eine versaute Pfanne und eine versiffte Soßenschüssel abwaschen und vier Töpfe zusätzlich! Ich weiß genau, was du machst: Immer wenn Walter sonntags mit Abwaschen dran ist, behältst du dreckige Töpfe für montags über. Die muss ich dann abwaschen und Walter kann sich drücken.“

Zuerst war Moppel sprachlos. Das kam nicht oft vor. Martin hatte mitten ins Schwarze getroffen. Dann versuchte sie sich herauszureden und faselte etwas von „Gemüse erst vorkochen“ wegen verschiedener Garzeiten.

„Du lügst doch!“, sagte Martin. „Es gab nur eine Sorte Gemüse: grüne Bohnen von gestern. Aufgewärmt! Dafür brauchst du keine zusätzlichen vier Töpfe und schon gar nicht eine Pfanne und die Soßenschüssel. Das hast du von gestern für mich aufgehoben, damit ich Walters Arbeit machen muss. Das machst du schon, seit ihr bei uns eingezogen seid! Ich habe genau aufgepasst!“

„Red du man nüscht so jroßspurig!“, sagte Moppel mit ihrem Berliner Dialekt, den Martin im Laufe der Monate zu hassen gelernt hatte. „Sei man froh, dass de wat Anständijes Jekochtes uffn Tisch kriegst, wennde ausse Schule kommst.“

„Das hatte ich vorher auch. Da hat Oma für mich gekocht und vorher meine Mama“, gab Martin hitzig zurück. „Wenn ich immer Walters Geschirr mitspülen muss, verzichte ich gerne auf dein Essen und esse wieder oben bei Oma und Opa. Dort habe ich ja auch mein Zimmer, weil ich bei eurer Ankunft aus meinem eigenen Zimmer rausgeschmissen wurde!“ Damit war er abgedampft. Der dummen Kuh hatte er es gezeigt! Die hatte vielleicht blöde aus der Wäsche geschaut. Dachte die etwa, er würde sich ihre dreckigen Spielchen ewig gefallen lassen, dieses hinterhältige Aas? Nicht mit Martin Welter! Der war nicht auf den Kopf gefallen.

Als er abends nach Hause kam, spürte er sofort, dass Unheil in der Luft lag. Sein Vater zitierte ihn ins Wohnzimmer. „Was war da los heute Mittag?“, blaffte er Martin an.

Martin zeigte auf Moppel: „Das hat die dir doch schon alles erzählt. Das sehe ich doch!“

Klatsch!, hatte er eine Ohrfeige weg.

„Ich habe dich was gefragt!“, brüllte sein Vater. „Was war heute Mittag los? Gib Antwort, du Rotzkäfer!“

„Ich habe sie nur gefragt, ob sie in fünf Töpfen, einer Pfanne und einer Soßenschüssel Salzkartoffeln kocht“, rief Martin unter Tränen. „Immer habe ich montags so viele Töpfe und Pfannen, obwohl es gar nicht so viel verschiedenes Essen gibt. Sie hebt Walters dreckiges Geschirr von sonntags für mich auf und jubelt es mir unter.“ Martin wusste, er war reif, aber kampflos wollte er nicht aufgeben.

„Jahr nüscht wahr!", ereiferte sich Moppel. „Wat erlaubste dir denn? Ik brooch ja ooch man Töppe, um dat Essen vorzebereidn und so. Dat ha ik dir schon heute Mittach jesaacht."

„Aber keine fünf Töpfe!", rief Martin. „Und schon gar keine Pfanne! Da war ja noch die Kruste vom Schnitzelbraten gestern drin. Ich habe es genau gesehen. Und heute gab es keine Soße zum Mittagessen. Ich musste aber eine versiffte Soßenschüssel abwaschen! Da war die Soße schon ganz eingetrocknet seit gestern. Die habe ich fast nicht sauber bekommen! Du machst das absichtlich. Seit ihr bei uns eingezogen seid, muss ich Walters Sonntagsgeschirr mit waschen. Das ist total ungerecht!"

Es half nichts. Sein Vater war Moppel hörig. Was Drecksmoppel sagte, war Gesetz. Der Vater schleppte Martin in den Flur und verprügelte ihn nach Strich und Faden mit der Kleiderbürste. Martin schrie wie am Spieß. Sein Vater schlug erbarmungslos zu. Es nahm kein Ende. Martin flog heulend und schreiend im Gang umher wie ein nasser Putzlumpen, während sein Vater mit viehischer Wut wahllos auf ihn eindrosch. Martin pisste sich nass. Martin verlor die Kontrolle über seinen Schließmuskel. Er schiss sich die Hosen voll vor Schmerz. Sein Darminhalt ging ab. Er konnte nichts dagegen tun. Der Vater schlug ihm wortwörtlich die Scheiße aus dem Hintern. Als sein Vater endlich aufhörte, wand sich der Junge wie ein Aal am Boden. Vor lauter Schreien bekam er kaum noch Luft.

„Untersteh dich, noch einmal so etwas zu Moppel zu sagen!", brüllte der Vater. „Dann lernst du mich mal richtig kennen, du Arschloch!"

Martin bekam vor Schreien keine Luft mehr. Zu den grauenhaften Schmerzen gesellte sich blanke Todesangst. Er würde ersticken! Er würde ersticken, weil er vor lauter Brüllen nicht mehr atmen konnte! Die Umgebung verschwamm vor seinen Augen. Verzweifelt versuchte er, Luft zu holen. Es dauerte ewig. Eine rot glühende Eisenklammer presste seine Bronchien zusammen. Irgendwann ging es. Er konnte wieder einatmen zwischen Schreien und Schluchzen.

„Schaff dich aus meinen Augen, du dreckiger Rotzkäfer!", brüllte sein Vater mit zornrotem Gesicht. „Hau ab, du verfluchtes Arschloch! Noch einmal so eine Aktion, und du landest im Erziehungsheim!“

Martin kam schwankend auf die Beine. Er konnte kaum stehen. Laut weinend humpelte er zur Korridortür. Bevor er die Wohnung verließ, sah er das Funkeln in Moppels stechenden Augen. Es war deutlich zu erkennen, dass die dreckige Frau sich ein genüssliches Triumphgrinsen verkniff. „Jetzt haste jekriegt, was de verdienst“, sagten ihre Augen. „Det waachste nüscht noch mal, sowat zu mir ze saachn!“

Martin kroch heulend die Treppe hinauf zur Wohnung seiner Großeltern, wo sein Zimmer lag. Er kroch auf allen vieren, weil er nicht auf zwei Beinen treppensteigen konnte. Er musste in die Badewanne, um sich zu säubern.

„Jesses nää!“, hörte er draußen die Großmutter zum Großvater sagen. „Der hat den Jungen so verschlagen, dass er sich vollgeschissen hat! Der hat sich bis ins Kreuz verschissen!“

Moppel behielt recht: Martin wagte es nicht mehr, etwas zu sagen. Die brutale Folter hatte ihn zerbrochen. Er hatte viel zu viel Angst, wieder so grauenhaft zusammengeschlagen zu werden. Was blieb, war abgrundtiefer Hass auf die hinterhältige Frau an der Seite seines Vaters.

Martin trocknete den letzten Teller ab. Er hängte das Geschirrtuch auf und verstaute das saubere Geschirr im Küchenschrank. Ein Gutes hatte die Sache aber gebracht: Moppel traute sich nicht mehr, so viele Töpfe und Pfannen zu verziehen. Ein oder zwei Stück waren es immer noch, und immer hatte das dreckige Aas dieses selbstzufriedene Funkeln in den Augen, wenn es sah, dass Martin das genau erkannte, es aber nicht wagte, sich zu beschweren. Aber ein oder zwei Töpfe waren nicht so extrem wie vier oder fünf mit verdreckten Salat- und Soßenschüsseln und verkrusteten Pfannen dazu. Doch wie genoss Moppel es, Martin zu drangsalieren! Sie schaute immer ganz genau zu, wenn er montags abwusch, einen lauernden Ausdruck in den Augen. Sie lauerte darauf, dass er sich verplapperte. Dass er etwas sagte, was sie dem Vater petzen konnte, damit der Martin wieder halb zu Tode drosch. Wahrscheinlich geht ihr jedes Mal einer ab, wenn sie das macht!, dachte Martin wütend. Diese Dreckskuh!

*

Nach dem Mittagessen war Familienspaziergang angesagt, was Martin nicht ausstehen konnte - nicht, seit Moppel und Walter dabei waren. Wenigstens fuhren sie heute nicht mit dem Auto. Dann mussten sich die Kinder zu viert auf der engen Rückbank des kleinen Renault 8 zusammenquetschen und Walter durfte immer am Fenster sitzen. Es war zum Kotzen. Natürlich hatte Walteer sich auf den Außensitz gedrängelt, um Martin etwas wegzunehmen. Der blöde Depp schaute grundsätzlich nie zum Fenster hinaus, sondern quakte an- und ausdauernd ins Auto hinein. Aber er musste außen sitzen, um zu beweisen, dass er durfte, was er wollte, und Martin der Dumme war. Denn Martin hatte beim Autofahren früher immer gerne zum Fenster hinausgeschaut und die vorbeiziehende Landschaft betrachtet. Nun ging das nicht mehr, weil er mitten im Auto sitzen musste. Wenn Moppel und Walter dabei waren, mochte Martin die Sonntagsausflüge nicht. Nicht mehr.

Früher hatte er diese Spaziergänge und Ausflüge mit dem Auto geliebt. Nach dem Tod seiner Mutter hatte es viele Monate lang keine gegeben. Eines Tages hieß es: Ab ins Auto. Wir gehen spazieren. Martin war hocherfreut. Aber sein Vater bog am Ortsausgang in die Kolling ab. „Du fährst ja wieder zurück“, sagte Helmut von hinten.

Martin saß auf dem Beifahrersitz, und er sah es schon von Weitem. Frau Röder und ihr Sohn Walter standen am Straßenrand. Er wusste sofort, dass das Absicht war, ein abgekartetes Spiel. Als sein Vater anhielt, musste Martin nach hinten auf die Rückbank und Walter bekam den Fensterplatz. Martins Freude erlosch schlagartig. Er hatte sich auf einen Spaziergang mit dem Vater und seinen Geschwistern gefreut. Das Letzte, was er wollte, war, dass die Röders mit von der Partie waren. Er hatte schon seit längerer Zeit den Verdacht, dass sein Vater etwas mit Frau Röder hatte. Ausgerechnet mit der!

Als sie noch in der Ludwigstraße gewohnt hatte, war ihm die Frau mit dem stechenden Blick bereits aufgefallen. Wenn sie ihn ansah, fühlte sich Martin unwohl. Er war damals neun Jahre alt und diese Frau schaute ihn an wie eine böse Hexe, die nichts Gutes im Schilde führte. Und von Walter wusste er, dass er ein Flenner und Stänker war. Keiner wollte mit dem Kerl spielen. Wo er auftauchte, säte er Zwietracht. Er hatte das Talent, alle in einer Gruppe gegeneinander aufzubringen. Ging etwas nicht nach seinem verblödeten Dickkopf oder bekam er ein paar wohlverdiente Knüffe, flennte er sofort los wie ein Baby. Richtig spielen konnte der nicht und Fantasie hatte er auch nicht. Immer mussten andere ihn unterhalten. Er war zu nichts zu gebrauchen, traute sich nichts und hatte an allem herumzumäkeln. Und so einen musste Martin von nun an jeden Sonntag ertragen.

Jede Woche fuhren die Welters mit Moppel und Walter irgendwo hin. Weil das Trauerjahr für Martins Mutter noch lange nicht um war, lasen sie Moppel und ihren blöden Sprössling stets draußen in der Kolling auf. Auf der Heimfahrt tat der Vater dann, als hätten sie die Röders zufällig vor der Stadt aufgelesen. Als hätte das etwas genutzt! Bald zerriss sich halb Bexbach das Maul über die Sache. Schlimm war das. Spießrutenlaufen durch den ganzen Ort. Überall wurde Martin hinterhergetratscht. Als ob er was dafür gekonnt hätte! Er wollte Moppel und Walter doch überhaupt nicht!

Aber er musste das Getratsche über sich ergehen lassen. Die Mutter gerade mal drei Monate tot und der Vater fängt was mit einer Neuen an! Martins Mutter war Anfang März gestorben und sein Vater schien tatsächlich bereits im Juni oder Juli mit Moppel angefangen zu haben. Martin hatte gleich einen Verdacht gehabt und natürlich hatten die Leute in den Kneipen, in denen sein Vater verkehrte, es mitbekommen. Schließlich war Moppel in einer der Kneipen Bedienung gewesen und dort hatte er sie kennengelernt. Der erste Sonntagsausflug fand im August statt. Da war Martins Mutter gerade mal ein halbes Jahr tot. Kein Wunder, dass die Leute sich das Maul zerrissen.

Am schlimmsten waren Martins Großeltern. Anfangs wohnten Moppel und Walter noch ein Haus weiter oben an der Straße bei Ruffings im ersten Stock unterm Dach. Wenn der Vater zu Hause sagte, er gehe zu Herrn Ruffing auf Besuch, war kaum die Haustür ins Schloss gefallen, da keifte die Oma schon los: „Zum Herrn Ruffing? Der meint wohl zum Herrn Röderfing! Zu Herrn Röffing! Zu Frau Rufföder! Zu der Servierknuddel! Zu der Hure!“ Diese Schimpftiraden kamen immer erst, wenn der Vater aus dem Haus war, und sie entluden sich über Martin und seine kleinen Geschwister. Das nervte ungemein. Martin konnte es nicht mehr hören. Sollten die Großeltern es ihrem Sohn ins Gesicht sagen! Aber dazu waren die viel zu feig. Die machten immer nur die Faust in der Tasche und Martin konnte sich hinterher das wütende Gekreische anhören. Es war unerträglich.

Und dann fingen auch noch die Sonntagstouren mit Moppel und Walter an. Nach dem ersten Mal sagte Martin, er wolle nicht wieder mit. Aber er musste. Er war erst zehn und er hatte zu tun, was sein Vater befahl. Martin hasste es. Er hasste es, zu viert hinten eingepfercht zu sein, er hasste Walters blöde Art und seine unerträgliche Angeberei und er konnte Moppel von Anfang an nicht ausstehen. Zu Beginn der Sache hegte er noch die Hoffnung, das Ganze möge bald wieder auseinandergehen. Das hörte man doch oft, dass eine Beziehung wieder endete.

Sonntagabends nach dem Ausflug aßen sie immer bei Moppel daheim. Martin mochte Moppels Essen nicht. Am widerlichsten fand er die Dose Thunfisch, die es immer gab. Es gab kein Entrinnen vor dem ekligen Fraß. Es war Thunfisch in Tomatentunke mit Zwiebeln. Martin mochte keinen Thunfisch, weil der so aufdringlich schmeckte. Er ekelte sich vor der dickflüssigen, süßlich-öligen Tomatentunke und noch mehr ekelte er sich vor den weichen, schlabberigen Zwiebeln. Moppel merkte das und lud ihm absichtlich viele Zwiebeln auf den Teller. Dabei hatten ihre Augen diesen stechenden Ausdruck. „Dir werd ik et schon zeijen, Freundchen!", sagte dieser Blick. Die Frau war ein gemeines Aas.

Das einzig Genießbare an der gesamten Thunfischdose waren die Erbsen. Leider waren immer nur zwei oder drei Stück drin, und die bekam immer Walter. Mit genüsslich verdrehten Augen aß er dann Martin etwas vor. Er wusste genau, dass Martin die Erbsen selbst gerne gehabt hätte und der Rest der Thunfischdose ihn ekelte. Walter war noch widerlicher und gemeiner als seine Mutter.

Leider ging die Sache keineswegs auseinander. Im Gegenteil. Eines Abends kam Martin nach Hause und Moppel und Walter waren bei ihnen eingezogen. Es war ein Schock für Martin. Jetzt musste er Moppel und ihren verzogenen Walter nicht nur sonntags ertragen, sondern jeden Tag. Noch dreckiger fand er, dass man ihn aus seinem Zimmer hinauswarf. Walters Schlafzimmer war oben bei den Großeltern im Nebenzimmer aufgebaut worden und Martin musste dort einziehen. Walter erhielt Martins Sachen und zog in den Raum, den Martin zuvor mit Helmut bewohnt hatte. Martins Bücherregal blieb auch unten.

Dieses Regal hatte der Vater ihm zum ersten Weihnachten nach dem Tod der Mutter geschenkt. Es war schon blöd genug, zu Weihnachten Möbel zu kriegen statt Spielzeug, mit dem man was anfangen konnte, und nun wurde es ihm auch noch gestohlen. Nach weniger als einem Vierteljahr. Martin protestierte energisch. Dafür wurde er windelweich geprügelt. Die Sache war damit für seinen Vater erledigt, nach dem Motto: Braucht Walter was, schlag ich Martin zusammen und stehle es bei ihm. Martin war aufs Äußerste erbittert. Er hatte damals zu Weihnachten nichts bekommen als das dämliche Regal und einen Teller mit Süßigkeiten, und nun stahl man ihm das auch noch.

Noch ekelhafter war es, das Schlafzimmer von Walter bewohnen zu müssen. Erst einmal fand er die Farbe scheiße: kalkweiß. Das sah ja wohl voll daneben aus! Wie ein Mädchenschlafzimmer! Und Walter nutzte die Situation, um Martin ständig zu drangsalieren. Mit Genuss erzählte er Martin, wie oft er früher ins Bett gemacht hatte und dass er auch einige Male ins Bett gekotzt hatte. Tatsächlich war die Matratze voller Pisse- und Kotzeflecken und die Kotze konnte man noch immer riechen, wenn man die Nase nahe genug an die Flecken hielt. Voll boshafter Freude zeigte Walter Martin die Stellen, wo er alles vollgekotzt hatte. Da half kein Umdrehen und Wenden der Matratze. Überall waren Pisse- und Kotzeflecken! Martin ekelte sich unbeschreiblich, in diesem Bett schlafen zu müssen. Manchmal hatte er das Gefühl, als müsse sich ihm vor Ekel die Haut vom Leib pellen. Wenn er in diesem Bett lag, konnte er nicht einschlafen. Immer roch er die Kotze und dachte, dass er in Walters Abfällen und Ausscheidungen liegen musste. Nachts träumte er davon, dass Moppel mit Walter vorm Bett stand und ihren Sohn aufhetzte: „Denn kotz man anständig los, Walteer. Imma uff den Maatin druff! Los! Kotz man schön!“ Dann reiherte Walter. Er kotzte Martin mitten ins Gesicht. Immer wachte Martin dann schweißgebadet auf und roch Walters Erbrochenes an der Matratze. Es war eine

Qual. Jedes Mal, wenn Walter genussvoll aufzählte, wo er ins Bett gekotzt und gebrunzt hatte, hätte Martin ihm eine aufs Maul geben können, dem dreckigen Kacker, aber er durfte Walteer nicht anrühren, sonst hätte sein Vater ihn zusammengeschlagen.

Walter wusste das genau, und er nutzte es voll boshafter Freude aus. Wo der Dreckskerl konnte, drangsalierte er Martin. Und er petzte zu Hause und Martin wurde bestraft. Wenn Walter dafür sorgen konnte, dass es Martin schlecht ging, fühlte er sich so richtig wohl. Einen solch widerlichen Menschen wie Walter hatte Martin noch nie erlebt. Der Kerl war ein echtes Miststück. Und er hing Martin am Hintern wie eine Windel. Martin wurde die Nervensäge nicht los. Walter verlangte greinend, dass Martin ihn überallhin mitnehmen musste. Moppel befahl es und der Vater auch. Es gab kein Entrinnen vor dem blöden Kerl. Weil Walter so ein Flenner und Stänker war, wollten Martins Freunde ihn nicht mitspielen lassen.

„Du brauchst erst gar nicht zu kommen, wenn du den Blödmann dabeihast", riefen sie schon von Weitem. „Hau ab! Wenn du den mitbringst, spielst du nicht mit!" Hatte Martin Walter dabei, wurde er von seinen Freunden ausgeschlossen. Bald hatte er keine Freunde mehr. Das war schon bitter genug und Walter war ein Quälgeist, der zu nichts zu gebrauchen war. Aber überall musste er dabei sein.

Zum Beispiel wollte Martin in den Ferien eine schöne lange Fahrradtour machen. Selbstverständlich quengelte Walter, dass er mitwolle. Daraufhin erhielt Martin den Befehl, den Idioten mitzunehmen, da konnte er noch so viel protestieren.

„Der ist doch viel zu schlapp für eine Tagestour!", sagte Martin. Es half nichts. Er bekam Walter angehängt. Es kam, wie es kommen musste: Walter machte schon nach einer Stunde schlapp und jammerte herum. Mal fuhr ihm Martin zu schnell, mal gab es zu wenig Pausen, und die Tour als solche war ja viiiiel zu lang. Und langweilig dazu. Immer nur fahren! Wie blöd! Wie doof! Ich sag's Mutti!

Abends petzte Walter weinerlich, wie sehr Martin ihn gehetzt und überfordert habe. Dabei hatten sie gerade mal elf Kilometer geschafft. Das konnte Martin an seiner Saarlandkarte ablesen. Er hatte mindestens dreißig geplant. Es kam ihm fast wie ein Wunder vor, dass er nicht sofort für seine „Sünde" verprügelt wurde. Walter ärgerte sich, dass Martin nicht bestraft wurde, und er hetzte und stänkerte den ganzen Abend.

Obwohl es ihm kein bisschen gefallen hatte, quengelte er beim nächsten Mal wieder, dass er mitwolle. „Du packst es ja doch nicht, du Schlaffi", hielt Martin dagegen.

„Denn fährste ebent nich so dolle!", mischte sich Moppel ein. „Der Walteer ist ja noch so `n Stück jünger wie du. Denn machste ebent man nich so wild!"

Martin kochte vor Zorn. Alles verdarb einem dieser saublöde Walter! War er denn Walters Kindermädchen? Walters Entertainer? Sollte sich doch Moppel um ihren dämlichen Sohn kümmern! Was fiel der ein, ihm ihren kleinen Kacker anzuhängen! Und wie er es hasste, wenn Moppel die Vokale im Namen ihres Sohnes lang zog! Sie sagte nicht Walter, sondern es klang wie Waalteer, wie Wal und Teer. Martin hätte Moppel und Wal-Teer am liebsten auf den Mond geschossen. Er hätte den Schlaffi Wal-Teer leicht verkloppen können. Nur ging das leider nicht, weil Wal-Teer sofort gepetzt hätte. Dann hätte Martin von seinem Vater schreckliche Prügel bezogen. Wal-Teer, dieses Aas, wusste das ganz genau, und er nutzte es aus, wo er nur konnte.

Wie gerade jetzt während des Familienspazierganges (Sonntagsfolter). Es war zwar noch frühlingshaft frisch, aber nicht mehr kalt. Martin trug seine Windjacke. Walter, der verfrorene Hanswurst, hatte sich einen Schal um den Hals gewickelt. „Es ist viel zu kalt, um ohne Schal zu gehen", behauptete er und visierte Martin an. „Du hast kalt ohne Schal!"

„Mir ist kein bisschen kalt", sagte Martin.

„Doch, du hast kalt!", beharrte Wal-Teer. Sie liefen über die große Wiese zum Bahndamm hoch. „Und ob du kalt hast!", bohrte Walter hartnäckig.

„Hab ich nicht!", schnauzte Martin. Er war wütend. Dieser Kacker! Konnte der einen nicht mal fünf Minuten in Ruhe lassen! Wie gerne hätte er dem Deppen einfach eine gescheuert. Dann hätte der Blödian endlich den Mund gehalten. Aber er durfte nicht.

Wal-Teer nutzte das aus. Wie eine blutgierige Bremse umkreiste er sein wehrloses Opfer. „Du hast total kalt!", rief er. „Du kriegst gleich eine Gänsehaut! Ich kann es genau sehen!"

Martin schwieg verbissen. Wenn er nicht reagierte, verging dem Kacker vielleicht irgendwann die Lust, ihn zu quälen. Sie überquerten den Bahndamm und spazierten die Kolling hoch. Walter ließ nicht locker. „Und wie du kalt hast! Ich seh's ja!", trompetete er. Martin schwieg verbissen. Er kochte innerlich vor Wut, ließ sich aber nichts anmerken. Das würde dem Mistbock doch gerade gefallen!

„Du brauchst gar nicht so zu gucken!", quakte Wal-Teer. „Du hast total kalt ohne Schal!" Martin schaute weg und hielt den Mund. Doch Walter gab keine Ruhe: „Du ziehst die Schultern ein! Ich habe es genau mitgekriegt! Weil du kalt hast!"

Sie kamen oben bei der Zementfabrik vorbei. Walter ließ nicht locker: „Du hast kalt! Wahnsinnig kalt! Brauchst nicht so zu tun, als wäre nichts! Du hast kalt! Ich kann es sehen!"

Martin war kurz vorm Siedepunkt. Dieser miese Drecksack! Warum durfte er sich gegen den Kacker nicht wehren?!

„Eiskalt hast du! Ich kann es sehen!", flötete Walter. „Und *wie* du kalt hast!"

Moppel drehte sich um: „Et reicht jetzt! Halt die Klappe, Walteer!" Martin glaubte sich verhört zu haben.

„Aber Martin hat kalt, weil er seinen Schal nicht mitgenommen hat!", blökte Walter. So schnell gab die dreckige Zecke nicht auf. „Eiskalt! Der friert wie irre!"

„Det kann dir ejal sein!", sagte Moppel.

„Er hat aber kalt! Er will es nur nicht zugeben! Man sieht doch, dass er kalt hat!"

Moppel wurde lauter: „Sei man endlich still, Walteer! Wir alle wissen, det der Martin kalt hat. Det haste ja oft jenucht jesaacht!"

„Aber …", begann Wal-Teer. Er war ganz Entrüstung. „Martin hat …"

„Ruhe! Det iss jetzt jenucht!", rief Moppel. Sie war echt sauer.

Martin gab sich Mühe, seine Freude nicht zu zeigen. Endlich! Endlich bekam der widerliche Quälgeist mal eine drauf! Superknorke! Das müsste viel öfter so sein, dachte er. Juchhei!

Wal-Teer schwieg und zog eine Fresse. Martins Herz sang vor Freude. Das geschah dem Hammel recht. Fürs Erste herrschte Ruhe. Weiter hinten am Ausgang der Kolling, wo es unter dem Bahntunnel zur Rotmühle durchging, versuchte Wal-Teer es noch einmal. Er fummelte ostentativ an seinem Schal herum: „Ich habe kein bisschen kalt, weil ich meinen Schal anhabe. Ganz im Gegensatz zu gewissen Leuten, die …"

Moppel stellte sich vor ihn: „Noch een Wort und ik kleb dir eene!"

Da war der Kacker endlich ruhig.

Martin war erstaunt. Das war das erste Mal, dass jemand von den Erwachsenen den Rotzert in die Schranken gewiesen hatte. Sonst durfte Walter Martin immer quälen, so lange und so gehässig, wie er wollte. Den Rest des Spazierganges labte er sich an Wal-Teers beleidigter Miene. Das war schon längst mal fällig, dachte Martin bei sich. So müsste es eigentlich immer sein! Dieser Kacker! Immer quält er mich und ich darf mich nicht wehren. Der Hammel, der dreckige! Wie schön wütend er ist! Das geschieht ihm recht!

*

Mittwoch! Endlich! Martin war vor Ungeduld ganz zappelig. Würde der Durchgang in der Zaunlücke heute für ihn offen stehen? All seine Hoffnung, all sein Sehnen konzentrierten sich auf diese eine Sache. War die fremde Welt offen, war alles gut, selbst wenn er nur mittwochs dorthin gehen konnte. Martin hatte immer wieder nachgerechnet. Wenn er sofort nachdem er aus dem Bus ausstieg, den Durchgang benutzte, konnte er rund zwölf Stunden in der anderen Zeit verbringen. Das würde dicke reichen, ihn von seinem Leben im Hier und Jetzt abzulenken. War der Durchgang aber zu, dann war es vorbei.

„Perdu!", flüsterte Martin. Er saß im Bus, der ihn vom Johanneum zum Bahnhof brachte. In der Schultasche hatte er eine weitere Silbermünze. Nicht dass er noch mehr Geld aus dem Land hinter der Zaunlücke benötigt hätte. Auch so war er dort reich. Doch der Gedanke, noch eine Münze in bayrische Taler und Kreuzer zu wechseln, gefiel ihm einfach. Es erschien ihm als gerechter Ausgleich für alle bisher im Leben erlittene Unbill. Die Silbermünze hatte er aus seinem Versteck im alten Schrank im Keller geholt, wo er seine Münzen und die selbst geschriebenen Bücher aufbewahrte. Seine abscheuliche Großmutter hätte ihm das Zeug sonst womöglich weggeschmissen und seine Leute durften nicht wissen, dass er so viel Silber besaß. Das hätte sie misstrauisch gemacht. Von seinem kargen Taschengeld allein hätte sich Martin das nämlich nicht leisten können.

Wenn der Durchgang offen ist, werde ich als Erwachsener vielleicht auf immer dorthin gehen, dachte Martin bei sich. Bis dorthin sammle ich emsig Silbermünzen und nehme sie dann mit, wenn es so weit ist. Dann bin ich ein gemachter Mann. Der Gedanke hatte was. Quasi als Lottomillionär in die gute alte Zeit auswandern. Leider waren es noch schrecklich viele Jahre bis zu Martins Volljährigkeit. Er hätte noch mehr Silber anhäufen können. Aber sein Vater strich ihm das Taschengeld für einen Monat, wenn er eine Note schlechter als eine Drei nach Hause brachte. Ein Vierer, und es herrschte einen Monat Ebbe in der Kasse. Bei Fünfen und Sechsen gab es zusätzlich Schläge und Gebrüll. Im vergangenen Jahr hatte der Vater weniger gebrüllt und geschlagen. Das lag daran, dass Martin die Klasse wiederholte, und weil er den Stoff bereits kannte, schrieb er bessere Noten.

Das zweite Schuljahr am Johanneum war dagegen ein Desaster gewesen. Da hatte es Vieren, Fünfen und sogar Sechsen gehagelt. Martins Leistungen waren nach dem Vorfall beim Wäldchen gegen Ende des ersten Schuljahres am Gymnasium schlagartig abgesackt. Martin schüttelte den Kopf. Bloß nicht daran denken!

Denk lieber an das andere Land!, befahl er sich in Gedanken. Stell dir vor, von zu Hause abzuhauen und in der alten Zeit zu leben. Auch das war eine geliebte Fantasie von Martin. Martin seufzte. Früher konnten zwölfjährige Jungen von zu Hause ausbüxen und Schiffsjunge werden. Leider ging das nicht mehr.

Wenn ich wenigstens ein Zimmer hätte, wo niemand in meinen Schubladen herumspioniert!, dachte er voller Sehnsucht. Seine Großmutter war da ganz schlimm. Immerzu schnauste sie alles aus. Das war der Hauptgrund, warum Martin seine Schätze im Keller verstecken musste. Die Alte hätte ihm seine gesammelten Geschichten sonst längst weggeschmissen, einfach so, aus purer Dreckigkeit. Genau wie sie seinen kleinen Kilometerzähler am Fahrrad aus reiner Bosheit zerstört hatte.

Der Bus hielt vorm Bahnhof. Martin stieg aus. Sein Herz begann vor Aufregung zu klopfen. Er versicherte sich, dass keiner der anderen Schüler auf ihn achtete, und lief zu dem kleinen Stückchen Ödland. Jetzt oder nie! Da war die Lücke im Zaun. „Bitte!", flüsterte Martin. Er zwängte sich durch die Brennnesseln und Brombeerranken. „Nein!" Martin schluckte hart. Er stand auf der anderen Seite des Zauns. Vor ihm lagen die Gleise. Gerade lief ein Zug von Rheinheim kommend im Bahnhof ein. Es waren zwei lange Silberlinge, gezogen von einer dunkelroten V 100. Der Motor der Diesellok brummte. Martin rutschte das Herz in die Hose. „Ich komme nicht durch! Es ist verschlossen!" Er kehrte um und versuchte es gleich noch einmal. Vergebens! Der Durchgang war fort. Da war nur noch eine stinknormale Zaunlücke, sonst nichts.

„Nein!" Martin wimmerte. Es tat weh, so weh, dass er dachte, er müsse vor Schmerz verrückt werden. Es war aus! All seine Hoffnungen zerstoben. Er hockte sich ins Gras, verschränkte die Arme auf den Knien, legte den Kopf auf die Arme und begann zu weinen. Die Enttäuschung war zu schrecklich. Er hatte einen kurzen Blick auf eine heile Welt erhaschen dürfen. Nun war sie ihm verschlossen.

Weit hinten in seinem Kopf sprach eine leise Stimme: „Vielleicht ist die Lücke nur einmal im Monat offen?" Martin glaubte es nicht. Er würde diese wunderbare Welt nie wieder sehen, genauso wenig wie das hübsche blonde Mädchen. Das tat weh. Die ganze Woche hatte er an sie gedacht, sich in Gedanken kleine Fantasiegeschichten vorgestellt, in denen sie einander kennenlernten und Freunde wurden. Von diesen Gedanken hatte er Herzklopfen bekommen. Er hatte das Mädchen sogar in seine neueste Fortsetzungsgeschichte eingebaut. Sie spielte im Wilden Westen und dort hieß das Mädchen Marietta. Sie war aus einem Waisenhaus ausgerissen und hatte sich dem Helden der Geschichte angeschlossen, der in Martins Alter war und wie Old Shatterhand die Weiten des Wilden Westens durchstreifte.

Martin schluchzte. Er würde das Mädchen nie mehr sehen. Es war grausam. Zuerst durfte er einen Blick auf die heile Welt hinter der Zaunlücke tun und dann schlug man ihm die Tür vor der Nase zu. Resignation legte sich wie ein grauer Mantel über ihn. Die Geschichte, nahm er sich vor, würde er noch zu Ende schreiben und das handgebundene Büchlein zusammen mit dem Heft mit seinem Lebensbericht und den Münzen für die Nachwelt verstecken. Und dann sterben. Irgendwie. Er würde einen Weg finden.

Martin stand auf. Er räusperte sich und wischte sich die Augen. „Was soll's?! Drauf gepfiffen!" Doch er konnte nicht darauf pfeifen. Er hatte sich so sehr auf die fremde Welt gefreut. Es tat schrecklich weh, sie nicht erreichen zu können. Er meinte, ein leises, gedämpftes Stampfen zu hören. Martin wandte sich ab. Das war die Konservenfabrik. Dort stampften Maschinen, die Gemüse in Dosen abfüllten. „Was soll es!", wisperte er. „Wenigstens kann ich meine zwei Freistunden ausnutzen. Die nimmt mir niemand."

Er setzte sich in Bewegung. Das gedämpfte Stampfen war immer noch zu hören. Es schien sogar lauter zu werden. Martin hielt inne. Klang das nicht wie …? Er wirbelte herum und schaute den Durchgang an. Sah dann auf seine Armbanduhr, die er in der letzten Pause in der Schule extra noch mal nach der Schuluhr gestellt hatte: 12 Uhr 01. Was war, wenn der Durchgang sich erst genau zur Mittagsstunde öffnete? Zwölf Uhr mittags, eine Art Gegenstück zu Mitternacht. Geisterstunde am helllichten Tag.

Martin quetschte sich durch die Zaunlücke. Direkt vor ihm fuhr ein Zug vorbei, braune Waggons, gezogen von einer dunkelgrünen Dampflokomotive. Martin machte sich vor Erleichterung beinahe in die Hosen. „Ich bin durch!" Heißes Glücksgefühl brandete in seiner Brust auf. Ganz leicht wurde ihm zumute. Die Niedergeschlagenheit war schlagartig verflogen. 12 Uhr! Klar doch! Letzten Mittwoch war er noch beim Münzhändler gewesen. Dadurch war er nach 12 Uhr zu der Zaunlücke gekommen. „Ich kann hinein! Danke, lieber Gott!" Martin atmete tief ein und aus. Ihm war ganz schwummerig vor Erleichterung. Er würde die fremde Welt kennenlernen, sie erforschen. Er würde viele neue Dinge sehen. Er würde jede Woche eine Zeitreise machen. Er würde das umwerfend schöne Mädchen sehen. Bei dem Gedanken bekam Martin heiße Ohren und er fühlte ein süßes Rieseln in seiner Brust. Alles war gut. Selbstmord ade!

Doch das Berichtsheft seines Lebens würde er trotzdem schreiben, nahm er sich vor. Alles sollte niedergeschrieben werden, was ihm in seinem Leben widerfahren war, alle Niederträchtigkeiten, alle Brutalitäten, alle Betrügereien und die Diebstähle. Alles!

Doch zuerst wollte er sich eine Bratwurst kaufen. Sein Magen knurrte bei dem Gedanken. „Ich habe genug Geld für eine Wurst, und wenn ich noch was will, kann ich es auch kaufen." Martin schaute auf seine Armbanduhr. Sie lief ganz normal weiter. Nachher, wenn er wieder in seine Welt zurückkehrte, würde sie vorgehen. „Verrückt!", flüsterte er. „Wie kann etwas so laufen? Wie kann die Zeit an verschiedenen Orten verschieden schnell ablaufen?" Und vor allem: Wenn das so war, war hier in diesem seltsamen Land in einer Woche „draußen" vielleicht ein ganzes Jahr abgelaufen? Martin schluckte. Dann würde das schöne Mädchen innerhalb weniger Wochen zu einer erwachsenen Frau werden.

„Ich muss das überprüfen!" Er ging zum Bahnhofsvorplatz. Am Zeitungskiosk betrachtete er die ausliegenden Blätter. „Mittwoch, den 29. April 1909" stand über der Schlagzeile. Letzte Woche war es der 22. April! Das weiß ich noch ganz genau. Martins Gehirn fühlte sich an, als wolle es in seinem Kopf Purzelbaum schlagen. Wie kann das sein, dass die Zeit hier drinnen und draußen in meiner Welt genau gleich schnell abläuft, ich aber hier drinnen eine Stunde bleiben kann, während dann draußen nur ein paar Minuten vergehen? Ihm kam ein neuer Gedanke. „Draußen" wurde irgendwie „gebremst", wenn er in Bayern war. Egal, dachte Martin. Hauptsache, ich kann mittwochs hierherkommen und einen halben Tag in der Vergangenheit verbringen. Er war selig. Es war kurz nach 12 Uhr mittags. Wenn seine Berechnungen stimmten, konnte er mehr als zehn Stunden in der Vergangenheit verbringen. Ich würde abends nach 21 Uhr fortgehen und bei uns drüben wäre es gerade mal halb zwei am Mittag, überlegte er. Der verführerische Duft frischer Bratwurst stieg ihm in die Nase. Erst mal futtere ich was!

Der Verkäufer erkannte Martin: „Ah, der junge Herr von letzter Woche. Euch hat meine Wurst also geschmeckt?" Er zwinkerte Martin zu: „Schmeckt es besser als bei Euch zu Hause?"

„Das können Sie laut sagen", erwiderte Martin fröhlich. Hier waren alle so nett und freundlich zu ihm. Er nahm die Bratwurst in Empfang und bezahlte. Zufrieden kauend überquerte er den Bahnhofsvorplatz. Er schlenderte Richtung Stadtmitte. Er nahm das lebendige Panorama in sich auf, die Pferdefuhrwerke und die altmodischen Fahrräder, die Leute in den ungewohnten Klamotten. Jedes Mal, wenn er Menschen grüßte, grüßte man freundlich zurück. Die Fahrräder betrachtete Martin besonders genau. Sie hatten dicke Ballonreifen und allesamt Trommelbremsen im Vorderrad. Martin fand die Farben der Räder herrlich. Nicht so grell wie in seiner Welt, kein giftiges Rot oder schreiendes Orange. Hier waren die Fahrräder alle in gedeckten Farben gehalten: bordeauxrot, braun, dunkelgrün, flaschengrün, schwarz. Oder sie hatten helle Pastelltöne.

Er kam an einem Fahrradgeschäft vorbei. Im Schaufenster lag ein Katalog. „Stakenbroks Radkatalog für das Jahr 1909", lautete die Überschrift auf dem Deckblatt. Das versprach eine interessante Lektüre zu werden. Martin aß seine Wurst auf. Dann betrat er den Laden. Der Inhaber verkaufte ihm den Katalog für drei Kreuzer. „Alles, was Ihr darin vorfindet, könnt Ihr bei uns erwerben, junger Herr", sprach er freundlich.

Für Martin war es völlig ungewohnt, von einem Erwachsenen so nett und zuvorkommend behandelt zu werden. Fast schämte er sich vor dem Mann. „Danke sehr", sagte er, wobei er nicht verhindern konnte, dass Traurigkeit in seiner Stimme mitschwang. „Ich werde bestimmt viel Freude an dem Katalog haben, aber ich glaube nicht, dass ich mir ein Fahrrad kaufen kann."

Das Lächeln des Mannes war gewinnend: „Es gibt Räder bereits ab fünfzehn Taler, junger Mann."

Martin bezahlte, steckte den Katalog in seine Schultasche und ging. „Es ist, weil ich das Rad unmöglich mit nach Hause nehmen könnte", sagte er im Fortgehen. Das würde nicht gehen. Unmöglich, ein nagelneues Herrenrad mit nach Bexbach zu nehmen. Wie sollte er das erklären? Doch hier im Königreich Bayern ein eigenes Rad zu besitzen musste der Himmel auf Erden sein auf diesen Straßen ohne jeden Autoverkehr. Martin seufzte. Es sollte halt nicht sein. Als er die Tür des Ladens öffnete, um zu gehen, sagte der Besitzer etwas, das Martin elektrisierte: „Ihr könntet gleich nebenan einen günstigen Stellplatz für Euer Fahrrad mieten." Martin fuhr herum. Der Mann lächelte freundlich: „Festes, regendichtes Dach. Dem guten Stück würde nichts passieren."

„Ich … ich …" Martin geriet ins Stottern. „Das wäre möglich?"

„Aber ja", bestätigte der Ladeninhaber. Er zwinkerte Martin fröhlich zu: „Recht praktisch für einen jungen Herrn wie Euch. Ihr könntet Euer Rad bei uns im Lande unterstellen und immer, wenn Ihr uns besucht, könnt Ihr nach Herzenslust damit durch die Gegend reisen."

Martin fühlte unbändige Freude in sich aufsteigen. Ab fünfzehn Taler. Für einige seiner Silbermünzen bekäme er ein absolut fantastisches Rad, eins mit großen 26-Zoll-Laufrädern und echter Gangschaltung und mit einem Kilometerzähler! „Ich suche mir eins im Katalog aus", sagte Martin. „Nächste Woche komme ich wieder her. Wie lange dauert denn eine Radbestellung, falls mein Wunschrad nicht da ist?"

„Das würde etwa sieben Tage in Anspruch nehmen, junger Herr. Auf keinen Fall länger. Doch unsere Auswahl ist sehr groß, wie Ihr seht."

„Auf Wiedersehen", rief Martin und verließ den Laden.

„Adieu", rief der Ladenbesitzer ihm hinterher. „Bis nächsten Mittwoch."

Martin lief wie auf Wolken durch die Straßen. Ein eigenes Fahrrad! Ein richtiges Herrenrad, nicht so eine Krücke von Klapprad! Und das hier, wo es die herrlichsten Straßen gab, ohne jeglichen Autoverkehr. Ich muss mehr Silbermünzen mitbringen, nahm er sich vor, als er die Bayerische Landbank betrat und seine Münze in Taler tauschte. Danach schlenderte er weiter.

Er kam an einem Geschäft mit Bürowaren vorbei. Kurz entschlossen trat er ein. Schließlich brauchte er ein Heft für seinen Lebensbericht. Warum das komplette Schreibzeug nicht hier im Königreich Bayern kaufen, wo er ein reicher Krösus war? Eine freundliche Dame fragte nach seinen Wünschen und legte ihm geduldig vor, was ihn interessierte. Martin entschied sich für ein Reiseschreibset.

In einem kleinen Lederkästchen fanden Federhalter, verschiedene Stahlfedern und ein Gläschen Tinte Platz. Dazu kaufte er ein extradickes Schreibheft im Format DIN-A5. Für seine Fortsetzungsgeschichten kaufte er lose DIN-A5-Blätter aus feinem Werkdruckpapier. Einmal gefaltet, würde jedes DIN-A5-Blatt vier Seiten im Format DIN-A6 ergeben. So ausgerüstet marschierte er zum Bahnhof zurück.

Aus Neugier machte er einen Umweg durch ein Wohnviertel. Abseits der Hauptstraßen gab es nicht überall Kopfsteinpflaster. Viele Straßen waren im Naturzustand belassen. Rechts und links standen kleine Häuschen aus Sandstein oder aus roten Ziegelsteinen gemauert. Zu jedem Haus gehörte ein ausgedehnter Bauerngarten. Etliche der Häuser waren bunt angestrichen. Alles war farbenfroh, auch die Fensterläden. Manchmal sah Martin einige frei laufende Hühner in den Gärten. Auf der Straße lief ihm ein Hund entgegen. Er wedelte freundlich mit dem Schwanz. Bei uns gäbe es das nicht, dachte Martin. Wegen der Autos. Was für eine schöne Welt. Hier wäre ich gerne aufgewachsen.

An einer Kreuzung spielten ein paar Kinder. Sie trugen einfache Kleidung aus robustem Stoff, der man ansah, dass sie selbst gemacht war, und sie gingen barfuß. Als er wieder in eine der breiteren Hauptstraßen einbog, schnaufte ein Auto an ihm vorbei. Martin starrte das Ding an. Es war ein altmodisches Schnauferl, ein Oldtimer, der mehr wie eine Kutsche ohne Pferde aussah. Was ihn jedoch am meisten beeindruckte, war der Umstand, dass das Fahrzeug nicht laut knatterte. Stattdessen schnaufte es leise und aus seinem Auspuff am Heck entwich Dampf. „Ein Dampfauto!“, flüsterte Martin. „So ein Ding, wie es sie früher mal gab. Wie ein Stanley Steamer!“

Als zu Kaisers Zeiten die ersten Automobile auf Deutschlands Straßen fuhren, wurden beileibe nicht alle von Benzinmotoren angetrieben. Es gab Elektromobile und etliche Autos wurden von Dampfmaschinen angetrieben. Die Kessel unter der Motorhaube wurden von Paraffinbrennern geheizt. Genau solch ein Unikum fuhr die Straße hinunter. Als er Martin passierte, winkte ihm der Fahrer freundlich zu. Martin winkte zurück.

Dann lief er weiter zum Bahnhof, wo er das hübsche Mädchen treffen wollte. Er schaute auf seine Armbanduhr. 12 Uhr 46. Wann fuhr eigentlich ihr Zug ab? Er wusste es nicht. Das hatte er sich nicht gemerkt. In der Bahnhofshalle hing eine große Tafel an der Wand, auf der die Abfahrtszeiten mit Kreide aufgeschrieben waren. „Nach Saarbrücken-Nassau: 12 Uhr 48".

„Ach du grüne Neune!" Martin rannte nach draußen auf Gleis 1. Der Zug fuhr gerade los. Die Lokomotive fauchte und zischte. Die großen roten Treibräder setzten sich in Bewegung. „Ist das überhaupt der richtige Zug?"

Er war es. Das Mädchen schaute aus einem der Waggonfenster. Für einen kurzen Moment trafen sich ihre Blicke. Sie sahen sich an. Dann war der Zug zu weit weg und Martin verlor das Mädchen aus den Augen.

„Oh, Mist!" Martin war enttäuscht und glücklich zugleich. Sie hatte nach ihm geschaut. Da war er sich ganz sicher. „12 Uhr 48, das muss ich mir unbedingt merken."

Er setzte sich auf eine freie Bank und holte den Fahrradkatalog hervor. Seine neue Flamme war fort, war ihm vor der Nase davongefahren. Gut, suchte er sich eben sein Fahrrad aus. Der Katalog war in Schwarz-Weiß gedruckt. Es gab unglaublich viel darin zu entdecken. Die Räder hatten allesamt Nabenschaltungen, doch im Gegensatz zu Martins Welt, wo es nur die Torpedo-3-Gang-Schaltung von Fichtel & Sachs gab, hatte er in Bayern die Wahl zwischen Naben mit 3, 5, 7 oder 9 Gängen. „Neun Gänge! Das will ich haben!" murmelte er. „Und Trommelbremsen vorn und hinten. Keinen dämlichen Rücktritt. Er blätterte zu den Reifen. Die waren allesamt breit, richtige Ballonreifen eben. Es gab Schnelllaufreifen, Profilreifen, Stollenreifen für Schnee und Gebirge und „Extra pannensichere Reifen für den gehobenen Tourenfahrer" mit einer dicken Kautschukeinlage gegen Durchstiche geschützt.

Und erst die Lampen! Von einfachen Kerzenlaternen über Öllampen bis zu teuren Acetylenlaternen gab es alles, was das Radlerherz begehrte. Als Neuheit wurden elektrische Dynamolampen angepriesen. Der Dynamo lief nicht als Reibrolle an der Reifenflanke, sondern er war zusammen mit einer speziellen Trommelbremse in die Vorderradnabe integriert.

Martin begann der Kopf zu rauchen. Er konnte die vielen Informationen, die auf ihn einstürmten, nicht mehr verarbeiten. Aber eines war ihm sonnenklar: Er konnte das alles kaufen. Was immer er wollte. Das war das Schönste daran.

Er klappte den Katalog zu und steckte ihn in seine Schultasche. Sein Blick fiel auf eine kleine Verkaufsbude auf dem Bahnsteig. Ein Schild verhieß hungrigen und durstigen Reisenden Labsal. Martin kaufte sich ein Stück Nusskuchen und eine Limonade. Verhungern werde ich hier nicht, dachte er belustigt.

Er kehrte zu seiner Bank zurück, holte das dicke Heft hervor und machte sein Reiseschreibset fertig. Die umgedrehte Schultasche auf den Knien als Unterlage benutzend, begann er zu schreiben: „Mein Name ist Martin Welter. Ich werde dieses Jahr 13 Jahre alt. Ich werde in diesem Heft Berichte über mein Leben eintragen, weil ich bald Selbstmord begehen werde. Mein Leben ist unerträglich geworden. Ich halte es nicht länger aus. Ich sehe keinen anderen Ausweg mehr."

Martin hielt inne. Das klang ziemlich schwülstig und übertrieben, aber eine bessere Einleitung fiel ihm nicht ein. Außerdem passte die Sprache zu Feder und Tinte. Martin schrieb weiter. In regelmäßigen Abständen musste er die Feder ins Tintenfässchen tauchen. Es schrieb sich erstaunlich leicht auf diese altmodische Weise. Es machte Spaß. Martin vollendete sein Intro und dann schrieb er eine Erinnerung an seine Mutter auf. Sie hatte ihn oft geschlagen, mehr als später sein Vater.

„Als kleines Kind dachte ich, Kinder seien dazu da, von ihren Eltern verprügelt zu werden, weil meine Mutter mich ständig schlug. Bis ich vier Jahre alt war, lebte ich mit meinen Eltern in Neunkirchen in einer Stadtwohnung und hatte praktisch keinen Kontakt zu anderen Kindern. Wie hätte ich es besser wissen sollen? Erst als wir nach Bexbach auf die Rothmühle zogen, fand ich heraus, dass Kinder keineswegs zum Verprügeltwerden auf die Welt kommen. So richtig schlimm wurde es, als wir nach Niederbexbach zogen."

Martin tauchte die Feder ins Tintenglas und schrieb weiter. Die Eltern hatten in Bexbach ein Grundstück gekauft und angefangen, ein Haus zu bauen. Irgendwie war es zum Bruch mit den Vermietern auf der Rothmühle gekommen. Sie konnten nicht dort wohnen bleiben. In Niederbexbach fanden sie eine notdürftige Bleibe, bis ihr Haus fertig war. Es war eine kleine, enge Wohnung unterm Dach. Alle Zimmer hatten schräge Wände. Helmut war damals eineinhalb Jahre alt und Iris noch ein kleines Baby.

Die enge Wohnung musste Martins Mutter arg frustriert haben, denn in Niederbexbach wurde sie schlimmer denn je. Vielleicht war auch der häufige Streit mit dem Vater schuld; Streit vor allem wegen Iris. Iris war nicht geplant. Zwei Kinder hatten es sein sollen, mehr nicht. Es gab in den Plänen fürs Haus nur zwei Kinderzimmer. Doch die Mutter hatte mit Gewalt ein Mädchen haben müssen. Für sie galten nur Mädchen etwas. Auch Martin hatte ein Mädchen werden sollen, eine Martina. Er war eine herbe Enttäuschung für seine Eltern, vor allem für die Mutter. Als sie dann wieder schwanger wurde, stand von Anfang an fest: Diesmal wird es ein Mädchen. Martin war das recht. Eine kleine Schwester zu bekommen gefiel ihm besser, als einen Bruder zu kriegen. Er votierte für Martina als Vornamen. Martin und Martina, das klang irgendwie klasse. Martin und Martina, das unzertrennliche Gespann. Doch dann lernten sie im Italienurlaub Iris kennen, einen kleinen blonden Wirbelwind mit ansteckendem Lächeln. Sie war zwei Jahre alt und wühlte am liebsten im Sand wie ein kleines Baggerchen. Von da an stand fest, dass das Baby in Mutters Bauch Iris heißen würde. Martin fand es schade. Martina hätte ihm viel besser gefallen. Aber Iris war ja auch ganz nett.

Es wurde aber keine Iris. Stattdessen kam vier Tage vor Weihnachten 1967 Helmut zur Welt. Die Eltern waren zutiefst enttäuscht. In der Zeit vor Helmuts Geburt fand Martin heraus, dass er selbst eigentlich ein Mädchen hatte werden sollen. Er belauschte heimlich Gespräche seiner Großeltern und anderer Verwandter. Aus denen ging hervor, wie furchtbar enttäuscht seine Mutter gewesen war, als Martin sich als Junge herausstellte. „Die war ganz außer sich. Die wollte das Kind zuerst gar nicht haben." Martin wusste nicht mehr, wer das gesagt hatte, aber es hatte ihn damals bis ins Mark getroffen, diese Worte zu hören. Schon immer hatte er gewusst, dass mit ihm etwas nicht stimmte. Immer hatte er gefühlt, dass etwas mit ihm nicht in Ordnung war, doch er konnte dieses diffuse Gefühl nicht in Worte fassen. Nun wusste er Bescheid und er war zutiefst verunsichert.

Noch mehr verunsicherte ihn die Ankunft Helmuts. Mit einem Mal war Martin überflüssig. Selbst die Eltern seiner Mutter, die Großeltern, die er von ganzem Herzen liebte, schoben ihn beiseite und nannten ihn plötzlich einen alten Esel. Einen Jungen von fünf Jahren! Das tat furchtbar weh. Mit fünf war man doch kein alter Esel! Aber er wurde so genannt und so behandelt. Das kleine bisschen Liebe, das er bis dahin empfangen hatte, wurde ihm nun auch noch entzogen.

Und die Mutter kam nicht zur Ruhe. Sie wollte den Traum von ihrem kleinen Mädchen nicht aufgeben. Martin hatte oft gehört, wenn die Eltern darüber sprachen. Noch ein Kind konnten sie sich nicht leisten und im neuen Haus fehlte das dritte Kinderzimmer. Einmal belauschte Martin, wie seine Mutter einer ihrer Schwestern ihr Leid klagte. Sie sei so enttäuscht, dass Helmut ein Junge geworden war. Dabei habe sie sich so sehr ein Mädchen gewünscht. Erst Martin und nun Helmut. Und ihre andere Schwester, die Heike, die einen amerikanischen GI geheiratet hatte, die hatte gleich beim ersten Versuch ein Mädchen bekommen. Als die Mutter dann mit Iris schwanger war, hatten Martins Eltern oft Streit miteinander. Der Familiensegen hing schief. Und die Mutter ließ ihre Wut an Martin aus. Noch mehr Prügel.

Mit Iris bekam die Mutter endlich ihr geliebtes Mädchen. Nach ihrer Geburt waren die beiden Jungen nur noch Luft für die Mutter. Bestenfalls zum Arbeiten und Verprügeln gut. In der engen Wohnung in Niederbexbach, die für eine fünfköpfige Familie arg klein war, wurde es für Martin unerträglich. Der geringste Anlass genügte, um seine Mutter durchdrehen zu lassen. Dann schlug sie ihn mit der schweren hölzernen Kleiderbürste windelweich. Sie schlug immer mit ganzer Kraft zu und so lange, bis sie außer Puste war. Oft waren die Schläge so brutal, dass Martin die Kontrolle über seine Blase und manchmal sogar über seinen Darm verlor und die Hosen vollmachte. Beim kleinsten Anlass verwandelte sich seine Mutter in ein irres, tobsüchtiges Monster; ja, sie suchte regelrecht nach Gründen, um Martin schlagen zu können.

Wie damals nach dem Kauf der neuen Kleiderbürste. Die bestand aus schwarzem, stabilem Kunststoff und hatte obendrauf einen rotgrün karierten Stoffbezug. Schottenkaro nannte man das. Die Großeltern väterlicherseits besaßen die gleiche. Martin erinnerte sich an jenen Tag, als sei es gestern gewesen. „Die weihe ich heute noch mit dir ein!", sprach die Mutter drohend. „Damit fasst du sie heute noch, Freundchen! Du wirst schon sehen!" Martin erkannte die lauernde Wut in den Augen seiner Mutter und wusste, dass sie ihr grausames Versprechen wahr machen würde. Er war vor Angst wie erstarrt, ein kleiner siebenjähriger Junge, der nicht verstand, warum seine Mutter ihn dermaßen hasste.

Den ganzen Tag verfolgte ihn die Mutter. Sie beschattete ihn. Sie lauerte darauf, einen Grund zu bekommen, um Martin zu verprügeln. Martin war außer sich vor Angst. Er wagte kaum, sich zu bewegen. Heute, mit zwölf Jahren wusste er nicht mehr, was er damals falsch gemacht hatte. Er erinnerte sich nur an seine irrsinnig große Angst. Vielleicht hatte seiner Mutter bloß nicht gepasst, wie er sie angeschaut hatte. Jedenfalls fand sie gegen Ende des Nachmittags einen Grund, um ihn zu schlagen. Sie packte ihn und schleppte ihn zur Wand, wo die neue Kleiderbürste hing. „Jetzt bist du reif! Jetzt kannst du was erleben!", kreischte sie. Sie verprügelte Martin nach Strich und Faden. Martin brüllte sich heiser. Seine Mutter schlug so brutal zu, dass die neue Kleiderbürste schließlich auf Martins Hintern entzweibrach. Das brachte sie erst recht in Rage. Tobend vor Wut kramte sie die alte hölzerne Kleiderbürste hervor und schlug weiter wie eine tollwütige Irre auf Martin ein. Martin pisste sich nass. Er schiss sich vor Qual die Hosen voll. Als seine tobsüchtige Mutter von ihm abließ, ringelte er sich schreiend am Boden wie ein zertretener Wurm. Seine Mutter schwitzte von der Anstrengung wie ein Rennpferd und ihr Gesicht war dunkelviolett verfärbt.

Martin hielt mit Schreiben inne. Er hatte Herzklopfen. Das schreckliche Erlebnis aus seiner Kindheit aufzuschreiben wühlte ihn auf. Er blätterte zurück und las alles noch einmal durch. Er hatte nüchtern und trocken geschrieben, einen Bericht ohne reißerische Ausschmückungen abgeliefert. Es tat gut, es geschrieben zu sehen. Nun war es für alle Zeiten festgehalten. Andere Menschen würden davon erfahren. Irgendwann.

„Und noch viel mehr von mir!", murmelte Martin. „Ich werde alles aufschreiben, an das ich mich erinnere." Er schätzte, dass er das dicke Heft komplett mit seinen

Erlebnissen füllen würde. Eine Weile starrte er ins Leere. Er bekam nichts um sich herum mit. Es war, als stecke er in einer dunklen, stillen Blase, in einer Art unsichtbarer Gefängniszelle. Er konnte nicht vor und zurück. Er war in dieser Blase gefangen. Es gab kein Entkommen vor den Gedanken, die auf ihn einstürmten. „Warum?", flüsterte er. Seine Lippen bebten verräterisch. In seinem Inneren wühlte grausamer Schmerz. „Warum? Warum hat sie mich so sehr gehasst? Ich habe doch nichts getan. Ich war doch ihr Kind! Wie können Eltern ein Kind dermaßen hassen? Ohne jeden Grund?"

Obwohl er inzwischen zwölf war, konnte Martin es nicht verstehen. Er hatte nichts Schlimmes getan. Er hatte sich stets bemüht, gehorsam zu sein und zu tun, was seine Eltern wollten. Geradezu verzweifelt hatte er um ihre Liebe gekämpft. Doch ihm war nur Hass entgegengeschlagen. Allein. Er war immer allein gewesen. Er hatte in einer Familie ganz allein vor sich hinvegetiert. Wie hatte er sich nach der Liebe seiner Eltern verzehrt! Wenn er sah, wie andere Eltern ihre Kinder umarmten und lieb und zärtlich zu ihnen waren, verpasste ihm das immer einen Stich ins Herz. Manchmal hatte er das Gefühl, als ob er von einem rot glühenden Eisen durchbohrt würde. Kinder brauchten die Liebe ihrer Eltern und sie wollten ihre Eltern lieben. Aber für Martin gab es nur Ablehnung. Nur Wut. Nur Hass. Und Schläge. Entsetzliche körperliche Misshandlungen. Körperliche und seelische Misshandlungen.

Fassungslosigkeit machte sich in Martin breit. Er versuchte verzweifelt, es zu verstehen, aber er konnte es nicht. Wie konnte man so etwas auch verstehen? Es war abnormal, dass Eltern ihre Kinder hassten und dauernd schlugen. Es war abnormal, wie seine Eltern sich ihm gegenüber verhielten. Es war krank. Martin sank in seiner Gefängnisblase in sich zusammen. Er hatte das Gefühl, als drücke ihm ein tonnenschweres Gewicht die Luft zum Atmen ab. Ihm war mit einem Mal eisig kalt. Warum haben sie das getan? Warum? Warum nur?

Er konnte es nicht verstehen. In seinen Augen brannten ungeweinte Tränen. In seinem Herzen brannte unbändiger Schmerz, ein Schmerz, der so groß war, dass er ihn von innen aufzufressen drohte. „Warum?", wisperte er. Sein Inneres war wund und hohl. Er fand keine Antwort auf seine Frage.

Kindergeschrei lenkte ihn ab. Eine Gruppe Schulkinder kam aus dem Bahnhofsgebäude, Drittklässler. Plappernd und schnatternd folgten sie ihrer Lehrerin in die Unterführung. Auf Gleis 4 kamen sie wieder zum Vorschein. Martin beobachtete die muntere Schar. Keines der Mädchen trug Hosen, wie es in Martins Welt durchaus üblich war. Alle trugen einfache Schürzenkleidchen. Die Jungs trugen zumeist dreiviertellange Hosen, die unterm Knie gebunden waren. Dazu einfache Leinenhemden. An den Füßen hatten die Kinder derbe Lederschuhe, Sandalen oder die gleichen Holzschuhe, die auch Martins neue Flamme trug, solche Dinger, die aussahen wie bei Frau Antje aus Holland. Die mit den Holzschuhen waren die Ärmsten unter den Kindern. Das sah Martin an ihrer Kleidung. Die teilweise mehrfach geflickten Sachen mit den verschossenen Farben zeugten von einem langen Leben. Bestimmt war so manche Hose, so manches Hemd und so manches Kleid schon mehrmals unter Geschwistern weitervererbt worden. Aber die Kinder waren aufgeweckt und fröhlich. Keins saß still und in sich gekehrt da und wirkte traurig. In dieser fremden Welt schien es keine Eltern zu geben, die ihre Kinder hassten und schlugen.

Die Lehrerin klatschte in die Hände: „Seid nicht so laut, Kinder! Denkt lieber über unseren schönen Schulausflug nach. Morgen werdet ihr einen Aufsatz darüber schreiben."

Einige Kinder holten Stullen aus ihren Rucksäcken. Andere begannen zu singen. Martin hatte das Lied noch nie gehört. Es handelte vom Abschied von einem Menschen, den man sehr liebte. Vier Strophen führten durch die vier Jahreszeiten. Im Refrain sangen die Kinder immer wieder „Adieu! Adieu!" Die wunderschöne Melodie nahm Martin gefangen. Gebannt hörte er zu. Immer wieder schien sie sich in einer Art Walzertanz um sich selbst zu drehen, kam zum ursprünglichen Thema zurück und veränderte es ein wenig. Das Lied traf Martin mitten ins Herz. Was für eine Melodie. Vom Zuhören bekam er eine Gänsehaut auf den Armen. Er stellte sich vor, auf diese Weise Abschied von dem hübschen Mädchen zu nehmen.

„Adieu! Adieu!

Wenn du mich umarmst, bevor du gehst,

und zum letzten Male vor mir stehst,

sag ich leis zu dir Adieu!

Adieu! Adieu!“

Als das Lied verklungen war, saß Martin eine Weile ganz still da. Die anrührende Melodie schwang in seinem Inneren nach. Es war, als hätte das Lied eine heilende Wirkung auf seine wunde Seele. Adieu ...

Martin erwachte aus seinen Gedanken. Er holte seine Blättersammlung aus der Tasche. Der Reihe nach faltete er die neu erworbenen DIN-A5-Bögen quer zur Mitte. So erhielt er vier Seiten der Größe DIN-A-6, wie bei einem Vokabelheft. Die gefalteten Blätter steckte er ineinander, immer fünf Stück. Später würde er in den Falz mit Bleistift Markierungen machen, wo er die Nadel durchstechen musste, um die Lagen zusammenzunähen. Dann kam Lage auf Lage, bis der Buchblock fertig war. Der Buchblock wurde am Rücken mit einem Streifen Leinenstoff abgeklebt und schließlich in den Einband aus Karton gehängt. Auf diese Weise hatte Martin schon mehrere kleine Bücher gebunden. Die Methode hatte er aus einem alten Werkbuch seines Vaters, in dem er manchmal heimlich las.

Martin besaß Büchlein mit seinen gesammelten Kurzgeschichten und selbst verfassten Romanen. Die Romane gefielen ihm am besten. In einem machten Kinder eine Reise in die Dinosaurierwelt, in einem anderen flogen sie in einem Raumschiff zu den Planeten des Sonnensystems und ein anderer handelte von einem kleinen Mädchen aus dem Waisenhaus, das von einer Familie mit einem Sohn aufgenommen wurde. Das Mädchen hieß Martina und der Junge Martin.

Martin schrieb für sein Leben gern. Als er mir sieben Jahren entdeckte, dass er durch Schreiben seine Erinnerungen konservieren konnte, war das für ihn eine Offenbarung gewesen. Anfangs schrieb er seine nächtlichen Träume auf. Bald fing er an, aus diesen Träumen Geschichten zu machen, und irgendwann begann er damit, erfundene Geschichten zu schreiben, deren Handlung er sich ausdachte. Geschichten von Kindern, die von zu Hause wegliefen und die draußen in einem Versteck lebten und sich von Nüssen und Beeren ernährten, Geschichten von Jungen, die ein Luftschiff bauten oder zur See fuhren.

Geschichten von Geistern auf dem Friedhof. Martins Fantasie war unerschöpflich. Zurzeit schrieb er an einem Roman, der im Wilden Westen spielte. Seit er „Marietta“, wie er seine neue Flamme im Geiste nannte, mit eingebaut hatte, machte ihm die Geschichte doppelt so viel Spaß. Geduldig schrieb er an einer weiteren Fortsetzung. „So! Das genügt für heute!“ Martin packte sein Schreibzeug ein.

Auf Gleis 4 sangen die Schulkinder noch einmal das Abschiedslied. Martin bemühte sich, die anrührende Melodie im Gedächtnis zu behalten. Wieder bekam er eine Gänsehaut beim Zuhören. Dieses Lied war einfach unglaublich.

Von Saarbrücken kommend, lief ein Zug im Bahnhof ein. Martin schaute zu, wie Leute ein- und ausstiegen und wie die Dampflokomotive wieder anfuhr. Die Schulkinder winkten aus den offenen Fenstern. Martin winkte zurück. Das Zischen der Ventile und die Auspuffschläge der Lokomotive waren Musik in seinen Ohren. Bis zu seinem Standpunkt konnte er heißes Schmierfett und Qualm riechen. Der Zug verschwand in der Ferne. Erst jetzt merkte Martin auf. Irgendwie hatte der Qualm der Lok anders gerochen, als er es in Erinnerung hatte. Vielleicht benutzte man in diesem Land einen anderen Brennstoff? Braunkohle vielleicht? Es hatte jedenfalls anders gerochen als gewohnt. Martin kannte den Geruch von Dampfloks. Als er noch klein war, waren welche auf den Schienen gefahren. Wenn er seine Großeltern in Neunkirchen besuchte, brachten die ihn manchmal im Zug nach Hause. Er kannte den Geruch von kohlegefeuerten Lokomotiven.

Martin schaute sich um. Als er sicher war, dass niemand ihn beachtete, lief er zum Ende des Bahnsteigs zu der Wiese mit dem Zaun. Er hatte zwar noch viel Zeit, aber er wollte es für den Anfang nicht übertreiben. Während er auf den Durchgang zwischen den zwei Zaunpfählen zuschritt, beschlich ihn ein seltsames Gefühl. Unangenehm war das. Also ob ihn jemand heimlich beobachtete. Hastig drehte er sich um. Es war niemand zu sehen. Und doch war da dieses Gefühl. Irgendjemand, irgendetwas schien ihn zu belauern. Je näher Martin dem Durchgang kam, desto stärker wurde das Gefühl, verfolgt zu werden. Konnte es sein, dass mit dem Durchgang etwas nicht in Ordnung war?

Dass er sich geschlossen hatte? Heißer Schreck durchfuhr Martin. Einer Panik nahe, drängte er sich durch die Brennnesseln und Brombeerranken. Er verbrannte sich die Hände an den Nesseln, aber darauf nahm er keine Rücksicht.

Raus hier!, schrie eine gellende Stimme in seinem Gehirn. Es ist hinter dir her! Beeil dich! Schnell!

Martins Herz schlug hart gegen die Rippen. Es ging nicht hinaus! Vor ihm wucherten die verdammten Nesseln. Die Brombeerranken angelten nach seiner Kleidung, als wollten sie ihn festhalten. Es hält mich fest! Es lässt mich nicht gehen! Da ist irgendetwas! Etwas Fürchterliches! Dann war er durch. Vorne auf der Straße brummten Autos. Eine Lerche stieg schmetternd in den blauen Frühlingshimmel, ein ungewöhnlicher Anblick mitten in der Stadt.

Martin bemühte sich, seinen keuchenden Atem unter Kontrolle zu bringen. Was war das? Junge, war das gruselig! Er bekam nachträglich eine Gänsehaut. Ganz zum Schluss hatte er das sichere Gefühl gehabt, dass ihn irgendetwas verfolgte, etwas Großes, Hungriges, das ihm in den Rücken fallen würde, sobald er den Durchgang betrat.

Plötzlich musste Martin kichern. „Ich habe mich selbst ins Bockshorn gejagt, ich Dussel! Da war nichts! Bloß ein komisches Gefühl. Ich mache aus einer Mücke einen Elefanten. Wie im Keller. Man bildet sich ein, dass etwas in einer dunklen Ecke lauert, und macht sich selbst Angst. Und je mehr man dran denkt, desto mehr fürchtet man sich. Martin drehte sich um. Er schlüpfte noch einmal durch den Zaun. Auf der anderen Seite war der Bahnhof seiner eigenen Zeit. Die altmodische Welt von 1909 war verschwunden. Martin kehrte problemlos wieder zurück. Er marschierte vorne herum zum Bahnhofseingang. Der Durchgang war zu, überlegte er, vielleicht hat es sich deshalb so seltsam angefühlt. Weil ich gewissermaßen in einen Einbahntunnel gelaufen bin. Es hat sich ein bisschen wie ein Strudel angefühlt. Ein Strudel in der Zeit. Der Strudel hatte die Zeit in Martins Heimatwelt gebremst. Die Uhr über der Eingangstür des Bahnhofs zeigte 12 Uhr 49 an. Martin stellte seine Armbanduhr danach. Zu spät fiel ihm ein, dass er nicht gezählt hatte, wie viele Stunden er sich im Königreich Bayern aufgehalten hatte. Das nächste Mal achte ich darauf, nahm er sich vor.

*

„Spendest du auch?“ Der Schüler aus der Unterprima hielt Martin eine Blechdose vors Gesicht. „Wir sammeln für Amnesty International. Die kümmern sich darum, dass die Folter in der Welt abgeschafft wird.“ Es war große Pause und Martin hatte arglos in der Aula gestanden. Der Primaner klimperte mit der Spendendose: „Spende was! Das ist wichtig. Amnesty International arbeitet zurzeit verstärkt in Argentinien. Dort werden in den Gefängnissen Regimegegner gefoltert. Sie werden mit Elektroschocks gequält oder mit Knüppeln geschlagen. Das ist Folter.“

„Warum kümmert sich Amnesty International nicht zuerst um die Folteropfer in Deutschland, wenn sie schon Deutsche Mark als Spenden wollen?“, fragte Martin. „Hier wird genauso gefoltert und alle sehen tatenlos zu.“

„Du spinnst ja“, ereiferte sich der Primaner. Die Spendendose rasselte aggressiv vor Martins Gesicht. „In deutschen Gefängnissen ist es verboten, Gefangene zu misshandeln. Bei uns herrscht Demokratie, keine Diktatur wie in Argentinien.“

Martin wurde sauer: „In den Gefängnissen vielleicht, ja. Die Verbrecher werden in unserem Land wirklich hervorragend behandelt. Nicht aber Kinder in ihren Familien. Ich werde zu Hause regelmäßig gefoltert. Ich werde oft verprügelt. Mit einer schweren Kleiderbürste aus massivem Holz, dick wie ein Knüppel.“

„Das wirst du wohl verdient haben, du Depp! Das ist bloß elterliche Züchtigung, keine Folter!“

„Ach nee!“, rief Martin. „Wo bitte ist der Unterschied? In Argentinien werden sie mit Holzknüppeln geschlagen und es ist Folter, und wenn ich hier in Deutschland mit einem Stück Holz geschlagen werde, dass ich mich vor Schmerzen vollpinkele, dann ist es keine Folter?! Was soll das?“

„So schlägt keiner sein Kind“, rief der Primaner. „Du lügst ja! Du bist bloß zu geizig, um etwas zu spenden. Weißt du was: Du bist ein Arschloch! Vielleicht lebst du eines Tages in einer Diktatur und wirst wegen deiner politischen Überzeugung gefoltert. Dann denkst du vielleicht an Amnesty International und wünschst dir, sie würden dir helfen.“ Der Primaner zeigte auf Martin. „Seht euch dieses selbstgefällige Arschloch an!“, rief er lauthals. Alle umstehenden Schüler nickten verstehend. Martin drehte sich um und ging weg. Selber Arschloch!, dachte er wütend. Steck dir dein Amnesty International an den Hut! Was fiel diesem Idioten ein, ihn zu einer Spende zu zwingen! Nix da!

Später hatten sie bei Suhle Religion. „Ich habe gehört, dass ihr alle fleißig für Amnesty International gespendet habt“, sagte der Pater salbungsvoll. „Das war nobel von euch, euer Taschengeld für einen solch guten Zweck zu geben. Mit dem Geld werden argentinische Folteropfer gerettet. Dort herrscht nämlich eine Diktatur. Politisch Andersdenkende werden ins Gefängnis geworfen und gefoltert. So geht das in Diktaturen.“ Suhle nahm Martin aufs Korn: „Ich habe gehört, du hast als Einziger in deiner Klasse eine Spende verweigert, Martin Welter. Warum?“

Martin wurde sauer. Was fiel dem Kerl ein, ihn deswegen vor der Klasse zur Rede zu stellen? Eine Spende war etwas Freiwilliges, zu dem man nicht gezwungen werden durfte. „Die sollen sich erst mal um die Probleme in Deutschland kümmern, wenn sie schon deutsches Geld haben wollen“, antwortete er. „Wenn es hier keine Probleme mehr gibt, spende ich für Argentinien. Bei uns gibt es genug zu tun.“

Suhles Blick wurde eisig: „Du bist die herzloseste Kreatur, die mir je untergekommen ist, Welter!“

Martin schwoll der Kamm. Dieser ungerechte Drecksack! Was fiel dem ein, ihn dermaßen zu beschimpfen? Jetzt bloß nicht patzig werden, sonst landete er wieder beim Direx.

„Alle haben gespendet“, blaffte Suhle ihn an. „Nur du nicht. Es ist deine Pflicht, deinen Teil beizutragen.“

„Ich gehe hier zur Schule“, erwiderte Martin trotzig. „Meine Pflicht ist es, hier zu lernen. Aber die Schule darf nicht über mein Taschengeld bestimmen. Außerdem habe ich seit drei Wochen keines bekommen.“

„Du lügst doch“, rief Suhle. „Du bist bloß zu geizig. Was bist du für ein gemeiner Mensch, Welter! Dir gefällt wohl, dass in Argentinien eine Diktatur herrscht, die die Menschen brutal knechtet?“ Suhles Stimme troff vor Verachtung. „Das wundert mich nicht im Geringsten bei einem, der die Nazizeit verherrlicht, indem er Hakenkreuze in seine Schulhefte malt. Du bist Abschaum, Welter, schierer Abschaum. Am Tag des Jüngsten Gerichts wird Gott dich richten. Wir alle müssen für unsere Sünden büßen. Du auch, Welter! Und ob du büßen wirst! Und wie!"

Dieser Dreckskerl!, dachte Martin. Jetzt bloß nicht ausrasten! Das will der Kacker doch. Stillbleiben, Martin! Keinen Ton gibst du von dir! Martin schwieg verbissen, während der Pater weiter über ihn herzog und ihn einen verstockten, schlechten Menschen nannte, einen Neonazi und Diktaturfreund, der in der Hölle enden würde.

Scheißer. Sie waren alle dreckige und ungerechte Scheißer! Das altbekannte Gefühl von Trauer und Hilflosigkeit überkam Martin. Es gab kein Entrinnen vor den Scheißern. Sie waren überall und sie hatten nichts anderes zu tun, als ihm das Leben zur Hölle zu machen. Sie waren Teufel in Menschengestalt. Das Schlimmste daran war: Wenn ein Teufel aus Martins Leben verschwand, tauchte sofort ein neuer Teufel auf, um Martin permanent fertigzumachen.

„Seht nur, wie verstockt dieser Schüler ist", trompetete Suhle. Der Pater gab partout keine Ruhe. „Aus dem wird nichts Gutes. Das steht ihm ins Gesicht geschrieben. Der landet noch mal in Gefängnis." Martin schwieg.

Irgendwann klingelte es zur Pause und Suhle zog Leine. Nun fielen die Klassenkameraden über Martin her. Einen Plattmacher nannten sie ihn, einen Wichser. Sie verpassten ihm einige harte Knüffe. „Du geiziger Arsch!" „Pisser!" „Neonazi!" „Geizhals!" „Neidischer Wichser!" Martin ließ die Kritik an sich abperlen. Mehr konnte er nicht tun. Wenn er versuchen würde, sich zur Wehr zu setzen, würden sie ihn zusammenschlagen. Brutal zusammenschlagen. Alle gegen einen. Feige Hunde. Scheißer eben. Er konnte nichts gegen sie tun. Gar nichts. Nur leiden. Er wünschte sie alle auf den Mond.

Er konnte nicht verstehen, wieso Lehrer immer so ungerecht waren. Die behandelten die Kinder doch nach dem Aussehen! Wenn ihnen die Nase eines Schülers nicht passte, hatte der von Anfang an schlechte Karten. Da konnte er so gut sein, wie er wollte. Das nützte überhaupt nichts. Es kam Martin so vor, als ob gerade die gemeinen und ungerechten Menschen absichtlich Lehrer wurden, weil sie Freude daran hatten, wehrlose Schulkinder zu drangsalieren und ungerecht zu behandeln.

Das war von Anfang an so gewesen. Schon im ersten Schuljahr hatte Martin mit dieser unglaublichen Ungerechtigkeit Bekanntschaft gemacht. Damals saß er neben einem Jungen mit Namen Frank Volz. Der Lehrer der ersten Klasse hieß ebenfalls Volz und er war mit Frank Volz über sieben Ecken verwandt. Das war schlecht für Martin. Sehr schlecht. Der gute Frank Volz war nämlich eine Quasselstrippe. Er konnte den Mund nicht halten, auch nicht im Unterricht. Ständig murmelte und flüsterte er mit Martin, obwohl der Lehrer es verboten hatte. „Sei still!", zischte Martin seinem Banknachbarn zu. „Wir dürfen im Unterricht nicht reden!"

Aber Frank wisperte eifrig weiter. Leise war er nicht gerade. Dann passierte das Ungeheuerliche. Lehrer Volz zerrte Martin aus der Bank, schleifte ihn vor die Klasse und dann verprügelte er ihn mit dem Stock. „Ich habe doch gar nicht geredet!", heulte Martin. „Es war Frank! Der hört nie mit Reden auf!" Es nutzte nichts. Der ungerechte Lehrer verdrosch ihn nach Strich und Faden.

Danach achtete Martin nicht mehr auf seinen quasselsüchtigen Banknachbarn. Wenn Frank Volz quatschte und flüsterte, schaute Martin stur geradeaus und gab keinen Mucks von sich. Aber das nützte ihm nichts! Rund ein Dutzend Male zerrte der ungerechte Lehrer ihn während des Schuljahres nach vorne und prügelte ihn windelweich, obwohl sein kleiner Verwandter gequatscht und Martin keinen Piep von sich gegeben hatte. Für Martin war der Lehrer Volz ein Schwein; ein echtes Schwein. So was von ungerecht! Dem Frank tat er nichts, weil der ja mit ihm verwandt war. Aber Martin ohne Grund verprügeln, das konnte der feine Herr Volz, das Stinkschwein, das im Klassenraum eine Zigarette nach der anderen rauchte und die Jungen vollstank mit seinem Qualm. So ein ungerechter Dreckskerl! Martin wünschte ihm die Schwindsucht an den Hals.

Als er nach der Schule zu Fuß in die Stadt lief, um beim Münzhändler eine Goldmünze zu Geld zu machen, dachte Martin über den gemeinen Lehrer der ersten Klasse nach. Letzten Endes hatte es den ungerechten Volz erwischt.

Nachdem Martin nach einem halben Jahr zur zweiten Hälfte der zweiten Klasse nach Bexbach an die Goetheschule zurückkam, fragte er, wo der Volz sei. „Ja, weißt du das denn nicht?“, antworteten ihm seine neuen Klassenkameraden. „Der ist gestorben. An Lungenkrebs. Weil er so viel geraucht hat.“ Ein Teufel weniger auf der Welt. Einer von vielen ...

*

„Wo ist die her?“ Recktenwald betrachtete einen goldenen Kreuzer aus dem Königreich Bayern.

„Ich habe sie von meinem Uropa geschenkt gekriegt“, sagte Martin. „Die ist aus echtem Gold. Aber ich interessiere mich nicht für Gold. Ich bin hinter Silbermünzen her, wie Sie wissen.“

Recktenwald klemmte sich ein Lupenglas ins rechte Auge und betrachtete die pfenniggroße Goldmünze. „Es ist tatsächlich Gold“, sagte er, „aber sie ist arg klein. Viel wert ist sie nicht. Hast du noch mehr davon?“ Die Frage klang beiläufig.

„Ja“, antwortete Martin. „Etliche. Zu Hause.“

Der Münzhändler lächelte jovial: „Weißt du was, Junge? Ich tausche dir jede Goldmünze, die du mir bringst, gegen eine große Silbermünze ein. Was sagst du dazu?“

Martin schaute den Mann an und sah, wie ein Ausdruck von Verschlagenheit über sein Gesicht huschte. Mit einem Mal wusste Martin, dass Recktenwald ihn betrog. So eine Goldmünze war viel mehr wert als eine Silbermünze; jedenfalls hier in seiner Welt. In dem unglaublichen Wunderland hinter den Zaunpfosten war es anders. Wieder jemand, der ihn nach Strich und Faden belog und betrog! Doch letzten Endes war das egal. Sollte Recktenwald doch schummeln. Wenn Martin für jeden mickrigen Kreuzer eine Silbermünze bekam, war diese drüben in der alten Zeit wahnsinnig viel wert. Auf diesem Weg konnte Martin viel Silber bekommen und sich in Bayern kaufen, was sein Herz begehrte. Ein Superfahrrad zum Beispiel oder – oh, süßes Herzklopfen - eine Fahrkarte für den Zug, mit dem das blonde Mädchen immer fuhr. „Einverstanden“, sagte er.

Der Münzhändler wirkte sehr zufrieden. Er steckte die Goldmünze ein und legte

Martin ein Tableau mit Silbermünzen vor: „Such dir eine aus, Martin." Martin wählte eine Münze und verabschiedete sich.

„Denk dran, für jedes kleine Goldmünzlein eine große Silbermünze", rief Recktenwald hinter ihm her. „Ich tausche alles, was du bringst."

Das glaube ich dir aufs Wort, dachte Martin, als er zum Bahnhof lief. Allein der Goldwert ist um ein Vielfaches höher als der Wert der Silbermünze, die du mir angedreht hast! Denkst du, ich bin blöd, Herr Recktenwald?! Ist mir aber egal. In Zukunft werde ich alle Münzen kriegen, die ich haben will. Wenn du wüsstest, welch unglaublichen Wert die in Bayern haben!

*

Am folgenden Mittwoch brachte Martin zwölf Goldkreuzer zu Recktenwald und sackte dafür reichlich Silber ein. Mit wohlgefüllter Geldbörse lief er zum Bahnhof. Er freute sich auf das Land hinter der Zaunlücke und ganz besonders auf das blonde Mädchen, in das er sich verguckt hatte. Die ganze Woche hatte er sich auf sie gefreut. Es traf ihn wie ein Schock, als der Durchgang nicht funktionierte. So oft er es auch versuchte, auf der anderen Seite des Zauns lag der Bahnhof seiner eigenen Zeit. Keine Dampfzüge, keine Leute in altmodischen Klamotten, kein blondes Mädchen im blauen Kattunkleid mit Holzschuhen. „Das kann doch nicht sein", flüsterte Martin. „Es ist doch Mittwoch!" Er sah auf seine Armbanduhr: 12 Uhr 26. Er war ziemlich lange bei Recktenwald geblieben, hatte sich beim Aussuchen der Münzen Zeit gelassen. Wann bin ich letztes Mal durchgekommen? Kurz nach zwölf. Oh, Mist!

Wie es aussah, war der Zugang zu der fremden Welt auf der anderen Seite nur von zwölf bis viertel nach zwölf offen. Martin hätte vor Enttäuschung heulen können. Nun musste er eine ganze Woche warten, bis er wieder nach Bayern im Jahr 1909 konnte. Mit hängendem Kopf schlich er davon. Ich habe alles Pech der Welt, dachte er niedergeschlagen. Immer trifft es mich. Ich glaube manchmal, ich bin verflucht. Ich bin schon mit einem Fluch beladen zur Welt gekommen, weil meine Eltern mich nicht haben wollten. Er musste die Tränen mit Gewalt zurückhalten.

*

Während er im Zug nach Bexbach saß und auf die Abfahrt wartete, schrieb er ein neues Kapitel in sein Berichtheft. Er dachte zurück an den Sommer, als seine Mutter gerade gestorben war. Damals war er mit dem Rad ins Freibad von Oberbexbach gefahren, wenn er die fünfzig Pfennige aufbringen konnte, die der Eintritt kostete. Seine geizigen Großeltern gaben ihm natürlich kein Geld für so etwas „Unnötiges". Stattdessen liebte seine Großmutter es, Martin zum Einkaufen zu schicken, am liebsten, wenn er grade ins Freibad losfahren wollte. Sobald er sein Klapprad aus dem Keller hievte, kam die Oma auf den Balkon über der Kellertreppe gelaufen und rief: „Martin! Du musst erst noch einkaufen gehen!" Martin ärgerte sich über die Maßen, dass ihm die Sommerferien auf diese Art verhunzt wurden. Das Schlimme war: Es passierte tagtäglich.

Am folgenden Tag fragte er vormittags extra zweimal nach, ob er für die Großmutter einkaufen musste. Nein, hieß es. Doch als er nach dem Mittagessen ins Freibad fahren wollte, kam die Oma wie üblich auf den Balkon gelaufen und rief: „Du kannst nicht ins Schwimmbad. Du musst erst noch einkaufen gehen!"

Martin wurde sauer. Das machte die doch absichtlich! Er schaute zu seiner Oma hoch: „Heute Morgen war genug Zeit zum Einkaufen. Ich habe dich zweimal gefragt, aber du hast gesagt, du brauchst nichts. Ich fahre jetzt ins Freibad. Hättest du es halt heute Morgen sagen sollen."

„Untersteh dich, du Rotzlöffel!", keifte die Großmutter. „Du gehst zuerst einkaufen!"

„Geh ich nicht!", gab Martin trotzig zurück. „Du hättest es mir heute Morgen sagen können! Du machst das jeden Tag! Immer lauerst du darauf, bis ich ins Freibad fahren will. Dann kommst du angedampft und hast Aufträge für mich! Das machst du doch mit Absicht!" Er schob das Rad auf die Straße.

„Auf der Stelle kommst du zurück!", kreischte die Großmutter. „Martin! Du gehst einkaufen! Machst du dich bald hierher!"

„Nein", rief Martin. „Ich gehe schwimmen. Nächstens sagst du es mir gefälligst vormittags. Mittags fahr ich ins Schwimmbad. Ich habe schließlich Ferien. Die anderen Kinder gehen auch alle ins Freibad." Damit kurbelte er los. Das wütende Geschrei seiner Großmutter verfolgte ihn noch zwei Straßen weiter. Doofe Kuh!, dachte Martin. Vielleicht gewöhnt sie sich jetzt endlich an, mir morgens die Einkäufe aufzutragen. Jedes Mal, wenn ich weg will, fällt der was ein, um mich einzuspannen. Das ist Absicht! Das tut die aus purer Boshaftigkeit! Ohne mich!

Gut gelaunt fuhr er die drei Kilometer zum Freibad Hochwiesmühle in Oberbexbach und verbrachte einen schönen Nachmittag mit seinen Freunden.

Wieder zu Hause, erging es ihm schlecht. Die Großmutter hatte sich bei seinem Vater beschwert, und der prügelte Martin windelweich. „Wag dich ja nicht, das noch ein einziges Mal zu machen!", schrie der Vater.

„Ich habe sie morgens zweimal gefragt!", heulte Martin. „Aber sie sagt immer Nein und wartet, bis ich nach dem Mittagessen was unternehmen will. Dann lässt sie sich schnell was einfallen, um mir den Tag zu verderben."

Peng!, hatte er auch noch eine Ohrfeige weg, dass er nach hinten wegtaumelte und beinahe umgefallen wäre. „Halt die Klappe!", brüllte der Vater. „Wenn deine Großmutter dir sagt, du sollst einkaufen gehen, dann gehst du gefälligst!"

Martin schaute von seinem Berichtheft auf. Heiße Wut loderte in seinem Innersten auf, als er an die ungeheuerliche Ungerechtigkeit dachte, die ihm widerfahren war. Die Erwachsenen waren allesamt hundsgemeine Scheißer, die alles taten, um ein Kind zu drangsalieren und zu verletzen. Scheißer allesamt. „Ekelhafte Kuh!", murmelte er.

Allerdings hatte die Oma es danach nicht mehr so gemacht. Anscheinend traute sie sich nicht mehr, Martin absichtlich dann aufzuhalten, wenn er gerade ins Schwimmbad oder zu seinen Freunden radeln wollte. So schlimm die Prügel gewesen waren, sie nutzten etwas. Nun musste Martin morgens einkaufen gehen. Die Großmutter achtete streng darauf, dass Martin auch wirklich jeden Tag einkaufen ging. Jeden Tag hatte sie einen Auftrag für den Jungen und sei es nur, ein Päckchen Zucker zu kaufen. Wenigstens ein bisschen drangsalieren musste sie ihn. Aber sie lauerte nicht mehr auf dem Balkon, um ihn aufzuhalten, wenn er mit dem Rad fortfahren wollte. Möglich, dass der Vater etwas gesagt hatte. Martin war es egal. Hauptsache, sie konnte ihm die Feriennachmittage nicht mehr versauen, die ekelhafte Alte.

*

Mittags nach den Schulaufgaben schlich Martin klammheimlich in den Keller. Er wollte nicht, dass Walter, die nervige Kröte, merkte, was er vorhatte. Er trug sein Klapprad zum Keller hinaus. Den Radkatalog hatte er in eine Kunstledertasche eingewickelt und auf den Gepäckträger geklemmt. Er sperrte die Kellertür ab und lief durchs Haus zur Vordertür. Jetzt kam es drauf an. Wenn Walter ihn erwischte, würde er mitwollen, und wenn Martin das nicht zuließ, würde Moppel es befehlen. Leise öffnete Martin die Haustür und schlüpfte hinaus. Die Flucht gelang. Martin konnte losfahren, ohne dass Wal-Teer etwas mitbekam.

Gott sei Dank!, jubelte Martin in Gedanken. Frei! Und nun ab auf die Geheimstrecke! Er gab Gas. Martin hatte vor, einen „Geheimweg" nach Homburg zu suchen und unterwegs im Katalog zu blättern. Zuerst galt es, von der normalen Straße herunterzukommen. Martin fuhr den Schwarzen Weg zwischen Finkenstraße und Ludwigstraße entlang. Statt in der Ludwigstraße links in Richtung Bahnhof abzubiegen, hielt er sich rechts. Dort ging es zur Kolling. Martin kannte einen versteckt liegenden Sandweg direkt links hinter der Bahnlinie, die durch die Kolling zur Rothmühle führte. Er rumpelte den Weg hinunter zum Eisenbahntunnel, unterquerte die Bahn und nahm den Weg, der hinterm Tunnel nach links führte. Mitten in der kleinen Siedlung kam er heraus. Es war gewissermaßen der „Familienweg", denn diesen Weg waren sie schon oft entlanggelaufen beim Spazierengehen. Nun wurde es „gefährlich". Sollte er der Landstraße von der Rothmühle nach Bexbach folgen, bis er vor der Bergehalde rechts in den Kasteler Pfad einbiegen konnte, oder den Mühlenberg hochkurbeln und oben über den Flugplatz witschen und im Bauernwald verschwinden? Am Mühlenberg standen viele Häuser. Wenn ich nach der Flucht aus dem Heim von der Polizei gesucht werde, dürfen mich möglichst keine Leute sehen, überlegte Martin.

Also Landstraße! Martin raste los, so schnell er konnte. Das Spiel gefiel ihm. Schon bog er von der Straße ab in den Kasteler Pfad und sauste den Hügel zum Bexbacher Sportflugplatz hinauf. Von dort aus ging es auf weiteren Nebenwegen nach Homburg. Dort wäre er auch hingekommen, wenn er hinterm Schwarzen

Weg links gefahren wäre und am Bexbacher Bahnhof entlanggefahren wäre. Aber Martin wollte ja möglichst wenig gesehen werden.

Eine Zeitlang führte sein Weg ihn nahe der Bahnstrecke Bexbach-Homburg entlang. Dann schlängelte er sich durch Felder und Wiesen, wobei er aber stets in der Nähe der Bahntrasse blieb. Martin kam an einem mannshohen, zeltartigen Ding aus Wellblech vorbei, das auf ein Holzgerüst montiert war, ein primitiver Heuschober, in dem ein Landwirt sein Viehfutter vor dem Regen schützte. Quaderförmige Heuballen stapelten sich unter dem Blechdach. Hier könnte ich übernachten, überlegte Martin im Vorüberfahren. Ich würde im weichen Heu liegen, in eine warme Wolldecke eingemummelt, und dem Zirpen der Grillen lauschen.

Weiter ging es. Hinter Altstadt landete er auf einem schmalen asphaltierten Sträßchen, das am Homburger Bahnbetriebswerk vorbeiführte. Martin kam nahe der Kreuzung nach Beeden heraus. Diese Kreuzung war nicht zu umgehen. Aber gleich auf der anderen Seite bog er nach links in eine schmale Gasse ein und kurbelte durch ein Wohnviertel zum Bahnhof. Er kam direkt bei dem Stückchen Ödland neben dem Homburger Bahnhof heraus. „Knorke!", sagte Martin zu sich selbst. Er freute sich. Der neue Geheimweg war echt superklasse. Er konnte fast ungesehen und abseits viel befahrener Straßen fahren.

Martin radelte zur Münzhandlung Recktenwald. Dort tauschte er sieben bayerische Goldmünzen in Silber um und machte sich auf den Rückweg nach Bexbach, natürlich wieder „geheim und getarnt", denn die Polizei suchte ihn in seiner Fantasie. Im Wald pfiff Martin das Lied, das die Kinder im Königreich Bayern gesungen hatten: „Adieu! Adieu!" Die Melodie ließ ihn nicht los.

Als er an dem zeltartigen Heulager vorbeikam, stellte er sein Rad ab. Er schnappte sich den Stakenbrok-Radkatalog und machte es sich auf den Heuballen bequem. In aller Ruhe schmökerte er im Katalog. Er freute sich schon im Voraus auf sein neues Fahrrad. Neun Gänge würde es haben und Trommelbremsen und tausendmal besser sein als sein dämliches Klapprad.

Ob es in dem Land hinter der Zaunlücke Badeseen gab? Martin liebte es, schwimmen zu gehen. Am kommenden Sonntag würden sie zum Mittersheimer

Weiher im nahen Frankreich fahren. Dort hatten Martin und seine Eltern früher oft gezeltet, solange Martin noch ein Einzelkind war. Mittersheim war für Martin Geborgenheit, frische Luft, Natur pur und ein Badesee mit schön flachem Strand. Nur der Kies am Strand hatte ihm nicht behagt. Der piekte unter den Fußsohlen. Abends, wenn er zum Schlafen im Zelt lag, hatte er draußen die Menschen auf dem Campingplatz reden und lachen gehört und manchmal heimlich durch das kleine Belüftungsloch mit Mückengaze geschaut und älteren Kindern beim Federballspielen zugeguckt. Der typische Geruch des Zeltes ... Gummi, Canvasstoff und trockenes Gras ... die gedämpften Stimmen von draußen ... all das wirkte einlullend und heimelig auf Martin. Er fühlte sich geborgen. Im Zelt fürchtete er sich nicht vor der Dunkelheit wie zu Hause im Bett. Und tagsüber machte seine Mutter manchmal Pommes frites. Dann half Martin, die Kartoffeln zu schälen und in lange Streifen zu schneiden. Auf dem Gaskocher wurden sie dann in heißem Öl frittiert. Zeltnachbarn hatten auf einem Holzkohlegrill Hähnchen gegrillt und einmal sogar einen Hasen.

Hasen, dachte Martin und zog eine Grimasse. Hase gab es bei Welters nur an Festtagen wie Ostern und Weihnachten. Es waren keine richtigen Hasen, sondern Kaninchen, aber im Saarland nannte man die eben Hasen. Die ganze Familie wurde von einem solchen Braten satt, auch als Moppel und Wal-Teer da waren. Das Beste an so einem Hasen war der Kopf. Die Backen und die Zunge waren eine echte Delikatesse, die sich früher Martin mit seinem Vater geteilt hatte. Einmal kriegte er die Zunge, das andere Mal sein Vater, und das Backenfleisch teilten sie einträchtig. Seit Moppel und Walter da waren, war es damit aus. Der Vater hatte natürlich den Rand nicht halten können und lautstark erzählt, dass die Backen und die Zunge so ziemlich das Beste am Hasenbraten waren. Hätte er mal den Mund gehalten, denn nun musste Walter die Köstlichkeit natürlich haben. Und zwar alles! Wie er eben war, ein egoistischer Mistkerl, der nur an sich dachte und der immer nur haben wollte. Vor allem, wenn er Martin und seinen Geschwistern etwas wegnehmen konnte.

Martin konnte in die Röhre gucken. Von nun an bekam er nichts mehr, keine Zunge und auch keine der Hasenbacken. Alles fraß Walter auf. Dabei verdrehte er genüsslich die Augen und ließ Martin spüren, dass es ihm eine sadistische

Freude bereitete, ihm das Beste wegzufressen. Der Kerl war echt das Allerletzte.

Martin grinste in sich hinein. So sehr er sich auch ärgerte, er hatte sich gerächt. Und zwar, als es das erste Mal Forellen gab. Die kannten Moppel und Dumm-Walter nicht. Martin ließ ganz beiläufig die Bemerkung fallen, dass er sich schon auf die Augen freue. Die Augen der gebackenen Forellen seien ein Gedicht, das Beste am ganzen Fisch. „Das Schönste daran ist, dass ich gleich zwei Stück bekomme", sagte er. Oh, wie nett und brav er dabei klang!

Natürlich sprang Dämlich-Walter darauf an. „Ich will die Augen!", trompetete er. „Die will *ich*!" Er bekam sie. Wie er alles bekam, was er verlangte, der gierige Egoist. Alle mussten sie ihm die Augen ihrer Fische geben. Martin spielte den Entrüsteten: „Aber das sind meine! Die gehören zu meiner Forelle!"

Sein Vater verpasste ihm einen Anschiss und drohte mit Prügeln. „Hältst du jetzt auf der Stelle das Maul?!"

Martin hielt das Maul und er tat eingeschüchtert und wütend zugleich. Oh, wie Wal-Teer sich in seiner Gemeinheit sonnte! Wie er voller Genuss die glitschigen Fischaugen mit der Gabel in seinen Mund führte. Er tat es recht langsam und so, dass Martin es ganz genau sehen musste. Also sah Martin, wie Walters Gesicht sich verzog, als er auf das erste Schwabbelding biss. Martin wusste, dass die Fischaugen so ziemlich das Ekelhafteste waren, was man in den Mund bekommen konnte. Er sah Walter an, dass der das Auge gerne in hohem Bogen ausgespuckt hätte. Aber das konnte der Mistkerl sich nicht erlauben. Stattdessen tat er, als schmecke es ihm so richtig gut.

„Komisch", meinte der Vater. „Ich kann die Dinger nicht ausstehen. Sie sind glitschig und wabbelig und schleimig und sie schmecken nach Galle und Mülleimer."

Ja, genauso schmeckten die Augen der Forellen, aber Walter musste sie essen. Er konnte sich keinen Rückzieher erlauben. Jeder am Tisch hatte eine Forelle auf dem Teller: Vater, Moppel, Martin, Walter, Helmut und Iris. Das machte zwölf herrlich widerliche Schwabbel-Galle-Forellenaugen für Wal-Teer! Martin musste sich größte Mühe geben, sich seinen Triumph nicht anmerken zu lassen. Er fühlte tiefe Befriedigung. Dem Drecksack hatte er es gezeigt. Wollen wir doch mal sehen, ob du mir demnächst wieder was wegfrisst, du Mistbock!

Martin freute sich auf den Sonntag. Er war neugierig, ob er den schönen Ort seiner frühen Kindheit noch erkennen würde. Störend war nur eines: Die Kinder wollten ihre Badesachen mitnehmen, um im Mittersheimer Weiher schwimmen zu gehen. Moppel war dagegen: „Et iss noch viel ze kalt. Det saach ik euch. Schwimmen iss nüscht!" Der Vater schien eher dafür zu sein, die Badesachen mitzunehmen. Was konnte es schaden, eine Badehose und ein Handtuch mitzunehmen?

Martin blätterte den Katalog ganz durch und staunte nicht schlecht. Um Fahrräder und Zubehör ging es bloß bis Seite 100. Die letzten siebzig Seiten waren mit Angeboten zu allen möglichen praktischen Dingen für unterwegs bedruckt. Es gab Rucksäcke, Trinkflaschen aus emailliertem Blech, Wanderbekleidung und Musikinstrumente. Fasziniert betrachtete Martin die Abbildungen einfacher Akkordeons, Konzertinas, Flöten, Mundharmonikas, Wandergitarren und Mandolinen. Dann folgte ein Kapitel mit Fernrohren, Kompassen und Taschenuhren. Zum Schluss kam Kinderspielzeug: Reifen, Kreisel, Schiffe mit Aufziehmotor und sogar eines mit einer echten kleinen Dampfmaschine. Segelschiffchen gab es auch in verschiedenen Ausführungen.

Martin war vor allem von den Aufziehspielzeugen fasziniert. Es waren teilweise technische Wunderwerke. Bei einem Schiffchen mit Aufziehwerk stand, dass die Schraube sich eine Stunde lang drehte, wenn es fertig aufgezogen war. „Wahnsinn!", wisperte Martin. In seiner Welt liefen Aufziehwerke nicht so lange. Ein solches Schiffchen musste absolut super sein. Martin labte seine Augen an den schönen Dingen im Stakenbrok-Katalog. Er suchte sich im Geiste viele Sachen aus. Kaufen konnte er, was er wollte. In Bayern war er reich. Als die Sonne tiefer sank, packte er den Katalog ein und fuhr nach Hause. Hoffentlich dürfen wir am Sonntag die Badesachen mit nach Mittersheim nehmen, dachte er.

*

Sie durften keine Badesachen mitnehmen! Moppel untersagte es. Und das, obwohl sogar Walter total heiß aufs Baden war. „Och, Mutti!", greinte er. „Es ist doch schön warm! Bitte lass mich eine Badehose mitnehmen!“

„Du schon man jarnüscht, Walteer“, sagte Moppel. „Du bist noch nüscht janz jesund.“

Martin merkte auf. Ach, von da wehte der Wind! Wal-Teer hatte noch ein kleines bisschen Schnupfen und wenn Wal-Teer nicht schwimmen durfte, durften die drei Welterkinder natürlich auch nicht! Martin schaute Moppel an. Du miese Schrunzel!, dachte er erbittert. Weil dein Sohn krank ist, werden Iris, Helmut und ich bestraft! Du hundsgemeines Aas! Ich wollte, du würdest endlich verschwinden! Er verabscheute die neue Frau an der Seite seines Vaters abgrundtief. Moppel war gemein und ungerecht. Ja, es schien ihr sogar richtig Freude zu bereiten, Martin und seine Geschwister zu drangsalieren und ihnen alles Mögliche zu verbieten.

Moppel ließ sich die ganze Autofahrt nach Mittersheim darüber aus, dass das Wasser des Weihers nach gerade mal fünf Sonnentagen noch zu kalt zum Schwimmen sei.

„Das Wasser des Mittersheimer Weihers ist dunkel“, konnte Martin sich nicht verkneifen zu sagen, „und der Strand ist ewig flach. Dort ist das Wasser bestimmt warm genug zum Baden.“

„Wenn ik saache, det Wasser iss ze kalt, denn iss et ze kalt!“, gab Moppel zurück. „Det wirste jleich sehen, Herr Besserwisser! Wir sind nämlich in fünf Minuten da.“

Nach fünf Minuten waren sie da und „Herr Besserwisser“ sah eine riesige Anzahl Menschen, die im Weiher herumtollten. Jung und Alt tummelte sich im Wasser, das ganz offensichtlich angenehmste Badetemperatur hatte. Natürlich reagierten Martin, seine Geschwister und Walter mit lautstarkem Protest.

„Ihr könnt ja de Schuhe ausziehn und ´n bisschen am Rand reinjehn“, schlug Moppel vor.

Miese Kuh!, dachte Martin wütend. Er hasste diese Frau von ganzem Herzen. In diesem Moment wünschte er ihr die Pest an den Hals. Du hättest uns die Badesachen mitnehmen lassen können, dachte er voller Grimm. Aber Wal-Teer hätte nicht ins Wasser gedurft, weil der Schlaffi noch ein winzig kleines bisschen

Schnüpfchen hat! Das allein ist der Grund für dein Verbot! Du Drecksmoppel! Ich hasse dich! Warum zur Hölle musstest du ausgerechnet in unserer Familie landen, du ekelhaftes Rabenaas! Der ganze Tag war ihm verdorben. Mit den Füßen ein bisschen am Wasserrand suddeln. Das war doch superblöd! Wenn Martin die vielen Kinder im Wasser toben sah, musste er mit Gewalt die Tränen zurückhalten. Wie konnte ein Mensch nur so dreckig und gemein sein? Es machte Moppel Freude, die drei Welterkinder zu unterdrücken. Merkte sein doofer Vater das nicht? Nein! Seit Moppel da war, tanzte der nach Moppels Pfeife. Was Moppel sagte, war Gesetz. Bei jeder Entscheidung hatte Moppel das letzte Wort.

Später fuhren sie zum Saar-Kohlenkanal, der an Mittersheim vorbeiführte. Sie gingen auf dem Treidelpfad neben dem Kanal spazieren. Es gab viel zu sehen und zu entdecken, aber Martin hatte auf nichts Lust. Er war vor Trauer völlig niedergedrückt. Moppel hatte den schönen Ort seiner frühen Kindheit mit ihrer bösartigen Gemeinheit entweiht. Es war, als hätte sie mitten auf eine Geburtstagstorte gekackt. Der Zauber war zerstört; vernichtet. Moppel hatte Mittersheim besudelt. Dauernd musste er an die Gehässigkeit der despotischen Frau an der Seite seines Vaters denken. Was würde das erst werden, wenn der Vater und Moppel heirateten? Davor grauste ihm.

Die ganze Zeit über schwieg er verbissen. Er sprach kein Wort. Wenn ich nicht wüsste, dass ich am Mittwoch ein paar Stunden aus dieser Welt entkommen könnte, würde ich wahnsinnig werden, dachte er.

*

Mittwochs achtete Martin peinlich genau darauf, pünktlich an der Zaunlücke zu sein. Er schlüpfte in die Vergangenheit und ging zuerst zur Landbank, um vier seiner Silbermünzen einzutauschen. Von der Bank aus lief er zum Fahrradladen, um seinen ausgefüllten Bestellzettel abzugeben. „Das Rad habe ich in der bestellten Größe und Farbe da, junger Herr“, sprach der Ladenbesitzer. „Ich müsste noch einige zusätzliche Sachen montieren wie das Vorderrad mit der Dynamo-Nabe und den Kilometerzähler. Wenn Ihr in eineinhalb Stunden wieder vorbeischaut, ist die Maschine fertig.“

„Klasse!“ Martin freute sich total. Das waren ja mal gute Nachrichten. „Gegen zwei bin ich zurück.“ Er beeilte sich, zum Bahnhof zu kommen. Noch einmal wollte er das Mädchen nicht verpassen. Weil er etwas brauchte, um sich zu beschäftigen, kaufte er am Kiosk vorm Bahnhof ein Heftchen. „Abenteuergeschichten für Jungen“ stand auf dem Einband. Auf Gleis 1 fand Martin die Bank, auf der das Mädchen das letzte Mal gesessen hatte, leer vor. Die blonde Schönheit im blauen Kattunkleid war noch nicht da. Er machte es sich auf der Bank gleich daneben gemütlich und holte sein Schreibset hervor. Er wollte eine neue Episode eintragen, die ihm während der Mathematikstunde eingefallen war.

„Der kaputte Ständer von meinem Klapprad“, schrieb er als Titel oben auf die leere Seite. Ein Jahr zuvor hatte Wal-Teer es irgendwie fertiggebracht, den Ständer von Martins Klapprad abzubrechen, als er im Keller herumfuhrwerkte. Er hatte sein eigenes Rad irgendwie besonders geschickt und mit richtig Schmackes vorwärts geschoben und war dabei am Ständer von Martins Rad hängen geblieben. Dabei brach der Ständer. Martin hatte keine Ahnung, wie man so ein solides Ding aus Aluminiumguss kaputt kriegen konnte, aber Walter hatte es zuwege gebracht. Das war schon scheiße genug, aber es kam noch viel besser. Martins Vater hielt ihm eine Standpauke. Nie würde er auf sein Zeug achten. Ihm sei alles egal und er achte nicht auf seine Sachen. Dann kam der Hammer: Zur Strafe bekam Martin Fahrradverbot, und zwar so lange, bis er von seinem eigenen Taschengeld die Kohle für einen neuen Ständer zusammengespart hatte.

Martin war außer sich vor Entrüstung. „Ich war doch oben und habe Hausaufgaben gemacht!“, rief er. „Wie kann ich denn da auf mein Fahrrad aufpassen? Wenn ich in meinem Zimmer sitze und Hausaufgaben mache, kann ich doch nicht verhindern, dass Walter meinen Fahrradständer kaputt macht! Und dann soll ich ihn auch noch selbst bezahlen! *Der* hat ihn doch gefetzt! Der müsste ihn bezahlen! Das ist ungerecht!“

Natürlich war es ungerecht, genauso ungerecht wie die irrsinnig brutalen Prügel, die sein Vater ihm auf der Stelle verpasste; genauso ungerecht wie das Fahrradverbot von sieben Wochen, denn ein neuer Ständer kostete 7 DM und

Martin bekam nur eine Mark Taschengeld pro Woche. Sieben Wochen lang durfte er nicht Rad fahren. Besonders gemein daran war, dass die Sommerferien gerade anfingen. Martin durfte sein Rad nicht aus dem Keller holen. Erst eine Woche nach den Sommerferien hatte er das Geld für den neuen Ständer zusammen und konnte ihn kaufen. Noch heute kochte er vor Wut, wenn er an die ungeheuerliche Ungerechtigkeit zurückdachte. Kacker! Die Großen waren allesamt ungerechte, gemeine Kacker! Er hasste sie alle.

Mit einem müden Seufzen packte Martin sein Schreibzeug ein. Er fühlte hilflosen Zorn, und doch hatte es gutgetan, das Geschehene aufzuschreiben. Es wirkte befreiend. Seine Wut verflog allmählich und er nahm wieder die Schönheit der fremden Welt um sich herum wahr. Weil er sonst nichts mit seiner Zeit anzufangen wusste, schlug er das Heftchen auf, das er am Kiosk gekauft hatte, und blätterte darin. Es war eine Sammlung von Kurzgeschichten, die allesamt im afrikanischen Dschungel spielten: Die Söhne eines Rinderzüchters verirrten sich in der Savanne und mussten vor einem angriffslustigen Nashorn fliehen. Der Sohn eines Missionars lernte den gleichaltrigen Häuptlingssohn eines Negerstammes kennen. Eine Expedition führte durch tiefsten Dschungel auf der Suche nach der legendären Goldenen Stadt. Fast auf jeder Seite befand sich eine Tuschezeichnung, welche die jeweilige Geschichte illustrierte.

So möchte ich zeichnen können, dachte Martin sehnsüchtig. Dann könnte ich Bilder zu meinen eigenen Romanen anfertigen. Ihm fiel auf, dass ihm das Afrika, welches in dem Heftchen geschildert wurde, seltsam fremd erschien. Er vermisste koloniale Besitzungen und Kolonialarmeen. Es gab nichts dergleichen. Afrika wurde als fremder Kontinent geschildert, der von Schwarzen bewohnt war, und es gab nur vereinzelt Weiße. Das waren meistens christliche Missionare oder Leute, die irgendwo Farmen für Viehzucht oder die Zucht von Südfrüchten betrieben, wie Bananen, Orangen und Ananas. In einer Geschichte wurde eine Fabrik beschrieben, in der die reifen Ananasfrüchte geschnitten und in Dosen haltbar gemacht wurden, um sie nach Europa zu transportieren.

Die Kolonisierung wie in unserer Welt gibt es hier im Königreich Bayern nicht, überlegte Martin. In seiner Welt hatte Deutschland um Jahr 1909 riesige

Ländereien in Afrika besessen, viermal so groß wie das Deutsche Reich in Europa. Es hatte blutige Kolonialkriege gegen aufständische Afrikaner geführt. Besonders war ihm der Aufstand der Herero 1904 in Deutsch-Südwestafrika in Erinnerung geblieben. Die deutsche Schutztruppe hatte den Aufstand blutig niedergeschlagen.

In dem Heftchen stand nichts von Landnahme. Und alle, die nach Afrika gingen, hielten zusammen. Franzosen, Deutsche und Engländer lebten friedlich mit Niederländern, Belgiern und Dänen zusammen. Ihre Siedlungen an der Küste waren klein; gerade mal größere Dörfer. Beim Lesen fiel Martin auf, dass die Geschichten in sehr einfacher Sprache gehalten waren. So was kann ich auch schreiben, überlegte er. So gut kann ich das auch. In Deutsch hatte er immer gute Noten. Im Aufsatzschreiben bekam er praktisch immer eine Eins. Wenigstens ein Schulfach, um das er sich keine Sorgen zu machen brauchte.

Von rechts bewegte sich etwas Blaues in sein Blickfeld. Es war das Mädchen. Martins Herz begann wild zu klopfen. Er hielt die Luft an. Wie hübsch sie war. Sie sah noch schöner aus, als er sie in Erinnerung hatte. Das Mädchen kam an seinem Sitzplatz vorbei und nahm auf der Bank neben der seinen Platz, keine drei Meter von Martin entfernt. Martin blickte angestrengt in sein Heftchen, aber er bekam nicht mit, was dort geschrieben stand. Die Buchstaben verschwammen vor seinen Augen. Immer wieder warf er verstohlene Blicke zur Seite.

Das Mädchen holte ein Heftchen aus seiner Schultasche, ähnlich dem, das er auf dem Schoß liegen hatte, und begann zu lesen. Martin betrachtete ihr Profil. Sie hatte eine Stupsnase. Das sah zum Sterben süß aus. Einmal blickte sie auf und schaute genau in seine Richtung. Schnell sah Martin weg. Er fühlte, wie er rot wurde. Als er vorsichtig zur Seite schielte, war ihm, als sei das Mädchen auch errötet. Wegen mir?, überlegte er. Was für ein Gedanke! Die folgende halbe Stunde bekam Martin absolut nichts von dem mit, was sich auf dem Bahnsteig von Gleis 1 abspielte. Er war wie im Fieber. Er starrte in sein Heftchen und schielte ab und zu nach dem Mädchen auf der Bank nebenan. Die ganze Zeit schlug sein Herz viel schneller als sonst und er fühlte ein warmes, süßes Ziehen in der Brust. Er hätte ewig so sitzen können.

Ein Pfiff ertönte in der Ferne, die Dampfpfeife einer Lokomotive. Der Zug kam. Das Mädchen schaute zur Bahnsteiguhr auf. Sie steckte ihr Heftchen ein und stand auf. Dabei schaute sie in Martins Richtung. Als der ihren Blick erwiderte, sah sie schnell weg. Vielleicht ist sie sauer, weil ich so starre?, dachte Martin. Das wäre ja eine schöne Bescherung.

Der Zug lief in den Bahnhof ein. Das blonde Mädchen stellte sich mit anderen Leuten vor eine Waggontür. Sie schob eine Haarsträhne aus dem Gesicht, eine Geste von solcher Anmut, dass sich Martins Herzschlag sofort wieder erhöhte. Nachdem einige Reisende ausgestiegen waren, stiegen die Leute vom Bahnsteig in den Zug. Beim Einsteigen drehte das Mädchen den Kopf und schaute Martin an. Diesmal war er sich ganz sicher, dass es kein Zufall war. Martins Herz schlug so heftig, dass er Angst bekam, es würde jeden Moment aus seinem Hals heraushüpfen. Er schaute in den Waggon in der Hoffnung, sie noch einmal zu sehen, bevor der Zug abfuhr. Da war sie. Sie setzte sich an einen Fensterplatz, von wo aus sie zu ihm herausschauen konnte. In diesem Moment konnte Martins Herzschlagfrequenz es mit einer Hubschrauberturbine aufnehmen. Ihm wurde so heiß, dass er sicher war, dass Rauch aus seinen Haaren aufstieg. „Alles einsteigen!", rief der Schaffner. Er pfiff auf der Trillerpfeife. Die Lokomotive begann zu zischen und zu stampfen. Der Zug setzte sich in Bewegung. Bis zuletzt schaute das Mädchen zu Martin hin. Der saß bewegungsunfähig da, von einer süßen Lähmung befallen. Seine Beine fühlten sich wie Pudding an und sein Herz raste.

Erst als der Zug längst in der Ferne verschwunden war, erhob sich Martin. Wie in Trance lief er durch den Bahnhof. In seinem Herzen war kein Platz für Trauer oder Wut. Seine eigene Heimatwelt war so weit weg wie eine andere Galaxie. Wie auf Wolken lief er durch Homburg, um sein Rad abzuholen. Der Händler hatte Wort gehalten. Die Maschine stand abfahrbereit im Laden, ein echtes Herrenrad. Der Rahmen war von weinroter Farbe mit einem Stich ins Violette und golden liniert. Dicke schwarze Ballonreifen mit schmalen weißen Zierstreifen waren auf die 26-Zoll-Felgen aufgezogen. „Neun Gänge, Tachometer mit Jahreskilometerzähler und Tageskilometeranzeige", sprach der Händler. „Dazu im Vorderrad eine Nabendynamo-Maschine, elektrische Laterne in feinster Luxusausführung, vernickelt. Den Unterstellplatz habe ich für Euch bereits reservieren lassen. Dort gibt es einen Spind, wo Ihr Eure Tasche abstellen könnt, wenn Ihr möchtet."

Martin zückte seinen Geldbeutel, um zu bezahlen. „Kann ich bei Ihnen meine Trinkflasche mit Wasser füllen?"

„Gerne", antwortete der Händler. „Unterwegs gibt es aber überall Trinkbrunnen. In jeder Ortschaft ist mindestens einer und auch am Rande der Landstraßen. Ihr werdet bei uns nicht verdursten, junger Herr."

Martins Blick fiel auf einen Kartenständer. Er drehte ihn und suchte zwei Landkarten heraus: eine Karte der näheren Umgebung in hoher Auflösung und eine große Übersichtskarte des Königreichs Bayern. Er bezahlte alles, steckte die Karten in die ledernen Taschen am Gepäckträger und schob das Rad nach draußen. Der Ladeninhaber kam mit und erklärte ihm die Gangschaltung. Sie funktionierte über zwei Daumenhebel am Lenker. „Ihr habt drei kleine Gänge für hügeliges Gelände, im vorderen Hebel vereinigt. Der hintere Hebel schaltet das Schnellfahrgetriebe vom vierten bis zum neunten Gang durch. Dazu muss der vordere Hebel in der Position 3 stehen. Versucht es einmal."

Martin saß auf und drehte ein paar Runden auf dem Kopfsteinpflaster. Den Bogen mit der Gangschaltung hatte er schnell heraus. Der Ladenbesitzer zeigte ihm seinen Fahrradstellplatz und händigte ihm den Schlüssel dafür aus, dann verabschiedete er sich: „Viel Glück auf der ersten Ausfahrt, junger Herr." Er winkte Martin freundlich hinterher.

Der schoss mit Karacho davon. Die neue Maschine war fantastisch. Kein Vergleich zu seinem schwerfälligen Klapprad. Die dicken Ballonreifen filterten die Unebenheiten des Kopfsteinpflasters sanft aus. Das Rad lief schnell wie der Wind. Martin schaute auf den Tacho: „38km/h! Boah!" Er überholte Pferdefuhrwerke wie nichts. Er sauste durch die Stadtmitte bis zu einer sternförmigen Kreuzung mit dunkelblauen Wegweisern. In weißer Frakturschrift stand geschrieben, wo die Straßen hinführten. Martin beschloss, nach Bexbach zu fahren. Er war neugierig, wie seine Heimatstadt im Bayern der alten Zeit aussah.

Einen halben Kilometer vom Homburger Stadtzentrum entfernt endete das

Kopfsteinpflaster. „Nach Altstadt 3KM" stand auf einem Schild. Martin jagte über die Sandpiste, die durch Felder und Wiesen führte. Rechts verlief parallel zur Straße die Bahnstrecke von Homburg nach Saarbrücken. Hier ist das Mädchen vorbeigefahren, dachte er. Ob sie aus dem Fenster geschaut hat?

Es gab so viel zu sehen. Blühende Obstbäume, Pferdefuhrwerke auf der Straße, Radler, Bauern, die ihre Felder mit Ochsen- oder Pferdegespannen umpflügten. Bienen summten in der Frühlingsluft über die Wiesen. Einmal kam er an einem Rastplatz am Wegesrand vorbei. Ein Brunnen und eine Sitzgarnitur aus Holzbänken und Holztischen luden Reisende zum Verweilen ein. Ein Baum spendete Schatten. Martin bremste und schaute sich den Platz interessiert an. Der Mann im Fahrradladen hat gesagt, solche Rastplätze gebe es überall an den Straßen. Wie genial! Bei uns gibt es so was nicht.

Wie denn auch? In Martins Welt gab es nicht mal Dorfbrunnen. Die hatte man längst abgeschafft. Wenn man eine weite Radtour machte, musste man sein Trinkwasser mitschleppen oder unterwegs in irgendwelchen Geschäften Sprudel oder Limo kaufen. Nicht leicht für einen Jungen, der nur ein karges Taschengeld bekam. Im Königreich Bayern hingegen konnte er ewig weit fahren. Er musste nur etwas zu essen besorgen.

Sein Blick fiel auf ein Beet hinter dem Rastplatz. Dort erkannte er niedrige Sträucher. „Das sind ja Johannisbeersträucher!", entfuhr es ihm. Die kannte er aus dem Garten seines Großvaters. Es gab auch andere Beerensträucher, und waren das dort hinten links nicht Tomatenstöcke? Der Baum, der den pausierenden Reisenden Schatten spendete, war ein Apfelbaum. „Wenn zum Sommerende die Äpfel reifen, kann man davon futtern, so viel man will." Martin war baff. Es war anscheinend Absicht mit diesen Sträuchern und Bäumen. Die hatte man extra für Reisende angepflanzt.

Martin fuhr weiter. Das fremde Land gefiel ihm immer besser. Hier war alles so anders als bei ihm zu Hause. Er winkte den Leuten, an denen er vorbeikam. Alle winkten freundlich zurück. Wie anders waren in dieser Welt die Menschen! In Martins Welt hetzten alle, waren alle verbiestert. Dort schnauzten die Erwachsenen Kinder an. Freundlich war keiner. Bei uns würde niemand zurückwinken, dachte Martin.

Ein Zug kam ihm auf der sandigen Straße entgegen. Martin fiel die Kinnlade herunter. Hatte sich der Lokomotivführer verfahren? Aber so groß war die Zugmaschine nicht. „Eine Lokomobile", flüsterte Martin. „Eine echte Traction Engine!" Er war begeistert. Was da aus Richtung St. Ingbert auf ihn zukam, war eine Straßenlokomotive. Ihre hinteren Antriebsräder waren riesig. Vorne wurde sie von kleineren Rädern gelenkt. Die Räder bestanden aus Eisen. Der zischende und dampfende Koloss zog drei Wagen hinter sich her, die hoch beladen waren. Martin hatte solche Dampflokomobile einmal in einer Fernsehdokumentation gesehen. Sie in natura zu erleben war einfach toll. Als das Ding, das aussah wie ein riesiger eiserner Traktor, an ihm vorbeirumpelte, winkte Martin. Der Fahrer winkte freundlich zurück. Hinterm alten Zollbahnhof bog Martin nach rechts ab zur Brücke, die über die Bahnstrecke führte. Im Vorbeifahren sah er, dass es auch hier keine elektrischen Fahrdrähte über den Gleisen gab.

Nach einem halben Kilometer erreichte er Altstadt. Das Dorf war viel kleiner, als er es kannte. Hier gab es nur Sandwege. Viele Häuser waren farbig angestrichen. Das war Martin schon in Homburg aufgefallen. Diese Welt war farbenfroh. Die Häuser waren gelb, rot, grün oder blau gestrichen. Die Farben waren recht kräftig. Die Fensterrahmen leuchteten weiß, die Klappläden waren dunkelgrün oder dunkelrot angestrichen. Zu jedem Haus gehörte ein großer Bauerngarten. Hühner und Hunde liefen frei herum. Beim Dorfbrunnen spielten barfüßige Kinder mit Murmeln im Sand. Hinter Altstadt führte die Sandpiste hinab zur Woogsackermühle. Dahinter ging es bergauf nach Bexbach. Oben angekommen, suchte Martin nach dem Bexbacher Wahrzeichen, dem Hindenburgturm, aber da war nichts, kein Turm und kein Blumengarten und kein Sportflugplatz. Nur Wiesen und Felder mit vereinzelten Dickungen dazwischen. Natur pur, so weit das Auge reichte.

Auch Bexbach war viel kleiner, als er es kannte. Martin hielt an. Er holte die Landkarte heraus und schaute nach. Neben den Ortsnamen waren die Einwohnerzahlen abgedruckt. Bei Bexbach stand 890. Martin schnaufte. In seiner Welt hatte Bexbach erst kürzlich die Stadtrechte erhalten, weil die

Einwohnerzahl die 10.000 überschritten hatte. In seiner Heimatwelt gab es zehnmal so viele Menschen wie hier in Bayern. Kein Wunder, dass diese herrlich altertümliche Welt so gemütlich und nett wirkte. Es gab keine Übervölkerung. Er fuhr weiter. Die Bergehalde war da, zwei kegelförmige schwarze Hügel aus Abraumgestein aus der Frankenholzer Kohlengrube. Während in Martins Welt kleine Bäume und Büsche die Bergehalde bedeckten, war sie hier vollkommen kahl. Der Grund war, dass noch immer Abraum mit einer Art Seilbahn dort abgeladen wurde. Solange nachgeschüttet wurde, konnte nichts wachsen.

Der Bahnhof von Bexbach sah fast so aus wie in Martins Welt. Allerdings war das Gebäude in lichtem Rot gestrichen und nicht weiß wie in Martins Heimat. Auf der Hauptstraße gab es Kopfsteinpflaster, ebenso auf der Straße nach Oberbexbach. Das Viertel, in dem Martin wohnte, existierte nicht. Dort an dem sanft ansteigenden Hang befanden sie ausgedehnte Obstwiesen. Die blühenden Apfel- und Kirschbäume verströmten einen betäubenden Duft. Martin kehrte zur Stadtmitte zurück. An der katholischen Kirche bog er in die Oberbexbacher Straße ein.

In Oberbexbach zog es ihn in den Wald beim Steinernen Mann. An einer Quelle oben im Wald hielt Martin an, um von dem kühlen Wasser zu trinken und seine Wasserflasche aufzufüllen. Ein Hase hoppelte an Martin vorbei, keine drei Meter entfernt. Martin war fasziniert, dass das Tier keine Angst vor ihm zeigte. Doch irgendetwas stimmte nicht mit diesem Hasen. Er bewegte sich seltsam ungelenk. Martin sah genauer hin. Der Hase hatte nur drei Beine. Ein Vorderlauf fehlte. Das arme Tier!, dachte er voller Mitleid. Bestimmt ist er in eine Schlagfalle geraten, die ihm das Bein abgerissen hat. Der Hase blieb mitten auf dem Weg sitzen und machte Männchen. Es sah possierlich aus. Er hoppelte ein Stück weiter und hielt wieder an. Fast schien es, als warte er auf Martin. Ein solch zahmes Wildtier hatte er noch nicht erlebt. Er stieg aufs Rad. Der Hase lief los. Wie eine Flucht sah das nicht aus. Im Gegenteil. Statt mitten in den Wald zu hoppeln, blieb er auf dem Weg und lief vor Martin her. An einer Abzweigung hoppelte er nach links. Neugierig folgte Martin dem Tier.

Was für ein komischer Hase! Dass der nicht vor mir abhaut! Martin folgte dem

Tier tiefer in den Wald hinein. Es war seltsam. An jeder Wegkreuzung bog der Hase in einen neuen Weg ein. Nie lief er in den Wald. Er blieb immer auf dem Weg. Martin kam an einem alten, abgestorbenen Baum vorbei. Plötzlich war der Hase fort. Martin schaute sich um. Er hatte keine Ahnung, wo er sich befand. „Mist!", rief er. „Wo geht es lang?" Der tote Baum stand an einer Wegkreuzung. Sternförmig führten sieben Wege in verschiedene Richtungen.

Ich muss nach unten, überlegte Martin. Ich will nach Oberbexbach zurück. Er wählte den Weg zur Linken, der abwärts führte. Bald wurde er steiler. Martin ließ das Rad sausen. „Oh, Kacke! Verkehrt!" Der Weg stieg plötzlich steil an und machte eine Linkskurve. Das kann nicht stimmen. Ich bin falsch, dachte Martin.

An der nächsten Abzweigung bog er nach rechts ab. Wieder ging es bergab und wieder führte der Weg nach kurzer Zeit steil bergauf. Er wurde schmal wie ein Fußpfad. „Das ist ein Wildwechsel, kein Weg!", brummte Martin. Missmutig drehte er um und fuhr den Weg zurück, den er gekommen war. Er musste sich eingestehen, dass er sich total verirrt hatte. „Egal! Irgendwann muss ich ja aus diesem blöden Wald herauskommen und in einer Ortschaft landen." Doch der Weg machte einen Knick und führte bergauf statt nach unten ins Tal. Martin kam an einer Stelle vorbei, die er eine Viertelstunde zuvor schon einmal passiert hatte. Er erinnerte sich an die frei stehende Tanne, an deren Stamm ein großes Stück Rinde fehlte.

„Sakra!", maulte er. Ein ungutes Gefühl beschlich ihn. Sein Herzschlag beschleunigte. Einer Panik nahe, fuhr er weiter. Was, wenn er nicht aus dem Wald herausfand? Er war viel größer als der Wald in seiner Welt. Er würde immer weiter auf schmalen Waldwegen herumirren und bei Einbruch der Dunkelheit immer noch im Wald feststecken. Nachts kamen die Wildschweine aus ihren Tagesverstecken heraus. Ein unangenehmer Gedanke. Sehr unangenehm. Da sollte man mal keine Panik kriegen. Martin schaute zur Sonne hoch. Ich folge ab jetzt immer der Sonne, nahm er sich vor.

Eine halbe Stunde später kam er aus dem Wald heraus. Weiter unten im Tal erkannte er Häuser inmitten von Obstwiesen und Gärten. Bei den ersten Häusern hielt er an und fragte einen Mann, der in seinem Garten arbeitete, wo er sei. „Ei, in Oberbexbach, junger Mann", antwortete der.

„Puh! Gott sei Dank!", sagte Martin. „Ich habe mich da oben im Wald verfranzt." Er schaute auf seine Armbanduhr. „Zwei Stunden bin ich herumgeirrt. Ich hätte diesem komischen Hasen mit drei Beinen nicht folgen sollen."

Der Mann im Garten wurde bleich. „Der dreibeinige Hase?! Du hast ihn gesehen? Am hellichten Tag? Um Himmels willen! Dem darf man nicht folgen! Er führt einen in die Irre, und dann findet man nie wieder aus dem Wald heraus!"

„So groß ist dieser Wald nun auch nicht", erwiderte Martin. Jetzt, wo er raus war, bekam er wieder Oberwasser. Dass er im Wald eine Wahnsinnsangst bekommen hatte, wollte er diesem Mann gegenüber nicht zugeben.

Der Mann kam zum Gartenzaun: „Junge! Der dreibeinige Hase ist kein gewöhnliches Tier. Er ist ein Gespenst. Sieh dich bloß vor, wenn der auftaucht! Folge ihm niemals! Es sind schon Leute in den Wald beim Steinernen Mann gegangen und nie mehr zurückgekehrt."

Martin schluckte. „Das ist nicht Ihr Ernst!" Er bekam eine Gänsehaut.

„Todernst ist es mir, Junge! Bist wohl nicht aus dem Land?" Er nahm Martins Kleidung in Augenschein und nickte wissend. „Bei uns muss man manchmal gut aufpassen, junger Mann. Es gibt hier im Lande so einiges, was es bei euch draußen nicht gibt. Hüte dich vor dem dreibeinigen Hasen! Ab und zu erscheint er auch als schöne Katze oder als freundlicher Hund. Beachte die Erscheinungen nicht. Folgst du ihnen, kommst du unweigerlich vom Wege ab! Und nie, wirklich nie, darfst du diese Tiere berühren!"

„Ich werde es mir merken", sagte Martin und fuhr los.

Er radelte, so schnell er konnte, nach Homburg. Für heute hatte er genug vom Königreich Bayern. Er brachte sein Fahrrad unter und marschierte zum Bahnhof. Erst als er durch die Bahnhofshalle lief, dachte er wieder an das schöne blonde Mädchen. Schon ihretwegen würde er am nächsten Mittwoch wiederkommen, allen dreibeinigen Hasen zum Trotz. Allein der Gedanke an das Mädchen verursachte ihm Herzklopfen.

Martin lief auf Gleis 1 zum Ende des Bahnsteiges. Als er zwischen den Büschen zum Zaun lief, beschlich ihn wieder das seltsame Gefühl. Ich war verdammt lange hier, überlegte er. Was, wenn sich der Ausgang inzwischen geschlossen hat? Ein unangenehmer Gedanke. Als die Lücke im Zaun in Sicht geriet, bremste Martin seine Schritte. Wie die Woche zuvor hatte er das Gefühl, dass ihn jemand beobachtete. Je näher er dem Durchgang kam, desto unangenehmer wurde das Gefühl. Das muss der Zeitstrudel sein, dachte er. Er hat die Zeit draußen gebremst, solange ich hier war. Es ist wie Reibung. Etwas hat sich aufgeladen. Beim Durchgehen wird es sich entladen. „Ich muss durch, egal wie!", sagte er laut. Er ärgerte sich, dass seine Stimme so zittrig klang. Alles in ihm sträubte sich, näher an die Zaunlücke heranzugehen. Sein Herz pochte. Er spürte ein Stechen an der Stirn, als dort Schweißtropfen erschienen. „Ich muss durch!" Martin gab sich einen Ruck. Mit weit ausholenden Schritten lief er auf die Zaunlücke zu und quetschte sich durch den Spalt. Das Gefühl, dass sich jeden Augenblick etwas Bösartiges auf ihn stürzen würde, war für eine Sekunde übermächtig. Eine Gänsehaut kroch ihm den Rücken hinauf. Dann war er draußen und sah einen VW-Käfer auf der Straße fahren.

Martin atmete tief durch. Diesmal war es noch ekliger gewesen als beim letzten Mal. Wurde das mit jedem Besuch in der seltsamen Welt hinter der Zaunlücke stärker? Als ob es mich festhalten wollte!, dachte er bestürzt. Als ob mich das Land dort drüben nicht mehr freigeben wollte. Ein alarmierender Gedanke kam ihm: Was, wenn das schöne Wunderland in Wirklichkeit eine riesengroße Falle war? Ich muss das testen, nahm er sich vor. Nächstes Mal geh ich gleich wieder raus, dann ein bisschen später und dann sehr spät. Es könnte auch damit zu tun haben, wie weit ich mich vom Durchgang entfernt habe.

Ihm kam eine neue Idee. Es konnte doch auch sein, dass der Durchgang Einwohner Bayerns absichtlich verscheuchte. Niemand sollte in Martins höllenhafte Welt gelangen. War es eine Schutzeinrichtung, um Bewohner des Königreichs Bayern vor Schaden zu bewahren? „Und ich bin nun ein bisschen wie ein Einwohner Bayerns", flüsterte er. „Ich habe drüben Eigentum erworben und liebe ein bayerisches Mädchen." War es das? Martin wusste es nicht. Er schaute auf die Bahnhofsuhr und stellte seine Armbanduhr zurück. Er hatte noch massig Zeit, bis sein Zug fuhr.

Einer Eingebung folgend, lief er durch die City zum Alten Marktplatz. Dort ging er in die Stadtbücherei. Er lieh sich drei Bücher aus: eins über alte Dampflokomotiven, eines über die Mode der Jahrhundertwende und ein Buch über saarländische Sagen und Legenden. Mit den Büchern setzte er sich an einen Lesetisch und blätterte darin herum. Er fand Schwarz-Weiß-Fotos und farbige Zeichnungen der bayerischen S2/6. Die sieht ja anders aus!, dachte er. Die S2/6, die kurz nach 1900 in Martins Heimatwelt als Einzelexemplar gebaut worden war, war grün mit roten Rädern. Die im Königreich Bayern ebenfalls, aber das Grün war dunkler und die roten Treibräder hatten weiße Radreifen. Der Dampfdom oben auf der Lok sah ebenfalls anders aus.

Auch in dem Buch über Mode fielen ihm Unterschiede auf. Er fand ein modernes, vom Fotografen gestelltes Foto mit zwei Mädchen in den typischen indigoblauen Kattunkleidern mit weißem Druckmuster. Der Schnitt war ähnlich, aber die Farbe war verschieden. In Martins Welt waren die Kleider indigoblau wie Jeanshosen. Das Kleid des blonden Mädchens in der Parallelwelt war von anderem Blau. Es war eher kobaltblau, und hatte das rockartige Unterteil des Kleides nicht ein paar Falten zusätzlich gehabt?

Martin blätterte im Buch über saarländische Sagen. Hier waren sämtliche Erzählungen der Alten zusammengetragen worden und nach den Ortschaften des Vorkommens eingetragen. Er suchte Bexbach heraus. „Der Geist am Steinernen Mann“ stand als Überschrift über einem Kapitel: „Dort treibt ein Geist sein Unwesen. Einmal erscheint er als Hase auf drei Beinen laufend und führt die ihm folgenden Menschen in die Irre. Ein andermal erscheint er als junge, schöne Katze, die sich aber nicht berühren lässt, jedoch immer vor oder neben den Menschen herläuft und sie schließlich in die Irre führt. Auch erscheint er öfter als schöner, freundlicher Hund. Man darf die Tiere weder berühren noch anreden, da sonst der Geist Gewalt über einen bekommt. Das kann übel ausgehen.“

Martin war baff. Hier bei uns ist das nur ein Gruselmärchen, das man Kindern erzählt, aber dort in Bayern ist es Wirklichkeit!, dachte er. Er wusste nicht, ob er begeistert oder erschrocken sein sollte. Immerhin gab es jede Menge unangenehmer Erscheinungen in den alten Geschichten. Er blätterte weiter. Jede Ortschaft hatte Geistertiere, geisterhafte Grenzsteinverrücker und gespenstische Ruinen, die nur bei Vollmond aus der Erde auftauchten. All diese Ammenmärchen waren in der Welt hinter der Zaunlücke Realität. Das ist ja ein Ding! Martin fühlte Abenteuerlust in sich aufsteigen; aber auch ein wenig Furcht. Er musste an seine Angst beim Verlassen des fremden Landes denken. Nicht alles in Bayern schien eitel Freude zu sein. Doch all diese Geschichten zu erforschen! Welch ein Gedanke!

Martin gab die Bücher zurück und lief zum Bahnhof. Unterwegs tauschte er bei Recktenwald ein Dutzend bayrische Goldkreuzer in Silbermünzen ein. Ruckzuck war er wieder ein Stück weit reicher geworden. Er fühlte sich gleich besser. Er würde sich sein wundervolles Land in der alten Zeit nicht von einem dämlichen dreibeinigen Hoppelhasen vermiesen lassen.

*

Die nächsten Tage vergingen in relativer Ruhe. In Mathe hatte Martin erstaunlicherweise eine Zwei geschafft und in Latein sogar eine Eins. Das ersparte ihm zu Hause Stress. Abends hockte er an seiner Wildwestgeschichte oder er las das Abenteuerheftchen, das er sich in Bayern gekauft hatte. Im Radkatalog blätterte er auch gerne. Besonders die Musikinstrumente hatten es ihm angetan. Er besaß eine Schülerblockflöte, auf der er recht gut war, und er hatte in der Schule gelernt, nach Noten zu spielen. Doch wie sehr wünschte er sich ein Instrument, zu dem er singen konnte, eine Gitarre oder ein Akkordeon. Wenn schon kein Akkordeon, dann wenigstens eine Konzertina. So etwas Teures würde er nie bekommen, das war ihm klar. Und in Bayern? Ich könnte das Instrument in meinem Spind im Fahrradschuppen aufbewahren. Ich könnte im Königreich Bayern draußen irgendwo in den Wiesen und Feldern üben, wo ich niemanden störe.

Sein Blick fiel auf eine „schöne Wandermandoline von einfacher, aber solider Qualität zu 2 Taler“. Martin musste an die Mandoline seines Großvaters denken, die unten im Wohnzimmer an der Wand hing. Oft hatte er seinem Opa gelauscht, wenn der erzählte, wie er in den Zwanzigerjahren mit dem

Mandolinenklub die Dörfer im Saarland bereiste. Gewandert waren sie und zu weiter entfernten Orten mit dem Zug gefahren. „Geld bekamen wir kaum, höchstens genug für die Zugfahrt, aber die haben uns mit Essen und Trinken eingedeckt und nachts schliefen wir irgendwo in einem Heuschober. Oft haben wir sonntags noch irgendwo gespielt. Die wollten uns gar nicht mehr ziehen lassen. Sie boten uns ganze Speckseiten an, damit wir noch eine oder zwei Stunden länger spielten, damit sie tanzen konnten. Es war eine herrliche Zeit." So erzählte der Großvater.

Martin beneidete ihn glühend um seine schönen Erlebnisse. Er bat den Opa um die Mandoline: „Du benutzt sie ja nicht mehr. Du könntest mir beibringen, darauf zu spielen." Doch davon wollten seine Leute nichts wissen. Der Vater wollte, dass die Mandoline an der Wand hängen blieb und schön aussah, und der Großvater hatte keine Lust, Martin das Spielen beizubringen.

„Du lernst das ja doch nicht", sagte er. „Du bist ja für alles zu faul, du Taugenichts!"

„Ich habe ja auch Blockflöte gelernt", hielt Martin dagegen. „Und in der Schule kriege ich fürs Flötespielen immer gute Noten."

„Dann spiel Flöte! Was brauchst du da noch eine Mandoline!"

„Weil ich zur Flöte nicht singen kann!", erwiderte Martin. „Ich möchte ein Musikinstrument, zu dem ich auch singen kann, wenn ich es spiele. So eins möchte ich haben."

„Mach mal die Augen zu! Was du dann siehst, bekommst du!"

Martin schloss die Augen: „Ich sehe eine Mandoline. Ich sehe eine Gitarre. Oder ein Akkordeon."

Peng!, hatte er eine Ohrfeige weg. „Du Dummschwätzer!", schimpfte der Großvater. „Du Idiot! Gar nichts siehst du, du falasierter Hund! Du bist das größte Arschloch weit und breit! Du bist ein Kerl wie der Erl - ein Scheißkerl!"

„Lern du lieber für die Schule! Tätst du mal rechter was am Haus und im Garten schaffen, du stracke Sau!", keifte die Großmutter.

„Ich arbeite ja überall", gab Martin trotzig zurück. „Ich mache zu Hause viel mehr als andere Kinder!"

„Halts Maul, du blödes Rindvieh!", tobte der Großvater. „Du Kamel! Bring erst mal gute Noten nach Hause, du dummes Arschloch! Immer nur Dreier! Und so einer geht aufs Gymnasium! Du Depp! Du Vollidiot! Ein falasierter Hund bist du!" Martin tat die kaltschnäuzige Art seiner Leute unheimlich weh. Wenn er mitbekam, wie liebevoll es in den Familien seiner Freunde zuging, verursachte das jedes Mal einen reißenden Schmerz in seinem Innern. Er war zutiefst verletzt, weil seine „Familie" ihn nur mit Hohn und Spott überhäufte und man ihn anschrie und verprügelte. Ein liebevolles Wort hatte Martin zeit seines Lebens nie zu hören bekommen. Was er hatte, war gar keine richtige Familie. Nein.

„In Bayern könnte ich mir alles kaufen", flüsterte Martin. Er blätterte im Katalog weiter und fand Liederhefte mit Texten und Noten. „Der Sängerbote" hießen die oder „Die Liederfibel aus München." Ob in diesen Heften auch das wundervolle Adieu-Lied stand? Martin beschloss, am folgenden Mittwoch danach zu suchen.

*

Dienstags erwischten sie ihn hinten in dem dunklen Gang beim Erdkundesaal. Vier größere Jungen stürzten sich mit Triumphgeheul auf Martin. Er war in Gedanken gewesen und hatte nicht aufgepasst, wohin er ging. Der dunkle Gang war die gefährlichste Stelle des Johanneums. Dort lauerten ständig Schüler der höheren Klassen auf jüngere Schüler, um sie zu sacken. Die vier fielen über Martin her und sackten ihn. Sie fassten zwischen seine Beine und quetschten seine Hoden. Martin schrie wie am Spieß vor Schmerz. Die größeren Jungen lachten. Einer nach dem anderen sackten sie Martin. Die anderen hielten ihn gewaltsam fest. Martin schrie und weinte. Als sie von ihm abließen, humpelte er schmerzverkrümmt davon.

Diese schwulen Säue! Wieso taten die das immerzu?! Wie konnten Menschen eine solche Freude daran haben, Schwächere zu quälen, bis sie vor Schmerzen schrien? Seine Hoden fühlten sich an wie glühende, geschwollene Bälle. Wo ist jetzt Amnesty International?, fragte sich Martin. Warum gehen die nicht gegen die Folter an deutschen Schulen vor? Warum tut keiner etwas dagegen? Das ist doch Folter, was die gerade gemacht haben! Folter und Vergewaltigung! Auch die Pater unternahmen nichts gegen das Sacken. Sie sahen einfach darüber hinweg, wenn ältere Schüler sich zu mehreren einen jüngeren Jungen vorknöpften. Für die Pater waren das harmlose Bubenraufereien. Auch in den Klassen machten viele Jungen es untereinander. Danach gaben sie damit an, wen sie mal wieder „ordentlich gesackt“ hatten oder wie weh ihnen die Eier taten, nachdem sie gesackt worden waren. Martin hasste es abgrundtief. Es ekelte ihn unbeschreiblich, dass diese Schweine unter den Augen der Pater anderen Jungen an die Geschlechtsteile gingen. Er verachtete die Schüler, die das taten. Das war doch absolut krank! Pervers! Und es passierte nur am Johanneum. An der Schwulenschule, wie das Jungengymnasium von den Schülern anderer Schulen genannt wurde. Martin hatte mit Freunden aus Bexbach darüber gesprochen. In keiner anderen Schule gingen die großen Schüler den kleineren ans Geschlechtsteil und folterten die Jüngeren daran.

„Das Johanneum ist eben eine Schwulenschule“, meinte Jörg Meyer und sah Martin dabei mit einer Mischung aus Mitleid und Spott an. „Warum gehst du auch auf die Schwulenschule?! Es gibt doch mehr als genug Gymnasien überall. Bis du am Johanneum fertig bist, bist du selbst ein Schwuler!“

Martin schaute verbittert zu Boden, als er aus dem dunklen Gang heraustorkelte.

Warum? Weil sein Vater nach dem Tod seiner Frau für kurze Zeit extrem „heilig“ gewesen war! Weil er ein paar Wochen lang mit dem Gebetbuch unterm Arm umhergelaufen und dauernd in die Kirche gerannt war. Darum! Sein Vater hatte keine Ruhe gegeben, bis Martin auf dem katholischen Johanneum war. Dann kam Moppel und noch bevor das Trauerjahr halb um war, war's vorbei mit der Heiligkeit. „Und ich muss es ausbaden“, flüsterte Martin.

Jemand kam auf ihn zu. Martin wich zur Seite. Bloß nicht noch mal gesackt werden! Er schaute hoch und erstarrte. ER kam auf ihn zu! Alles in Martin verkrampfte sich schlagartig. Sein Herzschlag setzte aus. Seine Kehle schnürte sich zu. Er bekam keine Luft mehr. Kalter Schweiß brach ihm aus. Sein Magen zog sich in Todesangst zu einem kleinen heißen Ball zusammen. Martins Kopf war plötzlich wie mit glühendem Sand gefüllt. Wildes Entsetzen wühlte in seinen Eingeweiden. ER kam auf ihn zu! Martin fing an zu zittern. Die Angst wurde übermächtig. Oh, warum hatte er nicht darauf geachtet, wohin er ging?! Sonst sah er immer zu, dass er sich von IHM fernhielt. Selbst IHN von Weitem zu sehen verursachte bei Martin immer einen Schock. ER kam immer näher. Vielleicht sieht ER mich nicht, dachte Martin voller Panik. ER darf mich nicht wahrnehmen! Wenn ER mich sieht! Wenn ER mich packt! Wenn ER …" Martin senkte den Kopf. Niemand würde ihm helfen! Keine Menschenseele! Nicht einmal sein eigener Vater! Alle würden wegsehen, wenn ER Martin packte und ihm das Schrecklichste antat! Martin wusste es. Er wusste, dass nicht einmal sein eigener Vater etwas dagegen unternehmen würde. Er fühlte ein Wimmern in seiner Kehle aufsteigen. Die Todesangst schüttelte ihn. Es dauerte mehrere Sekunden, bis er erkannte, dass ER an ihm vorübergegangen war, ohne ihn zu bemerken. Martin stolperte vorwärts. Nichts wie weg!

„Wie siehst du denn aus?", fragte Roth aus seiner Klasse. Er lief neben Martin her.

„D-Die haben mich gesackt", stotterte Martin. „Hinten im Gang."

Roth kicherte: „Ja, da lauern immer ein paar. Da musst du aufpassen, sonst kaschen sie dich. Kopf hoch! Gleich wird's besser."

Martin schaute zu Boden. Nein. Es würde nicht besser werden. Es würde nie mehr besser werden. Nicht nach dem, was am Wäldchen passiert war. „Ich muss aufs Klo", log er und bog zu den Toiletten ab.

„Beeil dich mit Pinkeln. Gleich fängt die Stunde an", rief Roth ihm hinterher.

Martin schaffte es gerade noch bis in die erste Toilettenkabine. Er erbrach sich lautstark. Er würgte und spie. Er würgte auch noch, als nur noch bittere Galle hochkam. Danach wusch er sich am Waschbecken. Ein kreidebleiches Gesicht starrte ihn aus dem Spiegel überm Waschbecken an. Ich will weg!, dachte er verzweifelt. Warum kann ich nicht von hier fort? Er fühlte sich hundeelend. Von der folgenden Stunde bekam er absolut nichts mit. Der Lehrer hörte sich für ihn an wie eine quakende Ente: „Blaak! Blaaker! Blaak! Blaaak!" Da waren keine Worte. Nur Gequake. „Blaak! Blaaker! Blaak!"

Wenn ich den Durchgang nicht hätte, könnte ich das Leben nicht mehr aushalten, dachte Martin. Ich könnte es nicht. Wirklich nicht. Erst in der darauffolgenden Stunde konnte er dem Unterricht wieder einigermaßen folgen.

*

Am nächsten Morgen erwischte es ihn am Ende des Schwarzen Weges. Ohne Vorwarnung kam das Frühstück wieder hoch. Martin erbrach Malzkaffee, Brot, Margarine und Marmelade in hohem Bogen. Eine Weile blieb er zusammengekrümmt stehen. Als er endlich wieder klar sehen konnte, lief er zum Bahnhof. Es war also wieder passiert. Der heiße Schmerz hatte seinen Magen zusammengezogen und Martin hatte erbrochen. Wie bei Mutter! Sie hat morgens auch aus heiterem Himmel erbrochen.

Krebs. Das hässliche Wort schwebte über Martin wie ein Damoklesschwert. Wenn es so weiterging, würde er die Krankheit bekommen, an der seine Mutter gestorben war: Krebs! „Weil ich ein schlechtes Kind bin!", wisperte er. Er musste schlecht sein. Sonst wäre das beim Wäldchen nicht passiert. Sonst hätte sein Vater ihm geholfen, als ER … Nein! Nicht daran denken! Denk an was anderes! Schalt es aus! Ausschalten! Denk an heute Mittag! Heute hast du deine zwei Freistunden! Heute gehst du nach Bayern! Heute siehst du das blonde Mädchen wieder! Mit übermenschlicher Anstrengung schaffte er es, den schrecklichen Gedankengang zu stoppen und auszublenden. Das Innere seines Kopfes fühlte sich an, als sei er mit glühendem Sand gefüllt. Aber er schaffte es, den Gedanken wegzusperren. Weg. Weg! WEG!!!

*

In der Pause achtete Martin darauf, sich von dem dunklen Gang beim Erdkundesaal fernzuhalten, und noch mehr achtete er darauf, IHM nicht über den Weg zu laufen. In Deutsch schrieben sie einen Aufsatz: „Der Straßenverkehr früher und heute". Martin beschrieb die alte Zeit ohne stinkende, rasende Autos in glühenden Farben. Er vergaß aber nicht, auch die Pferdeäpfel auf der Straße zu erwähnen und die vielen ausgefallenen Hufnägel, die eine ständige Gefahr für die Reifen der Radler darstellten. Er war sicher, eine gute Note für seinen Aufsatz zu bekommen. Deutsch bereitete ihm keine Probleme. Wenn es nur in den anderen Fächern genauso gut gelaufen wäre.

*

Mittags ging er Punkt zwölf zum Durchgang. Er kam durch. Auf der anderen Seite befand sich das Königreich Bayern. Die Angst fiel ihm ein, die ihn letztes Mal beim Verlassen der fremden Welt befallen hatte. Gleich kehrte er zurück. Es klappte ohne Schwierigkeiten. Keine Angstgefühle. Also kommt es drauf an, wie lange ich mich in Bayern aufhalte, überlegte er. Der Durchgang scheint sich zuzuziehen, wenn ich länger drin bin. Martin schlüpfte durch die Zaunlücke und landete in der Vergangenheit.

Das Mädchen war noch nicht da. Martin setzte sich auf die Bank neben der, auf der das blonde Mädchen immer saß. Er holte sein Reiseschreibset hervor und das Berichtsheft. Was sollte er schreiben? Eine feste Reihenfolge gab es nicht in seinem Heft. Alles stand kreuz und quer durcheinander. Martin schrieb bloß zu jedem Kapitel, wie alt er zum Zeitpunkt des Ereignisses gewesen war. Stefan fiel ihm ein, der nicht existierende Sohn seiner Mutter, ihr geliebter Fantasie-Sohn. Martin tauchte die Feder in die Tinte. Er begann zu schreiben. Manchmal erzählte ihm seine Mutter von Stefan. Das fing mit Martins Einschulung an. Die Erzählungen über Stefan wurden häufiger, als die Familie Welter zum Ende von Martins erstem Schuljahr nach Niederbexbach zog, wie auch die Schläge dort häufiger wurden, das Angeschrienwerden, das Eingespanntwerden als rechtlose Arbeitsdrohne. Stefan.

Martins Mutter stellte sich diesen Stefan als eine Art Supersohn vor. Stefan war nie patzig. Stefan war nie ungehorsam. Er half immerzu im Haushalt. Er zerriss sich förmlich, um helfen zu dürfen. Er passte auf seine kleinen Geschwister auf und versorgte sie. Stefan lernte fleißig. Er war Klassenbester und brachte nur Einser nach Hause. Stefan war sportlich und gut aussehend. Er war freundlich und zuvorkommend Erwachsenen gegenüber und lieb und gütig zu kleinen Kindern. Stefan machte sich beim Spielen nie dreckig. Die Nachbarinnen waren alle neidisch auf seine Mutter, weil sie einen solchen Sohn hatte. „Stefan war ein Heiliger!“, knurrte Martin.

Hatte seine Mutter denn nie bemerkt, wie schrecklich weh sie ihm tat, wenn sie ihm von Stefan vorschwärmte? Martin schüttelte den Kopf. War es seiner Mutter nicht völlig egal gewesen, ob sie ihn verletzte?! Ja, hatte sie nicht oft genug eine grausame Freude daran gezeigt, ihn zu quälen - körperlich wie seelisch?! Wie oft hatte sie ihm vom neuen Haus der Familie Welter erzählt, in das sie bald einziehen würden. „Das hat zwei Stockwerke und einen riesigen Garten. Und *du* musst jeden Tag in diesem Garten arbeiten! Dann ist Schluss mit Zeit vertrödeln, Freundchen! Du wirst vor lauter Arbeiten keine Zeit mehr zum Vertrödeln haben! Ich werde schon dafür sorgen, dass du den ganzen Tag was zu tun hast!" Martin merkte seiner Mutter die gehässige Freude an, wenn sie so sprach. Sie freute sich tatsächlich schon im Voraus darauf, ihn noch mehr für Haus- und Gartenarbeit und als Kindermädchen einzuspannen.

Martin hielt inne. „Soll sie sich ihren heiligen Stefan sauer kochen!", flüsterte er. „Was die verlangt hat, hätte wirklich nur ein Heiliger vollbringen können!" Und hatte Martin nicht vieles von dem getan, was angeblich nur der „Heilige Stefan" konnte? Martin hatte seine Geschwister hüten müssen und er war es, der sie zu versorgen hatte, sobald er aus der Schule zurück war. Dann tat seine Mutter keinen Handschlag mehr. Er musste ihre Windeln wechseln und sie füttern. Dann hieß es einkaufen gehen und im Haushalt helfen. Wäsche in die Maschine einsortieren, fertige Wäsche in die Schleuder, die Parkettböden fegen und bohnern, die Teppiche saugen, Geschirr spülen und abtrocknen, Kohlen aus dem Keller holen und die beiden Öfen in der Wohnung am Brennen halten, den Küchenofen sauber machen und wienern, Staub wischen, die Gläser im Wohnzimmerschrank wischen und polieren, Asche und Müll in den Mülleimer bringen.

Wie er den Mülleimer gefürchtet hatte! Martin, der schmächtige kleine Kerl von sieben Jahren, musste die Mülltonne vom Hof hinterm Haus nach vorne zur Straße bringen. Auch das war seine Aufgabe. Die Mülltonne war aus massivem Metall. Damals schütteten die Leute noch heiße Asche aus den Öfen in ihre Mülleimer. Das Ding ging Martin bis zur Brust und es war ihm unmöglich, es zu tragen. Dazu war der Mülleimer viel zu schwer, wenn er voll war. Nicht mal leer konnte Martin ihn hochhieven. Also zog und schob er ihn voran, Stückchen für Stückchen, bis er endlich auf dem Bürgersteig stand. Mittags, wenn die Müllabfuhr da gewesen war, ging es wieder zurück. Wehe, man musste ihn dazu auffordern! Dann gab es Schläge. Eines Tages fand er zufällig heraus, dass es leichter ging, wenn er den Mülleimer auf sich zuzog, bis er umzukippen drohte. Dann konnte er ihn neben seinem Körper auf der Kante des runden Bodens rollen und ziehen. Eine Plackerei war es trotzdem, und immer drohte das Ding umzufallen. Geschah das, gab es Prügel und anschließend musste er alles wieder einschaufeln und den Dreck fein säuberlich auffegen.

Dazu noch einmal die Woche Waschbecken in Bad und Küche schrubben und zwei- bis dreimal Wäsche bügeln. Mit einem billigen Bügeleisen ohne Dampf. Dampfbügeleisen leisteten sich damals nur Leute, die das Geld dazu hatten. Mit einem Dampfbügeleisen konnte man einfach so über die Wäsche fahren und sie wurde glatt. Mit dem billigen Elektroeisen musste man mehrmals über die zerknitterte Wäsche fahren und sehr fest drücken, um alle Knicke und Krumpel herauszubekommen. Manchmal taten Martin die Handgelenke so weh, dass er anfing zu weinen. Wenn die Mutter das sah, gab sie ihm „einen Grund zum Flennen“: mit der Kleiderbürste!

Kam die Kohle für den Winter, musste Martin sie in den Keller schippen. Ja, und ganz nebenbei sollte er dann auch noch seine Schulaufgaben machen, fleißig lernen und Klassenbester werden. Das schaffte er nicht. In Martins Zeugnis standen neben einigen Einsern vor allem Zweier und ein oder zwei Dreier. „Aber es waren viele Zweier!“, murmelte Martin. „Mein Zeugnis war gut. Ich war einer der Besten in der Klasse! Meine Schulfreunde erhielten für gute Noten zur Belohnung Geld. Für eine Eins eine Mark und für eine Zwei fünfzig Pfennig, manche Freunde kriegten sogar das Doppelte! Und ich? Ich bekam was gepfiffen!“ Nicht mal die Großeltern hatten ihm etwas gegeben, sondern nur an seinem Zeugnis herumgemäkelt. Da nur eine Zwei und dort bloß eine Zwei und in Turnen gar nur eine Drei.

„Blödiane!“, knurrte Martin. „Ich wollte ja in den Turnverein wie viele andere aus meiner Klasse, aber ich durfte nicht! Aber mir den heiligen Stefan vorhalten und supersportliche Leistungen verlangen!“ Das war, fand er, als hätten sie von ihm hervorragende Englischkenntnisse verlangt, ihm aber gleichzeitig die Teilnahme an einem Englischkurs verboten, sodass er die Sprache überhaupt nicht lernen konnte. Diese gemeinen Ekel! Martin seufzte. Es drückte ihn nieder, an all das Elend denken zu müssen, aber es musste nun einmal aufgeschrieben werden. All die schlechten Erinnerungen. Erinnerungen an Schläge, Anbrüllen, Angst machen, Hausarrest, Diebstahl seiner Sachen, Arbeitsfron und Ungerechtigkeit. Und nie etwas Schönes für Martin. Nie! Wirklich nie!

Schön war es für ihn nur, wenn er weg von seiner Familie kam, wenn er draußen mit seinen Freunden spielen durfte oder für sich allein durch die Gegend streifte. Auf der Rothmühle im Sommer die Sandalen in dem dichten Busch am Ortsende zu verstecken und barfuß durch die alte Sandgrube zu laufen, die Tümpel zu inspizieren, das geheime Tal erforschen, den Fuchsbau besuchen, zwischen den Heidekrautpolstern durch den warmen, weichen Sand laufen. Oder Rad fahren!

Als er mit sechs das alte Rädchen seines Onkels erhielt, lernte Martin eine bis dahin nie gekannte Freiheit kennen. Einmal ganz um die Bergehalde herumfahren! Oder der Straße zur Haseler Mühle folgen, den Berg hoch und auf der anderen Seite hinunter und unten rechts im Tal bis zum Wasserwerk von Wellesweiler kurbeln. Dort gab es an der Außenmauer einen Trinkbrunnen, wo Tag und Nacht kühles Wasser sprudelte. Da konnte er sich satt trinken, bevor er wieder nach Hause fuhr. Drei Kilometer lang war eine Wegstrecke, hatte sein Vater ihm gesagt. Martin war mächtig stolz auf seine Leistung. Und er fuhr in die Stadt und zurück oder hoch bis ans Kraftwerk, dann runter nach Wellesweiler und in weitem Bogen wieder zur Rothmühle zurück.

Hatte ich wirklich nie etwas Schönes mit Mama?, fragte sich Martin unglücklich.

Seine Mutter hatte ihn nie in die Arme geschlossen. Sie hatte ihm nie gesagt, dass sie ihn liebte. Die einzig schönen Momente, an die er sich erinnerte, waren die gewesen, wenn er und die Mutter sich gemeinsam alte Fotos der Mutter anschauten. Eins zeigte sie als Erstklässlerin in einer Schulbank, eine Landkarte im Hintergrund. Das Saarland gehörte damals zu Frankreich und statt Noten von eins bis sechs hatte es Punkte von 1 bis 18 gegeben. 18 war die höchste Punktzahl. Seine Mutter hatte ihm erzählt, dass das französische Punktesystem viel besser als die deutschen Noten von 1 bis 6 war. Eine Eins, das waren 16 bis 18 Punkte, und wenn man die Punkte anschaute, erkannte man, ob ein Schulkind eine sehr gute Eins hatte oder eine nicht so gute. Martin gab seiner Mutter recht: das war viel gerechter als Noten von 1 bis 6. Er hatte das Foto gemocht. Seine Mutter wirkte auf dem Bild klein und harmlos und sie schaute freundlich lächelnd in die Welt. Von der Verkniffenheit, die ihr als Erwachsene oft im Gesicht stand, war nichts zu sehen. Als Kind musste seine Mutter ein fröhlicher und netter Mensch gewesen sein. Wie hatte es nur kommen können, dass aus diesem netten kleinen Mädchen mit den lächelnden Augen eine solch bösartige Mutter wurde? Martin konnte das nicht verstehen. Wurden alle Menschen eklig, wenn sie erwachsen wurden? Aber das konnte nicht sein. Er kannte viele Erwachsene, die nett und freundlich waren. Die schrien keine Kinder an und verprügelten sie auch nicht und sie verfolgten ihre Kinder nicht mit Wut und Hass.

Was ihm ebenfalls immer gut gefallen hatte, war das schwarzweiße Klassenbild seiner Mutter. Auf diesem Bild hatte sie genau wie auf dem Schulbankbild die Haare zu einem Hahnenkamm frisiert, eine Haarrolle lief oben längs über den Kopf. Sie stand oben links in der letzten Reihe, in der Mädchen standen, und schaute mit leicht schief gelegtem Kopf in die Kameralinse. Die Mutter erzählte, dass der Lehrer in der ersten Klasse allen Mädchen Blumennamen gegeben hatte. In der zweiten Reihe rechts vorne stand ein ziemlich fülliges Mädchen, wahrscheinlich ein Bauernkind, und oben links seitlich hinter seiner Mutter noch eins. Die zwei „Dicken" waren die Tulpe und die Rose. Ganz vorne in der Mitte das kleine Mädchen mit den Rattenschwänzen war das Vergissmeinnicht. Ein anderes Mädchen war das Veilchen. Seine Mutter war die Anemone, das Buschwindröschen, eine kleine hübsche Waldblume, die im zeitigen Frühling blühte. Wie liebte er seine Mutter in diesen wenigen intimen Momenten! Und wie sehr fürchtete er sie die übrige Zeit.

Martin hatte kein Bild von der Einschulung. Martin hatte kein Klassenbild. Alle Kinder hatten solche Bilder bekommen, nur er nicht. Er war es seinen Eltern nicht wert. Er erinnerte sich genau an seinen ersten Schultag. Da war ein Fotograf gewesen und er hatte alle Erstklässler mit ihren Schultüten geknipst, aber als die Reihe an Martin kam, sagte seine Mutter, sie brauche kein Bild. Der Fotograf war total baff. *Alle* ließen ihre Kinder knipsen, nur Martins Mutter nicht. Der Mann konnte es nicht fassen. Er hakte sogar mehrmals nach, aber die Mutter blieb stur. Kein Bild für Martin. Basta.

Im Laufe seiner Schulzeit hatte Martin angefangen, seine jeweiligen Klassenkameraden zu fragen, ob sie ein Foto von ihrem ersten Schultag besäßen. Die Antwort war stets die gleiche: erstaunt aufgerissene Augen und ein verständnisloses Kopfschütteln. Natürlich hatte jeder ein Bild von sich als Erstklässler mit der Schultüte im Arm. Was für eine blöde Frage. So was hatte jeder! Nur Martin nicht. Allmählich dämmerte ihm, dass er wohl das einzige Kind in Deutschland war, das kein solches Foto besaß.

Martin fühlte ein Würgen in seinem Hals hochsteigen. Mama! Warum hast du mich nicht lieb gehabt? Warum hast du mich so sehr gehasst? Warum hast du mich so schrecklich drangsaliert und geschlagen? Ich konnte doch nichts dafür, dass ich keine Martina geworden bin! Ich wäre gerne ein Mädchen gewesen, wenn du mich dann lieb gehabt hättest! War es denn so schlimm, dass ich ein Junge wurde? Dafür kann ich doch nichts! In Martins Fantasie hatte Martina gelebt. Sie war seine Zwillingsschwester und in ihrer Familie war es immer schön. Es gab keine Schläge, kein Anbrüllen, keine Angst, kein Niedermachen, keinen Diebstahl. Leider existierte diese schöne heile Welt nur in Martins Fantasie. Dort hielten er und Martina immer zusammen, waren sie unzertrennlich: Martin und Martina.

„Genug Ekliges aufgeschrieben", brummte Martin. „Ich mag nicht mehr." Immer wenn er die scheußlichen Sachen von früher aufschrieb, wühlte ihn das sehr auf. Aber es tat gut, es endlich aus sich herauszulassen und auf Papier festzuhalten. Irgendwie wurde es durch das Aufschreiben wirklicher und wahrhaftiger. Gleichzeitig konnte Martin etwas, das er niedergeschrieben hatte, ein Stück weit loslassen, sodass es ihn nicht mehr so quälte, wenn er daran denken musste. Es war heilsam, alles aufzuschreiben, es aus sich herausfließen zu lassen. Es war, als ob Eiter aus einer entzündeten Wunde abflösse. Sobald der Eiter raus war, konnte die Heilung einsetzen. Er legte das Berichtsheft weg und holte das Abenteuerheftchen hervor. Eine Geschichte musste er noch lesen, dann war er durch.

Kaum hatte er das Heft aufgeschlagen, kam das blonde Mädchen. Martins Herz machte einen komischen Hopser. Es stolperte, dann schlug es weiter, viel schneller als zuvor. Er spürte, wie Hitze in seinen Wangen aufstieg. Plötzlich musste er sich ganz stark auf sein Heftchen konzentrieren, obwohl er von der Geschichte, die da gedruckt stand, absolut nichts mitbekam, weil sich in seinem Kopf eine angenehme Leere ausbreitete. Als er zum Schein eine Seite umblätterte, war seine Hand zittrig. Es dauerte mehrere Minuten, bis er sich einigermaßen beruhigt hatte. Er wagte einen Seitenblick. Das Mädchen schaute zu ihm herüber. Als sich ihre Augen trafen, sah sie schnell weg. Martin stand kurz vor einem Herzinfarkt. Das konnte kein Zufall sein!

Er schaute geradeaus, lauerte aber im Augenwinkel. Tatsächlich! Nach kurzer Zeit schaute sie wieder in seine Richtung. Martin nahm allen Mut zusammen. Er wandte sich dem Mädchen halb zu und ließ seine Mundwinkel zur Andeutung eines Lächelns hochzucken. Mehr schaffte er nicht. Selbst diese kleine Bewegung vermittelte ihm das Gefühl, einen tonnenschweren Stein den Mount Everest hochschieben zu müssen. Sie lächelte zurück, genauso sparsam wie er, und ihre Wangen färbten sich rot. Ich sollte mit ihr reden, dachte Martin. Alles, was ich tun muss, ist, sie anzusprechen. Was ist schon dabei?

Nichts war dabei. Es war ganz einfach. Wesentlich einfacher wäre natürlich die Besteigung des Mount Everest gewesen. Ohne Sauerstoff und mit tonnenschwerem Stein zum Hochschieben, versteht sich. Oder ein Ringkampf mit einem wütenden Grizzlybären. Mit zwei hungrigen T-Rex in der Turnhalle eingesperrt sein. Alles kein Problem im Vergleich mit der völligen Unmöglichkeit, dieses liebreizende Geschöpf anzusprechen. Schon beim Gedanken daran zog sich Martins Kehle zusammen. Er versuchte zu lesen und blätterte fahrig in seinem Heftchen. Und stellte fest, dass er es verkehrt herum in Händen hielt. Au, wie peinlich! Schnell drehen! Und natürlich knallrot werden. Das Heftchen fiel zu Boden. Schnell hob er es auf. Verdammt!

Nächstes Mal, nahm er sich vor, nächstes Mal rede ich mit ihr. Nur nicht heute.

Verflixt! Er wusste, dass es in einer Woche noch schwerer sein würde. Wie gelähmt saß er da und verfluchte seine Schüchternheit. Sonst bin ich doch nicht auf den Mund gefallen! Alles, was ich machen muss, ist „hallo" zu sagen.

„Gebrannte Mandeln gefällig?" Martin schreckte auf. Vor ihm stand ein Mann in einem lila Frack mit einem Zylinder auf dem Kopf. In einem Bauchladen präsentierte er gebrannte Mandeln in Papiertütchen. „Na, junger Herr?", lockte der seltsam verkleidete Verkäufer. „Wie wäre es mit einer Tüte? Es kostet nur 3 Kreuzer. Oder vielleicht teilt Ihr Euch eine Tüte mit der jungen Dame?" Er nickte in Richtung des Mädchens.

Martin wandte sich ihr zu: „Möchtest du?" Das platzte so schnell aus ihm heraus, dass seine Kehle sich einen Sekundenbruchteil zu spät zusammenschnürte. Sie lächelte scheu und nickte. Martins Herz schaltete noch einen Gang höher und näherte sich der Drehzahl einer Hubschrauberturbine. Er sprang auf und fummelte seinen Geldbeutel aus der Hosentasche: „Ich nehme zwei Flaschen. Nein, zwei Dos… ich … geben Sie mir zwei Stück bitte." Er wurde feuerrot. Seine Wangen brannten und glühende Lava floss über seine Ohrspitzen. Er wusste, dass von dort Rauch aufstieg. Betont geschäftig wühlte er im Kleingeldfach seines Geldbeutels und fischte das Geld heraus.

„Verbindlichen Dank", sprach der Verkäufer und überreichte ihm zwei Tütchen. Er lächelte Martin aufmunternd an, bevor er sich weiteren Fahrgästen auf dem Bahnsteig zuwandte.

Martin ging mit klopfendem Herzen auf das Mädchen zu. Nie war ihm etwas schwerer gefallen. Ob er nicht doch lieber zu den beiden hungrigen Raubsauriern in die Turnhalle …? Sie blickte zu ihm hoch. Ihre Wangen waren gerötet. Sie lächelte. Martin lächelte zurück. Sein Gesicht war so heiß, dass er sicher war, binnen einer Sekunde Brandblasen auf die Backen zu bekommen. Die Hubschrauberturbine in seiner Brust trieb sein Blut so schnell durch seine Adern, dass es in seinen Ohren rauschte. „Bitte sehr", sagte er und hielt ihr ein Tütchen hin.

„Vielen Dank", sagte sie artig. Sie wartete mit dem Öffnen der Tüte, bis er neben ihr Platz genommen hatte. Martin setzte sich. Genau neben sie. Er saß neben ihr! Aus seinen Ohren quoll Rauch. Er glühte dermaßen, dass er die Umgebung in Brand setzte. Die Rückenlehne der Sitzbank ging in Flammen auf. Gleich würde die Feuerwehr kommen und ihn nass spritzen. Die Hubschrauberturbine in seiner Brust orgelte wie toll. Martin war sicher, dass jeden Moment sein Kopf explodieren würde, einfach explodieren. Stattdessen erlebte er ein biblisches Wunder: Sein Kopf kühlte innerhalb einer Minute auf eine Temperatur unterhalb 100 Grad Celsius ab, wenn auch nur geringfügig darunter.

„Hmm. Die schmecken lecker", sagte das Mädchen. Der Klang ihrer Stimme brachte die Hubschrauberturbine in seiner Brust erneut auf Drehzahl.

Sie wandte sich ihm zu: „Lieben Dank. So etwas bekomme ich nicht oft zu essen. Du bist sehr nett."

Obwohl Martin gerade schmolz und als flüssiges Rinnsal von der Bank herunterfloss, erkannte er, dass sie mindestens genauso nervös war wie er selbst. Das verlieh ihm komischerweise Mut. „Du bist auch nett", sagte er hastig. Mehr fiel ihm nicht ein.

Zarte Röte überflog ihr Gesicht: „Ehrlich?"

„Ja", sagte Martin und nickte enthusiastisch.

Eine Weile aßen sie schweigend gebrannte Mandeln. Eine hochinteressante Beschäftigung. Fast so gut wie Ringkämpfe mit schlecht gelaunten Grizzlybären oder die Turnhalle mit den zwei hungrigen Tyrannosauriern. Wer mampfte, musste nicht reden. Doch allmählich wurde das Schweigen zwischen ihnen zu einem guten Schweigen. Es wurde zu einem gemeinsamen Schweigen.

Martin schaute zur Seite und lächelte sie an. Er brachte es tatsächlich fertig, ohne dabei in Brand zu geraten. Sie lächelte zurück. Wieder Schweigen. Freundliches Schweigen. Nettes Schweigen.

„Du bist nicht von hier", sagte sie.

„Sieht man das?"

Sie nickte. „Deine Kleidung und deine Schultasche."

Martin war überrascht. Sie wusste also, dass er nicht aus Bayern war. „Findest du es nicht seltsam, jemanden wie mich hier zu sehen?" Er konnte sie etwas fragen! Er war tatsächlich in der Lage, ihr eine simple Frage zu stellen. Ohne zu platzen. Ohne in Brand zu geraten. Ohne einen Herzinfarkt zu bekommen.

„Es kommen manchmal Leute wie du zu uns ins Königreich Bayern", sagte das Mädchen. „Ich habe schon drei gesehen. Du bist der Vierte. Auch meine Verwandten haben mir von Menschen wie dir erzählt."

„Wieso kommt es dann, dass ich noch nie jemanden von euch bei mir zu Hause gesehen habe?", fragte Martin. Halt die Unterhaltung in Gang! Immer schön nachhaken, Junge!

Sie schaute ihn mit großen Augen an. „Wir benutzen diese Wege nicht. Es sind nicht unsere Wege. Nur Menschen wie du benutzen sie."

„Ach so. Ich habe den Durchgang durch puren Zufall entdeckt." Er berichtete von dem Vogel.

Ihr Blick wurde weich: „Du wolltest dich um ein verletztes Tier kümmern. Das zeigt, dass du ein guter Mensch bist."

Das traf Martin so unvorbereitet, dass er um ein Haar angefangen hätte zu weinen. Mit Gewalt drängte er die aufsteigenden Tränen zurück. Er starrte sie an. „Das hat noch nie jemand zu mir gesagt", flüsterte er. „Wo ich herkomme, werde ich nicht gut behandelt. Ich … ich bin froh, diesen Durchgang gefunden zu haben. Jede Woche kann ich einen halben Tag hier verbringen und mit meinem neuen Fahrrad ein wundervolles Land erforschen." Er erzählte von seinem Fahrrad, um das Gespräch am Laufen zu halten.

„Du musst sehr wohlhabend sein, wenn du dir eine solche Maschine leisten kannst", sagte sie ohne Neid. „Ich habe bloß ein altes Dreigangrad. Das fährt aber noch gut."

„Bei mir daheim habe ich ein total rauliches Vehikel", sagte Martin. „Das hat nicht mal eine Gangschaltung. Dabei ist es schwer wie ein Panzer." Wie leicht es plötzlich ging! Er konnte mit dem Mädchen sprechen, ohne einen Herzanfall zu bekommen, und in Flammen ging er auch nicht auf. Es kam höchstens ein bisschen Rauch aus seinen Ohren. „Ich heiße übrigens Martin. Und du?" Hatte er sie echt nach ihrem Namen gefragt? Einfach so? Ja!

„Ich heiße Heidi", sagte sie.

Heidi. Der schönste Name auf der ganzen Welt!

In der Ferne ertönte eine Dampfpfeife. Das Mädchen schreckte hoch: „Mein Zug!“ Sie stand auf. Martin auch. Für einen Augenblick standen sie sich gegenüber. Sie war einen halben Kopf kleiner als er. Als sie zu ihm hochblickte und ihn anlächelte, zeigten sich entzückende Grübchen auf ihrem Gesicht. „Nochmals herzlichen Dank für die gebrannten Mandeln.“ Sie steckte die Tüte in ihre Tasche. „Den Rest hebe ich mir für später auf.“

„Wenn du willst, kaufe ich dir nächsten Mittwoch wieder eine Tüte“, erbot sich Martin. „Oder eine Bratwurst.“

„Wird das nicht zu teuer?“, fragte sie schüchtern. Ihr Blick ging ihm durch und durch.

Martin schüttelte den Kopf: „Nein. Ich habe genug Silber.“ Er musste den Lärm des einfahrenden Zuges überschreien.

Sie lächelte zu ihm auf: „Ja, dann gerne. Du bist nett.“

Der Zug hielt an. Martin fühlte Bedauern. Er wäre gerne länger mit Heidi zusammen gewesen. Gleichzeitig pochte sein Herz vor Glück. „Auf Wiedersehen, Heidi. Bis nächste Woche.“

Sie lächelte ihn an: „Bis nächste Woche, Martin. Es war schön, dich kennenzulernen. Adieu.“ Nach dem Einsteigen wählte sie einen Fensterplatz. Als der Zug abfuhr, winkte sie ihm. Martin winkte zurück, bis sie außer Sicht war.

„Bis nächste Woche“, flüsterte er. „Sie hat es gesagt! Sie hat es wirklich gesagt! Bis nächste Woche!“ Die Hubschrauberturbine in seiner Brust lief wieder auf vollen Touren. Bis nächste Woche, Heidi! Heidi, blonde Heidi! Süße Heidi! Immer wieder sang sein Herz diesen Namen. Heidi! Heidi! Heidi! Martin fühlte sich so gut wie noch nie zuvor in seinem Leben. Hatte es wirklich eine Zeit gegeben, in der er Selbstmord begehen wollte? In ein paar Stunden musste er in seine triste, graue Heimat zurück, aber das war ihm egal. Vollkommen egal. Heidi. Heidi. Heidi. Heidi hat ein Dreigangrad, dachte er. Und ich geh jetzt zu meinem Neungangrad.

Halt! Erst noch den Durchgang prüfen! Martin lief zur Zaunlücke. Auf der Wiese wurde er langsamer. Er lauschte auf seine Sinne. War da etwas? Er glaubte nicht.

Es ist so, dass ich das nur spüre, wenn ich sehr lange hier war, überlegte er. Was soll's! Ab aufs Rad! Ich habe einen ganzen Nachmittag für mich! Und für seine verliebten Fantasien.

Heidi hat ein Dreigangrad, sang sein Herz, als er aus Homburg hinausradelte. Heidi! Blonde süße Heidi! Meine Heidi mit dem Dreigangrad! Wo wohnte sie eigentlich? In Saarbrücken? Konnte er es an einem Nachmittag bis Saarbrücken und zurück schaffen? Zu weit. Ob man Fahrräder im Zug mitnehmen durfte? Martin beschloss, später im Bahnhof von Homburg nachzufragen. Er schaltete einen Gang höher und gab Gas. Im Weiterfahren gab er sich den süßesten Fantasievorstellungen hin, in denen er und Heidi Hand in Hand liefen und sich dann sogar küssten. Martins Herz spielte erneut Hubschrauberturbine. Aber das kam nur vom schnellen Radfahren. Oder?

Martin radelte die alte Kaiserstraße entlang nach Limbach. Das Fahrrad lief schnell wie der Wind über die Sandpiste. Kurz vor Limbach, bevor die Straße die Blies überquerte, stand linker Hand ein Ding, das aussah wie eine verunglückte Windmühle. Martin hielt an. Mit vor Staunen offenem Mund schaute er das seltsame Gebäude an. Es sah wirklich ein wenig aus wie eine alte holländische Windmühle. Aber statt Flügel, die sich im Kreis drehten, hatte es einen Mast und an dem ragten seltsame Querhölzer in den Himmel. Gerade als Martin anhielt, fingen die Hölzer an, sich zu bewegen. „Wie alte Eisenbahnsignale", sagte Martin zu sich selbst. Er schaute zu, wie mehrere der langen Dinger zu fuchteln begannen. Dann Stillstand. Ein Holz zeigte steil aufwärts, zwei ragten halb aufgerichtet nach links, eins stand exakt waagrecht nach rechts ab und zwei hingen nach unten. Nach kurzer Pause bewegte sich das Ganze von Neuem. Martin hörte ein Knarren. Das müssen Winden sein, überlegte er, während er zusah, wie die Winkerarme eine neue Stellung einnahmen, bevor sie wieder in der Bewegung einfroren. „Buchstaben!", sagte Martin halblaut. „Oder Silben. Oder Worte. Das ist ein Telegraf!"

Er schaute nach Homburg zurück. Ganz oben auf dem Schlossberg entdeckte er eine andere Mühle, ein ziemlich großes Ding mit mehreren Masten. An einem zeigten die Signalhölzer genau in Richtung Limbach. Die über zwei Meter langen

Bretter bewegten sich träge, bis sie in einer neuen Stellung stehen blieben. Nach wenigen Sekunden übernahm der Telegraf direkt vor Martin das Zeichen und schickte es weiter in Richtung St. Ingbert. „Telegrafen!“, sagte Martin. „Winkertelegrafen!“ Klar doch. Er hatte es in der Schule gelernt. Lange vor dem Jahr 1900 hatte es eine solche Winkertelegrafenverbindung in Deutschland gegeben. Das hatten sie in Geschichte durchgenommen. 1832 hatte man von Berlin bis ins Rheinland rund sechzig Telegrafenstationen gebaut, die die Entfernung von 550 Kilometer überbrückten. In dem fremden Land, das er hinter der Zaunlücke gefunden hatte, schien es viele Telegrafenlinien zu geben. Deutlich erkannte Martin, wie das Riesengebilde auf dem Schlossberg Nachrichten nach mehreren Seiten aussandte. Tolle Sache!, dachte er und stieg auf. Er fuhr weiter. Als er an dem Telegrafen vorbeifuhr, verstellten sich die langen Winkerarme erneut mit hörbarem Knarren.

Martin radelte an einem Rastplatz vorbei. Zwei Radlerinnen saßen auf der Bank. Vor ihnen auf dem Tisch standen Becher, gefüllt mit frischem Quellwasser aus dem Brunnen beim Rastplatz. Die Frauen aßen Stullen. Martins Magen knurrte. In Limbach kauf ich mir Happa-Happa, nahm er sich vor. Limbach war ein winziges Dörfchen mit Bäumen rechts und links der Hauptstraße. Kleine, putzig wirkende Sandsteinhäuschen duckten sich auf beiden Seiten der breiten Straße.

Gleich am Ortsausgang winkte ihm jemand. Es war ein kleiner Junge im Rollstuhl.

„Kannst du mir helfen?“, bat der Junge. Er mochte acht Jahre alt sein. „Ich kann mich nicht selbst aufziehen.“

Martin bremste und stieg ab. Er stellte sein Rad auf den Ständer und schaute den Jungen fragend an: „Hallo. Wie kann ich dir helfen?“ In diesem schönen Land ein Kind zu sehen, das schwerbehindert war, berührte ihn eigenartig. Bislang hatte er das Gefühl gehabt, dass hier alles toll und gesund und sauber war.

„Ich habe zu Hause vergessen, den Rollstuhl aufziehen zu lassen“, sagte der Junge. Er blickte entschuldigend zu Martin auf. „Ich habe das Ding erst seit vier Tagen.“ Er zog eine Grimasse: „Leider muss ich noch eine ganze Weile darin sitzen.“ Er zeigte auf sein rechtes Bein: „Es ist lahm. Ich habe es mir bei einem

Sturz vom Dach gebrochen. Jetzt stecken Schrauben und Nägel in den Knochen und alles muss in Ruhe verheilen. Ich darf nicht aufstehen, sonst wachsen die Knochen schief zusammen. Drum fahre ich mit dem Roller durch die Gegend." Er zeigte nach hinten: „Ziehst du mich bitte auf? Die Kurbel kann man rausklappen. Leg den Hebel auf Stufe 1. Stufe 2 ist bestimmt zu schwer für dich. Das schafft nur mein Papa."

Martin trat hinter den Rollstuhl. Die Lehne war ein massives Ding und dort war eine Kurbel war angebracht, die man aufklappen konnte. Martin war froh, dass der Junge nicht gelähmt war. Es hätte irgendwie nicht zu diesem wundervollen Land gepasst. Nur ein Unfall. Bein gebrochen. Schlimm. Aber kein Beinbruch. Als er das dachte, musste Martin ein Lachen unterdrücken. Das war nicht der allerbeste Witz, überlegte er. Er klappte die Kurbel aus, legte den kleinen Bedienhebel aus Messing auf 1 und begann zu kurbeln. Es sirrte und brummte im Innern des Rollstuhls. Unter der Sitzfläche musste sich eine komplizierte Mechanik befinden. Martin kurbelte, was das Zeug hielt. Irgendwann erklang ein Glöckchen. „Das war es", rief der Junge. „Du kannst die Kurbel wieder einklappen. Das Uhrwerk ist aufgezogen." Er bewegte einen kleinen Messinghebel auf der rechten Armlehne. Mit sanftem Surren drehte sich der Rollstuhl, bis der Junge Martin anschauen konnte: „Vielen Dank. Ich dachte schon, ich muss die Antriebsräder von Hand antreiben bis zu Hause. Das geht arg schwer. Aber jetzt habe ich wieder Federspannung für zehn Kilometer, wenn ich den Langsamgang benutze. Danke, dass du mir geholfen hast."

„Gern geschehen", sagte Martin. Er war wirklich froh, dass der Junge nicht querschnittgelähmt war. Nur ein komplizierter Beinbruch. So was verheilte nach einer gewissen Zeit. Fasziniert sah er zu, wie der Rollstuhl mit dem Buben leise sirrend im Schritttempo davonfuhr. Zehn Kilometer, hat er gesagt. Wahnsinn! Die fremde Welt, in die es Martin verschlagen hatte, mochte auf den ersten Blick auf dem technischen Stand der Kaiserzeit sein, aber wenn es um Uhrwerke ging, war man der alten Kaiserzeit um Längen voraus. In Martins Heimatwelt gab es keine Federwerke, die dermaßen lange liefen. Es war ein kleines Wunder.

Martin stieg aufs Rad und fuhr weiter. Mitten im Ort fand er eine Bäckerei und kaufte zwei Brötchen. „Gibt es in Limbach auch eine Metzgerei?“, fragte er.

„Ei ja, junger Mann“, antwortete die Bäckerin. „Gleich die erste Straße links nehmen. Es ist das dritte Haus auf der rechten Seite.“

„Danke.“ Martin zahlte und fuhr weiter.

In der Metzgerei ließ er sich einige Scheiben Salami abwiegen. Damit belegte er seine Brötchen. Er packte sie ein und schaute die Nebenstraße hinunter. Sie ging nach dem letzten Haus in einen Feldweg über. Weiter draußen lag ein Wald. Ob es dort einen Rastplatz mit Quelle gab? Martin fuhr los. Der Feldweg machte am Waldrand eine Biegung nach rechts. Martin kam an einer Stelle vorbei, die aussah wie ein zugewucherter Weg in den Wald. Das machte ihn neugierig. Gab es in Bayern alte, vergessene Wege? Er stieg ab und schob das Rad zwischen Holunderhecken hindurch. Kaum war er durch die Hecke hindurch, stellte sich ein altbekanntes Gefühl ein: die diffuse Angst, als ob ihn etwas belauerte.

„Ist das ein anderer Durchgang?“, flüsterte er. Der Weg vor ihm war fast völlig überwuchert und die Baumkronen überdachten ihn so dicht, dass es sogar mitten am Tag dämmerig war. Am liebsten wäre Martin umgekehrt. Doch er gab sich einen Ruck und stieg auf. Sobald er im Sattel saß und in die Pedale trat, war das unangenehme Gefühl nicht mehr so schlimm. Der dämmrige Weg beschrieb eine lange Linkskurve. Lianenartige Gewächse hingen von den Bäumen und peitschten sein Gesicht, als ob sie nach ihm greifen wollten. Schließlich mündete der Weg in einen Felsspalt, der gerade so breit war, dass Martin hindurchfahren konnte. Das komische Gefühl verstärkte sich. Einen Augenblick lang hatte Martin das Gefühl, ihm würden sich sämtliche Eingeweide in der Bauchhöhle umdrehen. Dann schoss er aus dem Schatten des Felsens hinaus in grelles Sonnenlicht. Der Weg führte quer durch eine Wiese voller Frühlingsblumen. Weiter weg erkannte er die Häuser einer Ortschaft. Es gab kein Ortsschild, aber Martin erkannte sofort, dass er das Königreich Bayern nicht verlassen hatte. Die meisten Häuser waren bunt gestrichen. „Wieso dann das eklige Gefühl?“, überlegte er laut.

Der Weg mündete in eine breite Dorfstraße. Martin hielt bei zwei Jungen an, die am Wegesrand mit einem Ball spielten. „Hallo, Jungs. Könnt ihr mir bitte sagen, wo ich hier bin?"

Der ältere Junge lächelte ihn freundlich an: „In Limbach."

„Aha", machte Martin. Er fand, dass Limbach sich irgendwie mächtig verändert hatte.

Der Junge zeigte zur Dorfstraße: „Da lang geht's nach Schmelz und dort lang nach St. Wendel."

„St. Wendel?!?" Martin glaubte sich verhört zu haben. St. Wendel lag 25 Kilometer von Limbach entfernt im Norden!

Der kleinere Junge stieß den größeren an: „Der ist von da hinten gekommen, und guck dir mal seine Kleider an."

„Bist du durch den Felsspalt gekommen?", fragte der größere Junge. Martin nickte. „Du bist von draußen. Deshalb weißt du es nicht. Wir dürfen diese Wege nicht gehen. Zu gefährlich für Kinder. Nur mutige Erwachsene nehmen diese Wege gelegentlich. Wanderheiler zum Beispiel oder unerschrockene Hausierer. Um Kilometer zu sparen. Du hast einen Doppelort erwischt. Alle Doppel- und Mehrfachorte haben diese Verbindungswege. Man muss nur wissen, wo ihre Eingänge liegen. Sie liegen versteckt. Kinder können nicht durch. Wir kriegen Angst, riesige Angst."

Martin begriff. „Du meinst, ich bin von Limbach bei Homburg direkt nach Limbach im Nordsaarland gekommen?" Der Junge nickte. „Und das geht wirklich bei allen Doppelorten? Bei allen Dörfern, die gleiche Namen haben?"

Wieder ein Nicken. „Deshalb haben diese Dörfer und Städte ja dieselben Namen", sagte der kleinere Junge und rollte mit den Augen. Er schien Martin für ziemlich dämlich zu halten.

Martin war fasziniert. „Genial! So komme ich bei meinen Radtouren an einem Tag viel weiter herum. Danke." Die Jungen gafften ihn an.

„Mann, ist der mutig!", sagte der kleinere Junge.

„Er ist von draußen", sagte der Größere. „Die können das, wenn sie einen Schneid haben. Sie sind nicht so wie wir. Die geheimen Gesetze gelten für die nicht. Nicht, wenn sie nur zu Besuch kommen."

Martin winkte den Jungs und fuhr davon. Draußen vor der Ortschaft fand er einen gemütlichen Rastplatz mit Brunnen. Dort machte er Pause. Mit Behagen vertilgte er seine Brötchen und trank vom klaren Wasser. Diese Rastplätze, die sich überall an den Landstraßen fanden, gefielen ihm. Wenn einer per Fahrrad oder zu Fuß durch das Land reiste, konnte er überall frisches Wasser bekommen.

Nach der Pause fuhr Martin weiter. Er folgte seiner Landkarte von Limbach über Dautweiler und Selbach nach Neunkirchen; Neunkirchen an der Nahe. Wenn die Buben recht hatten, musste es dort einen Durchgang nach Neunkirchen bei Homburg geben. Beim Dahinsausen durch Wiesen und Felder erinnerte Martin sich, dass er sich einmal einen Sport daraus gemacht hatte, auf seiner Schullandkarte des Saarlandes nach Ortschaften zu suchen, die es mehrfach gab. Rohrbach gab es zweimal, Limbach auch und Schwarzenbach und Schmelz und einige andere, die ihm jetzt nicht einfielen. Die Durchgänge zwischen diesen Orten auszuprobieren musste ein Abenteuer der Extraklasse sein.

In Neunkirchen hielt er bei zwei schwatzenden Frauen, die gerade im Garten Wäsche aufhängten, und fragte höflich nach dem Durchgang nach Neunkirchen, das 25 Kilometer weiter südlich lag. Die Bäuerinnen musterten ihn misstrauisch.

„Da gehört ein Bub wie du nicht hin", sagte die eine.

Die andere begutachtete Martins Bekleidung: „Einer von außerhalb, Gertrud. Die gehen da durch wie nichts. Marlene hat mir davon erzählt. Sie hat es mit eigenen Augen gesehen."

Die erste Frau rümpfte die Nase: „So, so! Marlene! Wenn Marlene Schmidt den Mund aufmacht, schwindelt sie bereits." Sie nahm Martin aufs Korn: „Welchen Weg bist du gekommen?"

„Durch einen zugewucherten Waldweg. Ich kam aus einer Felsspalte raus und landete in Limbach."

Die Frau nickte: „Er ist einer. Hat den Hausiererweg genommen. Kaum zu glauben! So ein grüner Junge." Sie lächelte freundlich. „Ja, wenn es dir nichts ausmacht: Nimm den linken Weg da hinten am Wegekreuz, den Weg, der in den Wald führt." Sie zeigte nach Norden. „An der ersten Kreuzung links und sofort wieder rechts. Durch den kleinen Bach an der Steintreppe." Martin bedankte sich und folgte der Anweisung.

Der Bach war ein handbreites Rinnsal. Die Sandsteinfelsen sahen tatsächlich wie eine Treppe aus. Martin stieg ab und schob sein Rad hinauf. Wieder beschlich ihn das seltsame Gefühl, dass ihn etwas heimlich beobachtete. Er kam in einem Wäldchen oberhalb des Neunkircher Bahnhofs heraus, in Neunkirchen bei Homburg. „Wahnsinn! Das klappt tatsächlich." Gut gelaunt radelte Martin von Neunkirchen aus über Bexbach nach Homburg. Nun fuhr er durch bekanntes Terrain.

In Homburg brachte er sein Rad im Schuppen unter und ging zum Bahnhof. Dort fragte er nach Mitnahmemöglichkeiten für Fahrräder in den Eisenbahnzügen. „Ei sicher, junger Herr", gab der Schalterbeamte freundlich Auskunft. „Gegen einen kleinen Aufpreis könnt Ihr Euer Rad im Gepäckwagen mitnehmen." Martin bedankte sich und lief auf Gleis 1. Bin gespannt, ob ich jetzt das komische Gefühl kriege, dachte er, als er zwischen den Büschen auf den Durchgang zwischen den zwei Zaunpfählen zuging.Er kriegte. Diesmal empfand er weniger Angst. Es schien, als habe er sich daran gewöhnt. Das gefiel ihm.

*

Samstagnachmittags musste Martin im Garten arbeiten. Wie üblich mähte sein Vater mit dem Elektromäher den Rasen und für Martin blieb die schwere Drecksarbeit: sämtliche Rasenkanten von Hand schneiden und anschließend das ganze Gras zusammenrechen und zum Komposthaufen schaffen. Die Kantenschere war groß und sehr schwergängig. Mittlerweile passte sie einigermaßen in Martins Hand. Aber als er noch kleiner gewesen war, hatte ihn nach dem Kantenschneiden immer die rechte Hand und der rechte Unterarm geschmerzt. Manchmal war es so schlimm, dass er vor Schmerzen beinahe zu heulen anfing. „Stell dich nicht so an, du Faulenzer!", raunzte sein Vater dann. „Du willst dich nur vor der Arbeit drücken, du stracker Bock! Das kannst du dir abschminken, Freundchen!"

Besonders ekelhaft war für Martin das erste Jahr am Johanneum gewesen: Unter der Woche von morgens bis abends in der Schule und samstagnachmittags, zur einzigen Zeit, in der er etwas mit seinen Freunden hätte unternehmen können, musste er das Auto waschen und im Garten arbeiten. Anfangs waren seine Freunde noch zu ihm gekommen, doch sie beschwerten sich immer häufiger.

„Du musst immer Unkraut roppen", maulte Jörg. „Nie kommst du mit zum Spielen."

„Ich darf halt nicht", erwiderte Martin dann, den Tränen nahe. Irgendwann kamen seine Freunde nicht mehr. Und sonntags musste Martin Moppel und Wal-Teer ertragen. Er war immer eingespannt. Nie hatte er eine Minute für sich. Was für ein elendes Leben.

Martin rechte Gras zusammen. Walter, der miese Kacker, schaute ihm genüsslich zu. Wal-Teer brauchte nie im Garten zu arbeiten. Wahrscheinlich traute sich der Vater nicht, Walter einzuspannen. Bei der Macht, die Moppel über seinen Vater hatte, wunderte Martin das nicht im Geringsten. Moppels Wort war Gesetz. Was Moppel sagte, hatte zu passieren. „Da steht noch Gras", quakte Walter, als Martin zum Rechen griff. Er kam über den Rasen angeschlendert. „Das musst du noch mit der Kantenschere abschneiden!"

„Das ist schon ab. Das brauch ich nur noch zusammenzurechen", gab Martin zurück. Dieser verfluchte Quälgeist!

„Das ist *nicht* abgeschnitten!", plärrte Walter. „Ich sag's!" Er rannte zu Martins Vater, der vor der Garage am Auto werkelte. „Papa!", kreischte Walter schon von Weitem. „Papa! Martin hat die Rasenkanten nicht richtig geschnitten! Komm mal schnell gucken!"

Martin kochte vor Wut. Dieser Kacker! Diese dreckige Petze! Am liebsten hätte er dem Widerling den Rechen auf den Kopf geschlagen. Noch nie war ihm ein solch abscheulicher Mensch untergekommen. Dieser Mistbock fühlte sich nur wohl, wenn er Martin fertigmachen konnte. „Was ist denn?", fragte der Vater draußen vorm Garagentor.

Walter rannte zur Seitentür der Garage und stürmte hinein. „Martin schneidet die Rasenkanten nicht ordentlich! Ich habe ihm gezeigt, wo noch Gras steht. Er weigert sich, es abzuschneiden. Er hat gesagt: Das ist schon abgeschnitten. Aber das ist gelogen! Ich habe ganz genau gesehen, dass das Gras noch am Boden angewachsen ist."

„Der macht das besser ordentlich!", brummte der Vater. „Sonst setzt es was!"

Martin erstickte beinahe vor Wut. Er wünschte dem petzenden Walter-Drecksack Leukämie oder einen Gehirntumor oder sonst was Gemeines an den Hals. Plötzlich hatte er einen Einfall. Mit katzenartiger Geschmeidigkeit sauste er zu der Stelle, die Walter bemäkelt hatte. Er holte die Kantenschere und schnippelte das Gras im Eiltempo ab. „Martin will die Kante einfach nicht nachschneiden!", krakeelte Walter draußen vor der Garage. „Sieh doch mal nach, Papa! Das macht der absichtlich nicht! Weil er so faul ist!"

Martin wieselte mitten auf den Rasen und begann in aller Seelenruhe Gras zu rechen. Sein Vater knurrte unwillig. Martin hörte, dass er keine Lust hatte, nachzusehen, was die elende Petze ihm angetratscht hatte. Doch Walter ließ nicht locker, die dreckige Zecke. Er drängelte pausenlos, der Vater müsse unbedingt nachschauen gehen. Derweil war Martin am anderen Ende des Rasenstücks mit Rechen beschäftigt.

Sein Vater kam mit Walter zur Seitentür der Garage heraus. „Stimmt das, was Walter gesagt hat?", fragte er drohend. „Schneid ja die Kanten ordentlich, sonst kannst du was erleben!" Walters Augen leuchteten vor Schadenfreude. Der Scheißer brunzte sich vor Freude fast in die Hose.

Martin verdrehte theatralisch die Augen: „Der Stänker soll abhauen, anstatt mir bei der Arbeit in den Füßen rumzulaufen! Die Kante ist ordentlich geschnitten. Der Depp petzt doch aus purer Gemeinheit! Wie immer!"

„Gar nicht wahr!", plärrte Walter entrüstet. „Da, guck, Papa! Da hat er die Kante nicht geschnitten, obwohl ich es ihm gesagt habe! Er hat gesagt, er muss da nur noch mit dem Rechen drüber, aber festgewachsenes Gras kann man nicht wegrechen!"

Der Vater stieß mit dem Fuß über die Stelle. „Es ist alles sauber abgeschnitten, Walter. Warum lässt du Martin nicht in Ruhe seine Arbeit tun und gehst spielen?"

„Aber …" Walter glotzte wie ein Mondkalb.

Martin verbiss sich ein Lachen.

„Dann war's eben woanders!", keifte Wal-Teer. So schnell gab der Kacker nicht auf. „Ich such die Stelle!"

„Ich habe keine Zeit für solchen Quatsch", sagte der Vater ungehalten. „Ich muss am Auto arbeiten. Die Innenbeleuchtung geht nicht. Du hast nicht richtig hingesehen, Walter. Geh spielen."

Das klang zwar nicht befehlend, aber Martin freute sich trotzdem, dass er den ekelhaften Walter so perfekt hereingelegt hatte. Dreckige Petze!, dachte er. Diesmal bist du mit deiner Gemeinheit nicht durchgekommen! Er rechte weiter Gras zusammen.

Walter trollte sich maulend. „Und ich hab's *doch* gesehen!", grummelte er.

Später musste Martin seinem Vater am Auto helfen.

„Geh mal im Keller im Werkraum den mittelgroßen Schraubenzieher holen", befahl der Vater. „Den mit dem Holzgriff."

Martin trabte los. Als er mit dem Schraubenzieher über den Rasen zur Garage lief, spielte er Messerwerfen damit. Er warf den Schraubenzieher so, dass er sich in der Luft einmal überschlug und dann im Boden stecken blieb.

Als sein Vater das sah, kam er angeschossen und knallte Martin eine. „Du hast sie wohl nicht alle, mir Löcher in den Rasen zu schmeißen!", schrie er.

Martin war ganz verdattert: „Das gibt doch keine Löcher! Der Schraubenzieher ist kaum dicker als ein Zinken des Grasrechens."

Sein Vater holte aus: „Willst du gleich noch eine? Halts Maul, du Rotzkäfer!"

Blödmann!, dachte Martin wütend. Du hast ja selber schon oft mit dem Schraubenzieher in den Rasen geworfen! Sogar mit einem dickeren! Ich habe es gesehen! Ungerechter Kerl! Dir müsste man auch mal eine scheuern!

Keine fünf Minuten später kam Walter über den Rasen gelaufen. Von irgendwoher hatte er das kurze Beil des Vaters geholt. Lustig und munter spielte er Messerwerfen damit. Immer wieder schmiss er das Beil in den Rasen, wobei so mancher Brocken flog und tiefe Schrunden im Rasen entstanden. Ungläubig starrte Martin seinen Vater an. Der sah tatenlos zu.

Da platzte ihm der Kragen: „Mir hast du eine reingehauen, obwohl der Schraubenzieher keine Löcher macht! Walter schmeißt mit dem Beil und macht den ganzen Rasen kaputt. Da! Ein ganzer Soden rausgerissen! Darf der vielleicht alles?!" Peng!, hatte er noch eine Ohrfeige weg, so hart, dass er zurücktaumelte und auf den Hintern fiel. Sein Vater beugte sich über ihn: „Noch ein Wort, Freundchen, und du bekommst die Kleiderbürste zu spüren!"

„Aber Walter macht den ganzen Rasen kaputt", rief Martin unter Tränen. „Mich hast du für viel weniger geschlagen! Und Walter darf alles kaputt machen, und du sagst kein Wörtchen dazu! Das ist so was von ungerecht! Das ..."

„Halts Maul, du Arschloch!", schrie sein Vater und haute Martin noch eine rein. „Sonst bekommst du eine Tracht Prügel, die sich gewaschen hat! Schaff dich aus meinen Augen, du blöder Scheißkerl!" Martin rappelte sich auf. Weinend lief er fort. Aus dem Augenwinkel sah er Walter selbstgefällig lächeln.

Du Scheißer, du dreckiger!, dachte er. Im Weggehen bedachte er seinen Vater mit einem letzten Blick: Du auch, du ungerechter Dreckskerl! Du bist genauso ein dreckiger Scheißer! Ich hasse euch alle beide! Voller Wut verkroch er sich in seinem Zimmer. Er loderte vor Zorn. Walter durfte sich alles herausnehmen! Martin wünschte, ein LKW würde den Kacker überfahren. Seinen Vater wünschte er zur Hölle.

„Ich wäre lieber im Heim", flüsterte er. „Dort dürfen sie die Kinder nicht mehr schlagen." Er hatte mit Kindern aus dem Bexbacher Heim geredet. Prügel waren verboten, seit einigen Jahren schon. Es gab das neue Gesetz, das die Prügelstrafe für Heimkinder untersagte. Früher die katholischen Schwestern, die hatten bös draufgeschlagen, aber das neue Personal schlug nicht.

Schlagen tat Martins Vater. Als der mal damit gedroht hatte, Martin ins Heim zu stecken, hatte Martin gesagt: „Mach das bitte. Ich gehe gerne ins Heim." Eine schlimme Tracht Prügel war die Folge gewesen. Martin grinste unfroh. Überlegungen, ihn ins Heim abzuschieben, hatte es tatsächlich gegeben. Martin hatte einmal ein Gespräch belauscht, in dem sein Vater zu Bekannten sagte, das sei zu teuer. Weil sein Gehalt über einem bestimmten Wert lag, hätte er monatlich einige Hunderter für die Heimpflege draufzahlen müssen. Das wollte er nicht. Dazu war er zu geizig. Martin seufzte. Er wäre lieber im Heim gewesen als zu Hause. Er kannte einige Heimkinder. Die waren in Ordnung. Natürlich wäre Martin in eine andere Ortschaft gekommen statt ins Bexbacher Kinderheim. Umso besser! Weg von seiner „Familie". Vielleicht sogar weg von dem schrecklichen Johanneum. Doch es sollte nicht sein. „Wenn das Land in der Vergangenheit nicht wäre ...", flüsterte er. Und vor allem: Heidi. Der Name wirkte wie ein Zauber. Augenblicklich fühlte er sich besser. Vor seinem inneren Auge erschien das schmale Gesicht des Mädchens mit den blauen Augen. Wie sehr er sich auf Mittwoch freute!

*

Am folgenden Mittwoch tauschte Martin wieder Goldkreuzer in Silbermünzen um. Allmählich bekam er einen ziemlichen Vorrat an Silber zusammen. Sein Schatz würde wahrhaft riesig werden. Recktenwald stellte keine Fragen. Er nahm Martins Gold und lächelte in sich hinein, wenn Martin Silbermünzen aussuchte. Er machte ein fantastisches Geschäft. Martin ebenfalls. Nur dass Recktenwald das nicht wusste.

Martin beeilte sich, zum Bahnhof zu kommen. Noch einmal wollte er nicht vor verschlossenem Durchgang stehen, nicht, nachdem er Heidi angesprochen hatte. Beim Gedanken an das Mädchen schlug sein Herz schneller. Um 12 Uhr 10 kam er bei der Zaunlücke an. Der Durchgang war offen.

Er lief in aller Ruhe zum Gleis 1. Dabei ließ er seine Augen über den gesamten Bahnhof schweifen. Weiter hinten rechts, wo die Schienen in Richtung Mannheim in die Ferne führten, erkannte er einen halbkreisförmigen Lokschuppen. Solche Lokschuppen kannte er aus dem Eisenbahnheftchen. Dort wurden die Dampflokomotiven von den Schlacken befreit, die beim Feuern der Kessel entstanden, und man füllte Wasser und Kohle nach. Über Nacht blieben die Loks unter schwachem Feuer im Lokschuppen stehen. Morgens feuerte man sie in aller Frühe wieder an und wenn genug Druck auf dem Kessel war, machten sich die mächtigen Maschinen an die tägliche Arbeit.

Etwas war anders an diesem Lokschuppen im Königreich Bayern. Martin hatte scharfe Augen und er sah deutlich, wie ein Bahnbediensteter Schlacken aus dem Aschkasten unter der Feuerbüchse holte. Dazu benutzte er einen Schaber an einem langen Griff. „Das sind doch keine Kohlenschlacken!“, sagte Martin. Unwillkürlich sprach er laut. „Das sieht eher aus wie Holzasche.“

„Ist es auch, junger Mann.“

Martin zuckte zusammen. Neben ihm stand ein Mann in Eisenbahneruniform. Er lächelte freundlich: „Die meisten Lokomotiven in Bayern fahren mit Holzpresslingen.“

„Tatsächlich?“ Martin war verblüfft. „Nicht mit Kohle?“

„Wo denkst du hin?“, fragte der Eisenbahner zurück. „Im Stammland Bayerns gibt es keine Steinkohle. Das ist ja auch der Grund, warum geniale Konstrukteure wie Anton Hammel, der Erbauer der S2/6, das Vierzylindertriebwerk erfanden. So konnte der Dampf gleich zweifach genutzt werden: in einem Hochdruck- und einem Niederdruckzylinder. Das senkt den Brennstoffverbrauch. So entstanden die typischen bayerischen Vierzylinderlokomotiven. Man stieg bald auf Holz als Brennstoff um. Holz hat einen niedrigeren Brennwert, aber es ist wesentlich billiger und, was ebenso wichtig ist: Es verbrennt giftfrei. Die Schlacken von Steinkohle muss man entsorgen. Die sind giftig. Aber Holzasche wird gesammelt und an Gärtner und Landwirte verkauft. Es ist ein hervorragender Dünger für Pflanzen. Und das Beste: In Bayern wächst genug davon. Man muss es nicht teuer importieren.“

„Ja, stimmt“, sagte Martin. „Das hat mir mein Opa erklärt. Holzasche ist gut für den Garten.“ Plötzlich gefiel ihm das Land Bayern noch besser. Nicht nur, dass es keine stinkenden Fabriken und Autos gab, sogar die Lokomotiven verbrannten keinen umweltschädlichen Brennstoff. Dann mussten ja wohl auch die Öfen in den Wohnhäusern mit Holz gefeuert werden. Er fragte den freundlichen Eisenbahner danach.

„Freilich", antwortete der Mann. „Holz ist preiswert. Unsere Wälder sind riesig und erst recht die im Osten Deutschlands. Dort gibt es eine gigantische Holzindustrie, die den gesamten Deutschen Länderbund mit Brennstoff beliefert. Man schlägt das Holz nicht wahllos. Man geht planvoll vor und nach der

Rodung wird sofort aufgeforstet. Holz ist ein nachwachsender Brennstoff. Kohle nicht. Aber manche Öfen werden auch mit Öl gefeuert. Einige Dampflokomotiven übrigens auch und die Dampfautos haben fast alle Ölbrenner zum Heizen ihrer Kessel."

„Ist Öl nicht teuer?", warf Martin ein. Er dachte daran, wie sein Vater immer über den Benzinpreis schimpfte und dass das Heizöl immer teurer wurde.

Der Eisenbahner schüttelte schmunzelnd den Kopf: „Teuer? Es wächst doch beinahe umsonst auf unseren Feldern. Rapsöl ist ein sehr guter Brennstoff, nicht nur in Laternen. Natürlich haben wir auch Steinkohle, aber die ist zu wertvoll, um sie zu verbrennen. Wir exportieren einen Teil der Förderung nach Britannien, wo man seltsamerweise immer noch am Kohlebrennen festhält, und den Rest verarbeiten die Raffinerien zu wertvollen Rohstoffen wie Reinigungsbenzin, verschiedene Kunststoffe, sogar in Medikamente, und als Abfall entsteht Teer. Damit deckt man die neuen Radschnellwege, die ganz Deutschland einmal durchqueren sollen, damit man als Radler schnell überall hinkommt. Auch unsere Schmalspurbahnen brennen ausschließlich Holz und Rapsöl. Nur dass die kleinen Loks der 600-mm-Spur keine automatischen Stopfschnecken haben, die die Holzpresslinge in die Feuerkammer drücken."

Der fasziniert lauschende Martin erfuhr, dass das Schienennetz im Königreich Bayern viel ausgedehnter war als in seiner Heimat. Wo die Normalspurschienen nicht gut hinkamen, baute man eine Schmalspurbahn mit 60-cm-Spur. Diese schmalen Gleise erlaubten viel kleinere Kurvenradien und der Bau einer Schmalspurbahn war wesentlich günstiger als der einer Regelspurbahn. Die Bimmelbahnen führten auch in die entlegensten Winkel.

Der Eisenbahner zog eine Taschenuhr hervor und klappte sie auf: „Jetzt muss ich aber los. Die Arbeit ruft." Er nickte Martin freundlich zu: „Es war nett, sich mit dir zu unterhalten. Adieu."

„Adieu", rief Martin dem davoneilenden Mann hinterher. Auf Gleis 5 fuhr ein Güterzug durch. Martin schaute die Lokomotive an. Es war ein riesiger Fünfkuppler, der aussah wie eine badische VIIIe. Holz, dachte Martin. Diese große, starke Maschine wird mit Holz befeuert. Er versuchte sich vorzustellen, wie alle Lokomotiven Bayerns riesige Mengen Holz fraßen. Mussten da die Wälder nicht bald kahl geschlagen sein?

Nein, überlegte er. Hier leben viel weniger Menschen als bei mir daheim. Nur ein Zehntel! Also gibt es auch viel weniger Loks. Die Wälder haben Zeit, nachzuwachsen. Der Mann hat es gesagt. Es wird aufgeforstet.

Er ging zu den Sitzbänken auf Gleis 1 und machte es sich gemütlich. Er holte sein Reiseschreibset und das Berichtsheft hervor und überlegte kurz. „Kratzpullover" schrieb er als Überschrift. Den hatte er mit elf bekommen, im Spätherbst. Alle waren zusammen zum Einkaufen gefahren, etwas, was Martin ungefähr so sehr liebte wie den Gedanken, ein Fass Essig austrinken zu müssen. Moppel wollte immer in zig Geschäfte gehen und er und die anderen mussten einen Fetzen nach dem anderen überziehen. Martin fand es zum Kotzen. Warum ging man nicht in ein Geschäft, nannte seine Größe, schaute drei Pullover an und kaufte den, der die schönste Farbe hatte und am bequemsten passte?

Mit Moppel Anziehsachen einkaufen gehen war Folter pur. Natürlich durfte Martin den dunkelblauen Nickipullover nicht haben, der ihm so gut gefiel. Den hellblauen im nächsten Geschäft auch nicht. Moppel fand Nickis altmodisch, also durfte Martin keinen anziehen. Stattdessen pickte sie in einem der letzten Geschäfte, die sie aufsuchten, eine bunt gemusterte Abscheulichkeit aus Acryl aus der Auslage. Der Pullover war schwarz, grau, rot und beigefarben. Das Rot war schreiend grell und das Beige sah ein bisschen aus wie eingetrocknete Kotze. Die Ärmel des Pullovers waren dünne, enge Schläuche. Der ganze Pulli war eng wie ein Schlauch und er hatte einen aufstellbaren Kragen, der einem den Hals zudrückte. Und er kratzte!

„Der kratzt garantiert", versuchte Martin abzuwehren. Er wusste aus Erfahrung, dass sich Acryl auf seiner Haut total eklig anfühlte, vor allem, wenn der Pulli so eng anlag. Martin mochte keine eng anliegenden Kleidungsstücke. Darin fühlte er sich erwürgt.

Natürlich bestand Moppel darauf, dass Martin den Pullover anzog. Wal-Teer bekam denselben, eine Nummer kleiner. „Det sieht doch man jut aus", fand Moppel. „So richtig wat Modernes. Nich son langweilijer Nicki!"

Martin fragte sich, was zum Henker an einem Nickipullover langweilig sei. Er fühlte sich in dem Acrylpullover entsetzlich. Er lag hauteng an, was er grauslich fand, und er kratzte wie die Hölle. „Der kratzt total irre“, sagte er. „Den möchte ich nicht.“

Aber Moppel mochte: „Der sieht aber jut aus. Waalteer? Kratzt det?“

„Nö“, beeilte Wal-Teer sich zu sagen. „Kein bisschen.“

„Da siehste et“, sagte Moppel zu Martin. „Der kratzt jar nüscht.“

„Mich kratzt er aber“, gab Martin zurück. „Und er liegt so eng an. Das finde ich ekelhaft.“

„Det is ja jrade det Moderne!“, sagte Moppel. „Det muss jenau so sein.“

Die Pullover wurden gekauft. Obwohl sie mehr als doppelt so teuer waren wie die Nickis! Das interessierte plötzlich überhaupt nicht, wo Moppel und der Vater sonst so wahnsinnig geizig waren, wenn es um Klamotten für die Kinder ging. Martin litt wie ein Hund. Er vertrug nun einmal keine kratzigen Pullover. Wal-Teer vielleicht, aber nicht er.

Doch Moppel zwang ihn, den Pullover im folgenden Winter so oft wie nur irgend möglich zu tragen. Sogar zu Weihnachten musste er das entsetzliche Ding anziehen, was das Fest der Liebe in ein Fest der Hölle verwandelte. Sowie der Pulli in der Wäsche landete, wusch Moppel ihn noch am selben Tag, um ihn Martin tags drauf wieder zu präsentieren. Martin bekam von dem Pullover Nesselsucht. Vor allem wenn er ein bisschen schwitzte, überzogen sich seine Arme und der Hals mit feuerroten, wässrigen Pickeln, die brannten, als hätte jemand Säure auf seiner Haut verrieben.

„Stell dir man nüscht so an!“, sagte Moppel nur. „Dem Walteer macht et ja ooch nüscht aus. Irjendwie scheinste det extra ze machn!“

Dreckskuh!, dachte Martin wütend. Dir macht es doch Spaß, mich leiden zu sehen! Wie soll ich denn die Pickel selbst machen, du dreckige Schrunzel?! Auch für die Schule musste er den verhassten Pulli dauernd anziehen. Aber da hatte Moppel die Rechnung ohne den Wirt gemacht. Martin packte klammheimlich ein zusammengefaltetes Hemd in die Schultasche. Da er oben bei den Großeltern wohnte, bekam Moppel das nicht mit. Auf dem Weg zum Bahnhof zog sich Martin in irgendeiner Einfahrt um, sobald er sicher war, dass ihn niemand beobachtete. Dann rein ins himmlisch weite, bequeme Baumwollhemd! Mittags musste er das Folterinstrument wieder anziehen, bevor er nach Hause kam.

Martin dankte Gott von ganzem Herzen, dass er über Winter einen ordentlichen Wachstumsschub machte. Als es auf den Frühling zuging, passte er nicht mehr in den Folterpullover. „Das kommt davon, wenn man zu enge Pullis kauft. Meine Nickis konnte ich immer zwei Winter lang tragen“, sagte er genüsslich und Moppel konnte nichts weiter machen, als ihn mit stechenden Augen anzuschauen. Ab Februar war Martin den Kratzpullover los.

Martin machte eine Schreibpause. Widerliche Kuh!, dachte er. Als wäre mein Leben nicht schon schlimm genug. Musste Vater sich ausgerechnet in diese Ekelfrau verlieben! Martin hatte Moppel schon früher gesehen, als sie noch nichts mit seinem Vater hatte. Da wohnte sie noch in der Ludwigstraße, wo der Schwarze Weg rauskam. Unter dem stechenden Blick der Frau hatte Martin sich immer sehr unwohl gefühlt. Wie die einen ansah! Wie eine böse Hexe. Und Walter war schon damals als Flenner und Stänker im ganzen Viertel bekannt, einer, der in jeder Kindergruppe Streit und Zwietracht säte. Keiner konnte den Blödmann leiden. Ausgerechnet euch zwei musste ich aufgeladen bekommen, dachte Martin voller Kummer. Seither geht es mir noch schlechter und ich werde belogen und bestohlen. Wie im April letztes Jahr beim Autowaschen. Martin schrieb weiter.

Autowaschen war allein Martins Arbeit. Wal-Teer brauchte nicht Auto zu waschen und Helmut und Iris waren noch zu klein. Die kamen ja nicht ans Autodach ran.

Irgendwann Anfang April im Jahr zuvor, als Martin zwölf wurde, hatten sie eine „Familienkonferenz“ abgehalten. Wie die Erwachsenen auf diese Idee gekommen waren, wusste Martin nicht, aber Sonntagabend nach ekelhaftem Thunfisch in ekelhaft ölig-dicker Tomatentunke mit extra vielen ekelhaft schwabbeligen Zwiebeln für Martin fand eine „Große Familienkonferenz“ statt. Alle sollten alles sagen dürfen und alle würden gemeinsam über alles entscheiden. So richtig demokratisch. Das klang hervorragend, doch Martin fand schnell heraus, wie die „Große Familienkonferenz" ablief: Man durfte nicht ausreden. Nicht einen einzigen Satz durfte man zu Ende sagen. Die Großen fielen einem ins Wort und drehten es einem im Munde herum. Und sie entschieden „demokratisch" gegen alles, was die Kinder vorbrachten. Von Moppels Dreckigkeit mit dem Schummeln beim Sonntagsgeschirr wagte Martin erst gar nicht anzufangen. Er wollte nicht schon wieder verprügelt werden. Auch so endete alles in Anschreien und Besserwissen seitens der Erwachsenen. Das Essen, das Moppel kochte, war „jesund", auch wenn es überhaupt nicht schmeckte, und es blieb dabei, dass Martin ganz allein die Gartenarbeit zu machen hatte. Die anderen drei Kinder waren ja noch viiiiel zu klein!

„Komisch", warf Martin ein. „Als wir hier einzogen, war ich erst acht und musste vom ersten Tag an Unkraut roppen, Gras rechen, Rasenkanten schneiden und Auto waschen. Wieso kann Walter das nicht? Der ist neun!" Sie fielen bös über ihn her. Zumindest schlug ihn sein Vater nicht zusammen.

Dann ging es wieder ums Essen. Alle drei Welterkinder wünschten sich sonntags endlich mal Pommes frites statt der ewig gleichen Salzkartoffeln. Dem Vater war das egal. Der bekam auf der Arbeit in der Werkskantine Pommes frites bis zum Abwinken. Dort gab es täglich Pommes frites. Trotzdem einigte man sich erstaunlicherweise darauf: Ab sofort würde es jeden Sonntag Pommes frites geben.

„Aba Jemüse koch ik ooch dazu", schob Moppel gleich hinterher. „Det könnte euch so passn, nur Pommes ze essen! Det jibt et nüscht!"

Also doch wieder gearscht! Moppels Gemüse war meistens Schlabbergemüse aus der Dose. Fast so ekelhaft wie Thunfisch. Und wieso galten Pommes frites als „nüscht jesund"? Das waren doch Kartoffeln, und Kartoffeln waren „jesund". Die waren bekloppt, die Erwachsenen. Einfach bekloppt.

Martin erinnerte sich nicht mehr genau, wie es dann lief, aber plötzlich hieß es: Fürs Autowaschen gibt es ab sofort Knete. Zwei Mark fürs Waschen und eine Mark extra fürs Reinigen des Innenraumes. Das war die schönste Neuigkeit in Martins Leben. Drei Wochentaschengelder für einmal Auto putzen! Er würde steinreich werden! Leider entwickelte Wal-Teer gar plötzlich eine ungeahnte Arbeitswut. Er, der nach eigenem Bekunden doch noch „viiiiiel zu klein zum Autowaschen" war, wollte nun partout als Erster das Auto waschen. Natürlich stellte sich Moppel auf seine Seite und selbstverständlich tat der Vater, was Moppel bestimmte. Als Martin sich beschwerte, wurden ihm Schläge angedroht. Also hielt er demokratisch den Mund, als man ihn demokratisch beschiss, damit er nicht demokratisch zusammengeschlagen wurde. Ja, das war wirklich gelebte Demokratie. Äußerst demokratisch. Doch es kam noch besser. Es wurde noch demokratischer.

Am folgenden Samstag putzte Wal-Teer das Auto und er reinigte den Innenraum mit Staubsauger und Putztuch, obwohl der Innenraum nur alle zwei Wochen dran war und Martin ihn die Woche zuvor bereits gereinigt hatte. Nach getaner Arbeit erhielt Walter drei Mark.

Tags darauf war der erste Pommes-Sonntag. Auf den hatten sich alle Welterkinder gefreut wie Schneekönige. Endlich Pommes frites! Es gab aber keine! Stattdessen machte Moppel Kroketten im Backofen. Die Welterkinder waren bitter enttäuscht und beschwerten sich.

„Ihr habt letzten Sonntag versprochen, dass es ab da jeden Sonntag Pommes frites geben würde!", sagte Martin.

„Det sind Kroketten. Det ist det selbe", sagte Moppel. „Det sind ja ooch Kartoffeln."

„Das sind aber keine Pommes frites", gab Martin zurück. „Die sind ja nicht mal frittiert. Die kommen ja aus dem Backofen!"

„Det is det selbe!", herrschte Moppel ihn an und der Vater brüllte los und drohte gleich wieder mit Schlägen. Wütend würgte Martin die Kroketten hinunter. Sie schmeckten überhaupt nicht. Außen waren sie vertrocknet und innen total eklig mehlig. Sie schmeckten nach gar nichts. Da wären sogar Salzkartoffeln besser gewesen. Auch seinen Geschwistern schmeckte es nicht. Doch Moppel achtete mit stechendem Blick darauf, dass vor allem Martin extra viel von den mehligen Dingern aß. Martin fühlte sich betrogen.

Am nächsten Samstag war Martin mit Autowaschen dran. Mit Feuereifer machte er sich an die Arbeit. Wenn man wusste, dass Arbeit belohnt wurde, machte sie richtig Spaß. All seine Freunde erhielten von ihren Eltern ein bisschen Geld, wenn sie zu Hause halfen. „Meine Kinder sollen lernen, dass Leistung sich lohnt", sagte Jörgs Vater oft. „Das bereitet sie auf das Leben vor." So was hatte es im Hause Welter noch nie gegeben. Und wenn Martin von seinen Freunden erzählte, hieß es: „Halt das Maul, du unverschämter Rotzkäfer, oder du fängst dir eine!" Nach getaner Arbeit ging Martin zu seinem Vater, um seinen Arbeitslohn in Empfang zu nehmen. Er erlebte eine bitterböse Überraschung.

„Ich habe mir das mal überlegt", sagte der Vater. „Ich sehe nicht ein, dass ich dir dafür Geld gebe. Du hast das gefälligst zu machen, und basta!"

Martin fiel aus allen Wolken. „Was?", fragte er ungläubig. „Das habt ihr uns auf der Familienkonferenz versprochen! Walter hat auch drei Mark gekriegt! Also krieg ich mein Geld auch!"

Da fing sein Vater an zu brüllen: „Alles, was du kriegst, ist den Arsch verschlagen, bis du kotzt, wenn du nicht auf der Stelle das Maul hältst, du dreckiger Rotzkäfer! Ich bezahle meine eigenen Kinder nicht dafür, dass sie in Haus und Garten helfen. Das habt ihr so zu machen!"

„Nein!", rief Martin entrüstet. „Es war abgemacht, dass ich drei Mark fürs Autowaschen kriege! Walter hat sich letzte Woche mit Gewalt vorgedrängelt und mich um mein erstes Geld betrogen, aber jetzt bekomme ich es! Ich habe genauso gut und so viel gearbeitet wie Walter!"

Sein Vater holte aus: „Hältst du noch nicht die Fresse!?"

Martin war außer sich vor Empörung: „Von mir verlangst du immer, dass ich gegebene Versprechen halten muss! Du und Moppel habt es versprochen! Versprochen! Was du tust, ist Wortbruch! Das ist ein Verbrechen gegen mich!"

Da rastete sein Vater aus. Er packte Martin und schleppte ihn ins Haus. Dort kam die Kleiderbürste zum Einsatz, um ihre überzeugende demokratische Sprache zu sprechen. Sein Vater schlug Martin - im wahrsten Sinne des Wortes - die Scheiße aus dem Arsch, natürlich total demokratisch.

„Untersteh dich, noch einmal damit anzukommen!", schrie der Vater, als Martin sich mit vollgeschissener Hose demokratisch am Boden wand wie ein zertretener Wurm und sich heiser schrie. „Sonst wirst du dein blaues Wunder erleben, du vorlauter Rotzkäfer! Ich schlag dich kaputt!"

Tags darauf gab es zum Mittagessen Kroketten. Diesmal frittiert. Dicke, eiförmige Dinger. „Das sind ja wieder keine Pommes frites", beschwerte sich Martin.

„Det is jenau det selbe", fuhr Moppel auf. „Diesmal sind se sojar frittiert. Komm mir man bloß nüscht mit Spitzfindigkeiten, Freundchen!"

„Mir schmecken sie ganz klasse", sagte Wal-Teer. „Ich esse gerne Kroketten. Die habe ich sogar noch viel lieber als Pommes frites." Klar, dass der miese Dreckskerl das sagte! Nur zu klar.

Die Dinger schmeckten noch scheußlicher als die Kroketten vom Sonntag zuvor. Außen waren sie matschig-ölig und innen drin schwabbelig-mehlig. Martin ekelte sich davor. „Das sind keine Pommes frites! Die sind so ekelhaft matschig und mehlig. Da sind ja Salzkartoffeln feiner, und die kann ich schon nicht ausstehen!" Die Folge war eine neuerliche Tracht demokratischer Prügel. Das Letzte, an das er sich erinnerte, als er sich schreiend am Boden wand, war Moppels demokratisches Triumphgrinsen.

Martin hörte auf zu schreiben. Er war so aufgewühlt, dass seine Hände zitterten.

Ihr dreckigen Scheißer!, dachte er. Ihr verfluchten Kinderkaputtschläger! Wenn ich nur weg könnte! Das kann doch kein Kind ewig aushalten! Entweder ich werde verrückt oder vorher zu Tode geprügelt! Seit seiner frühesten Kindheit ging es ihm so. Immer war da die Angst vor Drohungen und Misshandlungen. Er ging abends mit Angst im Herzen zu Bett und stand morgens mit Angst im Herzen auf. Tag für Tag ging das so, eine ewige Knochenmühle, in der er langsam und unerbittlich zermahlen wurde. Es war eine riesige Presse, die ihn niederdrückte, ihn zermürbte, ihn zermalmte, ihn zerbrach. Wie lange würde er das noch aushalten? „Überhaupt nicht mehr", murmelte er. „Ich hätte mich längst umgebracht, wenn ich den Durchgang nicht gefunden hätte. Diese verlogenen Kroketten-Kacker!"

Selbstverständlich gab es auch an den folgenden Sonntagen keine Pommes frites, sondern fettig-matschige Kroketten oder vertrocknet-mehlige Kroketten, weil Drecksmoppel und Wal-Teer die lieber aßen und der Vater in der Werkskantine eh schon genug Pommes frites vorgesetzt bekam.

Ihr dreckigen Wortbrecher!, fluchte Martin in Gedanken. Mich schlagt ihr zusammen, wenn ihr mich gezwungen habt, zu versprechen, nur noch Einser zu schreiben und ich das nicht schaffe! Aber euer Wort brecht ihr, wie es euch in den Kram passt! Dabei kann man gar nicht versprechen, in Zukunft nur noch Einser zu schreiben! Das ist ja gänzlich unmöglich! Kein Kind schafft das. Ich kenne am Johanneum keinen Schüler, der nur Einser hat. Ihr dreckigen Lügner, Wortbrecher und Schläger!

Schwarze Wut legte sich über Martins Seele. Eines Tages zahle ich es euch heim! Wenn ich groß bin und es euch schlecht geht, weil ihr alt und krank seid, lasse ich euch hängen. Dann landet ihr im Pflegeheim für Alte und Sieche, wo sich kein Aas um euch kümmert, ihr Kinderprügler. Ihr Schweine! Ich hasse euch! So ging es zu im Hause Welter. Sehr demokratisch!

In amerikanischen Familienserien war die Folge einer Familienkonferenz, dass alle besser miteinander auskamen, dass Probleme besprochen und kleine Ungerechtigkeiten aufgedeckt und sanft korrigiert wurden. Im Hause Welter war die Folge einer Familienkonferenz, dass man zusammengeschlagen wurde, wenn man darauf pochte, dass gemachte Versprechen eingehalten wurden. Das war gelebte Demokratie.

Und die Großeltern erst! Die waren keinen Deut besser. Kaum war Martin abends oben, ging es los: „Die Hure! Die Servierknuddel! Das Flittchen! Will sich nur das Haus unter den Nagel reißen! Und dein Vater, der Hurenbock! Der Hurenstecher! Rennt ein paar Wochen mit dem Gebetbuch herum und hält nicht mal das Trauerjahr! Nicht mal das halbe! Rennt der Hure hinterher! Die Hure nimmt euch Kindern das Haus weg und später steht ihr ohne Erbe da!“ So ging es tagein, tagaus. Die Hure! Die Hure! Das Flittchen! Die Servierknuddel! Der Hurenbock! Der Hurenstecher und seine Hure! Aber immer nur hintenherum. Immer nur vor den Kindern. Beim Vater sagten die Großeltern kein Wort, da trauten sie sich nicht, die Feiglinge. Und zu Moppel waren sie schleimig höflich.

Die machen bloß immer die Faust in der Tasche, dachte Martin. Wie er das Haus verabscheute, in dem er leben musste. Vom ersten Tag an hatte es ihm nur Unglück gebracht. Der Sturz in die Brennnesseln auf dem Bauplatz war der Auftakt einer ganzen Serie von Unglücksfällen gewesen: die Kolling, die mit Fabriken zugebaut wurde, die Pootcheshäuser oben an der Ecke mit den aggressiven Assikindern, die schwächere Kinder terrorisierten und verprügelten, die frühmorgens durchs Viertel röhrenden Tanklaster, der Tod der Mutter, das schwule Johanneum, auf das er nie im Leben gemusst hätte, wenn seine Mutter nicht gestorben wäre, die Sache am Wäldchen, die grässlichen, verlogenen Pater, die viele verlorene Freizeit, die mit Bus- und Bahnfahren draufging, die geizigen, nörgeligen Großeltern, die immer auf ihm herumhackten, der Verlust der anderen Großeltern, der Eltern seiner Mutter, die er nicht mehr sehen durfte, und zum Schluss auch noch Drecksmoppel und Wal-Teer. Dazu noch ekliges Essen wie schwabbelige Zwiebeln und matschig-mehlige Kroketten, Haus- und Gartenarbeit ohne Ende, Schläge, Anschreien und ständige Angst.

Es war schlicht unerträglich. Martin spürte seit Jahren, wie sich seine Seele immer stärker zusammenkrümmte, wie sie aus eiternden Wunden blutete und sich mit grässlichen Narben überzog. Selbst seinen Körper zog es in Mitleidenschaft. Er ging gebückt, immer geduckt, hatte den Kopf eingezogen und schaute beim Gehen auf den Boden. Er war bereit gewesen zu sterben, weil er ganz klar erkannt hatte, dass sein Leben ihn sowieso umbrachte. Dann lieber ein schnelles, gnädiges Ende.

Und nun war alles anders. Der Durchgang und seine Liebe zu Heidi gaben ihm Kraft. Er fühlte sich ein bisschen wie Superman. Zwar litt Martin weiter an seinem elenden Leben, aber er schaffte es irgendwie, die Qual zu ertragen, solange er wusste, dass er jeden Mittwoch für einige Stunden aus dieser tristen, bösartigen Welt fliehen konnte in ein Land voller Wunder und Schönheit, wo er ein tolles Fahrrad besaß und ein tolles Mädchen kennengelernt hatte. In Bayern konnte er sich Essen kaufen, das ihm gut schmeckte, und musste sich auf einem Ausflug nicht mit einem lumpigen Minifläschchen Mineralwasser mit 0,2 Liter zufriedengeben. Hier konnte er sich kühle, wohlschmeckende Limonade kaufen.

„Limo! Vielleicht möchte Heidi gern eine Limo trinken." Eine glänzende Idee. Martin packte sein Schreibzeug ein, hängte die Schultasche um und lief durch die Bahnhofshalle zum Vorplatz. Direkt an der Tür lief er Heidi in die Arme. „Hallo", sagte er und fühlte die bekannte Schüchternheit in sich aufsteigen.

„Guten Tag", sagte sie und eine leichte Röte stieg ihr in die Wangen.

„Ich … ich wollte gerade Limonade kaufen", sagte Martin. „Möchtest du welche?"

Heidis Augen wurden groß: „Ich liebe Limonade! Aber wird das nicht zu teuer?"

„Nein", antwortete Martin. „Ich habe mehr als genug Silber einstecken, glaub mir."

Sie lächelte ihn an: „Deine Eltern scheinen sehr wohlhabend zu sein." Als sie sah, wie Martins Gesicht sich verdüsterte, wurde sie unsicher: „Martin? Ich … habe ich etwas Falsches gesagt? Ich wollte nicht …"

„Ist schon gut, Heidi." Martin holte tief Luft. Das musste jetzt ein für alle Mal klargestellt werden: „Ich bin ein ganz armer Schlucker. Ich habe nichts. Da, wo ich herkomme, meine ich. Es ist aber so, dass bei uns Silber nicht so arg teuer ist, und hier in Bayern ist es viel mehr wert. Meine Welt, meine Eltern … Heidi, bitte, ich möchte darüber nicht reden. Es geht mir dort nicht gut. Ich werde sehr schlecht behandelt. Hier bin ich frei. Und froh. Ich möchte nicht, dass mir das verdorben wird. Ich mag nicht darüber sprechen."

Heidis Augen waren voller Mitleid. „Ist gut, Martin." Ihre Stimme war so leise, dass er sie fast nicht verstand. „Ich werde nicht in dich dringen."

„Bist du deswegen böse auf mich?", fragte Martin.

„Böse?" Sie war erstaunt. „Nein. Warum sollte ich? Weißt du, wir sprechen nicht über … über das Land, wo du herkommst. Es ist … ein Tabu? So sagt man doch, nicht wahr?" Sie schaute Martin an, dass dem ganz anders wurde: „Aber Martin … wenn du darüber reden möchtest … ich werde dir zuhören."

Martin wurde vor Glück ganz schwummerig. Wie Heidi redete! Als wäre es beschlossene Sache, dass sie auf immer Freunde sein würden. Eine herrliche Vorstellung.

Beim Kiosk gab es mehrere Sorten Limonade: Waldmeister, Zitrone, Kirsche, Himbeere und Johannisbeere. Heidi nahm eine Johannisbeerlimonade, Martin entschied sich für Waldmeister.

„Schmeckt die gut", sagte er nach den ersten Schlucken. Er dachte an das widerliche Chemiezeugs, das am Johanneum in der Schulkantine aus dem Automaten kam. Kein Vergleich mit der flüssigen Köstlichkeit, die er hier vorm Bahnhof die Kehle hinunterrinnen ließ. Nachdem sie ihre Gläser geleert hatten, gingen sie auf Gleis 1 und setzten sich auf Heidis Bank. Martin schaffte das, ohne dass Rauch aus seinen Ohren kam. Nur sein Herzschlag wurde schneller, als er Heidi so nahe war. Vor allem, weil sie beide kurzärmelige Sachen anhatten und sich ihre Unterarme ab und zu berührten.

„Ich habe dir etwas mitgebracht", sagte Heidi. Sie kruschtelte in ihrer Schultasche herum und brachte ein Leinensäckchen zum Vorschein. Sie hielt es Martin hin.

„Für mich?" Sie nickte. „Danke." Martin nahm das Säckchen in Empfang und zurrte es auf. Drinnen waren kleine braune Plätzchen, die himmlisch dufteten. Sofort lief ihm das Wasser im Mund zusammen.

„Ich habe sie selbst gebacken", sagte Heidi und wurde rot. „Behalte das Säckchen, bis du sie aufgegessen hast. Du kannst es mir nächste Woche wiedergeben."

Martin probierte ein Plätzchen. „Manno! Die schmecken super!" Das Mädchen freute sich über das Lob. Genüsslich mampfte Martin noch ein Stück. Er hielt Heidi das Säckchen hin: „Nimm auch welche."

Sie schüttelte lächelnd den Kopf: „Danke, ich bin nicht hungrig. Außerdem habe ich sie nur für dich gebacken."

Martin schaute das Mädchen an. „Das hat noch nie jemand für mich getan." Er nahm all seinen Mut zusammen: „Das ist wahnsinnig lieb von dir." Er wurde feuerrot.

Heidi ebenfalls. „Schönen Gruß von meinen Geschwistern", sagte sie. „Ich habe ihnen von den gebrannten Mandeln gegeben."

„Du hast Geschwister? Ältere oder jüngere? Erzählst du mir von deiner Familie?“ Martin stockte. „Das heißt … nur wenn du möchtest, weil ich grad eben so abweisend war … ich …“

Sie erzählte ihm alles über sich. Sie hieß Heidi Herder. Am ersten Oktober würde sie dreizehn werden. Sie hatte drei Geschwister: Klara, 11 Jahre alt, Elisabeth, 8 Jahre alt und Herrmann, 4 Jahre alt.

„Sind die auch blond wie du?“, fragte Martin. Es verblüffte ihn, wie leicht er plötzlich mit Heidi reden konnte. Zwar schlug sein Herz immer noch sehr flott, aber er konnte reden. Ganz normal reden. Herrlich!

„Wir sind alle blond in der Familie. Bloß unser Papa geht ein bisschen mehr ins Dunkelblonde. Er ist Fischer auf dem Saarsee.“

„Saarsee?“ Martin bekam Grund, sich zu wundern. In seiner Welt gab es keinen Saarsee. Der Saarsee, erfuhr er, war im Mittelalter entstanden. Im Jahre 1568 hatte es ein großes Erdbeben gegeben. Dieses warf einen natürlichen Staudamm auf. So entstand der riesige See am Stadtrand von Saarbrücken-Nassau.

„Die Blies wurde damals auch aufgestaut“, erzählte Heidi. „Im Bliestal entstand ein riesiger flacher Sumpfsee. Dort wohnen die Franznen, arme Leute, die vor vielen Jahren aus Frankreich flohen, weil sie wegen ihres Glaubens verfolgt wurden.“ Martin horchte auf. Auch in seiner Welt waren verfolgte Franzosen ins Saarland eingewandert. Sie hatten im Warndt gesiedelt und weiter nördlich im Hochwald am Hunsrück. Glasbläser waren das gewesen, arme, verfolgte Hugenotten. Aber bei ihm daheim gab es weder einen Saarsee noch einen flachen Sumpfsee im Bliestal. Er fragte Heidi danach.

Die holte ein Buch aus ihrer Schultasche. Sie schlug eine Seite mit einer Karte auf, die die Saargegend und ein Stück weit das nahe Frankreich zeigte: „Hier ist der Saarsee und das ist der Bliessumpf.“

Martin schaute genau hin. Er hatte in der Schule gelernt, Landkarten zu lesen, und bekam Grund zum Staunen. Das Bliestal schien breiter, als er es kannte. Auch die Berge und Hügel an seinen Seiten schienen etwas höher als bei ihm zu Hause. Das war ihm schon früher aufgefallen. Der Schlossberg ragte höher über Homburg auf als in seiner eigenen Welt. Er ließ seinen Finger über das nahe französische Lothringen fahren: „Leeres Land“, las er von der Karte ab.

„Dort siedelt fast niemand“, erklärte Heidi. Sie war richtig eifrig, ihre Kenntnisse über die Heimat an den Mann bringen zu können. „Dort ist im Jahr 1568 der Komet eingeschlagen, der das gewaltige Erdbeben verursachte, das das gesamte Königreich Bayern erschütterte. Damals erzeugte die Explosion beim Aufprall des Himmelskörpers giftige Dämpfe und ganze Landstriche wurden ausgelöscht. Die armen Franzosen glaubten, ihnen sei der Himmel auf den Kopf gefallen. Wer den Einschlag überlebte, wanderte aus. Lothringen wurde zu einem Geisterland.

Nur langsam wurde die Gegend wieder besiedelt. Weil es dort Salz gibt. Salz ist sehr wertvoll. Aber es leben nur wenige Menschen in diesem Landstrich. Die Franznen durchwanderten ihn auf ihrer Flucht ins Königreich Bayern. Die Menschen in Lothringen und im Elsass sind fast alles Deutsche. Die Franzosen meiden das Land. Sie leben in dem Aberglauben, der Einschlag des Kometen sei eine Strafe Gottes gewesen, und trauen sich nicht ins Leere Land. Aber unsere Landsleute gehen hin, vor allem Prospektoren. Dort soll es Kohlevorkommen geben und Eisenerz von unvergleichlicher Güte. Es wird Minette genannt.“ Heidi gab ein glucksendes Lachen von sich.

Das Lachen verursachte ein Kribbeln in Martins Bauch.

„Ist das nicht ulkig?“, fragte Heidi. „Die Franzosen trauen sich nicht mehr ins Leere Land, aber sie haben dem Eisenerz dort einen französischen Namen gegeben.“

„Wenn die Franzosen erfahren, dass es im Elsass und in Lothringen Kohle und Eisenerz gibt, werden sie die beiden Departements zurückfordern“, sagte Martin.

„Ach, die haben Land genug“, meinte Heidi. „Der Französische Länderbund ist groß. Er reicht vom Atlantik bis zur großen Südwüste und ans Mittlere Meer.“

„Länderbund?“, fragte Martin.

Das Mädchen schaute ihn mit schräg gelegtem Kopf an: „Ja, Länderbund. Vorher bestand Frankreich aus lauter kleinen Fürstentümern und Baronaten. Um das Jahr 1800 herum hat Napoleon Bonaparte diese kleinen Länder Stück für Stück zum Französischen Länderbund vereinigt, den wir heute kennen.“

Martin staunte nicht schlecht. In dieser seltsamen Welt sah alles ganz anders aus. Innerlich atmete er auf. Es war das Jahr 1909. In seiner eigenen Welt würde in fünf Jahren der Erste Weltkrieg anfangen. Es sah nicht so aus, als wäre das hier in Heidis schöner Heimat der Fall. Und wenn es das ihm bekannte Frankreich nicht gab, hatte es natürlich auch den Deutsch-Französischen Krieg von 1871 nicht gegeben. Aber es gab französische Einwanderer, genau wie bei ihm zu Hause. Die Franznen nannte man die. Der Name gefiel ihm. Er sagte es Heidi.

Die lächelte. „Ich weiß nicht, wie sie zu dem Namen kamen. Aber jeder nennt sie so. Sie nennen sich sogar selbst so, wenn sie mit uns Bayern sprechen. Ihr Deutsch klingt drollig. Sie haben so einen ulkigen Akzent."

Martin griente: „Ooh, isch bitte Ssie um Verrßei-üng, Mademoiselle. Könnten Sie misch die Weg nach Sarrebrück ßeigenn bitteserr?"

Heidi lachte ihr wundervolles Lachen: „Genau so! So sprechen die. Aber ihre Musik ist unglaublich! Alle lieben Franznenmusik. Ich liebe es, dazu zu tanzen. Wenn irgendwo eine Franznenkapelle auftaucht, ist immer etwas los. Meine Eltern lieben die Musik auch."

Heidi berichtete weiter über ihre Familie. Ihre Familie war arm. Sie lebte in einem kleinen hölzernen Stelzenhaus auf dem Wasser im Saarsee und verdiente den Lebensunterhalt durch Fischfang. Die Mutter arbeitete nebenher als Näherin für eine Schneiderei in der Stadt und verdiente damit ein paar Kreuzer hinzu. Auch Heidi arbeitete manchmal in der Stadt, um etwas Geld nach Hause zu bringen.

„Dass ich in Homburg auf die höhere Mädchenschule gehen darf, ist ein Riesenglück", sagte Heidi. „Unser Landesfürst Maximilian III. bezahlt mein Stipendium. Jährlich werden einige wenige Kinder aus der Volksschule ausgewählt, die besonders fleißig sind und sehr gute Noten haben. Die dürfen eine höhere Schule besuchen. Die Fürstenfamilie bezahlt das Schulgeld, die Bücher und das Fahrgeld für die Eisenbahn. Allerdings nur, solange man sich ordentlich anstrengt und der Notenschnitt stimmt. Aber ich lerne gern und komme gut mit. In der Fischersiedlung am Saarsee ist man stolz auf mich." Heidi wurde ein bisschen rot.

„Das hört sich knorke an“, meinte Martin. „Diesen Saarsee möchte ich mir unbedingt einmal anschauen.“

Heidis Zug lief ein. Erschrocken fuhr sie auf: „Wie die Zeit vergangen ist!“ Sie wandte sich ihm zu: „Komm doch nächste Woche mit, wenn du willst. Du musst nur früh genug eine Fahrkarte kaufen.“

Martin freute sich über die Einladung. Das würde bedeuten, dass er den ganzen Nachmittag mit Heidi zusammen sein würde. Eine herrliche Vorstellung! Sie hatte ihn eingeladen, einfach so eingeladen. „Ich könnte mein Fahrrad mitnehmen“, schlug er vor. „Dann könnten wir eine Radtour machen.“

Der Zug kam mit knirschenden Bremsen zum Stehen. „Wenn du möchtest, nur zu“, sagte Heidi. „Es gibt so viel zu sehen in und um Saarbrücken-Nassau. Es wird dir gefallen.“

Martin schaute sie an. Eine herrliche Wärme breitete sich in seiner Brust aus. Heidi war in seinen Augen das entzückendste Wesen auf der ganzen weiten Welt. Und nächsten Mittwoch würde er viele Stunden mit ihr gemeinsam verbringen.

Sie stieg in den Zug: „Adieu, Martin. Bis nächste Woche.“

„Auf Wiedersehen, Heidi.“

Martin schaute dem Zug hinterher, bis er in der Ferne verschwand. Er fühlte sich so leicht, dass er Angst hatte, jeden Moment abzuheben wie ein Luftschiff. Bis zu den Wolken würde er hochsteigen. Sein Herz schlug vor Freude. Er brauchte nur an Heidi zu denken, schon schlug es heftiger.

Als er auf seinem Fahrrad aus Homburg hinausfuhr, pfiff er die Melodie des Liedes, das die Schulkinder auf dem Bahnsteig gesungen hatten. Adieu. Das sagte Heidi immer beim Abschied. Irgendwie klang das viel schöner als Auf Wiedersehen. Heidi, Heidi, Heidi, sang Martins Herz.

*

Er blieb den ganzen Nachmittag in Bayern. Er fuhr bis Kirkel und dann nach Neunkirchen. Bexbach mied er. Er hatte keine Lust auf unheimliche dreibeinige Hasen. Schnell wie der Wind sauste er über die Sandpisten, die die kleinen

Ortschaften miteinander verbanden. Hier möchte ich mal eine Fahrradreise machen, dachte er beim Dahinsausen. Und erst recht auf diesen neuen Schnellfahrstraßen für Radler. Es musste herrlich sein, in einem solchen Land auf Wochen hinaus mit dem Rad zu verreisen. Man konnte Kleider und alles, was man brauchte, in Satteltaschen verstauen und jeden Tag eine Strecke weit fahren. Die Nacht konnte man in einer gemütlichen Herberge verbringen. Und wenn dann noch Heidi dabei wäre, das wäre das Größte auf der Welt.

Als er von Limbach aus in Richtung Homburg radelte, schob sich ein Schatten über ihn. Martin hörte über sich Geräusche wie von einer Lokomotive. Er blickte nach oben und wäre vor Staunen beinahe vom Fahrrad gefallen. „Ein Zeppelin!", hauchte er. „Ein Luftschiff!" Er bremste hart und hielt an. Ungläubig schaute er zum Himmel auf. In zweihundert Metern Höhe glitt ein riesiges Luftschiff durch den Äther. Deutlich sah er die äußere Stoffbespannung im Fahrtwind flattern. Das Schiff schimmerte goldfarben im Sonnenlicht. Auf seinem Rücken quoll Dampf aus einem Schornstein und unter seinem Rumpf hingen zwei Gondeln. Vorne eine kleine Steuergondel und in der Mitte eine größere. Von dort kam das laute Stampfen. „Eine Dampfmaschine!", sagte Martin zu sich selbst. „Es wird von einer Dampfmaschine angetrieben! Uff! Wie genial!" Er konnte sich nicht an dem fliegenden Wunder sattsehen. Ein Luftschiff. Ein wahrhaftiges Luftschiff. Ob es mehr davon gab? Er würde Heidi fragen. Mit vor Stauen offenem Mund schaute er zu, wie das Schiff majestätisch über den Himmel schwebte. Langsam entfernte es sich in Richtung Saarbrücken-Nassau.

„Dort könnte ein Flughafen sein", überlegte Martin. „Mensch, da will ich hin! Ich frag Heidi nächste Woche." Martin schaute zum Himmel, bis das fliegende Schiff in der Ferne entschwunden war. Erst dann stieg er auf und fuhr nach Homburg.

Nachdem er sein Fahrrad im Schuppen abgestellt hatte, kaufte Martin im Fahrradladen ein: ein Klappmesser, damit er unterwegs Brötchen aufschneiden konnte, ein kleines Fernglas für Beobachtungen, einen Kompass und zwei Landkarten. Die Gleichen, die er in der Radtasche hatte. Diese aber wollte er mit nach Hause nehmen, um sie sich daheim in Ruhe anzuschauen. Wenn er die Landkarten betrachtete, konnte er von Heidi träumen und er konnte interessante

Radtourenziele aussuchen. Wenigstens in Gedanken wollte er seine große Radreise durch Bayern erleben.

Auf dem Weg zum Bahnhof fiel ihm das Buch mit den saarländischen Sagen und Legenden ein. „Was, wenn ich mir ein paar mystische Sachen aussuche und hier in Bayern mit dem Rad hinfahre und schaue, ob es sie echt gibt?“ Er beschloss, den Durchgang früher zu benutzen als beim letzten Mal und das Buch in der Bücherei auszuleihen. Zu Hause konnte er es dann in aller Ruhe durchlesen.

Wieder verspürte er das unheimliche Gefühl, als er auf den Durchgang zulief. Seine Nackenhaare richteten sich auf. Verdammt, war das eklig, wenn man sich so beobachtet fühlte! Dann war er durch und lief zur Bücherei in seiner Welt. Das Buch war frei und er konnte es für drei Wochen ausleihen. Auf dem Tisch des Büchereiangestellten lag eine dicke Bibel.

„Hier gibt es Bibeln zum Leihen?“, fragte Martin.

„Das ist eine besondere Künstlerausgabe mit Illustrationen“, erwiderte der Bibliothekar.

„Aha.“ Martin nahm sein Buch in Empfang. Er steckte es in seine Schultasche und verabschiedete sich. Sein Zug stand schon auf Gleis 6. Die Viertelstunde bis zur Abfahrt nutzte Martin, um etwas in sein Berichtsheft einzutragen. Der Anblick der Bibel in der Bücherei hatte ihn darauf gebracht.

Er war sieben Jahre alt und ging in Niederbexbach in die zweite Klasse der Grundschule. Seit zwei Monaten hatte er einen neuen Klassenlehrer, den jungen Herrn Marzen. Marzen war der erste Lehrer, der anders war als die Lehrer, die Martin kannte. Er drangsalierte Martin nicht, sondern behandelte ihn wie einen Menschen. Das war neu. Vorher war Herr Hartmann Martins Klassenlehrer gewesen, einer, der noch mit dem Stock zuschlug, und das nicht zu knapp. Hartmann hatte Martin vom ersten Tag an auf dem Kieker gehabt und er hatte dem Jungen das Leben so schwer wie möglich gemacht.

Martin erinnerte sich noch haargenau an den Tag, als Hartmanns Stock draufging. Hartmann besaß einen dicken Vierkantstock und liebte es, den Kindern damit auf die Hände zu schlagen. Nachdem Herr Marzen Klassenlehrer geworden war, musste Martin den boshaften Hartmann nur noch in Religion ertragen, was schlimm genug war. Wehe, man hatte seinen Abschnitt im Katechismus nicht auswendig gelernt! Schon setzte es Schläge, Strafarbeiten und Nachsitzen. Vor allem Schläge. Offiziell war das Prügeln von Kindern an Schulen der Bundesrepublik Deutschland im Jahre 1968 verboten worden, doch im Saarland galten komischerweise perverse Ausnahmegesetze und die Lehrer durften weiter draufschlagen, was das Zeug hielt.

Martin hatte bei seiner Urgroßmutter in der Bibel alle Evangelien durchgelesen, weil sie die gerade in Religion durchnahmen. Er hatte dabei die Feststellung gemacht, dass jedes der Evangelien anders war. Wie konnte das sein? In einem waren Jesu letzte Worte: „Vater, in deine Hände befehle ich meinen Geist!“ In einem anderen sagte Jesus: „Es ist vollbracht.“ Und in wieder einem anderen schrie er: „Vater! Vater! Warum hast du mich verlassen?“

In der folgenden Religionsstunde nahmen sie die Passion Jesu durch und der Hartmann verkündete, Jesu letzte Worte am Kreuz seien gewesen: „Vater, in deine Hände befehle ich meinen Geist.“

Martin konnte nichts dafür, die Bemerkung rutschte ihm einfach so raus: „Und in den anderen Evangelien steht es ganz anders. Das ist doch dann gelogen.“ Er bereute die Worte bereits, als er sie aussprach, weil er sah, wie sich Hartmanns Gesicht vor Wut verzerrte, doch es war zu spät. Warum habe ich den Mund nicht gehalten?, fragte er sich voller Verzweiflung. Warum war ich nicht still? Jetzt geht es mir an den Kragen! Warum habe ich Dummkopf nicht die Klappe gehalten?

Hartmann ging auf ihn los: „Was fällt dir ein, du miserabler Wicht! Du wagst es, die Evangelien anzuzweifeln? Das ist die Heilige Schrift! Das Wort Gottes!“

„Jesus kann aber nur eines gesagt haben“, gab Martin zurück. Für einen Rückzieher war es eh zu spät. Also Kopf runter, Augen zu und durch!

„Hat er ja“, blaffte der Hartmann. „Es steht geschrieben: 'Vater! In deine Hände befehle ich meinen Geist.' Das waren Jesu letzte Worte!“

„Ich habe bei meiner Uroma die Bibel gelesen“, rief Martin. „Und in jedem Evangelium steht was ganz anderes! Wie können die dann alle wahr sein? Drei der Evangelisten lügen!“

Hartmann wurde weiß vor Wut. „Du ... du ... du ungläubiger, schlechter Kerl! Du sündiges, verderbtes Kind! Eins sage ich dir: Du wirst nach dem Tod direkt in die Hölle kommen! Das ist ganz sicher! So sicher wie das Amen in der Kirche! Tritt vor!" Martin musste nach vorne zum Pult. „Streck die Hände vor!", bellte der Hartmann und griff zum Stock.

Martin beobachtete die Augen des Lehrers. Er wusste, der Hartmann war so wütend, der würde ihm glatt die Finger brechen. Hatte er nicht zwei Wochen zuvor seiner Klassenkameradin Monika so fest auf die Hände geschlagen, dass ihre Finger dick und blau wurden?

Als Martin das verräterische Zucken in Hartmanns Augen sah, zog er die Hände blitzschnell zurück. Hartmanns Stockschlag ging ins Leere. Der Stock prallte mit Wucht auf das Lehrerpult. Mit lautem Knacks brach der vordere Teil ab. Martin starrte den Lehrer ungläubig an. So fest hatte Hartmann zugeschlagen, dass sein dicker, stabiler Stock durchbrach! Der hätte mir die Hände kaputt geschlagen, dachte er geschockt.

Hartmann begann zu brüllen wie ein wütender Stier. Er wollte über Martin herfallen. Da flog die Tür auf.

„Was ist denn hier los?" Herr Marzen stand im Türrahmen. „Herr Kollege! Ich bitte Sie!"

Hartmann schäumte vor Wut. Er konnte es auf den Tod nicht ausstehen, wenn Marzen Martin in Schutz nahm. Hartmann hasste den jungen, unkonventionellen Neulehrer, der seine Schüler mit Güte und Freundlichkeit lehrte, statt mit Gewalt „Zucht und Ordnung" anzustreben. Dass Marzen den kleinen Martin gut behandelte, war ihm ein Dorn im Auge. Keifend vor Zorn schilderte er den Hergang der Sache.

Martin stand ängstlich dabei, ein zittriges Häufchen Elend. Gleich bin ich reif, dachte er mit Grauen. Ich und mein dummes Lappmaul! Warum kann ich auch die Schnute nicht halten?

Doch sein Klassenlehrer reagierte überraschend. „Wie kommen Sie auf die Idee, einen Schüler zu schlagen, weil er die Wahrheit sagt?", fragte er und schaute Hartmann angriffslustig an. „Was Martin Welter gesagt hat, ist doch korrekt,

Herr Kollege, und das wissen Sie ganz genau. Jedes Evangelium gibt eine andere Version der Worte Jesu wider. Anstatt den Jungen zu schlagen, sollten Sie seinen Wissensdurst positiv bewerten und ihm die Sachlage in verständlicher Form erklären."

„Mein Stock ist kaputt wegen dieses ungezogenen Lümmels!", tobte Hartmann.

Marzen stellte sich ganz dicht vor ihn: „Wenn Sie tatsächlich so brutal zugeschlagen haben, dass Ihr Stock dabei in die Brüche ging, sollten Sie froh sein, dass Martin im Reflex die Hände zurückgezogen hat. Andernfalls wäre er jetzt mit gebrochenen Händen unterwegs ins Krankenhaus und Sie würden wegen schwerer Körperverletzung belangt. Dann wären Sie Ihren Job los." Marzen trat so dicht vor Hartmann, dass seine Nase die Hartmanns fast berührte. Er musste nach oben schauen, weil er kleiner war als Hartmann. Er bohrte seine Augen in die Hartmanns: „Es ist besser, Sie beherrschen sich in Zukunft, und wir vergessen die Angelegenheit."

Hartmann knirschte vor Wut mit den Zähnen, aber er musste klein beigeben, er, der den schmächtigen Marzen beinahe um Haupteslänge überragte. Marzen ging. Er hatte gesiegt. Hartmann war geschlagen.

Hartmann wartete, bis sich die Tür hinter seinem siegreichen Kontrahenten schloss. Er holte tief Luft. „An deinen Platz!", raunzte er Martin an. „Ein Sünder bist du! Ein ungläubiger Judas! Du wirst in der Hölle brennen! Das schwöre ich! Du kommst in die Hölle! Dort wirst du für alle Ewigkeit bei lebendigem Leib verbrennen unter ungeheuerlichen Schmerzen. Du wirst ewig leiden und schreien und wimmern. Vor Schmerzen wirst du wahnsinnig werden, aber immer kurz bevor dich der Wahnsinn erlöst, wirst du wieder geistig gesund und die Qual beginnt von Neuem. Weißt du, wie weh es tut, lebendig verbrannt zu werden? Du wirst es erfahren!"

Hartmann unterließ es bis zum Wegzug der Welters nicht, Martin zu drangsalieren. Vor allem schilderte er immer wieder in exakten Details, wie grauenhaft Martins ewige Strafe in der Hölle ausfallen würde. Es bereitete ihm - im wahrsten Sinne des Wortes - höllischen Spaß, Martin zu Tode zu ängstigen. Martin bekam nächtliche Albträume, in denen er in der Hölle von grässlichen

Dämonen und Teufeln in Feuerseen gestoßen wurde und bei lebendigem Leib verbrannte. Oft wachte er keuchend und in Schweiß gebadet auf, mit einer solchen Angst im Herzen, dass er fast keine Luft bekam. Weil es dunkel im Schlafzimmer war, hatte Martin keine Ahnung, wo er sich befand. Dann meinte er, im Dunkel der unterirdisch liegenden Hölle zu sein, und er hörte in der Ferne, wie die Teufel und Dämonen sich an ihn heranschlichen, um ihn zu ihren Feuerseen zu schleppen. Es dauerte oft mehrere Minuten, bis Martin erkannte, dass er in seinem Bett lag und in Sicherheit war. Aber nach seinem Tod würden sie ihn kriegen, da war er sicher. Eine neue Angst war in seinem Herzen eingezogen, eine entsetzliche Angst, die ihn von da an stets begleitete. Manchmal betete er schluchzend zu Gott, ihm doch wenigstens eine kleine Chance zu geben und ihn nur ins Fegefeuer zu schicken. „Zehntausend Jahre reichen doch, um meine Seele zu reinigen", heulte er dann. „Oder vielleicht hunderttausend? Bitte, lieber Gott! Nicht in die ewige Hölle! Bitte nicht! Ich will auch ein guter Junge werden!"

Martin beendete die Schreiberei. Die Angst vor der Hölle hatte ihn lange begleitet. Nur allmählich hatte er sich davon befreit. Noch heute war er Herrn Marzen für seinen Beistand dankbar. In ihm hatte Martin zum ersten Mal in seinem Leben einen Menschen kennengelernt, der ihn nicht pauschal verurteilte, der ihn nicht anbrüllte und vor allen Leuten niedermachte. Marzen hatte es geschafft, zur verwundeten Seele des verängstigten kleinen Jungen vorzudringen und den Menschen Martin aus dem düsteren Labyrinth seiner Angst hervorzulocken. Lange hatte Martin nicht an seinem neuen Klassenlehrer gehabt. Nach dem ersten Halbjahr der zweiten Klasse zogen die Welters ins neu gebaute Haus in Bexbach und Martin ging in die Goetheschule. Dort war auch nicht alles Zuckerschlecken.

Leider hatten die Schulen von Niederbexbach und Bexbach anscheinend unterschiedliche Lehrpläne. In Niederbexbach hatte Martin das halb schriftliche Rechnen gelernt. Schriftliches Rechnen wäre im zweiten Halbjahr dran gewesen. In Bexbach war es leider genau umgekehrt. Die hatten schriftliches Rechnen mit Strichen unter den Zahlen gerade gehabt und es stand eine Klassenarbeit an. Sein neuer Lehrer behielt Martin einfach in der ersten großen Pause da und „brachte es ihm bei". Martin musste dringend pinkeln und konnte sich praktisch nichts von dem merken, was der Starpädagoge ihm da im Sturmschritt vorkaute und an die Tafel schrieb. In zwanzig Minuten sollte Martin lernen, was die anderen Schüler seiner Klasse in einem ganzen Monat gelernt hatten, und dabei quoll Martin quasi der Urin aus den Ohren, weil er so dringend aufs Klo musste. Es ging natürlich schief. Er verhaute die Klassenarbeit gründlich und zu Hause gab es dafür Schläge.

Dabei konnte ich überhaupt nichts dafür, dachte Martin traurig. Ich war völlig unschuldig und wurde für Fehler der Schule verprügelt.

Der Zug fuhr an, um ihn nach Bexbach zu bringen, wo Moppel mit ihren stechenden Augen auf ihn wartete und Walter, die nervtötende Petze. Martin seufzte. Und morgen stand ihm ein neuer Tag am Johanneum bevor, an dem er IHM vielleicht in die Arme laufen würde. Die Angst vor IHM war seit einem Jahr nicht weniger geworden. Immer wieder schreckte Martin nachts aus Albträumen hoch, in denen er wegen IHM Todesängste ausstand.

*

In der folgenden Nacht hatte Martin keinen Albtraum, im Gegenteil. Er träumte von Heidi, und es war mit Abstand der schönste Traum, den er je gehabt hatte. Dabei begann dieser Traum mit Angst.

Martin war im Wilden Westen unterwegs. Er war ein Waldläufer, so wie Lederstrumpf im Fernsehen. Leider hatte er Pech. Eine Horde wild gewordener Kiowas erwischte ihn und nahm ihn gefangen. Man schleppte ihn ins Indianerlager, nur dass dieses Lager nicht in der Prärie lag sondern mitten in einem dichten, unheimlich wirkenden Wald, dessen Baumkronen ineinanderwuchsen und den Boden verdunkelten. Der Waldboden war komplett mit spitzen, scharfkantigen Kristallen bedeckt. Nur zu Pferd oder mit speziellen Mokassins mit extra dicker Sohle konnte man darüber laufen.

Im Lager angekommen, rissen die Kiowas Martin die Mokassins von den Füßen. Dann führten sie ihn zu einem Platz in der Mitte des Lagers. Drei Marterpfähle standen dort. An einen wurde Martin gefesselt. Die Indianer drückten ihn mit dem Rücken gegen den Pfahl, rissen seine Arme nach hinten und banden

Martins Handgelenke hinter dem Pfahl mit einem Rohlederstreifen zusammen. Dann banden sie seine Füße zusammen und legten den Lederstreifen noch zweimal unten um den Marterpfahl herum, bevor sie ihn verknoteten. Es gab kein Entrinnen für Martin.

Der Häuptling der Kiowas, der eine gewisse Ähnlichkeit mit Pater Rottweil hatte - bloß dass eine lange Zottelmähne sein Haupt zierte -, schmiss Martins Mokassins ins Feuer, wo sie verbrannten. „Ohne Schuhe können Bleichgesicht nicht von hier fliehen", sprach er grinsend. „Niemand können barfuß über Boden von Kristallwald laufen. Aber du kommen sowieso nicht von alleine los und morgen früh du werden sterben, Bleichgesicht." Der Häuptling lachte dreckig. „Tausend Tode auf dich warten!"

Martin war angst und bange. Er wollte nicht sterben, schon gar nicht am Marterpfahl der Kiowas, die für ihre Grausamkeit bekannt waren. Aber diesem Mistkerl wollte er seine Angst nicht zeigen. Darum schwieg er.

Er stand seit zwei Stunden am Marterpfahl und es ging auf den Abend zu, als die Kiowas unter Gejohle einen weiteren Gefangenen brachten. Es war ein blondes, weißes Mädchen in Martins Alter: Heidi! Im Traum hieß sie jedoch Marietta, genau wie Martin sie in seinem Wildwestroman immer nannte. Den hatte er ja zu schreiben angefangen, bevor er Heidis Namen kannte.

Das Mädchen weinte herzzerreißend, als die Indianer ihm die Schuhe wegnahmen und es barfuß an den Marterpfahl fesselten. Voller Rohheit stießen die Roten das Mädchen mit dem Rücken gegen den Marterpfahl. Sie rissen seine Arme nach hinten und fesselten Mariettas Handgelenke so fest, dass sie vor Schmerz aufschrie. Das brachte die Indianer zum Lachen und sie fesselten auch Mariettas Füße so fest zusammen, wie sie nur konnten. Sie wollten das weiße Mädchen schreien hören. Als wären die grausam festgezogenen Hand- und Fußfesseln noch nicht genug, legte einer der Kiowas einen langen Lederstreifen um Mariettas Fußgelenke und begann das Mädchen am Marterpfahl zu umrunden. Von unten beginnend, legte er Lage um Lage um das stehend gefesselte Mädchen, immer im Abstand von zwanzig Zentimetern, und zog den Riemen mit roher Kraft fest, bis Marietta so fest gegen den Marterpfahl gepresst stand, dass sie sich nicht mehr rühren konnte und kaum noch Luft bekam.

„Morgen, wenn Sonne aufgehen, du tausendmal sterben!", rief der tapfere Krieger, der das Mädchen gefesselt hatte. „Dann du Grund zum Heulen haben, Bleichgesicht!"

Marietta stand gefesselt am Marterpfahl und schluchzte laut.

Die Kiowas lästerten eine Weile über ihre beiden Gefangenen. Dann verzogen sie sich zum Tanzplatz am anderen Ende des Lagers, wo sie Feuerwasser tranken und ein Heidenspektakel veranstalteten. Sie grölten Indianerlieder und feuerten dauernd ihre Gewehre ab.

Martin wandte sich an das schluchzende Mädchen: „Wein doch nicht. Vielleicht können wir entkommen."

„Wie denn?", fragte Marietta unter Tränen. Sie war völlig verzweifelt. „Selbst wenn wir uns von unseren Fesseln befreien könnten, kämen wir nie im Leben aus dem Kristallwald heraus. Sie haben uns die Schuhe weggenommen. Kein Mensch kann barfuß über diesen kristallgespickten Boden laufen! Da zerschneidet man sich die Fußsohlen und kann nicht mehr gehen. Ach Gott! Hätte ich nur auf den Major im Soldatenfort gehört! Er hat uns gewarnt, alleine auszureiten!" Sie weinte laut. „Und morgen früh muss ich für meinen Ungehorsam sterben!" Sie schaute zu Martin hin. Nackte Furcht leuchtete aus ihren Augen: „Es heißt, dass die Kiowas ihre Gefangenen langsam zu Tode foltern. Ich habe solche Angst!"

Angst hatte Martin auch, und wie. Aber er hatte einen Plan. Schon seit einer Viertelstunde verdrehte er die Handgelenke gegeneinander. Immer wieder. Hin und her. Die Indianer hatten ihn nicht mit Seilen, sondern mit Lederstreifen gefesselt und die ständigen Drehbewegungen und Martins Schweiß lockerten allmählich die Fesselung. „Ich kann freikommen", sagte er zu Marietta. „Dann mache ich dich los. Halt die Daumen, dass es den Indianern nicht einfällt, uns über Nacht eine Wache vor die Nase zu stellen." Er glaubte nicht daran. Die tapferen Krieger der Kiowas betranken sich lieber mit Feuerwasser.

„Was nützt es uns, unsere Fesseln loszuwerden?", schluchzte Marietta. „Barfuß kommen wir nicht über den Kristallboden!"

Martin nickte mit dem Kopf nach oben: „Aber barfuß kann man gut auf Bäume klettern."

„Was?" Marietta schaute zu den Baumkronen hinauf. Dann verstand sie. Freudiger Schreck spiegelte sich in ihrem Gesicht. Sie fasste neue Hoffnung. „Oh, bitte beeil dich! Bitte!"

Martin verdoppelte seine Anstrengungen. Gerade als es vollends dunkel wurde, bekam er die Hände frei. Er ließ sich am Marterpfahl nach unten sinken und knotete seine Fußfesseln auf. Seine Furcht stieg ins Unermessliche. Wenn man ihn jetzt erwischte, war es aus. Doch die Indianer randalierten weiter auf dem Tanzplatz. Martin schaffte es problemlos, Marietta zu befreien.

Entkräftet fiel sie in seine Arme. „Danke", wisperte sie. „Ich habe es echt nicht mehr ausgehalten. Die haben mich ja so fest gefesselt. Die Riemen haben mir tief in die Gelenke geschnitten."

Im Schein der Lagerfeuer schlichen sie zwischen den Tipis hindurch zum Rand des Lagers. Die Fußwege waren von den Kristallen befreit worden. Sie konnten auf dem Boden laufen, ohne sich die Sohlen zu zerschneiden. Am Lagerrand stiegen sie auf einen Baum. Oben in der Krone waren die Äste so mächtig, dass man leicht darauf gehen konnte. Der Mond stand am Himmel. Er sandte helles, silbernes Licht zur Erde und überzog die Welt in den Baumkronen mit unwirklichen Farben. Die breiten „Wege" durch das Ästegewirr der Baumkronen waren von einer Farbe, wie Martin sie von kalten Wintertagen kannte, wenn der Stromabnehmer der Elektrolok seines Zuges morgens ein gespenstisches blausilbernes Feuer versprühte, wenn er die mit Eis überfrorene Oberleitung entlangschleifte. An solchen Tagen setzte sich Martin immer ins vorderste Abteil genau hinter der Lok und starrte auf der Fahrt nach Homburg unentwegt nach draußen, wo das bläuliche Gleißen weit in den winterlich kahlen Wald hineinleuchtete.

Genau solches Licht herrschte in Martins Traum. Er kletterte mit Marietta Äste hinauf und hinunter. Wie Affen hangelten sie von Baumkrone zu Baumkrone. Sie balancierten in schwindelnder Höhe auf kaum armdicken Ästen. Da war es von Vorteil, dass sie barfuß waren. Mit nackten Füßen fanden sie viel besser Halt auf der borkigen Rinde. Als der Morgen graute, erreichten die beiden Flüchtlinge den Waldrand. Sie stiegen zu Boden. Hand in Hand rannten sie in die Prärie hinaus. Sie lachten vor Freude und Erleichterung. Wie es solchen Träumen eigen ist, wussten sie mit untrüglicher Sicherheit, dass ihnen von nun an keine Gefahr mehr drohte.

Als die Kiowas verkatert aufwachten, waren ihre Gefangenen weg. „Uff! Uff!", riefen sie. „Die beiden Bleichgesichter sind barfuß über den Boden des Kristallwaldes geflohen! Kein Mensch sein dazu fähig! Das müssen Geister sein! Großer Zauber! Uff! Uff!" Die Nachricht verbreitete sich in Windeseile bei allen Indianerstämmen. Der weiße Junge und seine blonde Freundin waren großer Zauber. Unberührbare! Wer sie mit Waffengewalt bedrohte, den würde Manitu strafen. Und so lebten Martin und Marietta fortan in einer Blockhütte an einem herrlichen See in den Rocky Mountains von der Jagd und Beeren und wildem Gemüse, glücklich zu zweit.

Als Martin morgens aufwachte, hatte er ein solches Glücksgefühl im Bauch, dass er laut hätte jubeln können. Den ganzen Morgen über schwang dieses Glücksgefühl in ihm nach, das der wundervolle Traum in ihm ausgelöst hatte. Immer wieder ließ er die Szenen vor seinem inneren Auge ablaufen: die Kletterpartie durch die unwirklich beleuchteten Baumkronen, wie er mit Marietta Hand in Hand über die Prärie rannte, jauchzend vor Glück, das herrliche Leben am Bergsee. Dass er dann in der Lateinarbeit eine Zwei geschafft hatte, war die Schlagsahne obenauf.

Nachmittags gab er vor, Hausaufgaben zu machen. Stattdessen schrieb er seinen nächtlichen Traum als Extrakapitel zu seiner Wildwestgeschichte. Er beschloss, sie danach zu beenden. Das idyllische Leben am See war ein prima Schluss für seinen Roman. Ihm würde etwas Neues zum Aufschreiben einfallen, da war er sicher. Er hatte so viele Ideen, dass er kaum mit Notizenmachen nachkam. Und das Schönste war, er würde die „Marietta" aus seinem Traum nächsten Mittwoch live treffen. Das war besser als tausend schöne Träume.

*

Doch bis zum nächsten Mittwoch war es lange hin. Da waren Religionsstunden, in denen Suhle es sich nicht verkneifen konnte, Martin einen Nazi zu nennen, da waren gleich zwei große Pausen, in denen Martin von größeren Jungen gemein gesackt wurde. Martin sah IHN einmal von Weitem. Zu Hause hatte Moppel viel für ihn zu tun und er musste sich das nervige Gekeife der Großeltern anhören über die Hure, die Servierknuddel, die sich im Haus eingenistet hatte, um die Welterkinder um ihr Erbe zu bringen. Gleichzeitig hackten sie auf Martin herum, wie dumm er sei und wie schlecht seine Noten seien und dass er später als dummer Hilfsarbeiter enden würde. Die Lehrer schienen sich gegen Martin verschworen zu haben und gaben besonders viele Hausaufgaben auf und samstags standen Auto waschen (ohne Lohn!) und Unkraut roppen an. Martin „freute" sich schon auf das Sonntagsessen mit öligen Matschkroketten oder mit vertrocknet-mehligen Backofenkroketten und auf den abendlichen eklig-öligen Thunfisch mit Schwabbelzwiebeln.

Und als wäre das alles nicht schon genug, wollte Wal-Teer plötzlich in den Zirkus. In Neunkirchen gastierte irgendein kleiner Provinzzirkus. Walter hatte in der Schule davon gehört und quengelte pausenlos, er wolle hin. Vater und Moppel hatten aber keine Lust auf langweiligen Provinzzirkus. „Der Maatin könnt ja mitn Waalteer hinjehn", sagte Moppel. „Alleene lass ik den nüscht."

„Nein", rief Martin sofort. „Zirkus ist dermaßen langweilig! Dauernd kommt blöder Zirkus im Fernsehen! Ich kann es schon nicht mehr sehen. Immer dieselbe langweilige Leier. Das kenne ich alles auswendig und im Fernsehen ist es der Zirkus Krone, ein richtig großer Zirkus. Was soll da das kleine Dingelchen in Neunkirchen schon bieten? Nein, da geh ich nicht hin. Walter soll alleine gehen, wenn er so scharf drauf ist."

Moppel starrte Martin mit ihrem stechenden Blick an: „Der Waalteer is noch viel ze kleen, um da alleene hinzejehn. Det weeste jans jenau!"

„Mir egal", gab Martin zurück. „Ich mach doch nicht so was total Langweiliges, bloß weil Walter das will. Geht ihr doch mit ihm hin!"

„Du könnst ruhig man was für dein Bruder tun", sagte Moppel mit Stechblick.

„Der ist nicht mein Bruder", sagte Martin. Es ging hin und her, dann kam vom Vater der Befehl: Martin musste mit Wal-Teer in den Zirkus, ob er wollte oder nicht. Er musste für Wal-Teer Kindermädchen spielen. Martin kochte vor Wut. Und Walter freute sich diebisch, dass Martin sauer war. Nach dem sonntäglichen Mittagessen mit ölig-matschigen Kroketten, die absolut nicht wie Pommes frites schmeckten, kutschierten alle nach Neunkirchen: Vater, Moppel, Wal-Teer, Martin und seine Geschwister.

An der Zirkuskasse sah Moppel, dass eine simple Dose Limo eine Mark fünfzig kostete. Das war ein ungeheuerlicher Preis. Im ALDI bekam man dieselbe Dose für neunzehn Pfennige!

„Nee, det is ja Wucher!", rief sie. „Det bezahl ik nüscht doppelt. Hier haste ne Mark fuffzisch, Wal-Teer. Ihr zwee könnt euch ja ne Dose teiln."

„Ich will nicht wo raus trinken, wo ein anderer mit dem Mund dran war", protestierte Martin. Moppel wusste ganz genau, dass er sich davor total ekelte. Doch es gab kein Pardon.

„Denn haste ebent keen Durst", sagte Moppel und dampfte mit Vater, Helmut und Iris ab.

Martin hätte Walter am liebsten erwürgt. Dieser verdammte Kacker! Tat alles, um einem den Tag zu verderben! Kaum waren die Erwachsenen weg, rannte Walter zum Verkaufsstand und kaufte vom Geld eine Dose Cola, obwohl das verboten war. Sie durften keine Cola trinken. Cola war nicht gut für Kinder. Nur Limo war gestattet. Drinnen hockten sie sich auf einen der mittleren Ränge. Walter riss die Coladose auf und rotzte absichtlich hinein.

„Du Schwein!", fauchte Martin. „Das hast du extra gemacht, damit ich nicht davon trinken kann. Du Drecksack!"

Walter grinste füchsisch. „Hab ich nicht extra gemacht. Du hast ja gesehen, dass ich husten musste." Er hielt Martin die Dose hin: „Möchtest du?"

„Ich hau dir gleich eine rein!"

„Das sag ich Mutti!", trompetete Walter sofort.

„Dann sag ich, dass du trotz Verbot Cola gekauft hast", gab Martin zurück. Das stopfte dem Quälgeist das Maul. Wenigstens für kurze Zeit.

Martin hockte wütend auf der Bank und gab sich herrlichen Fantasien hin, in denen während der Löwennummer eins der Tiere in den Zuschauerraum sprang und Walter den Kopf abbiss. Sie mussten ewig warten, bis die Show losging. Die Zirkusfritzen überzogen eine halbe Stunde. Anscheinend wollten sie noch mehr zahlende Besucher in das halb leere Zelt kriegen. Martin spürte, dass er gleich an die Decke gehen würde wie das HB-Männchen. Walter schlürfte neben ihm lautstark an der Dose und erklärte ein ums andere Mal, wie gut die Cola schmecke. Ob Martin nicht doch einen Schluck möchte, wo es doch so heiß im Zirkuszelt war.

„Sauf deinen Rotz selbst!“, knurrte Martin. Er litt Höllenqualen. In dem kleinen Zirkuszelt war es heiß und muffig und es stank wie in einem Tierpferch. Durst hatte er auch, obwohl er sich zu Hause am Wasserhahn im Badezimmer noch ordentlich vollgepumpt hatte. Endlich ging es los, und es wurde genau das, was Martin befürchtet hatte: Dieselbe Langweilerei wie im Fernsehen, bloß mit dem Unterschied, dass es zu Hause vorm TV-Gerät nicht stank wie im Affenstall und nicht so heiß und stickig war, dass man davon Kopfschmerzen bekam. Und im Fernsehen war alles drei Nummern größer.

Zuerst kamen die Pferde, alles weiße Schimmel. Es waren immer total weiße Schimmel beim Zirkus. Andere Pferdesorten gab es beim Zirkus nicht, und hätte es nur schwarze Rappen oder braune Füchse auf der Welt gegeben, die Zirkusfritzen hätten sie weiß angestrichen, um zu ihren weißen Schimmeln zu kommen. Die weißen Schimmel trabten im Kreis herum. Der Pferdemensch knallte mit der Peitsche. Die weißen Schimmel drehten sich und liefen andersrum im Kreis. Immer wieder das Gleiche. Manchmal stellten sich die weißen Schimmel auf die Hinterbeine. Martin kam vor Langweile um. Das kannte er seit frühester Kindheit aus dem Fernsehen. Martin wusste, wie viel Arbeit hinter einer solchen Nummer steckte, aber wenn man alles schon hundertmal gesehen hat, ist es einfach nur noch langweilig. Martin gähnte.

Die Typen, die oben an Schaukeln schaukelten. Sie schaukelten vor und zurück. Schaukel-schaukel. Einer packt den anderen und der andere packt den einen. Schwing-schwang-schaukel-schaukel. Gähn!

Löwen, die von einem Hocker auf den anderen hopsten und einmal sogar durch den Feuerreifen. So eine Dressur war schwer, das wusste Martin, aber das interessierte ihn nicht die Bohne. Es war langweilig. Wenn man alles schon zigmal gesehen hatte, wurde es unerträglich, es noch einmal anschauen zu müssen. Am schlimmsten waren die Clowns. Martin hatte noch nie über die Clowns im Zirkus lachen können. Sie liefen rum, hupten mit Gummiballhupen, schlugen Purzelbäume und taten so, als fielen sie auf den Hintern. Martin rollte die Augen. Das war absolut nicht zum Lachen. Charly Chaplin, der war zum Lachen, Dick und Doof waren zum Brüllen komisch, aber das hier war eine Zumutung. Da war sogar der verhasste Sonntagsausflug mit Vater und Moppel erträglicher.

Als sie abgeholt wurden, schwärmte Walter in den höchsten Tönen von der Vorstellung. Moppel wandte sich an Martin: „Und? War det nu so schlimm?"

„Es war kotzlangweilig", sagte Martin. „Und ich habe Kopfweh von der heißen, stickigen Luft, weil ich nichts zu trinken bekam." Er zeigte auf Walter: „Der da hat extra in die Dose gerotzt, damit ich nur ja nichts davon trinke."

„Habe ich nicht!", bärte Wal-Teer entrüstet. „Als ich die Coladose aufriss, musste ich husten und da ist mir ein Tropfen Spucke reingeraten. Das war überhaupt keine Absicht. Ich konnte nichts dafür."

Martin schwieg. Wal-Teer hatte sich gerade verraten.

Moppel reagierte prompt: „Cola?! Ihr solltet Limo kaufen! Cola dürft ihr nüscht! Det ha ik dir doch jesaacht!" Sie schaute Martin böse an. „Wieso haste det zujelassn?"

„Der hatte doch das Geld", gab Martin zurück. „Der ist sofort losgerannt und kam mit einer Cola zurück. Dafür kann ich doch nichts."

Dagegen konnte Moppel nichts sagen. Walter stand blöd da und bekam den Kopf gewaschen, aber anständig. Moppel zog ihm die Hammelbeine lang. Geschieht dir recht, dachte Martin. Das ist die Rache für einen vollkommen verdorbenen Sonntag, du Knallkopp! Schade, dass die Löwen dich nicht aufgefressen haben!

*

Der Anfang der Woche verlief ruhig. Kein Stress mit Nerv-Walter und in der Schule war es erträglich. Martin fieberte dem Mittwoch entgegen. Als es endlich so weit war, holte er in Bayern rasch sein Fahrrad und löste die Fahrkarte nach Saarbrücken-Nassau. Auf Gleis 1 setzte er sich auf die Bank und holte sein Berichtsheft hervor. Bis Heidi kam, war noch Zeit, etwas einzutragen.

„Die Sache mit den Einlagen", schrieb er. Seit er denken konnte, beschimpften ihn seine Eltern und die Eltern seines Vaters wegen seines Ganges. „Zehwehupser" nannten sie ihn, „Zehenhüpfer". Oft wurde Martin angeschrien: „Zehwehupser! Gehst du vielleicht richtig! Wirst du wohl! Du sollst richtig gehen, Zehwehupser!" Martin lief so, wie er immer lief. Er kannte es nicht anders und er konnte es nicht anders. Er hatte keine Ahnung, was die Erwachsenen meinten. Beim Gehen setzte er einen Fuß vor den anderen wie jeder Mensch und er verstand nicht, wieso man ihn dauernd anschrie und sogar schlug.

Seine Mutter verstieg sich gar in wüste Drohungen, sollte er das „Zehwehupsen" nicht lassen. Ins Erholungsheim käme er dann, in eine spezielle Kur, und dort würde er ganz allein sein und schreckliches Heimweh haben und man würde ihn verprügeln und einsperren, bis er mit dem „Zehwehupsen" aufhörte, wenn es sein musste, für viele Jahre. Alles, was sie mit diesen Drohungen erreichte, war, dass Martin eine irrsinnige Angst vorm Erholungsheim bekam und nachts Albträume hatte, in denen er mutterseelenallein in einem grauen Betonklotz mit vergitterten Fenstern eingesperrt war, ohne zu wissen, warum, während bösartige Wärter ihn ständig anschrien, er solle mit dem „Zehwehupsen" aufhören, von dem er nicht wusste, was es eigentlich war.

Mit elf Jahren musste Martin zum Orthopäden, weil das „Zehwehupsen" nicht aufhörte, was immer das auch war. Zusammen mit seinem Vater und Moppel fuhren sie hin. Martin wurde geröntgt. Der Arzt erklärte die Aufnahme von Martins Becken: „Die Oberschenkelkugeln sitzen nicht richtig in den Gelenkpfannen." Er schüttelte ungläubig den Kopf. „Das ist ein Geburtsfehler, der bei manchen Kindern auftritt. Das lässt sich ganz leicht korrigieren. Hat Ihre Frau dem Säugling keine Spreizwindeln angelegt? In der Geburtsklinik muss man ihr das doch erklärt haben!"

„Davon weiß ich nichts", sagte der Vater. „Meine Frau ist inzwischen verstorben."

„Ich glaube das einfach nicht!", sagte der Arzt. „Jeder jungen Mutter wird gesagt, dass sie bei dieser angeborenen Fehlstellung Spreizwindeln anlegen muss. Dadurch wächst sich das aus und verschwindet. Ihr Sohn wird später einmal große Probleme mit seinen Hüftgelenken und dem gesamten Bewegungsapparat bekommen. Das glaube ich einfach nicht! So was sieht man heutzutage nur noch in der Dritten Welt!" Wieder schüttelte er den Kopf. Der Mann war fassungslos. Er sagte noch etwas. Es klang wie Hüftdisponie. Das war der Name für das, was Martin hatte: eine starke Fehlstellung des Ansatzes der Oberschenkelknochen in den Gelenkpfannen des Beckens. Es musste nach dem Gesichtsausdruck des Orthopädiearztes etwas sehr, sehr Schlimmes sein. Martin wurde kalt, eisig kalt.

„Aber Einlagen verbessern es doch?", fragte der Vater.

„Nur ganz geringfügig", gab der Arzt zurück. „Was im Säuglingsalter versäumt wurde, kann man nicht mehr nachholen. Dazu ist es heute viel zu spät. Die Fehlstellung ist manifestiert." Wieder Kopfschütteln. Während er Martins Füße untersuchte und Gipsabdrücke für die Einlagen machte, murmelte er etwas von „total verantwortungslos" und „Gesocks".

Hüftdisponie, dachte Martin. Er hatte das lateinische Wort, das der Arzt gesagt hatte, nicht richtig verstanden. Ebenso wenig wie als kleines Kind. Damals hatte er Hüpfdeponie verstanden.

Beim guten alten Doktor Kräuter in Neunkirchen waren sie gewesen. Damals hatten sie in Bexbach auf der Rothmühle gewohnt und waren mit dem Bus hingefahren. Linie 3 nach Neunkirchen. Seine Mutter hatte Martin mit zu Dr. Kräuter genommen. Er war gerade mal viereinhalb Jahre alt. Beim Doktor hatte seine Mutter sich über Martins Zehwehupsen beschwert und dass er einfach nicht damit aufhören wollte, egal wie oft man es ihm sagte und wie schwer man ihn dafür bestrafte. Martin war noch klein und er verstand nicht viel von dem, was gesagt wurde, aber er erinnerte sich deutlich an den vorwurfsvollen Ton seiner Mutter. Sie klang, als wolle sie vom Doktor Rückhalt, als solle Dr. Kräuter den dummen, bösen, kleinen Martin mal ordentlich dazwischennehmen wegen seiner impertinenten Zehwehupserei.

Aber es kam ganz anders. Der sonst so freundliche und leutselige Doktor Kräuter hatte seiner Mutter den Kopf gewaschen. Und wie! Der Mann war hochgegangen wie ein Kastenteufel. Angeblökt hatte er die Mutter. „Geht es Ihnen noch gut!", hatte der Doktor gerufen. Er war aus seinem Drehstuhl aufgefahren und hatte sich über seinen Schreibtisch gebeugt und mit zornfunkelnden Augen auf Martins Mutter herabgeblickt. Und dann hatte er sie nach Strich und Faden zusammengestaucht. Martin erinnerte sich nur ungenau, aber der Doktor war unheimlich wütend geworden. Er hatte der Mutter vorgeworfen, sie sei eine total verantwortungslose Person, die man eigentlich melden müsste.

„Ich habe es Ihnen damals bei jedem Besuch vorgebetet!", blökte der Doktor wutschnaubend. „Sie hätten Martin Spreizwindeln anlegen müssen, um diese Fehlstellung zu korrigieren! Er hat Hüpfdeponie! Und das ist jetzt für immer! Der Junge ist ein halber Krüppel, weil Sie sich weigerten, Spreizwindeln anzulegen!" Dr. Kräuter hatte sich noch weiter über den Schreibtisch gebeugt: „Und da haben Sie die ausgemachte Frechheit, hierherzukommen und sich über den Gang des Kindes zu beschweren?! Sie sind doch selbst schuld daran! Sie alleine! Was für eine Frechheit erlauben Sie sich?! Und dann auch noch das Kind dafür bestrafen? Sind Sie meschugge?" Oh, der liebe, gute Dr. Kräuter war wirklich aus sich herausgegangen. Martin war noch so klein, dass er praktisch überhaupt nichts verstand. Er schaute erschrocken und fasziniert zugleich zu, wie der Doktor seine Mutter zur Schnecke machte. Das Einzige, was er verstand, war, dass anscheinend seine Mutter selbst dran schuld war, dass er ein Zehwehupser war und dass etwas mit seinen Gelenken nicht stimmte.

Wie kann sie dann dauernd mit mir schimpfen?, hatte er sich gefragt, wo sie doch selbst schuld dran ist?

„Sie allein tragen die Schuld an der Hüpfdeponie Martins", hatte der Arzt ihnen hinterhergebrüllt, als die Mutter Martin an der Hand packte und fluchtartig das Behandlungszimmer verließ, Martin wie einen Mehlsack hinter sich herschleifend. „Unterstehen Sie sich, mir noch einmal damit zu kommen! Das ist ja eine Ungeheuerlichkeit! Sie sind schuld, dass das Kind später zum Krüppel wird! Sie allein! Weil Sie nicht getan haben, was ich Ihnen gesagt habe! Anzeigen sollte ich Sie!“ Die Mutter war geflohen. Danach waren sie nie mehr nach Neunkirchen zu Doktor Kräuter gefahren. Aber über das Zehwehupse regten sich Martins Leute weiter auf und sie schrien ihn deswegen weiter an.

Martin musste daran denken, wie er mit sechs Jahren auf der Rothmühle mit dem Tretroller gestürzt war und sich das Gesicht aufgeschlagen hatte. Damals hatte der neue Hausarzt, Dr. Günther aus Bexbach, der Mutter gesagt, dass Martin unbedingt eine Zahnspange brauchte, weil es die Zähne schief gedrückt hatte beim Sturz. Bei jedem Arztbesuch hatte der Hausarzt die Mutter aufs Neue gefragt, wieso Martin nicht endlich eine Spange trage. Die Mutter hatte immer ausweichend geantwortet.

Sie hatte einfach keine Lust, dachte Martin, während der Orthopäde den Gips aufschnitt, der an seinen Füßen ausgehärtet war. Sie war zu faul, mit mir zum Zahnarzt zu gehen und die Spange anpassen zu lassen. Genauso, wie sie zu faul war, mir als Baby Spreizwindeln zu machen, was immer das auch ist. Ich war ihr ja völlig egal. Er war schockiert. Wenn er den Orthopäden richtig verstanden hatte, bedeutete das, dass er ein halber Krüppel mit schief stehenden Hüftgelenken war, weil seine Mutter keinen Bock gehabt hatte, ihm als Säugling die richtigen Windeln anzulegen. So richtig würde das erst zum Tragen kommen, wenn er „auf die Fünfzig zuging“. Dann würde er Probleme mit seinem gesamten Gehapparat bekommen, sehr große Probleme.

„So, junger Mann. Schau, daraus mache ich deine Einlagen.“ Der Arzt zeigte Martin die Gipsabdrücke. „Nächste Woche sind sie fertig.“ Dann erklärte er Martins Vater, dass für die Einlagen spezielle Schuhe erforderlich seien und Martin die Einlagen vorläufig für ein Jahr tragen musste. Danach konnte man weitersehen.

Die fertigen Einlagen waren aus halb durchsichtigem orangefarbenem Kunststoff und sie waren hart und unnachgiebig. Zu Hause in den Pantoffeln fühlten sie sich recht gut an, aber in den flachen braunen Straßenschuhen konnte Martin sie nicht tragen. Das hatte solche Schmerzen zur Folge, dass er humpelte.

„Stell dich nicht so an!", herrschte sein Vater ihn an, als Martin sein Leid klagte. „Das ist nur am Anfang bei der Eingewöhnung. Da musst du eben durch."

„In den Pantoffeln kann ich ganz leicht mit den Einlagen laufen", sagte Martin. „Es liegt an den braunen Schuhen. Die sind zu flach. Die Einlagen drücken meine Füße so fest oben dagegen, dass ich heulen könnte. Ich kann damit nicht laufen."

„Du trägst die Dinger!", schnauzte sein Vater. „Die sind extra gefertigt worden, damit du endlich lernst, anständig zu gehen, Zehwehupser!" Obwohl der Arzt ihm klargemacht hatte, dass nicht Martin die Schuld am Zehwehupsen trug, sondern seine Mutter, die sich geweigert hatte, dem Jungen Spreizwindeln anzulegen, was immer das auch war, stellte es der Vater auf gemeine Weise hin, als wäre Martin selbst schuld am Zehwehupsen und als täte er es absichtlich.

Martin ließ die Einlagen weg, wenn er zur Schule ging. Die Schmerzen waren schlicht unerträglich. Er konnte sich nicht vorstellen, dass dadurch sein Gang verbessert wurde. Die Einlagen waren nicht auszuhalten. Nur zu Hause in den weichen Pantoffeln konnte er sie tragen.

Nach einer Woche musste er zur Nachkontrolle und da kam er nicht umhin, die Folterdinger in den flachen braunen Schuhen zu tragen. Schon auf dem Weg von der Haustür zum Auto schoss wieder der rasende Schmerz durch seine Füße. Als ob sie mitten durchbrechen würden. Es knackte und rankste und knorpelte in seinen Füßen. Martin bekam Angst, die Knochen würden brechen.

„Stell dich nicht so an, du Theaterspieler!", raunzte sein Vater.

Moppel musterte Martin mit ihrem gewohnt stechenden Blick: „Der spielt sich doch nur uff! Det macht der Schauspieler man wieda extra!"

Als Martin in der Arztpraxis ins Behandlungszimmer laufen musste, konnte er vor Schmerzen nur noch ganz langsam humpeln. Tränen schossen ihm in die Augen.

„Was ist das denn?", fragte der Orthopäde. „Wie läufst du denn?"

Da brach es aus Martin heraus: „Ich kann nicht laufen! Es tut so schrecklich weh! Als ob meine Füße gebrochen werden!" Er ließ sich weinend auf einen Stuhl fallen. „Es tut so weh! Ich halte das nicht aus!"

Der Arzt kontrollierte die Schuhe und zog sie vorsichtig von Martins Füßen. Sein Gesicht verfärbte sich dunkelrot. „Ja, sagen Sie mal, sind Sie wahnsinnig?", fragte er den Vater. Seine Stimme zitterte vor Erregung. „Diese Schuhe sind viel zu flach!" Er kanzelte den Vater ab. „Ich habe Ihnen doch gesagt, für diese Art von Einlagen braucht der Junge spezielle Schuhe!"

Der Vater stellte sich dumm: „Wir dachten, die hier täten es noch. Sie sind ja noch nicht so alt und passen Martin noch gut."

„Wollen Sie dem Kind die Füße brechen!?!", raunzte der Orthopäde. Er war außer sich. „Das kann doch wohl nicht wahr sein! Sie zerstören dem Jungen die Füße! Wollen Sie, dass er zum Krüppel wird und im Rollstuhl landet? Ich sollte Sie anzeigen!" Der Arzt geriet richtig in Fahrt und wusch dem Vater ordentlich den Kopf. Martin bekam nur die Hälfte mit. Er war erleichtert, dass er die grauenhaften Einlagen nicht mehr in diesen Schuhen tragen musste. Der Arzt verbot es. „Kaufen Sie dem Jungen Einlagenschuhe!"

„Die kosten doch bestimmt mehr als normale Schuhe", sagte Moppel.

„Ein bisschen kostspieliger sind solche Schuhe natürlich", antwortete der Arzt. „Aber es geht schließlich um die Gesundheit Ihres Sohnes! Oder wollen Sie, dass er mit fünfzig ein Krüppel ist?" Moppel und Vater brummelten irgendwas.

Dann ging es zum Schuhkauf. Spezielle Schuhe für Einlagen kosteten tatsächlich mehr. Moppel und dem Vater entgleisten sämtliche Gesichtszüge, als sie die Preise hörten.

„Sechzig Mark für ein Paar Kinderschuhe! Das kann ja wohl nicht wahr sein! Normale Kinderschuhe kosten zwischen dreißig und fünfunddreißig Mark! Für sechzig Mark bekäme ich ja schon beinahe ein Paar Schuhe in meiner Größe!", krakeelte der Vater.

„Es ist eben eine Sonderanfertigung", sagte der Verkäufer. „Diese Schuhe sind höher gebaut, damit der Kinderfuß über der Einlage genug Platz hat. Weil die Nachfrage nicht sehr groß ist, sind die Stückzahlen dermaßen niedrig, dass sie leider ein wenig mehr kosten."

Vater und Moppel beschlossen, weitere Schuhgeschäfte aufzusuchen. Doch überall war es das Gleiche: Speziell für Einlagen gefertigte Schuhe kosteten um die sechzig Mark. Immerhin durfte Martin sie alle anprobieren. Er konnte mit den Einlagen problemlos darin laufen. Nicht die Einlagen hatten die schrecklichen Schmerzen verursacht, sondern die flachen Schuhe, die Martins Füße gewaltsam auf die harten Einlagen pressten. Trotzdem wollten Moppel und der Vater den höheren Preis nicht bezahlen. „Det bezahln wa nüscht", sagte Moppel. „Det is viel ze teuer!"

„Sie werden nicht darum herumkommen", sagte der Verkäufer. „Die normalen Modelle sind allesamt viel zu flach. Darin kann Ihr Junge seine Einlagen nicht tragen."

„Nein, das bezahle ich nicht", sagte der Vater. „Mehr als fünfunddreißig Mark gebe ich nicht aus!"

„Ist Ihnen die Gesundheit ihres Kindes denn nichts wert?", fragte der Verkäufer ungläubig. Er starrte den Vater aus aufgerissenen Augen an.

Nein!, beantwortete Martin diese Frage in Gedanken. Meine Gesundheit ist es ihm nicht wert, mehr Geld auszugeben. Er wird ja später nicht zum Krüppel! Nur ich, und ich bin ihm vollkommen egal, genauso, wie ich meiner Mutter vollkommen egal war, die zu faul war, mir als Säugling Spreizwindeln zu machen. Mein Vater kauft sich für ein paar Hunderter halb automatische Armbanduhren, damit er damit zappeln, wackeln und angeben kann, aber er ist zu geizig, zwanzig Mark mehr für meine Schuhe zu bezahlen! Lieber soll ich zum Krüppel werden! Martin fühlte sich entsetzlich. Ihm war übel vor Traurigkeit. Wieder einmal ließ ihn seine „Familie" spüren, dass sie nicht bereit war, mit ihm zu teilen, dass er vollkommen unwichtig war, dass es jedermann total egal war, was ihm widerfuhr.

Moppel, der Vater und der Verkäufer stritten herum. Obwohl er nicht wollte, musste der Verkäufer nun normale Kinderschuhe vorzeigen.

„Denn nehmense ebent ne Nummer jrößer. Det passt denn schon", sagte Moppel.

„Die Risthöhe reicht aber trotzdem nicht", gab der Verkäufer ärgerlich zurück. „Ich verstehe nicht, wie Sie sich sträuben können, die passenden Schuhe für Ihr Kind zu kaufen! Es geht um die Gesundheit des Jungen!"

„Sie wollen bloß ein besseres Geschäft machen", sagte der Vater.

Man verließ das Geschäft und im nächsten fand sich ein Paar normale Schuhe, deren Rist geringfügig höher gearbeitet war. Zweiundvierzig Mark sollten sie kosten.

Martin probierte. „Es drückt und tut weh", meldete er zaghaft.

Sein Vater und Moppel drückten mit den Daumen oben auf den Schuhen herum.

„Det drückt übahoopt nüscht", verkündete Moppel. „Du stellst dir bloß an! Zweeundvierzich Maak! Det is mehr als jenucht. Die sind hoch jenucht. Du willst se bloß nüscht ham, weil se dir nüscht jefalln. Det seh ik dir doch an! Du stellst dir man wieder extra quer!"

Martin war völlig verzweifelt „Mir ist ganz egal, wie sie aussehen", jammerte er. „Aber mit den Einlagen darin kann ich nicht laufen! Es tut weh! Glaubt mir doch bitte!" Es half nichts. Die Schuhe wurden gekauft.

Martin versuchte, mit den Einlagen darin zur Schule zu gehen. Die Schuhe drückten entsetzlich. Bis er mittags nach Hause kam, war er halb ohnmächtig vor Schmerzen. Als er die Schuhe auszog, waren seine Füße dick angeschwollen. Sie sahen aus wie Kissen. Martin probierte es trotzdem weiter in der Hoffnung, sich daran zu gewöhnen. Schließlich wollte er mit fünfzig Jahren kein Krüppel sein. Davor hatte er furchtbare Angst.

Es ging nicht. Nach drei Tagen scheuerte die Schuhoberseite seine Zehen blutig wund bis aufs rohe Fleisch. Martin musste die Einlagen weglassen. Dass er dick geschwollene, blutig wunde Füße hatte und vor Schmerzen nicht mehr gescheit gehen konnte, interessierte kein Aas. Stattdessen machte sein Vater ihm von da an regelmäßig Vorwürfe. „Du bist selbst schuld, wenn du die Einlagen nicht trägst, du sturer Bock!", schimpfte er. „Wozu habe ich eigentlich zweiundvierzig Mark ausgegeben, du Arschloch!"

Dass Martins Füße anschwollen und blutig scheuerten, stritt er einfach ab. Und seltsam: Martin durfte nie zu einem neuerlichen Termin beim Orthopäden gehen. Keine Nachkontrolle mehr. Das wurde einfach unter den Teppich gekehrt. Eiskalt unter den Teppich gekehrt.

Martin hob den Kopf. Er reckte und streckte sich. Wie hatte der Orthopäde so schön gesagt? „Ja, sind Sie denn wahnsinnig!?"

Etwas Ähnliches hatte auch der Arzt zu Martins Mutter gesagt, damals, als er sieben Jahre alt gewesen war. Martin war ein mageres Bübchen, das oft kränkelte. Er war zu dünn und er war ständig erkältet. Der Arzt verordnete ihm Vitamin C-Tabletten, riesige Kapseln. Zu Hause angekommen, stellte sich heraus, dass diese Kapseln ein Problem waren. Was Martin auch anstellte, er bekam ein solches Riesending nicht hinunter.

„Du musst die Kapsel runterschlucken!", tobte seine Mutter. „Schlucken sollst du!"

„Ich schluck ja!", heulte Martin, von Entsetzen gebeutelt. „Ich schlucke das Wasser, aber die Tablette geht nicht mit runter." Er hatte bereits so viel Wasser geschluckt, dass er davon Bauchschmerzen bekam. Dazu kam die Angst vor seiner tobenden Mutter. Die flippte total aus.

„Du musst sie runterschlucken!", schrie sie.

„Ich schlucke ja!", schluchzte Martin. Es war grauenhaft. Wieder zwang seine Mutter ihn, ein Glas Wasser zu trinken.

„Den Kopf nach hinten und schlucken!", brüllte sie. „Verdammt noch mal! Stell dich nicht so blöd an!"

Martin hielt den Kopf nach hinten und schluckte das Wasser hinunter. Die Kapsel blieb in seinem Mund hängen. Er wusste nicht, wieso.

„Du sollst schlucken!", kreischte seine Mutter mit krebsrotem Gesicht. Sie schlug ihn. „Schluck! Du sollst schlucken!"

„Ich schlucke doch! Ich schlucke doch!", weinte Martin, außer sich vor Angst.

Wieder schlug ihm die Mutter ins Gesicht: „Die Tablette sollst du schlucken, du Idiot!" Sie füllte das Wasserglas erneut: „Los jetzt! Schluck!" Weinend und zitternd vor Furcht setzte Martin das Glas an die Lippen.

„Den Kopf nach hinten!", brüllte die Mutter. Sie riss Martins Kopf an den Haaren nach hinten und kippte ihm das Wasser in den Hals: „Schluck endlich, du Idiot!"

„Nein!", heulte Martin. „Nerrrllglglglllll!" Er bekam Wasser in die Luftröhre.

„Schluck endlich!", schrie die Mutter und schüttete weiter. „Du sollst schlucken!"

Martin begann zu zucken. Er bekam keine Luft mehr. „Rrrrrgl!"

„Schluck! Du sollst schlucken!", brüllte die Mutter und riss an seinen Haaren. Sie packte ihn noch fester und stieß die Kapsel mit dem Zeigefinger in Martins Hals hinunter. „Schluck endlich, du Arschloch! SCHLUCK!" Feuriger Schmerz schoss Martins Speiseröhre entlang, als der lange, scharfe Fingernagel seiner Mutter dort alles aufschlitzte. Martin bekam keine Luft mehr. Er hatte Wasser in der Luftröhre und den Finger der Mutter im Hals stecken. Er wand sich in spasmischen Krämpfen und kämpfte voller Todesangst um sein Leben. „Rrrrrrrglll! RRRRRRGGGLLLLL!", schrie er gegen den Widerstand des Fingers, der seine Kehle verstopfte.

Ich ersticke!, dachte er voller Panik. Lieber Gott, ich ersticke! Ich bekomme keine Luft! Ich muss STERBEN! Er pisste sich die Hosen voll.

„Du sollst SCHLUCKEN!", schrie die Mutter mit sich überschlagender Stimme und presste die Kapsel noch tiefer in Martins Hals. „SCHLUCK ENDLICH!"

Martin wand sich in konvulsivischen Zuckungen: „RRRRRRRRRRGGGLLLL!"

Plötzlich verdrehte sich sein Innerstes und dann schoss ein Strahl Kotze aus ihm heraus. Seine Mutter schrie vor Ekel und zog die Hand zurück. Sie ließ Martin los. Er taumelte hustend zu Boden. Verzweifelt versuchte er, Luft zu holen, doch er hatte Wasser und Kotze in der Luftröhre und anstatt einzuatmen, bellte seine Lunge das letzte bisschen Luft noch hinaus, um die Fremdkörper aus der Luftröhre zu befördern. Martin kollerte und röchelte. Er war vor Todesangst völlig außer sich. Er wand sich am Boden, kroch auf allen vieren herum. Seine Mutter prügelte tobend auf ihn ein. Sie brüllte etwas, aber Martin verstand nicht ein einziges Wort.

Ich bekomme keine Luft!

ICH BEKOMME KEINE LUFT!

Eine riesige eiserne Klaue hatte sich um seine Brust gelegt und presste seinen Brustkorb zusammen. Sein Kopf blies sich auf wie ein Ballon und wollte schier explodieren. Seine Mutter schlug und trat auf ihn ein.

ICH BEKOMME KEINE LUFT!

Martin gurgelte verzweifelt. Er spuckte Kotzebröckchen aus.

ICH KANN NICHT ATMEN! ICH BEKOMME KEINE LUFT! ICH ERSTICKE! ICH MUSS STERBEN! ICH BEKOMME KEINE LUFT!

Er fiel nach vorne aufs Gesicht. Farbige Schleier tanzten vor seinen Augen. Irgendwie kam plötzlich Luft in seine Lunge. Es brannte wie Feuer. Martin heulte wie ein todwundes Tier. Er schrie und heulte. Er wand sich am Boden. Aber er bekam Luft.

Seine Mutter ließ von ihm ab. Sie keifte und schrie, beschimpfte ihn als Trottel, Vollidioten, Arschloch und Dreckschwein. „Sieh dir die Sauerei an, die du angerichtet hast!“, schrie sie.

Was dann kam, wusste Martin nicht mehr genau. Er hielt mit Schreiben inne. Ich kann mich tatsächlich nicht mehr erinnern, dachte er verblüfft.

Er wusste auch nicht mehr genau, ob sein Vater schon vorher nach Hause gekommen war oder erst nach dem Angriff seiner Mutter. Er wusste nur noch, dass er ohne Unterlass geweint hatte und dass sein Bauch von dem vielen Wasser wehtat, das er hatte trinken müssen, und dass sein wunder Hals wie Feuer brannte.

Tags darauf war seine Mutter mit ihm zum Arzt gegangen und hatte gesagt, Martin brächte die dicken Tabletten nicht hinunter. Vielleicht sei sein Hals nicht weit genug.

„Ach was, auch Kinder können solche Kapseln schlucken“, meinte der Herr Doktor. Er nahm ein Holzplättchen und legte es Martin auf die Zunge: „Sag mal A!“ Er leuchtete in Martins Hals.

„Was ist das denn?“, rief er erschrocken.

„Mama hat versucht, mir die Kapsel mit dem Finger in den Hals zu stecken.“

Das rutschte Martin heraus, ehe er nachdenken konnte.

Der Arzt polterte los: „Ja, sind Sie denn wahnsinnig! Die Kehle des Jungen ist blutig aufgeschlitzt! Wollen Sie das Kind umbringen?!“ Der Arzt war völlig aus dem Häuschen. „Dafür müsste ich Sie anzeigen!“

Martin sah den Schreck in den Augen seiner Mutter. Einmal, ein einziges Mal, war sie es, die Angst hatte! Tief drinnen in Martins verschlossener Seele stand ein kleiner Junge auf und sagte: „Das geschieht dir recht! Jetzt kommst du ins Gefängnis!“ Natürlich nicht laut, nur in Gedanken.

Doch der Doktor schimpfte nur noch ein bisschen und anstelle der Tabletten verschrieb er ein Gelee, das den gleichen Dienst tat. Morgens und abends sollte Martin einen Löffel voll davon nehmen. Das ging nicht nur leicht, das Zeugs aus der Tube schmeckte auch noch hervorragend. Davon hätte Martin fünfmal am Tag einen Löffel voll geschluckt. Stattdessen war mit den Vitaminen Schluss, nachdem die Tube leer war. Keine zwei Wochen hatte sie gehalten. Eine neue gab es nie.

Martin legte den Federhalter nieder. Weil ich meiner Mutter völlig egal war, dachte er.

Da erwachte die kleine Stimme in seinem Kopf, die Stimme, die er nicht mochte, vor der er Angst hatte, weil er wusste, dass diese Stimme immer die Wahrheit sagte, und die Stimme sprach zu ihm: „Nicht egal! Schlimmer! Sie hat gemerkt, dass dir das Zeug schmeckte. Und das konnte sie nicht haben. Das konnte sie nicht vertragen. Sie konnte nicht zusehen, wie dir das Gelee schmeckte. Sie hat mit Absicht keine neue Tube verschreiben lassen, weil sie es nicht ertrug, dass es dir gut geht. Und wenn du ehrlich zu dir selbst bist, dann weißt du, dass das auch der Grund ist, warum sie sich nie um eine Zahnspange für dich kümmerte, obwohl der Hausarzt ihr die Hölle heißmachte. Er sagte doch ständig, dass du ein schiefes Gebiss kriegst, wenn sie nicht endlich eine Spange für dich machen lässt. Es hätte nichts gekostet. Die Krankenkasse hätte alles bezahlt. Das hat ihr der Doktor immer und immer wieder vorgekaut. „Es kostet nichts!“, hat er wieder und wieder gesagt. Aber sie wollte, dass du schiefe Zähne bekommst, Martin. Du weißt, sie hat dich gehasst. Vom Tag deiner Geburt an hat deine

Mutter dich gehasst. Deshalb gab es keine neue Tube mit der Vitaminpaste. Weil sie dir schmeckte, und das hat sie nicht ertragen können. Dass dir etwas guttat, das vertrug sie nicht. Weil sie dich hasste und sie wollte, dass es dir schlecht geht. Nur wenn es dir schlecht ging, nur wenn du dich unwohl fühltest, nur wenn du Angst hattest, ging es ihr gut. Sie hat dich gehasst, Martin. Gehasst."

Die Tube mit dem Gelee ... Martin erinnerte sich genau, wie sie ausgesehen hatte. Blau war sie gewesen, von der Farbe von Schultinte, und eine aufgeschnittene Orangenscheibe war darauf gedruckt, ganz in Orange. Das süße Gelee hatte genau dieselbe Farbe. Und wie gut hatte das geschmeckt.

„Du hättest ihr nicht sagen dürfen, wie gut es dir schmeckt", flüsterte die Stimme in seinem Kopf, die schreckliche Stimme, die immer die Wahrheit sagte. „Hättest du behauptet, es schmecke eklig, würdest du das Zeug heute noch einnehmen, Martin. Heute noch!" Die Stimme wurde unerträglich.

Martin spürte, wie ihm Tränen in die Augen stiegen. Nein! Oh nein! Niemand sollte ihn weinen sehen. Hastig erhob er sich. Mit schnellen Schritten lief er zum Ende des Bahnsteigs. Aus Richtung Saarbrücken kam ein langer Güterzug heran, gezogen von einer mächtigen G5/5. Diesmal hatte Martin keinen Blick für die schöne Maschine. Tränen schossen ihm in die Augen. Er gab ein Geräusch von sich, das sich anhörte wie „Uchu!" Dann weinte er. Es war, als müsse sein Körper Tränen kotzen.

Innerlich war er wund und roh. Wenn in diesem Moment einer gekommen wäre, um ihn zur Guillotine zu führen, er hätte sich nicht gewehrt; es wäre ihn völlig egal gewesen. Martin war fertig, total fertig. Er fühlte eine solch umfassende Einsamkeit und Traurigkeit, dass jeglicher Lebenswille aus ihm wich. Niemand liebte ihn. Niemand mochte ihn. Alle lehnten ihn ab. Sogar seine Großeltern, auch die Eltern seiner Mutter. Seit seine kleineren Geschwister da waren, stießen sie Martin weg. Einen alten Esel nannten sie ihn. „Was willst du alter Esel denn?"

„Fünf", wisperte Martin. Der Güterzug kam immer näher. „Ich war gerade mal fünf, als mein Bruder auf die Welt kam. Fünf! Und da nennen die mich einen alten Esel!" Weggeschubst hatten sie ihn, einfach weggeschubst. Alter Esel, troll dich! Alter Esel ...

Der Zug kam näher. Er bestand aus offenen Güterwaggons. Auf denen wurden große stählerne Drahtrollen transportiert. Wahrscheinlich kamen die aus der Stahlhütte in Dillingen.

Die schwere Lokomotive fuhr an ihm vorbei. Dampf zischte aus den Zylindern. Martin roch Holzfeuer und heißes Schmierfett. Dann ratterten die Waggons vorbei, eine endlose Reihe von Achsen. Das gleichmäßige Rattern hatte etwas Hypnotisches. In diesem Moment war Martin bereit, tot zu sein, zu sterben. Einfach nur fallen lassen ... ein kleiner Schritt nach vorne ...

Der Fußkrüppel ... wenn Martin sprang, egal ob von einem Baum oder von einem größeren Stein, die Landung tat in seinen Füßen weh, manchmal so weh, dass er hätte heulen können. Dann lachten ihn die anderen Kinder aus. „Jammerliese! Plattmacher! Flachzange! Angsthase! Nichtskönner!", höhnten sie. Er konnte nicht schnell rennen, nicht hoch springen. Er war ungelenk und lahm. Hüftdysplasie ... Fehlstellung der Knochen ... keine Spreizwindel ... Krüppel ... später wird der Junge ein Krüppel ... Nichts konnte er ... nichts ...

Martin starrte die vorbeiratternden Räder an. Sein Blick klärte sich. Seine Tränen versiegten. Ratternde Räder ... nur ein Schritt und alles vorbei ...

Jemand fasste ihn an der Schulter: „Alles klar, Junge?"

Martin drehte sich um. Gerade donnerte der letzte Waggon an ihm vorbei. Ein Mann in Eisenbahneruniform beugte sich über ihn: „Alles in Ordnung mit dir, Junge? Du wirst doch keine Dummheiten machen, oder?" Der Mann wirkte sehr ernst: „Du bist von ... draußen."

Martin schüttelte den Kopf: „Ich würde niemals hierherkommen, um ..." Er brach ab. Nein, das würde er draußen tun, in der Welt der Scheißer und der Ungerechten, in der Welt der Kinderverprügler und Kinderanschreier, in der Dreckswelt, aus der er stammte. Martin war erstaunt, dass ein Fremder sich um ihn sorgte. Seine „Familie" würde so etwas nie tun. Nie!

Der Eisenbahner schaute besorgt.

Er wird nie eine Hüpfdeponie bekommen, dachte Martin. Keine Hüpfkolonie.

Keine Hüftdysplasie. Weil seine Mutter ihm eine Spreizwindel gemacht hätte, wenn es der Arzt gesagt hätte. Weil seine Mutter alles getan hätte, um ihr Kind gesund zu machen. Nicht wie meine Mutter. Die Hassmutter ...

Hüftdysplasie ... spätestens mit fünfzig Jahren ... große Probleme ... ein Krüppel ... Schmerzen, wenn er von einem Stein herunterspringt, von einem simplen Stein. Aber war es hier in Bayern nicht anders? Plötzlich erinnerte er sich, wie er an dem Rastplatz neben der Landstraße angehalten hatte. Er war auf diesen hohen Sandsteinblock geklettert, weil er auf die Bahnstrecke schauen wollte.

Und dann bin ich runtergesprungen. Einfach gesprungen. Es hatte nicht im Mindesten wehgetan. Kein bisschen. Waren seine Hüften und Füße in dieser außergewöhnlichen Welt etwa nicht kaputt?

„Alles in Ordnung mit dir?", fragte der Mann noch einmal.

Martin nickte: „Alles in Ordnung. Hier ist alles in Ordnung mit mir. Ich ... ich kenne es noch nicht lange. Ich habe erst vor Kurzem hergefunden."

Der Mann lächelte: „Du kannst hierbleiben, solange du willst. Wir sind ja schließlich nicht im Blausteingebirge."

Martin lächelte den Eisenbahner an. Der Mann ging. Er schaute nach links und nach rechts, dann überquerte er die Gleise. Von ferne winkte er ihm zu. Martin winkte zurück. Er fühlte sich merkwürdig getröstet. Er drehte sich um und ging zurück zu seiner Bank, wo seine Schultasche stand. „Wir sind ja hier nicht im Blausteingebirge." Den Spruch hatte er nicht verstanden. Es musste etwas bedeuten, vielleicht wie „Wir sind ja hier nicht bei den Hottentotten" oder so ähnlich.

„Mit Absicht", raunte die Stimme in seinem Kopf. „Sie hat es mit Absicht getan. Sie hat dir absichtlich keine Vitaminpaste mehr verschreiben lassen, weil sie merkte, dass das Zeug dir schmeckte." Hastig schob Martin den Gedanken weg. Er wollte sich aus dem Strudel seiner Erinnerungen lösen, bevor es ihn in die Tiefe riss. Instinktiv wusste er, dass er nicht wieder aus der unendlichen Dunkelheit zurückkehren würde, die ganz unten in dem Strudel lauerte. Er würde für immer dort bleiben, dem Wahnsinn verfallen. Er packte sein Schreibzeug ein.

Dabei hörte er das Klackern von Holzschuhen. Heidi kam über den Bahnsteig zu ihm. Ihr Anblick vertrieb augenblicklich alle hässlichen Gedanken aus Martins Herz.

„Guten Tag, Martin", sagte sie. Ihr Lächeln beschleunigte Martins Puls.

„Hallo, Heidi." Martin grinste scheu. „Ich habe mein Fahrrad mit."

Heidi bewunderte die Maschine gebührend. „Die Farbe ist wunderschön."

„Ja, die hat es mir gleich angetan", sagte Martin und stand auf. Dabei schubste er seine Schultasche von der Bank. Einige Blätter fielen heraus.

Heidi bückte sich und hob das Papier auf: „Was ist das?" Sie las laut vor: „Indianerüberfall."

Au weia! Das war die Lage, die er noch nicht zusammengenäht hatte, das letzte Kapitel seiner Wildwestgeschichte mit der Marterpfahlszene und der Flucht über die Baumkronen. „Nicht, Heidi", bat Martin halbherzig.

„Lass mich doch", sagte sie. „Das ist von dir, ja?" Sie sah ihn so flehend an, als hinge ihr Leben davon ab, ob sie es lesen durfte: „Bitte lass mich das lesen, Martin!"

„Ja, gut. Meinetwegen", sagte er. Es war ihm nicht recht. Er genierte sich ein bisschen.

Sie setzte sich und las. Mittendrin schaute sie auf: „Das … das bin ich! Stimmt's?" Sie bekam rote Wangen. „Du hast mich genau beschrieben. Sogar den kleinen Pfefferfleck am Hals."

Martin wurde rot. „Hab ich geträumt", nuschelte er. Er wand sich vor Verlegenheit.

Mit glühenden Wangen las Heidi weiter. Sie schien alles um sich herum vergessen zu haben. Als sie mit Lesen fertig war, schaute sie Martin an, als wäre er ein berühmter Filmstar: „Das hast *du* geschrieben?"

„Das ist doch nichts Besonderes", wiegelte er ab. „Ich schreibe nur so vor mich hin."

„Das ist toll!", sagte Heidi. Ihre Augen leuchteten. „So was Tolles habe ich noch nie zuvor gelesen. Du schreibst so … so … lebendig! Es war, als wäre ich beim

Lesen direkt dabei in der Geschichte." Sie schaute ihn bittend an: „Bitte lass es mich ganz lesen, Martin."

„Geht nicht", sagte er.

„Oh bitte!", flehte sie. „Ich muss das lesen."

„Heidi, die Lagen sind nicht zusammengenäht. Alles ist noch lose." Martin zeigte ihr die Einzelteile. „Bis nächste Woche habe ich alles als kleines Buch gebunden. Dann darfst du es zum Lesen haben", versprach er. „Aber nicht so. Nicht lose. Stell dir vor, ein Blatt flattert im Wind davon. Dann wäre das gesamte Buch hin."

„Aber gleich nächste Woche, gell?", fragte Heidi.

„Ganz bestimmt. Wenn du willst, bringe ich dir auch meine anderen Bücher mit." Martin wurde vor Verlegenheit knallrot. Noch nie hatte sich jemand so lobend über seinen Schreibstil geäußert. „Ich habe noch mehr Bücher. Romane und gesammelte Kurzgeschichten."

„Noch mehr?" Heidi bekam Kugelaugen. „Oh ja! Die will ich alle lesen!"

„In Ordnung", sagte Martin. „Ich bringe sie dir mit."

Heidi schaute ihn an, den Kopf schräg gelegt: „Deine Inder allerdings ... die sind vielleicht ulkig. Solche gibt es in Indien nicht. Außerdem werden sie Inder und nicht Indianer genannt. Und was, bitteschön, ist eine Prärie?"

„Prärie halt", antwortete Martin. „Weites, offenes Grasland. Das ist typisch für den Wilden Westen Amerikas."

Heidis Augen wurden groß: „America? Das gibt es doch gar nicht! Das ist eine Legende. Das hat sich Vespucci ausgedacht. Keiner hat dieses legendäre America je entdeckt."

Martin merkte auf: „Nie entdeckt? Was war mit Kolumbus?"

„Ich kenne keinen Kolumbus", erwiderte das Mädchen.

Martin schaute sie an. Machte Heidi Scherze? Aber sie sah ernst aus. Hier ist einiges anders verlaufen, überlegte er. Vielleicht mehr, als ich mir vorstellen kann.

„Aber Indien kennst du?", fragte er.

Sie nickte. „Natürlich nur aus meinen Schulbüchern. Ich war nie dort." Sie kicherte. „Dazu müsste ich ja um die halbe Welt fahren. Aber die Britannier haben dort eine Kolonie. Dort leben viele Britannier friedlich mit den Indern zusammen. Sie bauen Tee an. Ohne Britannisch-Indien hätten wir keinen Tee und keine Indisch-Schweinchen."

„Indisch-Schweinchen?"

Heidi erklärte es. Martin verstand: „Meerschweinchen!"

„Ja, so könnte man sie auch nennen, weil sie übers Meer zu uns kamen. Sie stammen ursprünglich von den Ägyptern. Die Ägypter haben übrigens eine alte Legende von einer riesigen Insel weit hinterm Horizont im Westen. Von dort stammt angeblich die Kartoffel und das Balsaholz und der Tabak, der Kao-Tschuk und noch mehr Dinge."

Und ob!, dachte Martin. Hier scheint ja *einiges* anders gelaufen zu sein. Er fand es faszinierend. „Amerika ist also nicht entdeckt?"

„Amerigo Vespucci behauptete, es entdeckt zu haben", sagte Heidi. „Im Jahre 1497 folgte er mit einer kleinen Flotte von vier Segelschiffen den alten ägyptischen Erzählungen. Er geriet in einen Sturm und kehrte schwer angeschlagen zurück. Er verlor fast alle Schiffe und viele Männer. Er erzählte von einem wundersamen riesigen Land. Aber es sei ein Totenland gewesen, ein Knochenland, bevölkert von riesigen Monstern; großen Vögeln und Echsen, die Menschen fraßen. Niemand hat ihm geglaubt. Denn keiner kann nach Westen segeln. Dort gibt es kein Land. Wer nach Westen segelt, der kehrt nicht wieder."

Heidi schaute Martin bedeutungsvoll an: „Viele versuchten es. Es gab mehrere Expeditionen. Es kehrte nie eine zurück. Alle sind verschollen. Es heißt, hinterm Horizont im Westen läge das Ende der Welt."

Martin lauschte fasziniert. Natürlich wusste er, dass die Welt eine Kugel war. Drum konnte im Atlantik auch nicht das Ende der Welt liegen. Aber etwas musste es geben, das jede Schiffsexpedition scheitern ließ.

Heidi zeigte auf die Blätter in Martins Hand: „Wenn du es gebunden hast, darf ich es lesen, ja?"

Martin nickte: „Versprochen.“

„Schön. Jetzt habe ich etwas, worauf ich mich die nächsten sieben Tage freuen kann“, sagte Heidi.

Das löste ein seltsames Gefühl in Martin aus. Er schaute das Mädchen an. War er wirklich daran schuld, dass Heidi eine Woche lang Vorfreude haben würde? Er sah die Dankbarkeit in ihren Augen. Davon wurde ihm ganz schwummerig. Er schrak zusammen: „Da kommt der Zug.“ Hastig packte er seine Sachen in die Gepäcktaschen seines Rades: „Das Rad muss vorne in den Gepäckwagen, direkt hinter der Lok. Das haben die mir am Fahrkartenschalter gesagt.“

Es war nicht leicht, das Fahrrad die Stufen in den Waggon hochzuhieven, aber er schaffte es. Schließlich wollte er vor Heidi nicht als Schlaffi dastehen. Im Gepäckwagen gab es Halterungen, wo man das Rad mit Ledergurten verzurren konnte, und Klappbänke zum Sitzen.

Heidi lächelte: „Ich bin noch nie im Gepäckwagen mitgefahren.“

Martin lächelte zurück: „Und ich bin noch nie in so einem Zug mitgefahren. Bei uns gibt es keine Dampfloks mehr. Unsere fahren mit elektrischem Strom. Und die Dampfloks bei uns waren nicht so schön wie eure. Unsere waren rabenschwarz. Dunkelgrün finde ich viel schöner, und der weiße Zierring auf den Radreifen sieht klasse aus.“

Sie lehnten sich zum offenen Fenster hinaus. Ihr Abteil befand sich unmittelbar hinter der Lokomotive. Es roch nach Holzfeuer, Rauch und heißem Schmierfett. Der Schaffner pfiff und der Zug fuhr an. Martin liebte das rhythmische Zischen und Stampfen. Ganz langsam fing es an und wurde immer schneller, während Qualmwolken aus dem Schornstein der Lok quollen. Die Lok fauchte und kollerte, als wäre sie lebendig. Das war doch ganz was anderes als das langweilige Klacken der Elektroloks bei ihm daheim. Später saßen Martin und Heidi einträchtig beieinander auf einer Sitzbank. Martin liebte die Sitzbank. Sie war so schmal, dass sich ihre Körper berührten, was wahre Gefühlsstürme in ihm auslöste. Sie schauten sich Martins Landkarte der Umgebung an.

„Diesen Saarsee gibt es bei uns nicht“, sagte Martin. Er grinste. „Bei uns hat die Saar nur manchmal, wenn es viel geregnet hat, einen Nebenfluss: die

Saarbrücker Stadtautobahn. Was ist das für ein See? Wie entstand er? Gab es ihn schon immer?“ Sie hatte mal was von einem Erdbeben gesagt, erinnerte er sich, aber er hatte es vergessen.

Heidi schüttelte den Kopf: „Der Saarsee entstand im Mittelalter, im Jahre 1568. Es gab damals ein großes Erdbeben. Nördlich von Saarbrücken-Nassau hob sich die Erde wie ein riesiger Wall, im Süden sank sie. Die Saar wurde aufgestaut und der See bildete sich. Das steigende Wasser kam immer näher an die Wohnsiedlungen heran. Wochenlang beteten die Menschen, das Wasser möge ihre Häuser verschonen. Und das Wunder geschah. Direkt bei der Kirche des Heiligen Alfons hörte das Wasser des neuen Sees auf zu steigen. Die Märtyrerkirche steht seitdem am Seeufer. Der Heilige Alfons hat die Stadt Saarbrücken-Nassau gerettet.“

„Der ist ja riesig, dieser See“, sagte Martin und zeigte auf die Karte. „Und im Bliestal ist auch einer.“

„Der ist sehr flach und seine Ufer sind stellenweise versumpft“, erzählte Heidi. „Dort im Sumpfland leben die Franznen, arme französische Einwanderer, die man ihres Glaubens wegen aus ihrer Heimat vertrieben hat. Im Hunsrück leben auch welche.“ Sie tippte mit dem Finger auf die Karte: „Das ist die Märtyrerkirche. Dort liegen die Gebeine des Heiligen Alfons. Wenn du willst, können wir nächste Woche die große Fronleichnamsprozession anschauen. Jedes Jahr wird das Martyrium der Engelkinder nachgespielt. Es ist ein großes Fest.“

„Engelkinder?“ Martin schaute fragend. „Ich dachte, hier geht es um einen Heiligen namens Alfons.“

„Um den geht es ja“, sagte Heidi. „Also, der Heilige Alfons war ein frommer Mönch, der vor tausend Jahren das Land an der Saar missionierte. Barbaren töteten ihn. Sie durchbohrten ihn mit Dutzenden von Pfeilen. Eine Schar frommer Kinder wollte den Leichnam ihres Glaubenslehrers zu Grabe tragen. Da ketteten die Wilden die Kinder an ein Tragegestell, auf dem der Sarg des Heiligen Alfons lag. In Ketten und ohne Schuhe mussten die armen Kinder den schweren Sarg durch Dornengestrüpp und über weite Strecken mit scharfkantigen Steinen schleppen, von den Barbaren mit Peitschenhieben angetrieben, bis sie nach vielen Kilometern vor Erschöpfung zusammenbrachen. Dort an jener Stelle hat man den Heiligen Alfons begraben und eine Kirche über seinem Grab errichtet. Die Kinder wurden von den Barbaren grausam ermordet. Auch sie sind in der Märtyrerkirche begraben. Der Legende nach wurden die Märtyrerkinder sofort zu Engeln und fuhren zum Himmel auf. Seitdem wird die Prozession jedes Jahr zu Fronleichnam nachgestellt. Zwanzig Kinder tragen den Sarg des Heiligen Alfons zur Märtyrerkirche."

„Aber nicht in Ketten", spöttelte Martin.

„Doch", sagte Heidi. „Die Kinder tragen weiße Engelskostüme mit Flügeln dran. Sie gehen barfuß und sie sind mit goldenen Handfesseln an das Tragegestell gekettet. Es ist ein riesiges Volksfest mit Spielmannszügen und Kirmes und Buden. Es ist herrlich."

„Das klingt toll", sagte Martin. „Da komme ich gerne mit dir."

„Lass dann aber dein Fahrrad in Homburg. An Fronleichnam ist in Saarbrücken-Nassau so viel Getümmel, dass du nirgends durchkommst. Nimm den Zug um 12 Uhr 02. Du kannst die Fahrkarte heute schon kaufen. Ich hole dich am Bahnhof in Saarbrücken-Nassau ab. Meine Monatskarte gilt leider nicht an Feiertagen."

Martin rechnete nach. In Bayern fiel Fronleichnam auf einen anderen Tag als in seiner Heimatwelt. Es gab Unterschiede, nicht nur bei den Lokomotiven und der Mode. Und da war dieser Saarsee, der in der Vergangenheit seiner eigenen Welt nie entstanden war. Und natürlich das unbekannte Amerika. „Ich freue mich schon drauf", sagte er. „Das wird bestimmt ein interessantes Fest für mich."

Der Zug lief durch eine wunderbare Landschaft auf Saarbrücken-Nassau zu. Martin schaute zum Fenster hinaus. Wie schön es hier ist, dachte er. Nirgends Stromleitungen, keine rasenden Autos auf den Straßen, kein Glas liegt rum, keine Autobahnen, keine qualmenden Kohlekraftwerke und keine stinkenden Fabriken, keine Atombomben. Er sah eine Traction Engine mit vier Wagen am Haken über eine Landstraße dampfen.

Er wandte sich an Heidi: „Gibt es bei euch in der Stadt elektrische Beleuchtung?"

Das Mädchen nickte: „Die Hauptstraße von Saarbrücken-Nassau ist seit einigen

Jahren elektrisch beleuchtet, ebenso der Bahnhof. In einigen Häusern begüterter Bürger gibt es ebenfalls elektrisches Licht. Die anderen Straßen und viele Häuser werden mit Gas beleuchtet. Bei uns zu Hause benutzen wir Petroleumlampen und Kerzen."

Martin war fasziniert. Das musste ein wundervoll heimeliges Licht ergeben, viel schöner als das grelle weiße Licht bei ihm daheim. Abends bei solchem Licht zu sitzen stellte er sich schön vor. Allerdings, fiel ihm ein, war es ganz bestimmt nicht besonders heimelig, wenn man nachts mit Druck auf der Blase aufwachte und erst lange nach Kerze und Zündhölzchen kramen musste, damit man Licht hatte, um auf den Lokus zu kommen. Das war bestimmt nicht so doll. Jedes Ding hat zwei Seiten. Wer hatte das gleich noch mal gesagt?

Der Zug lief in den Bahnhof ein. Sie stiegen aus. Martin schob sein Rad neben Heidi her. Ihre Schultasche hatte er auf seinem Gepäckträger befestigt. Der Bahnhof war größer als der von Homburg. Das Zentrum des Gebäudes bildete eine riesige Halbkuppel mit verglaster Front. Der Boden war mit Marmor gefliest. Leute aller Stände liefen kreuz und quer durcheinander. An den Wänden der Bahnhofshalle gab es kleine Verkaufsbuden.

Martin entdeckte einen alten Bekannten: „Der Mandelverkäufer!" Er kaufte bei dem Mann vier Päckchen gebrannte Mandeln und reichte sie Heidi: „Für dich und deine Geschwister."

„Danke." Sie lächelte ihn an. Martin schluckte. Noch immer fühlte er sich dem blonden Mädchen gegenüber eigenartig gehemmt. Gleichzeitig platzte er fast vor Freude, mit ihr zusammen sein zu dürfen.

Der Bahnhofsvorplatz war riesig. Auf dem Kopfsteinpflaster warteten Mietdroschken auf Bahnreisende. Pferdefuhrwerke, Droschken, Fahrräder und einige wenige Dampfautos befuhren die Straße, die vom Bahnhof aus sanft abwärts zum Sankt Johanner Markt führte. Dieser Straße folgen Heidi und Martin. Einige der wuchtigen Sandsteingebäude sahen nicht anders aus als in Martins Welt. Er war schon oft in Saarbrücken gewesen und erinnerte sich. Das Rathaus zum Beispiel sah fast genauso aus wie das in seiner Welt. Doch die meisten Häuser waren nur zweistöckig und sie waren freistehend erbaut.

Zwischen den Gebäuden gab es Gartengrundstücke.

Martin fragte sich zum wiederholten Male, wohin er eigentlich geraten war. War dies eine mögliche Vergangenheit? Wie war sie zustande gekommen? Schon oft hatte Martin sich Szenarien für Alternativwelten ausgedacht. Was wäre, wenn nicht der unruhige Wilhelm II. deutscher Kaiser geworden wäre, sondern sein Vater Friedrich III.? Der war nach nur neunundneunzig Tagen Regierungszeit gestorben. Man hatte ihn den „weisen Kaiser" genannt, Wilhelm II. wurde der „Reisekaiser". Wäre der Erste Weltkrieg verhindert worden? Wie hätte Martins Welt 1975 dann wohl ausgesehen? Das Dritte Reich unter Hitler hätte es nie gegeben und vielleicht wäre auch die Atombombe nie erfunden worden, die nun die ganze Welt mit Vernichtung bedrohte. Was wäre gewesen, wenn das Attentat auf Hitler erfolgreich gewesen wäre? Was wäre gewesen, wenn es Hitlerdeutschland gelungen wäre, England und Russland zu erobern? Was wäre gewesen, wenn die Südstaaten im Amerikanischen Bürgerkrieg gewonnen hätten? Wenn der Bauernaufstand im Dreißigjährigen Krieg erfolgreich gewesen wäre? Wenn man Martin Luther auf den Scheiterhaufen gebracht hätte? Wenn Kolumbus Amerika nicht entdeckt hätte, weil seine Flotte im Sturm unterging?

Martin grübelte. Was war in Heidis Welt anders gelaufen? War Napoleon Bonaparte nie zum Kaiser gekrönt worden? Nein, entschied Martin. Das allein konnte es nicht sein. Hier war so vieles anders. Er dachte an den dreibeinigen Hasen im Oberbexbacher Wald. In dieser Welt waren Dinge real, die in seiner eigenen Welt nichts weiter als Volksmärchen waren, mit denen Großeltern ihre Enkel unterhielten. Am Königreich Bayern war so vieles anders als bei ihm zu Hause.

Als sie eine breite Straße überquerten, sah Martin in der Ferne einen geradezu gigantischen Winkertelegrafen. Riesige Arme bewegten sich mit erstaunlicher Geschwindigkeit: „Wie kann man die Winker dermaßen schnell bewegen?"

Heidi schaute in die Richtung, in die er mit dem Finger zeigte: „Das ist eine große Telegrafenstation. Die funktioniert mit Dampfkraft. Man betätigt Hebel, die ein bisschen aussehen wie eine sehr große Klaviertastatur und mittels Dampf werden die Winkerarme verstellt. Kleinere Telegrafen werden von Hand bedient.

Das gesamte Reich ist von vielen Telegrafenlinien durchzogen, damit man Nachrichten auf schnellstem Wege versenden kann."

„Toll", sagte Martin. „Können auch Privatleute diese Linien benutzen?"

„Sicher doch", antwortete Heidi. „Die meisten Nachrichten, die von einem Telegrafen zum nächsten weitergeleitet werden, sind privat. Aber auch Handelshäuser nutzen die Linien, um Bestellungen zu tätigen. Weiter draußen auf dem Land stehen ganz kleine Telegrafen. Zum Beispiel mitten in einem Dorf. Mit denen kann man die weiter außerhalb liegenden Gehöfte antelegrafieren. Auf ein Glockensignal antwortet der Angeklingelte, indem er seinen Telegrafen in die Achtung!-Stellung bringt. Dann erhält er seine Nachricht. Umgekehrt können die weit draußen liegenden Höfe auch Nachrichten ins Dorf schicken.

Manchmal bauen Kinder ganz primitive Signalpfähle und senden zum Spaß Nachrichten von einem Ende des Dorfes zum anderen. Man kann einen Telegrafen aus ein paar Holzabfällen, Schrauben und Schnüren bauen."

Martin sah sich in seiner Fantasie zu Hause einen solchen Telegrafen bauen und damit seinen Freunden Nachrichten senden. Er unterdrückte ein Seufzen. Eine schöne Vorstellung, die leider nie Wirklichkeit werden würde. Sein Vater würde nie im Leben erlauben, seinen Garten mit „solch einem Mist" zu verschandeln. Also draußen vor Bexbach? In der Kolling vielleicht? Oder auf der Bergehalde? Wieder musste Martin ein Seufzen unterdrücken. Das würde erst recht nicht gehen, weil überall Blödmänner rumliefen, ältere Jungs, die sich in Banden zusammenschlossen und den kleineren Kindern alles kaputt machten. Man konnte kein Häuschen bauen, ohne dass eine Gruppe von diesen Irren daherkam und es zerstörte. Ein Telegraf würde keine zwei Tage stehen. Nein, das konnte er vergessen. Außerdem gefiel ihm die Idee nicht, dass Nerv-Walter dann pausenlos quengeln würde, dass er mit dem Telegrafen spielen durfte. Was für eine eklige Vorstellung. Rasch schob Martin den Gedanken von sich.

Sie bogen in eine breite Straße ein. Rechts und links standen große Häuser aus Sandstein. Man sah gleich, dass hier die Leute wohnten, die Geld hatten. An einem Haus waren die Fenster und die Haustür mit blau schimmernden Steinen eingefasst. So etwas hatte Martin noch nicht gesehen.

„Das ist Blaustein“, erklärte Heidi. „Sehr selten und teuer. Das können sich nur reiche Leute leisten.“

Blaustein, dachte Martin. Hat nicht der Eisenbahner etwas von einem Blausteingebirge gesagt? Wo liegt das? Bei uns gibt es das nicht. Nun ja, dachte er, einen Saarsee gibt es bei uns auch nicht. Sie bogen in eine schmale Straße ein, die sanft abwärts führte. Die Häuser links und rechts waren nicht mehr so luxuriös. Viele waren nicht aus Sandstein erbaut, sondern aus roten Ziegelsteinen. Manche der Ziegelhäuser waren farbig angestrichen, andere nicht. Martin gefiel beides. Am schönsten fand er, dass jedes Haus in einem ausgedehnten Garten stand. Die gesamte Stadt war abseits der Hauptstraßen eine wundervolle Gartenlandschaft.

„Wir sind da“, sagte Heidi.

Martin schrak aus seinen Gedanken auf: „Mannometer!“

Die Straße öffnete sich auf einen großen Platz und gab den Blick auf Wasser frei, auf unglaublich viel Wasser. Vor ihnen lag ein See. Martin schaute sich um. Er hatte die Landkarte gesehen, aber auf diesen Anblick hatte ihn nichts vorbereitet.

„Der ist doch mindestens einen Kilometer breit!“ Er schüttelte den Kopf: „Eher noch breiter!“ Das gegenüberliegende Ufer lag in weiter Ferne. Rechts und links erstreckte sich der See, soweit das Auge reichte. Ein weiß lackierter Schaufelraddampfer fuhr draußen auf dem Wasser, eine dicke Dampfwolke in den Himmel paffend. Segelboote kreuzten auf dem See.

Heidi zeigte nach links: „Da hinten steht die Märtyrerkirche. Dort ist der Heilige Alfons beigesetzt. Siehst du, sie steht direkt am Ufer. Der See stieg damals bis kurz vor ihre Mauern.“ Sie zeigte nach rechts: „Dort wohne ich.“ Vom Ufer bis weit in den flachen See hinein erstreckte sich ein Dorf aus kleinen Holzhäusern. Die Häuschen standen auf Stelzen überm Wasser und waren mit Plankenwegen verbunden. Überall dümpelten angeseilte Boote vor sich hin. Zum offenen Wasser hin parkten auch größere Boote mit Masten. Alle Häuser waren farbig angestrichen. Es gab rote Hütten und blaue und grüne in allen Farbvarianten. Selbst Gelb und Violett sah Martin. Kein Haus glich dem anderen. Die Fensterrahmen waren alle weiß, die Fensterläden oft farbig abgesetzt. Sämtliche

Dächer waren mit Reet gedeckt. Aus einigen Schornsteinen kräuselte sich heller Rauch. „Das ist die Fischersiedlung“, erklärte Heidi, während sie darauf zugingen.

Am Ufer standen kleine Holzschuppen in Reih und Glied. Auch sie waren häufig farbig angestrichen. „Lass dein Fahrrad hier“, bat Heidi. Sie öffnete einen Schuppen. „Meins steht auch da drin. Man kann ein Rad ja nicht bei Wind und Wetter draußen stehen lassen.“

Martin stellte sein Rad in das Hüttchen. Ihm fiel auf, dass die Tür über kein Schloss verfügte. Diebstahl schien es in dieser Wunderwelt nicht zu geben. Bei uns wäre es undenkbar, ein nagelneues Rad in einem offenen Schuppen unterzustellen, dachte er.

„Komm“, bat Heidi. „Ich stelle dich meiner Familie vor. Ich habe ihnen schon von dir erzählt.“

Martin folgte dem Mädchen zum Seeufer. Plankenstege führten zu den Häuschen auf dem Wasser. Jedes Haus hatte eine umlaufende Veranda, die zum Teil überdacht war. Auf den Veranden standen große Töpfe und Tröge aus Holz und Ton, in denen Pflanzen wuchsen. Es gab Tomatenstöcke, Johannisbeerbüsche und Pflücksalat. Bohnen rankten an Spalieren an der Hüttenwand hoch. In kleineren Gefäßen gediehen alle Arten von Küchenkräutern. „Ihr baut mitten auf dem Wasser eurer Gemüse an“, sagte Martin. Dieses Dorf auf dem Wasser gefiel ihm ungemein. Alles war klein und ärmlich und doch gab man sich Mühe, alles nett herzurichten und den beschränkten Platz gut auszunutzen. Nichts wirkte verkommen. Nirgends stand Müll oder Schrott herum, wie man es in einer Armeleutesiedlung erwartet hätte. Alles war blitzblank und sauber.

„Wir haben noch ein Stück Garten an Land wie die meisten Leute aus der Fischersiedlung“, erzählte Heidi. „Dort bauen wir Gemüse an und Kartoffeln und Mais. Und es gibt Obstwiesen. Im Herbst koche ich mit Mutter Zwetschgen ein und im Sommer Kirschen. Marmelade machen wir auch daraus.“ Sie schaute Martin lächelnd an. „Es gibt immer etwas zu tun, aber es ist schön, zusammen zu arbeiten. Wenn im August die Brombeeren reif werden, ziehen alle Kinder los und pflücken Beeren, um Marmelade daraus zu kochen. Draußen vor der Stadt gibt es die Wilden Obstwiesen. Die gehören unserem Fürst Maximilian III., aber alle Bürger dürfen dort nach Herzenslust ernten. Abends nach getaner Arbeit wird gefeiert. Dann wird gegessen, getrunken, gesungen und getanzt. Kannst du tanzen?"

„Äähm … so ein bisschen. Meine Tante hat mir ein bisschen was beigebracht." Martin wurde rot.

„Es geht ganz leicht", sagte Heidi. „Ich zeige es dir, wenn du willst."

Martin bekam einen Kloß in den Hals. Das Mädchen plante ihn in ihr weiteres Leben mit ein, als wären sie seit einer Ewigkeit befreundet. Er musste heftig schlucken. Das war er nicht gewohnt. Er kannte nur abschätzige Worte, Verbote, Gebrüll und Schläge. Dass jemand so nett zu ihm war, verwirrte und verunsicherte ihn.

Sie liefen über die Plankenwege. Überall grüßten die Menschen sie freundlich mit Worten, Winken und Kopfnicken. Frauen hängten Wäsche auf den Veranden auf, Mütter fütterten kleine Kinder. Alte Männer saßen in bequem aussehenden Klappstühlen vor den Häusern und sonnten sich oder sie flickten Netze. Kinder rannten über die Planken, dass es einen wundernahm, dass die kleinen Racker nicht ins Wasser fielen. Alles war ein riesiger Abenteuerspielplatz für die Kinder: die auf dem Wasser dümpelnden Boote, die Plankenwege und die breiten Veranden der Häuser. Niemand störte sich an ihrem Spiel. Niemand schrie sie an, leiser zu sein. Keiner blaffte Verbote. Hier wurden Kinder wie ein Geschenk des Himmels behandelt.

Sie kamen an einer Veranda vorbei, auf der eine alte Frau gerade aus ihrem Haus kam. Sie trug eine große Schüssel vor sich her. „Ich habe hier eine Schüssel voller Karamellen", rief sie laut. „Die schmeiße ich alle ins Wasser, es sei denn, ihr esst sie schnell auf." Sofort war sie von einer Traube schnatternder Kinder umringt, die um die süße Köstlichkeit bettelten. Die Kinder waren barfuß. Holzschuhe in allen Größen standen auf den Veranden, nicht wahllos hingeschmissen, sondern ordentlich nebeneinandergestellt bei den Haustüren.

Martin beäugte die nackten Füße der Kinder argwöhnisch. Barfuß war schön, aber auf hölzernen Planken? „Ziehen die sich keine Splitter in die Füße?“, fragte er.

„I wo!“ Heidi lachte fröhlich. „Die Veranden und Stege werden ja regelmäßig gefegt und sauber gehalten und geschliffen. Barfuß kann man besser rennen und klettern. Nur im Winter tragen die Kinder den ganzen Tag ihre Holzschuhe. Schau, das ist unser Haus.“

Sie standen vor einem schmucken Häuschen. Es war moosgrün angestrichen, die Fensterrahmen weiß. Die klappbaren Fensterläden waren von karmesinroter Farbe. Das Häuschen hatte ein Reetdach wie alle Häuser in der Fischersiedlung. Rechts und links der weiß gestrichenen Eingangstür standen große Töpfe mit Tomatenstöcken. Noch waren die Pflanzen nicht sehr groß. Rund um ihre Stängel waren Kieselsteine ausgelegt.

„Die Steine sind zum Beschweren der Töpfe da, nicht wahr?“, fragte Martin.

„Nein“, antwortete Heidi. „Die Töpfe stehen fest genug. Die Steine sammeln bei Tag die Sonnenwärme und halten den Pflanzen nachts die Wurzeln warm. Dann wachsen sie besser. Überm Wasser wird es nachts kühl.“

Martin schaute die dicken Kiesel an. Ihm kam eine Idee. Nächsten Mittwoch würde er für Heidi eine nette Überraschung dabeihaben.

Die Tür des Häuschens schwang auf und drei Kinder schauten heraus, zwei Mädchen und ein Junge.

„Das sind meine Geschwister“, stellte Heidi vor: „Klara, Elisabeth und Herrmännchen.“

„Guten Tag“, sagte Martin.

Die Kinder waren genauso blond wie Heidi. Die Mädchen glichen Heidi. Klara sah aus wie eine kleinere Ausgabe von Heidi und die achtjährige Elisabeth war eine Miniheidi. Herrmann schaute Martin aus großen Augen an. Hinter den Kindern erschien eine blonde Frau. Sie war Heidi wie aus dem Gesicht geschnitten. „Guten Tag, junger Mann. Du bist also der Martin, der Besuch von auswärts.“

Martin deutete einen Diener an: „Guten Tag, Frau Herder.“ Er fühlte sich seltsam befangen, weil ihn alle anstarrten wie den Mann im Mond.

Heidis Mutter bemerkte seine Verlegenheit: „Heidi, dein Vater ist mit dem Nachbarn unterwegs, um Brennholz zu schlagen. Wie wäre es, wenn du mit Martin nach den Krebsreusen schaust?"

„Darf ich mit?", bettelte Elisabeth.

Heidi schaute Martin an. „Von mir aus", sagte er.

Sie nahmen das lange, flache Holzboot, das an der Rückseite des Häuschens angebunden war. Heidi und Elisabeth ließen ihre Holzschuhe auf der Veranda stehen und sprangen barfuß ins Boot. Martin folgte ihnen. Heidi lud zwei Holzeimer ins Boot und band es los. Sie griff nach einem Paddel, das auf dem Boden des Bootes lag.

„Nimm du das andere", forderte sie Martin auf. Sie setzte sich vorne hin, Martin nahm hinten Platz und Elisabeth hockte in der Mitte des Bootes. Es wurde wie ein Indianerkanu gerudert. Geschickt steuerte Heidi das Boot unter den Hütten hindurch zum Rand der Siedlung. Sie fuhren vom Pfahldorf weg, blieben aber in der Nähe des Seeufers.

Elisabeth begann zu singen. Heidi fiel in den Gesang ein. Sie sangen ein Lied von einem armen Fischermädchen, das eines Dienstags einen seltsamen Fisch in seiner Reuse fand. Der Fisch bat das Mädchen, ihn freizulassen. Das Mädchen aber hatte großen Hunger und wollte den Fisch braten und verspeisen. Doch dieser bettelte so inständig um sein Leben, dass sie es nicht fertigbrachte, ihn zu töten, und ihn freiließ. Am nächsten Dienstag fand das Mädchen einen Silbertaler in seiner Reuse und von da an jeden Dienstag, und das arme Fischermädchen wurde zu einer wohlhabenden Frau mit einem eigenen Haus, einem großen Boot, einem guten Mann und vielen Kindern und es ging der Familie zeitlebens gut.

Martin lauschte der Melodie. Sie rührte an sein Herz. Alle Lieder in dieser Welt schienen einen direkt ins Herz zu treffen. Sie fuhren zu einer Stelle, wo etliche bunt angestrichene Holzfässchen auf dem Wasser schwammen.

„Die Krebsreusen hängen an den Fässern", erklärte Elisabeth mit der Altklugheit einer Achtjährigen. „Die kontrollieren wir jetzt der Reihe nach. Die Reusen hat unser Papa gemacht. Die weißen Fässchen mit einem grünen H drauf sind unsere.“ Sie zogen die Reusen hoch. In jeder fanden sich einige Krebse.

„Die Kleinen kommen wieder ins Wasser zurück“, sprach Elisabeth belehrend zu Martin. „Die müssen noch wachsen. Wir nehmen nur die Großen mit. Pass bloß auf, dass sie dich nicht zwicken.“

Martin half, die scherenbewaffneten Panzerritter aus den Reusen herauszuklauben. Er stellte sich geschickt an und packte die Krebse hinter der Kopfsektion, sodass sie ihm mit ihren Scheren nichts anhaben konnten. Die großen Tiere tat er in die Eimer, die kleinen warf er ins Wasser, genauso, wie er es Heidi und Elisabeth abgeschaut hatte.

„Die Franznen essen auch kleinere Krebse“, erzählte Elisabeth. „Weil sie so arme Leute sind. Wir machen das nicht. Wir verkaufen auch Krebse auf dem Markt. Die sammeln wir ganz frühmorgens oder sie müssen über Nacht in Reusen unter unserem Haus im Wasser hängen.“

„Die Franznen scheinen echt arm zu sein, wenn sie solche Winzlinge essen“, sagte Martin. Er hielt einen kaum fingerlangen Krebs hoch.

„Es sind halt Flüchtlinge“, sagte Heidi. „Als sie vor Jahren in unsere Gegend kamen, hatten sie nichts als die Kleider, die sie am Leib trugen. Sie leben zurückgezogen im Bliessumpf. Aber am Wochenende und an Feiertagen kommen sie oft zu uns und spielen zum Tanz auf. Ihre Musik ist herrlich, aber ich verstehe die Texte nicht. Denk dir, die singen französisch!“

„Viele von denen sprechen kein Wort Deutsch“, fügte Elisabeth hinzu. „Die reden ganz komisch. Ich kann sie nicht verstehen.“

„Tu ne parles pas francais?“, fragte Martin neckend. „Ah. C´ est pas grave, ma petite fille.“

Elisabeth riss die Augen auf: „Du sprichst genau wie die Franznen!“

„Ich kann Französisch“, sagte Martin. „Englisch auch und ein bisschen Latein. Da, wo ich herkomme, lernen die Kinder das in der Schule.“

„Wo kommst du denn her?“, fragte Elisabeth naseweis. „Wie sieht es dort aus?“

„Liesel!“, rief Heidi. „Was tust du?!“

Elisabeth senkte die Augen: „Entschuldigung. Es tut mir leid."

„Du brauchst dich doch nicht zu entschuldigen", sagte Martin verblüfft. „Du hast doch bloß eine simple Frage gestellt ..."

„Martin", unterbrach ihn Heidi. „Bitte ... es ..." Sie sah aus, als müsse sie einen sehr steinigen Weg gehen. „Es ist so ..." Sie rang mit sich. „Wir wissen, dass du nicht von hier stammst, Martin. Du bist von außerhalb. Und bitte, Martin, mehr möchten wir nicht wissen. Sei nicht böse. Bei uns spricht man nicht öffentlich darüber, woher die Besucher, wie du einer bist, kommen. Ihr seid bei uns willkommen, aber wir glauben, es könne uns schaden, mehr zu erfahren." Als sie sah, wie geknickt er war, sagte sie: „Mit mir kannst du privat reden. Ich habe es dir angeboten, Martin. Aber bitte: nicht vor anderen Menschen."

Martin dachte an Autos und qualmende Fabriken, an verdreckte Flüsse, in denen es kein Leben mehr gab, und an Atomkraftwerke. Er dachte an Panzer und Kampfjets. An die Kriege überall und an den Hunger in der Dritten Welt. Er nickte: „Ich denke, das ist richtig so, Heidi. Du hast recht. Da, wo ich herkomme, ist es ... nicht gut. Nicht wie hier. Das Ungute sollte wirklich dort bleiben. Hier ist es so schön, alle Leute sind freundlich miteinander und selbst den Armen geht es gut."

„Bis auf die Kinder im Waisenhaus", sagte Liesel. „Denen geht es, glaub ich, nicht so gut. Die Mutter meiner Freundin hat erzählt, die haben nicht satt zu essen und ..." Ihre Stimme wurde zu einem Flüstern, „... die werden von den Nonnen gehauen! Richtig verhauen!" Diese Vorstellung schien etwas so Schreckliches für das kleine Mädchen zu sein, dass es die Tatsache nicht laut auszusprechen wagte.

„Bekommen ungezogene Kinder bei euch denn keine Schläge?", fragte Martin.

Heidi und Liesel schüttelten die Köpfe.

„Man darf kein Kind schlagen", sprach Elisabeth ernst. „Das hat Jesus gesagt."

Martin zog es das Herz zusammen. Hier möchte ich leben, dachte er sehnsüchtig. Stattdessen muss ich heute Abend zurück in meine Prügelwelt. Ich wollte, ich müsste nicht.

Heidi schaute ihn ganz komisch an: „Du wirst zu Hause geschlagen?" Ihre Stimme war kaum lauter als ein Flüstern.

Martin sah verlegen auf den Boden des Bootes. Seine Wangen brannten. Er konnte nur stumm nicken. Eine Weile arbeiteten sie schweigend. Als sie fertig waren, ruderten sie zum Häuschen von Heidis Familie zurück und lieferten die Krebse ab.

„Ist noch etwas zu tun, Mama?", fragte Heidi.

„Nein, Schatz", antwortete ihre Mutter. „Geh nur mit deinem Freund. Führe ihn ein bisschen herum und zeig ihm alles."

„Darf ich mit?", bettelte Elisabeth.

„Wir wollten eigentlich eine Radtour machen", sagte Heidi.

Als Martin die Enttäuschung in den Augen des kleinen Mädchens sah, bekam er Mitleid: „Lass sie ruhig mitkommen. Die Radtour machen wir ein andermal."

„Oh, danke, Martin!", rief Elisabeth und umarmte ihn heftig. „Du bist lieb!" Sie und Heidi holten ihre Schuhe.

Zu dritt liefen sie über die Plankenstege. Die Holzschuhe von Heidi und Liesel klapperten in lustigem Takt. Sie gingen in die Stadt. Auf dem Marktplatz spielte ein Dutzend Kinder unterschiedlichen Alters miteinander. Ein Junge trieb einen Holzkreisel mit einer Peitsche über das glatte Kopfsteinpflaster, einige Mädchen spielten Seilhüpfen und sangen ein Lied dazu.

Ein Junge kam angerannt: „Der Musikladen kriegt neue Ware!"

„Das will ich sehen", krähte Elisabeth. „Lasst uns ein Wettrennen machen. Wer zuerst beim Laden ist, gewinnt."

Sie nahm ihre Holzschuhe in die Hand und rannte los. Die anderen folgten ihr johlend. Barfuß waren die Kinder unheimlich flink. Martin hatte Mühe, in Schuhen mit ihnen Schritt zu halten. Elisabeth gewann das Wettrennen. Sie kam als Erste beim Laden an. Dort lud ein Fuhrmann Kisten von seinem Pferdefuhrwerk. Ein älterer Herr stand dabei und beaufsichtigte ihn.

„Herr Meyer! Sind neue Lochkarten für die Drehorgel dabei?", fragte Liesel atemlos.

Der Inhaber des Ladens, ein dicker Mann mit weißen Haaren und einem ausladenden Backenbart, lächelte ihr zu: „Jawohl, Fräulein Herder."

„Vorspielen! Vorspielen!", riefen die Kinder.

„Sobald wir mit dem Ausladen fertig sind", versprach Herr Meyer. Die Kinder packten eifrig mit an. Martin trug eine Kiste mit schlanken Flöten aus Blech.

„Stell die gleich hier vorne in die Steige bei der Eingangstür", bat Herr Meyer.

Das Fuhrwerk zockelte davon und Herr Meyer holte eine Drehleier aus dem Laden, die auf einem Rädergestell montiert war. Er nahm ein Päckchen gefalteter Pappkarten mit gestanzten Löchern und steckte das Anfangsblatt in eine schlitzförmige Öffnung des Leierkastens. Nun betätigte er die Kurbel des Instruments. Der gestanzte Karton wurde eingezogen und schon ertönte ein flottes Liedchen. Die Kinder sangen zur Melodie. Ein paar fassten sich an den Händen und tanzten.

Martin schaute zu. Was für eine schöne Welt das doch war. Bei ihm daheim gab es so etwas nicht. Das müsste man fotografieren, dachte er. Gab es in dem Stakenbrok-Katalog nicht auch „Photographische Apparate"? Ich könnte mir einen kaufen. Welch eine Idee! Er konnte Fotos von Heidi machen. Dann könnte er immer ein Foto von ihr bei sich tragen.

„So, das war es", rief Herr Meyer, als das Lied zu Ende war.

Martin schaute die Blechflöten in der Kiste an. Sie waren vernickelt oder messingfarben und hatten unterschiedliche Längen: „Was sind das für Flöten? Solche habe ich noch nie zuvor gesehen."

Elisabeth holte eine silberglänzende Flöte aus der Kiste: „Das sind Kreuzerflöten aus Blech. Die kosten einen Kreuzer. Es gibt mehrere verschiedene Tonarten. Das hier ist eine in Hoch-G. Ich habe eine in D. Jedes Kind lernt in der Schule auf der Kreuzerflöte spielen, wenigstens die meisten. Man muss extra Stunden nehmen. Wenn mehrere Kinder zusammen spielen und Flöten in unterschiedlichen Tonarten benutzen, klingt das ganz toll. Unser Schullehrer bringt es uns grade bei." Sie schaute das kleine Flötchen in ihrer Hand sehnsuchtsvoll an.

„Bei uns in der Schule lernen wir Blockflöte spielen", sagte Martin. Er lächelte.

Einige Dinge schienen in allen Welten gleich zu sein.

„Blockflöte?“ Ein zehnjähriger Junge starrte Martin an wie den Mann im Mond. „Uff! Du gehst wohl auf die höhere Schule für reiche Bürgersöhne. Eine Blockflöte kostet doch mindestens einen Taler! Weil die von Hand gemacht werden. Wer gibt schon so viel Geld aus, wenn man für einen Kreuzer Musik machen kann.“

Sein Freund stieß ihn in die Seite: „Sieh dir seine Kleider an. Der ist von … du weißt schon.“

Martin wandte sich an den Ladenbesitzer: „Ich hätte gerne so eine Flöte in C.“ Er schaute Elisabeth an, die noch immer die kleine G-Flöte anschmachtete: „Und die Hoch-G für Liesel.“

Elisabeth jauchzte auf. „Das ist so nett von dir, Martin! Danke! Ich kenne nur ganz wenige Kinder, die mehr als eine Flöte besitzen.“

„Im Ernst?“, fragte Martin. „Die kosten doch bloß einen Kreuzer.“ Er betrachtete die Kinder, die um ihn herumstanden. Die Hälfte trug billige Holzschuhe, der Rest ging barfuß und man sah der Kleidung der Kinder an, dass sie abgetragen und oft geflickt war. Nicht alle Menschen in diesem Land waren wohlhabend. Martin zog seine Geldbörse hervor. Zu Hause war er selbst ein armer Schlucker, der viel weniger Taschengeld bekam als seine Klassenkameraden. Hier im Königreich Bayern hingegen war er ein wahrer Krösus.

„Ich mache euch ein Angebot“, sagte er. „Ich bezahle jedem Kind eine Kreuzerflöte. Dafür zeigt ihr mir, wie man darauf spielt.“ Ihm war aufgefallen, dass diese Blechflöten weniger Grifflöcher hatten als seine Schülerblockflöte.

Die Kinder starrten Martin fassungslos an. „Eine Flöte für jedes Kind?“, fragte der zehnjährige Junge. Martin nickte. „Du bist sehr großzügig“, sagte der Junge. Er wirkte fassungslos. „Und ich darf mir echt eine aussuchen, die mir gefällt?“

Martin lächelte, als er die Freude in den Gesichtern der Kinder sah. Es war schön, jemandem mit einem kleinen Geschenk eine Freude zu machen. Er musste an seine Idee für Heidi denken. Nächste Woche würde sie Augen machen. Sie bemerkte seinen Blick und lächelte ihm zu. Martin wurde ganz anders bei diesem Lächeln. Heidi war das schönste Mädchen der Welt für ihn. Er konnte sich nicht sattsehen an ihrem Gesicht. Immer wenn er in ihre blauen Augen schaute, hatte er das Gefühl, darin zu ertrinken. Ich bin so froh, sie getroffen zu haben, dachte er. Ich liebe Heidi. Was wäre wohl geschehen, wenn ich dem Vogel auf dem Stückchen Ödland beim Bahnhof nicht hinterhergelaufen wäre?

Bei dem Gedanken erschauerte er. Vielleicht wäre ich längst tot.

Martin schaute Heidi an. Nein, sterben wollte er nicht mehr, ganz gewiss nicht. Egal wie schwer sein Leben auch war, er konnte es ertragen. Für Heidi.

Sein Blick fiel auf ein mageres Mädchen mit dunklem Haar und rauchgrauen Augen. Sie war in Heidis Alter und trug ein Kleid, das aussah, als ob es aus alten Stoffresten zusammengenäht worden wäre. Sie stand stocksteif da und blickte verunsichert.

„Möchtest du dir nicht auch eine Kreuzerflöte aussuchen?", fragte Martin.

Das Mädchen schaute ihn erschrocken an und senkte den Blick.

Elisabeth fasste nach Martins Hand: „Das ist Heike. Sie lebt bei ihren Tanten. Die sind sehr arm. Heike kann nicht Flöte spielen."

Das dunkelhaarige Mädchen blickte beschämt zu Boden und wurde rot. Sie verkrallte die Zehen ihrer nackten Füße, als wolle sie sich damit durch das Kopfsteinpflaster wühlen, um im Boden zu versinken. Martin betrachtete Heike. Sie war wie er: arm, verängstigt, schüchtern und eine Außenseiterin. Tiefes Mitgefühl für das Mädchen ergriff ihn. Er fühlte sich Heike verbunden. Sie waren sich gleich, seelenverwandt. Martin wusste, wie es sich anfühlte, wenn die anderen mehr hatten als man selbst. Er wandte sich an die umstehenden Kinder: „Wenn ihr mir beibringt, Kreuzerflöte zu spielen, könnt ihr es Heike sicher auch zeigen, oder?", fragte er.

„Ei sicher doch", sagte der zehnjährige Junge. „Ich wohne nicht weit von der Kate ihrer Tanten. Ich bring's ihr gerne bei. Ihre Tante Margot hat meine Mutter mal gesund gemacht, als sie ein schlimmes Knie hatte. Die Margot ist eine Kräuterheilerin."

Martin fasste nach Heikes Hand: „Komm und such dir eine Flöte aus, Heike. Ich schenke sie dir gerne." Er zog das völlig verschüchterte Mädchen zu der Kiste mit den Blechflöten: „Was gefällt dir besser? Messing oder vernickelt?"

„Vernickelt", sagte Heike so leise, dass Martin sie fast nicht verstand.

„Dann nimm dir eine", bat Martin. „Wähle deine Lieblingstonart."

Heike schaute ihn aus großen Augen an: „Mir hat noch nie jemand ein Geschenk gemacht."

Martin lächelte sie an: „Dann bin ich halt der Erste. Such dir eine aus, Heike."

„Ich hätte gerne die gleiche wie Liesel Herder", sagte Heike schüchtern.

Der Ladenbesitzer zog eine kleine vernickelte Flöte aus der Kiste und reichte sie ihr: „Bitteschön, die Dame. Viel Spaß mit Ihrem ersten Musikinstrument. Und immer daran denken: Musikalien Meyer führt nur ausgezeichnete Qualität. Kaufen Sie all Ihre Instrumente bei Meyer am Markt."

„Danke." Heike hielt die Flöte fest, als befürchte sie, jemand könne sie ihr im letzten Moment noch wegnehmen. Ein scheues Lächeln huschte über ihr Gesicht: „Danke, Martin. Du bist sehr nett." Sie wurde rot.

Liesel hängte sich an Martins Arm: „Du bist lieb, Martin. So wie dich kenne ich keinen."

Martin fühlte sich richtig gut. Es war schön, die zarte Freude in Heikes Gesicht zu sehen und bei den anderen Kindern. Nur Heidi schaute ein wenig komisch drein. Martin wusste ihren Gesichtsausdruck nicht zu deuten. „Ich bezahle jetzt die Dinger und dann zeigt ihr mir, wie man drauf spielt", sagte er, um abzulenken.

Die Blechflöten hatten auf der Oberseite nur sechs Löcher statt sieben wie bei einer Blockflöte und es gab unten nahe beim Mundstück kein Loch für den Daumen. „Wie soll ich da in die höhere Oktave kommen?", fragte Martin.

„Einfach überblasen", sagte Heidi und zeigte es ihm. Plötzlich war sie sehr eifrig. Sie führte Martin sämtliche Griffe vor.

Erfreut nahm Martin zur Kenntnis, dass eine Kreuzerflöte praktisch genauso viele Töne hervorbringen konnte wie eine Blockflöte. Doch seine Finger wollten noch nicht so recht und verhaspelten sich immer wieder.

„Mist!", rief er lachend. „Das muss ich zu Hause erst ausgiebig üben, damit ich mich nicht blamiere.“ Er kaufte bei Herrn Meyer ein Lehrheftchen mit den Griffen der Kreuzerflöte. Einer Eingebung folgend, legte er einen Silbertaler vor: „Herr Meyer, darf ich bitte die C-Blockflöte aus Ahorn haben?“

„Gerne!“ Der Mann holte das Instrument aus der Vitrine. „Bitteschön, junger Herr. Aus der Manufaktur Harras & Söhne. Schatulle und Putzer inclusive.“

„Spiel uns was vor“, verlangte Elisabeth.

„Ja, vorspielen!“, riefen die Kinder.

Martin zögerte: „Ich kann eure Lieder noch nicht. Die muss ich erst lernen.“

„Dann flöte was, das du kennst“, bat der zehnjährige Junge.

Martin dachte an die Winnetoufilme mit Lex Barker und Pierre Brice und die schöne Filmmusik. Stundenlang hatte er geübt, bis er die Melodien des Soundtracks auf der Blockflöte nachspielen konnte. In Musik hatte er dafür eine Eins bekommen. Das war einer der wenigen schönen Momente am Johanneum für ihn gewesen. Martin setzte die Flöte an die Lippen und spielte die Old Shatterhand-Melodie. Die Flöte war handgemacht und klang zehnmal besser als seine billige Schülerblockflöte, die er zu Hause hatte. Martin legte seine ganze Seele in das Lied. Die Kinder und Herr Meyer lauschten andächtig. Als Martin fertig war, starrten sie ihn an.

„Das war schön“, sagte Liesel schließlich. „Das Lied möchte ich gerne lernen.“

„Bis nächsten Mittwoch kann ich es auf der Kreuzerflöte, dann zeig ich dir die Griffe, Lieselchen“, versprach Martin.

Elisabeth lachte ihn an: „Lieselchen!“ Sie gluckste.

„Du spielst wundervoll!“ Das kam von Heike, die prompt wieder rot wurde. „Ich habe noch nie jemanden so wundervoll Flöte spielen hören, Martin.“

Wieder schaute Heidi so komisch. Sie fasste seinen Arm an, eine Berührung, die Martin einen wohligen Schauer über die Haut jagte. „Ich möchte dir noch etwas zeigen, bevor es Abendessen gibt“, sagte sie. „Kommst du mit?“

„Ich bleibe hier“, verkündete Elisabeth. „Ich tu mit Lisa, Gertrud und Berta seilspringen und wir probieren unsere neuen Flöten aus.“

„Tschüs“, sagte Martin in die Runde. „Bis nächste Woche kann ich bestimmt auf der neuen Kreuzerflöte spielen."

„Dann machen wir zusammen Musik", versprach der zehnjährige Junge.

„Wir bringen dir all unsere Lieder bei und du uns deine", sagte ein Mädchen in Elisabeths Alter.

„Adieu, Martin", sagte Heike. „Vielen Dank für das schöne Geschenk."

„Das habe ich gerne gemacht", sagte Martin und lächelte Heike zum Abschied zu. Dann folgte er Heidi, die es plötzlich eilig hatte.

„Wo bringst du mich hin, Heidi?"

„Auf die Felsnase", antwortete das Mädchen. „Von dort hast du den schönsten Blick über den Saarsee."

Heidi lotste Martin durch die Straßen. Draußen vor der Stadt erhob sich ein kantiger Felsklotz fast hundert Meter in den Himmel.

„Den gibt es bei uns nicht", sagte Martin. Er starrte an dem Riesending hoch.

„Die Felsnase wurde beim Erdbeben 1568 aus der Erde gehoben", erzählte Heidi. Sie stieg voran, einen steilen Pfad hoch, der sich um die Felsnase herumschraubte. Martin gab sich Mühe, nicht nach unten zu schauen und er hielt sich vom Geländer fern, so denn überhaupt eines da war. Er blieb dicht am Felsen beim Aufsteigen. Der Weg endete auf einem Plateau ganz oben, das von einer brusthohen Mauer aus Natursteinen umgeben war. Martin schreckte vor dem Abgrund zurück.

„Was ist mit dir?", fragte Heidi.

„Ich bin nicht schwindelfrei", antwortete Martin. Nicht mehr, hätte er hinzufügen müssen. Denn früher hatte er keine Höhenangst gekannt. Da war die Mutprobe, als er zehn war: Oben auf dem Bexbacher Turm in dreißig Metern Höhe über die Mauer steigen und außen auf dem schmalen Sims einmal um den Turm rum, mit dem Rücken zum Turm, die Augen nach unten gerichtet. Natürlich hatte er ein wenig Angst gespürt, vor allem, als er um die zweite Ecke bog und ihn ein heftiger Windstoß erfasst hatte. Da hatte er geglaubt, er würde in die Tiefe stürzen. Eine oder zwei Sekunden dauerte es, bis er die Balance wiedererlangt hatte. Dann hatte er seine Runde beendet, als wäre nichts gewesen. Keiner seiner Kumpane hatte sich getraut, es ihm nachzumachen. Und der Strommast in der Kolling. Den höchsten hatte Martin sich ausgesucht an einem Tag im Herbst und war bis hinauf in die Spitze gestiegen. Wenn er hinunter auf seine Freunde schaute, die klein wie Ameisen im Gras standen und zu ihm hochglotzten, konnte er spüren, wie der Mast träge im Wind schwankte. Martin hatte keinerlei Angst verspürt, nur pure Lebensfreude.

Dann war die Sache am Wäldchen passiert und seitdem hatte Martin Höhenangst. Von einem Tag auf den anderen war das gekommen. Befanden sich seine Füße mehr als zwei Meter über dem Boden, packte ihn dieses ekelhafte Gefühl, von einem Abgrund angesaugt zu werden.

Martin fasste sich ein Herz und trat zur Brustwehr. Solange er nicht senkrecht nach unten schaute, würde es gehen. Der Ausblick war herrlich. Er erkannte von hier oben die ungeheure Ausdehnung des Saarsees. Winzige Bötchen und Schiffchen schwammen auf dem blaugrünen Wasser. Saarbrücken-Nassau sah aus wie eine Modellstadt. Der Märklin-Effekt wurde noch verstärkt durch einen Zug, der die Bahnlinie neben dem Fluss entlang nach Norden fuhr. Die Luft war glasklar, die Fernsicht atemberaubend.

Er sah eine Dampflokomobile auf der Straße drei Wagen hinter sich herziehen. Weiter oben im Norden in Richtung Saarlouis endete der Saarsee. Martin entdeckte riesige Hallen, die auf einem großen freien Grasfeld standen. Vor einer der Hallen schwebte ein Luftschiff dicht über dem Boden. Manno!, dachte er. Ein Luftschiffhafen! Wie ich es mir dachte. Dort muss ich unbedingt mal hin. Das muss ich mir ansehen. Er genoss die Aussicht. Er konnte im Norden den Hunsrück ausmachen und im Süden die Vogesen im nahen Frankreich. „Schön", sagte Martin.

Heidi war verdächtig schweigsam.

„Hast du was, Heidi?", fragte er.

Sie blickte in die Ferne und schluckte.

Er trat nahe neben sie: „Sag doch, Heidi. Du hast was. Das kann ich spüren."

Heidi schluckte. „Es war heute so schön", sagte sie leise. „Aber ich hatte die ganze Zeit über Angst."

„Angst?“ Martin fühlte Mitleid in sich aufsteigen. „Wovor?“

Sie blickte ihn an. Verzweiflung stand ihr ins Gesicht geschrieben: „Ich ... ich ...“ Plötzlich brach sie in Tränen aus. „Ich muss morgen einen Aufsatz abgeben, und wenn ich wieder eine Vier bekomme, gefährdet das meinen Notenschnitt! Ich habe Angst, mein Stipendium zu verlieren.“ Sie schluchzte auf. „Ich kann einfach keine Aufsätze schreiben! Ich gebe mir wirklich Mühe, aber ich kriege immer schlechte Noten. Ich weiß nicht, was ich machen soll.“

Sie so leiden zu sehen, tat Martin beinahe körperlich weh. Nie hatte er sich Heidi näher gefühlt. „Ich bekomme im Aufsatz immer Einser“, sagte er. „Zeigst du mir mal dein Heft? Vielleicht kann ich dir helfen.“

Hoffnung schimmerte in ihren Augen: „Glaubst du, du kannst mir beibringen, bessere Aufsätze zu schreiben?“

Martin wollte mit den Schultern zucken. Er hatte keine Ahnung, ob man so etwas lehren konnte. Ihm hatte keiner beigebracht, gute Aufsätze zu schreiben. Er tat es einfach. „Ich versuche es, Heidi.“

Sie trocknete ihre Tränen. „Danke, Martin. Du bist so nett. Ich mache mir solche Sorgen deswegen, das glaubst du nicht. Die Kriterien für fürstliche Stipendien sind sehr streng. Ich will doch meiner Familie keinen Kummer machen. Sie sind so stolz, dass ich auf die höhere Schule gehe.“

Sie stiegen hinunter und liefen zur Fischersiedlung am See. Im Haus nahm Heidi Martin mit nach oben, wo sie unterm Dach zusammen mit ihren Geschwistern in einer Kammer mit schräger Wand schlief. Unter einer verglasten Luke stand ein einfacher Tisch mit zwei Stühlen, Heidis Schreibtisch. Sie holte ihr Aufsatzheft aus der Tasche und legte es Martin vor: „Da, guck. Lauter Vierer und einmal sogar eine Fünf. Da schreibt der Lehrer, dass ich viel zu trocken schreibe. Das verstehe ich nicht.“ Ihre Stimme bebte vor Verzweiflung. „Was bedeutet denn trocken? Soll ich vielleicht nasse Aufsätze schreiben? Ich weiß nicht, was ich machen soll! Was meint der mit trocken?“

Martin blickte von dem Heft auf: „Na, trocken eben. Langweilig. Nichtssagend.“ Er holte zwei mit Bleistift beschriebene lose Blätter aus dem Heft: „Ist das der Aufsatz? Mit Blei vorgeschrieben?“ Heidi nickte.

Martin las. Es ging um zwei Freundinnen. Eine beschuldigte die andere zu Unrecht und sie bekamen Streit. Um ein Haar wäre eine jahrelange Freundschaft daran zerbrochen. Später versöhnten sie sich wieder. Eigentlich ein ganz gutes Thema zum Aufsatzschreiben, aber ... Ich hätte das ganz anders geschrieben, dachte er. Das liest sich echt voll langweilig. Wie ein Omamärchen. Wie wenn es die alte Oma den kleinen Kindern erzählt. Das war es! Martin schaute Heidi an: „Du ... hmm ... wie erklär ich dir das? Du erzählst. Das ist nicht gut."

„Nicht gut?" Heidi war baff. „Aber was soll ich denn sonst machen? Ich muss doch erzählen!"

Martin schüttelte den Kopf: „Nein, Heidi. Im Gegenteil." Er dachte angestrengt nach. Er sah die kleine Geschichte genau vor sich, wie die Szene in einem Spielfilm, doch wie sollte er einem Menschen von einer Filmszene erzählen, der keine Ahnung hatte, was Kino und Fernsehen waren?

„Du erzählst, Heidi. Das macht die Geschichte etwas langweilig. Sieh mal, wenn zum Beispiel eine Oma ihrem Enkelkind ein Märchen erzählt, dann fuchtelt sie dabei mit den Armen und rollt die Augen, schneidet Grimassen und verändert die Stimme. Sie gibt zusätzliche Erklärungen zu der Geschichte ab. Der Wolf ist böse. Er hat riesige Augen. Er fletscht seine großen Reißzähne." Martin fletschte die Zähne. Dann lächelte er. „Aber wenn man so was aufschreibt, ist man als Autor nicht dabei, wenn es gelesen wird. Dann kann man keine zusätzlichen Erklärungen zur Geschichte abliefern. Man kann die Stimme nicht heben oder senken. Man kann keine Grimassen schneiden oder mit den Augen rollen. Das Geschriebene allein muss den Leser in die Geschichte reinziehen. Du darfst es nicht erzählen, Heidi, du musst es zeigen! Wie im Theater. Kennst du Theater?"

Sie nickte: „In der Schule führen wir manchmal Theaterstücke auf." Sie sah ihn unglücklich an. „Ich verstehe nicht, was du meinst, Martin."

Martin versuchte es aufs Neue: „Du erzählst, statt zu zeigen, Heidi. Hier schau mal. Du schreibst: 'Berta sagte, dass ich lüge, doch das stimmte nicht. Ich sagte ihr sofort, dass es nicht wahr ist, aber sie glaubte mir nicht, obwohl sie meine beste Freundin war. So bekamen wir Streit.' Ehrlich gesagt, klingt das recht fade und leblos. Wie ein Polizeibericht. Zeige deinen Lesern die gesamte Szene und füge auch die Gefühle mit ein. Wie sieht Berta aus, als sie dich beschuldigt? Wütend? Hochnäsig? Bedrückt? Entgeistert? Hat sie rote Wangen? Oder ist sie blass?“

Martin sah die Buchstabenreihen vor seinem inneren Auge und las sie einfach ab: „Berta stand vor mir, die Fäuste in die Hüften gestemmt. 'Du lügst!', rief sie. Ihre Wangen waren vor Zorn gerötet. Ihre Augen blitzten. 'Meine beste Freundin lügt mir mitten ins Gesicht! Ich kann das nicht glauben! Du bist so was von gemein!' Ich starrte Berta fassungslos an. Eine kalte Hand griff nach meinem Herzen. Wie konnte sie so etwas behaupten? Wie kam sie darauf, ich würde sie anlügen? Gab sie etwa mehr auf Giselas hinterhältige Hetztiraden? 'Ich lüge nicht!', rief ich entrüstet. Ich fühlte Empörung in mir aufsteigen. Diese Anschuldigung würde ich mir nicht gefallen lassen, auch nicht von meiner besten Freundin!“

Martin lächelte Heidi an: „Das klingt besser, gell?“

Heidi nickte: „Und wie.“ Sie las ihren Aufsatz noch einmal durch. Dann fuhr sie mit dem Finger die letzten Sätze entlang und veränderte sie: „Da stand sie vor mir, meine beste Freundin Berta. Sie war blass und wirkte unendlich traurig. Wie ein Häufchen Elend sah sie aus. 'Es tut mir so leid', sagte sie zerknirscht. Sie wagte kaum, mich anzublicken. 'Ich habe den Lügen von Gisela geglaubt. Bitte, kannst du mir verzeihen?' Ich sah, wie ihr Tränen in die Augen traten. Ich fühlte einen Kloß in meinem Hals aufsteigen. Wir waren Freundinnen, seit ich denken konnte. Sollte unsere Freundschaft jetzt an meinem verletzten Stolz zerbrechen? Nie und nimmer!“

„Genau so!“, lobte Martin. „Jetzt hast du den Bogen raus, Heidi. Denke immer daran: Führe deinen Lesern ein Theaterstück vor. Niemals darfst du erzählen. Es war kein regnerischer Tag.“ Er schüttelte den Kopf: „Du sitzt mit Berta auf der Veranda. Auf dem Dach prasseln die Regentropfen in eintöniger Monotonie und der dichte Landregen verschleiert die Welt mit tristem Grau. Vom Wasser steigt Kälte auf und du ziehst deinen Schal enger um deinen Oberkörper. Das war jetzt ein wenig übertrieben, aber so funktioniert es.“ Er lächelte: „Wenn man es weiß, ist es ganz einfach, was?“

Heidi holte neue Blätter und einen Bleistift und begann zu schreiben. Martin half ihr, so gut er konnte, mit Ratschlägen. Heraus kam ein fünf Seiten langer Aufsatz, den sie beide sehr spannend fanden. Die Versöhnungsszene am Schluss war richtig herzergreifend. Heidi schrieb den Aufsatz in ihrer sauberen, runden Mädchenschrift mit Feder und Tinte in ihr Heft. „Das wird bestimmt keine Vier“, prophezeite Martin.

Heidi sah aus wie jemand, der vor der Guillotine stand und gerade erfahren hat, dass er nicht hingerichtet wird: „Danke, Martin.“

„Abendessen“, rief es von unten. Martin und Heidi stiegen die steile Holztreppe hinunter zu den Wohnräumen der Familie. Beim Essen lernte er Heidis Vater kennen, einen großen, dunkelblonden Mann mit freundlichem Gesicht, der nicht viele Worte machte. Er reichte Martin die Hand und begrüßte ihn herzlich: „Die Freunde meiner Kinder sind auch meine Freunde. Willkommen in unserem Haus.“ Zum Essen gab es selbst gebackenes Brot mit Butter und Kirschmarmelade, kleine, in Öl gebackene Fische, die einfach fantastisch schmeckten, und gekochte Krebse.

Es ging lebhaft zu am Tisch der Familie Herder. Alle redeten miteinander. Martin langte tüchtig zu. So gut hatte es ihm lange nicht geschmeckt. Beim Mampfen lauschte er der fröhlichen Konversation der Familie und beantwortete an ihn gerichtete Fragen. Ja, der Bootsausflug zu den Krebsreusen hatte ihm gefallen und der Ausblick von der Felsnase war beeindruckend. Den Saarsee fand er gigantisch. Alles gefiel ihm und noch mal Danke für die freundliche Einladung.

Als Frau Herder sah, wie Martin mit seinem ersten Krebs kämpfte, lachte sie freundlich und machte ihm vor, wie es richtig geht: „Nicht mit der Gabel, Martin. Nimm ihn in beide Hände und knicke ihn hinterm Kopfpanzer. So.“

Martin lernte, wie man das Krebsfleisch aus dem Panzer löste, und probierte davon. „Das schmeckt gut“, rief er.

Elisabeth lachte: „Und da sagen die Bürgerlichen immer, Krebs sei Armeleuteessen. Wer Krebs isst, speist wie ein König.“

Klein-Herrmann wurde von seiner Mutter gefüttert. Er starrte den Besuch neugierig an. Als Martin ihn anlächelte, lächelte der Bub scheu zurück.

Martin fühlte sich wohl im Kreis der Familie Herder. Bei ihm zu Hause mussten die Kinder bei Tisch schweigen. Wie Ölgötzen saßen sie um den Tisch und wenn man mit Essen fertig war, musste man trotzdem am Tisch sitzen bleiben und schweigen. Eine Folter.

Bei den Herders war alles anders. Sie sprachen miteinander über ihren Tag. Sie scherzten miteinander und lachten beim Essen. Kaum war Elisabeth mit Essen fertig, hopste sie die Treppe hinauf und holte ihre neue Flöte. Für den Rest des Diners hatten sie Musikuntermalung.

Nach dem Essen wollte Martin nach Homburg zurückfahren. Es war halb sechs und er wusste nicht, wie lange er für die Radfahrt brauchen würde. Heidi schaute ihn bittend an: „Musst du wirklich schon fort? Bis Homburg schaffst du es locker in zwei Stunden. Es sind doch nur dreißig Kilometer. Wir setzen uns mit der ganzen Familie draußen auf die Veranda und reden mit den Nachbarn. Märchen werden erzählt und es wird gespielt und gesungen."

Als Martin Heidis flehenden Blick sah, konnte er unmöglich Nein sagen. Seinen Berechnungen nach konnte er bis weit nach 23 Uhr bleiben, bis in seiner eigenen Welt so viel Zeit vergangen war, dass sein Zug nach Bexbach abfuhr. Außerdem: Jeder konnte mal seinen Zug verpassen. Weil man aufs Klo musste, zum Beispiel.

Elisabeth hängte sich an ihn. „Bitte bleib noch, Martin, bitte!", bettelte sie. „Es ist so schön, wenn Besuch da ist. Ich hole dir später auch ein Tellerchen Sauerkraut aus dem großen Vorratsfass, damit du nicht hungrig losfahren musst. Bleib noch, bitte, bitte!"

Martin musste lächeln: „Na schön, ich bleibe. Wenn man so freundlich gebeten wird."

„Jaaa! Martin bleibt!", krähte Elisabeth und hopste begeistert auf und ab, dass ihre blonden Zöpfe flogen. Sie fasste nach seiner Hand und zerrte ihn hinter sich her: „Komm mit, ich zeige dir unsere Klappstühle."

Martin half, die primitiven Sitzmöbel nach draußen zu tragen. An klappbaren Holzgestellen waren geflochtene Matten eingehängt, Campingstühle Marke „Königreich Bayern". Martin stellte seinen Stuhl neben den von Heidi. Ihm war egal, was der Abend bringen würde. Hauptsache, er konnte Heidi nahe sein. Neben dem Mädchen zu sitzen ließ die feinen Härchen auf seinen Unterarmen vibrieren. Wenn sie ihn anlächelte, hatte er das Gefühl, dass in seinem Herzen ein Flächenbrand entstand.

Einige Nachbarsleute kamen hinzu. Ihre Hütte lag so nahe, dass sich die beiden umlaufenden Veranden fast berührten. Klara, Elisabeth und zwei Mädchen aus der Nachbarschaft spielten Seilhüpfen. Zwei Mädchen schwangen das lange Seil und die beiden anderen hopsten darüber. Martin lauschte dem Stampfen ihrer nackten Füße auf den Holzplanken. Das gute Essen hatte ihn träge gemacht. Es tat gut, still dazusitzen und Heidi ganz nahe neben sich zu wissen.

Eine alte Frau erzählte ein Märchen. Herrmännchen und ein kleines Mädchen saßen vor ihr und lauschten der Geschichte von einer Prinzessin, die wegen ihrer Hartherzigkeit in ein Pferd verwandelt wurde und so lange als Ackergaul schuften musste, bis ein fescher Viehbursche sie erlöste. Martin sah, dass die Frau Fratzen schnitt und mit den Armen fuchtelte. Er blickte Heidi an. Sie lächelte und nickte verstehend.

Als das Märchen zu Ende erzählt war, kam Klein-Herrmann zu Martin. Vorsichtig pirschte sich der kleine Kerl an ihn heran und schaute aus großen Augen zu ihm auf: „Kennst du auch Märchen?"

„Ja", antwortete Martin. „Ich kenne viele Geschichten." Er feixte: „Zum Beispiel die Geschichte vom kleinen Herrmann, der im Wald einem Riesenbären begegnete."

Herrmann riss die Augen auf: „Wie geht die?"

Martin tat überrascht: „Sag bloß, du kennst das Märchen von Klein-Herrmann und dem riesengroßen Riesenbären nicht?"

Herrmann schüttelte den Kopf: „Nein. Erzähl! Bitte, bitte!"

Martin fing an. Die Idee war einfach so in seinem Kopf aufgeblitzt, und schon fügte sich alles zu einer Geschichte zusammen. Herrmann und einige tapfere Männer zogen in den großen Bärenwald, um einen Riesenbären zu erlegen. Bisher hatte der Bär alle Jäger mit seinem schrecklichen Brüllen vertrieben. Nun sollte es ihm an den Kragen gehen. Doch als der Riesenbär auftauchte und laut brüllte, machten sich die tapferen Jäger vor Angst beinahe in die Hose, und sie liefen davon. Nur Klein-Herrmann blieb und fragte den Bären: „Sag mal, warum brüllst du denn so?"

„Weil ich fürchterliche Zahnschmerzen habe", heulte der Bär unter Tränen. „Keiner kann sich vorstellen, wie weh das tut! Den ganzen Tag brülle ich vor Schmerz."

Wie in Heidis Aufsatz ließ Martin geschickt wörtliche Rede mit einfließen. Er entwarf Spielfilmszenen mit Worten darin. Er brauchte nicht mit den Armen zu fuchteln, um einzelne Worte zu unterstreichen. Martin sprach, als läse er einen Text aus einem Buch ab. Herrmann half dem armen Bären. Er band eine Schnur um den eiternden Zahn, knotete einen Felsbrocken ans andere Ende und rollte den über eine Felskante in eine Schlucht. Peng, flog der kranke Zahn in hohem Bogen aus des Bären Maul.

„Autsch!", kreischte der Bär. „Daf hat eft wehgetan." Martin imitierte das zahnlose Lispeln. Rundherum wurde gelacht. Erst jetzt wurde Martin bewusst, dass alle seiner Geschichte lauschten. Von den Nachbarhäusern kamen weitere Leute herzu.

Der Riesenbär merkte, dass er kein Zahnweh mehr hatte. „Menf Herrmännfen", rief er fröhlich. „Endlif habe if keine Fahnfmertfen mehr. Du bift ab heute mein allerbefter Freund." Zum Dank verriet der Riesenbär Klein-Herrmann, wo ein großer Silberschatz versteckt lag. Von da an war Herrmann der reichste Junge im Land und er hatte den nettesten Riesenbären der Welt zum Freund.

„War das toll!" Klein-Herrmann schmiegte sich an Martin. „Erzählst du noch ein Märchen?"

Martin drückte den kleinen Jungen: „Heute nicht mehr, aber nächstes Mal. Versprochen."

Heidis Vater lächelte ihn an: „Dein erfundenes Märchen ist genau wie unsere, aber die Art, wie du es erzählst, ist unglaublich. So habe ich noch nie ein Märchen gehört. Du bist ein hervorragender Geschichtenerzähler, Martin."

Martin wurde vor Freude über das Lob rot.

Die Mädchen holten ihre Blechflöten. Zusammen spielten sie eine trällernde Weise. Die beiden Freundinnen von Liesel sangen dazu. Auch einige Erwachsene sangen mit oder stampften mit den Holzschuhen im Takt.

Als das Lied zu Ende war, berührte Heidi Martin am Arm: „Spielst du noch einmal dein Lied von heute Mittag?"

„Kannst du uns die Worte beibringen?" bat Elisabeth. „Dann können wir mitsingen."

„Es hat keine Worte", erklärte Martin, während er seine Blockflöte aus der Tasche zog. „Es wird normalerweise von einem Orchester gespielt. Man nennt es „Old Shatterhand-Melodie". Old Shatterhand war ein Waldläufer im Wilden Westen und Winnetou, der Häuptling der Apachen, war sein Blutsbruder." In knappen Worten umriss er die Handlung der Winnetoufilme. Er tat so, als seien es Theateraufführungen, zu denen die Musik gespielt wurde.

Heidi schaute ihn seltsam an. Martin spürte, wie er rot wurde. Wahrscheinlich dachte sie an das Kapitel seiner Westerngeschichte, das sie gelesen hatte. Um seine Verlegenheit zu überspielen, setzte er die Blockflöte an die Lippen und blies die Melodie. Die Töne trugen weit über das abendlich stille Wasser des Sees. Martin fühlte sich wunderbar. Wie gerne wäre er einfach in diesem gemütlichen Klappstuhl sitzen geblieben. Nie wieder zurück. Nie wieder Angst vor schlechten Noten, vor Prügeln, vor Angebrülltwerden und vor IHM. Für immer im Königreich Bayern bleiben. Bei Heidi. Was für eine herrliche Vorstellung.

Als das Lied zu Ende war, verstaute Martin seine Flöte und stand auf. „Ich muss los", sagte er. Bedauern schwang in seiner Stimme mit.

„Oooch! Schon?", fiepte Elisabeth. „Bleib doch noch!"

„Vielleicht ein andermal", sagte Martin.

„Du könntest bei uns übernachten", schlug Elisabeth vor.

„Du bist jederzeit willkommen, Martin", sagte Herr Herder. Der blonde Hüne lächelte freundlich.

Martins Herz zog sich zusammen. Alle hier mögen mich. Ganz anders als daheim. Trotzdem musste er los. Eine innere Unruhe hatte ihn gepackt. Was, wenn der Durchgang nicht mehr offen stand, wenn es zu spät wurde?

„Vielen Dank für die Einladung", sagte er. „Ich muss jetzt aber wirklich losfahren."

Heidi stand auf: „Ich begleite dich bis zum Stadtrand, ja?"

„Aber gerne!", sagte Martin so hastig, dass sich die Erwachsenen schmunzelnde Blicke zuwarfen.

Er verabschiedete sich von allen. Elisabeth und Herrmännchen klammerten sich an ihm fest. „Komm bald wieder", bat Liesel. „Ich mag dich, Martin."

„Nächsten Mittwoch bin ich wieder da", sagte Martin. „Ich will mir die berühmte Fronleichnamsprozession anschauen. Heidi hat mir davon erzählt. Das hat mich neugierig gemacht. Aber nun muss ich los. Es wird sonst zu spät."

Heidis Vater holte seine Taschenuhr hervor. „Ach herrjeh! Sie steht schon wieder. Dabei war sie erst vor einem halben Jahr beim Uhrmacher." Er schüttelte Martin die Hand: „Gute Heimfahrt, mein Junge. Bis nächste Woche. Wenn du möchtest, kannst du gerne bei uns übernachten. Abends wird in der Fischersiedlung mächtig gefeiert. Das ist noch schöner als die Prozession."

Martin folgte Heidi über die hölzernen Stege zum Ufer zum Schuppen. Gemeinsam radelten sie durch die Stadt in Richtung St. Ingbert.

„Hat es dir heute gefallen?", fragte Heidi.

„Deine Familie ist sehr nett", sagte Martin. „Deine kleine Schwester scheint einen Narren an mir gefressen zu haben."

Heidi lächelte: „Sie himmelt dich an. Dabei ist sie sonst Fremden gegenüber unheimlich schüchtern." Sie schaute ihn von der Seite an, das ihm ganz seltsam zumute wurde: „An dir ist etwas Besonderes, Martin." Martin schwieg. Er war betroffen. Was sollte an ihm schon Besonderes sein? An einem Luschi? An einem Plattmacher, an einer Flachzange, wie sie ihn in seiner Welt immer nannten? Aber dort darf ich nichts und bekomme keine Chance, aus mir herauszugehen, dachte er. Dort werde ich unterdrückt, daheim und in der Schule. Hier kann ich mich frei entfalten. Hier fühle ich mich tatsächlich wie etwas Besonderes.

„Bleibst du nächste Woche über Nacht?“, fragte Heidi.

„Ich würde furchtbar gerne“, antwortete er. „Aber dann wird mir die Zeit knapp. Ich weiß nicht, wie ich das machen soll. Ich kann nur bis kurz nach elf Uhr abends hier im Lande bleiben. Dann muss ich im Bahnhof von Homburg … ich muss … dort ist der Weg, du weißt schon …“ Er seufzte. „Ich denk drüber nach“, versprach er. „Ich könnte vielleicht so tun, als hätte ich meinen Zug verpasst. Dann hätte ich Zeit bis zum frühen Morgen.“

„Bitte ja“, sagte Heidi. „Ich würde mich so freuen, Martin. Die Fischersiedlung ist abends an Fronleichnam das Schönste, was du dir vorstellen kannst. Alles wird bunt beleuchtet und auf dem See schwimmen Zehntausende Lichter.“

Sie kamen zum Stadtrand. „Nach St. Ingbert“ stand auf einem Straßenschild. Dort hielten sie an.

„Bis nächste Woche, Heidi“, sagte Martin. Er fühlte sich seltsam befangen.

„Ich warte in Saarbrücken-Nassau am Bahnhof auf dich“, sagte Heidi. „Vergiss nicht, den Zug um 12 Uhr 02 zu nehmen. Die Fahrkarte kannst du heute schon kaufen.“

„Werde ich machen, Heidi.“ Martin stieg auf. „Auf Wiedersehen.“

„Bis nächste Woche, Martin“, sagte sie. „Adieu.“

Martin fuhr los. Als er schon weit weg war, blickte er noch einmal zurück. Heidi stand mit ihrem Fahrrad am Ortsrand und winkte. Martin winkte zurück. In seinem Herzen breitete sich eine herrliche Wärme aus. Noch nie hatte er einen Menschen so geliebt wie Heidi. Er hatte nicht gewusst, dass man dermaßen glücklich sein konnte.

Die Straße führte durchs Tal nach St. Ingbert. Martin fuhr unten am Stiefel vorbei nach Rohrbach. Die lange Rampe kostete ihn Zeit, aber die Gangschaltung erlaubte ihm, die Steigung problemlos zu bewältigen. Wenn man neun Gänge zur Verfügung hatte, kam man überall hoch. Sein neues Rad war super - einfach fantastisch. Martin liebte die Maschine. Sie lief schnell wie der Wind. Sogar bergauf ging es flott voran.

Allmählich dunkelte es. Martin griff zu dem Schalter oben auf der

Fahrradlaterne und legte ihn um. Der Nabendynamo begann geräuschlos zu arbeiten und warmes Licht flutete auf die Straße vor ihm.

„Manno! Knorke!", rief er. Der Lichtkegel war groß und breit. Kein Vergleich zu der jämmerlichen Funzel an seinem Klapprad, die von einem jaulenden Seitenläuferdynamo mit Strom versorgt wurde, der das Rad stark abbremste. Den eingeschalteten Nabendynamo spürte er überhaupt nicht. Er hatte eine Riesenfreude an seinem neuen Fahrrad.

Als Martin in Homburg ankam, war er müde. Er stellte das Rad unter und wanderte mit seiner Schultasche zum Bahnhof. In Gedanken ließ er die Abschiedsszene mit Heidi vor seinem inneren Auge ablaufen. „Adieu" hatte sie gesagt wie in dem schönen Lied, das ihm nicht mehr aus dem Kopf ging. Beim Zeitungskiosk stöberte er in den verschiedenen Heften und Zeitschriften. Ja, da lagen sie. „Sängerbote" hießen die Hefte, und sie enthielten Lieder mit Noten und Texten. Doch wie hieß dieses „Adieulied"? Kurz entschlossen holte er seine Blockflöte aus der Tasche.

„Kennen Sie dieses Lied?", fragte er den Verkäufer und spielte ein paar Takte.

„Freilich", sagte der Mann. „Das ist das Abschiedslied. Steht im Sängerboten Nr. 4, wenn ich mich nicht täusche."

Martin wühlte sich durch die Heftchen. Er las die Liedtitel auf den Vorderseiten der Hefte.

„Abschied" stand als zwölftes Lied auf Heft Nr. 4. Martin blätterte zur angegebenen Seite.

„Abschied" stand dort als Titel, dann folgten die Noten und der Text:

„Wenn die Winterwinde wehen

und wir zwei zusammenstehen.

Hand in Hand gemeinsam gehen,

lieb ich dich.

In deinen Armen hältst du mich,

und mein Herz schlägt nur für dich.

Immerzu denk ich an dich.

Nur an dich.

Wir sind Freunde für immer,

ich bin froh, dass es dich gibt.

Deine Augen, sie schimmern,

ich bin so in dich verliebt!

Adieu!

Adieu!

Wenn du mich umarmst, bevor du gehst,

du zum letzten Male vor mir stehst,

sag ich leis zu dir Adieu.

Adieu!

Adieu!

Adieu!“

„Das ist es“, sagte Martin. Er bezahlte das Heft und steckte es in seine Tasche. Im Bahnhof kaufte er eine Fahrkarte zweiter Klasse für den Zug nach Saarbrücken-Nassau um 12 Uhr 02 am nächsten Mittwoch.

Gleis 1 war menschenleer. Das war ihm recht. Es brauchte keiner zu sehen, was er dort trieb. Einige Gaslaternen blakten vor sich hin und warfen ein warmes, heimelig wirkendes Licht auf den Bahnsteig. Auf Gleis 5 ratterte ein Güterzug in Richtung Mannheim, gezogen von einer stampfenden Dampflokomotive. Das Geräusch erinnerte ihn an die Rothmühle. Wenn er abends im Bett gelegen hatte, waren solche Dampfzüge in der Dunkelheit keinen halben Kilometer entfernt über den Bahndamm geschnauft. Er hatte die Züge geliebt. Sie hatten ihn mit ihren rhythmischen Auspuffschlägen in den Schlaf gewiegt.

Martin lief ans Ende des Bahnsteigs. Seine Schritte wurden eiliger. Unruhe erfasste ihn. Was, wenn der Durchgang zu war? Womöglich war er nur eine begrenzte Zeit lang offen, auch von der bayerischen Seite aus. „Wenn er zu ist, was dann?“, flüsterte er. „Wenn er für immer zu ist, was mach ich dann?“ Martin schluckte. „Dann muss ich hierbleiben.“ Im ersten Moment eine verlockende

Vorstellung. Aber er war keine dreizehn Jahre alt. Was würde man mit einem wie ihm machen? Ihn ins Waisenhaus stecken. Eine unangenehme Vorstellung. Wie hatte Heidis kleine Schwester noch gesagt: „Den Waisenkindern geht es nicht gut. Die werden sogar gehauen." Martin schluckte. Schnell lief er zwischen den Büschen hindurch auf den Zaun zu. Er spürte es sofort. Wieder überfiel ihn das Gefühl, von etwas Bösartigem belauert zu werden. Es war genau hinter ihm. Erschrocken wirbelte er herum. Nichts. Aber war da nicht eine Bewegung in seinem Augenwinkel? Martin blieb stehen. Die Lücke im Zaun war keine fünf Meter von ihm entfernt. Er konnte den Durchschlupf zwischen den beiden Zaunpfählen erkennen. Fünf Meter, doch das erschien ihm weiter als bis zum Mond. Wieder so eine zuckende Bewegung im Augenwinkel.

Martin bekam es mit der Angst zu tun. Sein Herz begann heftig zu schlagen. Gab es Wächter an den Durchgängen? Irgendwelche grausige Wesen, Geister, Drachen oder Dämonen, die jeden Durchlass bewachten und darauf achteten, dass Menschen von „außerhalb" nicht zu lang im Königreich Bayern blieben? Je länger er in Bayern verweilte, desto schlimmer wurde dieses Angstgefühl, wenn er sich dem Durchgang näherte. Vor seinem geistigen Auge sah Martin eine entsetzliche Kreatur durch die Büsche brechen, ein unsägliches Monster mit riesigen Reißzähnen im aufgerissenen Maul und mordgierigen Augen, die wie gelbe Laternen leuchteten. Da! Wieder eine Bewegung im Augenwinkel. „Ich muss hier weg!", wisperte Martin. Er schluckte und versuchte, einen Schritt auf den Zaun zuzumachen. Er konnte es nicht. Seine Füße fühlten sich schwer wie Blei an, seine Knie waren butterweich, sein Herz schlug jetzt noch heftiger. Martin stieß ein Wimmern aus. Ich kann nicht weiter!, dachte er voller Entsetzen. Er fühlte Tränen aufsteigen. Seine Angst wuchs ins Unermessliche.

„Ich komme nicht raus!" Er drehte sich um und ging zum Bahnsteig zurück. Sofort ließ das grässliche Angstgefühl nach. Auf dem Pflaster drehte er sich um. Die buschbewachsene Wiese lag unschuldig vor ihm. Im Licht der Gaslaternen wirkte sie bleifarben und düster. „Wir gehen diese Wege nicht", hatte Heidi gesagt. „Nur Menschen wie du benutzen sie. Uns sind sie verschlossen." War es das? Wurde die Angst vor einem Durchgang mit der Zeit so groß, dass ein Mensch im Königreich Bayern nicht fähig war, sich der Lücke in Zeit und Raum mehr als fünf Meter zu nähern? War es eine Schutzfunktion? Sollten die Menschen daran gehindert werden, in Martins verpestete, atomkriegsgefährdete Welt zu gehen?

„Ich war lange hier", überlegte Martin laut. „Es zeigt auch auf mich Wirkung." Aber war es nicht auch schon schwächer gewesen? Es kam drauf an, ob er sich selbst Angst machte. „Ich darf mich nicht ins Bockshorn jagen lassen", murmelte Martin. „Letztens bin ich ganz locker hindurchmarschiert, obwohl ich sehr lange in Bayern war. Ich darf mich nicht verrückt machen. Was soll das sonst werden, wenn ich sogar über Nacht bei Heidi bleibe?" Heidi. Der Gedanke an das geliebte Mädchen spendete ihm Trost. „Ich lauf jetzt einfach los, stur geradeaus zum Durchgang! Basta!" Mit ausgreifenden Schritten überquerte er die Wiese. Das unangenehme Gefühl befiel ihn sofort wieder, doch er ignorierte es und lief weiter. Die feinen Härchen in seinem Nacken richteten sich auf, aber er ging Schritt für Schritt vorwärts. Er kam zum Durchgang und quetschte sich hindurch. Das einzig Schlimme, das ihm widerfuhr, war eine Berührung der Brennnesseln an der linken Hand.

„Endlich!" Er war durch und ihm war nichts passiert. Er hatte helles Sonnenlicht erwartet. Stattdessen fand er einen wolkenverhangenen Himmel vor. Es sah nach Regen aus in seiner Heimatwelt. Vorne auf der Straße fuhren Autos. „Ich darf mich nicht selbst nervös machen", flüsterte Martin. Er lief zum Bahnhof. Es war wie im Keller, überlegte er. Wenn man sich selbst Angst machte, gab es die abscheulichsten Monster in finsteren Ecken, obwohl man genau wusste, da war nichts. Aber man machte sich selbst Angst und die Angst schaukelte sich immer weiter hoch. Nächstes Mal geh ich einfach hindurch, nahm er sich vor.

Den restlichen Tag fühlte er sich nicht besonders wohl. Martin hatte keine Ahnung, was ein Jetlag war, aber sein Körper beschwerte sich darüber, dass ihm ein paar Stunden zu viel zugemutet wurden, die er nicht recht verkraftete. Abends fiel er todmüde ins Bett. Es war ihm egal. Hauptsache, er konnte zu Heidi zurück.

*

Am folgenden Tag machte er sich in seinem Zimmer ans Werk, die

Überraschung für Heidi herzustellen. Hinterm Johanneum gab es eine Stelle, an der viele dicke Kieselsteine in allen möglichen Farben und Formen herumlagen. Martin hatte in der großen Pause mehrere gesammelt und mit nach Hause genommen. Dort hatte er sie unterm Wasserhahn in der Waschküche abgebürstet und zum Trocknen in sein Zimmer gebracht. Nun bemalte er die Steine mit Pinsel und Farbe. Die Acrylfarben waren eigentlich für den Kunstunterricht bestimmt, aber hier taten sie einen guten Dienst. Martin grundierte die Steine zuerst. Er nahm Weiß oder ein sehr helles Beige. Die Farben waren schnelltrocknend. Schon bald konnte er mit den Details beginnen. Er malte Augen und Mäuler auf die Steine, verpasste ihnen Gesichter, sodass die Kiesel wie ulkige Tiere mit großen Glotzaugen aussahen. Mit einem extrafeinen Pinsel begann er anschließend, Strich für Strich ein Fell zu malen. Es war eine Heidenarbeit, aber es machte Spaß.

„Was wird das denn? Hast du nichts Besseres zu tun?!" Martin sah auf. Die Großmutter stand vor ihm und starrte mürrisch auf die Steintiere. „Was machst du da für einen Unsinn? Tätst du mal rechter für die Schule lernen, du fauler Bock!"

Martin schaltete blitzschnell: „Das sollen Steinkobolde werden", sagte er und bemühte sich, seiner Stimme einen mauligen Ton zu geben. „Jeder Schüler muss mindestens fünf Stück für den Kunstunterricht machen. So ein Käse! Steinkobolde! Kinderkram! Ich hätte echt Besseres zu tun. Ich will mit Stefan und Joachim in die Kolling, Kaulquappen fangen."

„Untersteh dich!", keifte die Großmutter. „Mach du gefälligst deine Hausaufgaben für die Malstunde fertig, du stracker Hund! Wehe, du hörst damit auf! Ich sag's deinem Vater!" Sie dampfte ab.

Martin grinste in sich hinein, während er weiterpinselte. Die Großmutter hatte er prima reingelegt. Geschah der Trulla recht. Martin tauchte den feinen Pinsel in dunkelbraune Farbe und trug Strich für Strich Fellhaare auf. Er tat es mit Genuss. Die Olle hatte er schön drangekriegt. Klasse!

Auf dem Schreibtisch neben den Steintieren stand eins seiner Matchboxautos, ein Betonmischer-LKW von gelber Farbe. Martin musste an seinen „Tankwagen" denken, den er mit sechs Jahren bekommen hatte. Auf einem dunkelblauen Chassis hatte der kleine Modell-LKW einen silberfarbenen Aufbau gehabt. Zuerst hatte Martin gedacht, es handele sich um einen Möbelwagen ohne Anhänger, als er das Auto aus der Schachtel nahm. Er betrachtete es von allen Seiten und kapierte nicht recht, was der LKW darstellen sollte. Auf seine Frage antwortete sein Vater, es sei ein Tankwagen.

Was nicht stimmte. Hinten hatte der Aufbau des kleinen Lasters ein kreisrundes Loch und Jahre später sah Martin ein solches Auto in einem Film. Es war ein Müllauto. Die Müllarbeiter leerten Mülltonnen in das runde Loch.

Aber mit sechs Jahren war es halt ein Tankwagen für ihn und das Ding gefiel ihm ausnehmend gut. Er hatte das Matchboxmodell in den folgenden Tagen überall dabei und spielte häufig damit. Auch, als er an einem Tag bei seinen Großeltern war, den Eltern seines Vaters, die damals noch nicht oben im ersten Stock wohnten, sondern in Neunkirchen in der Friedrich-Ebert-Straße beim Neunkircher Bahnhof, wo sein Opa bei der Eisenbahn gearbeitet hatte, bevor er Pensionär wurde.

Am Nachmittag war Frau Seiler von gegenüber zu Besuch gekommen, eine olle Klatschbase, die in der ganzen Straße für ihre Tratschsucht bekannt war, und hatte am Küchentisch mit den Großeltern palavert. Martin hatte gerade mit seinem Tankwagen gespielt und als die Quasselstrippe angedampft kam, wollte er sich verziehen. Die Seiler ging ihm auf den Keks mit ihrem Dauergequatsche. Sie quakte und quakte, als hätte jemand sie aufgezogen.

Aber kaum saß die gute Frau Seiler auf einem Stuhl, grapschte sie nach Martins Matchboxauto und riss es ihm aus der Hand. „Heh!", rief er und wollte das Auto zurückholen. Die Seiler rückte es nicht raus. Stattdessen fing sie ansatzlos an zu quatschen und rasselte die neuesten Neuigkeiten des Tages herunter, wobei sie ständig an Martins Auto herumfummelte. Sie klappte den Aufleger nach hinten und wieder herunter. Sie ging nicht gerade zimperlich mit dem kleinen Auto um.

„Ich will mein Auto!", sagte Martin laut und griff danach. Seine Oma störte ihn und zog seinen Arm weg.

„Aber die hat meinen Tankwagen", beschwerte sich Martin. „Ich will mein

Auto."

„Sei still!", zischte die Großmutter und quasselte mit Frau Seiler herum. Diese klappte den Auflieger des Tankwagens grob auf und zu. Martin versuchte wieder, sein Eigentum zurückzuerhalten. Aber wenn er über den Tisch langte, um nach dem kleinen Auto zu greifen, zog die Seiler es ihm weg. Sie schaute gar nicht auf das Auto. Sie bog und zerrte nur daran herum wie eine Gestörte, während ihre Schnute keine Sekunde stillstand. Quassel-Quassel, Laber-Laber-Labb-Labb! Martin bekam Angst um seinen kleinen Tanker.

„Die macht mein Auto kaputt!", rief Martin. „Die verbiegt es mit Gewalt!"

„Gib endlich Ruhe!", fauchte sein Großvater und lauschte der tratschenden Frau Seiler, die Martins Auto immer grober behandelte.

„Die macht mein Auto kaputt!", rief Martin laut. Er bekam jetzt echt Angst um sein geliebtes Spielzeug.

„Ruhe!", rief die Großmutter. „Wenn du nicht auf der Stelle den Mund hältst, verlässt du das Zimmer!"

„Aber mein Auto!", rief Martin. Voller Entsetzen sah er zu, wie die blöde Seiler immer wilder an seinem Tanklaster herumzerrte. Auflieger hochbiegen, Auflieger runterbiegen. Das alles verdammt grob und ohne Feingefühl. Matchboxautos waren nicht für eine solch grobe Behandlung ausgelegt.

Aber als er erneut protestieren wollte, hob seine Großmutter drohend die Hand: „Bist du jetzt still?!"

Martin stand dabei und musste zusehen, wie Frau Seiler sein Auto wie eine Irre traktierte. Während sie in einem fort quasselte und tratschte, zerrte und bog sie an seinem neuen Tanklaster. Ihre Hände rissen und kneteten und zerrten und zogen. Da passierte es. Martin hörte einen Knacks. Er sah, wie der Auflieger abbrach. Die dünne Achse, die ihn festgehalten hatte, war durchgebrochen. Die Seiler hörte nicht mal in ihrem Redefluss auf. Aber sie warf einen kurzen Blick auf das mutwillig zerstörte Auto und legte es auf den Tisch. Während sie angeregt weiterquatschte, schob sie es möglichst unauffällig ein Stückchen von sich fort auf Martins Tischseite zu.

Da brüllte er los: „Die hat meinen Tanklaster kaputt gemacht! Sie hat ihn durchgebrochen! Sie hat meinen Tanker kaputt gemacht!"

„Das stimmt ja gar nicht", sagte die Seiler so nebenbei. „Ich war das nicht!"

„Doch! Ich hab's ja gesehen!", schrie Martin voller Entrüstung. „Sie haben die ganze Zeit wie wild dran herumgebogen und gezerrt, bis er durchgebrochen ist! Sie haben mein neues Auto kaputt gemacht! Das habe ich erst vor drei Tagen geschenkt gekriegt!" Er brach in Tränen aus.

Die Seiler behauptete weiterhin sturheil, sie hätte das Auto nicht kaputt gemacht. Sie hätte es ja praktisch gar nicht angerührt. Nur einmal aufgehoben, um es anzuschauen. „Von so was geht ein Auto nicht kaputt", sagte sie. „Das war schon kaputt, als du es mir hingeschoben hast."

„Ich habe es Ihnen nicht hingeschoben!", rief Martin weinend. „Sie haben es mir aus der Hand gerissen. Ich wollte es Ihnen dauernd wegnehmen, weil Sie es so grob hin und her gebogen haben! Sie haben es kaputt gemacht! Das habe ich erst vor drei Tagen geschenkt bekommen!"

„Dann hättest du deinen Mist halt nicht rumliegen lassen sollen!", blökte der Großvater.

„Ich habe es nicht rumliegen lassen!", schluchzte Martin. „Die hat es mir weggenommen! Sie hat es mir aus der Hand gerissen und dann kaputt gemacht, obwohl ich es dauernd zurückverlangte! Sie hat es kaputt gemacht! Das war ein Geschenk von meinen Eltern! Sie hat es zerstört! Sie hat es zerbrochen!"

Es endete damit, dass die blöde Seiler abzischte und seine Großeltern ihn zusammenstauchten. So ging es in Martins Familie zu. Immer.

Die Krönung aber war, dass einige Zeit später die Seiler mit einem alten, halb kaputten Matchboxauto auftauchte. Es war ein kleiner Tankwagen, dessen roter Lack fast komplett abgeplatzt war und bei dem eine der beiden Hinterachsen fehlte. Mit generöser Geste überreichte sie Martin das kleine Dreckding. Der wusste sofort, wo das uralte, halb kaputte Spielzeug her war. Das hatte die Seiler aus der Spielzeugkiste ihres inzwischen erwachsenen Sohnes gefischt. Sie hatte es wohl aus einer verstaubten Kiste auf dem Speicher geklaubt.

Die miese Schrunzel drehte ihm doch glatt ein uraltes, kaputtes Spielzeug ihres Sohnes an und erwartete auch noch, dass er sich dafür bedankte!

„Das ist nicht mein Tanker!“, rief er. „Meiner war blau und silbern und er war neu! Wenn, dann will ich meinen Tanklaster und nicht so einen alten, kaputten Lawatsch, an dem eine Achse fehlt und der keine Farbe mehr hat.“

Die Seiler wurde doch glatt wütend über seine Reaktion. „Na hör mal!“, empörte sie sich. „Da schenke ich dir schon einen Tanker, obwohl ich dein dummes kleines Auto nicht kaputt gemacht habe, und dann beschwerst du dich auch noch! Was bist du nur für ein ungezogener Junge! So etwas habe ich ja noch nicht erlebt! Eine Frechheit ist das! Also wirklich! So was von unverschämt!“

Das Schlimmste war, dass die Großeltern auch noch zu der miserablen Kuh hielten. „Stell dich nicht so an! Jetzt hast du ja wieder einen Tanker“, hieß es und damit war die Sache für die Alten erledigt.

Martin war auch erledigt, und wie.

„Schweine!“, flüsterte er und bemalte seinen Steinkobold. „Ihr seid allesamt gemeine, ungerechte Schweine! Scheißer seid ihr! Da wird einem kleinen Kind mutwillig sein Spielzeug aus der Hand gerissen und kaputt gemacht und dann haltet ihr auch noch zu der dreckigen Zerstörerin.“

Zerstörerin, so hatte er die blöde Seiler von Stund an genannt. Ganz besonders erbitterte ihn dann, dass er zu seiner Kommunion von der Kuh tatsächlich 5 DM geschenkt bekam, die er aber nicht anrühren durfte. Er hatte vorgehabt, sich seinen geliebten Tankwagen von dem Geld zurückzukaufen. Etwas mehr als eine Mark hätte das gekostet. Aber er durfte nicht. Das gesamte Geld, das er zur Kommunion bekommen hatte, wurde ihm weggenommen und auf ein Sparbuch gepackt, an das er nicht rankam. Martin trug weitere Fellstriche auf den Kieselstein auf.

„Klauen sollte ich das Sparbuch!“, knurrte er. „Und mir endlich mein Geld zurückholen.“ Er loderte vor Zorn. Er platzte fast vor Empörung. Selbst nach all den Jahren, die vergangen waren, regte er sich über die ungeheuerliche Ungerechtigkeit auf, die ihm von der dreckigen Seiler und seinen Großeltern angetan worden war. „Ihr seid dreckige Säue! Ihr alle! Ungerechte und miserable

Säue! Das seid ihr! Ihr seid einfach nur dreckig und gemein!"

Martin hockte geduckt über seinem Steinkobold und malte. Er fühlte den bekannten hilflosen Zorn in sich aufsteigen. Er war ein Leben lang gemein und ungerecht behandelt worden und er konnte überhaupt nichts dagegen tun. Das machte ihn total fertig. Er spürte wieder die abgrundtiefe Verzweiflung, die ihn wenige Wochen zuvor dazu getrieben hatte, seinen Selbstmord zu beschließen. Ich kann nicht mehr, dachte er. Ich kann wirklich nicht mehr. Ich kann das nicht länger aushalten. Es nimmt kein Ende. Es geht immer so weiter, bis man mich vollkommen zerstört hat. Ich halte es nicht länger aus. Er war den Tränen nahe. Sie hätten Erleichterung gebracht. Aber er konnte nicht weinen. Die Tränen waren irgendwie blockiert. Sie steckten als brennende Bitternis in ihm fest und folterten seine Seele. Das war womöglich das Schlimmste. Er litt wie ein Hund und konnte nicht einmal weinen.

Ich schreibe es auf, nahm er sich vor. Alles schreibe ich auf. Es soll schriftlich festgehalten werden. Irgendwann erfährt es die ganze Welt. Alles Gemeine und Ungerechte, das mir widerfahren ist, werde ich für die Nachwelt festhalten.

Ihm war klar, dass der Gedanke etwas ungeheuer Lächerliches hatte. Fast dreizehn Jahre hatte die Welt nichts auf Martin Welter gegeben. Gut dreizehn Jahre lang hatte die Welt tatenlos und gefühllos zugesehen, wie Martin fertiggemacht wurde, wie man ihn anlog, bestahl, niedermachte und halb totschlug. Die Welt würde nichts auf sein Geschreibsel geben.

Aber dann fiel ihm ein, dass Geschriebenes von Dauer war. Ein Erlebnis konnte man abtun. Man konnte es zur Seite wischen und vergessen. Aber Geschriebenes war für die Ewigkeit. Ich werde schreiben, dachte er. Er konnte es nicht recht in Worte fassen, aber es aufzuschreiben tat ihm gut. Es machte das Geschehene ein Stück wirklicher, realer. Gleichzeitig geschah etwas Angenehmes: Wenn er ein ekelhaftes Erlebnis von früher aufschrieb, erlebte er all den Schmerz, die Erniedrigung, die Empörung erneut in voller Stärke. Aber danach klang das alles ab und wurde viel schwächer, als es vorher gewesen war. Es war, als hätte man das Erlebte einem großen Freund erzählt, der sich um die Sache kümmern würde. Genauso fühlte sich das an.

Plötzlich verstand Martin, dass er all seine Erlebnisse nicht aus Rachsucht aufschrieb. Ja, ein wenig Rachlust war gewiss dabei. Wäre doch knorke, wenn seine Aufzeichnungen wirklich in die richtigen Hände geraten würden und man seinem Vater und Moppel die Hammelbeine lang zog. Aber seiner Mutter konnte keiner mehr etwas anhaben und an die blöde Frau Seiler kam auch keiner mehr ran, oder? Nein, die Schreibe war ein Weg, mit diesen schrecklichen Erlebnissen fertigzuwerden, sie sich von der Seele zu schreiben, begriff er. Genau das tat Martin, wurde ihm schlagartig klar: Er schrieb sich tonnenschwere Gewichte, die ihn niederdrückten, von der Seele, im wahrsten Sinne des Wortes. Sobald etwas aufgeschrieben war, bedrückte es ihn nicht mehr so sehr. Es aufzuschreiben war eine Befreiung. Es erleichterte seine Seele. Vielleicht verschwindet alles eines Tages, überlegte er. Es fließt aus mir heraus auf das Papier und ich bin es los. Vielleicht kann ich es tatsächlich wegschreiben. Vielleicht geht es fort - der Schmerz, die hilflose Wut, das Leid, die Angst. Wenigstens ein Stück weit. Der Gedanke hatte etwas ungemein Tröstliches. Der Gedanke tat gut. Richtig gut.

Er bemalte seinen Steinkobold zu Ende und nahm sich den nächsten vor.

„Für dich, Heidi", murmelte er. Den Namen des angebeteten Wesens auch nur halblaut auszusprechen, ließ sein Herz schlagen. „Heidi." Liebe und Glück überschwemmten ihn wie eine Welle und spülten allen Kummer und alle Empörung fort. Einfach so. Es war unglaublich. Martins Seele weitete sich. „Ich liebe dich, Heidi", sagte er zu dem Steinkobold. „Ich liebe dich wirklich. Wenn du nur zulässt, dass ich dich gernhaben darf. Das genügt schon. Wenn ich dich nur lieben darf. Dann werde ich glücklich sein. Ich möchte nur bei dir sein. Mehr verlange ich gar nicht." Aller Zorn war verschwunden und mit ihm alle Niedergeschlagenheit.

Später übte er auf seiner neuen Kreuzerflöte. Die Steinkobolde hockten in Reih und Glied vor ihm auf dem Tisch und grinsten ihn mit großen Glotzaugen an. Sie sahen aus wie komische Hamster oder wie platt gedrückte Mäuse. Martin wunderte sich beim Flötespielen, dass die Großeltern sich nicht über das „ständige Gepfiffel" aufregten. Das sah ihnen gar nicht ähnlich. Er grinste in sich hinein. Vielleicht hielten sie auch sein Flötenspiel für Hausaufgaben. Nach weniger als einer halben Stunde konnte er das Abschiedslied fehlerfrei spielen.

*

Am nächsten Tag gab es mittags Spaghetti mit Hackfleischsoße. Martin aß mit Behagen. Mochte das Hackfleisch auch fett sein, das machte ihm überhaupt nichts. Nur wenn das Fett an einem Stück am Fleisch hing, brachte er es nicht hinunter. Im Hack war es so klein gemahlen und außerdem so gut ausgebraten, dass er das entsetzliche, schwabbelige Gefühl im Mund nicht spürte, vor dem er sich so sehr ekelte. Seine Mutter hatte ihn immer gezwungen, das Fett an Schnitzeln und Koteletts mitzuessen - eine Qual für den kleinen Martin. Er durfte nicht eher vom Tisch aufstehen, bis er auch den letzten Brocken hinuntergewürgt hatte. Wenn Fleisch auf den Tisch kam, war das Mittagessen für Martin furchtbar. Sowieso mochte Martin als kleiner Junge kein Fleisch. Am liebsten aß er nur die Soße. Das einzige Fleisch, das ihm schmeckte, war Hähnchenfleisch. Wenn er zusah, wie seine Mutter Schnitzel oder Koteletts briet, zitterte er vor dem Essen. Da war immer schrecklich viel schwabbeliges Fett dran.

Wie gut, dass Moppel die Spagettisoße mit Hackfleisch kochte. Das schmeckte wenigstens. Moppels Spagettisoße war eine der wenigen Sachen, die Martin wirklich mochte.

„Heh! Aufwachen!" Martin sah vom Essen hoch. Moppel verpasste seiner kleinen Schwester Iris eine Kopfnuss. Iris hatte die seltsame Angewohnheit, beim Essen einfach abzuschalten. Dann saß sie völlig still da und starrte ins Leere. Moppel regte sich tierisch darüber auf. Jedes Mal gab sie Iris eine harte Kopfnuss. „Nich einschlafn, Frollein! Essen! Kuck nüscht starr inne Jejend wien Stofftier!"

Stofftier. Martin musste an sein liebstes Stofftier denken, einen Teddybären. Den hatte er mit vier Jahren von den Eltern seiner Mutter zu Weihnachten bekommen und er liebte diesen Teddy von ganzem Herzen, weil er ein Geschenk seiner Lieblingsgroßeltern war. Auch seine Mutter besaß einen Stoffbären, ein altes Ding mit kahlen Stellen im Plüschfell. Die Mutter hatte Martin oft erzählt, dass der Bär ein Geschenk ihrer Oma sei, und so alt und abgenutzt er auch war, den würde sie nie im Leben wegwerfen, weil es eine schöne Erinnerung an ihre Großmutter war.

Während Martin die Spaghetti verschlang, dachte er an seinen eigenen Teddy, ein mit Stroh ausgestopftes Ding mit braunem Kunstfell, dessen Arme und Beine mit Draht am Torso befestigt waren, damit man sie drehen konnte. Im Rücken hatte Teddy eine kleine Dose stecken und wenn man ihn nach hinten neigte, kam von dort ein klagendes „Bääään!" Bekommen hatte Martin den Teddy mit vier Jahren. Mit sieben, sie wohnten da schon in Niederbexbach, war Teddy stellenweise völlig kahl und sein linker Arm hing schlaff herunter. Trotzdem hätte Martin den geliebten Stoffbären nicht um alles in der Welt hergegeben. Doch seine Mutter warf ihn weg.

„Das alte Dreckding!", sagte sie. „Der ist schon ganz kahl und der Arm reißt bald ab. Der hängt nur noch an einem dünnen Drähtchen."

Martin war entsetzt. „Nein!", jammerte er und krallte sich an Teddy fest. „Teddy ist mir gut genug so! Auch wenn sein Arm herunterhängt."

„Der fliegt weg!", schnauzte die Mutter. „Du hast genug Stofftiere!"

„Aber Teddy ist von Oma und Opa!", jammerte Martin. „Du hast mir so oft von deinem eigenen Teddy erzählt, den du von deiner Oma hast, und dass du ihn nie hergeben würdest. Ich will Teddy behalten. Er ist mein liebstes Stofftier!"

„Halt die Klappe, du Rotzkäfer!", rief die Mutter. Ihre Augen blitzten zornig. „Das Ding ist kaputt. Das fliegt raus!"

„Der Arm hält noch fest", versuchte Martin es. „Und Opa hat gesagt, er kann das reparieren."

Seine Mutter nahm ihm den Teddy weg. Dann riss sie ihm den Arm aus: „Jetzt nicht mehr!" Zufrieden präsentierte sie das mutwillig zerstörte Stofftier: „Kaputt! Siehst du? Ab in den Müll damit!"

Martin war außer sich. „Nein!", schrie er. „Ich will Teddy behalten! Du hast ihn extra kaputt gemacht! Aber ich liebe ihn auch ohne Arm!" Er packte Teddy und versuchte ihn seiner Mutter zu entreißen.

Dafür schleppte sie Martin zur Kleiderbürste, die an der Wand hing, und verprügelte ihn nach Strich und Faden. Dann warf sie Teddy in Martins Beisein in den Mülleimer und stellte die Tonne persönlich vorne an die Straße. „Gleich kommt die Müllabfuhr. Die schmeißt das blöde, kaputte Ding in ihr Müllauto und kippt es auf die Müllhalde. Dort gehört es hin."

Martin stand weinend daneben. Er konnte nicht fassen, wie grausam und gemein seine Mutter war. Was war dabei, wenn Teddy bei ihm blieb? Teddy tat niemandem was. Er war nur da. Ihren eigenen Teddybären behielt sie doch auch, obwohl der alt und abgenutzt war. Seine Mutter ging ins Haus. Martin hatte ihr gehässiges Grinsen gesehen. Sie freute sich über den seelischen Schmerz ihres Kindes. Sie war tatsächlich froh, weil Martin entsetzlich litt. Was für eine grässliche Mutter. Eines Tages würde Gott sie bestrafen.

Von weiter oben an der Straße ertönte Motorgebrumm. Martin lugte um die Ecke. Da kam das Müllauto. Er fasste einen Entschluss. Schnell schaute er sich um, ob ihn jemand sah. Er öffnete den Mülleimer und holte Teddy und seinen abgerissenen Arm heraus und rannte damit hinters Haus. Dort stopfte er ihn in ein halb geöffnetes Kellerfenster. Später schlich er heimlich in den Keller und versteckte Teddy hinter einem Vorratsregal. „Tut mir leid, Teddy, dass du ganz allein im dunklen Keller bleiben musst", flüsterte er und streichelte das Stofftier. „Aber anders geht es nicht. Opa kriegt dich wieder hin. Du wirst sehen."

Martin beschloss, Teddy so lange versteckt zu halten, bis Opa und Oma zu Besuch kamen. Dann konnte er ihn aus dem Keller holen und dem Großvater zur Reparatur übergeben. Wenn die Großeltern da waren, würde sich die Mutter nicht trauen, seinen Teddy wegzuschmeißen. Die Oma und der Opa würden zu Martin halten und Teddy würde wieder Einzug in die Wohnung halten, frisch geflickt vom Opa, der so gut basteln konnte. Zufrieden ging Martin mit seinen Freunden spielen.

Als er nach Hause kam, spürte er sofort, dass Unheil in der Luft lag. „Komm du mal mit!", forderte seine Mutter ihn auf und schubste ihn die Kellertreppe hinunter. Martin lief es eiskalt den Rücken hinunter. Wie wütend die Mutter war! Sie schob ihn in den Kellerraum mit dem Vorratsregal. Teddy hockte ganz vorne vor den Gurkengläsern. Sein abgerissener Arm lag neben ihm.

Martin wurde vor Angst ganz zittrig. Das sah nicht gut aus. Gar nicht gut.

„Was ist das?", fragte die Mutter. Ihre Stimme war gefährlich leise.

„Was?" Martin verstand nicht, was sie wollte.

„Was das ist, habe ich gefragt!"

„Das ist Teddy", fiepte Martin, außer sich vor Angst. Sah sie das denn nicht? Natürlich sah sie es. Seine Mutter genoss es, ihn zu quälen, bevor sie auf ihn losging. Martin war übel vor Angst. Sie würde ihn umbringen. Hier im Keller. Ihn einfach totschlagen. Er zitterte am ganzen Leib.

„Und wo war das blöde Scheißvieh vorher?" Noch immer war die Stimme der Mutter gefährlich leise mit einem drohenden Unterton.

Vielleicht haut sie mir bloß eine runter, überlegte Martin. Die Kleiderbürste war nicht da und seine Mutter schlug ihm nie mit der bloßen Hand auf den Hintern. Das war ihr nicht fest genug. Sie nahm immer die schwere Kleiderbürste. Seine Gedanken rasten. Vielleicht gab sie sich damit zufrieden, ihm Angst zu machen und ihn anzuschreien. Das tat sie manchmal. Aber nur manchmal. So gut wie nie. Eigentlich niemals. Martin schickte ein Stoßgebet zum Himmel: Lieber Gott, hilf mir! Bitte!

Seine Mutter beugte sich zu ihm herunter: „Ich habe dich etwas gefragt! Wo war das blöde Vieh vorher?"

„Im M-M-Mülleimer", piepste Martin. „Ich habe ihn rausgeholt. Teddy ist ein Geschenk von Oma und Opa, mein liebstes Stofftier. Ich wollte ihn aufheben, bis Opa kommt. Der kann ihn ganz bestimmt flicken. Teddy ist ein Weihnachtsgeschenk!"

„Und was habe ich dir gesagt?", fragte die Mutter. „Häh?" Sie stieß Martin so heftig, dass er rückwärtstaumelte.

Peng!, hatte er eine Ohrfeige weg. „Was ich dir gesagt habe?!", schrie die Mutter.

„Dass Teddy in den Müll kommt", rief Martin unter Tränen.

„Und wieso fischst du das Dreckding wieder raus?", brüllte die Mutter.

„Weil er mein liebstes Stofftier ist", wimmerte Martin. „Teddy ist von Oma und

Opa. Du hebst deinen eigenen alten Teddy auch auf!"

„Dir werd ich helfen!", schrie die Mutter. Sie packte Martin am Arm. „Dir werd ich helfen, nicht zu machen, was ich dir sage, du Rotzkäfer!" Plötzlich hatte sie die Kleiderbürste in der Hand. Die hatte auf dem obersten Regalbrett bereitgelegen. „Jetzt kannst du was erleben!" Dann schlug sie zu. Hart. Erbarmungslos. Endlos.

Martin flog schreiend im Keller herum wie ein nasser Putzlumpen. Die Mutter riss ihn am Arm in die Höhe, immer wieder, dass er dachte, sie würde ihm den Arm ausreißen, genau wie Teddy. Die Schläge hörten nicht auf. Martin schrie sich die Seele aus dem Leib. Er flog in dem engen Kellerraum herum wie eine Lumpenpuppe. Seine Mutter schüttelte ihn wie ein Terrier eine Ratte und prügelte wahllos und mit viehischer Gewalt auf ihn ein. Martin brüllte. Er schrie wie am Spieß. Vor Schmerzen verlor er die Kontrolle über seine Blase und machte sich nass. Dann lag er schreiend am Boden und wand sich wie ein Aal.

„Untersteh dich, noch einmal so etwas zu machen!", schrie die Mutter mit sich überschlagender Stimme. Sie hob die Kleiderbürste: „Du ver-damm-ter Rotz-käfer! Du klei-nes Arsch-loch! Du mie-ser Hund!" Bei jeder Silbe schlug sie auf Martin ein, wahllos auf Rücken, Hintern, Arme und Beine. „Du dreck-ig-er Ban-kert! Du ver-fluch-ter Ban-kert!" Martin ringelte sich am Boden wie ein zertretener Wurm. Er heulte und schrie. Er wand sich.

Schließlich hörte die Mutter auf zu schlagen. Sie legte die Kleiderbürste aufs Regal und begann, Teddy vor Martins Augen in Fetzen zu reißen. Sie riss die verbliebenen Gliedmaßen ab und schaffte es, knurrend vor Anstrengung, Teddys Bauchdecke aufzureißen. Gepresstes Stroh quoll heraus. Durch die Bewegungen wurde die Bärenstimme in Teddys Rücken in Gang gesetzt. Immer wieder erklang ein klagendes „Bäääär!", als ob das Stofftier vor Angst und Schmerz schreien würde. „Bääääär!"

Die Mutter warf Teddys traurige Überreste vor Martin auf den Kellerboden. „Du hebst das auf und bringst es zum Mülleimer! Wehe, du holst das Dreckvieh noch einmal raus! Untersteh dich, du dreckiger Rotzkäfer!" Weinend gehorchte Martin. Unter Tränen trug er sein zerfetztes Stofftier zum Mülleimer. Er war nassgepisst und vernichtet. Er hatte nur noch Angst.

Als Martin vom Essen aufstand, musste er sich Mühe geben, nicht in Tränen auszubrechen, so weh tat die Erinnerung an seinen geliebten Teddy und an die ungeheuerliche Gemeinheit seiner Mutter. Wie konnte ein Mensch nur dermaßen bösartig zu seinem eigenen Kind sein? Wie konnte es sein, dass eine Mutter Freude daran hatte, ihr Kind zu quälen und zu schlagen? Es zu foltern?

Von wegen „Du sollst Vater und Mutter ehren"! Da hatte die Bibel sich aber geschnitten. So eine Mutter konnte man nicht ehren. Die konnte man nur fürchten. Und was man fürchtete, das hasste man. Es ist gut, dass sie weg ist, dachte Martin, doch im gleichen Moment kam die Angst in ihm hoch. Er war ein schlechtes Kind, so über seine Mutter zu denken. Deshalb hatte Gott beschlossen, ihn zu strafen - ihn mit der gleichen Krankheit zu strafen, die seine Mutter getötet hatte. Bei ihr hatte es genauso angefangen wie bei Martin: Sie hatte morgens aus heiterem Himmel erbrochen.

Wie ich, dachte Martin düster. Aber hatte sich sein morgendliches Gekotze nicht stark verringert? Früher hatte er zweimal oder dreimal die Woche gereihert. Ich erbreche nicht mehr so oft, dachte Martin. Er war verblüfft. Konnte es etwas mit der fremden Welt hinter dem Durchgang zu tun haben? Seit er nach Bayern gehen durfte, war er nicht mehr so schrecklich niedergedrückt und seitdem erbrach er nicht mehr so häufig. Hatte es etwas mit seiner geheimen, innigen Liebe zu Heidi zu tun? „Liebe heilt alles." Woher kannte er diesen Spruch?

Tatsache war, dass er nicht mehr so fertig und kaputt war, seit er Heidi kannte. Selbstmordgedanken hatte er praktisch keine mehr, auch wenn er zu Hause und in der Schule weiter drangsaliert wurde. War es vielleicht gar kein Krebs? Kamen das Bauchweh und die morgendliche Übelkeit von der ständigen Angst? Von der Niedergeschlagenheit, die immerzu auf Martins Schultern lastete? Das fragte er sich mit einem Mal. Es erschien ihm irgendwie logisch. Er konnte es nicht in Worte fassen, aber er fand, dass es stimmen könnte.

*

Samstags musste Martin die Dachrinne am Haus säubern, eine grässliche Arbeit, besonders vorne, weil dort die Dachkante hoch über dem Boden lag. Der Vater zwang ihn, auf eine wackelige Holzleiter zu steigen, obwohl Martin Angst davor hatte. „Stell dich nicht so an!“, blaffte der Vater. „Das ist überhaupt nicht hoch! Du willst dich bloß vor der Arbeit drücken, du Faultier! Los! Hoch da, du stracker Bock!“ Ängstlich gehorchte Martin. Oben an der Dachrinne klammerte er sich verzweifelt fest. Er zitterte am ganzen Körper und ihm war so schwindlig, dass er dachte, jeden Moment von der Leiter zu fallen. Aber sein Vater gab nicht nach. Die ganze Zeit stand er am Fuß der Leiter und tobte und maulte und trieb Martin an wie ein Sklavenaufseher.

Du Kacker!, dachte Martin. Stehst faul da unten rum und schreist mich an! Würdest du es mal selber machen, du gemeiner Hund! Es war schwer, die Dachrinne mit einer Hand zu reinigen, während er sich mit der anderen Hand an der Rinne anklammerte. Die verteufelte Leiter wackelte wie ein Kuhschwanz. Das war das Allerschlimmste: dieses ständige Schlingern und Schwingen, das einem das Gefühl gab, die Leiter müsse jeden Moment umkippen.

Walter spielte derweil mit anderen Kindern gegenüber von Welters Haus auf der großen Wiese. Martin wunderte sich, dass es überhaupt noch Kinder gab, die den Stänker mitspielen ließen. Wo Walter aufkreuzte, schürte er Streit oder stachelte die Kinder zu irgendwelchem Unsinn auf. Und so einen ließen die da unten mitspielen. Die Dummen starben anscheinend nicht aus. Unter Qualen beendete er seine Fronarbeit. Gott sei Dank hing die Dachrinne an der Hinterseite des Hauses viel tiefer überm Boden, eine Gnade für Martin. Als er fertig war, durfte er noch Unkraut roppen. Wie er das hasste. Immer war er eingespannt. Nie hatte er samstagnachmittags frei wie die anderen Kinder. Immer suchte sein Vater genug Arbeiten für ihn, um ihn bis abends als Arbeitsgaul einzuspannen. Der Vater konnte es nicht haben, dass Martin einen schönen Tag hatte. Das ließ er nicht zu.

Aus irgendeinem perversen Grund hatten die wüstesten Unkräuter Europas das Welter'sche Grundstück zum ungebremsten Wuchern erkoren. Vogelmiere, Schachtelhalm, Zaunwinde und Quecken wuchsen überall und außer der Miere hatten diese botanischen Monster allesamt extrem tief reichende Wurzeln. „Du musst die Wurzeln ganz mit ausreißen, sonst wachsen sie aus im Boden steckengebliebenen Wurzelstücken nach!", bärte der Vater. Jedes Mal plärrte er das. Jedes Wochenende!

Idiot!, dachte Martin. Von deinem dämlichen Stiergebrüll kommen die Wurzeln auch nicht aus der Erde raus. Ich kann ja nicht mehr machen, als dran zu ziehen. Kann ich was dafür, wenn die Dreckswurzeln mittendrin durchreißen? Oder soll ich vielleicht jede Winde und jede Quecke mit dem Spaten zwei Meter tief ausgraben? Dann ist dein Scheißgarten eine Mondlandschaft! Warum machst du deine Drecksarbeit nicht mal selber? Dann siehst du, dass es unmöglich ist, die Wurzeln ganz mit auszureißen, du Kreischer! Laut sagte er nichts. Er wollte nicht zusammengeschlagen werden. Schon ein einziges falsches Wort genügte. Das hatte er in der Vergangenheit oft genug zu spüren bekommen. Innerlich kochte er vor Wut. Woche für Woche musste er die ganze Drecksarbeit auf dem Grundstück machen wie ein Sklave. Der Vater beschränkte sich darauf, Pflanzen auszugraben, dem Nachbarn zu schenken und neue Pflanzen zu setzen und mit dem Schlauch zu gießen. Die wirklich harten und schmutzigen Arbeiten wie Umgraben, Harken, Unkraut roppen, Rasenkanten schneiden, Gras rechen, Steine klauben und der gesamte restliche Mist blieben an Martin hängen.

Martin platzte beinahe vor Wut. Und wenn dann Besuch kommt, tutet er immer, wie entspannend die Gartenarbeit doch ist, der Mistkerl! Dabei macht er überhaupt nichts, außer mich anzutreiben und anzuschreien. Ich muss ja alles allein machen, sogar das Umgraben. Der tut doch im Garten und rund ums Haus keinen einzigen Handschlag! Wütend riss Martin einen Schachtelhalm aus. Nach dem Jäten musste er noch alles schön glatt rechen. Das Unkrautroppen nahm kein Ende. Überall im Rasen waren „braune Ecken". So nannte Martin die Flecken im Rasen, wo in nackter Erde Büsche und Zierpflanzen wuchsen. Ständig stach sein Vater neue braune Ecken aus dem Rasen aus und grad auf diesen offenen Flächen wucherte das Unkraut wie blöde.

Es erschien Martin wie ein Wunder, dass er um halb fünf von der Fron befreit wurde. Normalerweise suchte sein Vater solange Arbeit für Martin, bis der einzige freie Nachmittag in der Woche um war und es Zeit zum Abendessen war. Arbeit ohne Ende. Alle Samstage des Jahres, solange es draußen schön war. Martin hasste seinen Vater dafür. Er spürte, dass ihm die ganze Arbeit mit Absicht aufgehalst wurde. Der Vater konnte es nicht haben, dass Martin „seine Zeit vertrödelte", wie er das nannte. Immerzu sollte Martin schuften. Damit ich nur ja nicht mit den anderen Kindern spielen gehen kann!, dachte er zornig, während er die Gartengeräte säuberte und wegräumte. Natürlich stand sein Vater daneben und bärte pausenlos, wie er es richtig zu machen hatte. Das konnte der gut: danebenstehen, alles besser wissen, Martin anplärren und selbst nichts tun. Darin war der Vater richtig gut. Selbst tat er so gut wie nichts, der miese Schreihals.

Martin lief vors Haus auf die große Wiese. Dort kokelten Walter und noch ein paar Halbirre mit Streichhölzern herum. „Seid ihr meschugge?", fragte Martin. „Es hat seit Wochen nicht geregnet und die Wiese ist trocken wie Zunder. Wollt ihr einen Großbrand verursachen?"

„Wir passen ja auf", sagte Wal-Teer besserwisserisch.

„Wenn du meinst ..." Martin drehte sich um und ging. Wenn er blieb, würden Moppel und der Vater ihn verantwortlich machen, wenn etwas passierte. Walter durfte überhaupt nicht mit Streichhölzern spielen. Aber der hörte nicht. Das war ja das Dreckige, weil Walter, der Saukopp, sich von Martin nichts sagen ließ. Er baute absichtlich Scheiße und Martin wurde dann dafür bestraft. So lief es jedes Mal. Ohne mich, dachte Martin. Er nahm sich vor, ein bisschen Rad zu fahren. Er klingelte oben bei seinen Großeltern. Wenn er hintenrum lief und sein Vater ihn sah, fiel dem womöglich eine neue Sklavenarbeit für ihn ein. Es wäre nicht das erste Mal. Als die Oma aufmachte, lief Martin erst mal nach oben in die Wohnung. Er musste für Königstiger.

Als er mit Pinkeln fertig war, hörte er Geschrei. Seine Großmutter stand am Küchenfenster und schaute raus. Das tat sie ständig. Immer musste sie alles beobachten und überwachen. „Die haben sie nicht alle!", zeterte sie. „Die stecken die ganze Wiese an! Dieser Walter ist dabei. Wen wundert's! Der Sohn der Servierknuddel! Der muss natürlich bei jedem Räuberstreich mitmachen!" Sie schlug die Hand vor den Mund: „Jesses! Die Wiese brennt! Die ganze Wiese!"

Martin lief auf den Korridor raus und schaute aus der kleinen Dachluke. Die große Wiese brannte! Von ganz vorne, wo Walter und seine Kumpane gekokelt hatten, breitete sich eine Feuerwalze aus. Fasziniert beobachtete Martin, wie die knisternden Flammen die Wiese mit unglaublicher Geschwindigkeit überrannten. Die Kinder versuchten schreiend, die Flammen auszutreten. Vergebens. Die Flammenwand wuchs rasend schnell. Der Wind trieb sie über die Wiese auf die Drosselstraße zu.

„Jesses im Himmel!", kreischte die Großmutter. „Gleich fangen die Häuser da oben an zu brennen! Die haben das ganze Viertel in Brand gesteckt!" Von ferne ertönte das Tatütata der Feuerwehr. Kurz bevor das Feuer die andere Seite der großen Wiese erreichte, schoss der Feuerwehr-LKW heran. Die Feuerwehrmänner rissen die Schläuche vom Wagen und begannen zu spritzen, was das Zeug hielt. Aber so schlimm war es nicht. Das Feuer kam bis zur Straße und brannte an der Grenze zum Asphalt einfach nieder. Auch ohne Feuerwehr wäre wahrscheinlich nichts passiert. So aber wurde ein richtiger „Großeinsatz" daraus. Sogar ein Polizeiauto kam angebraust. Die Polizisten sammelten das Häufchen erschrockener Kinder auf und lieferten sie bei ihren Eltern ab. Es gab ein geharnischtes Donnerwetter von den Beamten.

Als die Polizisten Walter anschleppten, rannte Martin die Treppe hinunter. Das durfte er sich nicht entgehen lassen, dass der verhasste Stänker eins auf den Deckel kriegte. Gerade erklärten die Beamten mit strenger Miene, dass Streichhölzer nicht in die Hände von Kindern gehörten. Die „Brandstifter" hatten einstimmig ausgesagt, dass Walter die Streichhölzer mitgebracht hatte und dass es allein seine Idee gewesen war, ein Feuer zu machen. Moppel tat entsetzt.

Dann kam der Hammer. Sie fuhr herum und schnarrte Martin an: „Wat haste denn nüscht uffjepasst, du Trottel? Wo oft ha ik dir jesaacht, dat ihr de Finger von de Streichhölzer ze lassn habt!" Martin war so baff, dass er kein Wort herausbrachte. „Brauchst jar nüscht so blöd ze glotzn!", tobte Moppel mit ihrem besten Stechblick.

„Ich war ja überhaupt nicht dabei!", rief Martin entrüstet. „Ich habe die ganze Zeit hinterm Haus Unkraut roppen müssen, und danach war ich oben auf dem

Klo!“

„Du lügst doch!“, plärrte Moppel. „Det seh ik dir an!“

„Ich lüge nicht!“, begehrte Martin auf.

Die Großmutter kam die Treppe herunter: „Mit Martin braucht ihr nicht zu schimpfen. Der war bei uns oben.“ Sie zeigte auf Walter: „Der hat mit Zündeln angefangen. Ich habe es vom Fenster aus gesehen.“

Moppel sah Martin mit ihren stechenden Augen an, aber sie musste sich geschlagen geben. Ein einziges Mal kam sie mit ihrer ungerechten Verdrehung der Wahrheit nicht durch. Martin ging nach oben, damit sie sein triumphierendes Grinsen nicht sehen konnte. Er ging extra langsam. So konnte er zuhören, wie die grünen Männlein Walter gehörig die Hammelbeine lang zogen.

„Sei froh, dass nichts Schlimmeres passiert ist“, schlossen sie. „Wenn das noch einmal vorkommt, setzt es was!“

„Steckt den Kacker ins Erziehungsheim!“, flüsterte Martin.

Beim Abendessen motzte Moppel wieder los: „Hätteste ja man auf den Waalteer uffpassen könn! Du kümmerst dir jar nüscht.“

„Wie denn?“, gab Martin zurück. „Ich musste doch die Dachrinne saubermachen und danach Unkraut roppen. Wie kann ich denn dabei bitteschön auf den da aufpassen? Der muss doch nie im Garten und rund ums Haus arbeiten. Der streunt rum. Wie kann ich denn auf ihn aufpassen, wenn ich arbeiten muss?“ Er zeigte auf Wal-Teer. Er war fuchsteufelswild. Er musste sich große Mühe geben, nicht laut zu schreien, sonst würde er am Ende noch zusammengeschlagen werden wegen dem Walter-Scheißer. Du miese, ungerechte Kuh!, dachte er aufgebracht. Ich kann mich ja nicht teilen! Wenn dein stinkfauler Sprössling auch im Garten arbeiten müsste wie ich, könnte er nicht anderer Leute Wiesen abfackeln!

Laut sagte er nichts. Moppel schwieg ebenfalls. Sie musste einsehen, dass sie Martin nicht für die Missetaten ihres missratenen Früchtchens verantwortlich machen konnte. Mit stechenden Augen schaute sie ihn an. Sie hatte schwer an dieser Kröte zu schlucken, aber sie kam nicht darum herum.

Trotz seiner Wut empfand Martin Befriedigung. Pass halt auf deinen verzogenen Sohn auf!, dachte er. Und außerdem bin ich nicht dein kostenloses Kindermädchen!

Nach dem Essen ging er gleich nach oben. In seinem Zimmer hatte er wenigstens seine Ruhe. Er ordnete die losen Blätter der Wildwestgeschichte und nähte die einzelnen Lagen zu einem Heftblock zusammen. Dann verklebte er den Block am Rücken. Morgen häng ich den Buchblock in den Einband, nahm er sich vor.

Was nun? Lernen? Martin zog eine Grimasse. Lernen für die Schule war ungefähr so schön wie ein Fass Essig auszuztrinken. Da hatte er plötzlich eine blendende Idee. Sie kam einfach so aus dem Nichts herbeigeflogen. Lernen! Lernen für die Schule! Plötzlich wusste er, wie er es anstellen musste, am nächsten Mittwoch im Königreich Bayern zu übernachten.

*

Dienstag ließ er die Katze aus dem Sack. Er wollte am Mittwoch nach der Schule zu einem Klassenkameraden fahren. Der Alexander war ein Ass in Mathe und hatte Martin versprochen, ihm Nachhilfe zu geben. Was Martin verschwieg: Sie hatten in Mathe gerade Bruchrechnen, und das hatte er im Gegensatz zu sonst fix begriffen. Er war sicher, in der Klassenarbeit eine gute Note zu schreiben. Das wäre dann der „Beweis", dass das Lernen mit Alex was gebracht hatte. „Ich käme dann abends mit dem Siebenuhrzug nach Hause", sagte er.

Moppel konnte schlecht ablehnen. Lernen war ja etwas Lobenswertes. Aber wenigstens ein bisschen musste sie dagegen sein: „Siem Uhr is ze spät. Wenn, denn nimmste n Zuch früher!"

Martin war es zufrieden. Er hatte absichtlich einen späteren Zug vorgeschlagen, weil er sich hatte denken können, dass Moppel querschießen wurde. Drangekriegt!, dachte er zufrieden. Gleichzeitig ärgerte er sich. Immer musste Moppel dagegen sein. Immer musste sie ihre Macht demonstrieren, indem sie alles verbot oder zumindest abänderte. Sie musste überall hineinregieren. Was für eine ekelhafte Person! Er lief die Treppe hoch und ging in sein Zimmer. Er freute sich, dass er es geschafft hatte. Hätte ja sein können, dass Moppel ablehnte. Der war alles zuzutrauen. Die würde Martin sogar das gemeinsame

Lernen mit einem Schulkameraden verbieten, wenn sie den Verdacht hatte, dass Martin daran Gefallen fand.

Vielleicht könnte ich es einrichten, in den Ferien einmal die Woche „zu Alex lernen" zu gehen, überlegte Martin. Dann könnte ich ja mit meinem Fahrrad nach Homburg fahren. Ich stelle mein Rad bei „Alex" ab und fahre mit dem Zug nach Saarbrücken-Nassau in Bayern. Martin hatte einen Schulfreund, der in der Nähe des Homburger Bahnhofs wohnte. Dort konnte er sein Rad hinterm Haus auf den Hof stellen, damit es nicht fortkam. Die Idee gefiel ihm. Er zog eine Schublade seines Schreibtischs auf, in der er sein Berichtsheft versteckt hatte. Ganz vorne rechts lag seine rote Lupe in der Schublade. Martin schaute sie an. Die rote Lupe ... noch so ein Ding.

Er öffnete das Berichtsheft und schrieb „Die rote Lupe" als Überschrift hinein.

Acht Jahre alt war er gewesen, als er die rote Lupe bekam. Eigentlich war die Lupe nicht rot, die bestand komplett aus durchsichtigem Acryl; Plastikglas nannte Martin das als Kind. Die Hülle aus Kunstleder, in die man die Lupe einklappen konnte, war rot. Manchmal fuhren Martins Eltern für ein oder zwei Tage fort. Sie benutzten einen Firmenwagen und der Vater hatte irgendwo in Deutschland als Ingenieur zu tun oder so. Genaueres wusste Martin nicht, weil man ihm nichts darüber erzählte. Es hatte sich eingebürgert, den Kindern kleine Geschenke von solchen Ausfahrten mitzubringen, nur Kleinigkeiten, aber er freute sich über jedes Geschenk, mochte es auch noch so billig sein.

Mit fünf Jahren hatte er eine tanzende Kuh bekommen, ein Viech aus Holzperlen mit Gummischnüren im Inneren, die die Kuh aufrecht hielten. Sie stand auf einem kleinen Podest und unten drin befand sich ein Drücker, den man gegen eine Spannfeder eindrücken konnte. Je nachdem, wie feste man den drückte, ließ die Spannung in den Gummischnürchen nach, die die kleine Kuh aufrecht hielten. Dann begann sie die merkwürdigsten Verrenkungen zu machen. Martin hatte wochenlang mit dem Spielzeug gespielt. Als es irgendwann kaputt ging - er war vielleicht sieben Jahre alt - war er todunglücklich.

Ja, und nun die rote Lupe.

Wieder einmal waren Vater und Mutter losgefahren, in einem Firmenmercedes, wie die Mutter nach der Rückkehr stolz berichtete. Der hatte sogar Liegesitze.

Martins Geschwister hatten hübsche Kleinigkeiten erhalten und für ihn gab es die kleine Lupe, ein einfaches Plastikding mit zweifacher Vergrößerung. Martin freute sich. Er hatte sich schon lange ein Vergrößerungsglas gewünscht. Viele seiner Freunde hatten eins und sie nahmen es oft mit, wenn sie loszogen, um durch die Natur zu streifen. Martin hörte auf zu schreiben. Er schaute die Lupe an und spürte, wie ihm Tränen in die Augen steigen wollten. Noch heute nach all den Jahren tat es weh. „Warum hat sie es mir gesagt?“, flüsterte er. „Warum hat sie es nicht für sich behalten?“ Er wusste, warum, oh ja. Und gerade das war es, was ihm so unsagbar wehtat.

Die Lupe war kein Geschenk, das in einem Geschäft gekauft worden war. Gleich als er das kleine Ding überreicht bekam, erklärte es die Mutter in epischer Breite: „Du solltest eigentlich gar nichts bekommen. Du bist schon viel zu groß und außerdem hast du es nicht verdient. Aber als wir auf dem Autobahnparkplatz haltmachten, fanden wir das Ding. Es lag hinter den Büschen auf dem Boden, da, wo die Leute alle hingepinkelt haben. Man sah auch Klopapier. Da haben wohl auch welche ein größeres Geschäft verrichtet, weil es auf dem Parkplatz kein Toilettenhäuschen gab. Mittendrin lag die Lupe. Die ist wahrscheinlich einem beim Kacken rausgefallen. Die haben wir vom Boden aufgehoben und dir mitgebracht. Das ist mehr als gut genug für dich.“ Die Worte der Mutter schnitten wie scharfe Messer in Martins Herz. Jedes Wort war wie ein Giftpfeil, der seine Seele durchbohrte. „Hast es nicht verdient, du Taugenichts!“ „Bekommst nichts!“ „Du nicht!“ „Dreck ist gut genug für dich.“ „Die lag mitten in der Pisse und Kacke … gut genug für dich!“

Und so weiter und so fort. Hätte die Mutter mit keinem Wort erwähnt, wo sie die Lupe aufgelesen hatte, hätte Martin sich wie ein Schneekönig über das kleine Geschenk gefreut. Aber seine Mutter hackte ewig auf dem Thema herum. Noch drei Wochen später erzählte sie Martin ausführlich, wie sie die Lupe hinter den Büschen des Autobahnparkplatzes gefunden hatten. Vielleicht hatten bereits etliche Leute draufgepisst. Vielleicht auch mehr als nur gepinkelt? Und der Regen hatte es „ein wenig abgewaschen“. Wer weiß. Das ist gerade gut genug für dich! Ein Ding, das im Dreck lag, vollgepisst und vollgeschi ... Jedes Mal, wenn sie wieder damit anfing, musste Martin gegen die Tränen ankämpfen. Warum nur war seine Mutter so grausam und gemein zu ihm? Hasste sie ihn so sehr, dass sie ihn pausenlos quälen musste? Warum? Warum hasste sie ihn? Er war doch ihr Kind!

Martin legte den Stift zur Seite. Er konnte nicht weiterschreiben. Was denn auch? Dass sie ihn gehasst hatte und ihm das Leben zur Hölle gemacht hatte? Mehr hatte seine Mutter nie getan. Er erinnerte sich noch heute an die diebische Freude, die in den Augen seiner Mutter geschimmert hatte, wann immer sie ihm die Geschichte von der vollgepissten und eventuell sogar vollgeschi ... Lupe erzählte. Mehr hast du nicht verdient! Eigentlich solltest du gar nichts bekommen! Was zwischen Pisse und Kacke lag, ist gerade gut genug für dich! Das ließ sie immer und immer wieder durchblicken. Wochenlang.

Martin packte die Sachen weg. Er konnte nicht mehr. Es war zu viel.

Er hockte sich in eine Ecke des Zimmers, legte die Arme auf die Knie und den Kopf auf die Arme. Heiße Tränen brannten in seinen Augen und in der Kehle würgte es ihn. Doch er konnte nicht weinen. Es kamen keine Tränen. Er konnte nur dasitzen und sich entsetzlich fühlen. Wie sein ganzes Leben lang. Er konnte nicht einmal vor Schmerz weinen. Er konnte nur still leiden. Wie eine Schildkröte. Die konnten auch nicht weinen oder schreien, wenn man ihnen Schmerzen zufügte. Wie eine Schildkröte hockte er in der Zimmerecke.

*

Tags darauf war er morgens schon ganz kribbelig. Er konnte dem Unterricht kaum folgen und gab sich wundervollen Fantasien hin, in denen er mit Heidi zusammen war. Mittags benutzte er den Durchgang Punkt 12 Uhr und erreichte so den früheren Zug nach Saarbrücken-Nassau. Dort wartete Heidi auf ihn. Ihre Augen blitzten vor Freude. „Martin!", rief sie aufgeregt. „Stell dir vor, ich habe eine Eins im Aufsatz!" Mit einem Jauchzer fiel sie ihm um den Hals. „Danke!"

Martin stand da wie Lots Weib, zur Salzsäule erstarrt. Er spürte Heidis Herzschlag an seinen Rippen und nahm den Duft ihres Haares wahr. So nah hatte er Heidi noch nie gespürt. Sein Herz sprang hoch wie ein erschrockenes

Kaninchen und die Härchen in seinem Nacken begannen vor Elektrizität zu knistern. Bevor er die Umarmung erwidern konnte, löste sich Heidi von ihm. Ihre Wangen färbten sich rot. „Danke für deine Hilfe, Martin. Mir ist ein Stein vom Herzen gefallen. Du glaubst nicht, wie erleichtert ich bin. Ich hatte solche Angst, den Notenschnitt nicht zu schaffen. Es reicht schon, in einem einzigen Fach nicht gut genug zu sein, dann verliert man das Stipendium, und nun, wo du mir beigebracht hast, gute Aufsätze zu schreiben, werde ich es schaffen. Danke!"

„Das habe ich gerne gemacht", sagte Martin. Er wand sich vor Verlegenheit. Heidis überschwängliche Dankbarkeit machte ihn unsicher. Er suchte nach Worten, aber ihm fiel nichts ein, was er sagen konnte. Gott, kam er sich dämlich vor! Sag irgendwas!, schrie er sich in Gedanken an. Mach die Klappe auf, du Blödkolben! Aber sein Kopf war wie leer geblasen. Immer wieder dachte er daran, wie er Heidis Körper an seinem eigenen gespürt hatte, wie er ihren Herzschlag gefühlt hatte und wie ihr Haar geduftet hatte.

„Du musst was sagen, du Idi!", blökte die Stimme in seinem Hinterkopf. „Sag was!"

„Ich habe die Bücher vergessen", platzte Martin heraus. „Hab sie … die … sie liegen zu Hause, weil ich nicht dran gedacht habe, nein vergessen, meine ich, die Bücher."

„Trottel!", höhnte die Stimme in seinem Kopf. Er sah die Enttäuschung in Heidis Augen.

„Es tut mir leid, Heidi", stotterte er. „Aber ich habe sie ja nicht absichtlich vergessen, weißt du?" Herrgott! Redete er da einen Stuss zusammen! „Die Bücher, meine ich. Weil doch das neue noch unter den Büchern liegt, dem Bücherstapel, meine ich, da liegt das drunter. Um es flachzupressen, damit sich der Einband nicht wölbt. Und da habe ich es vergessen und die anderen auch. Es tut mir leid."

Heidi schaute ihn ernst an: „Martin? Möchtest du vielleicht nicht, dass ich deine Bücher lese? Bitte sei ehrlich." Sie sah traurig aus.

„Nein! Doch! Ich meine, ja! Also, ich will schon, dass du sie liest. Es tut mir leid,

Heidi. Ich habe sie wirklich vergessen. Nächste Woche bringe ich sie mit. Versprochen."

„Ich hatte mich schon so darauf gefreut", sagte sie leise. Sie klang sehr enttäuscht. „Na gut. Dann eben nächste Woche. Kommst du? Das Fest wartet."

„Ja. Ich meine Nein!"

Sie blickte ihn verdutzt an: „Nein?"

Martin grinste linkisch: „Doch. Ja. Aber erst mal Nein. Ich habe was für dich."

Wenigstens *die* habe ich nicht vergessen, ich Quarknase, dachte er. „Ich habe eine Überraschung für dich, Heidi."

Sie machte große Augen: „Eine Überraschung? Was ist es denn? Zeig es mir."

Martin schüttelte seine Schultasche. Es klackerte leise.

Heidi schaute verdutzt: „Was ist das?"

Martin stellte die Schultasche auf den Bahnsteig: „Pass auf, dass sie dich nicht beißen!" Er grinste.

„Beißen?" Sie legte den Kopf schief.

Martin öffnete seine Schultasche und schaute hinein: „Sie sind nämlich noch nicht gezähmt. Da weiß man nie." Er grinste noch mehr.

Heidi machte den Hals lang, um in die Schultasche zu schauen: „Was ist es? Sag es mir!"

Martin grinste wie ein Honigkuchenpferd: „Die Fußwärmer eurer Tomaten haben mich drauf gebracht." Er fasste in die Schultasche und lockte: „Komm! Na komm!" Er fischte in der Tasche herum: „Mann, sind die flink!"

Heidi kippte vor Neugier fast aus den Holzschuhen: „Martin? Was ist das? Sag schon!"

Martin holte die Steinkobolde hervor und präsentierte sie Heidi: „Da. Pass auf, die beißen!"

Heidi bekam Kugelaugen, als sie die ulkigen Tiere sah. Sie quietschte vor Begeisterung. „Martin! Sind die süß! So etwas Goldiges habe ich noch nie gesehen!"

„Das sind Gnorze", erklärte Martin fachmännisch. „Man nennt sie auch Topfkobolde oder Steinkobolde. Sie leben in Töpfen und bewachen die Pflanzen und wenn einer der Pflanze was antun will, hopsen sie heraus, dem Angreifer direkt auf den Fuß. Dann gibt's dicke Zehen und die Topfpflanzen werden in Ruhe gelassen."

Heidi lachte. Sie war hellauf begeistert. „Was für eine nette Überraschung. Solche hat sonst niemand."

„Ich habe sie mit Ölfarben und Pinsel selbst gemacht", sagte Martin.

Heidi nahm die Kobolde in die Hand: „Die sind klasse! Sie haben sogar ein aufgemaltes Fell. Richtig knuffig. Und wie die schauen! So goldig. Einfach süß!" Wieder quietschte sie vor Begeisterung. Sie schaute Martin an: „Du, damit könnte man Geld verdienen. An langen Winterabenden könnte man Kieselsteine anmalen und im Frühjahr verkauft man die Gnorze an wohlhabende Bürger. Ich wette, viele Leute würden solche Tierchen für ihre Topfpflanzen haben wollen. Reich wird man nicht, aber es wäre ein kleines Zubrot."

„Ich kann dir Pinsel und Farben besorgen", schlug Martin vor. „Das mach ich gerne, Heidi. Für dich ist mir nichts zu schade."

Sie wurde rot. „Lieb hast du das gesagt. Du bist nett."

Eine Weile standen sie schweigend da, während sich um sie herum der Bahnsteig leerte. Es war ein angenehmes Schweigen. Irgendwie verschwörerisch. Vertraut. „Gehen wir", sagte Heidi. „Wir müssen die Kobolde und deine Schultasche zu uns nach Hause bringen. Die Prozession geht bald los."

„Ich kann über Nacht hierbleiben", sagte Martin, als sie den Bahnhof verließen.

Heidis Augen leuchteten auf: „Wirklich? Das ist wunderbar! Es wird dir gefallen. Gerade abends wird es erst richtig schön. Die Fischersiedlung ist bunt beleuchtet und alle singen und tanzen und die Kinder lassen Brettchen mit Teekerzen auf den See hinausschwimmen. Tausende kleine Lichter tanzen auf dem Wasser." Sie schaute ihn an: „Ich freue mich so sehr, dass du bei uns übernachtest."

In der Fischersiedlung wurden sie von Klara und Elisabeth empfangen.

„Wir haben auf euch gewartet", sagte Klara. „Mama und Papa sind mit

Herrmännchen schon losgegangen."

Heidi präsentierte ihre Steinkobolde: „Guckt mal, was Martin für mich gemacht hat."

Heidis Schwestern waren begeistert. „Sind die niedlich!", rief Elisabeth.

„Wenn du willst, mach ich dir für nächste Woche auch einen", sagte Martin.

„Ehrlich?" Elisabeths Augen leuchteten auf. „Du bist so lieb, Martin." Sie fiel ihm um den Hals.

„Macht voran", sagte Klara. „Die Prozession fängt gleich an. Wenn wir sie von Anfang an miterleben wollen, müssen wir uns sputen."

Sie setzten die Kobolde in die Tomatentöpfe, verstauten Martins Schultasche und liefen los. „Wir gehen zum Ende des Marktplatzes", rief Klara im Laufen. „Dort kann man auf die Mauer vom Hospital klettern. Von dort oben hat man den besten Blick auf die Prozession." Sie liefen, so schnell sie konnten. Auf der Mauer saßen schon etliche Kinder, aber sie fanden freie Plätze. Unten auf dem Marktplatz drängten sich rechts und links Menschenmassen. Für die Prozession wurde eine breite Schneise frei gehalten.

„Die Leute kommen von überall her, um die Fronleichnamsprozession anzuschauen und zu feiern", erzählte Heidi. „Die Prozession von Saarbrücken-Nassau ist berühmt im ganzen Reich."

In der Ferne ertönte Blasmusik. „Da sind sie!", rief Klara. „Die Prozession kommt!" Am Ende des Marktplatzes erschien ein endloser Lindwurm aus marschierenden Menschen. Blaskapellen liefen in Reih und Glied, Ordensschwestern, Bauern in traditionellen Trachten, ein kompletter Schützenverein. dessen Mitglieder alle paar Minuten mit Böllergewehren in die Luft schossen. Schulkinder zogen geschmückte Bollerwägelchen hinter sich her, der Gesangsverein der Dillinger Grube marschierte singend vorüber, in die typische schwarze Bergmannstracht mit hoher Mütze gekleidet. Dann kam ein Schiff aus Pappmaché und Holz, gezogen von acht Ochsen. Die Saarschiffer warfen Bonbons in die Menge. Begeistert sammelten die Kinder rechts und links der Prozession sie auf. Jedes Handwerk war durch eine marschierende Gruppe vertreten. Die Schmiedeinnung marschierte hinter einem Fuhrwerk her, auf dem zwei Schmiede an einer richtigen Esse Hufeisen schmiedeten. Die Tuchweber liefen mit dreißig Leuten in einer Schlange hintereinander her, eine über dreißig Meter lange Tuchbahn an Stöcken über dem Kopf tragend. Vorne waren dem Untier große Glotzaugen aufgenäht.

Es gab viel zu sehen. Martin gefiel es. Es war ähnlich wie der Rosenmontagszug in Neunkirchen, bloß viel schöner. Eine Schulklasse in der grün-weißen Tracht des Hochwaldes marschierte Flöte spielend vorbei. Martin beobachtete etliche Leute, die die Prozession mit Fotoapparaten fotografierten.

„Ich möchte auch so einen Apparat haben", sagte er zu Heidi. „Leider sind heute die Geschäfte geschlossen."

„Was willst du denn damit aufnehmen?", fragte sie über den Lärm hinweg.

„Alles", gab Martin zur Antwort. „Den Marktplatz, den Saarsee, die Fischersiedlung und dich." Er wurde rot.

„Mich?" Sie sah ihn mit schräg gelegtem Kopf an.

„Ja", antwortete Martin. „Dann habe ich ein Foto von dir. Das trage ich immer bei mir."

Sie blickten sich an und wurden beide gleichzeitig rot. Schweigen breitete sich zwischen ihnen aus. Es war ein gutes Schweigen. Drunten marschierte eine Blechkapelle übers Kopfsteinpflaster des Marktplatzes und spielte eine rührselige Melodie. Wie in einem Film, dachte Martin. Er schaute Heidi an. Er konnte den Blick nicht von ihr lösen. Wie liebte er sie in diesem Moment.

„Die Märtyrerkinder kommen!", krähte Elisabeth. Sie sprang auf und stellte sich auf die schmale Mauerkrone.

„Pass auf, dass du nicht runterfällst", warnte Klara. „Das hätte noch gefehlt, dass du auf Fronleichnam mit einem gebrochenen Bein ins Hospital musst."

„Ich bin ja schon da", gab Elisabeth lachend zur Antwort. „Ich brauch mich bloß nach hinten fallen zu lassen, dann lande ich genau vorm Portal des Krankenhauses." Sie begann zu winken: „Hurra! Hurra! Die Märtyrerkinder sind da!"

Martin und Heidi blickten auf. Der Bann war gebrochen.

Am anderen Ende des Marktplatzes kam der wichtigste Teil der Fronleichnamsprozession heran. Zwanzig Mädchen in weißen Kleidern mit angenähten Engelsflügeln trugen ein großes Tragegestell, auf dem der Sarg des Heiligen Alfons aufgebahrt lag. Die Mädchen gingen barfuß und jeweils fünf von ihnen waren mit goldenen Handschellen an den Tragehölzern rechts und links und vorne und hinten festgemacht. Die Menge jubelte ihnen zu.

Martin betrachtete die Engelkinder. Es waren Mädchen zwischen acht und zwölf Jahren. Sie sahen ziemlich dünn aus. Aus dem Dillinger Waisenhaus waren die, das hatte Klara erzählt. So wie die aussehen, bekommen sie nicht allzu viel zu essen im Waisenhaus, dachte Martin. Es scheint also doch Schlechtes in dieser Welt zu geben. Nicht alles ist eitel Sonnenschein.

Die Menge jubelte. „Hurra! Hurra!", schrien die Leute im Chor. Fotoapparate wurden gezückt.

Dann war der Sarkophag des Heiligen Alfons vorbei. Dahinter kam noch eine Blaskapelle, danach war Schluss.

Nun folgten die Zuschauer dem Sarg und den Engelkindern. Martin und die Herdermädchen warteten, bis die Menge vorüber war. Dann schlossen sie sich dem Zug an und liefen der Prozession hinterher bis zur Märtyrerkirche am Saarsee. In der Kirche fanden sie keinen Platz mehr, darum lauschten sie von draußen. Nach der Messe quoll das Volk aus der Kirche und verteilte sich auf dem großen Platz am Seeufer. Dort war eine Kirmes aufgebaut mit Verkaufsbuden und Karussells. Die Karussells wurden von Dampfmaschinen angetrieben. Martin und Heidi spazierten überall herum. Manchmal waren Elisabeth und Klara bei ihnen, dann wieder flitzten die beiden jüngeren Mädchen davon, um mit irgendwelchen anderen Kindern umherzustromern. Sie waren in heller Aufregung. Es gab ja so viel zu sehen.

Martin war von den großen dampfbetriebenen Straßenlokomotiven fasziniert, die die Karussells antrieben. Traction Engines nannte man die; das wusste er von einer Doku im Fernsehen. Sie sahen aus wie riesige Traktoren mit Eisenreifen. Die großen, auf den Maschinen montierten Dynamos erzeugten den Strom, mit dem einige der Karussells angetrieben wurden.

„Warte bis heute Abend", sagte Heidi. „Dann erstrahlt die ganze Kirmes in buntem Licht. Überall scheinen dann farbige Glühbirnen. Sogar die Dampflokomobile sind damit geschmückt." Sie stromerten an den Verkaufsbuden vorbei. Das Angebot an verschiedenen Sachen war riesig. Martin schwirrte der Kopf.

Es gab vor allem Aufziehsachen. Was in seiner Welt mit Batterien angetrieben wurde, hatte im Königreich Bayern ein Aufziehwerk. Da waren Spieldosen in allen Größen. Es gab sogar welche mit geprägten Messingscheiben, die man auswechseln konnte, um verschiedene Lieder erklingen zu lassen. Andere hatten Walzentriebwerke. Die gab es auch bei ihm zu Hause. Er sah kleine Fische aus Blech. Wenn man sie aufzog, schlug ihr Schwanz und sie bewegten sich durchs Wasser. Mehrere der hübschen Dinger schwammen schwanzwedelnd in einem kleinen Glastank. Der Inhaber des Verkaufsstandes zog sie immer wieder auf. Dutzende Kinder drängelten sich vor dem Becken und betrachteten die Attraktion sehnsüchtig. Gerade als Martin mit Heidi dazukam, setzte der Verkäufer einen Blechfrosch ins Wasser. Der schlug mit den Hinterbeinen und schwamm mit den Blechfischen um die Wette.

Vom Kirmesplatz aus wanderten Heidi und Martin nach St. Johann zum Marktplatz. Unterwegs erstand Martin frische Waffeln für sich und Heidi. Als sie den Kirmesplatz verließen, sah Martin eine 60cm-Schmalspurbahn. Eine kleine Dampflok zog offene Wägelchen hinter sich her, in denen sich Kirmesbesucher drängelten.

„Die fährt immer rund um den Kirmesplatz", erklärte Heidi.

Auf dem Marktplatz hatte Herr Meyer vom Musikgeschäft seine Drehleier aufgebaut und machte Musik. Eine Blase von Kindern stand um ihn herum und sang zur Leierkastenmelodie.

„Hallo, ihr beiden", grüßte Herr Meyer und grinste, dass sein Backenbart wackelte. Er zwinkerte Martin zu: „Kannst du inzwischen auf der Kreuzerflöte spielen?"

Martin nickte: „Es ist ganz einfach, wenn man die Griffe mal im Kopf hat."

„Ich kann auch."

Martin drehte sich um. Ein mageres Mädchen mit dunklem Haar und einem ärmlichen Kleid stand vor ihm. „Heike! Schön, dich zu sehen. Wie geht es dir?"

„Danke, gut." Sie lächelte ihn an. „Ich habe Flöte spielen gelernt. Matthias und Grete haben es mir beigebracht. Es war so nett von dir, mir die Flöte zu schenken. Danke."

„Hab ich gern gemacht, Heike." Martin genierte sich ein wenig, weil das Mädchen so dankbar war. Er schaute zu Boden. Selbst an diesem hohen Feiertag lief Heike barfuß. Hatten ihre Tanten nicht einmal Geld für simple Holzschuhe?

Heike bemerkte seinen Blick. Sie presste die Lippen zusammen und wurde rot.

Martin tat das Mädchen unendlich leid. Er trat zu ihr und fasste sie am Arm.

Heike senkte den Blick. „He, Heike, es macht nichts", sagte er freundlich. „Mir ist egal, ob du barfuß gehst."

„Wir sind arm", sagte das Mädchen. Sie starrte noch immer zu Boden.

„Das ist doch nicht schlimm", sagte Martin. Er fasste Heike unters Kinn und zwang sie sanft, den Kopf zu heben und zu ihm aufzuschauen: „Heike, du brauchst dich nicht vor mir zu schämen. Du kannst nichts dafür, dass du arm bist."

Sie schaute ihn an. Martin merkte, dass sie kurz davor war, zu weinen. „Ehrlich, Heike!", sagte er beschwörend. „Man darf einen Menschen nicht nach Äußerlichkeiten beurteilen. Ich tue so etwas nicht. Ich mag dich, so wie du bist. Es ist mir völlig egal, ob du in alten Kleidern daherkommst. Für mich zählt nur das Herz. Da, wo ich herkomme, bin ich auch ziemlich arm." Komisch! Mit Heike konnte er so sprechen. Wenn er mit Heidi redete, fiel ihm oft nichts ein und er fühlte sich immer schrecklich gehemmt.

Heike schaute ihn aus großen Augen an: „Du bist der netteste Junge, den ich je kennengelernt habe."

Martin hatte eine Idee: „Weißt du was? Nächste Woche treffen wir uns und ich kaufe dir ein Paar Holzschuhe." Er nahm ihr aus Resten zusammengenähtes Kleid ins Visier. „Und ein hübsches Kleid dazu. So eins, wie Heidi es trägt."

Heike riss die Augen auf. „Das kann ich nicht annehmen", stammelte sie. Sie war fassungslos. Immer wieder schüttelte sie den Kopf.

„Doch, Heike", beharrte Martin. „Das kannst du. Weil ich hier bei euch im Land sehr wohlhabend bin. Ich besitze viel Silber. Ich tue das gerne für dich, Heike."

Heikes Augen schwammen in Tränen. Plötzlich fiel sie Martin um den Hals. „Danke", sagte sie. „Danke, Martin! Du glaubst nicht, was das für mich bedeutet. Ich habe mich immer geschämt, weil ich so ärmlich daherkomme." Sie wich zurück, einen erschrockenen Ausdruck im Gesicht. Ihre Wangen färbten sich rot. Sie schaute ihn unsicher an.

„Versprochen", sagte Martin. „Nächstes Mal, wenn ich wieder hier bin."

Heidi zupfte ihn am Ärmel: „Lass uns wieder auf die Kirmes gehen. Kommst du?"

Sie verabschiedeten sich vom Herrn Meyer und Heike und gingen zur Märtyrerkirche zurück. Heidi schaute seltsam drein. Das war ihm schon die Woche zuvor aufgefallen. War sie etwa sauer, weil er nett zu Heike war? Er hatte doch bloß Mitgefühl mit dem armen Mädchen. Martin kratzte sich am Kinn. Na ja, ein wenig gefiel ihm, dass Heike ihm ihre Dankbarkeit so deutlich gezeigt hatte. Es hatte sich schön angefühlt, als sie sich an ihn drückte. Und wenn er ehrlich mit sich selbst war, musste sich Martin eingestehen, dass Heike ihm recht gut gefiel. Er mochte ihre traurigen rauchgrauen Augen in dem schmalen Gesicht. Dass sie immer ein wenig verhuscht aussah, machte sie in seinen Augen erst recht anziehend. Er konnte sich gut vorstellen, Heike zu umarmen oder ihr Gesicht mit den Händen zu umfassen und ihr etwas Nettes zu sagen.

Aber nie im Leben konnte Heike in Konkurrenz zu Heidi treten. Wie sehr hatte Martins Herz gepocht, als Heidi ihm bei der Begrüßung um den Hals gefallen war, weil sie sich so sehr über die gute Note für ihren Aufsatz freute. Dagegen kam Heike nicht an. Heidi hatte keinerlei Grund, eifersüchtig zu sein.

Martin wollte ihr das sagen, doch plötzlich waren seine Stimmbänder wie gelähmt und er brachte kein Wort hervor. Er fühlte sich schüchtern wie noch nie.

Sag was, du Blödkolben!, schrie er sich in Gedanken an, doch er konnte nicht sprechen. Es war zum Verrücktwerden.

Vielleicht bilde ich mir alles nur ein. Ich liebe Heidi mit jeder Faser meines Herzens, aber kann ich sicher sein, dass sie ebenso fühlt? Ist sie denn überhaupt eifersüchtig? Vielleicht fand sie es bloß sterbenslangweilig, danebenzustehen, während ich Heike nette Dinge sagte.

Heidi war nett zu Martin. So war sie wohl zu all ihren Freundinnen und Freunden. Martins Unsicherheit wuchs. Er schielte zur Seite. Heidi ging neben ihm her und betrachtete im Vorbeigehen die Auslagen der Buden.

Sie kamen bei der Märtyrerkirche an. Direkt neben dem Kirchentor war ein Verkaufsstand aufgestellt, der Devotionalien feilbot. Es gab Kerzen mit dem Bild des Heiligen Alfons, Bildchen und Hefte, welche die Geschichte mit den Märtyrerkindern in Bildern erzählten.

Heidi blieb stehen: „So ein Heftchen kaufe ich für Herrmännchen. Das lese ich ihm als Gutenachtgeschichte vor."

Ihr Blick fiel auf einige Medaillons in der Auslage. Sie zeigten ein Kreuzsymbol, umrahmt von einer Dornenkrone, das Zeichen der Märtyrerkirche. Man konnte sie sich mit einem Kettchen um den Hals hängen. Es gab billige Medaillons aus Blech und welche aus Gold, die mehr kosteten. Und da lag eins aus Silber. Heidi ließ die Fingerspitzen über das Schmuckstück gleiten: „Das ist das hübscheste von allen." Sie lächelte traurig. Sie wusste, dass acht Silbertaler viel zu viel Geld für ein Schmuckstück waren. „Ich werde eines aus Blech nehmen. Die sind auch schön."

Martin holte seinen Geldbeutel hervor. „Das silberne Medaillon bitte", sagte er zur Verkäuferin.

Heidi fuhr herum, die Augen aufgerissen: „Martin! Nein! Das kannst du nicht! Das ist viel zu teuer!" Sie sah erschrocken aus.

Martin schaute sie an. Es war zum Verzweifeln. Immer, wenn er ihr etwas Wichtiges zu sagen hatte, brachte er den Mund nicht auf. Er legte acht Silbertaler in die Geldschale der Verkäuferin: „Ich nehme es." Dann hob er das Medaillon hoch und hielt es Heidi hin: „Für dich."

„Martin!" Ihre Stimme war nur noch ein heiseres Flüstern. Ihr Blick ging ihm durch und durch. „Für mich?"

Ihm wurde klar, dass auch Heidi arm war. Fischer waren keine reichen Leute. Er reichte ihr den Schmuck: „Zieh es an. Bitte."

Heidi öffnete die Schließe und legte sich das Kettchen um den Hals. „Machst du es bitte zu?", fragte sie.

Martin trat hinter das Mädchen und schloss das Kettchen. Sie hielt ihr dichtes blondes Haar hoch. Seine Fingerkuppen kribbelten vor Elektrizität. Heidi so nahe zu sein, raubte ihm schier den Atem. Du brauchst dir wegen Heike keine Gedanken zu machen, dachte er. Laut konnte er es nicht sagen, weil seine Stimmbänder wieder einmal von der seltsamen Lähmung befallen waren.

Heidi drehte sich zu ihm um. Das Medaillon funkelte auf dem blauen Stoff ihres Kleides: „Wie sieht es aus?"

„Hübsch", antwortete er. „Es steht dir."

„Kein Mädchen, das ich kenne, besitzt etwas so Wertvolles."

Martin konnte ihrem Blick kaum standhalten. Er glaubte, er müsse jeden Moment verbrennen. Sein Herz pochte so sehr, dass er sicher war, dass man es auf dem gesamten Kirmesplatz hören konnte. Ich liebe dich, dachte er, aber er brachte keinen Ton hervor, nicht einen einzigen Laut.

Von irgendwo erklang Akkordeonmusik. Heidi zuckte zusammen. Ihre Augen leuchteten auf: „Franznenmusik!" Sie packte ihn an der Hand: „Komm mit!"

Martin folgte ihr zu einer großen hölzernen Tanzbühne. Dort musizierten Männer und Frauen mit schwarzen Haaren und dunklen Augen auf Akkordeons, Mundharmonikas, Geigen, Schalmeien und Trommeln. „France Danse!", rief einer der Sänger. „Un, deux, trois, quatre!" Er stieß einen jodelnden Schrei aus und griff in die Tasten seines Akkordeons. Etliche Paare tanzten zu der schnellen, treibenden Musik.

„Komm!", rief Heidi begeistert. Am Rand der Tanzbühne schüttelte sie die Holzschuhe von den Füßen. Lachend zog sie Martin auf die Tanzfläche hinauf. Sie packte seine Hände und sie reihten sich in den Pulk durcheinanderwirbelnder Paare ein. Martin war froh, dass seine Tante ihm ein wenig Tanzen beigebracht hatte. Der Tanz funktionierte ähnlich wie eine Polka, war aber schneller.

Martin wirbelte mit Heidi im Arm im Kreis herum. Er ging ganz in der Musik auf. Er sah nur noch Heidi vor sich. Das Blut rauschte ihm in den Ohren. So nahe waren sie sich noch nie gewesen. „France Danse!“, riefen die Sänger im Chor. „Un, deux, trois, quattre!“ Dann kam der jodelartige Schrei und danach der Liedtext auf Französisch. Martin verstand nur so viel, dass es um einen schnellen Tanz ging und einem die Musik und das schöne Mädchen, das man im Arm hielt, den Kopf verdrehten. Der Text passte haargenau auf ihn selbst. Heidi verdrehte ihm den Kopf, und das nicht zu knapp. Er ertrank in ihren Augen.

Als das Lied zu Ende war, fing gleich das nächste an. Martin verlor jedes Zeitgefühl. Er drehte sich mit Heidi im Kreis, fasste sie an den Händen, sie ließen sich hintenüber fallen und er wirbelte mit ihr im Kreis. Dann zog er sie in seine Arme und sie tanzten mit den anderen Paaren umeinander herum. Martin schaute in Heidis Gesicht, sah ihre geröteten Wangen, die leuchtenden Augen, die verschwitzten Haare ihres Stirnponys. Um sie herum erklang das rhythmische Stampfen der Tänzer, die Instrumente gellten, die Trommeln dröhnten ihr treibendes Stakkato. Martin wusste nicht, wie lange sie getanzt hatten, als die Musiker eine Pause einlegten. Sie räumten das Feld für eine andere Band; ebenfalls Franznen.

„Ooh!“, seufzte Heidi und klammerte sich an Martin fest. „Ich glaube, ich bekomme keine Luft mehr.“ Sie keuchte. Ihr vom Tanzen erhitztes Gesicht erschien Martin schöner denn je.

„Ich muss was trinken“, japste sie lachend. Sie hopste von der Tanzbühne und steuerte einen Kiosk an, der Getränke anbot. Martin kaufte zwei Waldmeisterlimos.

„Diese Musik ist fantastisch“, sagte er. Oben auf der Bühne ging der Tanz wieder los. Martin beobachtete die Tänzer. Er entdeckte Heidis Schwestern Klara und Elisabeth, die quietschvergnügt zwischen den Tänzern auf der Bühne herumwirbelten. „Unglaublich, was die aus ihren Instrumenten rausholen. Und die Melodien sind einfach hinreißend.“

„Sie sind keltischen Ursprungs.“ Neben ihnen stand ein älterer Herr im Gehrock.

Er trug ein Monokel im rechten Auge. Er sah aus wie ein Professor. „Die Franznen haben diese Musik aus ihrer Heimat mitgebracht und im bayerischen Exil mit deutscher Volksmusik und britannischem Buggie-Wuggie gemischt. Heraus kam diese schnelle, treibende Musik. Aber die langsamen Balladen sind auch schön." Der Mann lächelte Martin zu. Es schien ihn sichtlich zu freuen, einen interessierten Zuhörer zu haben. Wahrscheinlich hatte der freundliche Herr an Martins Kleidung bemerkt, dass er nicht von hier war.

„Die Instrumente sind meist recht einfach", erklärte der Mann. „Triangeln und simple Trommeln, dazu Flöten und Schalmeien. Es sind billige Instrumente. Akkordeons, Konzertinas und Geigen sieht man auch." Er lächelte: „Als die Franznen nach Deutschland kamen, haben sie sofort unsere Mundharmonika übernommen, zumeist eine in Akkordstimmung." Er zeigte auf zwei Musiker, die ganz vorne standen und Mundharmonikas mit Schalltrichtern spielten: „Siehst du die? Das sind akkordgestimmte Seydel-Harmonikas. Die haben keine Stimmzungen aus Messing, sondern aus Edelstahl. Darum sind sie auch so laut und durchsetzungsfähig. So eine Mundharmonika kostet viel weniger als ein Akkordeon. Weil aber eine Mundharmonika keine Halbtöne hat, spielen immer zwei Musiker auf zwei unterschiedlich gestimmten Instrumenten: Einer spielt gewissermaßen die weißen Tasten des Klaviers und der andere die schwarzen."

Martin horchte auf: „Gibt es keine Chromonikas? Solche mit Schieber, mit dem man zwischen weißen und schwarzen Tasten wechseln kann?"

„Da kennt sich jemand aus", lobte der Professor. „Ja, es gibt chromatische Mundharmonikas. Doch sie sind teuer und zu leise. Die Seydel-Harmonikas haben doppelte Stimmzungen. Die sind viel lauter."

„Kann man wohl sagen", meinte Martin und lauschte den Franznen. Die Musik war einfach klasse. Er dachte darüber nach, sich eine Mundharmonika zu kaufen.

Elisabeth entdeckte Martin und Heidi. Sie kam angeflitzt.

„Hallo, Martin", rief sie. „Tanzt du mal mit mir?"

Martin wollte Ja sagen, weil er die Kleine mochte. Dann überlegte er es sich anders. „Tut mir leid, Lieschen, aber ich habe schon eine Tanzpartnerin." Heidi schaute zu ihm hin. Ja, dieser Blick war die Absage an Elisabeth wert. Unbedingt.

„Oooch!", machte Elisabeth und zog einen Flunsch. Sie wühlte mit den Zehen im Sand.

Martin zeigte lachend auf die nackten Füße des Mädchens: „Wie um alles in der Welt wollt ihr nachher eure Schuhe wieder finden?" Rund um die Tanzbühne lagen mehrere Dutzend Holzschuhe verstreut.

„Da sind doch die Initialen drauf und jeder Mensch hat noch sein persönliches Zeichen." Elisabeth hob einen Schuh vom Boden auf und drehte ihn um: „Guck!" In der Mitte der Sohle gab es eine ausgesparte Wölbung. Dort waren die Buchstaben B und R eingebrannt sowie etwas, das entfernt an einen Pferdekopf erinnerte. „Alle Schuhe sind markiert", sagte Elisabeth. „Es wird nur eine elende Sucherei nach dem Tanzen." Sie entdeckte das silberne Medaillon um Heidis Hals. „Heidi! Möönsch! Wo hast du das her?", rief sie. „So viel Geld hast du doch nie im Leben. Das ist echtes Silber!"

Heidi lächelte: „Martin hat es mir geschenkt."

„Ehrlich?" Klara kam dazu und betrachtete den Anhänger. Elisabeth zwinkerte: „Der muss dich ja doll gern haben, der Martin, wenn er dir so was schenkt." Sie grinste. „Bestimmt ist er in dich verknallt und will dich heiraten, wenn ihr groß seid."

Heidi wurde rot. „Hör auf, Liesel", sagte sie.

Elisabeth lachte. „Mama hat gesagt, wenn ein Mann eine Frau heiraten will, schenkt er ihr etwas Kostbares."

Klara grapschte ihre kleine Schwester und zog sie fort: „Sei still, du Kröte! Das geht dich überhaupt nichts an. Also, halt gefälligst deine vorlaute Schnute! Komm lieber mit auf die Tanzfläche."

Martin und Heidi standen da und schauten sich an. Martin wusste nicht, was er sagen sollte. Wieder fragte er sich, der Verzweiflung nahe, warum er in Heidis Gegenwart so schrecklich schüchtern war.

Die Musiker fingen ein neues Lied an. Der Sänger zählte laut: „Un, deux, trois, quattre!"

„Sie spielen ja schon wieder France Danse!“, rief Heidi. Sie stellte ihr leeres Limonadenglas ab und griff nach seiner Hand: „Komm tanzen!“ Das ließ sich Martin nicht zweimal sagen. Die folgende Stunde wirbelte er mit Heidi in den Armen über die Tanzfläche. Seltsam, so lange er mit dem Mädchen tanzte, fühlte er keine Verlegenheit. Er hielt sie in den Armen und lachte sie fröhlich an. Wo er sonst nicht einmal wagte, ihre Hand zu nehmen. Ach ja, die Welt war kompliziert.

Später zogen sie kreuz und quer über die Kirmes. Sie kamen an großen Kirmesorgeln vorbei und sahen zu, wie die sogenannten Bücher eingelegt wurden, gestanzte Pappseiten, die aneinandergeheftet waren. Die Löcher in der Pappe bestimmten, welche Orgelpfeifen, Trompeten und Schlagwerke erklangen. Martin gefiel die altmodische Musik. Die hatte er auch in der Doku über englische Traction Engines gehört.

Ein Schatten fiel auf sie. Martin schaute hoch. Direkt über ihnen schwebte ein Luftschiff über den wolkenlosen Himmel. Er hörte die Dampfmaschine leise wummern und schnaufen. Die Fahrgäste des Luftschiffs lehnten an den geöffneten Fenstern und schauten dem lustigen Treiben unten auf dem Kirmesplatz zu. „Die kommen vom Luftschiffhafen bei Saarlouis“, sagte Heidi. „Dort sind viele Luftschiffe stationiert - kleine Privatschiffe und die ganz großen Passagierluftschiffe.“

„Toll!“, sagte Martin. Er verrenkte den Hals, um dem Schiff nachzuschauen, das majestätisch in hundert Metern Höhe seine Bahn zog.

„Da hinten kommt noch eins“, rief Klara.

Martin schaute Heidi an: „Meinst du, wir könnten mal mit dem Fahrrad eine Tour zu diesem Luftschiffhafen machen?“

„Sicher doch“, sagte sie und lächelte ihn an, dass ihm ganz anders wurde. „Wir machen eine Tagestour nach Saarlouis. Und bei Kaffeetante Doro machen wir Rast und trinken Kaffee und essen Kuchen. Das machen alle. Die Gartenwirtschaft von Kaffeetante Doro ist die schönste an der Saar.“

Sie liefen weiter über die Kirmes. Martin bezahlte den Herderkindern und ihren Freunden Bratwürste und Brezeln. Es machte ihm Freude, seinen neuen

Freunden etwas zu spendieren. Er kaufte ihnen Billetts für die Karussells und fuhr mit Heidi im Kettenkarussell.

Zwischen den Kirmesbesuchern sah man ab und zu die Engelkinder, die den Sarg des Heiligen Alfons getragen hatten. Sie trugen noch immer ihre Engelskostüme mit den Flügeln. Oft wurden sie gebeten, für ein Foto zu posieren. Dafür bekamen sie ein kleines Taschengeld zugesteckt. Martin bedauerte, keine Kamera zu besitzen. Zu gerne hätte er Aufnahmen von so einem Engelkind und der Kirmes gemacht. Gleich nächste Woche kaufe ich mir einen Fotoapparat, nahm er sich vor. Ihm ging es vor allem darum, Fotos von Heidi zu bekommen. Zweimal trafen sie die Eltern Herder, die mit Herrmännchen über die Kirmes spazierten. Elisabeth fuhr mit ihrem kleinen Brüderchen Karussell. Die Billetts bezahlte Martin. Er fühlte sich wie Krösus und war froh, dass man ihm seine Spendierfreudigkeit nicht als Angeberei auslegte.

Als es auf Abend zuging, fingen Tausende bunter Glühbirnen an zu brennen. Alle Karussells und Buden waren damit erleuchtet. Auch die Dampflokomobile erstrahlten in bunter Vielfalt. Die farbigen Glühbirnen tauchten den Kirmesplatz in heimeliges Licht. An manchen Kiosken brannten Öllaternen mit farbigen Gläsern. Sie sahen in den Auslagen Aufziehpuppen, die die Arme bewegen und sprechen konnten. Es gab auch hübsche, lebensecht aussehende Porzellanpuppen.

Schließlich machten sie sich auf den Weg zur Fischersiedlung. Unterwegs erstand Martin Tütchen mit gebrannten Mandeln, Zuckerplätzchen, Bonbons, kandierten Fruchtstückchen und Schokolade, um sie bei den Fischerkindern in der Siedlung zu verteilen. In der Pfahlhüttensiedlung holten die Leute Stühle auf die Veranden ihrer Häuschen. Kleine Öllaternen mit farbigen Lampengläsern wurden überall aufgehängt. Martin erfuhr, dass das Öl aus Raps hergestellt wurde. Es war kein Petroleum. Die Leute waren in ausgelassener Stimmung. Überall wurde gelacht und gesungen. Auf manchen Veranden spielten Musikanten zum Tanz auf und obwohl es recht eng war, tanzten die Leute.

„Los! Holen wir unsere Schwimmkerzen", rief Klara. Sie und Elisabeth holten etliche kleine Brettchen, auf denen Teelichter befestigt waren. „Die lassen wir auf dem Saarsee schwimmen", erklärte Elisabeth. „Zu Ehren der Märtyrerkinder und als Dank an den Heiligen Alfons, der die Saarbrücker vor nassen Füßen bewahrt hat."

„Das musst du vom Wasser aus sehen", sagte Heidi zu Martin. „Es ist ein herrlicher Anblick. Möchtest du? Wir können unser Boot nehmen."

„Gerne", antwortete Martin.

Sie machten das Boot der Herders los und stiegen ein. Sofort kam Elisabeth angerannt: „Ich will mit!"

Klara nahm sie bei der Hand und zog sie weg: „Nein, du Quälgeist! Die beiden möchten sich das Schauspiel in Ruhe ansehen ohne dein ständiges Geplapper. Du bleibst hier."

„Ich will mit!", protestierte Elisabeth, aber da ruderten Heidi und Martin schon auf den See hinaus. Auf dem Wasser waren etliche Boote und Jachten unterwegs. In weiter Entfernung vom Ufer ankerte ein großes Flussschiff. Der Passagierdampfer war festlich beleuchtet. Viele Wasserfahrzeuge, selbst die ganz kleinen, führten farbige Öllaternen mit. Hoch droben am Himmel kreisten zwei Dampfluftschiffe, riesige Wale im Luftmeer. Ihre Passagiereinrichtungen waren hell erleuchtet und die farbigen Positionslichter funkelten am Nachthimmel. In so einem Luftschiff möchte ich mal mitfahren, dachte Martin sehnsüchtig. Er war verrückt nach Luftschiffen. Wenn im Fernsehen eine Doku über die Luftschiffe aus den Zwanziger- und Dreißigerjahren kam, schaute er sie sich immer an.

Überall auf dem See trieben Holzbrettchen mit brennenden Teelichtern Ein kaum fühlbarer Wind trieb sie langsam auf den Saarsee hinaus. „Gott, ist das schön!", hauchte Martin. „Der ganze See ist voller Lichter. Das müssen über zehntausend sein. Ein einziges Lichtermeer."

„Jedes Licht brennt für ein Märtyrerkind", sagte Heidi. „Und jedes Licht ist ein Zeichen der Dankbarkeit, dass der Heilige Alfons unsere Stadt vor dem Wasser des ansteigenden Sees bewahrt hat." Sie holte ihre eigenen Lichterbrettchen hervor.

Zusammen mit Martin zündete sie die flachen Kerzchen an. Martin schaute Heidi an. Im warmen Licht der schwimmenden Kerzen sah sie überirdisch schön aus. Als er seine erste Kerze schwimmen ließ, dankte er nicht dem Heiligen Alfons für den Schutz vorm Wasser. Er dankte Gott für den kleinen Vogel, der ihn beim Homburger Bahnhof über das Ödland zum Durchgang gelockt hatte. Wenn er Heidi anschaute, krampfte sich sein Herz zusammen, so sehr liebte er sie.

Heidi bemerkte, dass er sie ansah. Sie blickte auf und lächelte ihm zu. Martin lächelte zurück. Wie gerne hätte er ihr gesagt, dass er sie liebte. Doch allein der Gedanke genügte, um ihm die Kehle zuzuschnüren.

Nicht weit von ihnen ruderte ein Boot vorbei, besetzt mit vier Jungen im Alter von vierzehn oder fünfzehn Jahren. „Wurre! Wurre! Wurre!", riefen sie.

Heidi winkte ihnen fröhlich zu: „Gute Wurrenreise! Viel Glück und einen schönen Sommer wünsche ich." Das Boot entfernte sich.

„Wurrenreise?", fragte Martin.

„Morgen gehen sie auf Reise in den Sommer hinein", sagte Heidi. „Man geht immer am Tag nach Fronleichnam fort. In Bayern dürfen Kinder ab dem zwölften Lebensjahr einen Sommer lang auf die Wurrenreise gehen, entweder zu Fuß oder mit dem Fahrrad. Man reist täglich eine Strecke weit und nimmt abends Quartier in einer Herberge oder auf einem Bauernhof. Die Kinder unterbrechen alle paar Tage ihre Reise und arbeiten bei Bauern und Handwerkern gegen Kost und Logis und ein paar Goldmünzen. Dann ziehen sie weiter. So lernen sie das ganze Königreich kennen. Manche fahren als Helfer auf Flussschiffen mit oder auf einer Postkutsche." Heidis Augen nahmen einen träumerischen Ausdruck an: „Einen ganzen Sommer frei draußen leben! Herrlich!"

„Das klingt wunderbar", sagte Martin. „Ihr dürft das einfach so machen?"

Heidi nickte: „Ja, wenn die Eltern einverstanden sind. Es gibt nur eine einzige Vorschrift: Man muss mindestens zu zweit sein. Dann bekommt man vom Bürgeramt das Wurrenbuch. Dort hinein werden alle Arbeitsstellen eingetragen und was man unterwegs so alles gelernt hat. Die Gerber Maria von schräg gegenüber hat letztes Jahr die Wurrenreise gemacht und sie hat Seilflechten gelernt, Schafscheren, Glasmalerei, Holzkohle machen und noch viel mehr. Es ist eine wunderschöne Reise und gleichzeitig eine wertvolle Ausbildung."

Schweigend betrachteten sie die schwimmenden Kerzen auf dem nachtdunklen See. Martin stellte sich in Gedanken vor, mit Heidi auf die Wurrenreise zu gehen, einen ganzen Sommer draußen unterwegs in grenzenloser Freiheit.

Seine Leute würden ihm niemals so etwas erlauben. In seiner Welt war eine solche Reise für Kinder auch gar nicht möglich. Viel zu gefährlich der Verkehr auf den Straßen und die vielen Verbrecher, die Kindern etwas antaten. Aber die Vorstellung, mit Heidi auf einer Wiese zu stehen und beim Heuen zu helfen, hatte etwas. Abends im Heuschober schlafen oder in einem winzigen, gemütlichen Zimmer in einer Herberge.

Heidi berührte ihn am Arm: „Lass uns umkehren. In der Siedlung wird noch bis in die Nacht hinein gefeiert." Sie ruderten zur Fischersiedlung zurück. Martin nahm das Bild des Sees mit den Abertausenden kleinen Lichtern in sich auf. Diesen Anblick würde er nie vergessen. Er war so in den Anblick der schwimmenden Kerzen vertieft, dass er beim Aussteigen aus dem Boot abrutschte und mit dem linken Bein ins Wasser geriet. „Iiiih! Nasse Schuhe!"

Heidi lachte: „Jetzt weißt du, warum ein echter Saarfischer sein Boot nur barfuß betritt. Ätsch!"

„Ach nee!", sagte Martin. „Und im Winter, wenn es eisig kalt ist? Da frieren einem glatt die Zehen ab."

„Ein rechter Fischer hält einiges aus", meinte Heidi augenzwinkernd. „Erst ab null Grad nehmen wir die Holzschuhe mit. Zieh die Schuhe aus, sonst trocknet der nasse nicht gescheit. Bis morgen früh musst du ohne auskommen."

Bis morgen früh, dachte Martin. Ein wohliges Gefühl breitete sich in seinem Bauch aus. Er freute sich über seine List mit dem angeblichen Lernen bei Alexander. Er hasste es, lügen zu müssen, aber verdammt!, es war herrlich, hier zu sein und mit Heidi an diesem tollen Fest teilzunehmen. Martin zog Schuhe und Strümpfe aus und legte sie zum Trocknen neben die Haustür. Dann holte er seine Tütchen mit Naschwerk. Zusammen mit Heidi lief er kreuz und quer durch die Fischersiedlung und verteilte die Köstlichkeiten an die Kinder.

Überall bot man den beiden etwas an: gegrillte Fischchen, in Öl frittierte

Kartoffelstreifen, Kuchen und selbst gemachte Limonade.

Zurück beim Häuschen von Heidis Familie fanden sie einen Konzertinaspieler und drei Kinder mit Flöten vor, die zum Tanz aufspielten. Nicht die wilde, aufreizende Musik der Franznen, sondern langsamen Walzer. Heidi schmiegte sich wortlos in Martins Arme und zwang ihn auf diese sanfte Art zum Tanzen. Nicht, dass Zwang vonnöten gewesen wäre. Martin tanzte zum ersten Mal in seinem Leben barfuß auf wackeligen Holzplanken Walzer. Er fand, dass es nichts Schöneres auf der Welt gab. Er spürte Heidis Herzschlag an seinen Rippen. Mit schief gelegtem Kopf schaute sie zu ihm auf. Ihre Augen schimmerten im Licht der farbigen Petroleumlampen. Martin betrachtete ihre kleine Stupsnase und die zart geschwungenen Lippen.

„Küss sie!", befahl eine Stimme in seinem Kopf. Der Gedanke kam so überfallartig, dass Martins Herz hochhopste wie ein aufgeschrecktes Kaninchen. Heidi küssen! Welch ein Gedanke! Er schaute ihr in die Augen. „Tu es!", verlangte die Stimme gebieterisch.

Plötzlich war Martins Kehle zugeschnürt und eine heiße, wattige Leere breitete sich in seinem Kopf aus. Er wollte Heidi küssen, wollte es mit jeder Faser seines Herzens, aber er war wie gelähmt. Er konnte es nicht. Stattdessen zog er sie näher zu sich heran. Sofort schmiegte sie sich an ihn, ganz eng, und legte den Kopf an seine Schulter. So umschlungen tanzten sie weiter.

Martin sah die Erwachsenen freundlich grienen. Ob seine Leute auch so reagieren würden, wenn er mit nicht mal dreizehn Jahren so eng mit einem Mädchen tanzte? Bestimmt nicht. Hier in Bayern war alles so viel schöner. Martin dachte an den Nachmittag zurück. Wann immer sie Heidis Eltern begegnet waren, hatten diese Heidi, Klara und Elisabeth umarmt. Immer gab es zärtliche Gesten der Verbundenheit, eine Umarmung, einen Kuss auf die Wange oder aufs Haar. Ganz anders als bei Martin zu Hause, wo es nur Geschimpfe gab und Anbrüllen und Schläge und Angst. Hatten seine Eltern ihn jemals liebevoll in die Arme genommen und ihm einen schönen Nachmittag gewünscht? Martin konnte sich nicht erinnern.

Die langsame Musik schläferte ihn ein. Trotzdem hätte er ewig weitertanzen können. Er wollte Heidi nie wieder loslassen. Aber irgendwann packte der Konzertinaspieler sein Instrument ein und verabschiedete sich.

Elisabeth gähnte herzhaft. „Ich glaube, unsere Jungbrut ist so langsam reif fürs Bett", sagte ihre Mutter freundlich.

„Och nein!", maulte Elisabeth, der man die Müdigkeit ansah. „Martin soll noch mal das tolle Olt Schetterhent-Lied spielen und eine Geschichte erzählen."

„Ja! Ja! Geschichte!", riefen sämtliche Kinder in Hörweite. Nackte Füße trappelten über Holzplanken. Unversehens sah sich Martin von zwei Dutzend Kinder umgeben.

„Na schön", sagte er. „Einmal flöten und eine Gutenachtgeschichte. Dann ist Schluss. Ich werde nämlich müde." Er holte seine Kreuzerflöte und spielte die Old Shatterhand-Melodie. Die Menschen lauschten still. Die bunten Öllaternen verbreiteten ein heimeliges Licht. Draußen auf dem dunklen Wasser schimmerten Zehntausende Kerzen in der Nacht. Nach dem Lied erzählte Martin von einer Handvoll Kinder, die im Drachengebirge die blaue Lichtblume suchten, um ihre Schafe auf den Hochweiden vor Raubechsen zu schützen. Rundum lauschte alles gebannt, auch die Erwachsenen. Nach einer halben Stunde war die Geschichte zu Ende erzählt.

„Du kennst so schöne Geschichten", sagte Klara. „Ist es wahr, dass du dir die alle selber ausdenkst?"

Martin nickte: „Ja. Schon als kleiner Junge hatte ich viel Fantasie und habe mir Geschichten ausgedacht." Er gähnte.

Heidi stand auf: „Gehen wir schlafen. Martin muss morgen sehr früh aufstehen."

„Aber wir haben doch den Rest der Woche frei", sagte Elisabeth. „Wenn die Ferien sehr früh im Jahr beginnen, wird an Fronleichnam immer eine Ferienwoche draufgepackt. Dafür sind dann die Kartoffelferien im Herbst eine Woche kürzer."

„Bei mir dauert es noch eine Weile, bis die Sommerferien anfangen", sagte Martin.

Elisabeth sah ihn bittend an: „Spielst du dann wenigstens noch ein Lied? Bitte!

Nur eins!"

Martin setzte die Blechflöte an die Lippen und spielte das Intro, das er aus dem Sängerboten gelernt hatte. Die Herdermädchen fielen mit Gesang ein. Das Abschiedslied erklang überm Wasser. Martin lauschte der bittersüßen Melodie. Der Gedanke, am folgenden Morgen in seine eigene trostlose Welt zurückkehren zu müssen, gefiel ihm überhaupt nicht. Die letzte Zeile des Liedes verklang: „Adieu! Adieu! Adieu!"

Danach gingen sie zum Schlafen nach oben unters Dach. Klein-Herrmann schlief bereits in seinem Bettchen. Für Martin lag ein Nachthemd bereit und man hatte für ihn ein Bett mit Strohmatratze gerichtet. Manchmal hatten die Herders Besuch von Verwandten. Dann wurden Betten aus vorgefertigten Brettern zusammengesteckt und eine Strohmatratze vom Dachhaken genommen.

Heidi stand vor Martin: „Das war mein schönstes Fronleichnamsfest, Martin." In ihrem Nachthemd sah sie ein wenig aus wie eins der Engelkinder, die den Sarg des Heiligen Alfons getragen hatten.

Martin spürte, wie sich seine Kehle zusammenschnürte. „Sag's! Schnell!", bellte die Stimme in seinem Kopf.

„Meins auch, Heidi." Mehr brachte er nicht heraus. Er konnte nur stumm lächeln.

Heidi lächelte zurück: „Gute Nacht, Martin. Schlaf gut."

„Gute Nacht, Heidi." Martin legte sich ins Bett. Die Strohmatratze war ungewohnt, ein wenig hart und pieksig, aber sie roch gut. Martin war sicher, dass er nicht sofort einschlafen konnte. Der Tag war viel zu aufregend gewesen. Er wollte sich alles noch einmal durch den Kopf gehen lassen. Stattdessen bekam er gerade noch mit, wie Heidi die Flamme der Öllaterne am obersten Dachbalken herunterdrehte, dann überfiel ihn ein bleischwerer Schlaf.

*

Als Martin anderntags aufwachte, war er allein auf dem Dachboden. Er ging aufs Häuschen und wusch sich an einer Emailleschüssel. Danach zog er seine Kleider an und ging nach unten, wo die Herderkinder auf ihn warteten. Sie waren alle früh aufgestanden, um mit ihm zu frühstücken. „Martin!“, rief Herrmännchen. Er kam zu Martin gelaufen und wollte hochgehoben werden. „Erzählst du wieder eine Geschichte?“, fragte der kleine Bub.

„Heute nicht mehr, Herrmännchen. Ich muss gleich nach dem Frühstück zum Bahnhof, aber nächste Woche komme ich wieder.“

„Bleibst du wieder über Nacht?“, fragte Elisabeth. „Gestern waren wir alle so müde, dass wir gleich eingeschlafen sind. Nächsten Mittwoch könntest du uns eine Geschichte erzählen, wenn wir im Bett liegen.“

„Ich werde versuchen, ob ich nächste Woche bei euch übernachten kann“, gab Martin zur Antwort. Er setzte sich an den Tisch und frühstückte mit Herders.

*

Heidi begleitete ihn zum Bahnhof. „Denkst du nächstes Mal bitte an deine Geschichtenbücher?“, bat sie auf dem Bahnsteig. „Ich bin so neugierig darauf.“

„Ich bringe sie mit, Heidi. Versprochen.“ Kurz darauf fuhr der Zug ab. Martin winkte Heidi aus dem Fenster zu.

Später, als der Zug durch die Landschaft fuhr, dachte er an den Tag zuvor zurück. Die Erinnerungen weckten ein unbändiges Glücksgefühl in ihm. Es war herrlich gewesen, mit Heidi zu tanzen und überall herumzustreifen. Martin war selig. Er freute sich jetzt schon auf die folgende Woche, auch wenn es dann Zeugnisse gab. Ganz so schlecht würden seine Noten diesmal nicht ausfallen.

In Homburg stellte sich wieder das unangenehme Gefühl ein, als er über die Blumenwiese zum Durchgang lief. Es war nicht so schlimm wie beim letzten Mal. Weil ich mir nicht selbst Angst mache, dachte Martin. Es ist echt wie im Keller: Wenn ich mich nicht selbst verrückt mache, ist es nur so ein ekliges Prickeln. Er kam ganz leicht hinaus.Nächstes Mal bleib ich auch über Nacht, nahm er sich vor.

Daraus wurde leider nichts. Als er dienstags Bescheid sagte, dass er wieder bei Alex lernen würde, machte Moppel ihm einen Strich durch die Rechnung: „Nee, du. Komm man schön pünktlich nach Hause. Du jehst mit bei de Zaanaazt zur

Kontrolle." Dagegen konnte Martin nichts sagen. Er seufzte innerlich. Dann eben nicht. Aber in den Sommerferien. Den Plan hatte er schon in der Tasche. Da würde er schon vormittags „zum Lernen zu seinem Schulfreund Alex" fahren. Anders war es nicht möglich, Walter, die Nervensäge, loszuwerden. Wenn Martin vormittags sagte: „Ich geh ein bisschen Rad fahren", hätte er Walter anhängen. Das war das Letzte, was er wollte.

Mittwochs sah Martin IHN in der großen Pause. Er musste ganz nahe an IHM vorbeigehen, so nahe, dass sein Herz einen Schlag aussetzte.

Als er mittags in Bayern auf dem Bahnsteig auf der Bank saß, sein bayerisches Fahrrad bei sich, und auf den Zug 12 Uhr 48 wartete, dachte Martin an IHN. Er hatte sein Reiseschreibset fertig gemacht. Martin fürchtete sich vor der Erinnerung, doch es half nichts. Gerade der Vorfall beim Wäldchen musste unbedingt ins Berichtsheft. Da biss die Maus keinen Faden ab. Ich muss ganz offen und ehrlich schreiben, dachte er. Aber auch ganz unbeteiligt. Als ob ich den Bericht eines Fremden notieren würde. Ich darf nichts übertreiben und ich darf nichts auslassen. Einfach die Wahrheit. Er begann zu schreiben.

Es war in der zweiten Hälfte seines ersten Schuljahres am Johanneum. Wie immer lief er nach dem Silentium zum Industriegebiet an der Entenmühle, wo er an der Firma seines Vaters wartete, bis dessen Arbeitszeit zu Ende war und der ihn im Auto mit nach Hause nahm. Martin lief hintenherum, am „Silbersee" entlang.

Zu Beginn des Schuljahres war er vorne herum gelaufen, der Straße von Schwarzenacker nach Homburg folgend, und an der ersten Ampelkreuzung nach links in die Entenmühlstraße eingebogen. Sein Vater wies ihn nach einigen Wochen auf den Weg hintenrum hin. Der war angeblich kürzer. Den sollte er in Zukunft nehmen. Martin gehorchte, obwohl er absolut keinen Sinn darin sah, eine Abkürzung zu benutzen. Das bewirkte lediglich, dass er viel zu früh bei der Firma ankam und noch eine Viertelstunde herumstehen musste, bis sein Vater kam. Besonders im Winter war das sehr unangenehm. Laufen hielt warm.

Herumstehen ließ ihn frieren. Aber Martin hätte es nie gewagt, die Weisung seines Vaters zu missachten. Der konnte von oben aus seinem Büro sehen, aus welcher Richtung Martin kam, und wenn Martin den falschen Weg ging, würde es was setzen. Es war unklug, „dagegen zu sein". Da konnte es leicht eine „auf die vorlaute Gosch" geben oder die Kleiderbürste kam zum Einsatz.

Also lief Martin hintenrum zum Schulgelände raus, wo linker Hand die Internatsgebäude lagen. Er bog nach rechts in den schmalen Fußpfad ab, der an der Hütte der Pfadfinder und der ND vorbei zur Straße beim „Silbersee" führte. Martin kam an der breiten Schneise vorbei, wo die elektrischen Überlandleitungen seinen Weg kreuzten. Als er nach links schaute, sah er IHN weiter hinten in der Schneise am Waldrand stehen. Martin hatte sofort das Gefühl, dass etwas nicht stimmte. Da war etwas an der Art, wie SEIN Kopf herumruckte und ER ihn anschaute. Wie eine gefährliche Urzeitechse, die beim Fressen gestört worden war. Martin beschlich ein ungutes Gefühl. Er beschleunigte seine Schritte. Er wollte weg von dem schmalen Pfad, der mitten durch dichtes Ginstergebüsch führte. Mit einem Mal fiel ihm ein, dass man ihn hier nicht sehen konnte, weder vom Johanneum noch von den Häusern aus, die vorne an der Straße beim Silbersee standen. Und bis zu diesen Häusern war es noch sehr weit.

Martin schaute sich um und sein Herz setzte vor Schreck einen Schlag aus. ER kam hinter ihm her! Martin erschrak bis ins Mark. „He du!", rief ER. „Warte mal!"

Martin lief davon, so schnell er konnte. Er wusste genau, dass er nicht bleiben durfte. ER war hinter ihm her! Irgendetwas stimmte nicht! Martin rannte, was das Zeug hielt. Leider war er ein schlechter Läufer. Rennen war nicht seine Stärke. Die miesen Hüften!

Plötzlich riss es ihn herum. ER hatte ihn eingeholt und an der Schulter gepackt. ER stand vor ihm. Martin sah in das grobschlächtige Gesicht mit der knolligen Nase. ER war groß und massig. Martin kannte IHN vom Sehen. ER war Schüler einer der oberen Klassen, Tertia vielleicht oder Sekunda. Da war etwas in SEINEN Augen, das Martin zeigte, dass etwas nicht stimmte, absolut nicht stimmte.

SEINE Stimme war rau und kehlig: „Bleib stehen! Ich will dir etwas zeigen."

Martins Gedanken rasten. Was ER noch sagte, bekam er überhaupt nicht mehr mit. Martin sah mit Entsetzen, wie ER seinen Hosenschlitz öffnete und sein Ding herausholte. Es war riesig und geschwollen. Es ragte hoch wie eine bösartige Rakete aus prallem rosa Fleisch. Es ist so einer!, dachte Martin. Er wird mir was antun! Todesangst befiel ihn, als ER ihm die Hose öffnete.

„Ich zeig dir was." Unterdrückte Erregung in SEINER Stimme.

Martin wusste, er musste wegrennen, er musste um sein Leben laufen. Er musste schreien, so laut er nur konnte. Doch er war vor Entsetzen ganz steif, wie gelähmt. Martin wusste, dass er sterben musste. ER würde ihn umbringen, auf grausame Weise. ER würde ihm Entsetzliches antun.

Die Stimme seines Großvaters, der ihm aus der Zeitung vorlas, als Martin sechs war: „Da kannst du mal sehen, was passiert, wenn man mit einem Fremden mitgeht! Was Triebtäter kleinen Jungen antun! Der Mann hat dem Jungen beide Arme gebrochen und Unaussprechliches mit ihm getan. Dann hat er ihn gewürgt und ist auf ihm herumgetrampelt. Als die Polizei das tote Kind fand, war sein Gesicht tief in den Boden hineingetreten. Geh bloß nie mit einem Fremden mit!"

Ich bin ja nicht mitgegangen, dachte Martin in Panik. Ich bin ja weggelaufen! Aber er hat mich eingeholt!

ER zog ihm die Hose herunter und berührte ihn zwischen den Beinen. SEINE Finger waren wie dicke, heiße Schnecken. Martin begann zu weinen. Er zitterte vor Todesangst. ER würde ihm Schreckliches antun. „Bitte lassen Sie mich gehen!", flehte Martin unter Tränen. „Bitte! Ich habe Ihnen doch nichts getan." Schluchzen schüttelte ihn.

„Ist das nicht schön?", fragte ER. „Fühlt sich das gut an?" ER fummelte weiter an Martins Penis herum, einem kleinen, verschrumpelten Dingelchen. SEIN Ding hingegen war riesig. Es ragte aus SEINER Hose wie ein gefährliches Tier, wie eine geschwollene Giftschlange.

Martin heulte. Seine Zähne schlugen klappernd aufeinander. Er war vor Angst völlig außer sich. „Bitte tun Sie mir nichts!", wimmerte er. In seiner Todesangst bot er IHM sein Pausenbrot an: „M-Mit Salami", heulte Martin. Er zitterte wie Espenlaub. Bitte bring mich nicht um! Bitte mach mich nicht tot! Bitte nicht!

SEIN Kopf ruckte hoch. Wieder dieser Urzeitechsenblick, sichernd, angriffslustig, aggressiv. Niemand nimmt mir meine Beute weg! Niemand!

Martin hielt IHM sein Schulbrot hin. Seine Hand zitterte so sehr, dass die Stulle beinahe zu Boden fiel. „W-Wirklich mit Salami." Martin weinte.

ER sperrte sein Ding in die Hose zurück. „Zieh die Hose hoch!" Drängend, befehlend. Martin war vor Todesangst so neben sich, dass er fast nichts mitbekam. Er würde sterben. Gleich hier und jetzt. Auf grauenhafte Weise. ER würde ihn unbeschreiblich leiden lassen, ihn grausam zu Tode quälen, ihm Unaussprechliches antun!

Das Salamibrot lag am Boden.

Es würde lange dauern. Schrecklich lange. Und wehtun. Furchtbar wehtun! Würde ER ihm den Hals zudrücken?

Martin wurde vom Schluchzen geschüttelt. Er konnte sich nicht rühren. Seine Beine waren mit flüssigem Blei ausgegossen und sein Kopf war mit glühender Watte gefüllt. Sein Magen hatte sich zu einem kleinen heißen Ball zusammengezogen. Ein stetiges Geräusch war in seinem Kopf, ein lautes Zischen: PFFFFFFFFFFF....

„Zieh die Hose hoch!", befahl ER. SEIN Kopf ruckte hin und her. Echsenblick. Lauernd. Sichernd. Aggressiv. Nervös. ER zog Martin die Unterhose hoch. Martin half mit, seine Kleidung zu richten. Er bringt mich weg! Er schleppt mich fort! Irgendwohin, wo er mich gefangen halten kann! Er wird mich tagelang foltern! Mich langsam zu Tode quälen!

Martin zitterte so stark, dass er die Umgebung nur noch verschwommen wahrnahm. Er würde sterben. Langsam sterben. Unter entsetzlichen Qualen sterben! Irgendwo gefangen. ER würde ihn ganz langsam totmachen! Und ihn dabei mit seinem Echsenblick anstarren, neugierig darauf, wie es aussah, wenn ein kleiner zehnjähriger Junge unter Qualen verreckte. Schreiend vor Schmerz, wahnsinnig vor Angst.

„Geh!“ ER schob Martin vorwärts. „Geh schon! Geh fort!“

Martin konnte sich nicht rühren. Er begriff nicht. War er frei? Würde er nicht sterben? Oder war das nur Teil eines grausamen Spiels von IHM?

„Los, geh!“ ER versetzte Martin einen harten Stoß in den Rücken. Martin kam in Bewegung. Weinend stolperte er vorwärts. Linker Hand öffnete sich das Buschwerk auf eine Wiese. Mit steifen Beinen stakte Martin weiter, wie eine Marionette aus Holz. ER war hinter ihm. ER würde ihn irgendwohin führen, wo ER mit ihm die fürchterlichsten Dinge tun konnte. Martin blickte sich um. Fünfzig Meter hinter sich sah er IHN. ER lief in die entgegengesetzte Richtung.

„RENN!“, schrie Martins Instinkt. „Renn um dein Leben! Er kommt zurück! Er wird dich ermorden! Renn!“ Martin rannte. Er rannte den Fußpfad entlang. Er rannte die Straße hoch zu den Häusern. Er rannte über die Gleise der Werksbahn im Industriegebiet. Er rannte.

Immer wieder blickte er sich gehetzt um. Sein Herz raste. Seine Lunge keuchte. Seine Bronchien brannten wie Feuer. Er bekam Seitenstiche. Seine Beine fühlten sich an, als wären sie aus Gummi. Je mehr Martin sie antrieb, desto lahmer wurden sie. Am Zaun beim Stahlwerk knickten sie einfach unter ihm weg. Martin fiel auf die Hände. Er erbrach sich lautstark. Es wollte gar nicht mehr aufhören. Selbst als nur noch bittere Galle hochkam, würgte Martin weiter.

Wie lange er weinend und würgend am Boden gekauert hatte, wusste er nicht. Irgendwann schaffte er es, aufzustehen und weiterzulaufen. Er wankte wie in Betrunkener. Ständig hatte er Angst, seine Beine würden den Dienst versagen. Noch war er nicht in Sicherheit. Noch war er nicht auf dem Parkplatz der Firma, wo sein Vater arbeitete. Noch konnte ER ihn kriegen!

Vater wird mit mir zur Polizei fahren, dachte Martin. Man wird IHN festnehmen und einsperren. Auf zittrigen Beinen lief er weiter. Endlich erreichte er den Parkplatz. Mit klopfendem Herzen wartete er auf seinen Vater. Immer wieder schaute er sich um, ob ER irgendwo auftauchte, um ihn zu fangen.

Direkt nach dem Einsteigen ins Auto sagte Martin es seinem Vater. Er erzählte alles von Anfang bis Ende. Nur das Erbrechen ließ er weg. Er wusste nicht, warum. Jetzt fahren wir zur Polizei, dachte Martin. Er fühlte Erleichterung. Er hatte alles gesagt und sein Vater würde sich kümmern. Dazu waren Eltern schließlich da. Im Fernsehen zeigten sie immer, wie die Kinder es ihren Eltern berichteten und die sofort zur Polizei gingen und Anzeige erstatteten. ER würde eingesperrt werden.

Sein Vater schwieg. Martin sah, wie es in ihm arbeitete. „Aach!“, sagte sein Vater. „Da kannst du mal sehen! Dass es so etwas bei uns gibt! Es ist hinter der Schule passiert und es ist einer vom Johanneum? Ja, dann gehst du am besten zu deinem Klassenlehrer. Der wird sich darum kümmern.“

Das war alles. Motor an und losfahren. Ab nach Hause. Feierabend.

Martin glaubte sich verhört zu haben. Er saß da, den Blick starr geradeaus gerichtet. Eine schreckliche Kälte kroch in seine Knochen. Die Erleichterung, die er wenige Minuten zuvor empfunden hatte, zerstob. Pures Entsetzen befiel ihn. Sein Vater würde ihm *nicht* helfen! Sie fuhren *nicht* zur Polizei! Stattdessen würde Martin am nächsten Tag wieder zur Schule gehen müssen, wo *ER* auf ihn lauerte! Sein Vater fuhr nach Bexbach. Er sagte nichts mehr. Für ihn war die Angelegenheit erledigt.

Zum Klassenlehrer gehen? Martin saß schweigend da, aber innerlich schrie er wie am Spieß. Zum Klassenlehrer? Zu einem *Fremden* sollte er gehen, wenn nicht einmal sein eigener Vater ihm half?! Der Lehrer würde erst recht nichts tun!

Grauenhafte Angst stieg in Martin auf. Sein Vater würde ihm nicht helfen. Tatsächlich hatte er sogar genervt geklungen, als hätte Martin ihn belästigt. So nach dem Motto: „Mit dir habe ich nichts als Scherereien! Was hast du denn jetzt wieder verbockt?!? Du machst nur Ärger! Sieh schön selbst zu, wie du dich da rauswurstelst!“ Sein Vater drückte sich einfach vor der Verantwortung.

Wenn sein Vater schon nichts für ihn tat, würde der Klassenlehrer erst recht nichts tun! Die Lehrer taten ja auch nichts, wenn die großen Schüler die kleineren brutal sackten.

Martin schrie sich innerlich heiser vor Angst. Er brüllte. Er heulte. Er kreischte. Er fühlte, wie der Wahnsinn die Finger nach ihm ausstreckte. Nach außen war er vollkommen still. Still wie ein Mäuschen. Er würde IHM vollkommen hilflos ausgeliefert sein! ER konnte mit Martin machen, was immer ER wollte! Wenn IHM danach war, konnte ER Martin in den Wald schleppen und ihn auf grauenhafte Art und Weise ermorden! Ihm das Gesicht in den Boden treten. Martin war starr vor Angst. Niemand würde ihm helfen. Keiner würde ihn beschützen. Wozu dann die dämlichen Filme im Fernsehen, wo sie sagten, wenn „so etwas" passierte, müsse man sofort zu seinen Eltern gehen und es ihnen sagen? Wozu die Artikel in den Zeitschriften? Alles sinnlos! Sein Vater würde ihm nicht helfen. Ich bin allein, dachte Martin. Ganz allein. Keiner wird mich schützen.

Innerlich schrie er noch lauter, noch gellender. Ganze Ströme von Tränen rannen aus Martins Augen. Man sah sie nicht. Die Tränen flossen nach innen. Er glaubte, sein Kopf müsse jeden Moment zerplatzen, so sehr schrie er. Doch nur innerlich. Nach außen schwieg er und starrte stumm geradeaus. Etwas in seinem Inneren krepierte, etwas, das eine Minute zuvor noch lebendig gewesen war. Es brach zusammen und verreckte. Zurück blieb eine riesige, eisig kalte Stelle mitten in Martins Seele, die mit jeder Minute anwuchs. Er wusste, dass diese eisige Stelle für den Rest seines Lebens bleiben würde.

Martin hörte auf zu schreiben. Das grässliche Erlebnis schriftlich niederzulegen machte ihm zu schaffen. Er war bis zum Äußersten aufgewühlt. Seine rechte Hand zitterte so sehr, dass er den Federhalter ablegen musste. Selbst in der Erinnerung war die Todesangst so präsent wie damals. Erst nach mehreren Minuten war er imstande, weiterzuschreiben.

Nichts hatte sein Vater getan! Stattdessen war Martin von jenem Tag an halb wahnsinnig vor Angst zum Johanneum gefahren. Jeden Tag rechnete er damit, dass ER ihn anfallen würde wie ein wildes Tier, wie eine hungrige Raubechse, dass ER ihm etwas Grauenvolles antun würde, dass ER ihn ermorden würde. Tag für Tag musste Martin dem Monster gegenübertreten, das ihn umbringen konnte, wann immer es Lust dazu verspürte, jederzeit, denn niemand würde Martin helfen. Sie würden alle wegsehen, genau wie sein Vater. Abends schlief Martin mit Todesangst ein. Morgens wachte er mit Todesangst auf.

Seine Noten sackten schlagartig in den Keller. Martin verstand nicht mehr, was die Lehrer sagten. Für ihn klang alles wie „Blaak-Blaaker-Blaak!“ wie „Brabb-Brobb-Brabb-Brubb!!“ Er saß in seiner Klasse, den Magen zu einem harten Ball zusammengezogen, und versuchte verzweifelt, dem Unterricht zu folgen. Alles, was er hörte, war bedeutungsloses Gebrabbel.

„Bergel, borgel, burgel“, sprach der Deutschlehrer.

„Vinus, Linus, Pinus“, sagte der Lateinlehrer. „Die Korrektion der Repetition in der Deklination muss mit der Linkation der Pinkulation korrektiert und repetiert werden.“ Martin verstand nichts mehr. „Blaak! Blaaker! Blaak!“

Erste Vierer standen unter seinen Klassenarbeiten, dann Fünfer und schließlich sogar Sechser. Sein Vater schrie ihn an und prügelte ihn halb tot dafür. Die Noten wurden von den Prügeln nicht besser. Man konnte Noten nicht besserschreien oder besserbrüllen. Auch nicht besserprügeln.

Zweites Schuljahr. Noch schlechtere Noten. Im Halbjahreszeugnis stand die deutliche Warnung: „Martins Versetzung ist sehr gefährdet!“ Prügel! Brüllen! Anschreien! Noch mal Prügel und noch mehr Prügel! Brüll! Prügel! Schrei! Zusammenschlag! Prügel, prügel, prügel! Brüll!

Blaak, Blaaker, Blaak!

Martin klappte Stück für Stück zusammen. In der Schule ER und die immer schlechter werdenden Noten, zu Hause der brüllende, prügelnde Vater und die keifenden Großeltern, dazu dann noch Moppel und Wal-Teer.

Blaak! Blaaker! Blaak!

Martin begann, morgens zu erbrechen. Einmal die Woche, dann zweimal, schließlich bis zu dreimal. Frühstück rein, Frühstück wieder raus. Kotz! Würgel! Brech! Kotzwürgelbrech! Blaak! Blaaker! Blaak!

Eine neue Todesangst gesellte sich zu der bereits vorhandenen. Seine Mutter hatte morgens erbrochen. Immer öfter. Und dann hatte sich herausgestellt, dass sie Krebs hatte. Ich habe Krebs!, dachte Martin entsetzt. Ich habe denselben Krebs gekriegt wie meine Mutter. Weil ich ein schlechtes Kind bin! Ich bin ein schlechter Junge! Deshalb hat ER das mit mir gemacht. Weil ER wusste, dass

Martin „so einer“ war! Ein schlechter Mensch! Ein Sünder! Einer, der seine eigene Mutter hasste. Mit dem durfte ER es so machen. Gott wollte es. Gott hatte es zugelassen und Gott hatte Martin Krebs gemacht. Damit Martin unter Qualen sterben musste. In die Hölle würde er fahren und in alle Ewigkeit bei lebendigem Leib verbrannt werden, Martin, der schlechteste Junge der Welt. Kein Wunder, dass nicht einmal sein eigener Vater ihm half. Wenn sogar Gott ihn nicht ausstehen konnte! Er war durch und durch schlecht! Er hatte es verdient, dass ER ihm alles Schreckliche antat, worauf ER Lust hatte. Alle sagten es doch schon immer! Martin war schlecht! Böse! Ein Taugenichts! Ein Scheißkerl! Ein falasierter Hund! Ein Arschloch! Alle sagten sie es. Der Vater, die Mutter, die Großeltern, Lehrer Hartmann aus Niederbexbach, die Lehrer am Johanneum …

Er hatte es verdient, an Krebs zu sterben. Ein Junge, der seine eigene Mutter hasste, war nichts wert. Jeder ER durfte sich an so einem Jungen vergreifen und ihm nach Lust und Laune alles antun. Keiner würde Martin beistehen. Er hatte keinen Beistand verdient. Blaak! Blaaker! Blaak!

Martin hörte auf zu schreiben. Vor seinen Augen verschwamm alles. Er starrte auf den Boden zu seinen Füßen. Stimmte es? Stimmte, was er mit zehn und elf Jahren geglaubt hatte und noch immer ein bisschen glaubte? War ihm das alles zugestoßen, weil er ein schlechtes Kind war? Die ganze Zeit über hatte er das geglaubt, zumindest in seinem Unterbewusstsein. Aber entsprach es auch der Wahrheit?

„Nein“, sagte Martin leise. „Nicht ich bin schlecht. *Ihr* seid es!“

Die Erkenntnis brachte ungeheure Erleichterung. Endlich erkannte Martin die Wahrheit. ER war nicht über ihn hergefallen, weil Martin ein schlechter Junge war. ER war einfach ein gestörter Kerl, ein perverses Schwein, das sich an kleinen Jungen verging. Und sein eigener Vater war nichts als ein verantwortungsloser Hanswurst, ein erbärmlicher Loser, der seinen eigenen Sohn im Stich ließ, nachdem dieser von einem Perversen sexuell missbraucht worden war. „Ich habe alles Recht der Welt, ihn dafür zu hassen“, sagte Martin leise. „Ich habe alles Recht der Welt, ihn dafür zu verachten. Er hätte mit mir zur

Polizei gehen müssen, um den perversen Kerl anzuzeigen. Stattdessen ließ er mich eiskalt hängen und als ich schlechte Noten brachte, hat er mich angeschrien und zusammengeschlagen."

Mit einem Mal erkannte Martin den Zusammenhang. Die schlechten Noten waren erst nach dem sexuellen Übergriff gekommen. Er atmete auf. Es tat so gut, zu erkennen, dass er ohne Schuld war. Es war die nackte Angst, die ihn morgens auf dem Schulweg erbrechen ließ. Er hatte keinen Krebs. Schuld an dem Gekotze waren die ständige Angst und das Gefühl völliger Verlassenheit. „Wenn ich doch einmal im Leben von dem schrecklichen Johanneum wegkönnte!", schrieb er in sein Heft. „Weg! Nur weg!"

Er hätte es beinahe geschafft. Im zweiten Schuljahr blieb er sitzen. Der Klassenlehrer riet seinem Vater dringend, Martin vom Gymnasium zu nehmen. „Martin schafft es unmöglich. Das merkt man deutlich. Auf einer Realschule ist er besser aufgehoben. Wenn er noch mal sitzen bleibt, hat er zwei wertvolle Jahre seines Lebens verloren." Aber Martins Vater schaltete auf stur. Sein Sohn sollte gefälligst das Abitur machen und studieren. Keine Gnade für Martin. Er musste weiter auf das Johanneum gehen, wo er IHM täglich in die Augen sehen musste.

Weil er das Schuljahr wiederholte, waren seine Zensuren zuerst recht ordentlich. Er kannte ja alles bereits. Doch Martin spürte, dass ihm der Unterrichtsstoff total entglitt. Vor allem in Mathe und in den Fremdsprachen kam er immer schlechter mit. Martin schaute von seinem Berichtsheft auf.

„Ich werde es nicht schaffen", sprach er düster. Eine innere Stimme sagte ihm, dass er im nächsten oder im übernächsten Schuljahr wieder sitzen bleiben würde. Dann würde er von der Schule fliegen. Was Gebrüll und brutalste Prügel bedeutete. Es gab kein Entrinnen. Martin seufzte abgrundtief.

Erst als er mit seinem Rad im Gepäckwagen im Zug nach Saarbrücken-Nassau saß, konnte er allmählich loslassen. Kein Wunder, dass ich Selbstmord begehen wollte, dachte er. Ohne Heidi und die Zeit in Bayern wäre ich längst tot. Dies war Martin sehr bewusst. Nur seine Liebe zu Heidi ließ ihn dem ungeheuren Druck, der auf ihm lastete, standhalten. Ohne das wäre er längst zusammengebrochen.

In Saarbrücken-Nassau wartete Heidi auf dem Bahnsteig. Martins Herz machte einen Freudenhüpfer. Doch seltsam: Da hatten sie letzte Woche eng umschlungen getanzt, und nun stand wieder diese Befangenheit zwischen ihnen.

„Ich habe die Bücher mit", sagte Martin, um das Schweigen zu brechen. Er schob sein Rad neben Heidi her.

Heidi freute sich. „Du hast dran gedacht. Danke. Ich bin so gespannt auf deine Romane, das glaubst du nicht. Vor allem auf die Wildwestgeschichte. Eine Geschichte, die in einem Land spielt, das es gar nicht gibt." Sie lächelte Martin an. „Ich lese das aber erst morgen, weil heute bist du ja bei mir."

Der letzte Satz trieb Martins Herzfrequenz schlagartig in ungeahnte Höhen. Sie mochte ihn! Sie hatte es gerade gesagt, oder? Und dann dieser dämliche Zahnklempner! „Ich muss leider heute Abend fort, Heidi. Diesmal kann ich nicht über Nacht bleiben."

„Schon heute Abend?" Sie klang enttäuscht. „Aber ich dachte, du …" Sie seufzte. „Tut mir leid. Du hast sicher Gründe."

Martin nickte: „Ja, habe ich. Freiwillig ginge ich nicht so früh. Ich hoffe, nächste Woche kann ich über Nacht bleiben." Er wollte gerne nach Heidis Hand greifen, aber er traute sich nicht. Schon bei der Vorstellung bekam er dermaßen Herzklopfen, dass er Angst hatte, das Herz würde ihm aus dem Mund heraushopsen. Verflixt! Letzten Mittwoch war es so leicht gegangen!

Draußen vorm Bahnhof hatte Heidi ihr Fahrrad abgestellt. Gemeinsam radelten sie zum Saarsee. Auf dem Weg dorthin kamen sie durch eine Straße mit allerlei Geschäften. „Halt!", rief Martin plötzlich. Er legte eine Vollbremsung hin.

„Was ist?" Heidi hielt neben ihm an.

Martin stellte sein Rad ab. Heidi tat es ihm gleich. Sie trat neben ihn: „Martin, du hast mich erschreckt." Sie standen vor einem Uhrmacherladen. Martin betrachtete die Auslagen im Schaufenster. „Komm mit rein", bat er.

„Was kann ich für euch tun?", fragte der Besitzer. Als er Martins Kleidung sah, änderte er seine Aussprache: „Was darf ich für Euch tun, junger Mann?"

Martin fand es ulkig, wie man ihn hier behandelte. Fast alle sagten Sie oder Ihr zu ihm. Es war seltsam, wie ein Erwachsener behandelt zu werden. Es schmeichelte ihm aber auch. „Ich suche eine Taschenuhr“, sagte Martin. „Sie muss sehr genau gehen.“

„Gerne, junger Herr. Wir hätten da einige Stücke im Sortiment.“ Der Ladeninhaber legte Martin und Heidi einige Taschenuhren vor. „Diese hier hat Chronometerfunktion“, sagte er und reichte Martin eine Sprungdeckeluhr.

„Das Gehäuse ist aus Silber“, fiepte Heidi. Ihr blieb schier die Luft weg. „Die ist unbezahlbar. Du willst dir doch keine so teure Uhr kaufen?“

Martin schaute den Uhrmacher an: „Wie viel kostet sie?“

„Neunzehn Taler und zehn Kreuzer, junger Herr“, sagte der Uhrmacher. „Auf Wunsch ist eine Gravur inklusive. Die kann ich gleich an Ort und Stelle vornehmen.“

Martin bezahlte. Heidi kippte fast aus den Holzschuhen. „Mit Gravur bitte“, sagte Martin.

„Und was darf ich eingravieren, junger Herr?“, fragte der Ladenbesitzer.

„Für Konrad Herder von Martin und das heutige Datum dazu“, sagte Martin.

Der Uhrmacher lächelte: „Ein Geschenk also? Man erkennt großherzige Menschen daran, dass sie für ihre Freunde mehr ausgeben als für sich selbst.“

Heidi fand ihre Sprache erst wieder, als sie draußen vor dem Laden standen: „Immer gibst du so viel für andere her.“

„Ja“, sagte Martin. „Weil es schön ist, Menschen, die man mag, Geschenke zu machen.“ Er wurde rot. „Wo ich herkomme, bin ich arm wie eine Kirchenmaus. Heidi, ich kann nichts dafür, dass mein Silber bei euch wertvoller ist als bei mir zu Hause. Es tut mir richtig gut, dass ich einmal im Leben schöne Geschenke kaufen kann. Schenken macht Spaß.“ Er schaute das silberne Medaillon an, das sie um den Hals trug. Das Silber blinkte auf ihrer nackten Haut. Ihm fiel auf, dass Heidis Bluse einen ziemlich tiefen Ausschnitt hatte. Man konnte fast den Ansatz ihrer kleinen, sich entwickelnden Brüste sehen. Schnell schaute er weg. Leider konnte er nicht verhindern, dass er rot anlief.

Als sie an einem Photoladen vorbeikamen, kaufte Martin eine Photokamera. Es war eines dieser neumodischen Dinger mit Faltenbalgobjektiv. Statt Glasnegative benutzte es den neuen Rollfilm, der auf Zelluloid Negative im Format 6 x 9 cm ergab. Heidi wunderte sich über nichts mehr.

Am Saarsee spielten einige Kinder am Ufer. Elisabeth war bei ihnen. Als sie Martin und Heidi sah, sprang sie ihnen entgegen: „Martin! Erzählst du uns wieder eine Geschichte?"

„Später", versprach Martin. Er griff in die Tasche: „Hier, dein Steinkobold, wie versprochen."

Elisabeth stieß einen Freudenschrei aus. „Mein eigener Kobold!" Sie quietschte vor Lachen: „Der sieht ja aus wie ein frech grinsendes Indisch-Schweinchen mit einem knubbeligen Horn am Kopf!"

Martin schaute Heidi an: „Es geht auch ganz billig, siehst du? Nur ein Stein und etwas Farbe. Ich mache es nicht, um anzugeben. Ich tue es, weil es schön ist, anderen Menschen eine Freude zu machen." Er fühlte, wie sich seine Kehle zuschnürte.

Heidi nickte. „Schon gut, Martin. Keiner hält dich für einen Angeber. Ehrlich nicht." Unter ihrem Blick wurde ihm ganz anders.

„Ich muss sofort zu Mama, ihr meinen neuen Steinkobold zeigen", krähte Elisabeth. Sie sprühte vor Begeisterung. Martin und Heidi folgten ihr zum Pfahlhaus der Herders.

Frau Herder hatte das Mittagessen schon vorbereitet. Es gab Fisch mit Reis. Nach dem Essen half Martin beim Geschirrspülen und Abtrocknen.

„Wir wollen eine Fahrradtour machen", sagte Heidi zu ihrer Mutter.

Frau Herder umarmte ihre Tochter: „Geh nur, Heidi. Du hast ein so gutes Zeugnis nach Hause gebracht. Amüsiere dich ruhig ein wenig. Du sollst nicht immerzu arbeiten. Morgen musst du wieder in die Druckerei."

„Ich komme mit", rief Elisabeth.

„Elisabeth, sei nicht unhöflich", mahnte die Mutter. „Wenn schon, dann fragt man zuerst. Ich glaube aber nicht, dass Martin und deine große Schwester dich junges Gemüse dabeihaben wollen."

Martin stand vor Staunen der Mund offen. So hatte er noch nie einen Erwachsenen reden hören. Bei ihm zu Hause lief es genau umgekehrt. Immerzu wurden ihm die kleinen Geschwister aufgehalst und erst recht Nerv-Walter. Frau Herder stieg in seiner Achtung ein ganzes Stück. Elisabeth zog eine Schnute. Sie tat Martin leid. Er kniete vor dem kleinen Mädchen und fasste es an den Händen: „Wenn wir richtig weit fahren, kannst du nicht mithalten, Lieschen. Heidi und ich wollen ordentlich Kilometer schrubben. Wir fahren nach Saarlouis zum Luftschiffhafen. Deine dünnen Heuschreckenbeine haben noch nicht genügend Kraft für so eine weite Tour." Er zwickte Elisabeth oberhalb der Knie ins Fleisch, was, wie er wusste, fürchterlich kitzelte. Prompt quietschte Elisabeth laut auf. Martin umarmte sie. „Ich mach dir einen Vorschlag, Krickelmaus: Heidi und ich machen unsere lange Radtour und wenn wir zurück sind, radeln wir alle zusammen ein bisschen herum oder wir gehen spazieren. Ich kauf dir was Feines. Eine Waffel vielleicht."

Augenblicklich war Elisabeth getröstet. Sie umhalste ihn: „Du bist lieb!" So einfach geht das, dachte Martin, als er mit Heidi über die Plankenstege zum Ufer lief. Ihre kleine Schwester kann ich an den Händen fassen und sogar umarmen und Heidi trau ich mich kaum anzuschauen. Es ist zum Verrücktwerden! Warum kann ich ihr nicht sagen, wie sehr ich sie mag, ich Blödkolben?

Sie holten ihre Räder aus dem Schuppen und fuhren los, immer am Ufer des Saarsees entlang nach Norden zur Stadt hinaus. Die Straße folgte der Saar. Sie lag ein wenig erhöht, sodass man einen schönen Blick auf den Fluss hatte und vorbeifahrende Schiffe gut beobachten konnte. Martin schaute immer wieder zu Heidi hin. Ihr weizenblondes Haar flog im Fahrtwind und das Radeln machte ihre Wangen rot. Manchmal sah sie ihn an und sie lächelten sich zu. Dann hopste Martins Herz jedes Mal wie ein aufgeregter Frosch in seinem Brustkasten herum.

In regelmäßigen Abständen gab es Rastplätze an der Sandpiste. Weil der Weg auch von Pferdefuhrwerken befahren wurde, war er teilweise holprig und es gab Spurrillen. Trotzdem machte es Spaß, diese primitive Straße zu befahren. Die fetten Reifen der Fahrräder bügelten alle Unebenheiten aus. Am Wegesrand standen Bäume und Büsche mit essbaren Früchten. Martin erkannte Johannisbeersträucher und Obstbäume. Letztere waren kaum zwei Meter hoch und so gestutzt, dass sie wie eine nach oben geöffnete Hand aussahen.

„Das ist so gemacht, damit Reisende bequem an das reife Obst herankommen", erklärte Heidi. „Große Bäume mit breiter Krone tragen natürlich mehr, aber stell dir einmal vor, eine ältere Dame läuft zu Fuß ins nächste Dorf zu ihrer Cousine und möchte unterwegs einen Apfel essen. Die käme ja nicht dran, wenn er so weit oben hinge. Wo Häuser in der Nähe sind und Gießwasser zur Verfügung steht, gibt es auch Tomatenstöcke, Melonen und Kürbisse. Die Obstbäume sind eine spezielle Züchtung, die sehr klein bleibt."

„Alles für Leute, die diesen Weg bereisen?", fragte Martin. „Ich habe auf meinen Radtouren schon solche Sträucher und Bäume gesehen, aber ich dachte, die gehören jemandem."

„Sie gehören der Allgemeinheit", sagte Heidi. „Jedes Jahr schwärmen die Schulkinder aus und legen neue Pflanzungen an und kümmern sich um die Bäume. Die müssen jährlich geschnitten werden, sonst wachsen sie wild ins Holz und tragen nicht mehr gescheit. So lernen die Kinder viel über Gartenbau."

„Das klingt klasse", sagte Martin. Was für ein Land. Das würde ihm auch Spaß machen, draußen Johannisbeersträucher zu schneiden, statt im muffigen Klassenzimmer zu hocken und in der Pause gesackt zu werden. Warum bin ich nicht hier geboren?, dachte er voller Wehmut.

An einer Gartenwirtschaft nahe Saarlouis machten sie Rast. „Kaffeetante Doros Pension" stand auf dem Schild direkt neben dem Treidelpfad. Hier war er asphaltiert und lief direkt am Ufer entlang. Einige Boote waren dort vertäut. Sie setzten sich in den Biergarten unter die Bäume und bestellten Kuchen und Limonade. Die Besitzerin der Pension empfahl ihnen frische Waldmeisterlimonade. Sie stimmten zu und stellten fest, dass sie beide noch nie so gute Limonade getrunken hatten. Nach der Limo gönnten sie sich noch eine Tasse Kaffee. Die nette Kaffeetante Doro empfahl ihnen, einen „Gemischten" zu nehmen, weil reiner Kaffee für so junge Leute vielleicht etwas stark sei. Sie entschieden sich für eine Mischung aus Bohnenkaffee und Zichorie mit Sahne obenauf. Es schmeckte himmlisch. Sie fühlten sich pudelwohl in dem sonnigen Gartenlokal. Menschen jedes Standes hielten sich im Biergarten auf. Unter den Platanen, die so gestutzt waren, dass sie breite, Schatten spendende Kronen hatten, saßen feine Damen in teuren Kleidern bei Kaffee und Kuchen gleich neben einfachen Landfrauen, die in Rucksäcken Rüben und Kartoffeln ins nächste Dorf transportierten und im Gartenlokal eine kurze Rast hielten, um sich mit einem einfachen Mahl zu stärken. Ein Förster saß an einem der runden Klapptische und trank einen Kaffee und las die Zeitung dazu. Sein Jagdhund lag brav zu seinen Füßen.

Nach dem Essen bat Martin Heidi, sich vor die Mauer des Gartenlokals zu stellen. Er holte seinen primitiven Fotoapparat. Man musste das Ding aufklappen und einen Faltenbalg herausziehen und arretieren. Dann die Entfernung schätzen und an einem Ring am Objektiv einstellen. Noch die passende Blende wählen, und dann konnte man knipsen. „Jetzt kommt das Vögelchen", sprach Martin und drückte ab. Er machte zwei Aufnahmen. Er betrachtete Heidi. Wie schön sie war. Wenn er in ihre Augen sah, schlug sein Herz heftig. Wie gerne hätte er sie umarmt, einfach so, aber dazu war er viel zu schüchtern. Es war zum Verzweifeln. Auch Heidi war befangen. Alles, was sie fertigbrachten, war, sich anzulächeln.

Sie radelten weiter die Saar hinunter. Kurz vor Saarlouis erreichten sie den Luftschiffhafen. Martin sah zu seiner Verblüffung eine Garrat-Lokomotive einen Zug mit Gasflaschen ziehen. Der Zug fuhr auf 600-mm-Schmalspur. „Eine Feldbahn", rief er. „600-mm-Spur." Er schaute Heidi an: „Ihr habt echt überall diese Schmalspurbahnen."

Das Mädchen lachte ihn an: „Jede Menge. Die Normalspur fährt nur auf den Hauptstrecken. Es gibt sehr viele Nebenbahnen, und die haben die schmalen Gleise von sechzig Zentimetern Breite. Die Schmalspur lässt sich viel einfacher verlegen. Das kostet nicht mal halb so viel wie ein Gleis der Normalspur. In meinem Heimatbuch steht das drin." Sie zeigte auf die langgestreckte Dampflokomotive, die ungewöhnlich aussah. Sie hatte vorne und hinten je ein Triebwerk und der Dampfkessel mit der Feuerbüchse hing dazwischen: „Diese

Bauart kommt aus Britannien. Ein Mister Garrat hat sie erfunden. Die eignet sich besonders für Schmalspurbahnen, weil sie einen tief liegenden Schwerpunkt hat und durch die beiden beweglich gelagerten Triebwerke auch durch sehr enge Kurven fahren kann. Für schwere Züge braucht es diese Loks. Kurze Personenzüge werden von kleinen zwei- oder dreiachsigen Dampfloks gezogen."

Schon von Weitem hatten sie ein riesiges Luftschiff ankommen sehen. Als sie auf die flache Wiese fuhren, war der Zossen bereits unten und wurde von Leuten der Haltemannschaft zu einer der gigantischen Hallen gezogen. „Abendstern" stand in großen Lettern auf der Seite des Schiffs.

„Ist das ein Riesending", sagte Martin. Er war beeindruckt. „So groß wie die Hindenburg. Mindestens." Als er Heidis fragenden Blick sah, erklärte er: „Das war das größte Luftschiff in meiner Welt. Aber das war vor meiner Zeit. Vor etwa vierzig Jahren." Dass die Hindenburg in Amerika in einem gigantischen Feuerball verbrannt war, verschwieg er. Sie stellten die Räder auf einen Ständer bei einer der Hallen und liefen übers kurz gemähte Gras zu dem Luftschiff. Martin begutachtete die Motoren in den Antriebsgondeln: „Wie funktioniert das?", wunderte er sich. „Leiten die den Dampf der Dampfmaschine zu den Motoren?" Er schaute zu der Maschine hin, die unter dem Schiffsbauch hing: „Kann ja nicht sein. Die Dampfmaschine treibt etwas an." Er schaute genauer hin: „Das ist ein elektrischer Generator, wenn ich mich nicht täusche."

„Du täuschst dich nicht, junger Mann."

Martin drehte sich zu dem Sprecher um. Ein Mann von etwa vierzig Jahren stand vor ihm. Er hatte einen Schnurrbart und sein dunkelblondes Haar zeigte eine beginnende Glatze. Er war rundlich, aber muskulös und er lächelte freundlich.

Aha, dachte Martin, es gibt also doch Erwachsene, die mich nicht „Sie" oder „Ihr" nennen.

„Dann sind die Motoren in den Gondeln Elektromotoren?", fragte er.

Der Mann nickte: „Ganz recht, Herr Specht! Die Dampfmaschine treibt den Generator an und der liefert die Tesla-Energie für die Motoren."

„Dürfen wir näher ran?", bat Martin. Er fasste schützend nach Heidis Hand.

Juhuu! Er konnte es.

„Von mir aus“, sagte der Mann. Er reichte Martin und Heidi die Hand: „Max Henschel. Erster Maschinist des Schiffs.“ Sie stellten sich vor und folgten dem Mann.

„Ist das ein Gigant!“, sagte Martin. Er verrenkte sich den Hals, um an dem Schiff hochzuschauen. „Ist es nicht gefährlich, eine Dampfmaschine zu benutzen? Da hat es Feuer und das Schiff ist mit Gas gefüllt. Oder verwenden Sie unbrennbares Helium?“

„Rotgas“, lautete die Antwort und zu seinem Erstaunen erfuhr Martin, dass es im Königreich Bayern ein Gas gab, das eine bessere Hebewirkung als Wasserstoff hatte, aber unbrennbar war. Die silbergolden glänzende Farbe der Außenbespannung, erklärte Herr Henschel, kam von einem Gemisch aus Aluminiumoxid und Goldstaub. „Damit die Sonnenstrahlen reflektiert werden und uns die Gaszellen nicht zu stark aufheizen. Das Gas würde sich in der Wärme ausdehnen und bei Überdruck durch die Ventile abgeblasen. Wir würden Auftrieb verlieren.“

Gold!, dachte Martin. Die bedampfen ihre Luftschiffe mit Gold! Bei uns wäre das unbezahlbar. Während sie dem Luftschiff zum Hangar folgten, fiel ihm etwas ein: „Eigentlich ist eine Dampfmaschine recht unpraktisch für ein Luftschiff, Herr Henschel.“

Der Maschinist schaute ihn aus listig blitzenden Augen an: „Und wieso, mein junger Freund?“

„Wegen dem Gewicht“, sagte Martin. „Ein Luftschiff hebt seine Masse und die Ladung mittels Traggas in den Himmel. Wenn es Gewicht verliert, muss man Gas ablassen, sonst würde das Schiff immer höher aufsteigen. Eine Dampfmaschine verbrennt Kohle, Öl oder Holz und sie kocht Wasser zu Dampf. Der Dampf treibt die Kolben an und dann zischt er zu den Ventilen raus. Je weiter Sie fahren, je mehr Wasser wird als Dampf abgeblasen. Das bedeutet doch, dass Sie beim Fahren am Himmel ständig an Gewicht verlieren und andauernd Traggas ablassen müssen. Stimmt's?“

„Donnerwetter!“, rief Henschel. „Da kennt sich einer aus.“ Er grinste Martin an:

„Aber so läuft es nicht. Wir lassen den Dampf nicht entweichen. Wir fangen ihn ein und gewinnen dadurch das Wasser zurück. Das geht mittels Kondensertechnik."

„Davon habe ich gehört", meinte Martin. „Es wird auch bei Dampfloks angewandt, die durch wasserarme Gegenden fahren." Er hielt noch immer Heidis Hand, und die machte keinerlei Anstalten, sie ihm zu entziehen. Als er sie ansah, lächelte sie ihn an. Sofort schlug ihm das Herz.

Das Schiff war im Hangar. Es wurde mit Spannseilen verankert. Ein rothaariger Mann und eine Frau kamen aus der Steuerkanzel. „Also, ich tät vorschlage, mir gehe nachher zur Doro und esse mal rischtisch gut Fisch", sprach der Mann.

Die Frau boxte ihm freundschaftlich auf den Arm: „Du Fresser, du!"

„Ei, wenn ich doch gern was esse tu", sagte der Rotschopf. „Esse und Trinke hält Leib und Seele zusamme. Außerdem hab ich gehört, die liebe Kaffeetante Doro hat neuerdings auch Hühner auf ihrem Land laufe. So ein Brathähnche iss ja auch ned zu verachte."

„Jochen Zapp, unser Bordelektriker, und seine Frau Leni, meine Stellvertreterin, zweite Dampfingenieurin der Abendstern", stellte Herr Henschel vor.

Martin machte einen Diener und Heidi knickste.

„Ei, Tach, ihr zwei", sagte Herr Zapp.

„In so einem Luftschiff würde ich gerne mal mitfahren", sagte Martin.

„Man kann die Abendstern mieten", sagte Max Henschel. Er grinste vergnügt: „Kostet aber einiges Silber. Aber vielleicht möchtet ihr mal an einer kleinen Saarlandrundfahrt teilnehmen. Die bieten wir gelegentlich an. Seht einfach die Fahrpläne durch. Die hängen vorne am ersten Hangar aus und sie werden auch in den Zeitungen abgedruckt. Ich muss jetzt los und mich um meine Dampfmaschine kümmern." Henschel verabschiedete sich von Martin und Heidi.

Die zwei liefen zu ihren Rädern zurück. Martin holte seinen neuen Fotoapparat hervor und machte zwei Aufnahmen von den Hangars und einem Luftschiff, das über dem Platz kreiste. Dann fuhren sie zurück nach Saarbrücken-Nassau.

Auf der Rückfahrt kamen ihnen vier Mädchen entgegen. Sie gingen zu Fuß und trugen Rucksäcke.

„Die sind auf der Wurrenreise", sagte Martin. „Nicht wahr?"

„Ja", bestätigte Heidi. Sie grüßten die Mädchen im Vorbeifahren: „Gute Wurrenreise."

„Danke", schallte es ihnen hinterher. „Gute Fahrt. Adieu."

Als Martin auf dem Weg zurück nach Saarbrücken-Nassau weitere Fotos machte, musste er an die vier Wandermädchen denken. Es musste fantastisch sein, zu mehreren dieses wundervolle Land zu bereisen, sich in Ruhe alles anzuschauen, alle Sehenswürdigkeiten anzusteuern und dabei frei wie ein Vogel zu leben und auch noch eine Menge zu lernen. Wenn Martin an seine eigene Welt dachte, in die er zurückzukehren gezwungen war, blutete ihm das Herz.

Zurück in Saarbrücken-Nassau gab Martin den belichteten Film im Fotoladen ab. Er zahlte eine Extraprämie, damit die Bilder innerhalb von zwei Stunden entwickelt wurden. „Wird gemacht, junger Herr", versprach der Fotografenmeister. „Wir arbeiten auch mit natürlichem Tageslicht, solange es draußen hell ist. In zwei Stunden könnt Ihr die fertigen Bilder haben."

Heidi und Martin fuhren zur Fischersiedlung, um Elisabeth abzuholen. Die wartete mit ihrem Rad schon beim Schuppen der Herders. Die Zeit vertrieb sie sich mit Häkeln. „Hallo, Krickelmaus", rief Martin lächelnd. „Bereit?" Er stieg ab und zwickte das kleine Mädchen in die Nase.

Elisabeth kicherte: „Bereit, Herr Kapitän." Sie packte ihr Häkelzeug zusammen. „Ich hab meine Flöte mit, damit du mir zeigen kannst, wie man das schöne Lied spielt."

Martin salutierte zackig: „Na, dann wollen wir mal, junge Dame." Verflixt! Wieso konnte er mit anderen Kindern so locker scherzen und bei Heidi stellte er sich so blöd und verklemmt an?

Klara kam mit zwei anderen Mädchen angefahren: „Dürfen wir auch mit?"

„Warum nicht?", sagte Martin. Er kam sich sehr gönnerhaft vor. Als ihm das bewusst wurde, schämte er sich. Ich führe mich auf wie ein Dödel! Ich muss aufhören, wie ein Angeber daherzukommen, nahm er sich vor. Sie radelten nach Süden, immer am Seeufer entlang. An einem Rastplatz trafen sie einen Mann, der den See mit einer riesigen Plattenkamera fotografierte. Das Monstrum aus Holz und Messing stand auf einem dreibeinigen Stativ. Der Mann hatte den Kopf unter ein schwarzes Tuch gesteckt und schaute durchs Objektiv, um das Motiv auszuwählen. Die Kinder sahen ihm neugierig zu. Endlich war der Fotograf fertig. Er betätigte einen Drahtauslöser.

„Könnten Sie bitte zwei Aufnahmen mit meiner Kamera machen?" fragte Martin höflich. Der Mann erklärte sich bereit.

„Los, stellt euch in Positur", befahl Martin. Die Kinder starrten ihn an wie den Mann im Mond. Wahrscheinlich war noch nie eins der Kinder aus der Fischersiedlung fotografiert worden. Martin wurde wieder einmal bewusst, dass die Fischer nicht gerade reich waren. Und doch sind diese Menschen mit ihrem Leben zufrieden, dachte er, während er den Anweisungen des Fotografen folgte, der sie in Position winkte. Noch nie habe ich so fröhliche Menschen kennengelernt.

Der Mann machte eine Aufnahme. Anschließend bat Martin ihn, noch ein Foto zu machen, auf dem er mit Heidi allein drauf war.

„Das Pärchen wird fotografiert", witzelte Elisabeth.

Heidi wurde rot. Martin auch.

Nach der Aufnahme fuhren die Kinder kreuz und quer zwischen Äckern und Wiesen umher. Martin schoss weitere Fotos. Am Stadtrand machten sie Pause an einem Wirtshaus und Martin spendierte Brezeln und Limonade. Dann ging es in die Stadt zum Marktplatz beim Musikgeschäft Meyer. Martin brachte seinen vollen Film weg und holte die ersten fertigen Aufnahmen ab. Eine Aufnahme zeigte Heidi mit ernstem Gesicht. Auf dem zweiten Foto lächelte sie sanft in die Kameralinse. Martin war begeistert. Das Bild war schwarz-weiß mit einem leichten Sepiaton auf dickem Barytpapier mit weißem Wellenrand entwickelt. Heidi war perfekt getroffen.

Bei Musikalien Meyer bewunderten die Kinder die zwei Aufnahmen gebührend. Auch die Bilder vom Luftschiffhafen und der Saar gefielen ihnen.

„Ich habe für jeden von euch einen Abzug von dem Foto bestellt, das der Mann am Seeufer von uns gemacht hat“, verkündete Martin. „Bleibt also da, bis sie fertig sind. Ich kann sie in einer Stunde abholen.“

Klaras Freundinnen gafften hingerissen: „Wir bekommen echte Fotografien? Uff!“

Martin schaute sich suchend um: „Ist Heike heute nicht da?“ Er wollte ihr doch Kleider und Schuhe kaufen. „Mist! Ich habe keinen Treffpunkt mit ihr verabredet.“ Er wandte sich an Heidi: „Weißt du etwas, Heidi?“

„Nein.“ Das kam kurz und gepresst. Wieder reagierte Heidi so komisch, wenn er von Heike sprach. Martin konnte es sich nicht erklären. Hatte sie etwas gegen das Mädchen?

Sie vertrieben sich die Zeit mit Umherstreifen und Spielen. Die Räder ließen sie vor Herrn Meyers Laden stehen. Martin nutzte die Zeit, um Elisabeth die Griffe der Old Shatterhand-Melodie beizubringen. Er merkte, dass Heidi sehr still geworden war. Endlich waren die Fotos fertig. Martin verteilte sie. Jedes Kind bedankte sich artig bei ihm. Eins der Mädchen machte sogar einen Knicks. Martin betrachtete die Fotografien. Sie sahen aus wie Schwarz-Weiß-Aufnahmen „von früher“. Es war ein seltsames Gefühl, mit drauf zu sein. Auf den ersten Blick fiel seine ungewöhnliche Kleidung nicht auf. Jetzt ist es festgehalten, dass ich hier war, dachte er. Festgehalten für alle Zeiten. Ein warmes Ziehen machte sich in seinem Bauch breit. Mit diesen Aufnahmen war er einer aus Bayern geworden. Er war mit drauf. Er war mit drin. Ein gutes Gefühl war das.

Er schenkte Heidi eins der Fotos, die er vorm Biergarten in Saarlouis gemacht hatte, und die Aufnahme am Saarsee, auf der sie zu zweit abgebildet waren.

„Das hier behalte ich“, sagte er und betrachtete das Foto, auf dem Heidi in die Linse lächelte. „Das werde ich immer bei mir tragen.“ Er spürte ihren Blick auf sich und sah auf. Ihre Augen waren groß und fragend. Schlagartig schnürte sich ihm die Kehle zu. Mist! Ich muss was sagen!, dachte er. Ich muss den Mund aufmachen! Er brachte nicht ein einziges Wort heraus. Schließlich gelang ihm ein Lächeln. Heidi lächelte zurück. Ob es ihr geht wie mir?, fragte sich Martin. Was, wenn sie genauso schüchtern ist wie ich?

Später stellten sie die Räder in den Schuppen und liefen durch die belebte Fischersiedlung zum Haus der Familie Herder.

Herr Herder war zu Hause. Martin überreichte ihm die neue Taschenuhr. „Junge, du bist verrückt“, flüsterte der Mann.

Martin schüttelte den Kopf: „Sie brauchen eine neue Uhr, eine, die genau geht. Das hier war die beste, die ich kriegen konnte.“

„Ich kann das nicht annehmen, Junge. Das ist viel zu wertvoll.“

„Sie müssen. Ihr Name ist schon eingraviert.“

Heidis Vater schüttelte den Kopf: „Dafür kann ich mich in meinem ganzen Leben nicht revanchieren, Martin.“

„Doch“, sagte Martin. „Sie tun es ja dauernd. Sie …“ Martin spürte, wie ihm ein Kloß im Hals wuchs. „So wie bei Ihnen bin ich noch nie behandelt worden. Ich … ich …“ Martin kämpfte gegen die aufsteigenden Tränen. Oh, Mist! Jetzt bloß nicht heulen wie ein Baby! „Ich bin noch nie in meinem Leben so freundlich aufgenommen worden.“ Seine Stimme brach.

„Gott! Wie muss es dort zugehen“, flüsterte Frau Herder. Sie schlug die Hand vor den Mund.

Ihr Mann legte einen Arm um sie: „Martin wäre nicht der Erste, der andeutet, dass es dort nicht gut ist.“ Er schaute Martin an: „Du bist stets willkommen, Junge. Denk immer daran. Und Martin, das hat nichts mit teuren Geschenken zu tun.“

„Danke“, würgte Martin hervor. Er war froh, dass es Abendessen gab. Das half ihm über seine Verlegenheit hinweg.

Später saßen sie draußen auf der Veranda. Die Sonne stand tief und unter ihnen schwappte das Wasser gegen die Pfähle, auf denen das Haus stand. Die Kinder spielten auf ihren Flöten und sangen dazu. Einmal stimmten sie ein Lied an, das Martin noch nicht kannte:

„Eins, zwei, drei, vier, fünf, sechs, sieben, wo ist nur der Tag geblieben?“

Der Text handelte von den Nachtkindern, die über nächtliche Wiesen im

Mondschein tanzten, die durch wilde Wälder streiften und im Dunkel der Nacht verborgen lebten.

„Ein schönes Lied“, sagte Martin, als die Mädchen fertig waren. „Wie kommt man bloß auf so ein Lied? Kinder, die in der Nacht leben und nie die Sonne sehen?“

Herrmännchen krabbelte auf seinen Schoß. „Das ist das Nachtkinderlied“, sagte er ernsthaft. „Die Nachtkinder leben in der dunklen Nacht und sie dürfen nie in die Sonne, sonst müssen sie sterben.“

Martin kicherte: „Klingt nach Vampiren. Interessante Geschichte.“

„Es ist eine uralte Sage“, erklärte Klara. „Man erzählt sich, dass die Nachtkinder wirklich existieren. Es sind Menschen einer fremden Rasse, die in der Nacht leben. Sie trinken aber kein Menschenblut. Das ist bloß eine Erfindung von Leuten, die Gruselgeschichten lieben. Sie ernähren sich ausschließlich von Pflanzen und sie sind so scheu, dass kaum ein Mensch sie je zu Gesicht bekommt. Sie fürchten uns, weil sie im Mittelalter verfolgt wurden.“

Martin lief ein Schauer über den Rücken. Er musste an den dreibeinigen Hasen im Oberbexbacher Wald denken und an seine unerklärliche Angst, wenn er den Durchgang in seine Heimatwelt benutzte. Gab es diese geheimnisvollen Nachtkinder vielleicht wirklich? Eine unbekannte Menschenrasse, die verborgen im Dunkel der Nacht lebte?

Klein-Herrmann zupfte ihn am Ärmel: „Erzählst du wieder eine Geschichte?“

Martin schaute sich um. Seit sie mit Singen und Musizieren angefangen hatten, hatten sich auf Herders Veranda und auf dem Plankensteg davor etliche Leute eingefunden, vor allem Kinder jeden Alters. Rund zwanzig Menschen schauten Martin neugierig an. Sie waren seiner Geschichten wegen gekommen.

Martin holte einige Ideen aus seinem Kopf, fügte sie in Gedanken zusammen und erzählte von einem Mädchen, das sich aufmachte, seine Zwillingsschwester zu suchen, die in der Fremde verschollen war. Das Mädchen musste weit reisen und etliche gefahrvolle Situationen meistern, bis es seinen Zwilling aus den Klauen eines ekelhaften Trolls befreien konnte.

„Das war schön“, freute sich Herrmännchen.

„Du kannst super Geschichten erzählen, Martin!“, rief Elisabeth. „So wie du erzählt sonst keiner.“

Ich werde alle Geschichten aufschreiben, die ich hier in Bayern erzähle, nahm sich Martin vor. Wenn ich jeden Mittwoch eine erzähle, ist bald ein neues Buch beisammen. Er schaute auf die Uhr: „Ich muss los.“

Heidi schaute ihn an. „Spielst du noch einmal die Old Shatterhand-Melodie?“, bat sie.

Diesmal erklang die Melodie zweistimmig. Elisabeth begleitete Martin auf ihrer Flöte in Hoch-G. Der Zweiklang machte das Lied noch schöner. Die Leute lauschten hingerissen. Das Wasser unter den Häusern schwappte im Takt dazu.

Zum Schluss stimmte Martin noch einmal das Abschiedslied an. Sofort sangen die Kinder mit. Martin liebte dieses Lied. Es war schön und traurig zugleich und jedes Mal, wenn er es hörte, rührte es an sein Herz. Als das letzte Adieu verklungen war, erhob er sich: „Ich muss fort. Nächstes Mal kann ich eventuell über Nacht bleiben.“ Er zögerte: „Falls es recht ist.“ Er wurde rot.

Herr Herder verabschiedete ihn mit Handschlag: „Es ist uns recht, Martin. Komm gut nach Hause.“ Er schaute Martin ernst an: „Pass auf dich auf, Junge.“

Martin nickte: „Werde ich. Adieu.“

Heidi radelte mit ihm bis zum Stadtrand. „Danke für die Fotografien, Martin“, sagte sie beim Abschied. „Bis nächste Woche. Ich freue mich auf dich.“ Sie holte etwas aus ihrer Fahrradtasche: „Hier, das ist mein Heimatbuch. Ich habe ja im Moment keine Schule. Ich leihe es dir. Dann kannst du nachlesen, wie es hier im Königreich Bayern und in den Ländern drumherum aussieht.“

„Danke“, sagte Martin. Er steckte das Buch ein. „Wenn du Heike triffst, sagst du ihr bitte Bescheid?“ Im gleichen Moment, als er sie aussprach, bereute er seine Worte. Heidis Gesicht verdüsterte sich. Sie wirkte traurig und verunsichert. Martin wollte etwas sagen, doch sein Kopf war wie leer geblasen. „Es … es …“, stotterte er, „es ist nur, weil ich ihr versprochen habe, ihrKleider und Holzschuhe zu kaufen. Ich möchte mein Versprechen halten.“ Heidi schaute ihn an. Martin suchte nach Worten. Oh, warum kann ich ihr nicht sagen, wie sehr ich sie liebe?!

„Ich sage Heike Bescheid", versprach Heidi. „Sie wird sich freuen. Sie mag dich."

„Danke", sagte Martin.

Heidi schaute zu ihm auf. Sie schien auf etwas zu warten. Sie wirkte sehr klein und sehr verunsichert. Martin bekam kein Wort hervor. Heidi senkte den Blick: „Adieu, Martin." Sie stieg auf und fuhr in die Stadt zurück.

„Adieu", rief er hinter ihr her. Er schaute ihr nach, bis sie in der Ferne hinter einer Straßenkurve verschwand. Zweimal schaute sie zu ihm zurück und jedes Mal winkte er ihr.

Als Martin losfuhr, war ihm zum Heulen zumute. Warum stelle ich mich bei Heidi so saublöd an?, fragte er sich, als er Richtung St. Ingbert radelte. Jedes Mal bin ich wie gelähmt. Mit allen anderen kann ich normal reden. Die muss mich doch für bekloppt halten. Es dämmerte. Wenigstens kann ich heute Abend wieder das Licht an meinem Rad ausprobieren, dachte er. Den Ärger schob er beiseite. Hatte Heidi nicht gesagt: „Ich freue mich auf dich"? Das war doch ein gutes Zeichen, oder?

Martin merkte erst, dass er sich verfahren hatte, als sich der Weg vor ihm in drei schmale Pfade gabelte. „Kacke! Das ist nicht die Straße nach St. Ingbert! Wo bin ich gelandet?" Martin dachte angestrengt nach. War er irgendwo falsch abgebogen? Aber wann? Und wo? Höchstwahrscheinlich in jener Kurve, in der er gemütlich geradeaus weitergefahren war. „Und genau das war verkehrt! Deswegen bin ich im Wald gelandet, ich Rindvieh!" Martin wurde ärgerlich. Das hatte gerade noch gefehlt! Okay, er hatte Zeit. Der Zahnarzttermin war erst um halb vier. Wenn er zu spät kam, weil er seinen üblichen Zug verpasste, reichte der nächste immer noch.

„Das gibt mir die halbe Nacht Zeit, wenn es denn sein muss", brummte Martin. „Aber Kacke ist es trotzdem." Er verspürte nicht im Mindesten Lust, den ganzen Weg wieder zurückzufahren bis zu der Kurve, wo er irrtümlich die Landstraße verlassen hatte. Wenn ich mich links halte, müsste die Richtung stimmen, überlegte er und bog in den linken Weg ein. Es wird ja nicht gleich ein dreibeiniger Hase aufkreuzen, um mich in die Irre zu leiten.

Unter den Bäumen war es so dämmerig, dass er das Fahrlicht brauchte. Er betätigte den Dynamoschalter auf der Oberseite der Frontlaterne. Warmer Lichtschein flutete über den Weg vor ihm. Der Lichtkegel war breit und hell. Kein Vergleich mit der miesen Funzel an seinem Klapprad. Martin war von dem hervorragenden Licht begeistert. Die Silbertaler für sein Rad hatten sich gelohnt. Auch für die Neungangschaltung. Denn der Weg stieg an und Martin musste mehrmals herunterschalten, bis er im ersten Gang den Waldweg hinaufkurbelte.

Es war steil, aber hinter dem Hügel musste St. Ingbert liegen und Martin würde darauf achten, nicht noch einmal von der Landstraße abzuweichen. Der Weg machte eine scharfe Kurve bergan. Dann wurde er flach. Martin bremste.

„Ach du grüne Neune! Hier bin ich also gelandet. Affig!“ Vor ihm erhob sich der „Stiefel“, ein beinahe haushoher Sandstein, der tatsächlich einem riesigen Stiefel ähnelte.

„Kein Wunder, dass es so steil bergauf ging!“ Martin kicherte. „Ich habe mir die höchstgelegene Stelle der Gegend zum Verirren ausgesucht. Na egal. Auf der anderen Seite geht's bergab nach St. Ingbert.“ Er betrachtete den großen, verwitterten Felsen. In der Dämmerung hatte er etwas Geheimnisvolles an sich. Im Wald schrie ein Kauz.

Ein leises Geräusch weckte Martins Aufmerksamkeit. Es klang wie ein spinnfadenfeines Flüstern, wie unirdischer Gesang aus weiter Ferne. Martin lauschte angestrengt. Das sanfte Geräusch verdichtete sich. Es schien von überallher zu kommen. Martin stieg vom Fahrrad. Er schaute sich um. Es war dämmrig. Das Geräusch kam aus dem Wald. Leiser, glockenheller Gesang wehte über die Lichtung, auf der der Stiefel stand: „Hirwel, hirwel, hirwel …“ Winzige Lichtpunkte flogen zwischen den Bäumen umher. Sie näherten sich Martin. Glühwürmchen? Aber Glühwürmchen leuchteten grünlich-weiß und sie sangen nicht. Diese Lichter waren gelblich wie winzige Laternen.

Martin vernahm ein sanftes Summen hinter seinem Kopf, ähnlich dem Flügelschlag eines Schmetterlings. Er drehte sich um und erstarrte. Vor seinem Gesicht schwebte ein winziges Wesen in Menschengestalt, ein kleiner Junge. Er trug Flügel auf dem Rücken. Die halb transparenten Gebilde funkelten im letzten

Tageslicht in allen Farben des Regenbogens. „Eine Elfe!“, flüsterte Martin ehrfürchtig. Das Wesen, das vor ihm in der Luft schwebte, war keine sieben Zentimeter groß. Weiteres Summen ertönte und noch mehr Elfen kamen angeflogen. Sie umkreisten Martins Kopf. Entzückt betrachtete Martin die wundervollen Wesen. Es waren Jungen und Mädchen. Die Mädchen trugen hauchdünne Kleidchen aus etwas, das wie Geflecht aus flüssigem Silber aussah. Spinnenseide!, schoss es ihm durch den Kopf. Und die Jungs haben kurze Hosen und Hemdchen aus Pflanzenfasern an. Ich fasse es nicht! Echte Elfen! Martin stieß einen jauchzenden Freudenlaut aus.

„Hirwel, hirwel, hirwel“, sangen die fliegenden Juwele. Einige Elfen trugen winzige Laternen, denen warmes gelbes Licht entströmte. Immer mehr der geflügelten Wesen kamen aus dem Wald. Alle umkreisten Martin. Sie sangen und winkten lächelnd. Sie lockten ihn zum Stiefel. Martin verstand. Im Buch über die Sagen und Legenden aus seiner Heimat stand, dass der Stiefel ein Elfentanzplatz war.

„Alles, was in diesem Buch steht, ist im Königreich Bayern Wirklichkeit“, flüsterte er. „Wie schön sie sind!“ Er winkte den wundervollen kleinen Elfen zu. „Ich würde euch gerne beim Tanzen zuschauen“, sagte er. „Aber ich muss fort. Es tut mir leid.“ Er holte sein Rad und schob es über die Lichtung auf den Stiefel zu. Dahinter, das wusste er aus der Erinnerung an eine Klassenfahrt, führte ein steiler Pfad nach unten zur Straße. Ein geflügeltes Mädchen mit einer Laterne in der rechten Hand surrte vor sein Gesicht. Es stieß einen hohen, feinen Ton des Bedauerns aus. „Bitte bleib doch!“, schien sie zu sagen. „Bitte!“ Sie sah schrecklich traurig aus.

„Ich muss wirklich fort“, sagte Martin. Er spürte tiefes Bedauern, als er sein Rad den Weg hinunterschob. Auf dem steilen, abschüssigen Pfad konnte er im Dunkeln nicht fahren. Die ganze Zeit umschwirrten ihn die Elfen. Sie sangen. Sie lockten. Sie bettelten. Martin zerriss es fast das Herz. Er hätte alles darum gegeben, bleiben zu dürfen, doch ihm lief die Zeit davon. Im Tal hielt er inne und schaute zum Wald zurück. Hunderte Lichtlein schwebten zwischen den Bäumen. Er hörte den leisen, lockenden Gesang. Das geflügelte Mädchen mit der Laterne in der Hand kam zu ihm geflogen. Ganz nah vor seinem Gesicht schwebte sie mit flatternden Flügelchen. Sie streckte die Hand aus und berührte Martins Wange. Federleicht fühlte sich das an. Martin sah Tränen in den Augen der Elfe. Sie sagte etwas in ihrer singenden Sprache und winkte. Dann kehrte sie zum Wald zurück. Die Elfen flogen tiefer in den Wald hinein. Martin stand da und sah zu, wie die winzigen Lichtpunkte hangaufwärts davonschwebten. Sein Herz schlug vor Freude. Welch ein Land! Ich muss unbedingt mal mit Heidi hierherkommen, nahm er sich vor. Das wird ihr gefallen. Er stieg auf und kurbelte los. Diesmal achtete er genau darauf, nicht von der Landstraße abzukommen.

Es war dunkel, als er in Homburg ankam. Er stellte sein Rad ab und lief zum Bahnhof. Gleis 1 war menschenleer. Als er über die Wiese ging, kam das Angstgefühl. Diesmal war es stärker als beim letzten Mal, viel stärker. Ich war doch gar nicht so lange hier, dachte er. Er blickte sich um. Der Bahnsteig lag einsam und verlassen, notdürftig von einigen Gaslaternen beleuchtet, die es kaum schafften, die Dunkelheit zu vertreiben. Die Gleise lagen in einem schwarzen Flussbett aus fließender Nacht verborgen.

Martin zuckte zusammen. Da war ein Geräusch gewesen. Etwas wie Atmen, das Atmen von etwas Riesenhaftem. Als ob ein sehr großes Etwas seinen Atem unterdrückte, damit man diesen nicht hören konnte. Etwas Lauerndes. Die Büsche auf der Wiese sahen aus wie geduckte Kreaturen, die bereit waren, Martin anzufallen, sollte er weiter auf den Zaun zugehen. Nicht schon wieder!, dachte er ungehalten. Ich bin müde. Und ich muss hier raus. Ich muss zu Doofmoppel und mit ihr zum Doofzahnklempner. Also lasst den Scheiß! Er lief mit weit ausholenden Schritten auf den Durchgang zu.

Das Atemgeräusch wurde lauter, oder anders ausgedrückt: Es wurde hörbarer, ein lang gezogenes Zischen wie das Atmen einer riesigen Kreatur. Martin stolperte und fiel hin. Augenblicklich fiel die Angst über ihn her wie ein wildes Tier. Martin kreischte. „Nein!“, schrie er. Zu seiner Angst gesellte sich Zorn. „Hör auf damit!“ Er sprang auf. Er lief weiter. Sein Herz wummerte. Da waren die beiden Zaunpfähle, zwei verwitterte Stoßzähne von Urzeittieren, die aus der

Dunkelheit emporragten. Völlige Schwärze waberte zwischen ihnen. Martin zuckte zurück. Was, wenn der Durchgang ab einer bestimmten Nachtstunde nicht mehr in seine eigene Welt führte, sondern in ein Land ewiger Finsternis, ein Land, bevölkert von grausigen Kreaturen? Spinnen so groß wie Autos, Kakerlaken so groß wie Löwen, mordende Dämonen, fliegende Vampirgeister, grauenhafte bärenartige Wesen mit gigantischen Reißzähnen aus grün schimmerndem Glas, die ihm die Eingeweide herausreißen würden?

„Rutsch mir den Buckel runter!", rief Martin, mehr, um seine Angst zu vertreiben denn aus Wut. Er tat einen beherzten Schritt nach vorne. Aus der Dunkelheit Bayerns in die grelle Mittagssonne seiner Heimatwelt zu kommen, war ein Schock. Martin kniff die Augen zusammen. Auf wackligen Beinen lief er über das kleine Stückchen Ödland zur Straße. Manno! Das hat reingehauen! Blöde Angst! Die Bahnhofsuhr teilte ihm mit, dass es höchste Eisenbahn war. Martin begann zu rennen. Er erreichte seinen Zug auf den allerletzten Drücker.

*

Der Zahnarzt fand nichts. „Ich wusste gleich, dass ich nichts an den Zähnen hatte", brummte Martin.

„Man kann jarnüscht jenucht Vorsorje treibn", fuhr ihm Moppel über den Mund.

Martin hasste es wie die Pest, wenn diese Frau ihn vor anderen Leuten als kleinen, unmündigen Deppen hinstellte. Gerne hätte er eine patzige Antwort gegeben, aber er schluckte sie hinunter. Er durfte Moppel nicht gegen sich aufbringen, sonst kam die glatt auf die Idee, ihm am Mittwoch zu verbieten, zu seinem „Klassenkameraden Alex zum Lernen" zu fahren. Doch es juckte ihn in den Fingern, frech zu sein.

Moppel starrte ihn mit ihren stechenden Augen an. „Waach dir jaa nüscht, Bürschchen!", sagten ihre Augen.

Martin dachte nach. Er hatte gleich gebrummt, als der Zahnarzt nichts fand. Das hatte Moppel geärgert. War sein Gemotze nicht auch etwas Unangenehmes? Unangenehm für Moppel? Mit seinem Gemaule stellte Martin sie als doof hin, und das ärgerte die Frau natürlich. Niemand stand gerne mit einem ungezogenen Jungen vorm Zahnarzt. Da schämte man sich. Hätte ich den Rand gehalten, wäre zwischen uns jetzt kein Kriegszustand, dachte Martin. Er war verblüfft. Er war selbst schuld an der Situation, weil er Moppel provoziert hatte. In seinem Kopf brummte es. Innerhalb weniger Sekunden wurde Martin ein Stück weit erwachsener. Er verstand, dass sein Gemaule Ausdruck kindlicher Unzufriedenheit war, eine andere Art, zu Moppel patzig zu sein. Somit hatte er die „schlechte Luft" zwischen sich und Moppel ganz allein zu verantworten. Hätte er sich die dumme und unnötige Bemerkung verkniffen, wäre alles in schönster Ordnung. Die Kröte war schwer zu schlucken, aber Martin schluckte tapfer. Er kam sich sehr erwachsen vor. In Zukunft würde er sich solche Bemerkungen verkneifen. Sie waren sinnlos und brachten nur Ärger ein. Allerdings hatte er nun eine scharfe Waffe in der Hand und wann immer ihm danach war, konnte er sie aus der Scheide ziehen und Moppel damit triezen. Martin unterdrückte ein Grinsen. Das gefiel ihm. Und wie! Dann spielte er den Braven, um seinen Mittwochsausflug nicht zu gefährden.

*

Nach dem Abendessen verzog sich Martin auf sein Zimmer. Er holte Heidis Heimatbuch hervor und studierte es aufmerksam. Es gab Faltkarten zum Ausklappen. Eine von der Saargegend und eine, die ganz Deutschland zeigte. Martin erfuhr, dass Deutschland aus einem Dreiländerbund bestand, einem Zusammenschluss vom Königreich Bayern, der Norddeutschen Union und dem Königreich Sachsen-Anhalt im Osten, das auch die Ostmark genannt wurde. Aachen war die Kaiserstadt des gesamten Reiches. Dort residierte Kaiser Friedrich III., der keineswegs im Jahre 1888 im Dreikaiserjahr an Kehlkopfkrebs verstorben war, wie das in Martins Welt der Fall gewesen war. Er war inzwischen alt, aber er erfreute sich bester Gesundheit. Das Königreich Bayern wurde von König Ludwig II. und seiner Frau Elisabeth regiert.

Martin betrachtete die Saarlandkarte. Er sah den ausgedehnten Saarsee und den Sumpf im Bliestal, wo laut Heimatbuch die Franznen lebten. Das waren arme Einwanderer aus dem französischen Länderbund. Es waren Katholiken und sie wurden im protestantischen Frankreich unterdrückt. Frankreich war überwiegend protestantisch, weil Martin Luther aus Deutschland nach

Frankreich gegangen war und von dort aus den Protestantismus verbreitet hatte.

Frankreich, erfuhr Martin, bestand aus dem Zusammenschluss vieler kleiner Länder.

Auf der großen Karte entdeckte er südlich der Alpen das Blausteingebirge. Dieses hatte sich vor vielen Jahrhunderten von unten in die Welt hinaufgeschoben. Es war jahrhundertelang abgeschieden vom Rest der Welt gewesen. Erst als das große Erdbeben im Jahr 1568 die Spalte, die das gesamte Blausteingebirge umgab, an einer Stelle eng zusammengedrückt hatte, hatte man eine Brücke bauen können. Seitdem gab es Kontakte zu der Bevölkerung des riesenhaften Gebirges. Von dort stammte der sogenannte Blaustein, den er an den Häusern wohlhabender Leute in Saarbrücken-Nassau gesehen hatte.

Martin las über die Eisenbahn im Reich. Die Normalspur mit einer Spurweite von 1435 mm verlief zwischen allen größeren Städten. Diese Spur beruhte auf der ersten funktionstüchtigen Dampflokomotive, der „Rocket“ von George und Robert Stephenson in Britannien. Aha, dachte Martin. Das ist genauso wie bei uns gewesen. Überall im Land zweigte von der Regelspur die 600 mm schmale Feldbahn ab und erreichte auch noch die entferntesten Winkel. Die Dampflokomotiven wurden statt mit Kohle mit Holzpresslingen geheizt und es gab auch ölgefeuerte Dampfrösser. Verfeuert wurde Rapsöl.

In einem Kapitel wurde die Wurrenreise erklärt. Martin las mit brennenden Augen von Kindern, die gemeinsam auf die Reise gingen und das ganze Königreich durchwanderten. Martin seufzte. Mit Heidi auf die Wurrenreise zu gehen, das musste himmlisch sein. Wir könnten die Saar hinunter zur Mosel wandern und mit Schiffen mitfahren und darauf arbeiten. Wir könnten sogar dieses tolle Blausteingebirge besuchen. Wieder seufzte er. Eine schöne Fantasie; aber eben nur das: eine Fantasie.

Er blätterte weiter. Es gab eine Landkarte der Ostmark. Das Land im Osten bestand zu einem großen Teil aus dichten Wäldern. Östlich des Harzes fand Martin ein annähernd kreisrundes Gebiet. Es trug den Namen „Das Lehm“. Neugierig blätterte er weiter, bis er eine Beschreibung fand:

Das Lehm liegt inmitten weit ausgedehnter Urwälder in der Ostmark östlich des

Harzes, wo die Wälder so dicht sind, dass man sie kaum durchqueren kann. Vor der Industriellen Revolution lebten nur wenige Menschen in diesen Wäldern. Es waren Holzfäller und Köhler und es gab einige Siedlungen auf gerodetem Land. Mit dem Aufkommen der Eisenbahn begann man, Schneisen in die Wälder zu treiben und das riesige Holzvorkommen zu nutzen. Es entstanden weitere Siedlungen und kleine Städte. Vom Lehm wusste man nur aus wunderlich klingenden Berichten der Waldläufer und Köhler. Pelzjäger, die die Ostwälder durchstreiften, erzählten von Menschen, die in einem riesigen roten Sumpfgebiet lebten und dass man diesen Sumpf nicht betreten könne, da er einen jeden verschlinge.

Erst die Expedition von Professor Eisenstein im Jahre 1883 lehrte uns mehr über dieses ungewöhnliche Gebiet inmitten der Ostwälder. Damals umrundete die Expedition das gesamte Lehm und vermaß seinen Umfang. Das Lehm ist eine annähernd kreisrunde, leicht zur Mitte abfallende Senke aus rotem Sand und Lehm mit ausgedehnten Lehmsümpfen. Am Rand gibt es keine Bäume, doch hat man mittels starker Fernrohre im Inneren kleinere Baumhaine entdecken können. Ansonsten besteht die Vegetation aus Schilf und Sumpfgräsern und niedrigem Buschwerk. Große Flächen liegen fast kahl, nur von kleinen Polsterpflanzen und Gräsern bewachsen.

Der Legende nach hat ein „Stürzender Himmelsbote" das Lehm geformt. Möglicherweise handelte es sich um einen Meteoriten oder einen kleinen Kometen. Er muss kleiner gewesen sein als der Komet, der im Jahre 1568 in Lothringen einschlug und das große Erdbeben hervorrief. Die Legende berichtet davon, dass der Himmelsbote die Erde aufriss und die Wälder niederlegte und alles im großen Umkreis verbrannte. Zurück blieb die runde Senke, die zum Lehm wurde.

Was immer vom Himmel gefallen war, es brachte ein reiches Mineralvorkommen zustande. Die Wälder rund ums Lehm geben das beste und härteste Holz der Welt ab. Es wird zum Bau von Schiffen und zum Hausbau verwendet. Das Lehm hat einen Durchmesser von annähernd fünfzig Kilometern. Das Gebiet mit dem mineralisierten Boden misst an die neunzig

Kilometer im Durchmesser. Es umgibt das Lehm in einem vierzig Kilometer breiten Gürtel.

Eine genaue Kartographierung des Lehms ist nicht möglich, da es Menschen verwehrt ist, das Gebiet zu betreten. Der trügerische Sumpfboden verschlingt alle, die versuchen, in das Gebiet vorzudringen. Dem Boden in diesem Gebiet ist nicht zu trauen. Wo eben noch fester, trockener Sandboden zu sein schien, kann dieser Boden sich binnen Sekunden in weichen, sumpfigen Lehmmorast verwandeln, in dem Mann und Maus versinken. Es wurde auch beobachtet, dass Tiere dem Boden zum Opfer fallen, sowohl große Geschöpfe wie Bären und Hirsche als auch kleinere wie Kaninchen. Der Wissenschaft zufolge handelt es sich beim Lehm wahrscheinlich um einen riesigen Superorganismus. Sein Same kam mit dem Meteoriten zur Erde und nun liegt dort in den Ostwäldern eine Art Riesenamöbe im Walde, die aus Myriaden sandkorngroßer Miniaturorganismen aufgebaut ist, erfüllt von teuflischem Leben.

Sämtliche Bäche fließen sanft mäandernd zum Zentrum des Lehmlandes. Dort im Inneren gibt es einen zentralen, flachen See. Von dort aus pumpen unterirdische Wasseradern das Wasser wie bei einem Blutkreislauf wieder zum Rande des Lehms und zu anderen Stellen, wo es in Form kleiner Quellen wieder ans Tageslicht tritt.

Es leben Menschen im Lehm. Seltsamerweise versinken diese nicht im roten Sumpfe, im Gegenteil. Sie haben in jenem Gebiet ihre Siedlungen errichtet und leben anscheinend von Gartenwirtschaft und Viehzucht. Gelegentlich kommen Menschen aus dem Lehm zu uns und verbleiben hier. Es sind Flüchtlinge, die ihre strenge Glaubensgemeinschaft verlassen haben und nie mehr zurück können. Sie fürchten das Lehm. Anscheinend haben sie Angst vor der Vergeltung der Sekte, denn sie nähern sich dem Lehm nie mehr. Sie reden nicht viel über ihr Leben im Sumpfland; so ist wenig bekannt über die Menschen im Lehm. Diese leben von Gartenbau, Fischfang und Tierzucht. Sie halten Schafe und Kamele, die eine ganz vorzügliche Wolle abgeben. Alles im Lehm wird aus Bronze gefertigt. Die dazu nötigen Metalle gräbt man im Innersten des Gebietes aus. Eisen gibt es dort fast keines. Es wird von außen eingeführt und scheint lediglich zu rituellen Zwecken genutzt zu werden.

Die Menschen im Lehm treiben Handel mit unserer Zivilisation. Regelmäßig liefern kleine Karawanen in unseren Siedlungen nahe des Gebietes Dinge, die im Lehm hergestellt werden. Die kleine, isolierte Glaubensgemeinschaft hat restriktive Regeln. Wenn sie das Lehm verlassen, bleiben sie unter sich und sie reden so wenig wie möglich mit unsereinem. Niemals erzählen sie von ihrem Leben im Lehm und sie nehmen unter keinen Umständen einen Außenstehenden mit in das Gebiet hinein. Sie nähern sich uns nur des Handels wegen.

Das Lehm gibt den Werkstoff für besonders leichte und haltbare Ziegel ab sowie einen ganz hervorragenden Rötel. Des Weiteren ist die Wolle der Schafe und Kamele von ausgesuchter Qualität. Sie ist sehr leicht und ergibt ein wasserfestes Gewand, so man sie ordentlich filzt. Weiters handelt das seltsame Volk des Lehms mit seinen Bronze- und Kupfersachen. Laternen aus Bronze, Bestecke, Werkzeuge und Ähnliches sind im deutschen Lande sehr beliebt. Sie selbst nehmen von uns gerne Waren des täglichen Gebrauchs in Zahlung. Als da wären Stoffe, Seife, Schuhwerk, Fensterglas, aber auch Getreide und Bau- und Brennholz. Jedoch lehnen die Menschen im Lehm alles Moderne strikt ab. Sie nehmen keine Nähmaschinen oder Fahrräder; erst recht keine Dampfmaschinen in ihr Gebiet mit hinein.

Der Handel findet ausschließlich in der kleinen Stadt Landsweiler am Rande des Lehms statt. Dort sammelt man das in den Wäldern um das Lehm geschlagene Holz, welches von ganz und gar außergewöhnlicher Qualität ist. Es ist härter und haltbarer als alles, was man auf Erden kennt, und darob äußerst beliebt bei Schiffsbauern und als Bauholz. In einem Streifen von gut und gerne vierzig Kilometern rund ums Lehm wächst das spezielle Holz. Die Wissenschaft gibt als Erklärung an, dass der Boden durch den Einschlag des Himmelsboten auf spezielle Weise mineralisiert wurde, was das Holz der Bäume besonders haltbar macht. Eine kreisförmig angelegte Bahnstrecke verläuft außen um das Lehmland herum; mit Abzweigungen in die Wälder ringsum. Das gesamte Holz wird in Landsweiler gesammelt und über eine zweigleisige Bahnstrecke ausgeführt. Diese Bahnen sind schmalspurige Feldbahnen mit der Spurweite 600 mm. Erst draußen vor den Urwäldern trifft die Schmalspur auf die Regelspur und die Hölzer werden umgeladen und ins gesamte Reich abtransportiert.

Es gab einige Überfahrten mit Luftschiffen über das Lehm. Jedoch ist wenig zu erkennen, da über dem Gebiet eine ständige Lufttrübung liegt, ähnlich einem leichten Nebel. Man konnte den zentralen See erkennen und die kleinen Siedlungen im Lehm, aber Einzelheiten waren nicht auszumachen.

Seit dem großen Dammunglück im Jahre 1906 hat niemand mehr versucht, das Lehm von außerhalb zu betreten. Damals versuchte man, einen aufgeschütteten Damm in das Gebiet voranzutreiben, auf dem die Eisenbahn fahren sollte. Die Lehmleute warnten davor. Das Lehm würde solches nicht dulden. Tatsächlich gelang es, den Damm über dreihundert Meter weit in das Sumpfgebiet hinein zu bauen, aber dann wurde das Bauwerk vom Boden verschlungen und zwar, als man anfangen wollte, Schienen auf dem Damm zu verlegen. Viele Arbeiter, die sich zum Zeitpunkt des Ereignisses auf dem Damm aufhielten, versanken im roten Morast.

Zeugen berichteten, dass die Männer unter Qualen starben. Das Lehm zog sie in die Tiefe und erstickte sie. Bevor die Erde sie verschlang, wurden sie grausam gequält. Immer wieder schob sich der Morast wie etwas Lebendiges an den armen Menschen hoch und drang in Nase und Mund, nur um sich alsbald wieder zurückzuziehen und dann, nachdem die Unglücklichen einige Atemzüge getan hatten, wiederzukehren. Einige Arbeiter jedoch entkamen dem abscheulichen Sumpf. Sie konnten den Boden überqueren und sogar ihre Werkzeuge mitbringen, ihre Spaten und Hacken.

Das teuflische Sumpfland scheint sich von Fleisch und Angst zu nähren. Man beobachtete auch, wie große Tiere von dem eklen Schlamm auf gleiche Weise gepeinigt wurden, ehe sie von der Erde verschlungen wurden und nicht wieder auftauchten. Warum den Bewohnern des Lehm solches nicht widerfährt, weiß niemand. Die Flüchtlinge schweigen sich darüber aus.

So kommt es, dass wir inmitten unserer weiten Wälder in der Ostmark ein Stück Land haben, das uns fremd und äußerst feindselig gegenübersteht und das ein Mensch mit Herz und Verstand zu meiden sucht. Das Lehm existiert. Man kann nichts dagegen tun. Man meidet es, weil es gefährlich ist.

„Wahnsinn!", flüsterte Martin. „Eine riesige, primitive Lebensform! Eine Amöbe von fünfzig Kilometern Durchmesser! Ein Fleischfresserorganismus, geboren aus einer durchs All gereisten Samenkapsel in Form eines Meteoriten!" Er fand das gleichzeitig cool und eklig. Dort würde er gewiss nicht mit Heidi auf der Wurrenreise hingehen. Wer wollte schon von einem lebenden Lehmsumpf verschlungen werden?

Es wurde Zeit zum Schlafengehen. Martin klappte Heidis Heimatbuch zu und legte sich ins Bett. Nun galt es, auf den nächsten Mittwoch zu warten und mit dem Rad zu „Alex zum Lernen" zu fahren. Er hoffte, dass Moppel ihm keinen Strich durch die Rechnung machen würde.

*

Es ging leichter, als er gedacht hatte. Vielleicht hatte sein Zeugnis mitgeholfen. Es war wider Erwarten gut ausgefallen, bis auf die Vier in Mathematik. Das passte wie die Faust aufs Auge. Martin verkündete, dass er die ganzen Ferien über jeden Mittwoch zu Alex fahren würde. „Mittwochs geht Alexanders Mutter arbeiten. Da muss er zu Hause bleiben und auf den Hund aufpassen", sagte er. „Er hat mir versprochen, mit mir alle Mathelektionen durchzugehen, damit ich aufhole. Alex ist ein Genie in Mathe. Der Lehrer hat uns alle Lektionen kopiert."

„Wat macht ihr denn da den janzen Taach?", fragte Moppel.

„Lernen", antwortete Martin.

„Wers jloobt, wird selig", sagte Moppel. „Ihr zwee jeht doch da bloß de janze Zeit rumstromern. Da könntste doch den Waalteer mitnehm." Aha, darauf lief es hinaus.

„Der stört bloß beim Lernen und er würde sich langweilen", sagte Martin. „Natürlich machen wir Pausen und führen dabei den Hund aus, aber wir werden lernen, dass mir der Kopf raucht. Ich brauche bessere Noten in Mathe. Ich will doch später mal studieren." Martin holte seine Schultasche und präsentierte eine Loseblattsammlung: „Das da arbeiten wir als Erstes durch: Geometrie. Die Arbeitsblätter hat uns der Mathelehrer kopiert." Was Martin nicht sagte, war, dass er alle Loseblattsammlungen oben in seinem Zimmer fertig ausgefüllt liegen hatte.

„Da bin ik ja man jespannt“, sagte Moppel. „Da haste dir ja een echtet Pensum vorjenommen. Dat will ik sehen, wenn et fertig is.“ Mistkuh!, dachte Martin wütend. Sie wollte ihn tatsächlich kontrollieren, das Biest.

„Könnte ich nicht trotzdem mit?“, quakte Walter dazwischen. „Ich könnte mit dem Hund spielen und auf ihn aufpassen, wenn Martin mit seinem Freund lernt.“ Klar! Wo er sich reindrängen konnte, tat er es. Hauptsache, er konnte Martin auf den Keks gehen. „Alexanders Leute sind Vegetarier“, sagte Martin. „Zu Mittag gibt es Kartoffeln mit Spinat.“ Er musste ein Grinsen unterdrücken, als Wal-Teer eine angeekelte Grimasse schnitt. Walter hasste Spinat.

*

Mittwochmorgens radelte Martin los. Um die Tarnung aufrecht zu halten, packte er seine Schultasche auf den Gepäckträger. Sie war fast leer. Nur das Mäppchen, das Mathebuch und die Geometrieblätter steckten darin. Die fertig ausgefüllten Blätter natürlich auch. Dazu noch das Berichtsheft und sein Reiseschreibset. Auch Heidis Heimatbuch steckte in der Tasche. Walter stand an der Kellertreppe, als Martin sein Klapprad aus dem Keller wuchtete. „Spinat zum Mittagessen! Bääääh! Wer will schon Spinat?“ Er konnte es nicht lassen. Wenn er Martin schon nicht wie eine Windel am Hintern hängen konnte, musste er zum Abschied wenigstens noch stänkern: „Wie kann man bloß den ganzen Tag lernen? In den Ferien! Das ist doch saudoof! Ich gehe lieber spielen. Aber du musst die ganzen Ferien über lernen. Schön blöd! Hättste mal in der Schule besser aufgepasst.“ Martin platzte fast vor Wut. Das sagte grad der Richtige! Wal-Teer war zu blöd, seinen eigenen Namen richtig zu schreiben. Wie gerne hätte er dem widerlichen Hund eine reingehauen, damit er endlich die Schnauze hielt. Aber das ging nicht. Dann würde Moppel über ihn herfallen und ihn bei seinem Vater verpetzen. Dann würde es Prügel und Hausarrest setzen. Walter wusste das genau, und er nutzte es weidlich aus.

„Lernen! Wie blöd! Wie doof! In den Ferien lernen! Das ist nur was für Blöde!“, lästerte er. Als Martin aufs Rad stieg und losfuhr, rannte der Kerl sogar neben ihm her und stänkerte weiter. Martin verschluckte vor Zorn beinahe seine

Zunge. Am liebsten hätte er Walter einen Tritt versetzt. Stattdessen gab er Gas und ließ die Nervensäge zurück. „Viel Spaß beim Lernen!", rief Walter hinter ihm her. Scheißer!, dachte Martin. Dieser dreckige Scheißer! Wenn ich mich doch nur ein einziges Mal gegen diesen Dreckskerl wehren dürfte! Das ist das Schreckliche daran, dass ich mich nicht gegen den Kacker wehren darf! Dieses Schwein lässt mich einfach nie in Ruhe! Drecksack, verdammter!

Als er quer durch Bexbach radelte, verflog seine Wut so schnell, wie sie gekommen war. Radeln war Freiheit, und Freiheit vertrug sich nicht mit Wut. Martin fuhr am Güterbahnhof vorbei zur Straße „Hinter den Fichten". An deren Ende führte der Feldweg neben der Bahnlinie nach Homburg. Martin benutzte seinen Geheimweg abseits der viel befahrenen Straßen. Er spielte sein altes Spiel: Er war ausgerissen und die Polizei suchte ihn überall. Auf geheimen Feld- und Waldwegen fuhr er durchs Land, damit ihn keiner auf den normalen Straßen zu Gesicht bekam. Er kam an dem Heulager vorbei, wo er seinen Katalog zum ersten Mal durchgeblättert hatte. Es war ein langes, zeltartiges Gebilde aus Wellblechplatten. Es wirkte wie ein Dach ohne Haus darunter, das jemand mitten auf die Wiese gesetzt hatte. Martin stoppte. Neugierig untersuchte er das Ding. Kastenförmige Heuballen waren darin aufgeschichtet. Das Heu duftete gut. Das wäre ein gemütliches Plätzchen zum Übernachten, überlegte Martin. Ich könnte mich ganz innen verkriechen und sogar das Rad mit reinnehmen. Anschließend würde ich an den Stirnseiten von innen Heuballen aufschichten, damit mich nachts die Wildschweine nicht kriegen. Knorke!

Er stieg auf und radelte weiter. In Homburg brachte er sein Klapprad zu einem Schulfreund. Dort durfte er es bis abends im Hof abstellen. Martin nahm die Schultasche vom Gepäckträger. Dabei öffnete sich der Druckverschluss. Um ein Haar wäre der gesamte Inhalt der Tasche zu Boden geplumpst. „Weia! Dieser dämliche Verschluss! Der schließt seit Wochen nicht mehr richtig", sagte Martin zu seinem Freund. „Man muss ihn immer mit Gewalt zudrücken." Er verabschiedete sich: „Danke, dass ich mein Rad bei dir unterstellen darf."

Exakt um zwölf Uhr mittags kam er beim Durchgang an. Auf der anderen Seite holte Martin sein Neungangrad ab. Vorm Bahnhof gönnte er sich eine rote

Bratwurst mit Senf und ein Glas Himbeerlimonade, bevor er den Zug um 12 Uhr 48 nach Saarbrücken-Nassau nahm.

Auf dem Bahnsteig hörte er zwei Damen zu, die über die schulischen Leistungen ihrer Enkel diskutierten. „Der Michael bringt fast nur Einsen mit nach Hause", sagte die eine Dame. „Er ist sehr gescheit." Später, als er im Zug saß und draußen die Landschaft an den Fenstern vorbeiflog, musste Martin an die Dame denken. Nur Einsen … Die brachte er nicht nach Hause. Nicht, seitdem das beim Wäldchen passiert war. Aber manchmal schaffte er es doch. Einmal hatte er als Einziger in der Klasse eine Eins geschrieben. Das war, kurz bevor Moppel mit Walter bei ihnen eingezogen war.

Eine Lateinarbeit war das gewesen und sie war sehr schwer. Wahrscheinlich zu schwer, denn die gesamte Klasse hatte hundsmiserable Noten. Es gab nur eine einzige Eins und nur eine einzige Zwei. Dann folgten ein paar Dreier und etliche Vierer und nicht wenige Fünfer. Sogar vier Sechser standen im Notenspiegel. Und Martin war der mit der Eins. Das war doch mal was. Dachte er.

Wie immer legte er seinem Vater das Heft vor, damit er die Klassenarbeit unterschrieb. Natürlich sah er den Notenspiegel und dass sein Sohn die einzige Eins geschrieben hatte, noch dazu in einer Klassenarbeit, bei der fast der gesamte Rest der Klasse versagt hatte. Jetzt muss er mich loben, dachte Martin.

Aber sein Vater lobte ihn keinesfalls, im Gegenteil. „Da hast du mal ausnahmsweise eine Eins geschrieben", muffelte er. „Da brauchst du dir nichts drauf einzubilden."

Martin glaubte sich verhört zu haben. „Das ist die einzige Eins in der Klasse", sagte er. „Und es gab dann nur noch einen Zweier."

„Na und!", hielt sein Vater dagegen. „Was ist das schon? Du hast gefälligst *immer* gute Noten zu schreiben. Du strengst dich nie an! Du bist faul und willst nicht lernen. Bild dir bloß nichts ein. Die Eins ist doch purer Zufall. Da hast du eben mal Glück gehabt."

Martin platzte fast vor Entrüstung. Da hatte er gelernt wie blöde und hatte die beste Note in der Klassenarbeit und wurde nicht gelobt, sondern niedergemacht. Er verstand die Welt nicht mehr. Er fühlte Wut und Enttäuschung in sich aufsteigen. Für diese Leistung hatte er ein Lob verdient und keine Abfuhr.

„Glotz nicht so!“, sagte sein Vater drohend. „Mach ein anderes Gesicht, sonst prügle ich dich windelweich, du stracker Hund!“ Martin öffnete den Mund, um etwas zu sagen, da schrie ihn sein Vater an: „Halts Maul, du fauler Mistkerl! Nie lernst du! Immer bist du faul! Du Drückeberger! Du Nichtsnutz! Eine Eins! Was ist das schon?“

„Es ist die einzige in der Klasse!“, rief Martin voller Entrüstung. „Die einzige Eins, und es gibt nur noch eine einzige Zwei. Alle anderen haben schlechte Noten! Ich ...“

Sein Vater holte aus. „Hältst du jetzt das Maul, du Rotzkäfer! Fauler Hund, dummer!“, schrie er. Er unterschrieb die Klassenarbeit. Dabei tat er so, als müsse er einen frischen Haufen Hundekacke in die Hand nehmen. Er sah Martin drohend an: „Hör auf, so zu schauen, Freundchen! Sonst setzt es was! Schaff dich mir aus den Augen!“

Martin war mit seinem Heft geflohen. Er war außer sich vor Fassungslosigkeit. Eine Eins. Die einzige Eins in der ganzen Klasse. Und er sollte deswegen verprügelt werden! *Verprügelt! Verprügelt für eine **Eins**!* Abends im Bett dachte er immer und immer wieder an das unfassbare Ereignis. Er wusste nicht mehr ein noch aus. Verprügelt! Für eine Eins! Für die einzige Eins in der Klasse! Sein Vater hätte ihn beinahe deswegen zusammengeschlagen! Was soll ich denn noch machen?, dachte er. Was soll ich denn um Himmels willen noch machen? Mehr als eine Eins kann ich nicht schreiben! Eine Null gibt's nicht und wenn, dann würde er mich vielleicht sogar für eine Null verprügeln! Was soll ich denn machen? Selbst wenn ich eine Eins schreibe, werde ich bedroht, angeschrien und soll verprügelt werden! *Für eine Eins*! Mehr kann ich doch nicht schreiben! Er biss in die Bettdecke und schrie. Er schrie wie am Spieß. Er schrie sich die Seele aus dem Leib. Er schrie und schrie. Er konnte überhaupt nicht mehr aufhören. Er brüllte in den selbstgemachten Knebel und weinte. Er schrie vor Entrüstung. Er schrie vor Verzweiflung. Verprügelt! Zusammengeschlagen! Für die einzige Eins in der ganzen Klasse! Dafür wäre er um ein Haar zusammengeschlagen worden! Zusammengeschlagen! Für eine Eins! Zusammengeschlagen für die einzige Eins in der ganzen Klasse! Irgendwann weinte er sich in den Schlaf.

Martin saß im Zug und schüttelte den Kopf. Er war auch heute noch völlig fassungslos wegen der Sache. Da hatte sich mal wieder gezeigt, was für ein gemeiner und ungerechter Mensch sein Vater war. Warum bin ich nur geboren worden?, fragte sich Martin. Warum bin ich gezwungen worden, in dieser grässlichen Welt zu leben? Ich wollte nicht zur Welt kommen. Nie im Leben!

Wieder spürte er die riesige Verzweiflung, die ihn beinahe in den Selbstmord getrieben hätte. Wenn ich Bayern nicht hätte und Heidi … dann täte ich es. Wirklich! Das kann man doch nicht aushalten. Keiner kann das.

Der Zug hielt in Saarbrücken-Nassau. Martin stieg aus, klemmte die Tasche auf den Gepäckträger und fuhr los. In der Fischersiedlung erlebte er eine Enttäuschung.

„Heidi ist noch nicht zurück", sagte Frau Herder. „Wahrscheinlich lag zusätzliche Arbeit in der Druckerei an." Heidi arbeitete während der Sommerferien zwei- bis dreimal die Woche für einige Stunden in einer Druckerei, die Bücher, Hefte und Zeitungen herstellte. Damit trug sie zum Familienunterhalt bei und verdiente sich ein kleines Taschengeld.

„Ich fahre ihr entgegen", sagte Martin. „Ich weiß, wo die Druckerei ist. Kann ich meine Schultasche hierlassen?"

„Sicher, Martin. Bring sie nach oben."

Martin stellte seine Tasche unterm Dach ab. Er holte sein Rad und fuhr zur Rathausstraße. Er hatte Pech.

„Ja, die Heidi Herder ist bei uns als Aushilfe eingestellt", sagte der Vormann in der Druckerei. „Sie ist aber nicht mehr da. Vor einer Viertelstunde ist sie nach Hause gefahren."

„Oh, verflixt! Dann habe ich sie verpasst!", rief Martin lachend. „Sie hat wohl einen anderen Weg genommen. Danke. Adieu."

„Adieu", rief ihm der Vormann nach.

Martin sauste zur Fischersiedlung zurück. Unterwegs war der Weg blockiert. Ein Brauereiwagen war wegen Achsbruch umgekippt und die gesamte Ladung lag auf der Straße. Zwischen den Fässern war kein Durchkommen.

„Ja, bin ich denn heute nur vom Pech verfolgt?", murmelte Martin in komischer Verzweiflung. Er musste einen ziemlichen Umweg in Kauf nehmen. „Was, wenn Heidi von ihrer Mutter hört, ich sei zur Druckerei gefahren? Saust sie dann los, um mich abzufangen?" Martin grinste unfroh. In Gedanken sah er sich und Heidi den ganzen Tag hin und her flitzen wie Hase und Igel, einander immer wieder wegen verschiedener parallel verlaufender Straßen verpassend. Keine angenehme Vorstellung. Und dann bekam er auch noch einen Platten.

„Das darf doch nicht wahr sein!" Der Vorderreifen hatte keine Luft mehr. Da half kein Jammern und kein Lamentieren. Er musste den defekten Schlauch reparieren. Martin holte das Kästchen mit dem Flickzeug aus der Satteltasche. Mit den Reifenhebern hebelte er den Mantel von der Panzerrippenfelge. Darunter kam der Schlauch zum Vorschein. Martin pumpte ihn leicht auf. Gleich hörte er das Zischen entweichender Luft.

„Erwischt!", rief er. Ein paar Kinder umringten ihn und schauten neugierig zu, wie er die undichte Stelle im Schlauch mit Schmirgelpapier aufraute, Vulkanisierflüssigkeit aufbrachte, sie antrocknen ließ und anschließend den Flicken aufsetzte. Martin kontrollierte den Mantel. Er fand ein kleines Loch. „Da habe ich mir wohl einen verlorenen Hufnagel eingefangen", erklärte er seinen kleinen Zuschauern. Sobald der Schlauch geflickt war, streifte er den Mantel auf die Felge zurück und pumpte den Reifen auf. Die Luft hielt. Endlich konnte Martin losfahren. Heidi ist inzwischen bestimmt losgefahren, um mich zu suchen, dachte er. Doch sie war zu Hause.

„Ihr habt euch um drei Minuten verpasst", sagte Frau Herder lachend. „Kaum warst du weg, ist sie hier eingetrudelt. Sie ist oben."

„Danke." Martin spurtete die schmale Holztreppe hinauf zum Schlafraum der Herderkinder. Er fand Heidi auf ihrem Bett sitzend, in die Lektüre eines Heftes vertieft. Es dauerte einige Sekunden, bis er begriff, dass es sein Berichtsheft war.

Bei Martins Eintreten schreckte Heidi hoch. Sie war kreidebleich. „Martin! Ich … ich … das …" Sie hielt das Heft hoch. „Ich … es tut mir leid … ich dachte … die Tasche … ich wollte sie an die Wand stellen. Da ist sie aufgegangen und das Heft fiel heraus."

„Ja, das passiert gelegentlich. Die Schnalle ist kaputt", sagte Martin.

„Ich dachte, du hast ein neues Geschichtenbuch mitgebracht", stotterte Heidi. „Ich hab deine privaten Dinge nicht lesen wollen, Martin. Ich ... aber als ich sah, was auf der ersten Seite stand ... da musste ich ... es tut mir leid." Ihre Augen schimmerten feucht. „Martin, da steht, dass du dich umbringen wirst!" Ihre Stimme war ein hohles Fiepen. Tränen liefen ihr über die Wangen.

Martin schüttelte den Kopf: „Nein, werde ich nicht, Heidi."

„Aber da steht es!", sagte Heidi mit dieser seltsam hohlen Fiepstimme. „Hier, gleich auf der ersten Seite!" Sie schaute ihn aus aufgerissenen Augen an. „Und all das Grässliche, das du aufgeschrieben hast! Das sind keine erfundenen Geschichten! Warum hast du das aufgeschrieben?"

„Ich wollte alles niederschreiben, bevor ich sterbe", antwortete Martin. „Ich redete mir ein, ich wolle es vergraben für die Nachwelt. Aber das ist nicht wahr. Ich glaube, ich wollte es der Polizei schicken oder einer Zeitung, bevor ich mich umbringe, damit alle Welt erfährt, welch ein jämmerliches Leben ich hatte." Er senkte den Blick. Er musste mit sich kämpfen. „Heidi ... es ... es war Rachsucht. So sehe ich es jetzt. Ich wollte, dass die Menschen, die mir all das angetan haben, nach meinem Tod zur Rechenschaft gezogen werden. Sie sollten sich unangenehme Fragen gefallen lassen. Sie sollten von ihren Nachbarn scheel angesehen werden, weil sie am Tod eines Kindes schuld sind. Und ich wünsche mir das immer noch. Ich kann nichts dafür. Aber sterben will ich nicht mehr, nicht, seit ich das Königreich Bayern entdeckt habe. Seitdem will ich leben, allem Leid zum Trotz. Solange ich mittwochs meiner eigenen abscheulichen Welt entrinnen kann, um hier ein paar schöne Stunden zu verleben, kann ich es aushalten. Ich denke nicht mehr an Selbstmord."

Sie blickte ihn lange an: „Ist das wahr?"

„Ja, Heidi."

„Versprochen?"

Martin nickte: „Versprochen."

Sie hob das Heft hoch: „Ist das wirklich alles wahr? *Alles*?“ Martin nickte stumm.

„Wie können Eltern nur ihren eigenen Kindern so etwas antun?“ wisperte sie. Sie war noch immer leichenblass.

„Das frage ich mich, seit ich denken kann, Heidi.“ Seine Stimme brach.

Sie kam zu ihm und berührte ihn sanft am Arm: „Möchtest du darüber reden, Martin?“

Er schüttelte den Kopf: „Das Schreiben war schon schwer genug, Heidi. Bitte!“

„Diese Sache am Wäldchen hinter deiner Schule? Das ist auch wahr?“

„Das ist der Hauptgrund, warum ich mit Schreiben angefangen habe. Grade deswegen wollte ich, dass alle Welt erfährt, wie es um mich steht.“

„Aber du willst dich nicht mehr umbringen?“ Sie weinte immer noch.

„Nein, Heidi.“ Dass sie so nahe bei ihm stand, ließ seinen Puls in die Höhe schnellen und brachte sein Gehirn zum Sieden. Warum zur Hölle konnte er ihr nicht die Wahrheit sagen? Dass er leben wollte, leben *musste*, weil er sie liebte! Dass er alles ertragen würde, solange er sie einmal in der Woche sehen durfte. Er brachte kein Wort heraus.

„Du schreibst immer noch regelmäßig in dieses Heft, Martin.“

„Ja, tue ich. Ich will es zu Ende bringen. Eines Tages mache ich es vielleicht öffentlich. Ich weiß es noch nicht. Es tut gut, sich alles von der Seele zu schreiben. Ich kann das alles durch Schreiben aus mir herauslassen. Vorher glaubte ich, daran zu ersticken.“ Martin steckte das Heft in seine Schultasche. Er schaute Heidi an: „Ich kann nicht darüber sprechen. Bitte sei mir nicht böse.“

„Bin ich nicht“, sagte sie leise. Sie wischte ihre Tränen weg. „Kannst du schwimmen?“

„Klar“, antwortete er. Er fühlte unendliche Zuneigung zu dem blonden Mädchen aus einer anderen Zeit. Sie versuchte, vom Thema abzulenken, weil es ihm zu wehtat, darüber zu sprechen. „Ich hab aber keine Badehose dabei. Ich müsste mir eine kaufen. Weißt du, wo es Badesachen gibt?“

„Ja. Komm.“ Er gab ihr das Heimatbuch zurück. Dann gingen sie nach unten.

Nach dem Mittagessen fuhren sie zu viert los, Heidi, Martin, Klara und

Elisabeth. Heidi lotste sie zu einem Geschäft, das „Bademoden für die Dame und den Herrn" feilbot. Martin befürchtete schon, dass sich die Badehose als Ganzkörperanzug herausstellen könnte, aber die „Herrenschwimmhose" sah eher wie eine kurze Radlerhose aus. Klara und Elisabeth standen vor einem Regal mit allerlei Wasserspielzeug. Martin bemerkte die begehrlichen Blicke der Mädchen und gesellte sich zu ihnen. Ganz oben stand ein Modellschiff mit echter Dampfmaschine. Beim Anblick des Preisschildes blieb sogar Martin die Luft weg. Darunter standen verschiedene Segelschiffchen im Regal. Sie waren aus Holz, mit einem Kiel aus Stahlblech und Segeln aus Leinenstoff. Eines der Schiffe, ein prächtiger Zweimaster, hieß „Elisabeth".

„Gefällt es dir, Liesel?", fragte Martin. Elisabeth nickte enthusiastisch. Martin nahm das Schiffchen aus dem Regal: „Dann kauf ich die Jacht." Er erstand das Schiffchen, dazu eine Rolle festes Garn und seine Badehose nebst großem Badehandtuch.

„Den Bindfaden befestigen wir am Heck der *Elisabeth*. Dann können wir sie weit auf den See hinaus schwimmen lassen", erklärte Martin.

Elisabeth hopste um ihn herum wie ein Gummiball. Sie hatte vor Begeisterung rote Wangen. „Danke, Martin!" Sie sprang ihn an und umarmte ihn. „Du bist so lieb!"

„Ich habe mit Heike gesprochen", sagte Heidi auf dem Weg zum Saarsee. „Sie ist heute nicht da. Ich soll dich von ihr um Entschuldigung bitten. Sie muss mit ihren Tanten zum Kräutersammeln in die Wälder. Nächsten Mittwoch ist sie da."

„Fein." Mehr sagte Martin nicht. Er wollte nicht, dass Heidi wieder so komisch guckte, weil es um Heike ging.

Zwei Kilometer nördlich der Fischersiedlung lag das Strandbad. Es gab einen flachen, ewig langen Sandstrand mit Umkleidekabinen, Verkaufsbuden und Kiosken, an denen man aufblasbare Schwimmreifen aus Kautschuk ausleihen konnte. Am flachen Strand konnten sogar kleine Kinder gefahrlos im Wasser spielen. Sie stellten die Räder ab, legten ihre Handtücher auf den Sand und gingen zu den Umkleidekabinen, um sich umzuziehen. Martin war überrascht, als die Mädchen in ziemlich normal aussehenden Badeanzügen herauskamen, die am Unterteil eine Art kurzes Faltenröckchen hatten. Martin fand sie hübsch. Kein Vergleich mit den schrecklichen Klamotten, die in seiner Welt zur Kaiserzeit getragen worden waren. Wieder wurde ihm bewusst, dass der Durchgang am Homburger Bahnhof nicht einfach in die Vergangenheit führte, sondern in eine komplett andere Welt. Sie fassten sich an den Händen und rannten ins Wasser. Das war erstaunlich warm. Eine Weile tobten sie herum, jagten sich und schwammen. Danach musste Martin den Bindfaden am Heck der „Elisabeth" befestigen und sie ließen das Segelschiffchen hinausschwimmen. Viele Kinder kamen angelaufen und schauten zu. Elisabeth platzte beinahe vor Stolz. Ein solch wertvolles Spielzeug hatte sie noch nie besessen.

Später lagen sie faul am Strand und schauten in die Wolken hinauf, die über den blauen Himmel zogen. In den weißen Wolkengebirgen ließen sich die interessantesten Sachen erkennen: Hunde, Schafe, Kühe, große Räder, Segelschiffe und ganze Schlösser. Dann gingen sie wieder schwimmen. Ein Eismann kam vorbei und Martin kaufte für alle Eis. Er ließ sich durch den Tag treiben. Es war herrlich, sorglos vor sich hin zu leben und den Tag mit Schwimmen, Spielen und Faulenzen zu verbringen. Er schaffte es, seine eigene unangenehme Welt völlig aus seinen Gedanken zu verdrängen. Er fühlte sich unbeschreiblich wohl.

Er betrachtete Heidi. Sie lag neben ihm auf dem Rücken und sonnte sich mit geschlossenen Augen. Sie war das schönste Mädchen der Welt, fand er. Und noch schöner ist dein Herz, dachte er. Er musste an mittags denken, als sie sein Berichtsheft gelesen und geweint hatte. Seitdem erwähnten sie beide das Thema nicht mehr. Sie wollten es aussperren. Es war zu hässlich und gemein für dieses wunderbare Land. Martin war Heidi von ganzem Herzen dankbar, dass sie nicht mehr darüber sprach.

Warum bin ich nicht hier geboren?, dachte Martin sehnsüchtig. Er wollte überhaupt nicht mehr nach Hause zurück. Nach Hause, das war abends um halb sieben das moosgrüne Pfahlhaus auf dem Wasser mit der umlaufenden Veranda, den roten Fensterläden, den weißen Fensterrahmen, dem gemütlichen Reetdach und den Töpfen auf der Veranda, in denen Tomaten, Johannisbeeren und dicke

Bohnen wuchsen. Und seine Steinkobolde.

Es gab kein Abendessen am Küchentisch. Stattdessen zogen sie raus auf die Veranda. Herr Herder feuerte einen kleinen Grill aus Gusseisen mit Holzkohle an. Auf dem Grillrost bereitete seine Frau Backfische und unten in der Glut Kartoffeln zu. Dazu gab es Tomaten in allen Farben und Formen, die man mit Salz und Pfeffer würzen konnte. Martin hatte nicht gewusst, dass es so viele Tomatensorten gab. Frau Herder klärte ihn auf: „Das ist unter uns Fischern ein Sport. Jeder versucht, neue Sorten aufzutreiben. Wir haben nicht nur rote Tomaten, sondern auch welche, die grün reif werden, und weiße und gelbe und blauschwarze. Es gibt ganz kleine Kirschtomaten und riesige Fleischtomaten; dazu die unterschiedlichsten Formen. Ich habe letztes Jahr eine Sorte ergattert, deren Früchte wie grün-orange gestreifte Würstchen aussehen. Sie sind leider noch nicht reif. Du wirst staunen, wenn sie so weit sind. Und weil jede Familie nur eine begrenzte Anzahl Sorten ziehen kann, tauschen wir untereinander, sobald die Tomaten reif sind. Darum ist die Schüssel mit den verschiedensten Sorten gefüllt. Jede Sorte schmeckt anders. Guten Appetit."

Martin wünschte sich brennend, in einem solchen Häuschen auf dem Wasser zu leben. Er malte sich aus, wie er essbare Pflanzen in Töpfen ziehen und Fische und Krebse in Reusen fangen würde. Die Idee, möglichst viele Arten Tomaten zu sammeln, gefiel ihm. Eigentlich gefiel ihm alles an Bayern.

„Ich habe all deine Bücher gelesen", sagte Heidi nach dem Essen. „Du schreibst tolle Geschichten." Sie schaute ihn bewundernd an.

„Nicht nur schreiben, auch erzählen", sagte Elisabeth.

Klein-Herrmann kam zu Martin: „Erzählst du uns wieder eine Geschichte?"

Martin erzählte von einem Jungen namens Herrmann, der sich ein Unterseeboot mit Guckluken baute und damit den Saarsee erforschte. Das Boot wurde über Wasser von einer Dampfmaschine angetrieben und unter Wasser von Elektromotoren. Klein-Herrmann entdeckte viele unbekannte Fischarten und ein Unterwasserschloss mit Nixen und zum Schluss eine Kiste voller Edelsteine, die er einem riesigen Krebs mit rot funkelnden Augen abluchste. Wieder kamen große und kleine Zuhörer herbei, um Martins neueste Geschichte zu hören.

Später holten sie ihre Flöten und machten Musik. Ein Nachbar kam mit seiner Mandoline hinzu. Den Rest des Abends wurde Musik gemacht und gesungen. Martins Herz schlug vor Glück. Wenn er bei Heidi und ihrer Familie war, war er ein anderer Mensch. Das sanfte Gluckern des Wassers unter dem Pfahlhaus, die tief stehende Sonne am Abendhimmel und die hellen Singstimmen der Kinder waren Balsam für seine Seele. Spät am Abend fiel er todmüde ins Bett und schlief sofort ein.

Am folgenden Tag stand er zusammen mit Heidi früh auf, weil sie ihn vor der Arbeit bis zur Stadtgrenze begleiten wollte. Am Ortsausgangsschild stiegen sie beide von den Fahrrädern.

Heidi schaute Martin lange an: „Du gehst zurück."

„Ich muss", sagte Martin. „Gerne gehe ich nicht."

Sie schaute ihn an, traurig, ängstlich: „Pass auf dich auf, Martin."

Er nickte stumm. „Umarme sie!", rief die kleine Stimme in seinem Kopf. Genauso gut hätte sie verlangen können, Martin solle sich ein paar Vogelfedern an die Arme binden und damit zum Mond fliegen. Er war so gehemmt, dass er kein Wort herausbrachte. Es war zum Irrewerden. Warum konnte er Heidi nicht sagen, wie gerne er sie hatte?

„Adieu, Martin."

„Adieu, Heidi."

Er stieg auf und fuhr los. Als er sich nach einiger Zeit umsah, stand sie am Ortsschild. Ihre blonden Haare leuchteten im Morgenlicht. Sie winkte. Martin winkte zurück. Erst kurz vor Homburg fiel ihm ein, dass er ganz vergessen hatte, ihr von seinem unglaublichen Erlebnis mit den Elfen zu erzählen.

*

Moppel kontrollierte tatsächlich die Arbeitsblätter mit den Geometrieaufgaben.

Miese Kontrolleuse!, dachte Martin. Diese Frau ist schlimmer als die Inquisition. Gestapo-Moppel! Weil Martin so etwas wie einen Jetlag hatte, sah er erschöpft aus.

„Da haste man wirklich wat jetan", sagte Moppel. „Det sieht man dir an."

Du mich auch, dachte Martin. Er freute sich, dass er Moppel so schön hereingelegt hatte. „Nächste Woche ist Dreisatzrechnen dran." Er fasste sich an den Kopf: „Mir raucht die Birne. Manno!"

„Det schadet dir jarnüscht, wennde man orntlich lernen tust", meinte Moppel und schaute ihn mit ihrem besten Stechblick an.

Wenn du wüsstest, dachte Martin. Er musste sich Mühe geben, nicht zu grinsen.

*

Die folgende Woche verlief mittelprächtig. Es war Freibadwetter, was bedeutete, dass Martin Wal-Teer mit ins Schwimmbad nehmen musste, was wiederum bedeutete, dass er sich nicht zu seinen Freunden legen durfte, weil die von Walter nichts wissen wollten. „Mit dem Blödkopp brauchst du erst gar nicht anzukommen", riefen sie, als sie ihn sahen. „Zieh bloß Leine!"

Martin fand heraus, dass er Walter entkommen konnte, wenn er morgens extra früh aufstand und nach einem hastigen Frühstück mit dem Rad ausbüxte. Dann kurbelte er durch die Gegend, fühlte sich frei und wenn ihm danach war, machte er mitten in der Natur Pause und spielte auf seiner Kreuzerflöte. Trotzdem war es nicht das Wahre. Das klobige, schwere Klapprad ohne Schaltung lief schlecht und auf den Straßen fuhren Autos. Wie viel schöner war es, mit seiner hervorragenden Neungangmaschine über die Landstraßen Bayerns zu jagen.

Nachmittags kehrte Martin früh genug zurück, um sich für Arbeiten in Haus und Garten einspannen zu lassen. Das nervte ihn zwar tierisch, war aber immer noch besser, als mit Walter ins Freibad zu müssen. Zweimal musste er aber doch, weil Wal-Teer so lange quengelte, bis Moppel Martin zum Babysitten zwang.

Die Tage zogen sich endlos lange hin. Martin kam es vor wie eine Ewigkeit, bis endlich wieder Mittwoch war. Er wollte es nicht glauben, aber Moppel bestand tatsächlich darauf, seine Übungsblätter zu sehen. Martin platzte fast vor Wut. Immer diese Kontrolle durch Gestapo-Moppel! Doch er machte gute Miene zum bösen Spiel und zeigte die leeren Arbeitsblätter vor. Die fertig ausgefüllten hatte er im Mathematikbuch in seiner Schultasche versteckt.

„Gibt's wieder Spinat?" Wal-Teer stand neben seiner Mutter und gaffte neugierig.

„Rosenkohl", antwortete Martin schlagfertig.

„Äääh! Das ist ja fast noch ekliger als Spinat!", sagte Walter.

Martin dachte sich seinen Teil und machte, dass er fortkam. Als er den Weg neben der Bahn entlangfuhr, begann er lauthals das Abschiedslied zu singen. Sein Herz jauchzte. Frei! Bevor er das Rad wieder bei seinem Schulfreund unterstellte, fuhr Martin zur Münzhandlung Recktenwald und tauschte kleine Goldkreuzer gegen große Silbermünzen ein. Der Händler bekam einen gierigen Glanz in die Augen, als er das Gold sah: „Hallo, Martin. Dein Vorrat ist ja schier unerschöpflich. Such dir schöne Silbermünzen aus."

Martin wählte vier Münzen. „Für die anderen vier Goldstücke hätte ich gerne Bargeld."

„Ähm …" Recktenwald schaute komisch aus der Wäsche. Ihm wurde wohl bewusst, dass sein junger Kunde bei Bargeld bemerken würde, dass er ihn seit Wochen kräftig übers Ohr gehauen hatte.

„Ich denke, zwölf Mark pro Münze sollten drin sein", sagte Martin.

Das gierige Glänzen kehrte in Recktenwalds Augen zurück. „Da hast du recht, Martin." Er zahlte Martin achtundvierzig Mark in bar aus. Martin bedankte sich und fuhr zum Haus seines Schulfreundes. Warum er das Geld verlangt hatte, konnte er nicht genau sagen. Er war ständig pleite und mit fast fünfzig Eiern konnte man einiges unternehmen, ins Freibad gehen, Eis kaufen oder auf der Radtour mal einen Kümmelweck oder eine Nussecke oder eine Dose Limo erstehen. Er wollte auch in seiner Heimatwelt nicht mehr der arme Schlucker sein. Achtundvierzig Mark waren ein Vermögen für ihn.

Er kam pünktlich zum Bahnhof. Der Durchgang war offen. Immer verspürte Martin eine diffuse Angst, wenn er über das Stückchen Ödland lief. Was, wenn der Durchgang sich irgendwann schloss? Wenn er nur wenige Monate im Jahr offen war? „Ich würde wahnsinnig werden, wenn er nicht mehr funktioniert", flüsterte er.

Gleis 1 hieß ihn willkommen. Die Sonne schien im Königreich Bayern und die Menschen grüßten Martin freundlich wie immer. Schon nach wenigen Minuten verheilte seine wunde Seele. Bayern und seine Menschen waren wie Medizin für ihn. Martin holte sein Rad ab und fuhr mit dem Zug um 12 Uhr 48 nach Saarbrücken-Nassau. Längst hatte er sich daran gewöhnt, dass dieser Zug von einer bayerischen S2/6 gezogen wurde. Trotzdem weckte der Anblick der großen, dunkelgrünen Lokomotive eine unbändige Freude in ihm. Alles an Bayern freute ihn, einfach alles. Wenn er in diesem Land war, spürte er nur Glück und Zufriedenheit.

Heidi erwartete ihn am Bahnhof in Saarbrücken-Nassau. Ihr Gesichtsausdruck verhieß nichts Gutes. Martin spürte sofort, dass etwas nicht in Ordnung war. „Servus, Martin", sagte das Mädchen. „Kommst du bitte mit? Ich möchte dir etwas zeigen."

„Was denn?", fragte Martin.

Heidi sah aus, als müsse sie für jedes einzelne Wort einen riesigen Stein zur Seite rollen: „Ich möchte dich jemandem vorstellen. Bitte komm."

Mit beklommenem Herzen radelte Martin seiner Freundin hinterher. Wem will sie mich vorstellen? Der Polizei? Dem Ausländeramt? Gab es in Bayern eine Behörde, die darüber wachte, dass Fremde von „draußen" nicht zu oft ins Land kamen? Waren diese Leute in der Lage, ihm den Zutritt zu verwehren? Sah Heidi deshalb so ängstlich aus? Martin rutschte das Herz in die Hose. Aber sie fuhren zu keinem Amt. Stattdessen hielten sie vor der Druckerei des „Saarkurier", wo Heidi arbeitete. Direkt daneben lag das Hauptgebäude der Zeitung. Mit Martin im Schlepptau betrat Heidi das Gebäude und lief eine breite Sandsteintreppe hoch. Auf einem Absatz hielt sie inne. „Martin …"

„Ja, Heidi?"

Sie sah aus, als würde sie jeden Moment in Tränen ausbrechen. „Martin … ich … ich habe etwas getan." Sie schluckte hart. „Ich habe so Angst, dass du böse auf mich bist, wenn du es erfährst, aber … ich musste es tun." Sie fing an zu weinen und wischte mit dem Handballen über ihre Augen.

„Heidi, was ist mit dir?", fragte Martin erschrocken. „Bitte, egal was du getan hast, es wird nichts an unserer Freundschaft ändern." Würde es nicht? Was hatte sie getan? Ihn an die Zeitung verkauft? Würde man ihn dort als „Kuriosum von draußen" vermarkten? Ihn brandmarken? Ihn aus Bayern hinauskomplimentieren? Aber warum sollte Heidi so etwas tun?

„Ich war bei Herrn Steiner", sagte Heidi mit nassen Augen. „Er ist ..." Sie schaute ihn bittend an. „Martin, ich konnte nicht anders! Diese entsetzlichen Sachen in deinem Heft! Ich ..." Sie senkte den Blick. „Ich habe ..." Sie stockte. Plötzlich umarmte sie ihn heftig. „Ich habe es für dich getan, Martin. Ich meinte es nicht böse." Sie löste sich von ihm. „Komm. Herr Steiner wartet auf dich."

Sie führte ihn zu einem Büro. „Chefredakteur" stand in altdeutschen Frakturlettern auf der Tür. Hinter der Tür saß Herr Steiner in einem weiträumigen Büro an einem Schreibtisch. Der Mann war Ende fünfzig und er strahlte Martin so freundlich an, dass das ungute Gefühl in seinem Magen sich ein Stück weit verzog. Steiner erhob sich und begrüßte Martin mit Handschlag: „Guten Tag. Du bist also der junge Mann, der diese Kurzgeschichten und Romane verfasst hat." Er lächelte und wedelte mit Martins selbst gebundenen Büchern. „Ich muss sagen, ich bin beeindruckt. Könntest du es ertragen, wenn jemand aus dem Lektorat daran herumbessern würde? Denn ehrlich gesagt, merkt man, dass der Autor noch nicht erwachsen ist. Es gibt hier und da einige Ecken und Kanten abzufeilen und manchmal hast du Fehler im Plot. Nichts Weltbewegendes, aber dem Leser stechen solche Dinge ins Auge.

Wie bei deiner Dinogeschichte: Da beschreibst du lang und breit, wie die Jungen planen, eine Flugmaschine zu bauen, um die Pterodactylen am Flugsaurierkliff aus nächster Nähe zu betrachten. Die Flugmaschine kommt aber nie zum Einsatz. Sie wird nicht einmal gebaut. Du kehrst das einfach unter den Teppich. Entweder das Kapitel wird gestrichen oder du schreibst ein Zusatzkapitel, in dem die Jungen mit der Maschine fliegen. Wäre nicht schlecht. Du könntest einen Angriff der Flugechsen schildern, so richtig dramatisch mit Beinahe-Absturz und allem Drum und Dran. Das hast du nämlich drauf, Junge, das muss der Neid dir lassen. Talent hast du, und du hast fleißig daran gearbeitet. Die Dinos waren dein Erstlingswerk, wie ich am Datum in dem Büchlein ablesen konnte. Mit jedem neuen Roman hast du dich weiterentwickelt. Also kurz und gut: Ich möchte deine Geschichten verlegen. Was sagst du dazu?"

Martin war wie erschlagen. „Verlegen? So richtig als Buch?"

Steiner grinste wie ein Kühlergrill: „Ich weiß noch nicht. Ich denke, wir geben erst mal Heftchen in einer Fortsetzungsreihe heraus, nur für die Saargegend. Wenn die Romane gut gehen, lasse ich sie in Buchform drucken und im gesamten Königreich verkaufen. Das wäre eine solide finanzielle Basis für dich, Junge. Du wirst ja gewiss weiterschreiben, oder?"

„Ja, klar", antwortete Martin. Er kam sich überfallen vor. Sein Kopf brummte. Er konnte Steiners Ausführungen kaum folgen.

„Tja ... und nun das andere." Steiner zeigte auf Heidi. „Deine Freundin hat mir - ganz im Vertrauen, versteht sich - erzählt, dass du von draußen bist und dass es dir dort nicht besonders gut geht." Martin schluckte, als er die gewundene Umschreibung hörte. Steiner schaute ihn an: „Was hältst du von einer Ausbildung bei meiner Zeitung? Du würdest von der Pike auf alles lernen, auch in der Druckerei. Wenn du volljährig bist, hast du mehrere Berufe gleichzeitig: Setzer, Reporter, Redakteur und Drucker."

„Eine Lehre?", fragte Martin lahm. „Ich verstehe nicht …" Hilflos schaute er zu Heidi hinüber. Die schaute ihn an, als habe sie Angst, jeden Moment auf dem Schafott zu landen. „Bitte sei mir nicht böse!", bat sie. Ihre Stimme war ganz kieksig.

Steiner trat ganz dicht vor Martin: „Du könntest hierbleiben, Junge. Hier im Königreich Bayern. Für immer. Du müsstest nie mehr in deine Welt zurück. Das wäre eine Alternative zu deinem unglücklichen Leben dort draußen. Denk drüber nach."

Martins Herz setzte aus. Das konnte nicht wahr sein. Er musste sich verhört haben. Ein leiser Laut kam aus seiner Kehle, eine Art ungläubiges Wimmern. „Hierbleiben?", wisperte er. „Sie meinen, ich darf hier in Bayern leben? Hier wohnen?"

„Sagte ich doch gerade." Steiner schmunzelte.

Martin schaute zu Heidi. Sie blickte ihn voller Furcht an. „Martin, es tut mir leid", sagte sie. „Ich … ich … vielleicht hätte ich es nicht tun dürfen. Aber ich halte das nicht aus, dass du da draußen ein solch qualvolles Leben hast. Es ist ja nur eine Frage, Martin, ein Angebot. Du musst nicht einwilligen. Ich bitte um

Entschuldigung, dass ich mich so einfach eingemischt habe und Herrn Steiner deine Geschichten gezeigt habe, ohne dich vorher zu fragen. Bitte sei mir nicht böse."

„Böse?", fragte Martin ungläubig. Nie hatte er das Mädchen mehr geliebt als in diesem Moment. Sie hatte all das für ihn getan. „Aber ich bin dir ja unendlich dankbar, Heidi!" Mit jedem Wort wurde seine Stimme lauter. Er konnte es nicht fassen. „Seit ich das erste Mal bei euch zu Hause war, wünsche ich mir, ich könnte in Bayern leben, Heidi!"

„Prima", sagte Steiner. „Du bist also einverstanden?"

Martin nickte. Er kaute an seiner Unterlippe. „Herr Steiner?"

„Ja?"

„Ich bin noch keine dreizehn. Ist das überhaupt erlaubt?"

„Nach den Gesetzen dieses Landes, ja", antwortete der Chefredakteur. „Hier geht es anders zu als draußen. Du kannst mit zwölf die Schule verlassen und eine Lehre anfangen. Wenn du alleinstehend in der Welt bist, brauchst du allerdings einen Vormund. Mit sechzehn wirst du geschäftsfähig und mit achtzehn bist du erwachsen mit allen Bürgerrechten. Ich biete dir an, dein Vormund zu werden. Ich könnte dir ein kleines Zimmer besorgen. Für eine Wohnung reicht dein Lehrgeld natürlich nicht. Aber mit deinen Geschichten wirst du dir bald ein hübsches Zubrot verdienen."

„Martin kann bei uns wohnen", sagte Heidi. „Ich habe meine Eltern gefragt. Sie würden ihn aufnehmen, sehr gern sogar."

Martins Herz schlug einen Purzelbaum. Bei Heidi wohnen? Jeden Tag mit ihr zusammen sein? Erst jetzt erfasste er in voller Tragweite, was Steiners Vorschlag eigentlich bedeutete. Ich wäre frei, dachte er. Nie wieder ans Johanneum mit den ungerechten Patern. Nie wieder IHM ins Gesicht blicken müssen. Nie wieder Prügel zu Hause. Nie wieder angebrüllt werden. Nie wieder wegen einer Eins mit Prügeln bedroht werden. Weg von Moppel und Wal-Teer. Frei! Nie wieder mit Angst einschlafen und mit Angst aufwachen. Keine Kratzpullover mehr. Keine Ungerechtigkeiten. Keine Schläge. Nie wieder Babysitter für Walter spielen. Kein Bett mit Kotze- und Urinflecken. Keine Gartenarbeit mehr am

Samstagnachmittag. Aber eines galt es noch zu klären. „Herr Steiner?" Martin schluckte. „Ich muss Sie was fragen."

„Nur zu", sprach der Redakteur.

„Die Lehrlinge, also die Jungen, die in Ihrer Zeitung lernen, werden die … wenn die was falsch machen … kriegen die dann Schläge?"

„Was?" Steiner wirkte betroffen. Er atmete tief durch. „Martin!", sagte er leise. „Martin, ich gebe dir mein Wort: Eher hacke ich mir eigenhändig die rechte Hand ab, bevor ich sie gegen ein Kind hebe. Bei uns wird nicht geschlagen und Fehler sind dazu da, aus ihnen zu lernen."

Martin atmete auf. Er straffte sich: „Ich nehme Ihr Angebot an, Herr Steiner. Sehr gerne sogar!"

Steiners Lächeln kehrte zurück. „Na prima! Damit wäre ja alles in Butter. Die Anmeldung mache ich für dich fertig. Auf drei Tage kommt es jetzt nicht an. Du fängst nach den Sommerferien an. Solange lege ich dir gerne etwas Geld vor."

Martin lächelte: „Nicht nötig. Ich bin ganz schön reich. Ich habe eine Menge Silber." Sein Blick verdüsterte sich. „Das Dumme ist nur, es ist auf der anderen Seite. Ich muss noch einmal dorthin zurück, um es zu holen."

Steiner blickte ihn ernst an: „Ist es das wert, Junge?"

„Ja", antwortete Martin. „Ich bin ein Trottel. Ich hätte das Silber von Anfang an auf der Bayerischen Landbank anlegen sollen." Er schaute zerknirscht. „Hinterher ist man immer schlauer."

Steiner lächelte: „Du hast einen Fehler gemacht und lernst jetzt daraus. Das ist gut." Er reichte Martin die Hand: „Dann bis nächsten Mittwoch, Junge. Bis dahin habe ich deine Papiere fertig."

Martin schüttelte die dargebotene Hand: „Danke, Herr Steiner. Sie wissen nicht, was mir das bedeutet!"

„Ich glaube doch", sagte Steiner. Ein Ausdruck von Wehmut trat in seine Augen. Er begleitete Heidi und Martin zur Tür: „Bis nächste Woche also."

„Bis nächste Woche", rief Martin und lief mit Heidi die Treppe hinunter. Auf halber Höhe hielt er inne. Ihm fiel etwas ein. Als Steiner seine Geschichten beschrieben hatte, hatte er „Plot" gesagt. Martin drehte sich zu dem Redakteur um: „Sie sind auch von dort, stimmt's?" Steiner nickte.

„Sind Sie auch vor bösen Menschen hierher geflohen?", fragte Martin voller Mitgefühl. Steiner wirkte mit einem Mal sehr traurig. „Martin, nicht alle Leute, die hierher kommen, fliehen vor schlechten Menschen. Manchmal fliehen auch schlechte Menschen hierher."

Martin zuckte zusammen wie unter einem Peitschenhieb. Er spürte, wie Heidi nach seiner Hand griff und sie drückte.

„Es gab dort eine Frau", sagte Steiner. Seine Stimme klang belegt. „Ich war noch jung. Sie war in mich verliebt. Ich versprach ihr alles und hielt nichts. Wegen eines flüchtigen Abenteuers mit einer anderen Frau verließ ich sie. Sie wurde damit nicht fertig und nahm sich das Leben. Und die, wegen der ich sie verlassen hatte, stellte sich als echte Schlampe heraus. Wegen ihr verlor ich meine Anstellung bei einer renommierten Zeitung. Nichts hielt mich mehr dort drüben. Dort war kein Platz mehr für mich. So kam ich hierher. Eines Nachts, als ich betrunken durch den Wald torkelte, fand ich durch Zufall einen Durchgang. Ich fing beim Saarkurier an und machte Karriere. Ich lernte eine liebe Frau kennen und heiratete sie. Doch Gott strafte mich für das, was ich jener anderen Frau angetan hatte. Wir bekamen keine Kinder, obwohl wir es uns so sehr wünschten, und meine geliebte Lena starb früh. Ich bin seit mehr als zehn Jahren allein und werde es bleiben bis an mein Lebensende." Steiner sah plötzlich alt und müde aus. „Du musst für alles im Leben bezahlen, Junge. Irgendwann kommt der große Boss und rechnet all die vielen Kassenzettel mit dir ab. Also tu nichts Gemeines. Behandle die Leute so, wie du von ihnen behandelt werden möchtest. Sei gut zu den Menschen. Beherzige meinen Rat."

„Das werde ich, Herr Steiner", sagte Martin. „Das werde ich ganz bestimmt." Er zögerte.

„War noch etwas?", fragte Steiner.

„Die Durchgänge", sagte Martin. „Die … sind die lebendig?"

„Lebendig?"

„Können die sich zuziehen?" Martin berichtete von dem seltsamen Phänomen bei „seinem“ Durchgang, von der Angst.

Steiner begann zu lächeln. Sein Lächeln wurde immer breiter, füllte sein ganzes Gesicht aus. „Ich bin nur zweimal zurückgegangen“, erzählte er. „Dabei habe ich Ähnliches gespürt, aber lange nicht so stark wie du. Doch ich habe mit Leuten von draußen gesprochen. Es hat mit der Zeit zu tun, die man im Königreich Bayern verbringt. Je länger man hierbleibt, desto schwieriger wird es, wieder zurückzukehren. Und es gibt noch einen Grund: Die Menschen aus Bayern sind außerstande, die Durchgänge zu unserer Welt zu benutzen. Du fühltest dich von Anfang an zu Bayern gehörend, Martin. Du gehörst hierher. Daher war das Gefühl bei dir so stark. Diese Welt hat dich mit offenen Armen empfangen und dich angenommen. Sie wollte dich nicht mehr in die Hölle auf der anderen Seite zurückkehren lassen. Ja, ich denke, diese Durchgänge sind mit einer Art Leben erfüllt. Es sind Wächter, verstehst du?“ Martin nickte. Zusammen mit Heidi ging er die Treppe hinunter.

Gerhard Steiner schaute ihnen nach. Er lauschte dem Klacken der Holzschuhe des Mädchens auf den Treppenstufen. Der Junge würde es schaffen. Er war aufgeweckt und voller Ideen. Wenn erst einmal Angst und Gram von ihm abgefallen waren, würde ein prächtiger Bursche aus ihm werden. Offensichtlich war er bis über beide Ohren in dieses reizende Fischermädchen verliebt. Das tat ihm gut. Hochnäsig war er jedenfalls nicht, auch nicht wählerisch. Armut störte ihn nicht. Gerhard Steiner kannte die Menschen aus der Fischersiedlung. Sie waren arm. Doch so arm sie waren, diese Leute waren fröhlich und guter Dinge, und sie hielten zusammen. Genau die richtige Umgebung für diesen Jungen mit den traurigen Augen.

Martin und Heidi fuhren zum Saarsee und stellten ihre Fahrräder im Schuppen der Herders ab. Martin war völlig aus dem Häuschen. „Mensch, Heidi, ich bin dir so dankbar, dass du das gemacht hast!“ Er schaffte es tatsächlich, ihre Hände zu fassen. „Du glaubst nicht, wie gut ich mich fühle. Ich hätte von allein nie gewagt, nach dieser Möglichkeit zu fragen. Auf einen Schlag ist mir wohl ums

Herz. Die eine Woche dort drüben halte ich locker aus."

„Und ich habe mir Sorgen gemacht, dass du sauer auf mich bist", sagte das Mädchen. „Weil ich deine Geschichten vorgezeigt habe. Ich habe eigenmächtig gehandelt. Ich hatte Angst, dass du böse auf mich bist."

„Böse? Heidi, ich bin dir dankbar! Unendlich dankbar!"

„Musst du wirklich noch mal dorthin?", fragte sie. „Wo es dir dort doch so schlecht ergeht?"

Martin nickte: „Ich muss, Heidi. Wegen des Silbers. Hier stellen die Münzen ein riesiges Vermögen dar. Und ich muss noch ein paar Sachen mitnehmen, die mir viel bedeuten."

„Lass uns zum Marktplatz gehen", sagte Heidi. „Heike wartet auf dich. Du wolltest sie ja unbedingt sehen." Sie klang nicht erfreut.

Sie trafen Heike beim Musikladen. „Martin!", begrüßte sie ihn. Sie war sichtlich erfreut, ihn zu sehen. „Heidi hat gesagt, dass du mich sehen willst."

„Ja, Heike", sagte Martin. „Ich will mein Versprechen einlösen. Heute kaufe ich dir Kleider und Schuhe."

Heike starrte ihn an: „Du willst das wirklich tun?"

Martin nickte: „Versprochen ist versprochen. Mach dir keine Sorgen um das Geld. Ich bin nicht arm. Silber habe ich genug." Innerlich knurrte er sich an: Leider habe ich Volldepp es nicht hier! Es ist drüben! Wenn Dummheit Geräusche erzeugen würde, würde ich tuten wie eine Herde Elefanten beim Anblick einer weißen Maus. Er holte seinen Fotoapparat hervor: „Ich möchte zwei Fotos von dir machen, Heike. Eins vorher und eins nachher."

Heike riss die Augen auf: „Du willst zwei Platten mit mir belichten?" Das Fotografieren war im Königreich Bayern anscheinend ein kostspieliges Hobby, das sich nur wohlhabende Bürger leisten konnten.

Martin klappte die Faltenbalgkamera auf: „Es ist einer der ganz neuen Apparate mit Rollfilm aus Zelluloid." Er knipste Heike mitten auf dem Kopfsteinpflasterplatz, barfuß und in ihrem Lumpenkleid. Dann gingen sie ins nächste Kleidergeschäft. Martin bezahlte drei Kleider plus Schürzen für Heike, zwei kobaltblaue mit weißem Musterdruck, wie Heidi sie trug, und ein graues. Dazu gab es nagelneue Holzschuhe, in die an Ort und Stelle Heikes Initialen eingebrannt wurden, und einen Kamm. Draußen musste sich Heike im neuen Kleid, frisch gekämmt und mit Holzschuhen an den Füßen, in Positur stellen. Sie lächelte freundlich in die Linse.

„So. Fertig“, sagte Martin. „Der Film ist voll. Den bringe ich gleich zum Fotografen. Du bekommst von jeder Aufnahme einen Abzug.“

Heike fiel ihm um den Hals. „Du bist so nett, Martin“, rief sie. „Du bist der freundlichste Mensch, der mir je begegnet ist. Danke für alles.“

Martin erwiderte die Umarmung. „Wo ich herkomme, bin ich selbst arm“, sagte er. „Ich weiß, wie es sich anfühlt, wenn die anderen Kinder schöne Sachen haben, und man selbst hat nichts. Das tut einem im Herzen weh.“ Er schaute Heike in die Augen: „Ich will nicht, dass dir das Herz wehtut, Heike.“

Dem Mädchen traten Tränen in die Augen: „Das hast du unheimlich lieb gesagt, Martin. Du bist ein guter Mensch.“ Sie bedankte sich noch einmal und verabschiedete sich. Sie musste ihren Tanten helfen.

Martin und Heidi liefen zum Fotoladen. Martin gab den belichteten Film ab und bestellte von den letzten beiden Negativen jeweils zwei Abzüge.

„Du willst Fotografien von Heike haben?“, fragte Heidi draußen.

„Sicher“, antwortete Martin. „Das wird eine schöne Erinnerung für mich. Ich werde ein Fotoalbum anlegen.“

Nebenan befand sich ein Geschäft mit Schreibsachen, Nippes und hübschen Postkarten. Im Schaufenster waren Gemälde ausgestellt, die man kaufen konnte. Eine ganze Blase Kinder umringte einen Mann, der auf einem Klapphocker vor einer Staffelei saß und malte. „Malen Sie wirklich unser Rathaus?“, fragte ein Junge.

„Freilich, junger Mann“, antwortete der Maler. Er rollte das R wie ein Österreicher. „Wenn ich auch ein bekannter Reisemaler geworden bin, so male ich doch immer und überall, wo ich hinkomme, auch weiterhin Postkarten. Damit fing alles an. Ich tue es gerne.“ Er zeigte auf einen Drehständer vor dem

Geschäft: „Da schau, mein junger Freund. Die gesamte Reihe dort ist von mir. Das sind Nachdrucke meiner Postkarten, die ich hier in der Saargegend bisher gemalt habe."

„Wenn ich eine Postkarte kaufe, würden Sie sie für mich signieren?", wollte der Junge wissen.

„Gerne", antwortete der Mann. Er war die Freundlichkeit in Person. Während der Junge mit seinen Kumpanen zum Ständer ging, um eine Postkarte auszusuchen, widmete er sich wieder seiner Malerei.

Martin stand da wie Lots Weib, zur Salzsäule erstarrt. Er glotzte den Mann an. Er traute seinen Augen nicht. „Den kenne ich", sagte er. „Das ..." Mehr brachte er nicht heraus. Er starrte den Maler an wie das achte Weltwunder.

„Jeder hier kennt ihn", meinte Heidi. „Er ist ein berühmter Maler aus Österreich. Er illustriert Reisebücher und Bücher über Architektur. Er malt Landschaften und Gebäude. Seine Arbeiten sind sehr beliebt und stell dir vor: Er malt noch immer Postkarten. Damit hat er vor Jahren angefangen, um sich durchzuschlagen. Er ist sich nicht zu fein, das auch heute noch zu tun, obwohl er inzwischen im ganzen Land berühmt geworden ist. Wenn du willst, kauf eine Postkarte. Er wird sie dir signieren, glaub mir."

„O ... kay", sagte Martin lahm. Er ging zu dem Drehständer und suchte eine Postkarte aus. Er fand eine, die den Homburger Bahnhof zeigte, und bezahlte sie drinnen im Geschäft. Dann kam er raus und ging leicht verunsichert auf den Maler zu, der gerade mit einem Sportfüllhalter die Postkarte des Jungen signierte, der ihn danach gefragt hatte. Als er fertig war, lächelte er Martin auffordernd an: „Nur herbei, mein junger Freund. Ich beiße nicht. Du möchtest doch eine Signatur, nicht wahr?"

„Ja, gerne", sagte Martin und trat zu dem Mann. Er kannte ihn fast nur von Schwarz-Weiß-Fotos, und die hatten das Charisma seiner eisblauen Augen nicht zur Geltung gebracht. Und da war noch etwas.

Der Maler schaute ihn mit schief gelegtem Kopf an: „Stimmt etwas an mir nicht, Junge?"

Martin starrte den Mann weiter an. Er überlegte angestrengt. Dann fiel es ihm ein: „Der Schnurrbart!“

Der Mann fasste seinen ausladenden Schnurrbart an: „Mein Schnurrbart? Ich trage ihn, wie der Kaiser ihn trägt. Das machen viele.“

Ja, dachte Martin. Bis in den Krieg. In den Krieg, der hierzulande nie stattfinden wird. Er kürzt ihn erst später. Damit ihm seine Gasmaske besser passt. Das habe ich gelesen.

Der Maler gab sich leutselig: „Wie würden Sie mir denn den Schnurrbart empfehlen, junger Freund? Nur heraus mit der Sprache. Vielleicht gefällt mir die Idee. Wer weiß.“

Martin bekam kein Wort heraus. Er legte Zeige- und Mittelfinger der rechten Hand senkrecht unter seine Nasenlöcher.

„Ah ...“ Der Maler nickte versonnen. Er trat zum Schaufenster des Geschäfts, vor dem er arbeitete, und schaute hinein. Er hielt sich rechts und links den ausladenden Schnurrbart mit den Fingern zu: „Ei fein! Ein freches Bärtchen unter der Nase, sauber gestutzt.“ Er lachte Martin an: „Kein schlechter Einfall, junger Freund! Das werde ich demnächst einmal ausprobieren.“ Er holte seinen Füllhalter: „Und nun herbei, damit ich deine Karte signieren kann. Danach muss ich weitermalen. Ich möchte das Bild heute noch fertigstellen.“

Martin reichte ihm die Postkarte.

„Aah! Der Bahnhof von Homburg“, meinte der Maler mit Kennerblick. „Moderner Neoklassizismus in seiner schönsten Form. Imponierend, doch nicht zu wuchtig. Farbiger Sandstein aus der Gegend. Das signiere ich gerne.“ Er legte die Postkarte auf ein kleines Tischchen, auf dem er Farben und Pinsel aufbewahrte, und unterschrieb. Dann reichte er Martin die Karte: „Bitte schön, junger Mann. Freut mich, dich kennengelernt zu haben.“

„G-Ganz meinerseits“, stammelte Martin. Er nickte dem Maler zu und ging mit Heidi davon. Im Gehen starrte er auf die Unterschrift auf der Postkarte. „Manno!“, sagte Martin. „Das kann ich keinem Menschen bei mir daheim erzählen. Wenn ich das täte, würden sie mich für verrückt halten.“ Wieder starrte er ungläubig auf seine Postkarte. Dort stand dort in sauberen kleinen Buchstaben die Unterschrift des Malers: *Adolf Hitler.*

Martin und Heidi verließen die Innenstadt. Sie spazierten zum Saarsee und schlenderten am Ufer entlang. Martin spürte, dass Heidi etwas auf dem Herzen hatte. „Heidi? Was hast du?", fragte er.

„Nichts", gab sie zur Antwort und schaute weg.

Er blieb stehen: „Heidi, ich kann doch sehen, dass etwas mit dir ist." Sie blieb neben ihm stehen. „Heidi, was ist mit dir? Bitte sag es mir!"

Heidi atmete hastig. „Wie du immer mit Heike rumscherzt und so!" Sie schnüffelte. „E … Es ist schon komisch, w-wie gut ihr beiden euch versteht. Ihr umarmt euch sogar. Einfach so. Mitten auf der Straße!" Sie schaute ihn an: „Gib es zu: Du magst sie!"

Martin zuckte zusammen. Das war es also. Plötzlich war er so befangen, dass er kein Wort herausbrachte.

„Sag schon!", verlangte Heidi. „Du magst sie! Stimmt's?" Tränen schimmerten in ihren Augen.

Martin war verunsichert. Was sollte er ihr sagen? „Wie wäre es mit der simplen Wahrheit?", fragte die kleine Stimme in seinem Hinterkopf. Martins Magen krampfte sich zusammen. „Ja", sagte er. „Du hast recht, Heidi. Ich mag Heike. Ich mag sie sogar sehr. Ich freue mich jedes Mal, wenn ich sie treffe. Sie bedeutet mir viel. Sie ist ein lieber Mensch."

Heidi sah aus wie ein Häufchen Elend. Ungläubig schaute sie ihn an.

Martin sprach weiter. Jetzt musste es heraus. Alles. „Und ich mag Elisabeth. Ich mag diesen kleinen Wirbelwind, und es ist schön, wenn sie sich an mich hängt und mir sagt, dass sie mich mag. Ich mag Klärchen, die Stillste von euch Herdermädchen. Ich mag ihr sanftes Wesen. Sie ist eine liebe Freundin. Ich mag Herrmännchen, der immer auf meinen Schoß krabbelt, und ich mag eure Eltern. Heidi, ich werde bestimmt noch mehr Menschen mögen, sobald ich erst weitere kennenlerne. Es ist eine ganz natürliche Angelegenheit. Man mag Menschen, die mir gut sind."

Martin schaute Heidi tief in die Augen. Sein Herz begann zu wummern wie ein Dampfhammer. Er wurde ganz zittrig. Er musste all seinen Mut zusammennehmen. Langsam hob er die Hand und berührte Heidi mit den Fingerspitzen an der Wange. „Aber mit dir ist alles ganz anders, Heidi. Immer, wenn ich dich sehe, setzt mein Herz aus, und dann schlägt es Purzelbaum. Wenn ich bei dir bin, könnte ich die ganze Zeit singen. Ich kann mit allen reden und scherzen, auch mit Heike, aber bei dir fühle ich mich linkisch und hilflos. Oft möchte ich dir etwas sagen, aber ich bringe kein Wort heraus. Dann ist meine Kehle wie zugeschnürt." Martin holte tief Luft: „Weil ich dich liebe, Heidi!" Endlich war es heraus. Er sah, wie sich ihre Pupillen weiteten, wie ungläubiges Staunen ihr Gesicht überzog und dann blanker Freude wich.

„Schon als ich dich das erste Mal sah, war es um mich geschehen", sagte Martin. Seine Stimme klang zittrig, aber er sprach alles laut aus. „Seitdem liebe ich dich. Ich wollte tatsächlich sterben und ich weiß nicht, ob die Entdeckung deiner Heimat ausgereicht hätte, mich vom Selbstmord abzuhalten. Doch seit ich dich kenne, ist alles anders. Heike ist ein nettes Mädchen, sonst nichts, Heidi. Mein Herz schlägt nur für dich, und das wird immer so bleiben, das weiß ich. Ich liebe dich." Er fasste sie an den Schultern und zog sie sanft zu sich. Sie schaute aus großen Augen zu ihm auf. Martin schlug das Herz bis zum Hals. Er umarmte Heidi. Sie schmiegte sich an ihn. Diesmal war es ganz anders als beim Tanzen an Fronleichnam. Es war viel intensiver. Er spürte ihr Herz wie ein aufgeregtes Vögelchen gegen seine Rippen pochen.

„Heidi", sagte er leise. Er versenkte seinen Blick in ihre Augen. Sie hob ihm das Gesicht entgegen. Als sich ihre Lippen berührten, fielen seine Augen zu. Heidis Lippen waren weich, so unglaublich zart. Ganz sanft legten sie ihre Lippen ineinander. Das Blut rauschte Martin in den Ohren. Heidi stieß einen leisen Ton aus, einen Laut puren Behagens, und plötzlich war sie wie fließendes Wasser, schmiegte sich an ihn. Sie umarmten und küssten sich. Die Welt um sie herum versank in völliger Bedeutungslosigkeit.

Eine Ewigkeit standen sie eng umschlungen. Dann lösten sie sich voneinander. Sie sahen sich in die Augen. Plötzlich mussten sie lachen, laut und fröhlich. Sie rannten am Ufer des Sees entlang und hielten sich an den Händen. Immer wieder blieben sie stehen, umarmten und küssten sich. Keinen Augenblick konnten sie voneinander lassen. Martins Herz brannte lichterloh. In seiner Seele wohnte nur noch Freude, nur noch Liebe. Alles Bösartige war ausgesperrt. Eine herrliche Erleichterung ergriff von ihm Besitz. Er hatte es gesagt! Er hatte es ihr endlich gesagt. Und Heidi erwiderte seine Liebe!

Immer wieder sagten sie es einander: „Ich liebe dich." Hastig gemurmelt, inbrünstig geschworen, lachend gerufen. Als sie in die Stadt zurückkehrten, waren sie keine Freunde mehr. Sie waren ein Paar. Sie gehörten zusammen. Sie würden immer zusammengehören. Nichts konnte sie mehr trennen, nur der Tod.

*

Sie standen am Ortsschild. Heidi klammerte sich an Martin. „Geh nicht", flehte sie. „Lass doch das Silber dort. Es ist es nicht wert, dass du noch einmal hingehst. Verzichte darauf!"

Martin schüttelte den Kopf: „Nein. Dazu habe ich auf meine ersten Münzen viel zu hart sparen müssen. Es ist ein kleines Vermögen. Das kann ich nicht dort lassen." Er küsste Heidi. „Und es ist nicht nur das Silber. Es gibt einige Dinge, auf die ich nicht verzichten will. Erinnerungen ... das Messer, das ich von meinem Großvater habe, die Notizbücher mit den Ideen für neue Geschichten. Die kann ich nicht zurücklassen. Es ist nur ganz wenig, aber dieses Wenige bedeutet mir viel." Sie senkte den Kopf und presste die Stirn an seine Brust. „Heidi", sagte Martin leise. „Bitte sei mir nicht böse."

Sie schaute auf. Ihre Augen schwammen in Tränen. „Martin, ich bin nicht böse. Ich habe Angst! Ich habe schreckliche Angst um dich, nach allem, was ich in deinem Heft gelesen habe! Du schreibst von einer Drohung mit dem Erziehungsheim und dass dort Kinder und Jugendliche eingesperrt werden. Martin, was wird, wenn deine Leute dich in so ein Heim stecken, weil sie merken, dass du fliehen willst?" Sie klammerte sich weinend an ihm fest. „Bitte bleib hier, Martin. Wenn dir etwas zustößt, das überlebe ich nicht. Bleib da!" Sie war außer sich vor Verzweiflung.

Martin fühlte sich schlecht. „Heidi, bitte hör auf zu weinen." Das Schlimmste war, dass er selbst ein ungutes Gefühl hatte, was seine letzte Rückkehr anging. „Heidi, ich muss noch einmal zurück. Nicht nur wegen des Silbers und der kleinen Erinnerungsstücke. Ich muss Abschied nehmen. Ich werde nie mehr dorthin gehen. Du hast gehört, was Herr Steiner über diese geheimen Wege gesagt hat. Irgendwann kann ich den Durchgang nicht mehr benutzen." Er küsste die Tränen aus Heidis Gesicht. „Nur noch dieses einzige Mal." Sie umarmten einander. „Wirst du in Homburg mein Rad für mich abholen und im Zug warten?", fragte Martin.

„Ja", sagte sie. „Denk daran, dass der Fahrplan in den Ferien geändert wird. Der frühere Zug geht nicht mehr um 12 Uhr 02, sondern um 12 Uhr 10. Ich kaufe eine Fahrkarte für dich. Ich warte mit deinem Rad im Zug auf dich." Sie schmiegte sich an ihn. „Adieu, Martin. Pass auf dich auf. Bitte."

„Werde ich, Heidi", versprach er.

*

Zurück in seiner Welt, kaufte Martin ein: Kekse, Minisalamis in Folie, eine 4,5 Volt Flachbatterie und einige Dosen Limonade. Er wollte für seine geplante Flucht gerüstet sein, falls etwas dazwischenkam und er früher abhauen musste. Zu Hause schaffte er das Zeug in den Keller zu seinen Silbermünzen im Schrankversteck. Droben in seinem Zimmer holte er das Berichtsheft hervor. Nun, wo er wusste, dass er für immer gehen würde, wollte er es unbedingt zu Ende schreiben. Er würde es nicht für die Nachwelt verbuddeln. Oh nein! Er plante, es der Polizei oder einer Zeitung zu schicken. Alle Welt sollte erfahren, welch eine Hölle sein Leben gewesen war. Ich stelle es zum Schluss so hin, als ob ich mich irgendwo im Wald umbringen werde, wo mich keiner findet, nahm er sich vor. Dann kriegen die Scheißer Probleme. Alle Scheißer! Es würde eine späte Rache an all den Menschen werden, die ihn schlecht behandelt hatten. Er fühlte, dass er sich kindisch verhielt, aber er konnte nicht anders. Einmal, ein einziges Mal, würde die gequälte Kreatur die Hand, die sie schlug, beißen.

Tagelang schrieb er alles auf, was ihm einfiel. Das Berichtsheft füllte sich. Zwischendurch fuhr er heimlich zu seinen Großeltern in Neunkirchen, den Eltern seiner Mutter, die er seit dem Tod der Mutter kaum noch sehen durfte, weil sein Vater sich mit ihnen überworfen hatte. Martin verbrachte einen langen Nachmittag mit den geliebten Menschen. Als er nach Hause fuhr, tat ihm das

Herz weh. Er würde sie nie wieder sehen.

Er packte den Rucksack fertig. Viel gab es nicht zu packen: seine Silbermünzen, die Notizbücher mit den Geschichtenideen, seine Traumaufzeichnungen, ein paar Fotos, die Limodosen, das Essen und die blassgrüne Taschenlampe vom Großvater väterlicherseits und das Taschenmesser vom anderen Opa. Die schöne Wolldecke fiel ihm ins Auge. Sie wurde im Schrank aufbewahrt. Sie war rot und grün mit gelben Vierecken. Schon als Kind hatte ihm diese spezielle Wolldecke besser gefallen als die einheitlich braunen Kamelhaardecken. Diese eine Wolldecke war immer Martins Wolldecke gewesen, wenn sie zum Mittersheimer Weiher zum Zelten gefahren waren. Kurz entschlossen packte er sie in den Rucksack. Er wollte sie nach Bayern mitnehmen als schönes Erinnerungsstück.

Martin stand im Keller. Viel mehr würde er nicht vermissen. Ja, das Fernsehen. Freitags „Väter der Klamotte“ mit den lustigen Stummfilmen. Na und! Hauptsache, weg von hier, dachte Martin.

Er ging nach oben. Im Radio lief „Er gehört zu mir“ von Marianne Rosenberg. Martin lächelte in sich hinein. Immer wenn er diesen Song hörte, der im Frühjahr herausgekommen war, sah er in seinem Kopf einen kleinen Film ablaufen, in dem Heidi das Lied sang.

Drei Tage lagen noch vor ihm. Nie war die Zeit langsamer vergangen.

*

Sonntag wurde das Mittagessen wieder einmal zur Qual. Es war Gesetz, dass alle am Tisch sitzen bleiben mussten, bis auch die allerletzte Tranfunzel mit Essen fertig war, und das war fast immer Walter. Diesmal war es der Salat, den er nicht essen wollte. „Da ist eine Raupe drin“, heulte er. „Ich habe es genau gesehen.“

„Du bleibst hocken, bis de det uffjejessen hast“, sagte Moppel.

Wal-Teer aß nicht. Er flennte. Martin verabscheute ihn. Jeden Sonntag fand der Kerl etwas, um seine blöde Show abzuziehen. Mal war ein brauner Fleck an einer Kartoffel, mal war da ein „schimmeliges Gemüseblatt“, eine haarige Bohne, Gräten im Fisch oder sonst was. Hauptsache, er konnte die Welterkinder dazu zwingen, ewig lange am Mittagstisch zu sitzen. Beinahe wäre Martin eine giftige Bemerkung herausgerutscht. Er fühlte sich beobachtet und sah auf. Moppel starrte ihn an.

„Wat bistn du am Ausbrütn?", fragte sie.

Martin erschrak. Moppel musterte ihn mit ihrem stechenden Blick. „Gar nichts", sagte er. Ihm lief ein kalter Schauer über den Rücken. Benahm er sich auffällig? Hatte Moppel etwas bemerkt?

*

Den ganzen Montag lauerte Moppel. Immer wieder begegnete Martin ihrem stechenden Blick. Es wird Zeit, dass ich wegkomme, dachte er. Er fühlte sich unbehaglich. Er musste an Heidi denken, die so große Angst gehabt hatte, dass etwas schiefgehen könnte. Allmählich verstand er ihre Furcht. Konnte Moppel ihn durchschauen? Ahnte die Frau etwas?

*

Am Dienstag wurde es Zeit für einen allerletzten Abschied. Martin fuhr zum Friedhof. Er besuchte das Grab seiner Mutter. Still stand er vor dem Fleckchen Erde, in dem die Frau bestattet lag, die ihn geboren hatte, eine Frau, die ihn nie geliebt hatte. Und trotzdem hatte Martin geweint, als sie starb.

Doch nicht einmal die Trauer war ihm erlaubt gewesen. Als er zu Hause kurz nach der Beerdigung einmal ohne Vorwarnung in Tränen ausgebrochen war, fiel sein Großvater über ihn her. „Du tust ja nur so", rief er höhnisch. „Du Theaterspieler! Du Angeber! Falasierter Hund! Stellt sich hin und spielt Theater!"

Damit hatte er Martin entsetzlich verletzt. Von Stund an drängte er seine Tränen mit Gewalt zurück. Stattdessen ging er nach der Schule manchmal zum Grab der Mutter. Der Friedhof lag keine hundert Meter von der Pestalozzischule entfernt, wo Martin in die vierte Klasse ging. Am Grab konnte er seinen Tränen freien Lauf lassen. Wenn er auch Erleichterung fühlte, dass seine Mutter nie mehr zurückkommen würde, schmerzte ihn doch der Verlust. Am Grab konnte er um sie trauern. Bis zu dem Tag, an dem ihn eine Nachbarin sah. Die erzählte alles den Großeltern und die fielen zu zweit über Martin her.

„Du Angeber!", riefen sie. „Das machst du doch nur, um dich vor anderen Leuten aufzuspielen! Du Theaterspieler! Du falasierter Hund! Rennt auf den

Friedhof und spielt den trauernden Sohn! So ein Angeber!" Worte, die sich wie ätzende Säure in Martins Seele fraßen. Er konnte nicht glauben, was seine Großeltern da von sich gaben. Er konnte sich nicht wehren. Ihm blieben die Worte im Hals stecken. Er ging nicht mehr zum Grab. Prompt machten ihm die Großeltern auch das zum Vorwurf. „Du trägst deiner Mutter nicht mal ein Blümchen aufs Grab, du gefühlloser Nichtsnutz! Du liebloser Bankert!"

Als Martin an diese gemeinen Vorwürfe dachte, konnte er nur den Kopf schütteln über seine Großeltern. Grade die Oma musste still sein. Die hatte seine Mutter gehasst, weil sie eine bessere Partie für ihren einzigen Sohn gewollt hatte und nicht einen „armen Tripsarsch vom Schloss". Tripsarsch, hochdeutsch Tropfhintern. Martin fragte sich immer, wie ein Hintern tropfen sollte. „Am Schloss", wo längst kein Schloss mehr stand, wohnten einfache Leute. Die waren der Großmutter nicht gut genug. Immer hatte sie die Frau ihres Sohnes spüren lassen, dass sie sie nicht leiden konnte.

Oh, und wie konnte die Oma sich nach Mutters Tod vor anderen Leuten verflennen! Auf Kommando drehte sie den Wasserhahn auf und lallte über „die arme Frau meines Sohnes". Und die Nachbarn kauften ihr die Show mit der Trauer um Martins Mutter auch noch schön ab.

„Nicht ich war der Theaterspieler!", flüsterte Martin. „Stellt sich wunders wie an! Dabei hat sie Mutter gehasst und mich gleich mit, weil ich der Grund dafür war, dass ihr hochwohlgeborener Sohn den armen Tripsarsch vom Schloss heiraten musste. Arrogante Ziege! Stammst ja selbst aus einer der ärmsten Ecken Neunkirchens. Aber immer versuchen, mit den großen Hunden brunzen zu gehen, auch wenn du das Bein nicht hoch genug heben kannst! Eingebildete Kuh! Spielst vor anderen Leuten die Trauernde, heulst Krokodilstränen und lässt dich genüsslich bedauern, und in Wirklichkeit hast du Mutter gehasst."

Martin musste an den Traum denken, den er mit acht Jahren gehabt hatte. Damals wohnten sie noch in Niederbexbach. Im Traum war seine Mutter mit irgendwelchen Kurzwaren bei den Leuten hausieren gegangen, Kleinigkeiten wie Nadeln, farbiger Zwirn, kleine Scheren, Lockenwickler, Gummibänder, Schnürsenkel und Kämme und Bürsten. Sie versuchte, das Zeug zu verkaufen, aber die Leute wollten nichts. „Das ist billiger Schrott! Was wollen Sie eigentlich hier? Gehen Sie! Wer kauft schon so einen Tand?", sagten sie. Sie standen bei der Schule beisammen und nörgelten über alles, was die Mutter vorzeigte. Auch Lehrer Hartmann war dabei. „Das ist Tand! Solch billigen Trödel kaufen wir nicht." Die Mutter versuchte trotzdem, etwas zu verkaufen: „Es kostet nicht viel. Bitte kaufen Sie." Ganz verzweifelt klang sie. Wenn sie nichts verkaufte, konnte sie ihren Kindern nicht zu essen kaufen.

„Das taugt nichts", sagten die Leute. „Zieh Leine!" Alle waren sie hartherzig und gemein zu Martins Mutter. Sie jagten sie fort. Und die Mutter war gegangen, den Feldweg hinauf, der hinter der Schule zum Bauernwald hinaufführte. Sie hatte alte, abgetragene Kleidung an, trug den Korb mit dem billigen Krimskrams und lief mit hängenden Schultern den Weg hoch. Dazu erklang eine schrecklich traurige Melodie im Hintergrund.

Martin drehte es im Traum das Herz um, so traurig machte ihn das alles. Weinend rannte er hinter seiner Mutter her, um sie zu trösten, während immer wieder diese todtraurige Melodie ertönte. Er spürte, wie es solchen Träumen eigen ist, die tiefe Niedergeschlagenheit seiner Mutter. Sie war traurig, weil sie nichts verkaufen konnte und kein Geld verdiente. Sie waren sehr arm und ohne Geld würde kein Essen auf den Tisch kommen. Martin rannte, so schnell er konnte, um seine Mutter einzuholen. Er weinte laut. Als er aufwachte, war sein Kopfkissen nass geweint.

Martin stand vorm Grab und schluckte. Mit einem Mal wusste er, dass er seine Mutter trotz allem geliebt hatte und er sich gewünscht hatte, von ihr geliebt zu werden. Stattdessen hatte sie nur ihre unversöhnliche Wut für ihn gehabt. „War es je schön mit dir?", flüsterte Martin. Er ließ all seine Erinnerungen Revue passieren. Ja, da waren einige wenige Glücksmomente gewesen, viel zu wenige. Sie hatten zusammen Christbaumschmuck gebastelt: Schiffchen aus halben Walnussschalen mit Segeln aus Goldpapier, Strohsterne und Engel aus Goldpapier. Einmal gab es einen Wettbewerb in einer Zeitschrift. Kinder sollten ihre selbst gebastelten Adventskalender einsenden. Die ersten drei Plätze wurden prämiert. Die Mutter hatte Martin tatkräftig unterstützt. Zusammen hatten sie ein schönes Weihnachtsbild von einem Haus im verschneiten Winterwald gemalt, die Türchen ausgeschnitten und in die Fensterchen Bilder von Spielzeug und Puppen geklebt, die Martin aus einem alten Katalog ausschnitt. Er hatte keinen Preis gewonnen, aber die Erinnerung an die schöne gemeinsame Bastelei mit der Mutter bewahrte er tief in seinem Herzen.

„Warum warst du so böse zu mir, Mama? Ich konnte doch nichts dafür, dass ich auf die Welt kam, und ich konnte nichts dafür, dass ich kein Mädchen wurde", wisperte er. „Warum hast du mich nie lieb gehabt? Ich hatte dich lieb, auch wenn du böse zu mir warst. Ja, Mama. Ich hatte dich lieb, trotz allem, was passierte."

Er musste an die Fastnachtskostüme denken, die seine Mutter für ihn geschneidert hatte. Sie besaß ein Heftchen mit bunten Zeichnungen, die Kinder in den ausgefallensten Fantasiekostümen zeigten. Hinten im Heft gab es Bögen mit Zeichnungen, nach denen man die Kostüme ausschneiden und zusammennähen konnte. Voller Begeisterung hatte die Mutter dort Kostüme für ihn und später auch für seine kleinen Geschwister ausgesucht und an ihrer Nähmaschine genäht. Leider war das für Martin kein bisschen schön. Seine Kumpane waren an Fastnacht alle gleich verkleidet: als Cowboy und Indianer. Bestenfalls ein Trapper war unter ihnen und vielleicht noch ein Seeräuber. Allesamt besaßen sie Pistolen und Gewehre aus Plastik, mit denen sie nach Belieben knallen konnten.

Martin stand dann außen vor. Er wurde als Teufel mit Dreizack verkleidet oder als Musketier mit Plastikdegen und mit Dreispitz auf dem Kopf. Einmal sogar als Waldgeist. Dazu musste er grüne Strumpfhosen zu einem grünen Leibchen tragen, auf das Blätter aus Plastik aufgenäht waren, und einen seltsamen zeltartigen Hut aus Pappe, der ein bisschen aussah wie die Hüte, die die Reisbauern in Vietnam trugen. Auf dem Hut waren Blätter, Tannenzapfen, Eicheln und Nüsse aufgenäht. Als er mit dieser mehr als seltsamen Kostümierung draußen bei seinen Kumpanen auftauchte, hatten sie ihn vom gemeinsamen Spiel ausgeschlossen, genau wie die Jahre zuvor. „So wie du verkleidet bist, machst du nicht mit!" Damit war Martin erledigt.

„Du hast mir Kostüme genäht, mit denen ich ausgeschlossen wurde", flüsterte

Martin. „Warum durfte ich kein Indianer sein? Das habe ich mir meine ganze Kindheit über gewünscht. Indianer oder vielleicht Waldläufer, so eine Art Old Shatterhand, mit Fransen an den Hosen und der Jacke. Aber immer hast du mich in so komische Kostüme gesteckt, die ich nicht haben wollte und für die ich mich vor den anderen schämen musste."

Martin musste schwer schlucken. War das Absicht von seiner Mutter gewesen? Schließlich hatte sie nicht auf seine Bitten gehört und stattdessen diese komischen Kostüme in ihrem Heftchen ausgesucht und zusammengenäht. Hatte sie gewollt, dass Martin von den anderen Kindern ausgeschlossen wurde? Was, wenn es genau umgekehrt war? Wenn sie sich wirklich Mühe gegeben hatte, um Martin etwas Besonderes zu schenken? Konnte das sein? Konnte sie Martins Bitten überhört haben, weil sie ihm etwas Gutes tun wollte? „Kann das sein?", wisperte Martin. Er schaute den Grabstein aus Rosenquarz an, auf dem Geburts- und Todesdatum seiner Mutter standen. „Hast du es gut gemeint, Mama? Hast du es lieb gemeint?" Ihm brach die Stimme.

Mit einem Mal fielen ihm einige Sachen ein. Seine Mutter war nicht immer nur gemein gewesen. Manchmal hatte sie ihm etwas gezeigt, ihm etwas beigebracht und sie war sehr lieb dabei gewesen. Ballwerfen zum Beispiel. Dazu stellte man sich vor eine Hauswand und warf zwei oder drei Bälle in stetem Rhythmus gegen die Wand. Von der linken Hand hoch gegen die Wand und den Ball mit der rechten Hand wieder fangen, an die Linke weitergeben und wieder werfen. Anfangs schaffte Martin nur zwei Bälle, aber nach etwas Übung konnte er mit drei Bällen werfen wie seine Mutter. Die Mutter hatte ihm erzählt, dass sie als Kind sogar mit vier Bällen werfen konnte und dass sie eine Freundin gehabt hatte, die fünf Bälle geschafft hatte.

Seine Mutter hatte Martin beigebracht, ein Diabolo auf der Schnur zwischen zwei Stöckchen tanzen zu lassen und wie man einen großen Knopf an einer Schnur surren lassen konnte. Als sie in Niederbexbach wohnten, hatte sie ihm „Abheben" beigebracht. Dazu knotete man eine Schlinge aus einem dünnen Schnürchen und wickelte das auf eine bestimmte Art und Weise auf den nach oben zeigenden Fingern auf. Ein zweites Kind musste nun dieses Gebilde abheben und dabei so mit den Fingern in die Schnurwindungen eingreifen, dass ein neues Schnurgebilde entstand. Das musste nun das erste Kind wieder abheben, wobei eine neue Figur entstand. Manche Figuren hatten Namen wie „das Schweinchen" oder „die Triangel". Martin spielte das Spiel während der großen Pause mit anderen Kindern und innerhalb weniger Tage hatte die ganze Schule Schnurschlingen dabei und in der Pause hoben sie ab, was das Zeug hielt. Schön war das gewesen. Martin war für einige Tage so etwas wie der Star der Schule.

Martin wurde das Herz wund. „Mama!", flüsterte er. „Hast du mich vielleicht doch lieb gehabt? Wenigstens ein kleines bisschen? Wenn ich nur gewusst hätte, was ich machen soll, damit du mich gern hast! Ich habe alles versucht, um deine Liebe zu gewinnen! Vielleicht würdest du gerne meine kleinen Bücher lesen, wenn du noch leben würdest? Du hast doch so gerne gelesen. Vielleicht hätten dir meine Geschichten gefallen. Vielleicht hättest du mich dafür gemocht. Vielleicht ..." Plötzlich quoll der Schmerz mit Macht in ihm hoch. Seine Augen füllten sich mit Tränen. Martin schluchzte. Er weinte wie ein kleines Kind. Er weinte um die Mutter, die er zeitlebens nie gehabt hatte.

Als er später sein Rad zum Ausgang des Friedhofs schob, sah er Walter um die Ecke witschen und sich verstecken. Martin war entrüstet. Walter spionierte offensichtlich hinter ihm her. Etwa im Auftrag von Moppel? Konnte Martin nicht mal seine tote Mutter auf dem Friedhof in Ruhe besuchen? Es widerte ihn an. Aber er hatte nicht die Kraft, um wütend zu sein. Mit einem Herzen wund vor Trauer fuhr er nach Hause. Walter war vorausgeeilt und hatte Bericht erstattet.

Moppel öffnete die Tür: „Saach ma, wat machstn du uffn Friedhof?!" Ihre Augen bohrten sich in Martins.

„Ich war am Grab meiner Mutter", antwortete Martin. „Das werde ich ja wohl noch dürfen."

„Ach nee!", sagte Moppel. „Sonst jehste da doch ooch nie hin. Wieso denn uff eenmal?"

Martin platzte der Kragen. Er war nicht bereit, sich verhören zu lassen wie bei der Gestapo: „Ich gehe dorthin, wenn mir danach ist, und das brauche ich nicht schriftlich bei dir zu beantragen! Ich sage nie, wenn ich da hin gehe. Das geht niemand was an! Ich tue das nicht, damit die Leute denken, ich bin ein toller Sohn, der sich ums Grab seiner toten Mama kümmert und den man dafür bewundern muss. Ich mache das aus ganz privatem Grund. Das geht bloß mich und meine Mutter was an, auch wenn der da hinter mir her spioniert!" Er zeigte auf Walter. Dann wandte er sich Moppel zu: „Ob und wann ich meine Mutter auf dem Friedhof besuche und aus welchen Gründen, hast du mir nicht zu sagen!"

Darauf wusste Moppel nichts zu erwidern. Sie war schlicht und ergreifend sprachlos.

Martin drehte sich um und rauschte mit hoch erhobenem Kopf davon. Er brachte sein Rad in den Keller. Anschließend ging er nach oben in sein Zimmer, um das Berichtsheft abzuschließen. Zuerst trug er das gerade Erlebte ein. Das sollte auf alle Fälle für die Nachwelt erhalten bleiben. Danach dachte er angestrengt nach. Zum Schluss sollte eine unmissverständliche Ankündigung im Heft stehen, dass er sich umbringen würde. Dann würde es den Scheißern an den Kragen gehen, die ihn so schlecht behandelt hatten. Aber lügen wollte er nicht. Alles in ihm sträubte sich dagegen. Das ganze Berichtsheft enthielt nichts als kühl notierte Wahrheiten. Martin hatte sich stets bemüht, nur die Wahrheit zu schreiben. Er hatte nirgends übertrieben und nichts dazuerfunden. Es durfte nichts Gelogenes in dem Notizbuch stehen.

Er schrieb: „Es ist aus! Länger ertrage ich all dies nicht mehr! Ich will nicht mehr! Ich kann nicht länger in einer Welt leben, in der ich so misshandelt werde! Ich mache Schluss! Wo ich hingehe, gibt es keinen Schmerz und keine Angst. Dort belügt man mich nicht. Dort betrügt man mich nicht. Dort kann mich keiner anbrüllen oder schlagen. Dort wird mich niemand ungerecht behandeln und zu Unrecht beschuldigen. Wo ich hingehe, ist Frieden, keine Angst. Mein Vater hat mich ein Nichts genannt. Dazu kann ich nur sagen: Wenn ein Nichts fehlt, fehlt nichts."

Martin setzte das Datum darunter und unterschrieb. Den Schluss fand er gelungen. Er hatte mit keinem einzigen Wort geschwindelt und doch musste jeder, der das las, denken, der Verfasser dieser Zeilen sei völlig am Ende und würde Selbstmord begehen.

„Das soll meine Rache sein“, flüsterte Martin. „Ich verschwinde und die Polizei wird denken, ich habe mich irgendwo im Wald in einem Versteck umgebracht. Das landet in der Zeitung und ihr werdet euch mies fühlen. Die Leute werden mit dem Finger auf euch zeigen. Wenigstens einmal im Leben sollt ihr diejenigen sein, denen es schlecht geht.“

Zufrieden klappte Martin das Heft zu. Er trug es in den Keller, um es in den Rucksack zu stecken. Kaum war er unten, ging die Korridortür auf.

„Martin! Komm man sofort her!“, rief Moppel. Sie kam die Kellertreppe herunter. Martin hörte ihre Schritte näher kommen. Hastig legte er das Berichtsheft oben auf den Schrank. Es blieb keine Zeit, es im Rucksack zu verstauen. Geduckt schlüpfte er unter der verglasten Luke der Kellertür vorbei in den Kellergang zu seinem Klapprad.

Die Kellertür flog auf. „Maatin!“, rief Moppel

Er tat erstaunt: „Was ist denn?“

„Saach ma, haste wat an den Ohrn?“ Moppel sah ihn mit ihrem besten Stechblick an. Walter stand hinter ihr und glotzte neugierig. „Wat machste hier im Keller?“

„Ich geh noch ein bisschen Rad fahren“, antwortete Martin. „Bis die Schmidts kommen, ist ja noch massig Zeit.“

„Nüscht iss“, rief Moppel. „Du kommst mit ruff! Du musst noch schnell einholen jehn. Ik brooch dringend een paar Sachn.“

Martin folgte ihr nach oben in die Wohnung. Moppel setzte sich hin und schrieb einen langen Einkaufszettel. Sie zählte ihm Geld vor: „Dat jehste jetzt einholen“, sagte sie und reichte ihm den Zettel. Martin erkannte den Ausdruck von Zufriedenheit in den Augen der Frau, den er so hasste, diesen selbstgefälligen Ausdruck, mit dem sie ihm klarmachte: „Dir ha ik et jejeben, Freundchen!“

Er warf einen Blick auf den Einkaufszettel: Zucker, Salz, Mehl, Reinigungsmittel, zig verschiedene Gemüsekonserven. Nichts, aber auch gar nichts, was „dringend jebroocht“ wurde! Stattdessen Zeugs, von dem mehr als genug unten im Keller auf dem Vorratsregal stand. Das schwere Zeug würde ihm die Arme lang ziehen.

Du blöde Schrunzel! Das machst du absichtlich!, dachte Martin. Wegen eben! Weil ich mich wegen Mutters Grab auf die Hinterbeine gestellt habe!

In Moppels Augen erkannte er, dass sie das genau wusste. „Mach jetzt bloß keinen Fehler, Bürschchen!“, sagten diese Augen. „Wenn du aufmuckst, sage ich es deinem Vater, und der zieht dich ab. Der prügelt dich windelweich.“ Ein zufriedenes Lächeln spielte um Moppels Lippen. „Worauf warteste noch? Biste uffn Boden anjewachsen?“

Du Mistkuh!, dachte Martin. Du mieses Rabenaas! Im letzten Moment schluckte er eine patzige Erwiderung hinunter. Klar konnte er Moppel sagen, dass nichts von dem, was auf dieser Einkaufsliste stand, „dringend jebroocht“ wurde. Gleich nachher kamen die Schmidts mit ihren Kindern zum Grillabend. Da brauchte man kein Mehl, kein Waschpulver, keine Literflasche Meister Proper und keine Gemüsekonserven. Aber Moppel wartete ja gerade darauf, dass Martin patzig wurde. Das Letzte, was er zurzeit brauchte, war Hausarrest. Also dachte er sich seinen Teil und ging einkaufen. Den ganzen Weg über haderte er mit seinem Schicksal. Nicht mal am letzten Tag ließ ihn diese ekelhafte Frau in Ruhe.

Das sollte ich nachher auch noch ins Berichtsheft schreiben, dachte er. So was Dreckiges! Schickt mich zur Strafe schwere Dosen einkaufen, weil ich ihr die Meinung gegeigt habe! Gott sei Dank, morgen bin ich sie los.

Als er zurückkam, erwarteten ihn Moppel und sein Vater im Hausflur. Martin schreckte zurück. Der Gesichtsausdruck der beiden verhieß nichts Gutes. „Komm du mal rein, du Rotzkäfer!“, zischte sein Vater. Er packte Martin am Kragen und zerrte ihn in den Eingangsflur. Er schlug die Haustür zu. „Was hast du dir dabei gedacht, du dreckiger Hund?!“

Martin verstand nicht. War es so schlimm, sich gegenüber Moppel zu behaupten, wenn er zum Grab seiner Mutter gehen wollte? Plötzlich sah er das Heft in Moppels Händen. Martin überlief es siedend heiß. Sein Berichtsheft! Verdammt! Wie hatten sie das gefunden? Wussten sie auch von seinem gepackten Rucksack?

Moppel starrte ihn an: „Du bist ja een hinterhältijet Früchtchen! Ik hab mir det Dingens hier noch nüscht janz durchjesehn, aber wat ik jelesn hab, hat mir jereicht. Du verlogener Kerl, du!"

Sein Vater knallte Martin gegen den Schuhschrank: „Die Ferien sind für dich vorbei, Freundchen! Das hier hat Konsequenzen! Du hast ab sofort Hausarrest!"

Martin schluckte. „Aber ich muss morgen zu Alex fahren, Mathe lernen. Er wartet auf mich."

„Du fährst nirjends mehr hin!", rief Moppel. „Du landest im Erziehungsheim, du Lüjner! Dir zeijen wir's! Uns so dreckig hintenrum zu beschuldijen! Wolltste det anne Zeitung schicken, du kleener Scheißer? Det kannste dir aber abschminkn, du!"

Martin rutschte das Herz in die Hose. Ins Erziehungsheim wollten sie ihn stecken! Das war das Ende! Im Erziehungsheim war man eingesperrt wie in einem Gefängnis. Von dort gab es kein Entrinnen. Die würden ihn eingesperrt halten, bis er erwachsen war. Martin kämpfte gegen die aufkommenden Tränen. Alles aus! Das durfte doch nicht wahr sein! Er sah Walter neben seiner Mutter stehen und selbstzufrieden gaffen. „Du warst das!", rief er entrüstet. „Du hast einfach mein Heft genommen, das dich gar nichts angeht!"

„Halt man bloß deene Klappe!", rief Moppel. „Natürlich hat der Waalteer det Heft jefundn. Wusst ik doch, det de was am Ausheckn warst! De janze Zeit über ha ik schon son Verdacht jehabt und den Waalteer man hinter dir herjeschickt. Und nun sind wa dir uffe Schliche jekommen, du hinterhältijer Lüjner!"

„Nichts, was in diesem Heft steht, ist gelogen!", rief Martin. Warum Zurückhaltung üben? Es war eh alles verloren. „Alles ist wahr! Vor allem deine hinterlistigen Machenschaften, mit denen du mir dauernd Prügel eingebracht hast und wie du Walter immer bevorzugt hast und mir seine dreckigen Töpfe und Pfannen untergeschoben hast. Es ist alles wahr!"

Sein Vater packte ihn: „Das reicht! Jetzt kannst du was erleben!" Es klingelte.

„Det sind de Schmidts", wisperte Moppel. Rasch riss sie die obere Lade des Schuhschranks auf und stopfte Martins Berichtsheft hinein.

„Mit dir unterhalte ich mich später", drohte der Vater. „Du wirst die Abreibung deines Lebens erfahren. Und morgen geht's ab ins Erziehungsheim!" Er ließ

Martin los und öffnete die Haustür.

Die Schmidts waren da. Es gab ein großes Hallo. Alle drängelten im Hausflur durcheinander und begrüßten sich. Martins Gedanken rasten. Ins Erziehungsheim! War das nur eine leere Drohung oder würden sie es wahrmachen? Die machen das!, dachte er. Schwarze Verzweiflung überkam ihn. War er erst einmal in festem Gewahrsam, gab es kein Entkommen mehr. Er war den Tränen nahe. Meine einzige Chance ist, heute Nacht zu türmen. Offensichtlich hatte Walter den gepackten Rucksack nicht entdeckt, nur das Berichtsheft oben auf dem Schrank. Martin konnte mitten in der Nacht davonschleichen.

Er schaute auf. Verdutzt stellte er fest, dass er allein im Hausflur stand. Die anderen waren drinnen in der Wohnung. Er hörte, wie sie quatschend durchs Wohnzimmer zur Terrasse gingen. Jetzt oder nie!

Martin riss die Schublade auf, griff sein Berichtsheft und sauste die Kellertreppe hinunter. Mit fliegenden Fingern öffnete er die Tür des Kleiderschranks. Er stopfte das Heft ganz oben in den Rucksack, verschloss ihn und zog ihn an. Sein Herz schlug in irrsinnigem Takt. Er war vor Aufregung ganz zittrig. Bitte, lieber Gott, lass mich entkommen, betete er in Gedanken. Bitte, bitte!

Er schob sein Klapprad zum Kellerausgang und schloss die Tür auf. Er lugte hinaus. Niemand war zu sehen. Alle waren hinterm Haus auf der Terrasse und der Kellerausgang lag an der Seite des Hauses. Hastig wuchtete Martin das Rad die steile Treppe hoch. Endlich war er oben.

„Det haste dir so jedacht, du Früchtchen!" Martin schrak zusammen. Moppel stand vor ihm. Sie musste ums Haus herum gekommen sein. „Det würde dir so passen, abzehaun, du mieser kleener Scheißer!" Martin geriet in Panik. Er musste weg, aber die Frau versperrte ihm den Weg. Jeden Moment konnte der Vater um die Hausecke biegen. Er musste schleunigst weg.

Mit dem Mut der Verzweiflung ließ er das Rad umfallen und ging auf Moppel los. Wie es ihm ein Schulfreund beigebracht hatte, warf er sich mit seinem gesamten Gewicht gegen Moppel und stellte dabei den linken Fuß hinter Moppels rechten Knöchel. Die hatte nicht mit einem Angriff gerechnet. Sie verlor das Gleichgewicht und fiel mit rudernden Armen hintenüber. „Hartmut!", brüllte sie mit sich überschlagender Stimme. „Hartmut, der Martin jeht stiftn! Mitn Fahrrad!"

Der Vater kam um die Hausecke gerast.

Martin riss das Rad hoch und schob es zur Straße. Im Laufen sprang er auf.

„Hiergeblieben, du Rotzkäfer!", schrie der Vater.

Martin gab Gas. Er fuhr die Meisenstraße hinunter. Der Vater rannte brüllend hinter ihm her. „Halt sofort an, du Scheißkerl!", schrie er. „Martin! Du machst alles nur noch schlimmer! Halt an!"

Martin dachte nicht daran. Er beschleunigte weiter auf die Kreuzung zu, wo sich Meisenstraße und Amselstraße trafen. Von oben rechts kam ein VW Käfer. Der PKW hatte Vorfahrt. Martin warf einen gehetzten Blick über die Schulter. Sein Vater war ihm dicht auf den Fersen. Er holte sogar noch auf. Das verdammte Klapprad mit seinen kleinen 20-Zoll-Rädchen! Martin wusste, wenn er bremste, um den VW vorbeizulassen, würde sein Vater ihn erwischen. Das durfte nicht geschehen. Er musste weg. Augen zu und durch! Lieber plattgefahren werden als im Erziehungsheim landen!

Er raste in die Kreuzung hinein und bog links ab. Reifen kreischten. Der Fahrer des Käfers konnte gerade noch ausweichen. Martin sauste die Amselstraße hinunter. Es wurde steiler und er beschleunigte enorm. Sein Vater blieb zurück.

„Ruf die Polizei", schrie er zu Moppel die Straße hoch.

Martin schaute zurück. Sein Vater rannte die Straße hinauf zum Haus: „Die Polente soll ihn suchen! Ich hol das Auto!" Weia! Das sah nicht gut aus. Unten an der Kolpingstraße zögerte Martin. Rechts hoch ging es in die Kolling, wo er schnell in einem versteckten Nebenweg landen würde. Aber der führte zur Rothmühle und dort musste er hundert Meter weit die normale Landstraße benutzen, bevor er in einen neuen „Geheimweg" einbiegen konnte. Was, wenn sein Vater die richtigen Schlüsse zog?

Kurz entschlossen bog Martin nach links ab. Er keuchte die Kolpingstraße hoch. Als er am Schwarzen Weg entlangkam, schaute er nach links. Niemand war zu sehen. Vorne an der nächsten Kreuzung bog er rechts ab in Richtung Bahnhof. An der Post links. Martins Herz schlug rasend schnell. Seine Lunge brannte. Hinter dem Bahnhof konnte er zu dem schmalen Sträßchen fahren, das neben den Gleisen verlief. Er musste hundert Meter auf der breiten Bahnhofstraße radeln. Wenn ihn jetzt bloß keiner anhielt. Gerade als er hinterm Bahnhof rechts einbog und den steilen Stich hochsauste, kam ein Polizeiauto aus Richtung Ortsmitte angebraust. Mit brüllendem Motor raste es am Bahnhof vorbei in Richtung Rothmühle. Dachte ich's mir doch!

Martin wurde ganz schwummerig vor Erleichterung. Wäre er vorhin nach rechts abgebogen, hätte ihn die Polizeistreife an der Rothmühle abgefangen. Die Polizisten hätten nicht lange gefackelt. Die hätten ihn sofort ins Erziehungsheim gefahren. Martin raste neben den Bahngleisen entlang. Hoffentlich sieht mich niemand. Wenn die Polente nach mir sucht, könnten mich Leute verpfeifen, die mich gesehen haben.

Doch die Straße lag vollkommen verlassen vor ihm. Noch hundert Meter, dann rechts über die Bahnbrücke und dahinter links. „Hinter den Fichten". Blöder Straßenname, aber es war das willkommenste Straßenschild der Welt für Martin. Gleich würde er im Feldweg landen, der ihn aus Bexbach hinausführte. Auch diese Straße war leer. Rasch den Hügel hinauf und dahinter bergab. Mit vollem Tempo raste Martin in den sandigen Feldweg hinein. Er scherte sich nicht um Spurrinnen und Schlaglöcher. Er fuhr, als säße ihm der Teufel im Nacken. Erst als er am Waldrand ankam, hielt er an. Er rang nach Luft. „Oh Gott!", keuchte er. „Oh mein Gott!"

Beinahe hätten sie ihn gekriegt. Es dauerte lange, bis er wieder normal atmen konnte. Er stieg aufs Rad. Nun fuhr er langsamer. Immer wieder sicherte er nach allen Seiten. Niemand durfte ihn sehen. Doch der Weg, der am Waldrand entlangführte, lag einsam und verlassen und nirgends war ein Bauer auf den Feldern und Wiesen zu sehen. Es war ja bereits früher Abend. Martin erreichte das Heulager mit dem zeltartigen Wellblechdach. Er beschloss, hier zu übernachten. Er räumte einige Heuballen zur Seite, damit er sein Fahrrad mitten in das Lager schieben konnte. Dann baute er sich eine gemütliche Höhle, die er nach außen mit Heuballen verschloss.

Wie gut, dass ich die Decke mitgenommen habe, dachte er. Als hätte ich es geahnt, dass so etwas passieren würde. Heidi hatte recht. Ich hätte nicht mehr herkommen dürfen. Er öffnete eine Dose Limo und trank. Dazu aß er ein paar Kekse. Er dachte an seinen Vater, der brüllend hinter ihm her gerannt war. Wie ein Affe hatte er sich aufgeführt. Brüll! Brüll! Ugaa! Ugaa! Und wie blöd Moppel aus der Wäsche geguckt hatte, als Martin sie auf den Hintern legte! Wie eine Kuh, wenn es blitzt. Muuuh! Er musste kichern.

Euch habe ich es gezeigt, ihr Knalltüten. So leicht gebe ich mich nicht geschlagen. Ich bin nicht mehr der ängstliche kleine Martin, den ihr nach Lust und Laune kommandieren könnt. Ich bin ein Bürger des Königreiches Bayern, und so einer gibt nicht auf. Er wusste, dass er es noch nicht geschafft hatte. Noch stand ihm der Weg nach Homburg bevor und er musste pünktlich beim Durchgang ankommen. Aber er war guter Dinge.

Es wurde dunkel. Martin holte seine Taschenlampe hervor. Beim Kramen in seinen Schätzen fiel ein Foto aus einem seiner Notizbücher, in die er seine nächtlichen Träume eingetragen hatte. Es war ein altes Schwarz-Weiß-Foto, aufgenommen mit einer primitiven Boxkamera, und zeigte seine Mutter mit zwei ihrer Schwestern als Kinder auf einer Wiese oberhalb der Papiermühle bei Schwalbach. Dort hatten sie früher gewohnt, bevor sie nach Neunkirchen gezogen waren.

Die obere linke Ecke des Fotos fehlte und Martin erkannte noch einige Knitter, wo das Foto umgeknickt war. Martin hatte es im Einband eines Fotoalbums seiner Großeltern entdeckt. Jemand hatte das Foto zweifach zusammengeknifft und unter den Einband geschoben, anscheinend, um es zu verstecken. Martin hatte es erbettelt. Da nirgends in dem Album eine leere Stelle war, wo das Foto hingehört hätte, hatten die Großeltern es ihm überlassen.

Er hatte das geknickte Foto zu Hause angefeuchtet, mit einem gefalteten Taschentuch bedeckt und mit dem Bügeleisen glatt gebügelt. Dann hatte er es zwischen Büchern gepresst, bis es fast wieder heil war. Sein einziges Foto, das seine Mutter als Kind zeigte. Auf dem Foto kniete sie als Zehnjährige in einem gepunkteten Sommerkleidchen auf der Wiese, das Haar zum Hahnenkamm frisiert mit langen Zöpfen. Zwei ihrer Schwestern hockten bei ihr im Gras. Im Hintergrund sah man Häuser der Papiermühle, einer kleinen Siedlung mitten in der Natur, an der Landstraße von Derlen nach Bous. Das Wichtigste auf dem Foto war das Lächeln seiner Mutter. Sie lächelte fröhlich in die Kamera, ein unbeschwertes Mädchen, dem pure Lebensfreude aus dem Gesicht leuchtete. Keine Spur von dem verkniffenen Gesichtsausdruck, den sie später so oft gezeigt hatte.

Martin betrachtete das Foto. Er ging mit den Augen darin spazieren. Die kleine Siedlung lag mitten in der Natur. Überall standen Obstbäume. Martin kannte die Papiermühle. Sie waren einmal dort durchgefahren. Etliche kleine Häuschen standen nebeneinander an der Straße. In den Vierzigerjahren musste die Siedlung für Kinder ein Paradies auf Erden gewesen sein. Martin konnte sich gut vorstellen, wie die Kinder der Siedlung zusammengehalten hatten, wie die Älteren auf die Jüngeren aufgepasst hatten, wie sie gemeinsam gespielt hatten. Was konnte man dort alles machen! Das weite Tal durchstreifen, am Bach spielen, die Wiese hochlaufen zum Waldrand, wo im Sommer Brombeeren reiften, im Wald spielen. Und dieses Paradies hatte seine Mutter mit zehn Jahren verloren. Die Grube, in der ihr Vater gearbeitet hatte, war geschlossen worden und man hatte ihm einen neuen Job auf der Grube König in Neunkirchen angeboten.

Das Foto war ein Abschiedsbild, aufgenommen, bevor ihre Familie nach Neunkirchen ans Schloss zog. Neunkirchen musste für seine Mutter ein Schock gewesen sein, eine laute, dreckige Hüttenstadt, ein schmutziges Häusermeer, mit mürrischen Menschen überfüllt, und weit und breit keine Natur mehr. Vielleicht hatte sie selbst das Foto zusammengefaltet und im Einband des Fotoalbums verschwinden lassen? Weil es zu wehtat, es anzusehen? Sie hatte mit zehn Jahren ihre Heimat und all ihre Freundinnen verloren. Neunkirchen musste die Pest für sie gewesen sein.

„Hast du damals angefangen, so böse zu schauen, Mama?", fragte Martin. Er sprach halblaut vor sich hin, als könne seine Mutter ihn hören. Seine Stimme bebte. „Hat dir der Umzug nach Neunkirchen so wehgetan, dass etwas in deinem Herzen starb? Ich kann mir das gut vorstellen. Wir haben ja in Neunkirchen gewohnt, bis ich vier war. Es war ekelhaft. Und wie herrlich war es, auf die Rothmühle bei Bexbach zu ziehen, wo die Natur direkt vor der Haustür lag. Du wärst gerne dort wohnen geblieben, nicht wahr? Die Rothmühle, diese kleine Siedlung bei der Bergehalde, hat dich an die Papiermühle erinnert, wo du aufgewachsen bist. Auch auf der Rothmühle standen ein paar Häuser an der Landstraße und alle Leute kannten sich und die Kinder spielten einträchtig miteinander.

In Bexbach, im neuen Haus, da warst du mitten in einem Wohnviertel eingeschlossen, mit den keifenden Eltern deines Mannes in der Wohnung über dir. Und krank warst du damals auch schon. Hat der Krebs sehr wehgetan, Mama?"

Martin schaute das lachende Mädchen auf dem Foto an. Er fühlte unendliche Traurigkeit in sich aufsteigen. Das Foto zeigte seine Mutter als lieben Menschen. Keine Spur von dem bösartigen Monster, das später in ihrem Innern wohnte und immer wieder herauskam, um Martin anzufallen.

Der Umzug musste ein ungeheurer Schock für dieses Mädchen gewesen sein. Nie hatte die Mutter über die Papiermühle gesprochen, auch nicht, wenn Martin zaghaft nachfragte. Er hatte nicht einmal gewusst, dass die Mutter dort aufgewachsen war. Er hatte immer gedacht, dort hätten ihre Großeltern gewohnt. Er hatte erst später erfahren, dass seine Mutter in der kleinen Siedlung an der Landstraße bei Bous aufgewachsen war. Und dann hatte sie alles verloren: ihre Großeltern, die Freundinnen, die freie Natur. Neunkirchen musste sie niedergedrückt haben und als sie erwachsen wurde, geriet sie an den falschen Mann. Martin hatte es erlauscht. Eines Tages hatten Verwandte darüber gesprochen.

Seine Mutter hatte was mit seinem Vater gehabt, sich aber von ihm getrennt. Sie kam mit seiner herrischen, besserwisserischen Art nicht klar. Erst als sie feststellte, dass sie schwanger war, ging sie wieder mit ihm, und drei Monate nach Martins Geburt hatten sie geheiratet. Sonst wäre sie nicht mehr mit Martins

Vater zusammengegangen. Aber in den Sechzigern musste man noch heiraten, wenn sich Nachwuchs ankündigte. Das „gehörte sich so".

„Und ich war dran schuld", sagte Martin. „Dass ich dann nicht mal ein Mädchen wurde, muss dich tief getroffen haben. Wie eine Strafe Gottes. Aber ich konnte doch nichts dafür, Mama! Ich habe mich all die Jahre nach deiner Liebe gesehnt, habe verzweifelt versucht, deine Liebe zu erringen, dein toller Superstefan zu werden, der Fantasiesohn, von dem du mir immer vorgeschwärmt hast. Hast du das nicht gemerkt? Hast du nicht bemerkt, wie ich um deine Liebe gebettelt habe? Auch wenn ich wütend auf dich war, habe ich dich geliebt. Auch im bösesten Hass hatte ich dich lieb und ich wünschte mir nichts so sehr auf der Welt, als dass du mich auch lieb hast. Wenigstens ein kleines bisschen, Mama! Nur ein klitzekleines bisschen!"

Das Foto verschwamm vor seinen Augen. Martin begann zu weinen. Er packte alles ein und rollte sich in seine Decke ein. Er konnte nicht aufhören zu weinen. Immer noch schwebte das Bild des fröhlichen Mädchens auf der Wiese bei der Papiermühle vor seinen Augen. Er versuchte dieses Bild auf die Gesichtszüge seiner erwachsenen Mutter zu übertragen. Manchmal war dieses unbeschwerte Mädchen in ihr Gesicht zurückgekehrt. Wenn sie zusammen bastelten, Kuchen backten und die alten Fotos der Mutter anschauten. Leider viel zu selten. „Mama!", weinte Martin. „Mama!" Er zog die Beine an, bis er wie ein Embryo unter der Decke lag. So weinte er sich in den Schlaf.

*

Als er aufwachte, hatte er verschlafen. „Ach du grüne Neune!", wimmerte er, als er auf die Armbanduhr schaute. Ihm blieb kaum genug Zeit, nach Homburg zu fahren. „Das hat mir noch gefehlt! Ich hätte einen Wecker mitnehmen sollen."

Alles Lamentieren half nichts. Hastig packte er zusammen. Das Berichtsheft tat er ganz oben in den Rucksack, für den Fall, dass er unterwegs eine Möglichkeit fand, es bei der Polizei einzuwerfen. Wenn nicht, nahm er sich vor, kann ich in der nächsten Woche noch einmal den Durchgang von Bayern aus benutzen und es in Homburg zur Polizei bringen. Er war nicht bereit, auf seine Rache zu verzichten. Eilig schob er die Heuballen zur Seite und wuchtete das Rad hinaus in den hellen Tag.

Martin fuhr wie der Teufel. Jetzt galt es. Er rechnete sich aus, dass es verdammt knapp werden würde. Sein Glück war, dass sich der Fahrplan in Bayern geändert hatte. 12 Uhr 02 wäre extrem knapp gewesen, 12 Uhr 10 war zu schaffen, wenn er ordentlich draufhielt. Rücksichtslos trieb er das Klapprad über die holprigen Waldwege. „Mistkarre!", fluchte er. Hätte er sein wunderbares Neungangrad aus Bayern gehabt, er wäre mit den superfetten Ballonreifen und den großen Laufrädern dahingeflogen, anstatt sich die Knochen im Leib durcheinanderzuschütteln. Vor allem wäre er fixer unterwegs gewesen. Als er vor Homburg aus dem Wald schoss, kam er an einem PKW vorbei. Drinnen saß ein Förster im grünen Anzug. Der Mann schaute Martin überrascht an. Martin sauste weiter.

Hatte der Mann so verdutzt geschaut, weil er wie ein Raketengeschoss aus dem Wald herausgeflogen war, oder war bereits eine Suchmeldung raus? War Martins Foto im Fernsehen gezeigt worden? Was, wenn der Mann die Polizei alarmierte? Mit dem Auto war man schnell bei einem Telefon und als Revierförster wusste der Mann natürlich ganz genau, dass der Weg, den Martin befuhr, beim Bahnhofsviertel rauskam und dass es vorher keine Abzweigung mehr gab. „Kacke!", fluchte Martin. Er trat noch härter in die Pedale. Nicht einmal Eddy Merckx hätte ihn einholen können.

Der Feldweg mündete in die Siedlung am Homburger Bahnhof. Noch ein paar Straßen, und er war an dem Stück Ödland, wo der Durchgang auf ihn wartete. Martin schaute auf die Uhr. Er hatte genug Zeit herausgefahren. Mit Vollgas sauste er durch das Wohnviertel.

Der Streifenwagen, der von rechts aus einer Querstraße kam, rammte ihn beinahe. Mit einem Aufschrei wich Martin nach links aus. Ein Opel Kadett kam ihm entgegen. Der Fahrer trat voll in die Bremse und hupte. Martin zog nach rechts, haarscharf an dem Auto vorbei und sauste die Straße entlang. Er schaute sich um. Der Polizeiwagen folgte ihm. „Nein!", schrie Martin. Er geriet in Panik.

Der Lautsprecher des Polizeiwagens knackte. „Junge! Bleib stehen!", rief es. „Sofort stehen bleiben!" Das Martinshorn begann zu gellen.

„Sonst geht's dir gut!", schrie Martin.

Mit heulender Sirene überholte ihn der Streifenwagen und schnitt ihm den Weg ab. Martin bremste. Er wendete fast auf der Stelle. Auf der gegenüberliegenden Straßenseite holperte er über den Bordstein und fegte zwischen zwei Mülltonnen hindurch. Er bog ab und schoss in einen schmalen Verbindungsweg zwischen zwei Straßen. Der Weg war mit rot-weißen Pollern für den PKW-Verkehr gesperrt. Hier rein könnt ihr mir nicht folgen, dachte er und gab Gas. Verdammt! So nahe vorm Ziel noch erwischt zu werden, das durfte nicht sein.

Er schaute über die Schulter. Einer der Polizisten war ausgestiegen und folgte ihm zu Fuß. „Halt! Stehen bleiben! Polizei!" Martin raste weiter, was das Zeug hielt. Er hörte den Streifenwagen mit kreischenden Reifen und heulender Sirene anfahren. Martin kam ans Ende des Weges. Ein Blick nach hinten. Der Polizist hatte aufgeholt!

Martin fuhr der Schreck in die Glieder. Sakra! Der Mann war Mitte dreißig und trug einen Rettungsreifen spazieren, aber er sprintete wie ein Olympiasieger. Martin gab alles. Seine Beine hämmerten die Pedale in rasendem Takt abwärts. Er keuchte. Sein Herz wummerte. Seine Lunge brannte. Aber er wurde schneller. Am Ende der Straße lag das Ödländchen. Auf dieser Seite der vertrockneten Wiese befand sich eine niedrige Betonmauer. Die konnte er nicht mit dem Rad überwinden. Er würde absteigen und rennen müssen, und das, wo er ein schlechter Läufer war. Noch zwanzig Meter bis zur Mauer. Vollgas! Noch zehn Meter. Martin schaute über die Schulter. Ungläubig riss er die Augen auf. Der Polizist war direkt hinter ihm.

„Bleib stehen, Junge!", keuchte der Mann.

In diesem Moment prallte das Vorderrad von Martins Fahrrad gegen die Mauer. Er wurde unsanft über den Lenker abgeworfen und schlug längelang hin. Der Sturz war so hart, dass es ihm die Luft aus den Lungen presste. Eilig rappelte er sich auf. Mit langen Sätzen hastete er auf den Durchgang im Zaun zu. Es waren nur noch zehn oder zwölf Meter.

„Um Gottes willen! Nein!", kreischte es hinter Martin. „Nicht auf die Bahngleise!" Eine Riesenfaust packte Martin und riss ihn zu Boden. Eisenharte

Arme umklammerten ihn.

„Lassen Sie mich los!“, schrie Martin. Er zappelte verzweifelt. „Loslassen!“

Der Polizist änderte seinen Griff. Seine linke Hand rutschte über Martins Gesicht. Geistesgegenwärtig schnappte Martin danach. Mit aller Kraft, die er aufbringen konnte, biss er zu. Der Polizist schrie wie am Spieß. Für einen Moment lockerte sich sein Klammergriff. Sofort wand sich Martin aus seinem Armen heraus. Er stürzte zu Boden. Um ein Haar wäre er mit dem Gesicht auf eine rostige Eisenstange geknallt, die im Gras lag.

„Hiergeblieben!“, schrie der Polizist und packte Martin von hinten am Rucksack.

Martin griff nach der Eisenstange. Er wirbelte herum und schlug wahllos zu. Er traf den Polizeibeamten am Kopf. Aufschreiend ging der Mann in die Knie. Martin hob die Stange zu einem neuerlichen Hieb.

Der Mann kniete am Boden, die Arme schützend erhoben. Er schrie entsetzlich. Seine linke Hand blutete. Wo Martin ihn mit der Eisenstange am Kopf erwischt hatte, blutete er ebenfalls. Er weinte wie ein Kind. Martins Augen weiteten sich. Der Mann hatte seinen Rucksack! Meine Geschichtenideen! Mein Silber! Martin riss die Eisenstange hoch: „Den Rucksack her!“

„Nein!“, schrie der Polizist. Er hielt den Sack mit der rechten Hand fest.

Martin sah auf die Armbanduhr: 12 Uhr 04. Er musste sofort den Durchgang benutzen, sonst war es zu spät. Er wusste genau, dass er es unmöglich schaffen würde, sich eine ganze Woche draußen zu verstecken, um es am nächsten Mittwoch erneut zu versuchen.

„Geh nicht auf die Gleise!“, schrie der Polizist.

Martin holte mit der Eisenstange aus: „Den Rucksack her! Her damit, oder ich schlag dich tot!“ Seine Stimme war hoch und schrill wie Möwenkreischen.

Der Mann, der vor ihm am Boden kniete, weinte laut: „Um Gottes willen! Junge, nicht auf die Gleise! Ich flehe dich an! Vor sieben Monaten sind meine Frau und meine Tochter vor meinen Augen bei einem Unfall ums Leben gekommen und vor vier Wochen musste ich mit ansehen, wie sich ein Junge, so alt wie du, vor den Zug warf und in Fetzen gerissen wurde! Bitte, Junge! Es gibt immer eine

Lösung! Wirf dein Leben nicht weg! Bitte, ich ertrage es nicht, wenn ich das noch einmal mit ansehen muss!" Der Mann schluchzte. Mit Blut vermischte Tränen liefen ihm über die Wangen. „Meinetwegen schlag mich kaputt, aber geh nicht auf die Gleise. Ich flehe dich an!"

Martin starrte den Polizisten an. Er weint um mich, dachte er. Ein seltsames Gefühl machte sich in seinem Bauch breit. Um mich! Um mich hat noch nie jemand geweint.

„Ich will mich doch gar nicht umbringen", schrie er voller Verzweiflung. Die Zeit lief ihm davon. Bald würde sich der Durchgang schließen.

„Da steht es doch geschrieben!", rief der Mann. Er hielt Martins Berichtsheft hoch. Es war bei dem heftigen Kampf um den Rucksack herausgefallen und hatte sich auf der ersten Seite geöffnet. Ganz oben stand in großen Buchstaben Martins Plan, sich umzubringen.

„Das gilt nicht mehr", rief Martin. „In meinem Rucksack sind Sachen, die ich mitnehmen muss. Ich bringe mich nicht um. Ich gehe fort! Für immer! Der Durchgang schließt sich gleich. Er ist bloß mittwochs von zwölf bis viertel nach offen." Der Polizist schaute zu ihm auf. Martin fing an zu weinen: „Bitte, ich muss sofort durch!" Er zeigte auf die Zaunlücke. „Ich bringe mich nicht um. Ich gehe in eine andere Welt, die dort drinnen liegt. Mein Rucksack ist voller Silbermünzen, die sind dort unheimlich wertvoll, ein riesiges Vermögen."

Der Mann griff in Martins Rucksack. Als er die Hand herauszog, war sie voller Silbermünzen.

„Man packt doch kein Reisegepäck, wenn man sterben will", sagte Martin. Er ließ die Eisenstange fallen und grapschte den Rucksack. Der Polizist war darauf nicht gefasst und ließ los. Die meisten Münzen in seiner Hand plumpsten in den Rucksack zurück.

Martin verzurrte den Rucksack hastig und warf ihn sich über. Er warf einen letzten Blick auf den Polizisten. Der Mann kniete vor ihm am Boden. Die Platzwunde an seinem Kopf blutete stark. Sein Gesicht war blutverschmiert. Der Mann weinte. Martin bückte sich und streichelte über die Wunde, die er dem Polizisten beigebracht hatte.

„Das wollte ich nicht", sagte er. „Es tut mir leid. Ich wollte Sie nicht verletzen. Bitte, Sie dürfen mich nicht verraten und den Durchgang auch nicht. Der ist nicht für jedermann." Hinter der Zaunlücke ertönte ein Pfiff. „Mein Zug!" Martin warf sich herum und hechtete auf den Durchgang zu. Er ist zu! Er hat sich geschlossen, dachte er voller Panik. Ich habe es verpasst! Er stolperte und schlug auf den Boden. Er landete mit dem Gesicht im Dreck. Schnell rappelte er sich auf. Der Zug 12 Uhr 10 fuhr an.

„Nein!", schrie er. Er rannte auf den Bahnsteig zu. Im Zug schrie jemand auf. Martin hörte, wie etwas hinter ihm durch die Zaunlücke brach.

Dann kreischten die eisernen Reifen des Zuges, als der Zugführer die Bremse betätigte und den Dampfregler schloss. Mit lautem Knirschen stoppte der Zug. Die Tür des Gepäckwagens flog auf und Heidi kam heraus. „Martin!", schrie sie und rannte zu ihm. Er humpelte ihr entgegen und warf sich in ihre Arme. „Martin! Oh Gott!" Sie weinte. „Was ist mit dir passiert?" Martin drehte den Kopf. Der Polizist war ihm gefolgt. Er stand direkt beim Durchgang und hatte die Augen aufgerissen.

„Schnell in den Zug!", sagte Martin. Sie rannten zum Gepäckwagen und stiegen ein. Sofort öffnete der Lokführer den Dampfregler. Mit Zischen und Stampfen setzte sich die Lokomotive in Bewegung. Heidi und Martin hielten sich umarmt.

„Beinahe hätte ich es nicht geschafft", sagte Martin.

Heidi klammerte sich an ihn. Sie schluchzte leidenschaftlich: „Ich hatte solche Angst, als du nicht gekommen bist. Ich wusste, dass dir etwas zugestoßen war. Ich konnte es fühlen."

Martin schaute sie an. Sie kam ihm noch kleiner vor als sonst. Er blickte nach unten. Sie war barfuß: „Heidi, deine Schuhe."

„Habe ich verloren, als ich zu dir gerannt bin", sagte sie. „E-Egal." Sie drängte sich weinend an ihn. „Martin!"

Der Zug gewann an Fahrt. Martin hielt Heidi umarmt. Er schaute nach draußen. Der Polizist stand am Rand der Wiese und starrte ihn durchs Waggonfenster an.

„Verrat mich nicht!", sprach Martin. Er bewegte die Lippen, ohne einen Laut zu erzeugen. „Verrate den Durchgang nicht. Der ist nicht für jedermann!" Er hielt Heidi ganz fest umarmt. Würde der Mann das Geheimnis des Königreiches Bayern bewahren? Ja. Martin las es in seinen Augen. Die Anspannung fiel von ihm ab. Er hob die rechte Hand zum Gruß. Der Polizeibeamte grüßte zurück. Er lächelte.

Polizeihauptmeister Manfred Berger stand auf der Wiese, den Mund vor Staunen offen. Der Junge war auf die Nase gefallen, rappelte sich aber fix wieder auf und humpelte auf den Zug zu. Ein blondes Mädchen sprang aus dem vordersten Waggon. Sie rannte so ungestüm zu dem Jungen, dass ihr die Holzschuhe von den Füßen flogen. Die beiden umhalsten sich wie Ertrinkende und eilten zum Zug. Kaum waren sie eingestiegen, fuhr der Zug los. Doch das war es nicht, was Manfred Bergers Mund vor Staunen offen stehen ließ. Schuld daran war der dunkelgrüne Koloss mit den rot lackierten Rädern, der die Waggons zog.

Eine bayerische S2/6! Bergers geschulte Polizistenaugen erfassten in drei Sekunden, wofür Martin Wochen zuvor mehrere Minuten gebraucht hatte: die Dampflok, die Länderbahnwaggons, der fehlende elektrische Fahrdraht über den Gleisen, keine elektrische Uhr auf dem Bahnsteig, altdeutsche Frakturschrift auf allen Schildern, Menschen in Kleidung der Zeit um 1900, ja, er bemerkte sogar auf einen Blick, dass die Radreifen der Lokomotive weiß gestrichen waren, was es im Bayern der Länderbahnzeit nicht gegeben hatte. Die Lokomotive stieß dicke Qualmwolken aus, Dampf zischte aus den Zylinderventilen, die Auspuffschläge hallten über die Wiese. Es roch nach Holzfeuer und heißem Schmierfett. Der Junge hatte die Wahrheit gesagt. Dies war eine andere Welt.

Berger sah den Jungen hinter einem Fenster im ersten Waggon stehen. Er hielt das blonde Mädchen umarmt. Als er Berger sah, sagte er etwas. Obwohl kein Ton zu hören war, verstand Berger die Botschaft: „Verpfeif mich nicht und behalte das Geheimnis dieses Landes für dich!" Der Junge hob die Hand zum Gruß. Berger grüßte zurück. Er stand da und schaute dem Dampfzug hinterher, wie er Richtung Saarbrücken davonfuhr.

Etwas im Gras weckte seine Aufmerksamkeit. Berger bückte sich und hob es auf.

Es war eine der Silbermünzen des Jungen. „Die sind dort ein Vermögen wert“, hatte er gesagt. Manfred Berger dachte an seinen harten Job, der ihn fertigmachte. Er hatte sich vor lauter Stress einen Bauch angefressen. Er dachte an ein Doppelgrab, dessen Anblick er nicht ertragen konnte. Er dachte an seinen Kindheitstraum. Lokführer hatte er werden wollen, natürlich auf einer Dampflokomotive. Und er dachte an seine große Sammlung von Silbermünzen.

Blut lief ihm ins Auge. Der Junge hatte ihm ganz schön eine verpasst. Wahrscheinlich hatte er ein Loch im Kopf. Auf alle Fälle musste die Platzwunde an der Stirn genäht werden Seine Hand pochte wütend. Der Junge hatte in seiner Verzweiflung zugebissen wie ein Krokodil.

Berger lief zu der Lücke zwischen den beiden Zaunpfosten und quetschte sich hindurch. Auf der anderen Seite lag seine Welt. Autos fuhren auf der Straße. Er kehrte um und schlüpfte noch einmal durch die Zaunlücke. Auf der anderen Seite hingen Fahrdrähte über den Gleisen. Auf Gleis 5 stand ein Zug, bestehend aus einer blauen E-Lok und drei langen Silberlingen. Berger sah auf seine Armbanduhr: 12 Uhr 16. „Mittwochs von zwölf bis viertel nach“, hatte der Junge gesagt.

Berger ging zurück. Auf dem Boden lag das Heft, das aus dem Rucksack des Jungen gefallen war, und die Eisenstange, mit der er auf Berger eingedroschen hatte. Berger steckte das Heft in die Innentasche seiner Uniformjacke. Er hob die Eisenstange auf, lief zur Mauer am Straßenrand und drapierte sie kunstgerecht neben dem umgekippten Fahrrad des Jungen.

Keine Sekunde zu früh. Sein Kollege kam mit Blaulicht und heulender Sirene angebraust. Er bremste mit kreischenden Reifen und sprang aus dem Wagen. „Jesus, Berger! Wie siehst du aus?!“

„Der Junge hat gekämpft wie ein Löwe“, sagte Berger. „Der hatte Todesangst, das sag ich dir.“

Sein Kollege schaute sich um: „Wo ist er hin?“

„Ist Richtung Stadtmitte gerannt, als wäre der Leibhaftige hinter ihm her.“

„Ich gebe das gleich über Funk durch“, rief sein Kollege. „Die sollen eine Großfahndung einleiten. Dann fahre ich dich zum Krankenhaus. Dein Kopf und deine Hand müssen dringend ärztlich versorgt werden."

„Danke", sagte Berger.

Der Zug fuhr durch sommerliche Felder nach Saarbrücken-Nassau. Heidi klammerte sich noch immer weinend an Martin. Er brauchte lange, um sie zu beruhigen. Er hielt sie im Arm und berichtete, was sich zugetragen hatte.

Heidi war betroffen: „Ich wusste, dass etwas passieren würde. Ich habe es geahnt." Sie streichelte zart über seine Schläfe: „Du hast da einen großen blauen Fleck."

„Ich bin hingefallen", sagte Martin. „Es ist nicht schlimm." Er küsste Heidi. „Nichts ist mehr schlimm. Ich bin hier. Nun ist alles gut." Er fühlte unendliche Erleichterung.

„Dieser Mann", sagte Heidi, „wird er Leute holen, die hier bei uns nach dir suchen?"

„Nein, Heidi. Wird er nicht."

„Ganz gewiss nicht?" Sie klang zaghaft und ängstlich.

„Ganz gewiss nicht", sagte Martin. Er drückte Heidi. „Es ist vorbei. Nichts wird uns je wieder trennen."

„Nichts", bestätigte sie und schmiegte sich an ihn. „Ich liebe dich, Martin. Ich werde dich immer lieben. Immer."

*

Abends saßen sie auf der Veranda vor Herders Pfahlhaus. Etliche Nachbarn hatten sich eingefunden. Martin musste wieder einmal eine Geschichte zum Besten geben. Herrmännchen saß auf seinem Schoß. Ganz vorsichtig streichelte er über Martins geschwollene und verfärbte Schläfe. Ich hätte um ein Haar einen Menschen erschlagen, dachte Martin schaudernd. Er musste daran denken, wie schrecklich der Polizist geschrien hatte. Besonders bestürzend war sein Weinen gewesen. Er hat um mich geweint, dachte Martin. Um mich! Das hat drüben vorher nie jemand gemacht. Niemand!

Er beendete seine Geschichte.

Jemand holte eine Konzertina und spielte Tanzweisen. Martin tanzte mit Heidi auf den Planken der Veranda. Sein Herz schlug vor Glück und Freude. Niemand würde ihn je wieder schlagen und schikanieren.

„Ich liebe dich", flüsterte er in Heidis Ohr. Sie drückte sich fest an ihn.

Später saßen sie Arm in Arm nebeneinander. Das Intro des Abschiedsliedes erklang. Die Kinder auf der Veranda nahmen die Melodie auf und sangen das Lied:

„Wenn die Winterwinde wehen,

und wir zwei zusammenstehen.

Hand in Hand gemeinsam gehen,

lieb ich dich.

In deinen Armen hältst du mich,

und mein Herz schlägt nur für dich.

Immerzu denk ich an dich.

Nur an dich.

Wir sind Freunde für immer,

ich bin froh, dass es dich gibt.

Deine Augen, sie schimmern,

ich bin so in dich verliebt.

Adieu.

Adieu.

Wenn du mich umarmst, bevor du gehst,

du zum letzten Male vor mir stehst,

sag ich leis zu dir Adieu.

Adieu.

Adieu.

Adieu."

Martin saß still da und lauschte der bittersüßen Melodie. Das Abschiedslied, das war Bayern für ihn, war es immer gewesen. Stück für Stück weichte das Lied den letzten Schmerz auf, der seine Seele umklammert hielt, und spülte ihn fort, bis nur noch Glück und Frieden dort Platz hatten. Eine einzelne Träne rann Martin über die Wange. Es war eine Freudenträne.

Alles war gut!

*

Epilog:

Es war Mitte September, die Zeit, in der die Tage endlos lange waren und die Sonne immer schien, die Zeit, in der die Ernte auf den Feldern eingebracht war und kein Mensch auf die Idee kam, dass es jemals Winter werden könnte. Der Himmel war blau und so hoch, dass man sich auf dem Erdboden klein wie eine Ameise vorkam. Die Luft war voller guter Gerüche und jedermann war guter Dinge. Hochsommer, nicht mehr so heiß wie im August, aber umso verheißungsvoller.

Martin und Heidi schlenderten Hand in Hand von der Fischersiedlung zum Marktplatz. Es war Samstagnachmittag. Die Arbeit der Woche war getan. Martin atmete die Sommerluft in tiefen Zügen ein. Er hatte sich eingelebt in seiner neuen Heimat. Seit Ende der Ferien war er Lehrling beim Saarkurier. Er fand, dass er die interessanteste und aufregendste Arbeit der Welt erlernte. Jeder Tag brachte Neues für ihn, und er lernte gerne. Vorbei die Zeiten, in denen man ihn angebrüllt und schikaniert hatte. Hier in Bayern erklärte ihm jeder freundlich, was er wissen wollte, und machte er doch einmal einen Fehler, hieß es: „Fehler sind dazu da, aus ihnen zu lernen." Meistens gab es Lob für Martin. Angst war ein Fremdwort für ihn geworden. Seine ständige Niedergeschlagenheit war einem Gefühl tiefer Zufriedenheit und heiterer Lebensfreude gewichen. Wenn er abends zu Bett ging, schlief er mit einem warmen Glücksgefühl im Bauch ein und morgens wachte er mit demselben Gefühl wieder auf. An „draußen" dachte er fast nicht mehr. Das hatte er ausgeblendet.

„Die Hölle" nannte er die Welt, aus der er geflohen war. Bestand diese Welt überhaupt noch? Es konnte ohne Weiteres zum Dritten Weltkrieg gekommen sein. Im Fernsehen war ja ständig die Rede vom Gleichgewicht des Schreckens gewesen. Doch Martin wusste, dass Angst und Schrecken nicht zu einem Gleichgewicht führten. Vielleicht hatten sie „drüben“ längst ihre Atomraketen abgefeuert. Es interessierte Martin wenig. Ab und zu dachte er an die Eltern seiner Mutter. Dann spürte er einen kleinen Stich im Herzen. Auch wenn er an seine kleinen Geschwister dachte. Aber all das war weit fort, wie hinter einer hohen Mauer versteckt. Martin hatte eine Entscheidung getroffen und sie nie bereut. Er schaute in Heidis Gesicht und wusste, er würde diese Entscheidung niemals bereuen.

Steiner hatte ihm erklärt, wenn er noch etwas von „draußen“ bräuchte, müsse er es bald holen. „Die Durchgänge bleiben dir nicht ewig offen“, hatte er gesagt. „Je länger du hier bist, desto schwieriger wird es, hinauszugehen. Die Menschen aus Bayern gehen nie dorthin. Sie akzeptieren, dass gelegentlich Besucher von dort kommen und einige für immer hierbleiben. Wie du sicher festgestellt hast, beträgt die Bevölkerungsdichte hier nur ein Zehntel dessen, was sich „draußen“ auf immer knapper werdendem Platz drängt. Ein Bevölkerungsproblem hat das Königreich Bayern nicht, und soll ich dir etwas sagen, Martin? Das war schon immer so. Ich habe alte Melderegister studiert. Die Bevölkerungsdichte ist statisch. Eine Übervölkerung wie in unserer ehemaligen Heimat wird es hier nie geben.“ Martin war es zufrieden. Ihm gefiel es, dass es im Königreich Bayern nur kleine Dörfchen gab, die weit verstreut in der Landschaft lagen, und dass Städte wie Saarbrücken nur wenige tausend Einwohner hatten. Er vermisste nichts von „draußen“.

Als sie am Rathaus vorbeikamen, holte er seine Taschenuhr heraus und verglich die Uhrzeit mit der großen Uhr des Amtsgebäudes. Die Sprungdeckeluhr hatte Martin extra anfertigen lassen. Kein Silber. Er wollte nicht protzen. Seine Taschenuhr bestand aus „echt Blech“, aber er hatte den Uhrmacher gebeten, das beste Uhrwerk einzubauen, das er auftreiben konnte. Martin hatte endlich eine Uhr, die genau ging.

Er fühlte Heidis Hand in seiner. Wenn er sie sanft drückte, antwortete das Mädchen mit liebevollem Gegendruck. Martin lächelte. Heidi lächelte zurück. Er blieb stehen und umarmte sie spontan. Sie lehnte sich an ihn und schmiegte ihre

Wange an seine Schulter. Plötzlich merkte sie auf. Von irgendwoher ertönte Musik. Sie bogen um die nächste Straßenecke und fanden eine kleine Gruppe Musiker mit Fiedel, Schalmeien, Mundharmonikas, Akkordeon und Schlagwerk.

„Franznen!", rief Heidi. „Komm tanzen!"

Die Musiker in der typischen Tracht der französischen Einwanderer spielten mitten auf dem Marktplatz. Etliche Leute hatten sich eingefunden und lauschten der Musik und dem Gesang. Einige Paare tanzten auf dem glatten Kopfsteinpflaster. Hin und wieder warf jemand eine Goldmünze in einen kleinen Blecheimer, der vor den Musikanten stand.

Heidi und Martin rannten zu den Musikern hin. Sie stellten ihre Holzschuhe zu der Reihe anderer und tanzten zur Musik. Nach einem langsamen Lied begann die Fiedel rhythmisch zu jaulen. „Un, deux, trois, quattre!", zählten die Sänger laut.

„France Danse!", jubelte Heidi und wirbelte mit Martin im Kreis herum. Es folgten weitere schnelle Tanzlieder. Martin lachte Heidi an. So aufgekratzt hatte er sie lange nicht gesehen. Ihre blonden Haare flogen, ihre Wangen waren vom Tanzen erhitzt und ihre Augen leuchteten. Wie liebte er dieses Mädchen. Wäre es notwendig geworden, er wäre auf der Stelle für sie gestorben.

Die Musikanten stimmten ein langsames Lied an. Martin und Heidi tanzten eng umschlungen. Martin fühlte das glatte, warme Pflaster unter den Sohlen und er spürte Heidis Herzschlag an seiner Brust. Er war ganz Liebe und Zufriedenheit. Nach dreizehn Jahren war er endlich nach Hause gekommen. Etwas weckte seine Aufmerksamkeit. Da war jemand unter den Leuten, die die tanzenden Paare umstanden, der ihm auffiel. Martin hörte auf zu tanzen. Alles in ihm spannte sich an. Rasch taxierte er die Lage. War der Mann gekommen, um ihn zu holen?

„Hallo", sprach der Polizist von „draußen". Er hob die Hand zum Gruß. „Wie geht's?" Er lächelte freundlich.

Martin entspannte sich. Der Mann wollte ihm nichts tun. Erst jetzt fiel ihm auf, dass er landestypische Kleidung trug, eine Eisenbahnermontur. Martin staunte nicht schlecht.

„Ich habe mich verändert“, sagte der Mann. Er rieb über seine Körpermitte. „Den Rettungsreifen habe ich abgelegt.“ Er grinste: „Stattdessen habe ich mir einen Gesichtspullover wachsen lassen.“ Er trug einen Vollbart. „Guten Tag, ihr beiden.“ Er streckte ihnen die Hand entgegen.

Martin schüttelte sie, Heidi ebenfalls. Sie schaute Martin fragend an. „Das ist der Polizist, dem ich die Eisenstange über den Kopf gezogen habe“, erklärte Martin.

„Ist gut verheilt. War nur eine Platzwunde“, sagte der Mann. „Ich kann verstehen, dass du diese Verzweiflungstat begangen hast. Ich bin dir nicht böse. Mir hat es drüben auch nicht mehr gefallen. Bin mit meiner Sammlung von Silbermünzen hierher übergesiedelt und habe mir einen Kindheitstraum erfüllt: Dampflok fahren.“ Er pochte auf das polierte Messingabzeichen seiner Arbeitsmontur. „Noch bin ich Heizer, aber nächstes Jahr werde ich zum Lokomotivführer ausgebildet. Ich habe eine schöne Dienstwohnung mit Garten hinterm Haus und seit einiger Zeit kenne ich eine nette Frau. Wer weiß, vielleicht heiraten wir irgendwann.“ Ein Schatten huschte über sein Gesicht. „Du weißt, dass ich meine Frau und meine Tochter drüben verloren habe?“ Martin nickte. „Dort hielt mich nichts mehr“, sagte der ehemalige Polizist. Er schaute Martin an. „Ich habe dein Heft gelesen. Glaub mir, Junge, ich verstehe dich nur zu gut.“

Martin musste heftig schlucken. „Haben Sie …?“ Er ließ den Satz unvollendet.

„Ob ich anderen Leuten von diesem famosen Durchgang erzählt habe? Nein. Das habe ich schön für mich behalten, Martin. Ich denke, dieser Durchgang zwischen den Welten ist nur für wenige Menschen bestimmt.“

Manfred Berger schaute die beiden jungen Leute an. Das Mädchen war die hübscheste Person, die ihm je untergekommen war. Sie trug das kobaltblaue Schürzenkleid der Fischerkinder. Auch der Junge trug die passende Tracht: kobaltblaue dreiviertellange Hosen, die unterm Knie gebunden waren, dazu ein naturfarbenes Leinenhemd mit blauweißem Zierkragen. Die beiden waren barfuß. Wahrscheinlich gehörten ihnen zwei Paar der ulkigen Holzschuhe, die in Reih und Glied neben den Tanzenden standen. Das blonde Fräulein hielt sich besitzergreifend am Arm des Jungen fest, eine barfüßige Prinzessin, die sich ihrer Schönheit sehr wohl bewusst war.

Der Junge hatte sich verändert. Er war nicht mehr so dünn und der Ausdruck von Ängstlichkeit war aus seinen Augen verschwunden. Dass die beiden sich innig liebten, sah man ihnen an. Manfred Berger spürte, dass diese Liebe etwas Dauerhaftes war. Die beiden hatten sich fürs Leben gefunden. Wie ein Fuchspärchen würden sie auf immer zusammenbleiben und wenn einer der beiden starb, würde der andere wahrscheinlich bald hinterher sterben.

Der Junge war fest mit seiner neuen Heimat verwachsen. Er gehörte hierher. Sollte Berger ihm erzählen, wie es „draußen" gelaufen war? Er hatte das Heft Martins mit wachsender Erschütterung gelesen. Neben kindlichem Gemotze über geklaute Spielsachen hatten wahre Tragödien darin gestanden.

Berger hatte sich entschlossen, zu handeln. Er vervielfältigte das Heft heimlich am Kopierautomaten seiner Dienststelle und verschickte es dutzendfach an die großen Tageszeitungen und Boulevardblätter. Da der Junge auch mit groß angelegten Suchaktionen nicht zu finden war, ging man davon aus, dass er seinem elenden Leben irgendwo in einem Waldversteck ein Ende gemacht hatte. Die Leute des Jungen mussten sich eine Menge unangenehmer Fragen gefallen lassen und der Kerl am Johanneum wurde von der Polizei abgeholt. Weitere Jungen meldeten sich, an denen er sich ebenfalls vergriffen hatte.

Das „Sacken" der jüngeren Schüler durch ältere Kommilitonen, das ja ebenfalls einen sexuellen Übergriff darstellte, kam ans Tageslicht und dass die Pater tatenlos zugesehen hatten, wenn die älteren Schüler den jüngeren in die Hose gingen. Was sich am Johanneum abgespielt hatte, war erschütternd. Wenn man einem Menschen gewaltsam die Geschlechtsteile manipulierte, so brutal, dass dieser Mensch vor Schmerzen schrie, dann war das schlicht und ergreifend der Tatbestand einer Vergewaltigung und wenn der vergewaltigte Mensch minderjährig war, war es zusätzlich sexueller Kindesmissbrauch. Besonders grässlich war, dass die heiligen Pater dabei zugesehen hatten, ohne einen Finger zu rühren. Zum Anfang des neuen Schuljahres hatten etliche Eltern ihre Jungen an anderen Gymnasien angemeldet.

Mit besonderem Genuss hatte die Presse die Sache mit den Hakenkreuzen in

Martins Schulheft breitgetreten, weil die ungerechte Behandlung des Jungen letzten Endes der Auslöser für seinen Selbstmord war. Nach massiven Vorwürfen quittierte der Direktor den Schuldienst, bevor die Schulbehörde ihn offiziell hinauswerfen konnte.

Wollte Martin das alles wissen?

Manfred Berger entschloss sich, zu schweigen. Der Junge hatte mit seinem alten Leben abgeschlossen. Im Moment wollte er nichts davon hören. Vielleicht später einmal, wenn er erwachsen wurde. Berger schrieb seine Adresse auf einen Zettel und reichte sie dem Jungen: „Wenn du mal Fragen hast, wie es draußen ablief: Hier wohne ich. Du kannst jederzeit kommen. Ich werde all deine Fragen beantworten."

„Danke", sagte Martin. „Vielleicht irgendwann einmal."

„Ich werde dir auch in zehn oder mehr Jahren Rede und Antwort stehen", sagte Berger. Er reichte den beiden zum Abschied die Hand: „Ich muss los. In einer halben Stunde beginnt mein Dienst." Er lächelte: „Wenn man euch beide so sieht, kann man richtig neidisch werden. Ich wünsche euch alles Gute." Er zwinkerte: „Werdet ihr mich zu eurer Hochzeit einladen?"

„Versprochen", sagte der Junge. Er drückte das Mädchen an sich und gab ihm einen Kuss auf die Wange.

„Macht's gut." Berger winkte und trollte sich. Er fühlte sich so richtig gut.

*

„Wo bringst du mich hin?"

Martin grinste Heidi an: „Das fragst du mich bestimmt schon zum zehnten Mal."

Heidi zog einen Flunsch. Sie sah zum Sterben niedlich aus. „Sag doch! Bitte!"

„Dann wäre es keine Überraschung mehr", sagte Martin.

Sie radelten die Landstraße entlang. Vor St. Ingbert lotste Martin seine Freundin in den Wald. „Zum Stiefel rauf?" Heidi schaute misstrauisch. „Martin, es wird bald dunkel!"

„Na und?", gab er zurück. „Du hast eine Öllaterne mit großem Tank an deinem Fahrrad."

Als der Weg steiler wurde, stiegen sie ab und schoben. Es dämmerte, als sie oben beim Stiefel ankamen. Sie stellten die Räder ab und Martin zündete Heidis Laterne an.

„Damit du dich nicht im Dunkeln fürchtest", sprach er augenzwinkernd.

Sie schmiegte sich an ihn: „Wenn du bei mir bist, fürchte ich mich nicht." Sie blickte zu ihm auf: „Du würdest mich niemals mit Absicht in Gefahr bringen."

„Das stimmt." Martin wurde ganz warm ums Herz. Er ließ Heidi los, schüttelte die Holzschuhe von den Füßen und drehte sich im Kreis: „Genau der richtige Platz, um den Sommer zu verabschieden."

Heidi tat es ihm gleich. Sie begann sich im Kreis zu drehen. „Sommer adieu", rief sie, auf bloßen Füßen über das Moos wirbelnd. Er fing sie ein, stand hinter ihr, die Arme um ihre Brust gelegt, und wiegte sie sanft. Er beugte den Kopf und legte seine Wange an ihre.

„Schön ist das hier", sagte sie. „Das ist also deine Überraschung für mich: den Sommer auf dem St. Ingberter Stiefel verabschieden."

„Nicht ganz", sagte er. „Es kommt noch etwas Besonderes." Martin fühlte sich unbeschreiblich wohl. Alles in seinem Leben war gut geworden. Er kam in der Lehre gut voran. Steiner war voll des Lobes. Seine Geschichten und Romane verkauften sich gut. Nächstes Jahr würde er zusammen mit Heidi auf die Wurrenreise gehen, nur sie beide, einen ganzen Sommer lang. Martin freute sich schon jetzt darauf. Plötzlich sah er kleine Lichtpunkte zwischen den Bäumen auftauchen.

„Sie kommen", flüsterte er. „Mach keine heftigen Bewegungen und sprich nicht laut." Sanfter Gesang ertönte in der Dämmerung: „Hirwel, hirwel, hirwel …" Die Elfen kamen.

„Oh, Martin!", hauchte Heidi voller Entzücken, als sie die geflügelten Gestalten erblickte. Wie fliegende Juwelen glühten die kleinen Flieger im allerletzten Tageslicht. „Das … das sind Elfen!" Heidi staunte wie ein kleines Kind. Sie war voller Begeisterung. „Wirkliche Elfen!" Um sie herum surrten die fliegenden Gestalten durch die Abendluft. Ihre winzigen Laternen verbreiteten einen warmen, gelben Lichtschein.

„Sie sind so schön", sagte Heidi.

„Ja", sagte Martin. „Fast so schön wie du, aber nur fast."

Sie drehte sich um, richtete sich auf die Zehen auf und gab ihm einen Kuss.

Er nahm sie in die Arme. „Heidi", sagte er leise, „ich liebe dich."

Zur leisen Musik der Elfen, die zu Hunderten um sie herumschwebten, tanzten sie langsam im Kreis.

„Ich liebe dich", sagte Martin noch einmal und küsste Heidi. Er wusste, dass er sie immer lieben würde.

E N D E

Nachwort:

Wie das Königreich Bayern entstand, in dem meine Steampunkromane spielen:

Das Ganze beruht auf einem äußerst realistischen Traum, den ich kurz vor meinem dreizehnten Geburtstag hatte. In diesem Traum erlebte ich in den Grundzügen die Handlung dieses Buches.

Es ging mir Mitte der Siebzigerjahre sehr schlecht. Alles, was Martin Welter im Buch widerfährt, ist mir als Kind tatsächlich widerfahren. Da ist nichts erfunden. Das hat sich alles so abgespielt. Und ja: Auch die Ausdrücke, die im Roman stehen, wurden mir an den Kopf geworfen. Ich wurde als stracke Sau bezeichnet, als Arschloch, als Scheißkerl. Alles, was die Fäkalsprache hergab, wurde auf mich angewandt. Meinen Vornamen benutzte kaum jemand in meiner tollen „Familie". Ich wollte damals Selbstmord begehen, weil ich mein Leben einfach nicht mehr aushielt.

Dann sandte mir mein Unterbewusstsein diesen absolut fantastischen Traum, vielleicht, um mich vom Selbstmord abzuhalten.

In der Folge zog ich mich immer mal wieder in diese Traumwelt zurück und erkundete sie in meiner Fantasie. Ich konnte mich einfach so „wegfantasieren“ nach Bayern. Nur auf diese Weise konnte ich überleben, bis ich mit vierzehn endlich von dem schrecklichen Johanneum wegkam. Kaum war ich dort weg, wurde ich in Bexbach auf der Realschule Klassenbester.

Meine ganze Jugend über fantasierte ich mich in das von mir im Traum erschaffene Fantasieland Königreich Bayern. Dort gab es keine Umweltverschmutzung. Meine Heimat, das Saarland, war in meiner Kindheit und Jugend ein ungeheuerliches Dreckloch. Bäche und Flüsse stanken schon aus hundert Metern Entfernung zum Himmel und das „Wasser“, das darin floss, sah aus wie die dreckige, graue Brühe, die nach dem Wäschewaschen aus Waschmaschinen kommt. Die Eisenhütte und die Kokerei sorgten dafür, dass in der nahen Kreisstadt Neunkirchen die Häuser schmutzig-grau waren.

Kein Wunder also, wenn ich mich gerne in mein Traumland zurückzog. Dort gab es keine Übervölkerung, keinen irrsinnigen Autoverkehr, keine Umweltverschmutzung. Dort gab es Pferdekutschen, Fahrräder, Fußgänger und die Eisenbahn. Hier und da mal ein Dampfschnauferl. Traction Engines, große Straßenlokomotiven, rumpelten über die Straßen. Und natürlich gab es Luftschiffe, denn ich bin seit frühester Kindheit ein Fan von Luftschiffen.

Dass ich mir da eine Steampunkwelt zusammengeträumt hatte, wusste ich nicht. Der Begriff Steampunk wurde erst in den Neunzigerjahren von K. W. Jeter geprägt und meinen Traum hatte ich in den Siebzigern. Als ich mit Ende Zwanzig anfing zu schreiben und auch erste Geschichten über das Königreich Bayern verfasste, nannte ich das „Alternativweltgeschichten“ oder „Parallelweltgeschichten“.

Im Jahr 2006 habe ich mich dann hingesetzt und meinen Traum in Romanform aufgeschrieben. Den haben Sie gerade gelesen.

Es entstanden noch weitere Romane, die im Königreich Bayern spielen:

„Melissas Sehnsucht“, wo eine 16-Jährige in der Nähe von Saarbrücken einen solchen Durchgang als Elfjährige entdeckt hat und einmal pro Woche aus ihrer unangenehmen Welt flieht, bis sie als Sechzehnjährige versucht, für immer in Bayern zu bleiben.

„Die Geisterkinder von Mönchwies“, wo eine Radtouristin per Zufall ins Königreich Bayern gerät und verfluchte Kinder aus einem Klosterkerker erlöst, und **„Aufziehmädchen Emma“**, eine Expedition im Dampfluftschiff zum legendären America. Dann noch **„Das Lehm“**, ein Roman, der von einem Lehmland handelt, das inmitten der Ostwälder liegt und das von seinen Bewohnern Menschenopfer verlangt.

Mehr dazu auf meiner kleinen Homepage www.stefans-geschichten.de

Es werden weitere Romane folgen, die im Königreich Bayern spielen. Ideen habe ich mehr als genug.

Printed in Great Britain
by Amazon